Jack Vance
Chateau d'If
en andere verhalen

Chateau d'If
en andere verhalen

Jack Vance

verzameld werk 13

Phalid's Fate © 1946, 2005
Chateau d'If © 1950, 2005
Crusade to Maxus © 1951, 2005
Shape-Up © 1953, 2005
The Augmented Agent © 1961, 2005
Milton Hack from Zodiac © 1967, 2005
The Gift of Gab © 1955, 2005
Nopalgarth © 1966, 2005
The Narrow Land © 1967, 2005
Copyright © Jack Vance

Vertaling Annemarie van Ewyck (1), Jaime Martijn (2, 3, 6, 9),
Guus Prick (4, 5) en Warner Flamen (7, 8)
Omslagillustratie Howard Kistler

Uitgegeven door Spatterlight, Amstelveen 2020

ISBN 978-1-61947-243-3

www.spatterlight.nl

Inhoud

DE VRUCHTEN DER PHALEDEN

I

NA TWEE MAANDEN bewusteloos te zijn geweest, deed Ryan Wratch zijn ogen open. Of nee, om precies te zijn: hij trok tweehonderd kleine luikjes van vaal paarsbruin huidweefsel op in kleine plooitjes en keek, en zag een nieuwe wereld.

Twintig seconden lang staarde Wratch naar een koortsdroom die tastbaar was geworden, naar een waanzin die het uitdrukkingsvermogen te boven ging. Hij hoorde een schel staccato geluid, een warrig gesnerp dat hem vaaglijk vertrouwd voorkwam. Toen verloor hij opnieuw het bewustzijn.

Dr. Plogetz, die kort en gedrongen was en een glad roze gezicht en wit haar had, richtte zich op bij de tafel waar het wezen lag en liet het toestel met de lenzen zakken.

Hij wendde zich tot de man in het grauwgroene uniform met de drie zonnen van een Sectorcommandant op zijn kraag. De commandant was mager, gebruind en pezig, met een gezicht dat hard en somber stond.

"Organisch gezien verkeert hij in prima conditie," zei de doctor. "De zenuwverbindingen zijn goed genezen, de adaptoren op de bloedvaten functioneren uitstekend..."

Hij zweeg toen de zwarte gedaante op de tafel — een wezen met een grote, insectachtige kop, vreemd gelede poten en een langgerekt zwart chitinepantser dat de rug bedekte als een wijde mantel — een van zijn armleden bewoog, een groepje rubberachtige tentakels die aan de onderzijde grijs gevlekt waren, met vormeloze grijzige vingervliezen.

Dr. Plogetz nam de digitale kijker weer op en inspecteerde de organen in het bepantserde lijf.

"Een reflex," prevelde hij. "Zoals ik al zei, organisch gezien is hij volkomen gezond, dat lijdt geen twijfel. Psychologisch gezien ..." Hij tuitte zijn lippen. "Het is uiteraard nog te vroeg om daarover te speculeren."

Sectorcommandant Sandion knikte.

"Wanneer komt dat ... komt hij, zou ik moeten zeggen, bij bewustzijn?"

Dr. Plogetz drukte op een knopje op zijn polscom. Uit het kleine luidsprekertje klonk een stem. "Ja, doctor?"

"Wilt u me een sonfrane-kap brengen. Even zien — maat zesentwintig graag." Tegen Sandion zei hij: "Ik zal hem een opwekkend middel geven, zodat hij direct bijkomt. Maar eerst ..."

Een verpleegster — een donkerharige knappe jongedame met blauwe ogen — kwam binnen met de gevraagde kap.

"Goed, juffrouw Elder," zei dr. Plogetz. "Wilt u de kap aanbrengen over de optische spleet, zodat hij overal goed aansluit? Maar past u op dat u die kleine kieuwspleten aan de zijkant van de kop niet afbindt."

Plogetz haalde diep adem alvorens verder te gaan met zijn uitleg. "Ik wil de schok die zijn hersens te verwerken zullen krijgen zoveel mogelijk minimaliseren. Zijn visuele indrukken zullen overweldigend zijn, en dat is nog zacht uitgedrukt. Het deel van het spectrum dat de Phaleden kunnen zien is tweemaal zo groot als dat van de gemiddelde mens en hun gezichtsveld is drie- tot viermaal zo breed. Een Phaleed bezit tweehonderd ogen; er dienen dus indrukken te worden gecoördineerd, afkomstig van tweehonderd afzonderlijke optische eenheden. De menselijke hersenen kunnen twee verschillende beelden verwerken, maar het is zeer de vraag of ze er tweehonderd tegelijk aankunnen. Daarom hebben we een deel van de aanwezige hersenen van het schepsel intact gelaten, en wel de lobben waarin de verschillende beelden worden geïntegreerd." Plogetz zweeg even en wierp een schattende blik op de vreemd geprononceerde zwarte insectenkop.

"Maar zelfs dan zal Wratch's nieuwe gezichtsvermogen iets nieuws en wonderbaarlijks zijn," zei hij peinzend. "Beelden, gezien door Phaledenogen en gecoördineerd door een klompje Phaledenhersenen — de menselijke geest kan zich in de verste verte niet voorstellen hoe dat zal zijn."

"Ongetwijfeld wordt het een zware belasting voor zijn zenuwen," merkte Sandion op.

De doctor knikte en controleerde de kap die het licht buitensloot.

"Twee cc arthrodine, drieprocentsoplossing," zei hij tegen de verpleegster." En hij zei tegen Sandion: "We hebben nóg een gedeelte van de hersenen intact gelaten; het spraakcentrum en het spraakherkenningscentrum, want die zijn waarschijnlijk even essentieel als het gezichtscentrum. Het was noodzakelijk de rest van de hersenen weg te nemen, wat in zeker zin wel jammer is. De herinneringen en verbanden die daarin aanwezig waren, zouden van onschatbare waarde zijn geweest voor onze jongeman. De Phaleden beschikken daarbij ongetwijfeld over bijzondere zintuigen waar ik graag meer over zou vernemen om verder onderzoek te kunnen doen... Ah, dank u wel," zei de doctor toen de verpleegster hem een gevulde injectiespuit aanreikte.

"Merkwaardig, feitelijk. Ik kan menselijke hersenen transplanteren naar een... een wezen als dit, maar als ik probeer ze over te zetten in het lichaam van een ander mens, dan gaan ze dood." Hij gaf de lege spuit terug aan de verpleegster en veegde zijn handen af. "Rare wereld, nietwaar, commandant?"

Commandant Sandion wierp hem een snelle, ironische blik toe en knikte.

"Ja, het is een rare wereld, doctor."

Vanuit een schemerige vormeloosheid kwam langzaam een gevoel van persoonlijkheid, van een eigen afzonderlijk ik bovendrijven. Voor de tweede maal plooide Ryan Wratch de tweehonderd luikjes open voor de zichtspleet die meer dan een halfrond besloeg van wat nu *zijn* hoofd was. Hij zag niets, slechts duisternis, en werd een gevoel van druk gewaar op zijn gezichtsorgaan.

Hij bleef stil liggen, denkend aan de waanzinnige baaierd van licht en vorm en onbekende kleurfragmenten die hij de vorige keer had gezien; voorlopig vond hij het best om in het donker te blijven liggen.

Allengs werd hij zich bewust van nieuwe gewaarwordingen; zijn lichaam functioneerde anders. Hij ademde bijvoorbeeld niet meer. In plaats daarvan was er een ononderbroken luchtstroom, die door bonzende lichaamsbuizen werd gevoerd naar de kieuwspleten bij zijn hoofd, waar de lucht zijn lichaam weer verliet. Op welk punt hij de lucht aanzoog kon hij niet uitmaken.

Hij werd zich bewust van een buitengewone tastgevoeligheid, een exact besef van reliëf en vorm. De gevoeligste gebieden werden gevormd door de onderzijde en uiteinden van zijn armen, terwijl de rest van zijn lichaam veel minder gevoelig was. Zo kon hij nauwkeurig de kwaliteit bepalen van het textiel waarop hij lag, het verband en de inslag van de draden, de essentiële, intrinsieke aard van de vezels.

Hij vernam snerpende, onaangename geluiden. En opeens besefte hij met een gevoel van ontzetting dat het menselijke stemmen waren. Stemmen die zijn naam riepen.

"Wratch! Versta je me? Beweeg je rechterarm als je me kunt verstaan."

Wratch bewoog zijn rechterarmlid.

"Ik versta u uitstekend," zei hij. "Waarom kan ik niet zien?" Hij had automatisch antwoord gegeven, zonder na te denken, zonder naar zijn eigen stem te luisteren. Maar een vreemd verschijnsel deed hem zwijgen en nog eens diep nadenken. De woorden waren soepel vanuit zijn brein naar het bot tegen het klankvlies in zijn borstkas gevloeid. Toen hij ze uitsprak had zijn stem hem heel natuurlijk geleken, vibrerend in de trilharen onder het rugpantser, die zijn gehoororgaan vormden. Maar na enig zelfonderzoek beseften Wratch's hersenen dat die stem niet menselijk had geklonken. Hij had een reeks zoem- en gonsgeluiden uitgestoten die heel anders klonken dan de stem die hem de vraag had gesteld.

Nu trachtte hij bewust menselijke spraak voort te brengen en ontdekte dat het onmogelijk was. Zijn spraakorgaan was niet toegerust tot het voortbrengen van sisklanken, neusklanken, plofklanken, dentalen of fricatieven, hoewel hij klinkers enigszins kon benaderen door de toonhoogte. Hij probeerde het nog een keer en besefte toen dat zijn pogingen onverstaanbaar bleven.

"Probeer je Engels te spreken?" vroeg de stem. Beweeg je rechterarm als het 'ja' is en je linker als het 'nee' is."

Wratch bewoog zijn rechtertentakel. Besluitend dat hij nu wél wilde zien, tastte hij naar zijn oogspleet om vast te stellen wat hem het zicht benam. De tentakel werd vastgegrepen om hem ervan te weerhouden.

"Je kunt de kap beter nog even laten zitten, tot je wat beter gewend bent geraakt aan je Phaleedse zintuigen."

Wratch herinnerde zich de waanzin en de kakofonie die hem bestormd hadden toen hij de eerste keer ontwaakte, en hij liet zijn tentakel zakken.

"Ik begrijp niet hoe hij zo gauw de beheersing over zijn ledematen heeft weten te krijgen," zei Sandion.

"Het zenuwstelsel van de Phaleden heeft wel iets weg van dat van de mens," zei dr. Plogetz. "De wens tot bewegen komt op in Wratch's brein en wordt via de adaptoren doorgegeven aan de ruggenstreng, waarna simpel gezegd de reflexen het verder overnemen. Als hij zou proberen te lopen door elke poot afzonderlijk te sturen, zou hij zich hompelend en ongecoördineerd bewegen. Maar als hij gewoon zijn lichaam opdracht geeft om te lopen, dan loopt hij automatisch soepel en natuurlijk."

Plogetz keek weer naar het wezen op de tafel.

"Voel je je goed? Zijn je vermogens helder?"

Wratch's rechtertentakel schokte op.

"Ondervind je op enigerlei wijze invloed van de wil van de Phaleed? Ik bedoel daarmee, is er sprake van conflicten tussen het lichaam en je geest?"

Wratch dacht na. Voor zover hij kon nagaan niet. Hij voelde zich Ryan Wratch, als altijd, al had hij nu wel het gevoel gevangen te zitten — een onnatuurlijke gevangenschap.

Opnieuw probeerde hij te spreken. Vreemd, hoe grif de Phaleedse spraak, een taal die hij nog nooit had gehoord, bij hem opkwam, dacht hij. Net als daareven slaagde hij er niet in de menselijke spraak ook maar te benaderen.

"Hier heb je een potlood en een plankje met papier," zei de stem. "Het is misschien moeilijk, schrijven zonder dat je kunt zien, maar probeer het maar."

Wratch greep het potlood. Hij bood weerstand aan de opwelling een lange rij sidderende haken en hoeken neer te zetten en schreef: "Kunt u dit lezen?"

"Ja," zei de stem.

"Wie bent u? Dr. Plogetz?"

"Ja."

"Operatie gelukt?"

"Ja."

"Ik schijn nu Phaleeds te kennen. Ik spreek het als vanzelf. In mijn geest ontstaat een menselijke gedachte en de stem komt er in het Phaleeds uit."

"Dat behoeft ons niet te verbazen."

Wat klonk de stem van dr. Plogetz schel! Wratch herinnerde zich hoe de stem had geklonken voor zijn transplantatie — een gewone, aangename, tamelijk diepe bariton.

"We hebben een segment van de hersenen van de Phaleed in de hersenpan laten zitten, namelijk het centrum waar spraak wordt voorgebracht en spraakklanken worden geïnterpreteerd. Onbekendheid met de Phaleedse spraak zou immers niet zo gunstig voor je zijn. We hebben ook het knooppunt intact gelaten dat de beelden van je tweehonderd ogen coördineert, anders zou je alles in een waas zien. Zelfs nu zul je nog last hebben van aanzienlijke vertekening, vermoed ik."

Aanzienlijke vertekening! dacht Wratch. Ja — ja! Dr. Plogetz zou eens een kleurenfoto onder ogen moeten krijgen van wat hij gezien had.

Hij werd nu toegesproken door een tweede stem, nog scheller dan de eerste, met een doffe, hese bijklank, die Wratch's nieuwe zenuwen tot het uiterste op de proef stelde.

"Hallo Wratch. Hier spreekt Sandion, commandant Sandion."

Wratch herinnerde zich de man nog heel goed, een magere gebruinde kerel, verbitterd en fel, die een groot deel van de verantwoordelijkheid droeg voor de campagne tegen de geheimzinnige Phaleden. Sandion was degene geweest die hem had ondervraagd na het incident bij Kordecker 343, in de omgeving van Sagittarius, waar een onverhoedse overval door de Phaleden de dood had betekend voor twee van Wratch's broers en waar hijzelf op sterven na dood was achtergelaten.

"Hallo, commandant," schreef Wratch "Hoelang ben ik buiten westen geweest?"

"Bijna twee maanden."

Wratch zoemde van verbazing.

"Wat is er in de tussentijd gebeurd?"

"Ze hebben nog eens vijftien schepen overvallen — minstens vijftien. De schepen werden vernietigd, de bemanning en de passagiers zijn dood of vermist. Tot driemaal toe hebben ze een kruiser aangevallen — een in Hercules, een tweede bij Andromeda en een derde op nog geen drie lichtjaren van Procyon."

"Ze worden brutaler," schreef Wratch.

"Dat kunnen ze zich veroorloven," antwoordde Sandion bitter. "Ze hebben inmiddels al een derde van onze vloot vernietigd. Ze zijn ook veel te mobiel. We zijn als een blinde die probeert zich te verweren tegen twintig dwergen met lange messen. En zolang we niet weten waar hun thuisplaneet zich bevindt, zijn we machteloos."

"Dat wordt mijn taak," schreef Wratch. "Vergeet niet dat ik zelf ook iets met ze te vereffenen heb. De dood van mijn broers."

"Hmm!" snoof Sandion en voegde er grommend aan toe: "Ja, dat wordt jouw taak, en je dood ook."

Wratch knikte met heel zijn lichaam. Zijn kop, die vastzat aan het hoornachtige halsdeel dat het zwarte rugpantser bekroonde, kon niet knikken.

"Toen Plogetz me vond was ik voor negenennegentig procent gestorven. Wat had ik nog te verliezen?"

Sandion gromde nogmaals. "Goed, ik moet weer gaan. Doe het kalm aan en rust maar lekker uit."

Hij grijnsde spottend tegen juffrouw Elder. "Je hebt het wel goed geschoten, overigens, met zo'n snoepje van een verpleegster."

Heb ik veel aan, zei Ryan Wratch tegen zichzelf.

Sectorcommandant Sandion liep naar de sluis van zacht — grijs getint kristal, die uitzicht bood op tientallen glinsterende torens, omgeven door parklandschap en vijvers, een netwerk van ijle luchtbruggen en druk vliegverkeer. Sandions zwever was afgemeerd naast Plogetz' kantoor. Hij klom erin en de luchtwagen schoot ervandoor.

Dr. Plogetz richtte zijn aandacht weer op Wratch.

"Goed," zei hij. "Ik ga nu de kap afnemen. Maak je geen zorgen over de visuele verwarring die volgt. Ontspan je en doe heel langzaam je ogen open..."

II

Twee weken later was Wratch in staat zich door zijn appartement te bewegen zonder over het meubilair te struikelen. Dat wilde niet zeggen dat hij de dingen nu weer net zo waarnam als vroeger. Het was net of hij helemaal opnieuw moest leren zien in een wereld die viermaal zo ingewikkeld was als voorheen. Maar toch, als de toekomst ook maar het geringste sprankje hoop voor Wratch in petto zou hebben gehad, hoop op iets anders dan een wanhopige strijd en een miserabele dood, dan zou hij van zijn ervaringen nog genoten hebben ook.

Desondanks verkeerde hij in voortdurende verwondering en werd hij diep bekoord door al die kleuren, die tinten en schakeringen — vurig en koel, somber, vlammend of zelfs mystiek. Ze verleenden aan alles wat hij waarnam een levendige gloed die geheel nieuw was en wonderbaarlijk vreemd. Het menselijk oog kan rood, oranje, geel, groen, blauw en violet onderscheiden. Wratch nam daarnaast nog zeven kleuren waar — drie voorbij het rood, drie voorbij het violet. En dan was er nóg een golflengte waarvoor zijn tweehonderd ogen gevoelig waren, een kleur die hogerop in het spectrum te vinden was, een prachtige nevelige tint. Dit alles bepaalde hij met behulp van de kleine spectroscoop die dr. Plogetz hem ter beschikking had gesteld.

Hij beschreef de smalle streep kleur in de hogere regionen van het spectrum aan een zeer geïnteresseerde dr. Plogetz, die voorstelde dat Wratch deze kleur 'kalychroom' zou noemen, een woord dat volgens hem aan het Grieks was ontleend. Wratch vond het best, aangezien de Phaleedse benaming voor deze kleur fonetisch min of meer overkwam als 'zz-za-mmm', wat niet zo duidelijk was als hij hem op het schoolbord schreef dat dr. Plogetz hem had verschaft. De andere kleuren werden respectievelijk als sub-rood 1, 2 en 3 en als superviolet 1, 2 en 3 benoemd.

Het was al fascinerend om gewoon over de stad uit te kijken en de tinten van de hemel te zien verglijden — een hemel die niet langer blauw was, maar schakeringen van blauw en superviolet 2 en 3 vertoonde. De torens zagen er niet uit als torens. Vertekend door het gezichtscentrum in de Phaleedse hersenen kwamen ze Wratch nu voor als lelijke schriele staken; de sigaarvormige zwevers die hij eerst zo mooi en slank had gevonden, leken nu log en misvormd. Niets zag er nog langer uit als vroeger. De Phaleedse ogen en het Phaleedse hersensegment hadden het aanzien van al wat ooit vertrouwd was geweest grondig veranderd.

Mannen en vrouwen zagen er ook niet meer uit als mensen. Ze

waren veranderd in ziekelijk uitziende wriemelwezentjes met onpersoonlijke gezichten en vochtige, afstotende gelaatstrekken.

Maar bij wijze van compensatie voor het verlies van een aantal menselijke kwaliteiten, ontdekte Wratch bij zichzelf een vermogen dat misschien al eerder gesluimerd had in zijn geest — of misschien ook niet. Nu hij de mensen om hem heen niet meer op de gebruikelijke manier kon waarnemen en niet meer in staat was gezichtsuitdrukkingen, stembuigingen en al die andere kleine maatschappelijke vingerwijzingen te interpreteren, ontdekte hij na verloop van tijd dat hij zich in elk geval wel bewust was van hun meest innerlijke gevoelens. Misschien was het een vermogen dat universeel voorkwam, misschien ook was het een talent dat in die twee kleine Phaleedse hersensegmenten lag besloten.

Maar op deze wijze kwam Wratch erachter dat de knappe verpleegster, juffrouw Elder, van hem walgde en doodsbang was als haar taken haar met hem in aanraking brachten, en dat dr. Plogetz weinig meer voor hem voelde dan een brandende belangstelling.

Het zette Wratch wel voor een raadsel dat hij juffrouw Elder niet langer mooi vond. Hij herinnerde zich haar als een verrukkelijk wezen met glanzend donker haar, grote zachte ogen en een lichaam zo soepel als een treurwilg. Maar in zijn huidige (tweehonderd) ogen was de verpleegster een bleke tweepotige met een gezicht als van een kogelvis uit de diepzee en een teint die even aangenaam oogde als een plak rauwe lever.

En als hij zichzelf in de spiegel bekeek — ach, wat een oneindig veel schoner wezen, berichtten zijn ogen hem. Fors en statig en sierlijk! Dat blinkende zwarte chitinepantser, die soepele armtentakels! Nobele gelaatstrekken, scherpe ogen die de horizon afspeurden, een waakzame snavel. En dan die symmetrische zwarte sponssnorren! Bijna vorstelijk was hij van voorkomen.

En Ryan Wratch begon zich allengs onbehaaglijk te voelen over de mate waarin hij gedwongen werd de Phaleedse waarneming van de buitenwereld te aanvaarden; hij zorgde ervoor niet-aflatend op zijn hoede te zijn voor die nauw merkbare invloed die zijn buitenaardse zintuigen op hem uitoefenden.

Een paar dagen later kwam sectorcommandant Sandion terug om te zien hoe ver Wratch gevorderd was.

"Ik heb begrepen dat je je uitstekend hebt aangepast," zei Sandion.

Het was Wratch nog steeds niet mogelijk menselijke spraakklanken voort te brengen. Hij liep naar het schoolbord.

"Wanneer vertrek ik?" schreef hij.

"Je kunt morgen vertrekken als je denkt dat je er klaar voor bent," zei Sandion.

"!!!" schreef Wratch. En daarachter: "Huidige stand van zaken, a.u.b."

"De afgelopen week hebben ze twee patrouillekorvetten en twee passagiersschepen verwoest, in de buurt van Canopus," zei Sandion. "Bemanning en passagiers zijn weggevoerd voor zover niet gesneuveld. De Phaleden zitten kennelijk met een sterke vloot in dat gebied. Het wemelt daar van hun verkenners. We hebben er een stuk of drie, vier gesignaleerd en vernietigd, maar ze waren niet veel groter dan een zwever. Goed, morgen vertrek je dus richting Canopus op een korvet. Jullie patrouilleren op je gemak door het gebied in kwestie, tot jullie worden aangevallen. Op dat moment gaat de bemanning ervandoor in de reddingszwevers, met een redelijke kans Lojuk bij Fitzsimmons' Ster te bereiken, waar we een basis hebben.

"Intussen zet jij de procedure in gang waarover we al hebben gesproken."

"Ik ben klaar," schreef Ryan Wratch.

"Wel verdomme!" zei kapitein Dick Humber, en hij smeet zijn helm op de stoel. "Wat moeten we nou nog meer doen? Gedrukte uitnodigingen rondsturen misschien? Negen dagen, verdomme, en geen spoor van die lui."

"Misschien vinden we ook niks," opperde Cabron, de navigator. "Misschien komt er opeens een grote lichtflits en dan zijn we boempats dood."

Humber wierp een blik op de lange zwarte gedaante die uit de patrijspoort stond te staren.

"Nou ja, jij hebt altijd nog meer om naar uit te zien dan Wratch," zei hij bedaard. "Zijn werk begint pas als het onze erop zit."

Een zwarte tentakel begon te sidderen.

"Nou, tot nog toe heeft Wratch het anders aardig voor mekaar," mopperde Cabron. "Ik weet niet wie hij allemaal in de kaart kan kijken met die verrekte ogen van hem, maar ik weet wel dat hij achthonderd ballen winst heeft genoteerd met poker."

Wratch moest inwendig grinniken. Het was ook zo makkelijk opgetogenheid, twijfel of teleurstelling te lezen in de geest van zijn tegenstanders en aangezien hij toch niet van plan was de winst ooit daadwerkelijk op te strijken, leek het hem een onschuldige tijds-passering om de anderen te verslaan; daarbij was het de eerste echte beproeving van zijn nieuwe vermogens.

Een alarmschel ging snerpend af. Een seconde lang bleef iedereen werkeloos, als aan de grond genageld staan.

"Naar de boten!" riep kapitein Dick Humber. "Het is zover!"

Een gedisciplineerde stormloop volgde. Sluisdeuren zoefden open, knalden dicht en werden vergrendeld.

"Tot ziens, Wratch en de mazzel!" Kapitein Humber drukte een zwarte tentakel. Hij klom door de opening van de lanceerbuis die leidde naar de veilige haven van Lojuk. Wratch onderdrukte de opwelling om hem achterna te klauteren. Hij zag de sluisdeur van de lanceerkamer dichtschuiven en meteen daarop de buitendeur van de zwever.

Gesis van buitendeuren die werden geopend, vier zachte stoten toen de reddingsboten een voor een uit hun buizen werden geslingerd. En toen stilte.

Het was zover, dacht Wratch, Tot nog toe was het allemaal een kwes-tie van gissen geweest: als de Phaleden hen vonden, als de bemanning weg wist te komen, als, als...

Volgens vooropgezet plan legde Wratch een stel handboeien om zijn tentakels, knipte ze dicht en ging zitten wachten tot zijn zogenaamde rasgenoten hem zouden komen bevrijden — alles verliep nog steeds volgens plan.

Maar de minuten verstreken en hij zag nog maar geen gloeiende bollen — de energievelden die de Phaleedse wapens uitstootten en die materie uiteen deden vallen tot vrije atomen.

Een groot gevaarte zweefde voorlangs de patrijspoorten — een reusachtig schip, vele malen groter dan de grootste passagiersschepen van de Aarde.

Na een tijdje klonk er een schurend geluid langs de scheepshuid; een sloep van de grote oorlogsbodem was langszij gekomen.

De sluisdeur zwaaide open. Wratch zag snel bewegende zwarte gedaanten naderen…een duizelingwekkend beeld van Kordecker 343…zijn twee broers, dood, afschuwelijk verbrand…de gewonde, bewusteloze Phaleed die door de zwerm was achtergelaten en wiens lichaam Wratch nu droeg, als was het van hem.

Drie Phaleden kwamen de cabine binnen met vreemd gevormde wapens in hun armtentakels; mysterieuze, onaardse schepsels waren het en slechts één man, Ryan Wratch, had hun aanblik ooit overleefd.

Ze zagen hem en aarzelden. Hoe nobel zagen ze er uit in Wratch's Phaleedse ogen, zo statig van gang! Wratch tastte met zijn geest naar de emoties die hij bij mensen had leren bespeuren, maar vond niets. Waren gevoelens dan een puur menselijk attribuut?

Niet goed wetend of de Phaleden het vermogen al dan niet bezaten, trachtte Wratch een gemoedstoestand op te roepen die vreugde en verwelkoming omvatte.

Maar de Phaleden schenen al niet meer in hem geïnteresseerd te zijn. Ze begonnen het schip te doorzoeken en toen ze niets van hun gading vonden kwamen ze terug. Tot verbazing van Wratch negeerden ze hem volkomen en wilden het schip alweer verlaten.

"Een ogenblik," riep hij, gonzend en zoemend in het Phaleeds. "Bevrijd je broeder van deze verwenste metalen boeien."

Ze bleven staan en keken hem aan, een tikje beduusd scheen het Wratch zelfs toe.

"Onmogelijk," zei een van hen. "Je kent immers de *Bza*." — een woord dat onvertaalbaar was, maar dat zoveel betekende als zede, orde, regelmaat, gebruikelijke handelwijze. "*Bza* gebiedt ons onverwijld verslag uit te brengen ten overstaan van Zau-amuz." Zo klonk die naam of titel Wratch althans in de oren.

"Ik ben verzwakt, ik verlies tegenwoordigheid," klaagde Wratch.

"Geduld!" zoemde de Phaleed verwijtend, waarna hij er met een vleug van twijfel aan toevoegde: "Waar zijn je lijdzaamheid, je zwijgend dulden gebleven?"

Wratch besefte dat zijn gedrag afweek van de norm en viel haastig terug in een passief afwachten.

Tien minuten later keerde het drietal terug en raapte het logboek en een paar instrumenten bij elkaar die hun belangstelling hadden gewekt.

Alsof hij het zich op het laatste moment pas herinnerde, kwam er ten slotte eentje op Wratch af.

"De sleutel ligt op die plank," gonsde Wratch.

Hij werd bevrijd en dwong zijn geest tot opluchting en erkentelijkheid. Hij volgde hen naar hun doosvormige scheepje, verbijsterd over de achteloosheid waarmee ze zijn aanwezigheid aanvaardden.

Hij stond stilletjes in een hoekje van de sloep die aanvloog op het reusachtige oorlogsschip, dat een kilometer of vijftien verderop in de ruimte hing. De Phaleden zwegen eveneens. Waren die dan helemaal niet nieuwsgierig?

Wat was het grote Phaleedse schip prachtig, zoals het matglanzend in de zwarte ruimte zweefde, berichtten Wratch's Phaleedse ogen. Zoveel sierlijker en machtiger dan de logge gedrongen scheepjes van die wriemelende aardbewoners!

Dat was wat zijn ogen hem wijsmaakten. Maar zijn geest was gespannen en waakzaam. Hij was ook bang, dat wel, maar de angst was al zo lang een ondergeschikt deel van zijn gevoelens dat hij er zich nog maar amper van bewust was. Wratch had aanvaard dat hij sterven zou, al bleef hij van folteringen liever verschoond. Hij onderdrukte de menselijke aanvechting om zijn schouders op te halen. Zijn eigen lichaam was dood, gecremeerd tot een handjevol as; nooit zou hij zijn geboorteplaneet weerzien, dat wist hij wel. Maar als het geluk hem meezat en hij zijn opdracht wist te volvoeren, dan zouden de levens van talloze mensen zijn gered.

Wratch bestudeerde met aandacht het stuurpaneel van het scheepje, in een poging de functie van de diverse knoppen en hendels te achterhalen, voor het onwaarschijnlijke geval dat hij die kennis ooit zou kunnen gebruiken. De bediening was vrij simpel, ontdekte hij; de knoppen waren gerangschikt volgens een systeem dat universeel de norm leek te zijn.

Ze naderden het Phaleedse schip, een donkere koker, met een platte onder- en bovenkant en in de lengte aandrijfstrepen van sub-rood metaal.

De sloep naderde het schip steeds dichter, minderde vaart, manœuvreerde zich in positie en glipte toen een nis binnen in de wand van het moederschip. Sluisdeuren klikten open.

Wratch liep achter de Phaleden aan en kwam in een gang. Tot zijn verbijstering lieten ze hem verder gewoon aan zijn lot over. Ze liepen alle drie een andere kant uit en lieten hem plompverloren midden in de gang staan, zonder dat hem de weg werd gewezen, zonder dat hem iets werd gevraagd; hij moest het blijkbaar zelf maar uitzoeken.

Wat een verschil met de discipline op een Aards schip! De geredde zou ogenblikkelijk onder grote opwinding naar de commandant worden gebracht. Vragen zouden hem worden toegeblaft, zijn geheugen zou worden uitgebeend om elk detail over de vijand naar boven te halen dat hij maar mocht hebben opgemerkt.

Wratch stond verloren in de gang terwijl Phaleden van het schip, gespitst op hun taken, zich langs hem heen haastten. Hij probeerde een redelijke verklaring te vinden voor zijn situatie. Hadden ze misschien al ontdekt wat hij was en stelden ze hem nu op de proef om na te gaan wat hij van plan was? Op een of andere manier wilde hij daar toch niet aan. De houding van de drie die hem aan boord hadden gebracht was zo ongeïnteresseerd geweest, dat kon gewoon niet gespeeld zijn.

Maar misschien was er ook geen sprake van listen en lagen. Wratch hield zich voor dat een buitenaards ras niet altijd kon worden beoordeeld naar menselijke maatstaven.

Geen van de Phaleden droeg een rangembleem of onderscheidingsteken, voor zover hij kon zien. Ze schenen stuk voor stuk te zijn voorgeprogrammeerd voor een speciale taak — min of meer als uiterst intelligente mieren, dacht Wratch.

In dat geval was het ook niet nodig geweest hem ergens heen te brengen om te worden ondervraagd, toen hij aan boord werd gebracht; ze gingen ervan uit dat zijn instincten en zijn training hem automatisch tot het vervullen van zijn plicht zouden aanzetten. Die theorie zou dan ook verklaren waarom ze hem niet meteen hadden bevrijd. Een ras van individualisten, zoals de Aardbewoners, zou door nieuwsgierigheid, verbazing en begaanheid met zijn lot de gevangene meteen hebben bevrijd, vóór ze ook maar iets anders ondernamen.

Wratch slenterde een gang in en keek de vertrekken binnen die aan weerszijden lagen. Hij bleef zich verbazen, maar kon niet helemaal afgaan op wat hij zag, vanwege zijn verraderlijke Phaleedse gezichtsvermogen.

Aan het eind van de gang trof hij een samenstel van machinerieën aan; dat moest, naar zijn verstand hem voorhield, de aandrijving zijn. Hij prentte zich de ligging in zijn hoofd en liep weer terug.

III

Zo op het oog was de indeling van het schip heel eenvoudig: twee lange gangen aan weerszijden, over de volle lengte, met — net als op Aardse schepen — de besturing voor en de aandrijving achter. De indeling, de techniek en de werking van het geheel volgden een universeel geldend concept, bedacht Wratch. Het probleem was, vind de meest efficiënte manier om de ruimte te overbruggen. De oplossing was een schip dat in grote lijnen niet noemenswaardig afweek van de schepen van de Aarde.

Ondanks zijn bewegingsvrijheid bleef Wratch zich slecht op zijn gemak voelen. Hij had achterdocht verwacht, een diepgaand onderzoek, misschien een snelle ontmaskering. Het was onthutsend om zo volledig te worden genegeerd.

Maar plotseling kwam er een eind aan zijn onzekerheid. Een machtige, gonzende stem galmde door het hele schip.

"Waar is hij die aangetroffen werd op het schip van de insectwezens? Hij is nog niet voor Zau-amuz verschenen." De stem klonk eerder verbaasd dan achterdochtig.

Waar en wie was Zau-amuz, vroeg Wratch zich af. Waar zou hij hem moeten zoeken? Op een Aards schip zou de commandopost zich voorin, hoog boven de boeg bevinden. Hij haastte zich in die richting, snelle blikken werpend op elke deuropening die hij passeerde, verdacht op een teken dat dreigend onheil verried.

Door het ruitje van een vergrendelde deur ving hij de aanblik op van een stuk of twintig, dertig mensen — of het mannen of vrouwen waren kon zijn Phaleeds gezichtsvermogen hem niet zo gauw vertellen. Hij aarzelde even, wilde gaan kijken. Nee, dat kon wachten. Het belangrijkste was dat hij Zau-amuz bereikte, vóór men naar hem op zoek ging of navraag ging doen.

In een vertrek, onder de stuurhut gelegen, trof Wratch een Phaleed aan die hij meteen herkende als de kapitein. Het vertrek was ingericht in een stijl die zijn Phaleedse zintuigen bekoorde — een zacht vloerkleed in twee tinten superviolet, blauwe wanden bedekt met fantastisch en weelderig figuurzaagwerk, laag meubilair van roze en witte kunststof, bezet met medaillons van die hoog in het spectrum gelegen kleur, die dr. Plogetz 'kalychroom' had genoemd.

Zau-amuz was een indrukwekkende Phaleed die twee keer zo groot was als Wratch. Zijn rugpantser was beschilderd in een schakering van superviolet. Zijn poten schenen onderontwikkeld te zijn en niet in staat zijn gewicht te dragen, al was het maar even. Hij lag achterovergeleund op een lange peluw.

Volkomen onbekend met de geijkte procedure en in de hoop dat vormelijke hoffelijkheid en starre plichtplegingen niet tot de gebruiken der Phaleden behoorden, liep Wratch langzaam op Zau-amuz af.

"Hooggeëerde, ik ben hij die uit het schip van de insectwezens werd gehaald," zei Wratch.

"Je hebt getalmd," zei de grote Phaleed. "En waar is je gevoel voor *Bza*?" Weer dat onvertaalbare woord, dat zede, regel, oude trant betekende.

"Vergiffenis, grote intelligentie. Als gevangene van de insectwezens heb ik zoveel onaangenaamheden meegemaakt dat mijn zinnen tijdelijk hun volle doelmatigheid zijn kwijtgeraakt."

"Ach, ja." beaamde de Phaleedse notabele. "Dergelijke gevallen zijn niet onbekend. Hoe gebeurde het dat je in handen viel van de insectwezens?"

Wratch deed zijn relaas van de aanval waarbij hij buiten gevecht werd gesteld en vervolgens gevangengenomen.

"De situatie is duidelijk," zei Zau-amuz. Geen spoor van de bruuskheid, de scherpe vragen die Wratch verwacht had, gezien de discipline die hij ervaren had bij de Aardlingen. De Phaleed scheen er van uit te gaan dat zijn rasgenoten loyaal en nijver waren. "Heb je nog belangrijke waarnemingen te rapporteren?"

"Neen, grootheid, behalve het feit dat de insectwezens zo angstig werden bij de nadering van dit schip dat ze in dolle paniek zijn gevlucht."

"Dat is reeds waargenomen," zei Zau-amuz met een heel licht zweem van verveling in zijn stem. "Ga. Voer een noodzakelijke taak uit. Mochten je zinnen zich niet prompt herstellen, werp je dan in de ruimte."

"Ik ga, uwe aanzienlijkheid."

Wratch verwijderde zich, tevreden over de afloop van het onderhoud. Hij was nu aanvaard als een volwaardig lid van de bemanning. De ondervraging was veel eenvoudiger verlopen dan hij ooit had kunnen dromen. Als het schip nu maar snel terugkeerde naar de thuisplaneet van de Phaleden, en als hij maar een paar minuten op het oppervlak kon rondlopen, dan zou alles misschien nog goed komen.

Hij zwierf het hele schip door en belandde al gauw in een duistere zaal die kennelijk was bestemd voor het innemen van voedsel. Twintig tot dertig Phaleden waren op dat moment aanwezig. Ze lepelden een bruine brij in de maagzak op hun borst, vermaalden vezelige planten-stengels die op bleekselderij leken en plukten vruchtjes uit grote trossen die veel weg hadden van druiven en die ze met onverholen genoegen verorberden. De druiventrossen leken hem het smakelijkst. Ja, Wratch werd zich ervan bewust dat zijn lichaam hunkerde naar die druifachtige vruchtjes, een gevoel dat overeenkwam met dat van een dorstig mens die snakt naar water.

Hij ging naar binnen en pakte zo onopvallend als hij kon een tros uit een bak en liet zijn lichaam zichzelf voeden. Tot zijn verrassing ontdekte hij dat de kleine bolletjes leefden, dat ze kronkelden en draaiden tussen zijn vingers en heftig tekeergingen in zijn maagzak. Maar ze waren verrukkelijk en ze schonken hem een wonderbaarlijk weldadig gevoel. Hij wilde vreselijk graag een tweede tros hebben maar misschien was dat niet behoorlijk. Hij wachtte dus tot hij een andere Phaleed een tweede tros zag pakken en volgde toen diens voorbeeld.

Na het eten ging hij terug naar de afgesloten ruimte waar hij eerder de mensen had gezien. In de deur zat een dikke doorzichtige plaat bij wijze van venster. Hij werd afgesloten met een simpele staaf aan de buitenkant. Binnen zag hij twee Phaleden rondlopen tussen de Aardbewoners. Ze betastten ze en bekeken hun huid en ogen, als dierenartsen die een kudde vee inspecteren.

Wratch begon zich onpasselijk te voelen. Arme donders, dacht hij, en voelde diep medelijden. Hij had tenminste een taak die hem op de been hield, maar de gevangenen waren als schapen die naar de slacht-bank werden geleid — verward, doodsbang, onschuldig.

Opeens kwam er een plan bij hem op. Misschien kon hij, zonder zelf gevaar te lopen, nog een taak ten uitvoer brengen.

Hij liep de gang in en mat de afstand van de cel tot de luchtsluis van de sloep. Dertig passen. De sloep was zo ruim, meende Wratch, dat alle gevangen Aardlingen er in konden, als ze een beetje inschikten. Hij had tanks met water zien staan voor noodgevallen en nam aan dat er ook wel voedsel aan boord zou zijn. In ieder geval was het een beter vooruitzicht dan als gevangenen te worden meegevoerd naar de thuisplaneet van de Phaleden.

De gang was toevallig net verlaten. Wratch overtuigde zich er haastig van dat de sluis zonder moeite kon worden geopend en liep toen terug naar de cel.

De twee Phaleden die binnen bezig waren geweest, stonden op het punt te vertrekken. Ze sleepten juist een van de gevangenen, die tegenstribbelde en het uitschreeuwde van angst, de gang in. Wratch wachtte tot ze uit het zicht waren verdwenen, tilde toen de sluitboom op en ging naar binnen.

De gevangenen keken hem apathisch aan. Wratch lette heel bewust op uiterlijke verschijnselen als lang haar en een kortere lichaamslengte en concludeerde dat ongeveer de helft van de gevangenen vrouwelijk was. Waarschijnlijk waren ze ontvoerd van een van de passagiersschepen die door de Phaleden waren vernietigd.

Wratch haalde pen en papier tevoorschijn en begon snel te schrijven: "Ik ben geen echte Phaleed. Ik zal jullie helpen om te ontsnappen. Vertel het aan je kameraden. Jullie kunnen Engels tegen me spreken, dat versta ik."

Hij gaf het briefje aan de dichtstbijzijnde man.

Deze las het en keek verbijsterd op naar Wratch.

"Hé, Wright, Chapman, moet je zien!" riep hij en gaf het briefje aan twee anderen. In een oogwenk had iedereen het gelezen.

Ze maakten te veel misbaar in hun opwinding. Wratch was bang dat een voorbijkomende Phaleed gealarmeerd zou worden door de ongebruikelijke drukte. Hij begon opnieuw te schrijven.

"Gedraag je zo gewoon mogelijk. Ik zal voor de deur gaan staan. Als ik een teken geef, kom dan vlug naar buiten, ga naar rechts en neem de tweede deur links, circa dertig meter verderop. Daarachter ligt een klein schip dat eenvoudig te bedienen is. Maar jullie moeten *snel* zijn." hij onderstreepte het woordje 'snel'. Als jullie eenmaal in het schip zitten moeten jullie je maar zien te redden."

Ze lazen de boodschap.

"En als het nou eens een truc is?" vroeg een van hen.

"Truc of geen truc, het is een kans," zei de eerste man. "Vooruit," zei hij tegen Wratch. "We wachten op je teken."

Wratch wapperde met zijn ene tentakel in een naar hij hoopte bemoedigend gebaar en verliet de cel, zonder de deur weer te vergrendelen. De gang was leeg. Hij luisterde aandachtig maar hoorde nergens het geluid van naderende voetstappen, het trage *kllak — kllak — kllak*, dat de hoorn-randen rondom het sponsachtige weefsel van een Phaleedse voet maakten op het glimmende kunststof dek.

Hij wierp de deur open en wenkte de gespannen Aardlingen. Toen zette hij het op een lopen, de andere kant uit, want hij wilde zo ver mogelijk uit de buurt zijn als de ontsnapping werd ontdekt.

Uit een zijgang zag hij echter de twee Phaleden aankomen die hij in de cel had gezien; ze brachten de Aardling terug die ze daarstraks hadden meegenomen. Wratch zag nu dat het een vrouw moest zijn. Het zou moeilijk worden hen lang genoeg op te houden, hoewel hij in uiterste nood altijd nog het zwarte koffertje had, dat onopvallend hoog onder zijn rugschild zat gegespt, voor het geval hij zich tegen een overmacht moest verdedigen.

Maar dat was alleen bedoeld als laatste redmiddel. Hij posteerde zich midden in de gang.

"Tot welke conclusies zijn jullie gekomen aangaande de intelligentie van dit ras?" vroeg hij.

Ze bleven staan en namen hem van kop tot voeten op.

"Ze bezitten een vreemd en grillig gevoel voor waarden en normen," zei een van de Phaleden na een ogenblik. "Hun gedrag wordt niet geregeerd door *Bza*, door de voorgeschreven weg, maar veeleer door de persoonlijke wil."

"Wat een vreemd gekkenhuis moet hun thuiswereld dan zijn!" riep Wratch uit.

"Ongetwijfeld," zei de tweede Phaleed, die tekenen van ongeduld begon te vertonen.

"Maar zijn deze wezens dan wel in voldoende mate geschikt voor onze doeleinden?"

"Waarschijnlijk wel," was het antwoord. "Diefstal is een taak die bij uitstek strookt met hun onvoorspelbare arglist."

Diefstal? Werden er mensen ontvoerd en lichtjaren ver weggevoerd door een of ander kosmisch misdaadsyndicaat? Maar de twee Phaleden drongen ongeduldig langs hem heen. Bezorgd snelde hij hen achterna, bang dat hij de Aardlingen nog in de gang zou zien. Maar als ze er vaart achter hadden gezet, konden ze nu het schip al uit zijn. Gegeven een voorsprong van een minuut of tien, vijftien, zou het een hele toer worden ze terug te vinden.

De Phaleden hadden de cel bereikt. Ze openden de deur en duwden de eenzame gevangene naar binnen. Toen bleven ze stokstijf staan van verbazing: de cel was leeg!

Ze begonnen op scherpe toon te gonzen en gingen er toen haastig en opgewonden vandoor.

Even later voer er een trilling door het moederschip en vertraagde het zijn vaart; om de omringende ruimte te kunnen afzoeken naar de gestolen sloep, vermoedde Wratch.

Niet veel later voerde het Phaleedse schip de snelheid weer op. Wratch nam aan dat de ontsnapping geslaagd was. Opgelucht zwierf hij daarna nog een tijdje door het schip, kijkend en luisterend, maar zonder veel van belang te weten te komen. De Phaleden communiceerden maar zelden onderling.

Wratch trof slechts één kijkscherm aan op het hele schip en wel in de boeg, in de ruimte boven de kamer van Zau-amuz. Hier bleef Wratch een tijdje rondhangen; hij verwachtte eigenlijk dat ze hem zouden vragen wat hij daar deed, of hem eruit zouden gooien, maar geen van de twee Phaleden aan de stuurpanelen besteedde enige aandacht aan hem.

Wratch zocht de ruimte af naar sterpatronen die hem bekend konden zijn en betreurde voor het eerst de zeven nieuwe kleuren die hij met zijn gezichtsvermogen kon onderscheiden. De sterren zagen er allemaal zo anders uit.

Wratch voelde zich volkomen gedesoriënteerd. Hij zocht onopvallend het vertrek af naar sterrenkaarten, maar die waren nergens te vinden.

Ongedurig als hij was, zwierf hij verder en belandde ongemerkt weer in de buurt van de cel. Eerlijk gezegd zat Wratch enorm in zijn maag met die ene gevangene die was achtergebleven. Wat zou die zich ellendig voelen, dacht hij.

Hij loerde door het kijkpaneel. Een eenzame gevangene zat in elkaar gedoken in het verste hoekje. Wratch had vastgesteld dat ze een vrouw moest zijn, maar uitsluitend op grond van de lengte van haar haren; zijn Phaleeds gezichtsvermogen kon hem geen verdere gegevens verschaffen op grond van haar uiterlijk.

IV

In een opwelling maakte Wratch de deur open en ging de cel binnen, hoewel hij zich later verwenste om het risico dat hij daarmee genomen had. Stel dat zijn belangstelling voor de gevangene achterdocht wekte? Stel dat hij voor Zau-amuz werd gevoerd en ditmaal steviger werd ondervraagd?

Toen hij binnenkwam keek de vrouw op en Wratch voelde hoe haar emoties omsloegen van apathie in dof afgrijzen en haat. Hij voelde ook de aanwezigheid van een vreemde vitaliteit, hoewel ze in zijn ogen een onappetijtelijk, bleek, klam wezen was, met een kop die bekroond werd door een vezelige dot haar.

"De anderen zijn ontsnapt en zijn nu veilig, geloof ik," zo schreef hij. "Ik heb ze geholpen. Het spijt me dat je op dat moment niet in de cel was. Houd goede moed. Ik ben je vriendelijk gezind."

Verbijstering drong door in haar geest, gevolgd door weifelende sprankjes hoop.

"Wie ben jij?" Haar stem klonk aarzelend en verbaasd.

"Ik ben een mens," schreef Wratch. "In deze lelijke chitinekop klopt een menselijk brein."

Ze keek hem eens goed aan en opeens voelde hij de warmte van haar bewondering.

"Je bent heel dapper," zei ze.

"Jij ook," schreef hij, en in een opwelling voegde hij eraan toe: "Niet wanhopen. Ik zal mijn best doen je te helpen."

"Ik vind het nu niet zo erg meer," zei ze. "Het idee dat er iemand anders in de buurt is helpt al een stuk. Ik vond het zo vreselijk dat ik helemaal alleen was."

"Ik moet nu weg," schreef Wratch. "Het zou niet best zijn als ik hier werd betrapt. Zo gauw het kan kom ik weer."

Toen hij de deur uit beende ving hij nog haar verwondering en dankbaarheid op, en een vleug prettige, hartelijke vriendschap.

Het gesprek met de vrouw had Wratch opgemonterd. Vervreemd qua uiterlijk en afgesneden van de mensheid als hij was, had hij niet gemerkt dat zijn geest geleidelijk aan steeds kouder en mechanischer was geworden — een denkmachine. En, zo dacht Wratch in een plotselinge vlaag van bitterheid, meer dan dat was hij ook feitelijk niet — een machine met een bepaalde functie die vervuld diende te worden, waarna hij zich gevankelijk kon laten vernietigen.

Zodra hij het toestel in werking had gezet dat het sluitstuk vormde van zijn missie, vooropgesteld dat hij zo ver kwam, zou zijn leven niet meer waard zijn dan een stofje.

Zijn ontmoeting met de vrouwelijke gevangene, die er in zeker opzicht nog slechter voorstond dan hij, maar vooral de warmte die hij van haar geest had voelen uitgaan, hadden op een of andere manier het verlangen opgeroepen om weer te leven als menselijk wezen. En dat was onmogelijk. Zijn eigen lichaam was dood en volgens dr. Plogetz zouden zijn hersenen een transplantatie naar andermans lichaam niet overleven.

De tijd verstreek. Waren het dagen? Weken? Af en toe bracht hij een snel bezoekje aan de gevangene. Ze moest nog een jonge vrouw zijn, besloot hij, afgaande op de heldere lijn van haar kin, haar kaak en de gelijkmatige kleur op haar gelaatstrekken.

Die bezoekjes vrolijkten hem steevast op, maar bezorgden hem tegelijk een gevoel van onvrede over het weinige dat het leven nog voor hem in petto had. Er was zoveel dat Ryan Wratch had gemist, hoewel hij ook zoveel had ervaren dat behoedzamer mensen nooit gegeven was: het gevoel van grootsheid als hij in zijn eentje door de eindeloze, lichtloze ruimte snelde, de opwinding van een landing op een vreemde planeet, de kameraadschap van zijn twee broers als ze de primitieve genoegens smaakten van verre buitenposten, de betovering van de eerste blik op nog onontdekte planeten op de grens tussen het bekende en het onbekende — werelden die nieuwe en wonderbaarlijke schoonheid konden bieden of vreemde beschavingen, zeldzame onbekende metalen of juwelen, of fabelachtige ruïnes van kosmische ouderdom.

De ongebonden verkenning van de ruimte had een verrukkelijke bekoring en Wratch wist dat hij, zelfs als hij ooit een tweede kans kreeg op een leven als mens, zich toch nooit zou kunnen schikken in een kalm, teruggetrokken bestaan op Aarde.

Wratch dacht aan al die dingen die het leven hem onthouden had. De kleurrijke, fonkelende feestelijkheid van de kosmopolitische steden van de Aarde, gedurende de meest spectaculaire en welvarende periode in de wereldgeschiedenis; de muziek, de spektakels, de vakantieplaatsen waar koortsachtig plezier werd gemaakt, de omgang met verfijnde beschaafde vrouwen, gelach, jeugd en schoonheid.

Nijdig verbande Wratch die gedachten uit zijn geest. Hij was een — hoe had hij het zelf ook weer gezegd? — een apparaat met één enkel doel, dat vervuld moest worden alvorens het zich kon laten vernietigen.

De tijd verstreek, de lichtjaren gleden weg achter het Phaleedse ruimteschip. Maar Wratch had er geen benul van of ze in de richting van Sol gingen of juist de andere kant op. Hij beende door de gangen, legde zich ter ruste op de veerkrachtige vloer van de ruimte die daartoe bestemd was, vulde zijn maagzak met bruine brij en de donkerrode stengels die leken op bleekselderij.

Geen van de andere Phaleden viel hem ooit lastig of stelde hem ooit vragen; niet één scheen te merken dat hij niets omhanden had. Elke Phaleed had zijn taak en die vervulde hij met de grootst mogelijke noeste doelmatigheid. Wratch twijfelde er niet aan dat Phaleden in geval van nood konden optreden met een zekere mate van eigen initiatief; ze waren er echter van nature op gebouwd om blindelings de *Bza*, de vaste paden, te volgen, en om verantwoordelijkheid af te schuiven op de zwarte hoornen schouders van enkelingen als Zau-amuz.

Maar op een dag, toen Wratch somber de machinekamer binnen slenterde, merkte hij dat er een ongebruikelijke activiteit en waakzaamheid heerste. Hij haastte zich naar de stuurhut en zag op het kijkscherm een grote grijze planeet hangen. Ernaast zweefde een doffe groenachtige ster.

Dit was de thuiswereld van de Phaleden, waarvan de juiste positie de Tellurisch Ruimtemarine nog altijd niet bekend was. Dit was zijn bestemming.

Wratch bestudeerde het sterrenpatroon, maar hoe hij zijn hersens ook afbeulde, hij kon er geen enkele bekende constellatie in herkennen.

Hij zag het oppervlak van de planeet dichterbij komen en ontwaarde nevelige continenten en zeeën die naar hij vermoedde brak water bevatten.

Het drong tot hem door dat de piloten hem enigszins verbaasd zaten op te nemen met hun kijkspleten.

"Wij gaan landen, broeder," zei een van de piloten ten slotte. "Hoe komt het dat je je niet van je taak kwijt?"

Wratch dacht bliksemsnel na en zei: "Mijn taak ligt hier. Ik observeer de vormen van de wolken gedurende de landing." Hij hoopte maar dat het geen verkeerd antwoord was.

"Maar is dat de wil van Zau-amuz?" drong de Phaleed aan. "Dat is vreemd, want het is niet *Bza*. Hier is sprake van een vergissing. Ik zal het de Naamdrager vragen." Hij pakte een communicatietoestel en drukte het tegen het membraan in zijn borstkas.

"Waar is de werkplek van degeen die geacht wordt de vormen der wolken te observeren?" zoemde hij. En het antwoord kwam meteen.

"Een dergelijke taak is er niet. Zend diegene naar mij."

"Die gang door," zei de Phaleed, nu weer passief en mat, nu hij de zaak uit handen had kunnen geven. "Zau-amuz zal je aanwijzingen corrigeren."

Wratch kon niet anders doen dan gehoorzamen. Van ontkomen kon geen sprake zijn. De gang voerde nergens anders heen dan naar de kamer van Zau-amuz.

Wratch tastte met een tentakel onder zijn rugschild naar het noodkoffertje dat daar zat vastgegespt en haalde een klein metalen voorwerp tevoorschijn. Jammer dat hij net nu werd betrapt, terwijl het doel zo dichtbij was.

Hij ging het vertrek binnen en zag dat Zau-amuz hem met grote aandacht opnam.

"Vreemde zaken gebeuren aan boord," gonsde de Naamdrager. "Aardse gevangenen ontsnappen zonder een enkele aanwijzing voor de wijze waarop zij konden ontkomen. Een broeder dwaalt werkeloos door de gangen en de stuurhut terwijl *Bza* van hem eist dat hij zich elders op het schip van zijn plichten kwijt. Een andere broeder of mogelijk ook dezelfde zet zich op grond van een niet gegeven opdracht aan het bestuderen van wolkenpatronen wanneer we Moederwereld naderen. En deze verschijnselen doen zich slechts voor, nadat een broeder gered wordt van een ruimtetuig van de insectwezens, die in dit geval niet hun gebruikelijke wanhopige weerstand boden, doch vluchtten met ongewone lafheid." De stem van Zau-amuz klonk steeds scherper en snerpender "Deze zaken nu, wijzen in de richting van een onontkoombare slotsom..."

"Inderdaad," beaamde Wratch. "Dat het met jou afgelopen is."

Hij richtte zijn wapen op de enorme Phaleed. Een felle lichtflits, en het grote hoofd van de Naamdrager spleet doormidden en schrompelde weg tot een nietig zwartgeblakerd schilletje. Stank en walm vervulden het vertrek.

Zau-amuz zakte opzij, trok nog eenmaal met zijn poten en lag toen stil.

Een van de piloten kwam rennend door de verbindingsgang op hem af. Toen hij het ineengezakte lijk zag liggen, verkrampte zijn lange zwarte lijf in een onnatuurlijke houding en hij slaakte een kreet van zulk een ijselijke smart, dat Wratch's hersenen galmden en gonsden van wel duizend gruwelen, van schennis die het begrip te boven ging, van slachtpartijen, folteringen, perversiteiten, van een wereld die zich verraden zag.

Wratch schoot zonder aarzelen de piloot neer en draafde toen terug naar de stuurhut. Bij de ingang bleef hij staan.

"Brutaal zijn!" hield hij zichzelf voor. "Nu niet terugkrabbelen!"

Langzaam liep hij de stuurhut binnen, waarbij hij de overblijvende Phaleed gespannen gadesloeg en trachtte diens afgesloten geest te doorgronden. Hij was een ongelofelijk staaltje van bedrog van plan.

Alle Phaleden leken op elkaar als twee druppels water, voor zover hij wist. Hij had tenminste nooit uiterlijke verschillen waargenomen.

Hij nam onopvallend de plaats in van de dode Phaleedse piloot.

"Waaruit bestond de verwarring?"

"Zau-amuz heeft nieuwe aanwijzingen gegeven," zei Wratch. "Wij dienen het schip in de wildernis aan de grond te zetten."

De piloot slaakte een nijdig gegons.

"Dat is in vreemde tegenspraak tot zijn opdracht van daarstraks. Heeft hij de geëigende coördinaten gespecificeerd?"

"Hij heeft ons de vrijheid gegeven op ons eigen oordeel af te gaan," zei Wratch, met het gevoel dat hij gevaarlijk dicht langs de rand van ongekende nieuwlichterij schaatste. "Wij dienen slechts een onbewoond, afgezonderd gebied uit te zoeken en daar te landen."

"Vreemd! Vreemd!" zoemde de piloot. "Wat een veelheid aan merkwaardige gebeurtenissen in deze laatste perioden! Misschien dienen we Zau-amuz om bevestiging te verzoeken."

"Neen!" zei Wratch gebiedend. "Hij is zeer drukbezet op het ogenblik."

De piloot zette schakelaars om op het ingewikkelde stuurpaneel. Wratch, die geen flauw benul had van wat zijn plichten inhielden, hield zich behoedzaam afzijdig.

"Let op je taak!" blafte de piloot plotseling. "Compenseer de radiale torsie!"

"Ik ben onwel," zei Wratch. "Mijn gezichtsvermogen verflauwt. Compenseer de torsie zelf maar."

"Wat is dit voor verbeelding?" kreet de piloot vol onbeheerst ongeduld. "Sinds wanneer verflauwt het gezichtsvermogen van een Phaleed tijdens de uitoefening van zijn plicht? Dat is niet *Bza!*"

"Desalniettemin is het zo en niet anders," zei Wratch. "Je zult het schip zonder hulp aan de grond moeten zetten."

En aangezien er niets anders opzat, wijdde de piloot zich aan zijn taak, zacht gonzend op een toon van zenuwachtige agitatie en verbijsterde verontwaardiging.

De planeet werd steeds groter. Wratch merkte dat hij zich ondanks alles nog vrolijk kon maken om de wanhopige drukte van de piloot.

V

Er kwam een stad in zicht die er in zijn Phaleedse ogen prachtig uitzag. Een stad met lage koepelgebouwen van een donkere, glinsterende substantie, een aantal vijfhoekige pleinen in donkerbruin, waar uitgestrekte, vormelijke mozaïeken lagen in twee tinten sub-rood, een hoge tweebenige toren, bekroond door een grote bol waaruit aan twee zijden een slanke geknotte kegel stak. Het geheel draaide langzaam rond tegen de vaal olijfgroene hemel.

De stad lag in elkaar gedoken in een vlak landschap. Een trage rivier stroomde op enige afstand en erachter lag een moeras. Zelfs nu hij gewoon was geraakt aan de tinten en schakeringen van de dertien kleuren die de Phaleden kenden, stond Wratch versteld van de bizarre effecten van het zwakke groene zonlicht op het land.

Ze gleden over de stad heen en bevonden zich even later boven iets wat er uitzag als een industrieterrein. Wratch zag enorme afgravingen, zwarte staketsels die tegen de hemel afstaken, sintelhopen, bouwkranen die onthutsend veel op de Aardse leken.

De stad verdween achter de horizon. Beneden hen lag wildernis.

"Land daar bij die hoge heuvel," zei Wratch "Vlak bij de rand van het bos."

"Ik had begrepen dat je gezichtsvermogen verzwakt was," zei de piloot — niet boos of achterdochtig, want dergelijke gevoelens schenen de Phaleden vreemd te zijn; hij klonk alleen verbaasd.

"Het werkt nog goed op de lange afstand," legde Wratch uit.

"Een vreemde, vreemde tocht!" gonsde de Phaleed.

Het was een beproeving voor een piloot alleen om het grote schip zonder ongelukken aan de grond te krijgen en Wratch bewonderde de vaardigheid waarmee de Phaleed zich van de opgave kweet.

Een ras met een hoog ontwikkeld aanpassingsvermogen, dacht hij. Wanneer ze tenminste voor duidelijk omschreven, onontkoombare problemen worden gesteld. Maar wanneer een situatie gedekt wordt door *Bza*, zijn ze volgzaam en ja, bijna argeloos.

Het schip daalde langzaam op de zachte, donkere aarde, aarzelde, raakte grond, zocht naar evenwicht en stond toen stil.

"Het bevel van Zau-amuz luidt, dat je hier wacht tot hij je roept terwijl ik elders een taak ga vervullen," zei Wratch.

Hij kwam overeind, een statige zwarte gedaante met een pantser en rugschild van hoorn, met gelede poten, grijsgevlekte armtentakels en een geprononceerde insectoïde kop. Maar in die kop klopten de hersenen van een Aardling en die riepen hem toe: "Vooruit! Nu de zender…"

Hevig gespannen beende hij de gang in waar de cel lag, ontsloot de deur en wenkte de vrouw met dringende gebaren.

Ze aarzelde, ze herkende hem niet en hij voelde dat ze bang was. Toch week ze geen duimbreed. Hij maakte bewegingen van grote haast. Geen tijd om iets op te schrijven. Hij wees op zichzelf, wees naar haar.

Opeens begreep ze hem en kwam naar hem toe. Hij beduidde haar op haar hoede te zijn en trok haar de gang in.

Een kreet van smart weergalmde door het schip. De Phaleden hadden Zau-amuz gevonden. Wratch zette het op een lopen en trok het meisje mee naar de luchtsluis. Het bericht van de moord had kennelijk bliksemsnel de ronde gedaan want alle Phaleden die hij tegenkwam stonden er bij als waren ze lamgeslagen, beroofd van wil en verstand.

De hoofdluchtsluis was een ingewikkeld gevaarte. De bediening ging hem te boven.

"Open de buitendeur," beval Wratch een Phaleed die in de buurt stond. "Dit is het laatste bevel dat Zau-amuz nog heeft kunnen geven."

Verwezen gehoorzaamde de Phaleed.

Struikelend belandden Wratch en de jonge vrouw op het onaardse gras van de Phaledenwereld. Op datzelfde ogenblik klonk in het schip het machtige gebrom van de omroepinstallatie.

"IJselijk verraad! Ongehoorde wandaden! Grijp de twee die het schip hebben verlaten!"

Wratch ging over tot een waggelende draf, waarbij hij in het noodkoffertje onder zijn rugschild tastte. Het bevatte een zendertje bestaand uit drie onderdelen: een kleine atoomcel als energiebron, de weerbestendige, slim geconstrueerde transformator, en een uitklapbaar net dat als antenne dienstdeed. Wratch haalde ze onder het lopen tevoorschijn maar kreeg geen tijd om stil te staan en het toestel in elkaar te zetten. Uit het schip was een stroom van Phaleden tevoorschijn gekomen, die hen met logge sprongen nazetten over het bruingroene veld.

De vrouw was volstrekt geen belasting. Ze hield zijn zwalkend voortsnellende Phaledenlijf moeiteloos bij. Het drong tot hem door dat ze jong en sterk moest zijn, om zo goed te kunnen lopen. En hij wenste, al deed het helemaal niet ter zake, dat hij haar kon zien zoals ze werkelijk was, althans, zoals mensenogen haar zouden zien. In de ogen die hij nu droeg was ze een bleek, vochtig, reptielachtig wezen.

De kale rotsheuvel die hij eerder had gezien lag links van hen, terwijl zich recht vooruit en aan de rechterkant een bos uitstrekte, met een plantengroei die zijn ogen weliswaar vertrouwd voorkwam, innig en angstaanjagend vertrouwd, maar die zijn Aardse hersenen waarnamen als de vreemdste vegetatie die hij ooit had aanschouwd.

De bomen waren enorm, met dikke korte stammen die veel van de steel van een paddenstoel weg hadden en als gebladerte een pluimenbos tentakelachtige sprieten die precies leek op een zeeanemoon. Ze waren er in alle kleuren van de Aardse regenboog, plus de zeven belendende Phaleedse kleuren, en in elke denkbare tint, mengkleur en schakering. Het diepliggende hart bovenop de stam was steeds een glanzend, wonderschoon kalychroom.

De kleuren waren zo helder en stralend als gebrandschilderd glas waar de zon door schijnt en het bos stond er zo vrolijk bij als maar mogelijk was met dat bleke, groene zonlicht. Het stak vooral prachtig af bij de sombere golvende heuvels en de drabbig groene moerassen vol laaggroeiend riet. Maar hoewel de bomen, als het al bomen waren, een vreemde schoonheid bezaten, hadden ze ook iets onrustbarend mollichs en vlezigs.

Wratch moest een minuut of drie de tijd zien te krijgen om te doen wat nodig was en het bos was zo te zien het enige toevluchtsoord, de enige mogelijkheid om zich een ogenblik te verbergen.

Vluchtig vroeg Wratch zich nog af waarom het bos hem zo drukkend bekend voorkwam. Was het een voorgevoel, was het de uitstraling van de Phaleden? Maar dat kon immers niet? Zijn snelle waggelgang stokte even, maar dat was maar van korte duur. Het bos lag voor hen en de Phaleden zaten hen op de hielen.

Hij zette zijn logge lijf aan tot een laatste krachtsinspanning om de paarse schemering tussen de bomen te bereiken. Opeens besefte hij dat het niet zijn geest was, maar zijn Phaleedse lichaam, dat het kleurige woud vreesde. Al zijn cellen tintelden van diep ingeprente angst, een instinct dat hem tot in zijn diepste vezels deed sidderen. De bomen met hun vrolijke serpentines leken groteske monsters, de duistere schaduwdiepten leken even afschrikwekkend als de dood.

Een vuurstraal uit een Phaleeds wapen schoot vlak langs hem heen. De bosrand lag voor hen. Wratch aarzelde niet. Met trillende zenuwen dook hij tussen de bomen door, met het mensenmeisje achter zich aan.

Voort holden ze, voortdurend van koers veranderend om hun achtervolgers op een dwaalspoor te brengen. Het meisje begon moe te worden, ze kwam merkbaar langzamer vooruit. Wratch keek achterom, zag niets dan dikke stammen en wel honderd ongelofelijke kleuren.

Het was een woud des doods. Hij stootte op diverse dof geworden omhulsels van lang geleden gestorven Phaleden, dorre zwarte rugpantsers, als dekschilden die door reusachtige torren waren afgeschud; met een schok van afgrijzen ontdekte hij ook een menselijk skelet, bleek, halfverteerd en onuitsprekelijk verloren ogend in deze onaardse jungle.

Na een tijdje bleef hij staan en luisterde, elk trilhaartje in de klankkast onder zijn rugpantser gespannen.

Stilte. Geen bonkende voetstappen. Hadden ze hun achtervolgers afgeschud?

De doodsangst die zijn lichaam doortrok begon nu geleidelijk aan zijn geest aan te steken. Hij keek speurend om zich heen maar zag niets anders dan traag heen en weer zwaaiend gebladerte en dikke stammen in rood, groen, geel, oranje, blauw en de zeven Phaleedse kleuren, in elke denkbare combinatie. En toch kwam het Wratch voor dat hij de aanwezigheid voelde van denkende wezens, dat hij kwaadaardige stemmen hoorde boven zijn hoofd, stemmen die zich verkneukelden over een angstaanjagend vooruitzicht.

Aan de stam van een boom, vlakbij de plek waar hij stond, ontsproten dikke trossen van de verrukkelijke druifachtige vruchten die hij op het schip had gegeten. Hij was moe, hij had behoefte aan een versnapering. Bijna had hij zijn hand uitgestoken om ze te plukken, maar nee, dacht hij. Hij had geen tijd om te eten. Of had een of ander instinct hem ervan weerhouden? Hij trok zijn armtentakel terug en draaide zich om. Zijn eerste zorg was het in elkaar zetten van de zender.

Hij legde de onderdelen op de vochtige aarde en toog aan het werk. Boven het bos schoten gierend drie Phaleedse zwevers door de groenbruine lucht, speurend naar hem. Hij keek even op en zag het sponsachtige bladerdak. Hing het niet lager dan zo-even, was het dichterbij gekomen? De gedachte riep onwillekeurige krampen op in heel zijn lichaam.

Resoluut negeerde hij zijn angstreflex en zette de drie onderdelen in elkaar tot het toestel, op het functioneren waarvan een hele wereld wachtte, klaar voor gebruik was.

Nog één verbinding moest hij maken, dan zou zijn signaal de ruimte inschieten om te worden opgevangen door duizend schepen van de Aardse vloot.

Toen klonk er een snerpende gil. Het meisje! Hij draaide zich met een ruk om en zag haar worstelen met een stuk of vier glinsterend witte stengels die uit de grond waren geschoten. Ze schenen ongelofelijk beweeglijk te zijn, wikkelden zich om haar heen en snoerden haar in.

Wratch voelde een zachte koele aanraking op zijn rug. Meteen werd heel zijn lichaam willoos en kalm, zwevend op een golf van glorieus vredegevoel. Hij was vereend met het eeuwige, ondergedompeld in een gezegende vervulling, die zijn eerdere ervaring en zijn bevattingsvermogen te boven ging.

Wratch's Aardse hersens kwamen in opstand, stelden zich wanhopig te weer, stuurden bevelen uit langs onwillige zenuwbanen. Hij trapte van zich af. Zijn daareven nog verslapte leden trokken de broze stengel stuk. Zijn lichaam beschikte weer over een zekere mate van vrije wil. Hij rukte aan de wortelscheuten die het meisje omwikkelden. Ze gilde en hijgde. Haar angst sneed door zijn geest.

Hij stampte en ranselde de soepele stengels kapot en trok het meisje weg. Bloed sijpelde van haar knie omlaag. Ze huiverde en drukte zich dicht tegen hem aan en in haar geest voelde hij hartstochtelijke opluchting om het feit dat ze weer vrij was en veilig, bij hem. En Wratch herinnerde zich de afkeer en de walging van juffrouw Elder en was verbaasd.

Het volgende ogenblik had hij een kleine laser tevoorschijn gehaald en om hen heen een rokende cirkel van vernietiging geschapen. Nu meende hij wel te begrijpen waarom de Phaleden de jacht aan de rand van het bos hadden gestaakt en waarom zijn Phaleedse instincten het hadden uitgeschreeuwd bij het zien van die vreemd gekleurde schaduwen. Kennelijk gebruikten de Phaleden dit bos voor terechtstellingen.

Opnieuw kwamen er scheuten door het oppervlak omhoog, maar vreemd aarzelend ditmaal, alsof ze werden bestuurd door een denkend wezen, dat zich zojuist bezeerd had. Een machtige, gonzende stem begon te spreken in het bladerdak. Wratch hield zijn wapen gereed.

"Broeder, kleine broeder, ben je niet normaal in het hoofd?" vroeg de stem op tedere, verbaasde toon. "Verzeng je de armen die je tot de eeuwigheid voeren? Heeft niet *Bza* je tot je vader gedreven?"

Wratch keek om zich heen maar kon de Phaleed die gesproken had nergens bespeuren. "Nee," zei hij. "Ik kwam voor heel iets anders.

Kom tevoorschijn, wie je ook mag zijn, anders verzeng ik elke boom die ik zie."

Er viel een stilte. Wratch voelde hoe een denkende geest, een monsterlijk onmenselijke, denkende geest de zijne beroerde.

En terugdeinsde.

"Geen wonder dat je de armen van de Vader doodt! Je lichaam is dat van de kinderen maar je geest is een afstotelijk mengelwerk, een arglistige onevenwichtigheid; je hebt geen weet van *Bza*."

"Dat is zo," zei Wratch met zijn laser in de aanslag. "Ik kom van de planeet Aarde, die aangevallen wordt door de lieden van deze wereld. Wie ben je? En waar ben je?"

"Ik sta om je heen," zei de stem. "Ik ben het woud — de Vader."

Even was Wratch volkomen verbijsterd. Toen herwon hij zijn evenwicht. Heel interessant, maar hij verspilde zo zijn tijd. Hij liep langzaam achteruit naar de plaats waar hij de zender had laten vallen.

Het apparaat was verdwenen.

VI

Star van ontzetting keek Wratch om zich heen. Hij zag de zender hoog boven zijn hoofd bungelen, gevangen in een kronkel van de witte scheuten.

"Laat vallen!" gonsde hij met aandrang.

"Kalmte, broeder, kalmte en rust in het Vaderwoud. Dat is *Bza*."

Wratch mepte tegen de voet van de stengel. Het ding knapte, begon te kantelen en even later viel de zender op de grond. Maar een volgende stengel bekroop hem van achteren en hield hem al snel tegen de grond gesnoerd. De zender werd uit zijn hand gerukt. Wratch was machteloos. Het meisje kwam aanrennen en begon aan de stengel te rukken, maar deze werd beschermd door een soepele, leerachtige bast.

Wratch zoemde haar wanhopig toe. Kon hij maar praten. Kon zij hem maar verstaan!

Hij rukte de zender weer los uit de wriemelende kronkelstengels en wierp het toestel van zich af, op een onbegroeid stuk grond.

"Zz — zz — zz-zz!" zei hij gebiedend terwijl hij dringend gebaarde. Waarom begreep ze het nu niet?

Ze kwam langzaam overeind, keek twijfelend, eerst naar Wratch en dan naar de zender. Ze raapte het ding op.

"Bedoelde je dat?" vroeg ze.

"Zz — zz — zz!" zoemde Wratch.

"Eén keer is nee, twee keer is ja," zei ze en ontweek een witte arm die haar besloop. "Moet ik er iets mee doen?"

"Zz! zz!" Wratch trachtte te knikken ondanks zijn starre nek.

Ze pakte de schakelaar beet. "Moet ik die omzetten?"

"Zz! zz!"

Ze zette de zender aan. Het toestel gonsde, vibreerde, zong het uit. Het net werd eerst wit, vertoonde toen zwemen van wel honderden kleuren en slingerde een machtig signaal de subruimte in, een baken dat de oorlogsschepen van de Aarde naar het Vaderwoud riep, naar de planeet der Phaleden. Binnen vijf minuten zouden op alle alarmpanelen van de vloot rode lampen knipperend aanslaan. Duizend oorlogsschepen zouden langs de zenderstraal omlaagkomen.

Ryan Wratch gaf zijn verweer op. Nu mochten ze hem doden. Hij had zijn missie volbracht. Hij had woord gehouden tegenover zijn broers. Het Vaderwoud zou hem doden. Hij wist het, hij voelde de zekerheid van zijn aanstaande dood en dat er niets kwaadaardigs aan was. De witte scheuten verstevigden hun greep, begonnen gretige, verkennende tentakels uit te sturen door de spleten en kieren van zijn chitinepantser.

Wratch keek naar het meisje. Hij voelde haar angst. Maar ze was niet bang voor wat er met haar gebeuren zou! Wat ze voelde was angst om hem, en ook een fel medelijden!

En ineens wilde Ryan Wratch leven, als nooit tevoren.

"Laat me los!" riep hij het woud toe. "Ik wil met je praten!"

"Waarom zou je trachten *Bza* te ontgaan," maande een liefhebbende stem. "Je brein is een oneigenlijk iets en misschien zou je nog meer van onze witte armen verzengen."

"Als ze me weer proberen te grijpen wel, anders niet. Laat me los! Als je het niet doet zal mijn metgezel een groot stuk bos afbranden."

De armen vielen van hem af. Wratch stapte ertussen vandaan. Het meisje holde naar hem toe, uitgeput en helemaal in de war. Wratch streelde haar schouder met een arm-tentakel.

Hij keek aandachtig rond of hij nog bekropen werd door witte scheuten, maar hij zag er geen. Hij voelde de aanwezigheid van een waakzame behoedzaamheid in het woud, maar ook het wegtrekken van een dreiging.

Hij keek neer op het meisje met een vreemd beschermend gevoel.

Hij kraste in de grond: "Dankjewel. We hebben gewonnen!"

"Zouden de Phaleden niet komen?" vroeg het meisje.

"Phaleden vrezen het woud. We kunnen het uitzingen tot de schepen komen," schreef Wratch in de donkere teelaarde. En hij bespeurde hoop en een warm geluksgevoel in haar geest.

"Zouden we terug kunnen naar de Aarde?"

Inwendig verstijfde hij. Snelle gedachten schoten door hem heen als een puts ijskoud water. De Aarde? Wat was er voor hem nog op Aarde? Zijn lichaam was gestorven. Niemand had verwacht dat hij zijn missie zou overleven.

Langzaam schreef hij: "Weet ik niet."

Toen wierp hij een blik op de antenne, het net dat trouw zijn boodschap uitzond, en genoot van de verbeten bevrediging, dat hij een uitzichtloze taak had weten te klaren.

Hij keek om zich heen. Geen teken van leven, alleen de aanwezigheid van het dreigende, waakzame woud, gemelijk en gewelddadig.

Hij kreeg ineens een ingeving. Nieuwsgierig zoemde hij hardop het Phaleedse signaal voor "luister naar mij".

"Wat wens je?" klonk het antwoord uit het veelkleurig gebladerte.

"Waarom noem je jezelf de Vader?"

"Uit het woud komt de Vrucht van het Leven voort," zei de stem. "Hij die ervan eet wordt bezwangerd door het tweede leven. Na verloop van tijd brengt de groene zon weer een van de Kinderen voort."

Een gevoel alsof hij flauwviel; braakneigingen. Wratch huiverde. Hij herinnerde zich hoe gretig hij van de vruchten gegeten had aan boord van het Phaleedse schip.

Wratch hing ongemakkelijk half onderuit in zijn stoel in de salon van het vlaggenschip van de vloot, de *Macht van Canada*. Menselijk meubilair was ten ene male ontoereikend voor zijn hoekige lijf. Zelfs de stoel die speciaal voor hem vervaardigd was in de werkplaats van het vlaggenschip was niet echt comfortabel.

Naast hem zat het meisje. Wratch wist nu dat ze Constance heette. Commandant Sandion had zojuist de salon verlaten en was naar zijn werkkamer vertrokken, naar de brug. Afgezien van Constance Averill, die stilletjes naast hem zat, was de salon verlaten.

Het was een weelderige kamer. De muren waren met leer bekleed, ingesneden en gebosseleerd met zwart, rood en rookblauw. Lange patrijspoorten, eigenlijk eerder vensters dan patrijspoorten, toonden de weidse duisternis van de ruimte, met fonkelende sterren zowel boven als onder.

Aan de andere muur hingen aquarellen geschilderd door een kunstzinnig begaafde tweede officier — een zicht vanuit de Songingkwoestijn op de Olympische Bergen van Coralangan; inboorlingen van Bao die zeebloedzuigers tot pulp stampten; een Martiaans landschap met de ruïnes van Amth-Mogot.

Het meubilair was zachtgroen en baksteenrood, de verlichting amber. Er stonden diverse goedgevulde boekenrekken en een tv-bioscoop combinatie.

Wratch zuchtte voor zich heen, maar alleen in de geest. Zijn lichaam was niet tot zuchten in staat. De lucht werd door de duizenden kanaaltjes onder zijn pantser voortgepompt, even automatisch als de hartslag van een mens.

Wratch keek het vertrek rond zonder zijn hoofd te hoeven bewegen; dat was een voordeel van zijn zichtspleet en zijn tweehonderd ogen. Hij wist dat het een aangename ruimte was, dat de Aardlingen deze salon zo hadden ingericht dat hij in de koude zwarte ruimte warm en leefbaar overkwam. Maar in zijn ogen was het een onvriendelijk kaal oord waaraan hij nooit zou wennen.

De Aarde lag een week reizen voor de boeg. Twee weken achter hen zweefde, als een onbeduidend lichtpuntje in het sterrenbeeld de Lier, de duistere, vale planeet van de Phaleden, nu bezet door een Aards garnizoen en bewaakt door twee ongenaakbare satellietforten die op anderhalf duizend kilometer boven de evenaar in een omloopbaan om de planeet heen zwiepten.

De deur ging open. De scheepsantropoloog kwam binnen, plofte neer en begon een opgewonden verhaal af te steken. Hij was een drukdoenerig maar onschuldig manneke met een hoog, kaal voorhoofd, een rossige snor en snelle bruine ogen.

Twee weken lang had hij Wratch doorgezaagd, dag en nacht. Wratch, die verdiept was in zijn eigen duistere overpeinzingen, had weinig zin in gesprekken. Behalve met Constance Averill, en die zei tegenwoordig ook maar weinig.

"Op grond van wat je me verteld hebt, ben ik tot een voorlopige theorie gekomen," zei de antropoloog. "We moeten daarbij uitgaan van een nogal buitenissige beginsituatie, hoewel misschien niet zoveel vreemder dan een analoge situatie in de ogen van de Phaleden.

"Dit ras is in zichzelf verdeeld. De twee verschijningsvormen zijn niet mannelijk en vrouwelijk, maar grofweg gezegd: plantaardig en dierlijk. De vruchten van de plant bevruchten het dier. Het dier komt, door honger of misschien ook door *Bza* gedreven, de vruchten stelen. Het woud vangt het dier, verteert het, en wordt weer geprikkeld tot het voortbrengen van vruchten."

De antropoloog keek hen trots aan, alsof zijn onbeduidend onderzoekje de oorlog had beslecht.

Een assistent kwam binnen en boog zich eerbiedig over de antropoloog heen. "De details van het vredesverdrag zijn zojuist binnengekomen."

De antropoloog was duidelijk geïnteresseerd en danig in zijn sas. "Ik vraag me af wat voor maatschappelijke gevolgen dat verdrag zal hebben voor de Phaleden," zei hij. "Wat zal er worden van hun *Bza*, hun homogeniteit, hun beschavingspatronen? Willen jullie me verontschuldigen," zei hij tegen Wratch en Constance Averill. "Ik moet werkelijk onmiddellijk McDougalls Theorema op deze situatie uitzetten."

Hij ging er op een drafje vandoor. Wratch en Constance Averill waren weer alleen.

Wratch keek vermoeid de salon rond. Hij was laag en onaangenaam van proportie en de kleuren waren schel en vloekten met elkaar. De bemanning, de antropoloog, Constance Averill — allemaal akelige, lelijke wezens die hem vreemd waren. Hun stemmen belaagden zijn membranen, hun bewegingen stonden hem tegen.

Hij werd de gedachtegang van Constance Averill gewaar. Warmte en openheid voelde hij daar, en opgewektheid. En nu ook weemoed, met een vreemde vleug van schroom.

"Je bent niet gelukkig, is het wel?"

Hij schreef: "Het is me gelukt mijn taak te volbrengen. Daar ben ik blij om. Nu ben ik iets voor het museum, een griezel om je aan te vergapen."

"Dat *mag* je niet zeggen!" Wratch voelde haar medelijden. "Jij bent notabene de dapperste man die er op Aarde rondloopt."

"Ik loop niet op Aarde rond en ik ben geen man. Ik zit gevangen in een vreemd lichaam. Niets ziet er meer uit zoals vroeger, als je door Phaledenogen kijkt."

"Hoe zie ik er uit?" vroeg ze belangstellend.

"Als een kruising tussen een kwal en een heks," schreef hij.

Wratch merkte hoe ze schrok en zich in haar vrouwelijkheid bezeerd voelde.

"Maar ik ben echt niet lelijk, hoor," verzekerde ze hem.

Ze zwegen.

"Je hebt iemand nodig die voor je zorgt," zei ze ten slotte. "En die iemand ben ik."

Wratch was oprecht verbluft. Zijn vingervliezen vertrokken zenuwachtig terwijl hij schreef: "Nee! Ik ben van plan de ruimte in te trekken en mijn leven verder alleen te slijten. Ik heb niemand nodig."

Ze was opgestaan. Ze huilde.

"Niet doen. Praat toch niet zo! Het is afschuwelijk — wat ze met je gedaan hebben bedoel ik." Ze veegde woedend haar tranen weg met haar hand.

"Goed dan!" zei ze nijdig. "Ik ben gek. Ik ben krankzinnig. Maar ik vind je de meest fantastische man die ik ooit heb ontmoet. En ik hou van je. Het kan me niet schelen hoe je er uitziet. Dus je zit gewoon met me opgescheept en ik zal er wel voor zorgen dat..."

Een officier kwam binnen, aarzelde bij de deur.

"Een bericht voor u, meneer Wratch. Net binnengekomen."

Wratch scheurde onhandig de envelop open. Op het briefje stond:

Geachte meneer Wratch,
 Ik heb goed nieuws en dat hebt u wel verdiend. We hebben
 uw lichaam weer helemaal weten op te lappen en het ligt voor u
 klaar. Het was een heel karwei.

*Ik wilde geen valse hoop wekken want het heeft erom
gespannen. Zodra uw hersenen uit het lichaam waren verwijderd
zijn de beste artsen en chirurgen ter wereld dag en nacht eraan
bezig geweest en de transplantaties zijn allemaal geslaagd.*
    *U zult zich ongetwijfeld nu een stuk beter voelen. Ik verwacht
u over een week.*

Dr. Plogetz.

Wratch gaf het briefje aan Constance Averill.

De tweehonderd Phaledenogen konden niet huilen, maar Constance
nam voor beiden de honneurs waar.

In de wachtkamer van de Atlantische Combinatie, het grootste ziekenhuis ter wereld, zat een vijftigtal mensen in de hal te wachten op
vrienden en verwanten die zouden worden ontslagen en die van de
zalen in de torens moesten komen.

Daar zat ook een slank meisje met glanzende, donkerrode haren,
een heldere tint en een gezichtje dat teer en lieflijk was als een bloem,
maar met dat alles ook wilskracht uitstraalde. Ze hield haar blik gericht
op de liftdeuren en nam alle mannen die naar buiten kwamen en naar
bekende gezichten speurden tussen de wachtenden nauwkeurig op.
Een paar keer keek ze nog eens aandachtiger, maar leunde toen weer
naar achteren op haar stoel.

De minuten gingen voorbij. Opnieuw gleden de liftdeuren open;
weer kwam een groepje ontslagen patiënten naar buiten, onder wie
een magere maar gespierde jongeman. Hij bezat een brede opgewekte mond en een lange kin met een litteken dat doorliep tot op
zijn wang.

Het meisje nam hem hoopvol en onzeker op — kwam toen langzaam overeind en deed aarzelend een paar stappen in zijn richting.
De jongeman was blijven staan en zocht met zijn blik de gezichten af.
Ze bleef ook staan. Had ze zich vergist? Nee, dat kon niet. Ze deed
weer een stap naar voren. Hij zag haar, bekeek haar nauwlettend.
Opeens glimlachte hij, kwam naar haar toe en greep allebei haar handen vast.

"Constance." Het was geen vraag, maar een zeker weten. Bijna een minuut stonden ze elkaar ononderbroken aan te staren, opgaand in hun herinnering.

Hij hield haar arm heel stijf vast toen ze samen het ziekenhuis verlieten.

Chateau d'If

I

De advertentie verscheen als reclame op het telescherm en een paar dagen later in de marge van het nieuwsfax. De kopij was g roen op een zwarte achtergrond, een bescheiden rechthoek tussen de tinten oranje, rood en geel. Het opvallende van de advertentie zat in de boodschap zelf:

> *Verveeld? De sleur zat?*
> Smacht u naar AVONTUUR?
> *Probeer dan het Chateau d'If.*

Het Oxonische Terras was een prettige oase van rust in het hart van de stad — een rechthoek van rode natuursteenplaten bezaaid met strandparasols, tafeltjes, luie mensen. Een haag van magnolia's schermde de straat af en filterde het merendeel van de straatgeluiden weg, en wat er overbleef, een zacht achtergrondgedruis als van de branding in de verte, vormde een bodem voor de gesprekken en de onregelmatige plofgeluiden op de handbalveldjes van het terras.

Roland Mario zat er volmaakt ontspannen bij, wat onderuit gezakt, met zijn hoofd achterover en zijn schoenen op de tafel van gesponnen lucht en glas — dezelfde houding die ook zijn vier tafelgenoten hadden. Terwijl hij hen observeerde vanonder zijn halfgeloken oogleden, mijmerde Mario over het oeroude mysterie van de menselijke persoonlijkheid.

Hoe konden de mensen identiek aan elkaar en toch volslagen uniek zijn?

Links van hem zat Breaugh, die als reparateur van calculators werkte. Hij had een lange spitse neus, ronde ogen en dikke zwarte wenkbrauwen. Hij was behendig met zijn vingers, geduldig en methodisch. Hij had een Welshe naam, en hij zag eruit als iemand van het zuivere, oude Welshe type, de kleine donkere mannen die er eerder waren dan Caesar, eerder dan de Kelten.

Naast hem zat Janniver. Noord-Europa, Afrika en de Oriënt hadden samengewerkt om zijn hersens en lichaam te vormen. Hij was accountant van zijn vak en een lange, magere man met kort geelblond haar. Hij had een lang gezicht met eerst uitgesneden en vervolgens plat geboetseerde gelaatstrekken. Hij was voorzichtig, bedachtzaam, een geducht tegenstander op het handbalveld.

Zaer was de kwiekste van het vijftal en de jongste. Hij was een bleke jongen met rode wangen, krullend donker haar, levendige ogen en hij praatte het meest, lachte het meest en schoot af en toe uit zijn slof.

Naast hem zat Ditmar, een sardonisch man met scherpe, samengeknepen ogen, een hoog voorhoofd en een donkergebronsde huid uit Polynesië, de Soedan, India of Zuid-Amerika. Hij speelde geen handbal, en hij dronk minder dan de anderen wegens een leveraandoening.

En Mario zelf, hoe zagen zij hem? Hij dacht na. Vermoedelijk hadden zij allemaal een ander beeld van hem. Aan de buitenkant vertoonde hij weinig pretenties of frappante trekken. Hij had een onopvallend, prettig gezicht, heel gewone haren en ogen en zijn huid had de gebruikelijke goudbruine kleur. Hij was van gemiddelde lengte, woog niet te veel en niet te weinig, sprak met een rustige stem en kleedde zich niet buitensporig. Hij wist dat men hem graag mocht, voor zover dat tussen de vijf iets betekende. Het was niet zozeer de geestverwantschap die hen samen had gebracht, als de aanwezigheid van het handbalterrein en hun gedeelde status van vrijgezel.

Mario merkte dat iedereen zweeg. Hij dronk zijn glas uit. "Doet er iemand mee met een nieuw rondje?"

Breaugh maakte een instemmend gebaar.

"Ik heb genoeg gehad," zei Janniver.

Zaer keerde zijn glas boven zijn keel om en zette het met een klap neer. "Op de prille leeftijd van vier jaar heb ik mijn vader beloofd nimmer een aangeboden glas af te slaan."

Ditmar aarzelde en zei toen: "Ik kan m'n geld net zo goed aan drank uitgeven als aan iets anders."

"Dat is het enige waar geld goed voor is," zei Breaugh. "Om wat plezier in je leven te kopen."

"Met een hoop geld kun je een hoop plezier kopen," zei Ditmar stuurs. "Probeer dat geld maar eens te krijgen."

Zaer maakte een weids, overdreven armgebaar. "Word kunstenaar, of uitvinder, doe iets scheppends, bouw iets. Het leven van een loonslaaf heeft geen toekomst."

"Kijk maar eens naar die nieuwe oogst van wonderkinderen die zo van school komen," zei Breaugh zuur. "Waar komen ze in hemelsnaam opeens allemaal vandaan? Is het soms spontane generatie door de inwerking van zonlicht op slijk? Plotseling stikt het overal van nieuwe genieën. De Satz, Coley — atoomgeleerden. Honn, Versovitch, Lekky, Brule, Richards — hoge regeringsfunctionarissen. Gandelip, New, Cardosa — financiers. Tientallen zijn het er, en geen ervan is boven de drieëntwintig of vierentwintig. En allemaal zijn ze als een meteoor omhooggeschoten."

"En vergeet Pete Zaer niet," zei Zaer. "Hij is er ook zo een, alleen is hij nog niet aan het meteoorstadium toe. Geef hem nog een jaar."

"Ach," mompelde Ditmar, "misschien is het wel ergens goed voor. Iemand moet het denkwerk doen. We krijgen te eten, we worden gekleed, we worden opgeleid, we hebben makkelijke baantjes, en goeie drank is goedkoop. En voor negenennegentig van de honderd hoeft het leven verder niets te betekenen."

"Als ze alleen maar de kater uit de alcohol wilden halen," verzuchtte Zaer.

"Drank verlost je van het leven," zei Janniver somber. Dronkenschap is zowat het enige avontuur dat er nog te beleven valt. Dronkenschap en de dood."

"Ja," zei Breaugh. "Je kunt altijd je minachting voor het leven tonen door dood te gaan."

Zaer lachte. "Whisky of cyanide. Geef mij maar whisky."

Er werden nieuwe glazen gebracht. Ze dobbelden om de rekening. Mario verloor en tekende voor het rondje.

Een ogenblik later zei Breaugh: "Maar het is echt waar. Dronkenschap en de dood. De onvoorspelbare dingen. De enige twee uitwegen die er nog zijn — tenzij je twintig miljoen dollar kunt spenderen aan een interplanetaire raket. En dan nog liggen er alleen maar dooie rotsen op je te wachten."

Ditmar zei: "Er is nog een derde mogelijkheid. Die zie je over het hoofd."

"Wat dan?"

"Het Chateau d'If."

Niemand sprak. Toen gingen ze allemaal anders zitten, lui of juist rechtop.

"Wat is dat Chateau d'If precies?" vroeg Mario.

"*Waar* is het?" vroeg Zaer. "In de advertentie stond alleen 'Probeer het eens met het Chateau d'If', maar er stond helemaal niet bij hoe of waar."

Janniver bromde: "Het zal wel een nieuwe nachtclub zijn."

Mario schudde twijfelend zijn hoofd. "Die advertentie maakte op mij de indruk dat het iets heel anders is."

"Het is geen nachtclub," zei Ditmar. Aller ogen richtten zich op hem. "Nee, ik weet niet wat het wel is. Ik weet wel *waar* het is, maar alleen omdat er al maanden geruchten over gaan."

"Wat voor soort geruchten?"

"O — niets bepaalds. Alleen maar hints. Dat *als* je inderdaad een avontuur wilt beleven, en *als* je er voor kunt betalen, en *als* je een risico durft te nemen, *als* je geen verantwoordelijkheden hebt die je niet zomaar kunt laten lopen —"

"Als — als — *if*," zei Breaugh met een grijns. "Het Chateau d'If."

Ditmar knikte. "Precies."

"Is het gevaarlijk?" vroeg Zaer. "Als ze alleen maar een touw boven een slangenkuil spannen en een tijger op je loslaten, terwijl je alleen de keus hebt tussen koorddansen of met de tijger knokken, dan blijf ik liever hier zitten drinken terwijl ik uitdenk hoe ik Janniver bij het toernooi kan verslaan."

Ditmar haalde zijn schouders op. "Ik weet het niet."

Breaugh zei fronsend: "Het zou best een drugssalon kunnen zijn, of een nieuw soort bordeel."

"Zoiets is het helemaal niet," zei Zaer. "Het is een spookhuis met echte spoken."

"Of als we bij het fantastische blijven," zei Ditmar, "een tijdmachine."

"*If*," zei Breaugh.

Korte tijd hing er een peinzende stilte.

"Ik vind het maar vreemd," zei Mario. "Ditmar zegt dat er al een paar maanden geruchten rondgaan. En vorige week is er opeens een advertentie."

"Wat is daar zo vreemd aan?" vroeg Janniver. "In die volgorde gaat het toch bij vrijwel elke nieuwe onderneming."

Breaugh zei vlug: "Dat is het sleutelwoord: onderneming. Het Chateau d'If is geen natuurverschijnsel; het is een product, object, idee van mensen. Het motief erachter is een menselijk motief: geld, waarschijnlijk."

"Wat anders?" zei Zaer vrolijk.

Breaughs zwarte wenkbrauwen schoven omhoog. "O, je weet maar nooit. Het kan in ieder geval geen misdadige onderneming zijn, anders zou het MPB er bovenop zitten."

Ditmar leunde achterover en keek Breaugh spottend aan. "Het misdaadpreventiebureau kan pas in actie komen als er een wet overtreden wordt, tenzij iemand een klacht indient. Als er geen overtreding bekend wordt, en geen klacht komt, dan kan de politie niets doen."

Breaugh gebaarde ongeduldig. "Goed, okay. Maar dat is niet direct waar ik over wilde praten."

Ditmar grijnsde. "Sorry. Ga verder."

"Met welke motieven begint iemand aan een nieuwe onderneming? in de eerste plaats om geld, wat in zekere zin ook alle andere motieven omvat. Maar laten we omwille van de duidelijkheid het verlangen naar geld een doel op zichzelf noemen. Ten tweede is er het verlangen naar macht. En dat kun je onderverdelen in onder andere het kruistocht-instinct en het verlangen naar ongelimiteerde seksuele bevrediging. Macht over vrouwen. Ten derde, nieuwsgierigheid, het verlangen om kennis op te doen. Ten vierde, de onderneming als verstrooiing ten eigen bate. Zoals de racepaarden van een miljonair. Ten vijfde: filantropie. Nog meer?"

"Dan heb je alles wel gehad," zei Zaer.

"Mogelijk nog het verlangen naar geborgenheid, zoals de piramides van Egypte," opperde Janniver.

"Ik geloof dat dat de fundamentele drijfveer achter de eerste categorie is, de zucht naar geld."

"Kunstzinnige motieven, creativiteit."

"O, vergezocht, zou ik zeggen."

"Exhibitionisme," veronderstelde Ditmar.

"Even vergezocht."

"Daar ben ik het niet mee eens. Een toneeluitvoering is vanuit het standpunt van de spelers uitsluitend en alleen gebaseerd op hun exhibitionistische manie."

Breaugh haalde zijn schouders op. Je zult wel gelijk hebben."

"Godsdienstige bewegingen."

"Dat valt onder de wil om macht uit te oefenen."

"Het is nog wel iets meer dan alleen dat."

"Maar niet veel... Is dat alles? Okay. Wat schieten we ermee op? Roept het bij iemand een idee op?"

"Het Chateau d'If!" mijmerde Janniver. "Volgens mij klinkt het nog steeds als een plannetje om geld te maken."

"Filantropie is het niet — oppervlakkig bezien tenminste," zei Mario. "Maar we zouden vermoedelijk wel situaties kunnen verzinnen die bij elk van jouw motieven passen."

Ditmar zei ongeduldig: "Met praten komen we nergens. Geen van ons weet er echt iets van. Als het nu eens een complot is om de stad op te blazen?"

Breaugh zei koel: "Ik benoem jou tot comité, Ditmar, om het te onderzoeken en verslag uit te brengen."

Ditmar lachte zuur. "Met genoegen. Maar ik heb een beter idee. Laten we erom dobbelen. De verliezer meldt zich aan bij het Chateau d'If—gefinancierd door de overige vier."

Breaugh knikte. "Ik vind het prima. Ik doe mee." Ditmar keek de tafel rond.

"Hoeveel gaat het kosten?" vroeg Zaer.

Ditmar schudde zijn hoofd. "Ik heb geen idee. Het zal wel prijzig zijn."

Zaer fronste zijn voorhoofd en zei toen: "Laten we een limiet van tweeduizend dollar de man stellen."

"Goed, wat mij betreft. Janniver?"

De lange man met het korte geelblonde haar aarzelde. "Ik gooi mee. Ik heb niets te verliezen."

"Mario?"

"Uitstekend."

Ditmar pakte de dobbelbeker, legde zijn hand erop en schudde de stenen. "We gebruiken de regels van poker. Eén keer gooien, en de aas is het hoogst. Met andere woorden, twee azen winnen van twee zessen. Een straat zit tussen three of a kind en een full house. Iedereen het daarmee eens?…Wie wil er eerst?"

"Ga je gang maar," zei Mario.

Ditmar schudde en schudde en liet de dobbelstenen rollen. Vijf hoofden bogen zich naar voren, vijf paar ogen volgden de tollende kubussen. Ze kletterden over de tafel en rinkelden tegen een glas.

"Dat ziet eruit als drie vijven," zei Ditmar. "Ofwel middelmatig goed."

Mario, die links van hem zat, liet de dobbelstenen in de beker vallen, schudde en gooide. Met een brommend geluid bekeek hij het resultaat. Een twee, een drie, een vier, een vijf, een vier. "Twee vieren. Oei."

Breaugh wierp zwijgend. "Drie azen."

Janniver was aan de beurt. "Twee paren. Tweeën en drieën."

Een beetje bleek raapte Zaer de stenen op. Hij keek Mario vlug even aan. "Ik moet beter gooien dan twee vieren." Hij schudde en gooide de stenen toen met een zwierig gebaar over tafel. De dobbelstenen stuiterden tussen de glazen door. Vijf paar ogen keken er gespannen naar. Een aas, een twee, een drie, een zes, een twee.

"Twee tweeën."

Zaer liet zich met een strakke grijns onderuit zakken. "Nou, ik ben bereid. Ik ga. Het moet een avontuur zijn. Natuurlijk zeggen ze er niet bij of je er levend uitkomt of niet."

"Eigenlijk zou je moeten dansen en springen van vreugde," vond Breaugh. "Tenslotte is het ons geld dat jou deze mysterieuze opwinding bezorgt."

Zaer maakte een hulpeloos gebaar met beide handen. "Waar moet ik naartoe? Wat moet ik doen?" Hij keek Ditmar aan. "Waar krijg ik die behandeling?"

"Ik weet het niet precies," zei Ditmar. "Ik zal het in de studio eens vragen. Iemand daar kent iemand anders die er geweest is. Morgen om deze tijd weet ik alles, voor zover mogelijk."

Nu bleef het een ogenblik stil — een stilte waaraan elk van de vijf een deel bijdroeg, maar van wie van hen de angst, de stille tevredenheid of de kalme, voorzichtige stemming afkomstig was, viel niet te zeggen.

Breaugh zette zijn glas neer. "Nou Zaer, wat zeg je ervan? Ben je gereed voor het strakke koord of de tijger?"

"Neem maar een boksbeugel of een ringflitser mee," zei Ditmar grijnzend.

Zaer keek de kring van gezichten langs en lachte spijtig. "Jullie belangstelling voor mijn welzijn is vleiend."

"Wij willen een compleet verslag horen. Wij willen dat je er levend afkomt."

Zaer zei: "Dat wil ik ook. Wie zorgt er voor het vlugzout en de adrenaline voor het geval het avontuur al te avontuurlijk wordt?"

"O, je lijkt me gezond genoeg," zei Breaugh. Hij stond op. "Ik moet mijn katten te eten geven. Dat is het avontuur in mijn leven — voor zeven katten zorgen. Nogal een zinloos bestaan. De katten zijn er gek op." Hij snoof ironisch. "Wij leiden het leven waar de mensen al van droomden sinds ze leerden dromen. Eten, vrije tijd, vrijheid. We weten gewoon niet wanneer we het goed hebben."

II

Zaer was bang. Hij hield zijn armen strak tegen zijn lichaam en zijn grijns, nog even vlug en breed als altijd, was nu meer een nerveuze, scheve grimas. Hij wond geen doekjes om zijn angst en hij zat op het terras als een bokser die op de bel wacht.

Janniver nam hem plechtig op terwijl hij zijn bier dronk.

"Misschien is het *idee* van het Chateau d'If al genoeg avontuur."

" 'Wat is avontuur?' vroeg Zaer schertsend, maar wachtte het antwoord niet af," zei Breaugh met twinkelende ogen.

Hij stopte zijn pijp.

"Avontuur is gewoon een andere naam voor je doodsbang laten maken, maar zonder er aan dood te gaan," zei Zaer zielig.

Mario lachte. "Als je niet meer opdaagt, dan weten we dus dat het geen echt avontuur was."

Breaugh keek zoekend in het rond. "Waar blijft Ditmar? Hij is de man die alles weet."

"Daar komt hij al," zei Zaer. "Ik voel me net een gevangene."

"O, potdomme!" zei Breaugh. "Je hoeft het niet te doen als je niet wilt. Het is toch maar een grap! Geen kwestie van leven of dood."

Zaer schudde zijn hoofd. "Nee, ik moet het proberen."

Ditmar trok een stoel bij, drukte op de bestelknop en vroeg om bier. Zonder omhaal zei hij: "Het kost achtduizend dollar. Dat wil zeggen, het kost *ons* achtduizend dollar. Ze hebben twee soorten avonturen. Type A kost tien miljoen en Type B tienduizend, maar voor acht doen ze het ook. Onnodig te zeggen dat geen van ons tweeënhalf miljoen in de pot kan storten, dus ik heb je aangemeld voor Type B."

Zaer trok een gezicht. "Het klinkt helemaal niet leuk. Het is net een kermistent. Sommigen krijgen alle klappen en anderen staan te kijken in de hoop dat iemand haar jurk omhoog geblazen wordt. En dan heb je nog de knaap die de knoppen en hefbomen bedient. Dat is degene die zich echt amuseert."

Ditmar zei: "Ik heb al betaald, dus geven jullie me maar een cheque. En laten we dat meteen maar doen, nu ik jullie allemaal bij elkaar heb."

Hij stopte de cheques van Mario, Janniver en Breaugh in zijn zak. "Bedankt." Hij wendde zich naar Zaer. "Vanavond om zes uur moet je naar dit adres gaan." Hij schoof een kaartje over tafel. "Geef dit aan de persoon die opendoet."

Naast Zaer gezeten bogen Mario en Breaugh zich naar voren en lazen de tekst op het kaartje. Er stond:

HET CHATEAU D'IF
5600 Exmoor Avenue
Meadowlands

In de hoek stond met de hand geschreven: "Zaer, via Sutlow."

"Ik heb me geweldig moeten inspannen om het te krijgen," vertelde Ditmar. "Ze houden het exclusief. Ik moest met mijn hand op mijn hart voor jou door het vuur gaan. Dus ontpop je in hemelsnaam nu niet als agent van het MPB, Zaer, anders val ik in ongenade bij Sutlow, en hij is mijn baas."

"Het MPB?" zei Zaer vragend. "Is het tegen de wet?"

"Ik weet het niet," zei Ditmar. "Ik spendeer tweeduizend dollar aan jou om dat te weten te komen."

"Ik hoop maar dat je een verdomd goed geheugen hebt," zei Breaugh met een koele grijns. "Want ik wil avonturen horen ter waarde van tweeduizend dollar. Als je het overleeft."

"Als ik erin blijf," zei Zaer, "koop dan een ouijabord, dan garandeer ik je dat je waar voor je geld krijgt."

"Mooi zo," zei Ditmar. "Spreken we af dat we hier voortaan iedere dinsdag en vrijdag om drie uur komen?" Hij keek de anderen aan. "Totdat je terugkomt."

Zaer stond op. "Okay. Dinsdag en vrijdag om drie uur. Ik zie jullie nog wel." Hij zwaaide en liep licht wankelend weg.

"Arme donder," zei Breaugh. "Hij staat stijf van angst."

De dinsdag ging voorbij zonder dat er iets gebeurde. De vrijdag ook. En de tweede dinsdag, en weer een vrijdag, en de derde dinsdag. Om drie uur arriveerden Mario, Ditmar, Breaugh en Janniver bij hun tafel en schoven met een wat benepen groet aan.

Ze wachtten vijf minuten, tien minuten. De gesprekken haperden en hielden uiteindelijk op. Janniver zat met zijn grote armen op tafel naast zijn bierglas en krabde af en toe in zijn haar of wreef over zijn stompe neus. Breaugh hing lui in zijn stoel en keek zonder iets te zien door de passerende menigten. Ditmar zat rustig te roken en Mario speelde met een stuk papier waar hij een cilinder van had gerold.

Om kwart over drie schraapte Janniver zijn keel. "Hij zal wel gek geworden zijn."

Breaugh gromde wat. Ditmar glimlachte flauw. Mario stak met een lelijk gezicht een sigaret aan.

Janniver zei: "Ik heb hem vandaag gezien."

Zes ogen hechtten zich aan de zijne. "Waar?"

"Ik wou er niet over beginnen," zei Janniver, "tenzij hij ook vandaag niet boven water kwam. Hij logeert in het Atlantic Empire Hotel. Daar heeft hij een suite op de twintigste verdieping. Ik heb de receptionist omgekocht en hij bleek er al langer dan een week te zitten."

Breaugh zei met rimpels in zijn voorhoofd en achterdochtige ogen: "Hoe kwam het dat je hem daar toevallig zag?"

"Ik ging erheen om hun boeken te controleren. Ze zijn een vaste klant. Toen ik naar buiten ging zag ik Zaer in de hal, alsof het zo hoorde."

"Heeft hij jou gezien?"

Janniver haalde met een strak gezicht zijn schouders op. "Misschien wel. Ik weet het niet zeker. Hij leek het nogal druk te hebben met een vrouw, een vrouw die er duur uitzag."

"Hmf," zei Ditmar. "Dan heeft Zaer kennelijk waar voor ons geld gekregen."

Breaugh stond op. "Laten we hem gaan opzoeken en informeren waarom hij ons heeft laten zitten." Aan Janniver vroeg hij: "Staat hij onder zijn eigen naam ingeschreven?"

Janniver knikte met zijn lange, zware kop. "Helemaal open en bloot."

Breaugh wilde al gaan, maar toen keek hij de anderen aan. "Komen jullie mee?"

"Ja," zei Mario. Hij stond op. Janniver en Ditmar volgden hem.

Het Atlantic Empire Hotel was massief en elegant en voorzien van alle bekende apparatuur voor het voeden, baden, vertroetelen, amuseren, vleien, ontspannen, stimuleren en bevredigen van de mannen en vrouwen die het konden betalen.

Bij de ingang nam een lakei met een witte jas de sjaals van alle bezoekers aan, borstelde hun schouders af en bood de vrouwen corsages uit een gekoelde doos aan. In de vestibule hing een even gedempte sfeer als in het schip van een kathedraal. De muren waren bekleed met spiegels van tien meter hoog. Een rollend tapijt bracht de gasten in de hal, een zaal in de Glorianastijl van vijftig jaar geleden. De lucht zinderde van een gouden licht en verhoogde de illusie van een betoverde wereld waar de mensen zich bewogen in een verheven milieu van dure kleren, fabelachtige juwelen, elegante humor en omzichtige vrijages.

Breaugh keek met een vertrokken grijns om zich heen. "Afschuwelijke parasieten, die daar staan te poseren en giechelen en elkaar verderven terwijl de rest van de wereld werkt."

"Och kom!" zei Ditmar. "Doe niet zo fanatiek. Zij zijn de enigen die nog wat plezier hebben."

"Ik betwijfel het," antwoordde Breaugh. "Ze zijn even verslagen en futiel bezig als de rest. Zij hebben net zomin een doel dat ze kunnen bereiken als wij."

"Heb je ooit gehoord van de Hemelse Toren?"

"O, vagelijk. Een of ander ontzaglijk gebouw in Meadowlands."

"Dat klopt. Een toren van vijf kilometer hoog. Iemand vermaakt zich daarmee. Hij ontwerpt hem, ziet hem groeien, steeds hoger en hoger."

"Er zijn vier miljard mensen op de wereld," zei Breaugh. "En maar één Hemelse Toren."

"Wat voor wereld zou het zijn als er geen uitersten waren?" vroeg Ditmar. "Dan wordt het alsof je binnenin een documentenkast woont. Vul je longen toch eens met de sfeer die hier hangt, die rijke geur van beschaving en traditie."

Mario keek hem verbaasd aan. De zwaarmoedige, wrang gestemde Ditmar — Mario had gedacht dat hij wel de eerste zou zijn om de grillen van de elite verachtelijk af te keuren.

Janniver zei rustig: "Ik vind het wel prettig om hier te komen. In zekere zin is het ook een avontuur, een blik in een andere wereld."

Breaugh zei snuivend: "Alleen een miljonair kan iets meer doen dan alleen kijken."

"De levensstandaard van de massa stijgt voortdurend," zei Mario. "En bijna even snel daalt het aantal miljonairs. Of we het leuk vinden of niet, de uitersten naderen elkaar. Het is al bijna zover."

"En het leven begint iedere dag meer te lijken op een grote kom vol voedzame brij," zei Ditmar. "Zonder zout. Zeker, laten we de armoede afschaffen, maar laten we onze miljonairs toch houden... Maar we zijn hier gekomen om Zaer te zoeken, niet om sociologische debatten te houden. Laten we maar allemaal samen gaan."

Ze liepen de hal door. De man achter de receptie, een knappe man met zilvergrijs haar, boog.

"Is meneer Zaer aanwezig?" vroeg Ditmar.

"Ik zal naar zijn suite bellen, meneer." Even later meldde hij: "Nee, meneer, hij neemt niet op. Zal ik hem laten omroepen?"

"Nee," zei Ditmar. "We kijken wel even rond."

"Ik meen dat ik een uur geleden heb gezien dat hij naar de Mauna Hiva ging. U zou het daar kunnen proberen."

"Dank u."

De Mauna Hiva was een ronde zaal. In het midden rees een grote berg verweerde rotsblokken op, begroeid met palmen, varens en een warboel van exotische planten. Drie kokospalmen bogen zich schuin over het eiland en het geheel baadde in een zacht wit waterlicht. Er was een bar gemaakt van glanzende tropische houtsoorten en aan de rand van het verlichte gebied stond een kring van tafels.

Ze vonden Zaer zonder moeite. Hij zat aan een tafel met een vrouw in een nauwe smaragdgroene jurk en met bruin haar. Op het tafeltje voor hen bewoog een aantal kleine, gloeiende, veelkleurige vormpjes — vonkend en flitsend en even fel als de patronen op vlindervleugels. Het was een ballet, geprojecteerd in driedimensionaal miniatuur. Minuscule gestalten sprongen, dansten en poseerden op betoverende muziek in een magnifiek decor van omgevallen marmeren zuilen en cipressen.

De vier bleven er even naar staan kijken.

Toen stootte Breaugh Mario aan. "Moet je dat zien, hij doet alsof hij zijn hele leven niets anders heeft gedaan!"

Ditmar liep naar de tafel. Het meisje sloeg haar grote, onleesbare ogen naar hem op. Zaer keek hem bevreemd aan.

"Hallo daar, Zaer," zei Ditmar met een sarcastische glimlach om zijn lippen. "Ben je je oude vrienden van het Oxonische Terras vergeten?"

Zaer keek hem wezenloos aan. "Het spijt me, maar —"

"O, je kent ons niet?" zei Breaugh, langs zijn lange kromme neus op hem neerkijkend.

Zaer streek met zijn hand door zijn bos krullend zwart haar.

"Ik vrees dat ik mij u niet kan herinneren, heren."

"Hmf," zei Breaugh. "Laten we simpel beginnen. Jij bent toch Pete Zaer, waar of niet?"

"Ja, die ben ik."

Janniver stelde voor: "Misschien wil je liever met ons alleen spreken?"

Zaer knipperde verbaasd met zijn ogen. "Helemaal niet. Gaat u verder, spreek vrijuit."

"Ooit gehoord van het Chateau d'If?" informeerde Breaugh scherp.

"En achtduizend dollar?" voegde Ditmar eraan toe. "Onze gezamenlijke investering, zogezegd?"

Zaer fronste en Mario had kunnen zweren dat hij oprecht verbijsterd was.

"U gelooft dat ik u achtduizend dollar schuldig ben?"

"Óf dat, óf informatie ter waarde van achtduizend dollar."

Zaer haalde zijn schouders op. "Achtduizend, zei u?" Hij stak een hand in zijn borstzak, haalde er een portefeuille uit en begon te tellen. "Een, twee, drie, vier, vijf, zes, zeven, acht. Alstublieft, heren. Waar het voor is, dat weet ik echt niet. Misschien was ik dronken." Hij overhandigde de acht biljetten van duizend dollar aan de verblufte Ditmar. "Hoe dan ook, nu moet u tevreden zijn en ik hoop dat u zo vriendelijk wilt zijn om te vertrekken." Hij gebaarde naar de minuscule gestalten die zich bewogen op de maat van de betoverende muziek. "De Gewijde Dans hebben we al gemist, en daar hadden we hem juist voor aangezet."

"Zaer," zei Mario hortend. De kwieke, jeugdige ogen flitsten zijn kant uit.

"Ja?" zei de man beleefd.

"Meer krijgen we niet te horen? Tenslotte hebben we in goed vertrouwen gehandeld."

Zaer beantwoordde zijn blik met een koele uitdrukking.

"U heeft achtduizend dollar. Ik heb u nog nooit van m'n leven gezien. U eist het geld op, ik betaal. Dat lijkt me wel een bewijs van goed vertrouwen van mijn kant."

Breaugh trok Mario aan zijn arm. "Kom mee."

III

Ontnuchterd schaarden ze zich om een tafel in een eenvoudig café en dronken bier. Een poos lang sprak geen van de vier.

Mario deed het eerst zijn mond open. "Als je dat met achtduizend dollar in het Chateau d'If kunt kopen, dan bied ik me aan als vrijwilliger."

"Als," zei Breaugh kortaf.

"Het is onredelijk," bromde Janniver. Van de vier was hij waarschijnlijk het minst aangedaan.

Breaugh sloeg met zijn vuist op tafel, licht, maar wel vol vuur. "Het is inderdaad onredelijk. Het is in strijd met de logica!"

"*Jouw* logica," merkte Ditmar op.

Breaugh hield zijn hoofd vragend schuin. "Hoe werkt jouw logica dan?"

"Ik doe niet aan logica."

"Ik hou vol dat het Chateau d'If een onderneming is," zei Breaugh. "Gezien de prijs die ze vroegen, dacht ik dat het een slim zaakje was om geld te maken. Zo te zien heb ik me vergist. Zaer was een maand geleden blut. Of bijna. Wij geven hem achtduizend dollar. Hij gaat naar het Chateau d'If, hij komt er weer uit, hij neemt zijn intrek in een suite in het Atlantic Empire Hotel, koopt een dure vrouw en strooit met handenvol geld. De enige plek waar hij dat gekregen kan hebben, is het Chateau. Maar zo'n soort onderneming levert geen winst op."

"Sommige klanten betalen tien miljoen dollar," zei Mario zacht. "Daar kun je een boel mee doen."

Ditmar nam een slok bier. "Wat nu? Gaan we weer dobbelen?"

Niemand zei iets. Eindelijk bekende Breaugh: "Eerlijk gezegd durf ik niet."

Mario fronste zijn voorhoofd. "Wat? Terwijl je net hebt gezien dat Zaer steenrijk is geworden?"

"Typisch," zei Breaugh peinzend. "Daar had hij het al over. Dat hij een van de genieën was die pas van school kwamen en dat hij nog niet aan het stadium van meteoor toe was."

"Toch vind ik het Chateau nog heel aardig klinken, als je er zo op vooruit gaat."

"Als," zei Breaugh smalend.

"Als," beaamde Mario.

Ditmar zei grinnikend: "Ik heb hier achtduizend dollar. Ons gezamenlijk bezit. Wat mij betreft mag je het allemaal hebben, als jij Zaers taak over wilt nemen."

Breaugh en Janniver knikten ten teken dat ze ermee akkoord gingen.

Mario speelde met het idee. Hij leidde een leeg en zinloos leven. Hij scharrelde wat als architect, speelde handbal, sliep, at. Een plezierig, maar betekenisloos bestaan. Hij stond op. "Ik ga er meteen heen. Geef me de achtduizend dollar voor ik me bedenk."

"Alsjeblieft," zei Ditmar. "Um — niettegenstaande het voorbeeld van Zaer, hopen we toch op een verslag. Dinsdag en vrijdag om drie uur op het Oxonische Terras."

Mario wuifde vrolijk toen hij de straat opging. "Dinsdag en vrijdag om drie uur. Tot ziens dan maar."

Ditmar schudde zijn hoofd. "Ik betwijfel het."

Breaugh kneep zijn lippen samen. "Ik ook."

Janniver schudde alleen zijn hoofd.

De Exmoor Avenue begon in Lanchester, voor de Energiebank, op het vierde niveau. Vandaar draaide hij naar het noorden, steeg even naar het vijfde niveau waar hij de Continentale Snelweg kruiste, boog terug naar het westen, dook onder de Grimshaw Boulevard door en kwam in Meadowlands aan de grond.

Mario zag dat nummer 5600 een grijze blokkendoos van een gebouw was, niet helemaal vervallen maar duidelijk onverzorgd en liefdeloos behandeld. Een smal, schuchter strookje gras scheidde het huis van de weg en een pad liep naar een kleine uitwas aan de zijkant die een portiek voorstelde.

Met de lage middagzon recht in zijn gezicht liep Mario naar het portiek en drukte op de bel.

Even later gleed de deur opzij. Mario stond voor een korte gang. "Komt u alstublieft binnen," zei de zachte stem van een welkomstapparaat.

Mario liep de gang af, zich ervan bewust dat zijn lichaam met straling afgetast werd of hij metaal of wapens bij zich had. De gang mondde uit in een groen en bruin geschilderde ontvangstkamer met een leren bank, een bureau en een schilderij van drie tengere naakten met grote ogen tegen de achtergrond van een donker bos. Er zwiepte een deur open en er kwam een jonge vrouw binnen.

Mario's mond verstrakte. Het was al een avontuur om naar haar te kijken. Ze was verbazend knap, een schoonheid die prangender werd naarmate hij er langer naar keek. Ze was tenger gebouwd. Haar ogen waren koel, onbevangen, en haar onderkaak stevig en fijn. Zij was al knap zonder versieringen, zonder listen of verfraaiingen, bijna mooi ondanks zichzelf, alsof ze de magie van haar gezicht betreurde. Mario voelde dat ze hem koel en onbewogen opnam, met een onpersoonlijk gebrek aan vriendelijkheid. Ogenblikkelijk vlamde er in zijn tegendraadse geest een hevig verlangen op om haar onverschilligheid te vernietigen, om een hartstocht op te wekken...Maar hij bedwong de opwelling hardhandig. Hij was hier voor zaken.

"Mag ik uw naam hebben?" Haar stem was zacht met een fraaie nerf, als kostbaar hout, en vreemd hoog.

"Roland Mario."

Ze vulde een formulier in. "Uw leeftijd?"

"Negenentwintig."

"Uw beroep?"

"Architect."

"Wat zoekt u hier?"

"Dit is het Chateau d'If?"

"Ja." Ze wachtte.

"Dan ben ik een klant."

"Wie heeft u gestuurd?"

"Niemand. Ik ben een vriend van Pete Zaer, die hier een paar weken geleden was."

Ze knikte en begon weer te schrijven.

"Hij schijnt aardig geboerd te hebben," merkte Mario opgewekt op.

Zij zei niets tot ze klaar was met aantekeningen maken. Toen: "Dit is een bedrijf, dat winst moet maken. Wij stellen belang in geld. Hoeveel kunt u besteden?"

"Ik wil eerst graag weten wat u te koop heeft."

"Avontuur." Ze sprak het woord uit zonder klemtoon of nadruk.

"Ah," zei Mario. "Ik snap het...Ik ben nieuwsgierig wat voor effect het op u heeft dat u hier werkt. Vindt u het een avontuur, of verveelt u zich ook?"

Ze keek hem vlug even aan. "Wij hebben twee mogelijkheden te bieden. De eerste leveren wij voor tien miljoen dollar. Dat is nog goedkoop, maar het is de saaiste en minst opwindende van de twee keuzes. In dit geval kunt u de situatie nog enigszins naar uw hand zetten. De andere keuze kost tienduizend dollar, en hiermee koopt u de meest extreme emoties met een minimum aan directe mogelijkheden om uw omstandigheden te beïnvloeden."

Mario dacht na over het woord 'direct'. Hij vroeg: "Heeft u de behandeling ondergaan?"

Opnieuw die snelle, koele blik. "Wilt u opgeven hoeveel u zou willen besteden?"

"Ik heb je iets gevraagd," zei Mario.

"Binnen krijgt u meer informatie."

"Ben je een mens?" vroeg Mario. "Haal je adem?"

"Wilt u opgeven hoeveel u zou willen besteden?"

Mario haalde zijn schouders op. "Ik heb achtduizend dollar bij me. En ik geef je duizend dollar als je je tong tegen me uitsteekt."

Ze stopte het formulier in een gleuf en stond op. "Wilt u mij volgen, alstublieft."

Ze leidde hem een gang in en vervolgens naar een kleine kamer, die kaal en grimmig was. Het licht kwam uit een enkele kegelvormige vloerlamp die op het plafond gericht was. De kamer was wit, grijs en groen geschilderd. Aan een bureau zat een man op de knoppen van een calculator te drukken. Achter hem stond een documentenkast. Er hing een zwakke geur in de lucht, een mengeling van mint en gardenia's met een zweem van een antiseptisch middel.

De man keek op en kwam overeind. Hij knikte beleefd. Hij was jong, even blond als het zand op het strand en even magnifiek van uiterlijk als het meisje. Mario voelde een lichte weerzin ontstaan. Stuk voor stuk bekeken waren ze het bewonderen waard en hun schoonheid leek natuurlijk. Maar nu ze bij elkaar waren werd hun schoonheid weeïg, alsof het iets was dat ze hadden moeten kopen voor een hoge prijs. Het leek vulgair. En opeens was Mario op een rustige manier trots op zijn eigen alledaagse verschijning.

De man was een paar centimeter langer dan hij. Hij had een brede borst en zag er gespierd uit. Ondanks zijn bijna overdreven hoffelijke manier van doen, wekte hij een indruk van overweldigend, alles overheersend zelfvertrouwen.

"Meneer Roland Mario," zei het meisje. "Hij heeft achtduizend dollar," voegde ze er droog aan toe.

De jongeman knikte ernstig. Hij stak zijn hand uit. "Ik ben Mervyn Allen." Hij keek het meisje aan. "Is dat alles, Thane?"

"Voor vanavond wel," zei ze. Ze verdween.

"Voor achtduizend per avond kunnen we wel sluiten," mopperde de man. "Gaat u zitten, meneer Mario."

Mario nam plaats. "De avonturenbusiness moet enorme onkosten te dragen hebben," merkte hij met een grijns op.

"O nee," zei Allen met een openhartig gezicht. "Integendeel. De eigenaars zijn enorm gierig. Wij proberen twintig miljoen winst per dag te maken. Een enkele keer halen we dat niet."

"Sorry dat ik u lastig val met mijn fooi," zei Mario. "Als u het niet hebben wilt, dan hou ik het wel."

Allen maakte een grootmoedig gebaar. "Zoals u wenst."

Mario zei: "De receptioniste vertelde me dat het saaiste wat u te bieden heeft tien miljoen kost, en dat je voor tienduizend iets tamelijk wilds krijgt. Wat krijg ik als ik niets betaal? Vivisectie?"

Allen glimlachte. "Nee. Bij ons bent u volkomen veilig. Dat wil zeggen, u krijgt geen lichamelijke pijn te verduren en u komt levend en wel weer buiten."

"Maar u wilt me geen enkele bijzonderheid vertellen? Ik ben nogal kieskeurig. Wat voor u misschien een goeie grap is, zou mij gruwelijk kunnen ergeren."

Allen haalde koel zijn schouders op. "U heeft nog niets uitgegeven. U kunt nog weggaan."

Mario wreef met zijn handen over de leuningen van zijn stoel. "Dat is niet zo aardig. Ik heb belangstelling, maar ik wil ook wel graag iets weten van wat ik me op mijn hals haal."

Allen knikte. "Heel begrijpelijk. U wilt wel een risico nemen, maar u bent niet helemaal getikt. Bedoelt u dat?"

"Precies."

Allen verplaatste een potlood op zijn bureau. "Eerst wil ik u graag een kort psychiatrisch en medisch onderzoek afnemen. U begrijpt," zei hij met een vlugge, openhartige blik, "dat we in het Chateau d'If geen ongelukken willen."

"Ga uw gang," zei Mario.

Mervyn Allen schoof het blad van zijn bureau opzij en reikte Mario een gerimpelde plastic kap aan waarin kleine draadjes glinsterden. "Dit is een encefalografische ontvanger. Druk hem alstublieft stevig op uw hoofd."

Mario grijnsde. "Noem het maar een leugendetector."

Allen glimlachte even. "Goed, een leugendetector."

Mario mompelde: "Ik zet hem liever op uw hoofd."

Allen negeerde hem. Hij haalde een blok met formulieren uit zijn bureau en verstelde een wijzerplaat.

"Uw naam?"

"Roland Mario."

"Leeftijd?"

"Achtentwintig."

Allen staarde fronsend naar de wijzer. Toen keek hij vragend op.

"Ik wilde even kijken of hij werkte," verklaarde Mario. "Ik ben negenentwintig."

"Hij werkt," zei Allen kortaf. "Uw beroep?"

"Architect. Tenminste, ik scharrel. Ik ontwerp honden- en konijnenhokken voor mijn vrienden. Maar een jaar geleden of zo heb ik de fabriek van de Geraf Flittermaatschappij in Hannover gedaan, en dat was een vrij groot karwei."

"Hm. Waar bent u geboren?"

"In Buenos Aires."

"Heeft u ooit een overheidsbaan gehad? Als ambtenaar? Politieman? Bij het MPB?"

"Nee."

"Waarom niet?"

"Bureaucratische rompslomp. Akelige ambtenaren."

"Naaste verwant?"

"Mijn broer, Arthur Mario. In Callao. Hij zit in de koffie."

"Geen vrouw?"

"Geen vrouw."

"Geschatte totale waarde? Geld, bezittingen, onroerend goed?"

"O — zo'n zestig- of zeventigduizend. Een bescheiden vermogen. Genoeg om net zo veel te luieren als ik wil."

"Waarom bent u naar het Chateau d'If gekomen?"

"Om dezelfde reden waarom andere mensen komen. Verveling.

Energie die geen uitweg kan vinden. Het ontbreken van iets om tegen te vechten."

Allen lachte. "Dus u denkt een deel van die energie kwijt te kunnen door tegen het Chateau d'If te vechten?"

Mario glimlachte zwak. "Het is een uitdaging."

"We hebben hier iets heel geweldigs," vertrouwde Allen hem toe. "Het is een wonder dat niemand er eerder aan gedacht heeft."

"Misschien wel."

"Hoe bent u ertoe gekomen om het Chateau d'If te bezoeken?"

"Vijf van ons hebben erom gedobbeld. Een man die Pete Zaer heette verloor. Hij is hiernaartoe gegaan, maar daarna wilde hij niet meer met ons praten."

Allen knikte wijs. "Wij moeten onze klanten vragen onze geheimen te bewaren. Zonder mysterie zouden wij geen klanten hebben."

"Het mag wel erg goed zijn," zei Mario, "na alle reclame." En hij dacht dat hij een zweem van humor in het gezicht van Allen zag.

"Voor tien miljoen is het nog goedkoop."

"En voor tienduizend is het heel duur?" suggereerde Mario.

Allen ging rechtop zitten en zijn knappe gezicht was opeens koud als een masker van marmer. Mario moest ineens aan het meisje denken dat hem binnengelaten had. Zij had dezelfde uitdrukking van ongenaakbare afstand en verhevenheid op haar gezicht. Hij zei: "U zult wel precies hetzelfde te horen krijgen van alle mensen die hier binnenkomen."

"Precies."

"Nou, wat gebeurt er nu?"

"Bent u gezond? Geen lichamelijke gebreken?"

"Helemaal geen."

"Uitstekend, dan laten we het lichamelijk onderzoek varen."

Mario nam de encefalografische ontvanger van zijn hoofd. "Nu kan ik weer liegen."

Allen trommelde even met zijn vingers op zijn bureau en toen pakte hij het kapje en gooide het terug in de la. Daarna krabbelde hij een paar woorden op een vel papier en legde het voor Mario neer. "Dit is een contract dat ons vrijwaart tegen aansprakelijkheid."

Mario las het. In ruil voor bewezen diensten verklaarde Roland

Mario zich ermee akkoord dat het Chateau d'If en zijn eigenaars niet verantwoordelijk zouden worden gehouden voor eventuele kwetsuren, lichamelijk en/of geestelijk, die hij mogelijk opliep terwijl hij zich in het pand of op het erf bevond, of als gevolg van zijn aanwezigheid aldaar. Bovendien deed hij afstand van al zijn rechten om verhaal te zoeken bij de rechtbank. Alle transacties, behandelingen, ervaringen en gebeurtenissen die plaatsvonden op, nevens of aan zijn persoon, vonden plaats met zijn toestemming en op zijn uitdrukkelijk verzoek.

Mario kauwde bedachtzaam op zijn lip. "Dit klinkt nogal ruim. Ongeveer het enige wat jullie niet mogen doen is mij vermoorden."

"Dat klopt," zei Allen.

"Een heel onheilspellend contract."

"Misschien is dit gesprek al avontuur genoeg," opperde Allen met een zweem van minachting.

Mario kneep zijn lippen op elkaar. "Ik hou van prettige avonturen. Een nachtmerrie is ook een avontuur, maar ik hou niet van nachtmerries."

"Wie wel?"

"Met andere woorden, u wilt me niets uitleggen?"

"Niets."

"Als ik verstandig was," zei Mario, "zou ik opstaan en naar buiten lopen."

"Doe wat u wilt."

"Wat doet u met al dat geld?"

Mervyn Allen ontspande zich. Hij strengelde zijn handen ineen achter zijn blonde kop. "Wij bouwen de Hemelse Toren. Dat is geen geheim."

Dat was nieuw voor Mario. De Hemelse Toren — de meest immense, grootste, zwaarste, hoogste en nobelste structuur die de mens ooit had gebouwd of zelfs bedacht. Een hemeldoorborende, naar de sterren reikende schacht van vijf kilometer hoog.

"Waarom, als ik vragen mag, bouwt u de Hemelse Toren?"

Allen zuchtte. "Om dezelfde reden waarom u hier bent. Verveling. En adviseer me niet om mijn eigen behandeling te ondergaan."

"Heeft u dat gedaan?"

Allen nam hem met een achterdochtige blik op. "Ja. U stelt een heleboel vragen. Te veel vragen. Hier is het contract. Teken het of verscheur het. Ik kan u verder geen tijd meer geven."

"Eerst," zei Mario geduldig, "moet u me toch een beetje een idee geven wat me te wachten staat."

"Het is geen misdaad," zei Allen. "Laten we zeggen dat we u een nieuwe kijk op het leven geven."

"Met kunstmatig geheugenverlies?" vroeg Mario, denkend aan Zaer.

"Nee. Uw geheugen blijft onaangetast. Alstublieft." Allen hield hem het contract voor. "Teken het of verscheur het."

Mario zuchtte. "Ik ben niet goed wijs. Wilt u mijn achtduizend dollar hebben?"

"We doen het om het geld," zei Allen kortaf. "Als u het missen kunt."

Mario telde de acht biljetten van duizend dollar uit. "Zo, dat is het."

Allen nam het geld aan, tikte met het stapeltje papier op zijn tafel en nam Mario toen peinzend op. "Onze klanten vallen zonder veel uitzonderingen in drie categorieën. Roekeloze jongelieden van net boven de twintig, afgestompte ouwe mannen op zoek naar nieuwe zonden, en politiespionnen. U schijnt niet in een van deze categorieën te horen."

Mario zei met een schouderophalen: "Ik ben een mengsel van de eerste twee groepen. Ik ben roekeloos, afgestompt en negenentwintig."

Allen glimlachte even uit beleefdheid. Toen stond hij op. "Komt u maar mee."

Achter hem ging een deur open die toegang gaf tot een kamer waarin een koel strokleurig licht hing. Er stond een overdaad aan groene planten die tot Mario's middel reikten — exotische planten met grote bladeren, tere varens, fantastisch torenende zwammen, knikkebollende speerbladen met de kleur van Azteekse jade. Mario merkte dat Allen diep inademde voor hij de kamer binnenging, maar hij zocht er niets achter. De man volgend keek hij links en rechts vol bewondering naar de kleine kunstmatige oerwoudjes. De lucht rook sterk naar mint en gardenia's en de antiseptische geur was overweldigend. Zijn ogen werden wazig en traanden. Hij bleef wankelend staan. Allen draaide zich om en keek hem met een flauwe, koele glimlach aan, alsof hij dit vaak meemaakte maar het amusant bleef vinden.

Mario's gezichtsvermogen haperde en gaf het op, zijn oren zoemden en toen werd het stil. De tijd zwom weg…

IV

Mario werd wakker.

Het ging snel en helder in zijn werk, heel anders dan het langzame waden door een moeras van verdovende middelen.

Hij zat op een bank op het Tanagraplein onder de grote mimosa's en de koperkleurige pauwen pikten naar het brood dat hij ze aanbood.

Hij keek naar zijn hand. Het was een mollige, dikke hand. De arm stak in een harde grijze stof. Hij bezat geen enkel grijs pak. De arm was te kort. Zijn benen waren te kort. Zijn buik was te omvangrijk. Hij liet zijn tong over zijn lippen gaan. Die waren dik en pappig.

Hij was Roland Mario binnen de hersens, maar het bijbehorende lichaam was ergens anders. Hij bleef doodstil zitten.

De pauwen hapten nog steeds naar het brood. Hij gooide het weg. Zijn arm was stijf en vreemd zwaar. Hij had slappe spieren. Met een grom van inspanning kwam hij van de bank. Zijn lichaam was wel zacht, maar niet soepel. Hij wreef over zijn gezicht en voelde daar een zachte dikke neus, lange oren, zware wangen als kommen vol koude lijm. Hij was even kaal als de onderkant van een vis.

Wie was dit lichaam? Hij knipperde met zijn ogen terwijl hij zijn geest voelde wankelen en zich verzetten. Mario moest zich inspannen om overeind te blijven, zoals een man in een wiebelende kano in evenwicht probeert te blijven om niet om te slaan in donker water. Hij leunde tegen de stam van de mimosa. Rustig, rustig, fixeer je blik op iets! Wat hem was aangedaan kon zonder twijfel weer ongedaan worden gemaakt. Of het sleet wel. Was het een droom, een intens levendige narcotische droom? Avontuur — ha! Dat was heel zacht uitgedrukt.

Hij voelde in zijn zakken en vond daar een opgevouwen vel papier. Hij sloeg het open en ging weer zitten om de getypte tekst te lezen. Het begon met een waarschuwing in hoofdletters.

GRIF HET VOLGENDE IN UW GEHEUGEN. DIT PAPIER ZAL OVER ONGEVEER VIJF MINUTEN UITEENVALLEN!

U staat aan het begin van het leven waarvoor u betaald heeft.
U heet Ralston Ebery. U bent 56 jaar oud. U bent getrouwd met

Florence Ebery, leeftijd 50. Uw adres is Zeeschuimplein 19. U heeft drie kinderen: Luther, leeftijd 25, Ralston junior, 23, en Clydia, 19.

U bent een rijk fabrikant van luchtmobielen, de Ebery Luchtwagen. Uw bank is de Afrikaanse Federale Bank; uw bankboek zit in uw zak. Als u uw handtekening zet, probeer uw hand dan niet bewust te leiden, maar laat de onwillekeurige spieren de handtekening van Ralston Ebery zetten.

Als u niet tevreden bent met uw huidige gedaante, kunt u teruggaan naar het Chateau d'If. Voor tienduizend dollar kunt u een lichaam naar onze keuze aanschaffen, voor tien miljoen kunt u een jong en gezond lichaam naar uw eigen specificaties kopen.

Stelt u zich alstublieft niet in verbinding met de politie. In de eerste plaats zullen zij denken dat u krankzinnig bent. In de tweede plaats: als zij erin slaagden het Chateau d'If in zijn werk te belemmeren, dan zit u voorgoed vast in het lichaam van Ralston Ebery, een vooruitzicht waar u misschien niet van zult genieten. In de derde plaats zal het lichaam van Roland Mario geen afstand doen van zijn wettige identiteit.

Met uw zakelijke kansen ligt een bedrag van tien miljoen dollar makkelijk binnen uw bereik. Als u het bij elkaar heeft, kom dan terug naar het Chateau voor een jong en gezond lichaam.

Wij zijn onze afspraak met u nagekomen. Wij hebben u avontuur geleverd. Met behendigheid en vindingrijkheid zult u lid kunnen worden van de groep mannen zonder leeftijd die eeuwig jong blijven.

Mario las het papier nog een keer. Toen hij het uit had, viel het in zijn handen tot poeder uiteen. Hij liet zich achteruit zakken tegen de rugleuning van de bank omdat de misselijkheid in hem omhoog- kwam als een lift in een liftkoker. Het was een walgelijk intiem gedoe, in het lichaam van een andere man huizen, vooral in zo'n lomp en ver- waarloosd lichaam. Hij voelde dat het lichaam honger had en met een boosaardige vreugde besloot hij Ralston Ebery's lichaam eens honger te laten lijden.

Ralston Ebery! De naam was vagelijk bekend. Zat Ebery nu in Mario's eigen lichaam? Mogelijk, maar niet noodzakelijk. Mario had geen idee van de methode waarop de verhuizing in zijn werk ging. Hij voelde niets van een litteken, dus het zou wel geen hersentransplantatie zijn geweest.

Wat nu?

Hij kon zich bij het MPB melden. Maar zelfs als hij ze zo ver wist te krijgen dat ze hem geloofden, had hij nog niets aan de wet. Voor zover hij wist, had niemand in het Chateau d'If een misdaad tegen hem gepleegd. Hij kon zich zelfs niet op mishandeling beroepen, want hij had afgezien van zijn recht om te procederen.

De kranten, de teleschermen? Als ongunstige publiciteit het Chateau d'If kon dwingen ermee op te houden, wat dan? Mervyn Allen kon ergens anders opnieuw beginnen en dan zou Mario nooit meer in zijn eigen lichaam terug kunnen.

Hij zou de suggestie van het verpoederde papier kunnen opvolgen. Ralston Ebery moest machtige politieke en financiële connecties hebben gehad, en bovendien zelf ook heel rijk zijn geweest. Maar was hij dat nu nog? Was het niet waarschijnlijker dat Ebery zijn vermogen zo veel mogelijk te gelde had gemaakt, om de tien miljoen dollar aan het Chateau d'If te betalen en ook om voor een financiële ruggensteun voor zijn nieuwe lichaam te zorgen?

Mario overwoog de mogelijkheden van geweld. Misschien bestond er een manier om Allen te dwingen hem zijn lichaam terug te geven. Het zou nuttig zijn als hij hulp kon krijgen. Moest hij Ditmar, Janniver en Breaugh inlichten? Hij was ze wel een verklaring schuldig.

Hij stond op. Mervyn Allen zou vermoedelijk geen kwetsbare plekken in zijn verdediging openlaten. Hij begreep natuurlijk uitstekend dat geweld en wraak het eerste waren waar iemand die in een ziek oud lichaam was gestopt aan zou denken. Hij zou voorzorgen hebben genomen, dat kon niet anders.

De ideeën slierden als verschillende kleuren verf in een blik door elkaar. Zijn hoofd werd licht, zijn oren ruisten. Een droom, en wanneer werd hij wakker? Hij snakte naar adem, maakte zwakke bewegingen om zich te verweren. Een politieman bleef bij hem staan en schakelde automatisch zijn voorvalcamera in.

"Wat is er mis, meneer? Bent u ziek geworden?"

"Nee, nee," zei Mario. "Er is niets aan de hand. Ik doezelde even weg."

Hij stond behoedzaam op en stapte op de Choreopsstrook. Hij passeerde de fontein van aventurienkwarts in het midden van het plein en stapte bij het Malabarpaviljoen van de strook. Daar slofte hij tussen de grote bomen door naar de Kesselyn Avenue. Langzaam, zwaar ter been sjokte hij door de bloemengrossierderijen en bij Pacific nam hij de roltrap naar het derde niveau, waar hij op de snelle voetgangersstrook naar de Concourse stapte.

Hij had zijn koers niet bewust gekozen. Het was automatisch gegaan, alsof zijn lichaam op eigen gezag de weg zocht. Nu stapte hij aan de voet van het Aetherische Blok van de strook af. Het lichaam van Ralston Ebery was sponzig, kortademig en verkeerde in slechte conditie. En Mario voorzag met leedvermaak dat hij het zou afbeulen, het zou laten zweten, hijgen en vasten om het vet eraf te krijgen.

Plotseling stond er iemand vlak voor hem, iemand met een snauwend, van haat kwijlend gezicht. De tanden waren ontbloot, de pupillen waren als zwartgepunte gifpijltjes. Het was het gezicht van een ouwelijke jongeman, zonder rimpels maar met grijs haar; onschuldig maar wijs, gestoord door de woelingen van zijn haat. Met knarsende tanden en verkrampte kaken siste de man: "Smerige miskraam van een mestrover, hoop je nog altijd in leven te blijven? Jij gifslang, jij vieze geur. Ik zou me bezoedelen als ik je doodde. Maar toch zal ik het doen!"

Mario ging achteruit. Hij kende de man niet. "Het spijt me, maar u moet zich vergissen," zei hij, voordat hij zich bedacht dat hij nu aansprakelijk was voor Ralston Ebery's daden.

Er viel een hand op de schouder van de ouwelijke jongeman. "Smeer 'm, Arnold!" zei een harde stem. "Rot op!" De man deinsde achteruit.

Mario's redder draaide zich om. Het was een parmantige jonge kerel met een beweeglijk vossengezicht. Hij knikte eerbiedig. "Goedemorgen, meneer Ebery. Sorry dat die gek u lastigviel."

"Goedemorgen," zei Mario. "Ah — wie was dat?"

De ander keek hem nieuwsgierig aan. "O, dat is Letya Arnold. Werkte vroeger voor ons. U heeft hem ontslagen."

Verbaasd vroeg Mario: "Waarom?"

De jongeman knipperde met zijn ogen. "Ik weet het echt niet. Hij zal wel niet efficiënt gewerkt hebben, denk ik."

"Doet er niet toe," zei Mario haastig. "Vergeet het."

"Natuurlijk. Prima. Was u op weg naar kantoor?"

"Ja, ik — inderdaad." Wie was dit? Dat probleem zou hij nog vele malen op te lossen krijgen, voorzag hij.

Ze liepen naar de liften toe. "Na u," zei Mario. Hij moest zo ontzettend veel details leren, zich aan duizend dingen aanpassen, de hele gang van zaken in Ebery's bedrijf uitplussen. Als er tenminste nog iets van het bedrijf over was.

Ebery had het natuurlijk volledig geplunderd om er zijn nieuwe lichaam mee te spekken. Ebery Luchtwagens was een groot concern, maar als er tien miljoen dollar uitgehaald werd, zou dat toch wel een deuk maken. En dit jongmens met zijn listige smoel, wie was dat? Mario besloot er op een indirecte manier achter te komen.

"Laat eens kijken — wanneer heb jij voor het laatst nieuwe verantwoordelijkheden gekregen?"

De jongeman keek hem vlug even van opzij aan en vroeg zich kennelijk af of Ebery een beetje van de kook was. "O, ik ben al twee jaar assistent-bedrijfsleider."

Mario knikte. Ze gingen de lift in en de jongeman haastte zich op de knop te drukken. *Kruiperig slaafje!* dacht Mario. De deur plofte dicht en daarna ontstond het ontwrichtende gevoel waar de magen van deze eeuw immuun tegen waren geworden. De lift stopte, de deur schoot open en ze betraden een druk kantoor vol klikkende machines, kantoorbedienden en teleschermen. Het geruis en gerinkel verstomde abrupt toen aller ogen zich op het lichaam van Ralston Ebery vestigden. Heimelijke blikken, bestudeerde aandacht voor het werk, overdreven nauwgezetheid.

Mario bleef staan en keek om zich heen. Alles hier was van hem. Niemand ter wereld kon hem het gezag over dit concern betwisten, tenzij Ralston Ebery te hebzuchtig was geweest toen hij zijn tien miljoen plus eruit haalde. Als hij de boel bedrogen en het geld verduisterd had, dan zou hij — Roland Mario in Ralston Ebery's lichaam — ervoor gestraft worden. Mario zat gevangen in Ebery's verleden. Ebery's tekortkomingen zouden hem aangerekend worden, de haatgevoelens die hij had opgewekt zouden zich tegen hem richten, en hij had Ebery's vrouw en zijn gezin en wie weet ook zijn maîtresse geërfd.

Een kleine man van middelbare leeftijd met grote, gedesillusioneerde ogen en de bittere trek om de mond die op vele verloren of aan de dijk gezette ambities duidde, naderde hem.

"Morgen, meneer Ebery. Blij dat u er bent. Er zijn verschillende dingen waarover u persoonlijk moet beslissen."

Mario keek de man scherp aan. Hoorde hij daar sarcasme? "In mijn kantoor," zei Mario. De kleine man ging op een gang af en Mario volgde hem. "Kom mee," zei hij tegen de assistent-bedrijfsleider.

Gotische zilveren letters op de deur vormden Ebery's naam. Mario drukte zijn duim tegen het slot en de patronen van zijn huid openden de deur. Mario ging langzaam naar binnen. Fronsend van weerzin bekeek hij het overladen decor. Ralston Ebery was een rococoliefhebber. Hij ging achter het glanzend zwarte metalen bureau zitten en zei tegen de assistent: "Breng me de dossiers van het kantoorpersoneel."

"Ja meneer."

De kleine man trok een stoel aan. "Zo, meneer Ebery, het spijt me dat ik moet zeggen dat u het bedrijf in een wankele positie heeft gebracht."

"Wat bedoel je?" vroeg Mario kil, alsof hij Ebery zelf was.

De man zei snuivend: "Wat ik bedoel? Ik bedoel dat de contracten die u aan Atlas Luchtboten heeft verkocht de grootste geldmakers waren die we hadden. Zoals u heel goed weet. Die transactie is een grote klap voor ons geweest." De man sprong overeind en begon nerveus te ijsberen. "Eerlijk gezegd, meneer Ebery, begrijp ik er niets van."

"Een moment," zei Mario. "Even naar de post kijken." De tijd dodend bladerde hij de post door terwijl hij wachtte tot de assistent terugkwam met de dossiers.

"Dank je wel," zei Mario. "Dat was voorlopig alles."

Hij keek de kaarten vlug door en controleerde de foto's. Deze kleine man had gezag en zou dus ergens bij de top moeten zitten. En daar had hij hem — Louis Correaos, adviseur van de directeur. De kaart bevatte informatie over zijn salaris, gezin, leeftijd, achtergrond — meer dan Mario in een oogopslag kon verwerken. Hij legde de kaarten opzij. Correaos liep nog stomend van woede heen en weer. Correaos bleef staan en staarde Mario giftig aan. "Onbezonnen? Volgens mij bent u gewoon getikt!" Hij haalde zijn schouders op. "Ik kan het makkelijk zeggen omdat mijn baan niets meer waard is. Het bedrijf kan de klappen niet verwerken die u het gegeven heeft. Althans niet met de manier waarop u wilt dat het gerund wordt. U wilt nu eenmaal met alle geweld een vliegende porseleinkast op de markt brengen die zinkt van de versieringen, en dan verkoopt u onze enige winstgevende contracten, de enige eigenschappen van de wagen die hem überhaupt luchtwaardig maken."

Mario dacht na. Toen zei hij: "Ik had mijn redenen."

Correaos staarde hem aan.

Mario zei: "Kun je niet bedenken hoe ik munt wil slaan uit deze nieuwe situatie?"

Correaos' ogen waren als pokerstenen; zijn mond verstrakte tot een O. Hij dacht ernstig na. Na een ogenblik of wat zei hij: "U heeft onze staalfabriek verkocht aan Jones en Cahill en ons patent op de vluchtstabilisator aan Bluecraft." Hij keek Mario scherp aan. "Het is net of u van plan bent wat u gezworen heeft nooit te doen. Een nieuw model uitbrengen dat ook nog vliegt."

"Wat zeg je van het idee?" vroeg Mario terwijl hij een wijs gezicht zette.

Louis Correaos stamelde: "Nou, meneer Ebery, dit is — dit is gewoon fantastisch! U die aan *mij* vraagt wat ik denk! Ik ben uw ja-zegger. Daar betaalt u me voor. Ik weet het, u weet het, iedereen weet het."

"Vandaag heb je anders niet ja tegen me gezegd," zei Mario. "Je zei dat ik getikt was."

"Nou ja," stotterde Correaos, "ik zag niet waar u heen wilde. Dit is precies wat ik jaren geleden al had willen doen. Een nieuwe transformator erin, al dat koperwerk eraf rukken, plancheen gebruiken in plaats van staal, alles vereenvoudigen en nog eens vereenvoudigen —"

"Louis," zei Mario, "maak het bekend. Breng de boel aan het rollen. Jij hebt de leiding. Ik geef toestemming voor alles wat je maar wilt doen."

Correaos' gezicht was een lijkwit masker.

"Stel zelf je salaris maar vast," zei Mario. "Ik heb een paar nieuwe dingen aan mijn hoofd waarmee ik het druk zal krijgen. Ik wil dat jij het bedrijf voortaan leidt. Jij bent de baas. Kun je dat aan?"

"Ja. Dat kan ik aan."

"Mooi. Doe het op je eigen manier. Breng een nieuw model uit dat alles wat er nu te koop is in de schaduw stelt. Ik zal het op het eind wel even keuren, maar tot dan ben jij de baas. En om te beginnen mag je al deze details afhandelen." Hij wees naar de stapel correspondentie. "Neem maar mee naar je kantoor."

Impulsief stortte Correaos zich op Mario's hand en schudde die heftig. "Ik zal mijn uiterste best doen." Hij ging de kamer uit.

Mario zei in de communicator: "Geef me de Afrikaanse Federale Bank... Hallo —" Dit tegen het meisje dat op het scherm verscheen. "Hier Ralston Ebery. Wilt u alstublieft het saldo van mijn privérekening even nagaan."

Even later zei zij: "Er staat nog maar twaalfhonderd dollar op, meneer Ebery. Met die laatste afboeking heeft u bijna uw hele saldo opgesoupeerd!"

"Dank u," zei hij. Hij liet het dikke lijf van Ebery in de stoel zakken en merkte dat er in zijn maag een groots onderaards gerommel aan de gang was. Ralston Ebery had honger.

Mario grijnsde afzichtelijk. Hij belde de kantine. "Breng me een boterham met gehakte olijven en selderij en een glas taptemelk."

V

's Middags kon hij de komende beproeving niet langer van zich afzetten: hij moest kennis maken met Ebery's gezin en zijn huiselijk leven. Een gelukkig gezin kon het niet zijn.

Een gelukkig echtgenoot en vader zou zijn vrouw en kinderen niet aan de genade van een vreemde overleveren. Het was geen daad van liefde maar van haat.

Op zijn bureau stond een groepsfoto, in een onopvallend hoekje, alsof hij gedoogd werd. Dat was zijn gezin. Florence was een broze vrouw, bijna onzichtbaar, schuchter, met kleren boven haar stand en ze tuurde onder een bespottelijke hoed uit met het geduldige, verbluffte gezicht van een huisdier dat poppenkleren aangetrokken heeft gekregen — pathetisch.

Luther en Ralston Jr. waren corpulente jongelieden met koppige, verbeten gezichten. Clydia had bolle wangen en een hooghartige mond.

Om drie uur vatte Mario eindelijk voldoende moed om het huis van Ebery op te bellen en Florence aan het toestel te laten komen. Met een iele, gereserveerde stem zei ze: "Ja, Ralston?"

"Ik kom vanavond thuis, lieveling." Het laatste woord plakte Mario er met enige moeite aan.

Ze kreeg rimpels in haar neus, tuitte haar lippen en haar ogen leken elk moment vol tranen te kunnen lopen. "Je vertelt me niet eens waar je geweest bent."

Mario zei: "Florence — zeg eens eerlijk. Vind je dat ik een goede echtgenoot ben geweest?"

Ze knipperde dapper met haar ogen. "Ik klaag niet. Ik heb nooit geklaagd." De toon waarop ze dit zei, gaf aan dat dit misschien niet letterlijk waar was. En vermoedelijk had ze alle reden gehad om te klagen, dacht Mario.

"Nee, de waarheid nu, Florence."

"Je hebt me al het geld gegeven dat ik hebben wilde. Je hebt me duizenden keren vernederd — me afgesnauwd, me belachelijk gemaakt in de ogen van de kinderen."

Mario zei: "Nou, het spijt me, Florence." Hij kon niet beweren dat hij genegenheid voor haar voelde. Hij had medelijden met Florence, maar zij was niet zijn vrouw. Ze was een van Ebery's slachtoffers. "Ik zie je vanavond wel," zei hij lam en hing op.

Hij zat te peinzen. Er moest een uitweg zijn. Of bleef dit zijn leven, zou hij ten slotte doodgaan in dit ongezonde, veel te dikke lijf? Mario lachte plotseling. Als Ebery met tien miljoen dollar een nieuw lichaam kon kopen — zijn eigen, vermoedelijk — dan kon hij met nog eens tien miljoen dollar van Ebery's geld misschien zijn lichaam terugkopen. Want geld sprak duidelijke en luide taal voor Mervyn Allen. Het was vernederend, een misselijke, kruiperige daad, het kussen van de voet die je net een schop had verkocht, onderdanigheid, onderworpenheid — maar als hij het niet deed, zat hij aan Ralston Ebery's lelijke verschijning vast.

Mario stond op en liep naar het raam. Hij ging het platform op en wenkte een luchttaxi naar beneden.

Tien minuten later stond hij voor nummer 5600 op de Exmoor Avenue, het Chateau d'If. Een tuinman die de heggen snoeide nam hem achterdochtig op. Mario marcheerde het pad op en drukte op de bel.

Net als de eerste keer moest hij even wachten terwijl hij ongemerkt geïnspecteerd werd door spioneercellen. De zon scheen warm op zijn rug en zijn oren werden gestreeld door het geruis van de heggenschaar.

De deur ging open.

"Treedt u alstublieft binnen," zei de zachte automaatstem.

De gang af, naar de groen en bruin geschilderde receptie met het schilderij van de drie naakten voor het oude bos.

Het fabelachtig knappe meisje kwam binnen. Opnieuw tuurde Mario diep in de grote heldere ogen die in verbinding stonden met een eigenaardig stel hersens. Wiens hersens? vroeg Mario zich af. Van een man of van een vrouw?

Maar hij voelde geen lust meer om haar op te peppen, haar emoties te wekken. Zij was onnatuurlijk, een ding.

"Wat wenst u?"

"Ik wil meneer Allen spreken."

"Waarover gaat het?"

"Ah, u kent mij?"

"Waarover gaat het?"

"Jullie zitten hier om geld te verdienen, niet?"

"Ja."

"Ik kom over geld praten."

"Gaat u alstublieft zitten." Ze ging weg. Mario keek het slanke lichaam na. Ze liep lichtvoetig en sierlijk op lage, soepele sloffen. Hij merkte dat Ebery's lichaam op haar reageerde. De klieren van de ouwe geit waren nog meer dan actief genoeg. Mario onderdrukte zijn misselijkheid.

Het meisje kwam terug. "Wilt u mij maar volgen, alstublieft."

Mervyn Allen ontving hem vriendelijk, maar zonder hem de hand te schudden. Zo ver voerde hij het niet door.

"Hallo, meneer Mario. Ik verwachtte u eigenlijk al. Ga zitten. Hoe marcheren de zaken? Vermaakt u zich?"

"Niet bijzonder. Ik ben het met je eens dat je mij een prikkelend avontuur hebt bezorgd. En nu ik terugdenk, heb je mij nergens iets voorgespiegeld dat je niet waar hebt gemaakt."

Allen glimlachte koel. En Mario vroeg zich af wiens hersens door dit volmaakte lichaam omhuld werden.

"Uw houding is ongewoon filosofisch," zei Allen. "De meeste klanten beseffen niet dat wij hun precies geven waar ze voor betalen. De essentie van het avontuur is verrassing, gevaar, en een resultaat dat afhangt van je eigen inspanningen."

"Geen twijfel aan," zei Mario. "Dat is precies wat je aanbiedt. Maar begrijp me niet verkeerd. Als ik vriendschap veinsde, zou ik niet oprecht zijn. Alle redelijke overwegingen ten spijt koester ik een sterke wrok. Ik zou je zonder enige wroeging doden, ook al heb ik alles aan mezelf te danken, zoals je wel zult willen opmerken."

"Inderdaad."

"Afgezien van mijn eigen gevoelens delen wij enkele interesses, waar ik gebruik van wil maken. Jij wilt geld hebben, ik wil mijn eigen lichaam terug. Ik kom informeren op welke manier onze wensen vervuld kunnen worden."

Allens gezicht bloeide op en hij lachte verrukt. "Mario, je bent vermakelijk. Ik heb al heel wat voorstellen aangehoord, maar nog nooit zo formeel en elegant geformuleerd. Ja, ik wil geld hebben. Jij wilt het lichaam terug waaraan je gewend bent. Maar helaas, je ouwe lichaam is nu het eigendom van iemand anders, en ik betwijfel of hij overgehaald zou kunnen worden om er afstand van te doen. Maar — ik kan je wel een ander lichaam verkopen, gezond en knap en jong, voor ons gebruikelijke honorarium. Tien miljoen dollar. Voor dertig miljoen kan ik je de ruimst mogelijke keus bieden — bijvoorbeeld een lichaam zoals dat van mij. De Hemelse Toren is een verschrikkelijk duur project."

Mario zei: "Wil je mijn nieuwsgierigheid bevredigen en me vertellen hoe de ruil in zijn werk gaat? Ik zie helemaal geen litteken of een ander spoor dat er een hersentransplantatie is uitgevoerd. Wat trouwens wel onuitvoerbaar zou zijn."

Mervyn Allen knikte. "En ook vermoeiend, om enkele miljoenen zenuwen aan elkaar te knopen. Ben je bekend met de fysiologie van de hersens?"

"Nee," zei Mario. "Ze zijn ingewikkeld, meer weet ik er niet van."

Allen ging er makkelijk voor zitten en sprak vlug, alsof hij een lesje opzei: "De hersens zijn verdeeld in drie onderdelen, het verlengde merg, de kleine hersens — deze twee regelen de autonome bewegingen en reflexen — en de grote hersens, de zetel van het geheugen, het verstand en de persoonlijkheid. Het denken gebeurt in de hersens op dezelfde manier als in een mechanisch brein, door het kiezen van een route door een reeks relais of neuronen.

"In een onbeschreven stel hersens is de weerstand van iedere route even groot en is de elektrische spanning van alle cellen gelijk.

"Het procédé wordt onderverdeeld in een serie stappen — die overigens bij toeval ontdekt zijn tijdens een researchprogramma op een heel ander gebied. Eerst wordt de scalp van de patiënt ingebed in een cel van wat de oorspronkelijke onderzoekers golasma noemden — een organisch kristal met een groot aantal perifere vezels. Tussen het golasma en de hersens bevinden zich een aantal lagen — haren, huidweefsel, bot, drie afzonderlijke vliezen en een netwerk van bloedvaten.

"Maar de zenuwcellen hebben een uniek elektrisch potentiaal en praktisch gesproken vormen de tussenliggende cellen geen storende invloed.

"Vervolgens worden door middel van een gecompliceerd aftastingsproces de synapsen van de hersens gedupliceerd in het golasma. Door een patroon van zintuigprikkels relateren wij het aan een kader dat alle mensen gemeenschappelijk hebben.

"De derde stap is dat het proces omgekeerd wordt. De hersens van A worden via het golasma van B voorzien van de synapsen van B, en omgekeerd. Het hele proces neemt maar een paar minuten in beslag. Er wordt niets gesneden, het is pijnloos, ongevaarlijk. A krijgt de persoonlijkheid en de herinneringen van B, terwijl B die van A krijgt."

Langzaam wreef Mario over zijn blubberende kin. "Je bedoelt dat ik — dat ik Roland Mario helemaal niet ben? Dat het een illusie is dat ik Roland Mario's gedachten heb? En geen enkele cel in dit lichaam is van Mario?"

"Nog geen atoom ervan. Jij bent helemaal — even zien. Ralston Ebery, geloof ik. Zelfs het kleinste onderdeel van jou is Ralston Ebery. Jij *bent* Ralston Ebery, voorzien van de herinneringen van Roland Mario."

"Maar mijn klieren en zo dan? Veranderen die Roland Mario's persoonlijkheid niet? Tenslotte zijn iemands daden niet alleen afhankelijk van zijn hersens, maar van een synthese van allerlei invloeden."

"Heel juist," zei Allen. "Het effect is progressief. Je zult geleidelijk veranderen, meer op de Ralston Ebery van voor de verandering gaan lijken. En hetzelfde geldt voor Mario's lichaam. Het geheel wordt bepaald door de verhouding tussen milieu en erfelijkheid van jullie karakter."

Mario glimlachte. "Ik wil hier zo gauw mogelijk weer uit. Wat ik van Ebery kan zien, bevalt me niet."

"Kom dan maar tien miljoen dollar brengen," zei Allen. Het Chateau d'If bestaat maar voor één doel: geld maken."

Mario inspecteerde Allen grondig, liet de stevige, gave huid, de volmaakte vorm van de schedel en het gezicht en de gezichtsuitdrukking op zich inwerken.

"Waar heb je al dat geld voor nodig? Waarom wil je die Hemelse Toren eigenlijk bouwen?"

"Voor de lol. Het amuseert me. Ik verveel me. Ik heb een massa lichamen geprobeerd en evenveel verschillende levens. Dit is mijn veertiende lichaam. Ik heb macht uitgeoefend. Dat is een sensatie die me niet aanspreekt. De druk en de spanning ervan ergeren me. Ik ben ook allesbehalve psychotisch. Ik ben niet eens meedogenloos. Bij mijn operatie wint de een wat de ander verliest. Het blijft in evenwicht."

"Maar het is gewoon diefstal!" protesteerde Mario bitter. "Je steelt iemands jaren en verkoopt die aan een ander."

Allen haalde zijn schouders op. "De lichamen leven even lang. Het totale effect verandert niet. Er gebeurt niets, behalve de verplaatsing van geheugens. In ieder geval ben ik, in het jargon van de metafysica, misschien een solipsist. Zover ik kan zien — met mijn ogen, met mijn hersens — ben ik het enige echte individu, het enige bewuste intellect." Zijn ogen werden donker. "Hoe kan het anders dat ik — ik — uit zovelen ben gekozen om dit weldadige leven te leiden?"

"Ach wat!" zei Mario smalend.

"Iedereen vermaakt zich naar beste vermogens. Momenteel word ik geboeid door het bouwen van de Hemelse Toren." Zijn stem kreeg een diepe, extatische klank. "Hij zal vijf kilometer naar de hemel rijzen! Er komt een banketzaal in met een vloer van afwisselend zilveren en koperen stroken van een halve kilometer breed, een halve kilometer hoog en omzoomd met acht glazen balkons. Er komen tuinterrassen die hun gelijke op Aarde niet hebben, met fonteinen, watervallen, stromende beken. Een verdieping zal een sprookjesland uit vroeger tijden voorstellen en bewoond worden door beeldschone nimfen.

"Andere verdiepingen tonen de Aarde tijdens verschillende stadia van de geschiedenis. Er komen musea in, conservatoria van diverse muziekstijlen, studio's, werkplaatsen, laboratoria voor alle soorten research, wijken met winkels. Er komen prachtige kamers en balkons die alleen gemaakt zijn om doorheen te dwalen, gedeelten die gewijd zijn aan — laten we zeggen de verering van Astarte. Er komen zalen vol speelgoed, honderd restaurants met een staf van fijnproevers, duizend cafés die vloeibare dromen serveren; zalen om te zien, te horen, te rusten."

Mario zei: "En nadat je de Hemelse Toren beu bent?"

Mervyn Allen maakte een weids gebaar. "O, Mario, daar raak je een teer punt. Vast en zeker bedenk ik wel weer iets. Als we maar van de Aarde konden losbreken, voorbij de barre rotsen van de planeten naar andere sterren en ander leven konden vliegen. Dan zou er geen Chateau d'If nodig zijn."

Mario wreef over zijn hangwang terwijl hij Allen spottend opnam. "Heb je dit procedé zelf uitgevonden?"

"Ik en vier anderen die samen een researchgroep vormden. Zij zijn allemaal dood. Alleen ik ken de techniek."

"En je secretaresse? Is zij ook een van je wisselkinderen?"

"Nee," zei Allen. "Thane is wat zij is. Zij leeft van haat. Denk je dat ik haar minnaar ben? Nee," en hij glimlachte zwak. "In geen enkel opzicht. Haar enige verlangen is verwoesting, de dood. Alleen vanbuiten is zij licht. Vanbinnen is ze donker en woest als een druppel hete olie."

Mario had te veel feiten en informatie tegelijk binnengekregen. "Nou, ik zal je verder niet ophouden. Ik wilde weten waar ik aan toe ben."

"En nu weet je het. Ik heb geld nodig. Dit is de makkelijkste manier die ik ken om het met bakken tegelijk in ontvangst te nemen. Maar ik heb ook nog mijn speciale aanbieding, voordeelkoopje, premieplan — noem het wat je wilt."

"En wat houdt dat in?"

"Ik heb klanten nodig. Hoe meer klanten, hoe meer geld. Natuurlijk kan ik niet al te expliciet adverteren. Daarom bied ik een vrije verhuizing aan, een gratis lichaam als je zes nieuwe klanten aanbrengt."

Er ging Mario een licht op. "Aha — dus Sutlow heeft Zaer en mij al op zijn conto staan?"

Allen keek vragend. "Wie is Sutlow?"

"Ken je Sutlow niet?"

"Nooit van gehoord."

"En Ditmar, misschien?"

"Ah, dat is een prijsklantenwerver, die Ditmar. Met tienduizend dollar schafte hij zich een lichaam aan met een vergevorderde cirrose. Nog twee klanten en hij ontspringt de dans. Maar misschien praat ik te veel. Ik moet weer aan het werk, Mario. Goedenavond."

Op weg naar buiten pauzeerde Mario even in de receptie en keek daar diep in de ogen van Thane. Ze staarde terug met een stenen gezicht, twee stersaffieren als ogen. Plotseling was Mario in vervoering, kreeg hij een mystiek gevoel alsof hij over levende gedachten liep en de macht van het inzicht kende.

"Je bent beeldschoon, maar even koud als de zeebodem."

"Door deze deur komt u weer buiten, meneer."

"Je schoonheid is zo nieuw en fragiel — een laagje van een millimeter dik. Twee sneden met een mes en je zou er afzichtelijk uitzien, zo erg dat de mensen hun ogen af zouden wenden als je langs ze liep."

Haar mond ging open, en weer dicht. Ze stond op en zei: "Deze kant uit, meneer."

Mario stak zijn handen uit, maar toen zag hij Ebery's dikke papvingers. Met een grimas zag hij van zijn plan af. "Ik kan je niet aanraken met deze handen."

"Met andere handen ook niet," zei ze koud, van een afstand.

Hij liep langs haar naar de deur. "Als je het mooiste schepsel ziet dat ooit kan bestaan, als zij de ziel van een stuk rotskristal heeft, als zij je uitdaagt om haar beet te pakken en te breken, en je zit dan opgesloten in een dikke, afschuwelijke papzak van een lichaam —"

Haar uitdrukking veranderde een beetje, maar hij kon niet uitmaken in welke richting. "Dit is het Chateau d'If," zei zij. "En jij bent een dikke, afschuwelijke papzak."

Woordeloos vertrok hij. Zij schoof de deur dicht. Mario haalde zijn schouders op, maar Ebery's gezicht gloeide van vernedering. Er was geen liefde, geen gedachte aan liefde. Niets meer dan de uitdaging, zo ongeveer als de uitdaging die een berg aan de klimmers biedt die zijn hellingen bestijgen, zijn geheimen plunderen en de top overmeesteren. Thane, zo koud als de achterkant van de maan!

Hou toch op, zeiden Mario's hersens scherp, ruk je los van die obsessie. Vergeet die vrouwenlichamen. Is het leven nog niet gecompliceerd genoeg?

VI

Op de stoep voor het Chateau d'If nam Mario een luchttaxi naar nummer 19 op het Zeeschuimplein. Het was een monster van een huis van roze marmer, overdadig, ingewikkeld gebouwd en kronkelig als de rest van Ebery's bezittingen. Hij drukte zijn duim tegen het slotgat. Zijn vingerafdruk kwam overeen met het patroon dat in het slot was vastgelegd en de deur klikte open. Mario ging naar binnen.

De foto had hem voorbereid op de aanblik van zijn familieleden. Florence Ebery begroette hem met heimelijke achterdocht; de zonen gaven zich niet bloot en hulden zich in een passieve vijandschap. De dochter leek in het geheel geen emoties te voelen, behalve een voortdurende lichte verbazing.

Aan tafel kwelde Mario Ebery's lichaam door niets te eten behalve een portie sla met wortels en azijn. Zijn gezin verbaasde zich hierover.

"Voel je je niet goed, Ralston?" informeerde zijn vrouw.

"Jawel."

"Je eet niet."

"Ik ben op dieet. Ik ga het luie vet van dit afzichtelijke karkas halen."

Acht ogen puilden uit, vier stel messen en vorken bewogen niet meer.

Mario ging rustig verder: "Er gaan hier een paar dingen veranderen. Een lui leven is voor niemand goed." Hij richtte zich tot de twee jongemannen, die allebei een wit gezicht hadden en pafferige wangen en dikke lippen. "Jullie knapen — ik wil jullie niet te hard vallen. Tenslotte kunnen jullie het niet helpen dat je geboren bent als zoon van Ralston

Ebery. Maar weten jullie wat het betekent om de kost te verdienen in het zweet uws aanschijns?"

De oudste, Luther, zei waardig: "Wij werken in het zweet van onze hersens."

"Vertel nog eens wat meer," spoorde Mario hem aan. Luthers ogen weerspiegelden zijn boosheid. "Ik lever meer werk af in een week dan jij in een heel jaar."

"Waar?"

"Waar? Nou, in de glasfabriek. Waar anders?" Er zat vuur in deze knaap, meer dan Mario had verwacht.

Ralston Junior zei met een gemelijke, norse stem: "Wij betalen jou kost en inwoning en we zijn je geen rooie rotcent schuldig. Als het je niet bevalt, dan vertrekken we wel."

Mario schaamde zich. Blijkbaar had hij Ebery's zonen verkeerd beoordeeld. Witte smoelen en pafferige wangen duidden niet noodzakelijk op witte, pafferige geesten. Hij kon zijn meningen beter voor zich houden en de conversatie beperken tot bekende feiten. Vriendelijk zei hij: "Sorry, ik wilde jullie niet kwetsen. Vergeet dat kostgeld maar. Geef het uit aan iets nuttigs."

Sceptisch keek hij naar Clydia, de dochter van Ebery. Ze zat een beetje onnozel te glimlachen. Hij moest zijn mond maar houden. Wie weet was zij wel een maatschappelijk werkster die dagen van twaalf uur maakte.

Ebery's huis benauwde hem. Hoewel hij in het lichaam van de man huisde, was het gevoel van diens kleren en toiletartikelen uitermate onplezierig. Hij kon zich er niet toe brengen Ebery's tandenborstel te gebruiken of zijn scheerapparaat. Ebery's lichamelijke behoeften vervulden hem met walging. Tot zijn opluchting merkte hij dat hij en Florence aparte slaapkamers hadden.

De volgende ochtend stond hij heel vroeg op toen het maar net licht was, verliet gehaast het huis en ontbeet in een klein restaurant met sinaasappelsap en toast zonder beleg. Ebery's maag protesteerde met woedend gerommel tegen dit karige maal. En Ebery's benen klaagden toen Mario te voet op weg ging in plaats van een taxi te nemen.

Hij liet zichzelf binnen in de nog verlaten kantoren van Ebery Luchtwagens en dwaalde afwezig peinzend door de ruimte. Na een poosje ging hij zijn eigen kamer in. De rococorommel ergerde hem. Hij liet de huismeester komen en maakte een zwaaiend gebaar dat de hele kamer omvatte. "Haal al die opzichtige prullen hier weg. Neem ze mee naar huis, u mag het hebben. Of gooi het weg als het u ook niet bevalt. Laat alleen het bureau en een paar stoelen staan. De rest — weg ermee!"

Diep in gedachten liet hij zich op een stoel zakken. Manieren, methoden.

Welke wapens kon hij gebruiken?

Hij krabbelde wat op een vel papier.

Hoe kon hij aanvallen?

Misschien kon de wet hem helpen — op een of andere manier. Misschien het MPB. Maar welke wet overtrad Allen? Er waren geen precedenten. Het Chateau d'If verkocht avontuur. Als een klant heel wat meer voor zijn geld kreeg dan hij verwachtte, dan had hij dat alleen aan zichzelf te wijten.

Geld, geld, geld. Daar kocht hij zijn eigen lichaam niet mee terug. Hij had een hefboom nodig, een wapen, hij moest Allen onder druk kunnen zetten.

Hij belde de openbare informatiedienst op en vroeg inlichtingen over 'golasma'. Het woord was niet bekend.

Hij zette nieuwe tekens op het papier, patronen zonder betekenis. Waar was Mervyn Allen kwetsbaar? Het Chateau d'If, de Hemelse Toren. Opnieuw belde hij de informatiedienst, nu om materiaal over de Hemelse Toren. De gedrukte tekst flitste over het scherm op zijn bureau.

De Hemelse Toren wordt een multifunctioneel gebouw. Het wordt opgetrokken op een terrein in Meadowlands. Het hoogste punt komt vijf kilometer boven de grond. De architecten zijn Kubal en Partners in Lanchester. De contracten voor de fundering zijn gegund aan Lourey en Lyble —

Mario drukte op de paginatoets. Nu vertoonde het scherm de schets van een architect — een slanke structuur die zich door wolkenlagen in de helderblauwe hemel boorde. Mario raakte de verspringtoets weer aan.

Nu volgde er gedetailleerde informatie over het gewicht en het volume, vergelijkingen met de piramiden, de dam van Chilung, het Skatterholmcomplex in Ronn, de Hawkezuil, de Wereldmarkt in Dar es Salaam.

Mario gebruikte zijn intercom om uit te zoeken of er al iemand van het personeel aanwezig was, maar het was nog te vroeg. Ongeduldig geworden bestelde hij koffie. Nerveus rondlopend dronk hij twee koppen.

Eindelijk antwoordde er iemand op zijn bellen. "Als meneer Correaos binnenkomt, wil ik hem spreken."

Vijf minuten later klopte Louis Correaos op zijn deur.

"Morgen, Louis," zei Mario.

"Goedemorgen, meneer Ebery," zei Correaos met een benauwd, behoedzaam gezicht alsof hij het ergste verwachtte.

Mario zei: "Louis, ik heb advies nodig... ooit gehoord van Kubal en Partners? Het is een architectenbureau."

"Nee. Ik ken ze niet."

"Ik wil je niet van je werk houden," zei Mario, "maar ik wil de macht over dat bedrijf overnemen. In het geheim. Ik wil dat jij inlichtingen inwint. Noem mijn naam niet. Koop zo veel aandelen met stemrecht als er te koop worden aangeboden. Je kunt zo hoog gaan als nodig, maar zorg dat je die aandelen krijgt. En scherm vooral niet met mijn naam."

Correaos' gezicht veranderde in een geamuseerd masker met een bittere trek om zijn mond. "En waar moet ik dat van betalen?"

Mario wreef over de mollige plooien bij zijn kaak. "Hm. Hebben we geen reservepotje, geen geld op de bank?"

Correaos keek hem bevreemd aan.

"Dat moet u toch weten."

Mario wendde zijn blik af. Inderdaad, hij moest het weten. Voor Louis Correaos was hij Ralston Ebery — de eigenmachtige, dominerende Ralston Ebery. Mario zei: "Bekijk even hoeveel geld we op tafel kunnen leggen, Louis. Wil je dat voor me doen?"

"Een ogenblik dan," zei Correaos. Hij ging de kamer uit. Even later was hij terug met een stuk papier.

"Ik heb een berekening gemaakt van wat het gaat kosten om de fabriek om te schakelen op een nieuw model. We zullen geld moeten lenen. Het is mijn zaak niet wat u met het geld heeft gedaan."

Mario glimlachte grimmig. "Je zou het nooit begrijpen, Louis. En als ik het je vertelde, zou je me niet geloven. In ieder geval is het op, dus vergeet het gewoon."

"Het Zuid-Afrikaanse filiaal heeft gister een wissel van iets meer dan een miljoen gestuurd. En dat is maar een fractie van wat we nodig hebben."

Mario maakte een ongeduldig gebaar. "We nemen wel een lening. Op dit moment heb je dus een miljoen. Kijk hoeveel aandelen van Kubal je daarmee kunt kopen."

Correaos verliet het vertrek zonder een woord. Mario mompelde bij zichzelf: "Die denkt dat ik ze niet alle vijf meer heb. Nu geeft hij me wijselijk maar m'n zin…"

De hele ochtend inspecteerde Mario de financiële situatie van Ebery's bedrijf op zijn bureauscherm. De bewijzen van Ebery's over- haaste plundering lagen voor het oprapen — verzilverde obligaties, verkochte activa, afschrijvingsgelden die naar zijn privérekening waren overgeboekt. Maar ondanks de uithollingen was het bedrijf financieel kennelijk nog gezond. De hypotheken, contracten en licenties die het nog bezat, waren vele malen meer waard dan de contanten die Ebery eruit gesleept had.

Toen hij genoeg kreeg van de boeken bestelde hij nieuwe koffie en ging weer een potje ijsberen. Zijn gedachten gingen opnieuw in de richting van het huis aan het Zeeschuimplein. Hij dacht aan de beschuldigende ogen van Florence Ebery, de vijandigheid van Luther en Ralston Junior. En Mario wenste Ralston Ebery een plaats in de hel toe. Ebery's familie was zijn verantwoordelijkheid niet, hij had niets met ze te maken. Hij belde Florence op.

"Florence, ik kom niet meer thuis," zei hij, zijn best doend om vrien- delijk te klinken.

"Dat dacht ik al," zei zij.

Gehaast zei Mario: "Ik geloof dat je alles welbeschouwd het best af bent met een scheiding. Ik zal me er niet tegen verzetten en je kunt al het geld krijgen dat je hebben wilt."

Zij staarde hem aan met een onpeilbare, zwijgende blik. "Dat dacht ik al," zei ze weer. Ze schakelde uit.

Correaos was even na de lunch weer terug. Het was warm en hij was gaan lopen en nu glom zijn gezicht van transpiratie.

Hij gooide een zwarte plastic map op het bureau en ontblootte zijn tanden in een triomfantelijke glimlach. "Daar is het dan. Ik weet niet wat u ermee wilt, maar hier is het. Tweeënvijftig procent van de aandelen. Ik heb ze gekocht van de neef van de oude Kubal en twee van de partners. En het was er het goeie moment voor: ze wilden maar wat graag verkopen. Het bevalt ze niet hoe de zaak gerund wordt. De ouwe Kubal spendeert al zijn tijd aan die Hemelse Toren, en hij vraagt er niet eens een honorarium voor. Hij beweert dat hij de eer al genoeg vindt. De neef durft niet op de tafel te slaan, maar hij was dolblij dat ik zijn aandelen wilde overnemen. Idem dito met Cheever en Kohn, de partners. De klus aan de Hemelse Toren levert niet eens genoeg op om de kantoorkosten te betalen."

"Hm. Hoe oud is de ouwe Kubal?"

"Tachtig, op zijn minst. Een kwieke ouwe knar, bruisend van leven."

De eer van het werk! dacht Mario. Leuterkoek. Het honorarium van de ouwe Kubal zou uit een jong lichaam bestaan. Hardop zei hij: "Louis, heb je Kubal gesproken?"

"Nee, hij laat zich nauwelijks zien op kantoor. Hij vertelt alleen wat er gebeuren moet en door wie, en het werk wordt op het kantoor gedaan."

"Louis," zei Mario, "wil je het volgende voor me doen. Registreer de aandelen onder je eigen naam, en geef mij een ongedateerd overdrachtsbewijs, dat we niet laten registreren. Voor de wet ben jij de baas over dat bedrijf. Bel ze dan op en vraag de bedrijfsleider te spreken. Zeg hem dat je mij naar hem toe stuurt. Ik ben gewoon een vriend van jou aan wie je een gunst schuldig bent. Zeg hem dat ik carte blanche moet krijgen voor iedere taak waaraan ik wil werken. Okay?"

Correaos nam hem op alsof hij verwachtte dat het dikke lijf zou ontploffen. "Wat u maar wilt. U zult wel weten wat u doet."

Mario grijnsde spijtig. "Ik weet niets anders te doen. Ondertussen ga je rustig door met het nieuwe model. Jij bent de baas."

Mario trok Ralston Ebery een bescheiden blauw pak aan en meldde zich in het kantoor van Kubal en Partners, dat een hele verdieping van het Rothenburggebouw besloeg. Hij vroeg de receptionist naar de bedrijfsleider. Hij werd naar een lange man van begin veertig gebracht met een fijngevoelig gezicht als een citroen. Hij had een voorhoofd vol sproeten en spaarzaam zandkleurig haar en hij beantwoordde Mario's vragen op scherpe en vijandige toon.

"Ik ben Taussig... Nee, ik sta alleen aan het hoofd van het kantoor. Kohn was de chef van de tekenafdeling en Cheever van de ingenieurs. Ze zijn allebei vertrokken. Het kantoor is een janboel. Ik zit hier al twaalf jaar."

Mario verzekerde hem dat het niet de bedoeling was dat hij Taussig passeerde. "Nee meneer Taussig, u blijft de leiding hebben. Ik spreek namens de nieuwe meerderheidsaandeelhouder. U zorgt voor het kantoor — de algemene zaken, nieuwe klussen, precies zoals altijd. U krijgt de titel van algemeen bedrijfsleider. Ik wil alleen aan de Hemelse Toren werken — zonder gestoord te worden. Ik val u niet lastig, en u mij niet. Okay? Als de Hemelse Toren klaar is vertrek ik weer en dan bent u heer en meester over het kantoor."

Taussigs gezicht liet zijn achterdochtige uitdrukking varen. "Afgezien van de Hemelse Toren gebeurt er niet veel. Het is natuurlijk een kolossaal werk. Groter dan wie ook in zijn eentje."

Mario zei dat hij niet van plan was het hele karwei in zijn eentje op te knappen, en nu verstrakte Taussigs gezicht om het sarcasme dat in Mario's opmerking besloten lag. Nee, zei Mario, hij zou alleen de hoogste autoriteit zijn op het gebied van de Toren, slechts ondergeschikt aan de wensen van de bouwer.

"Een laatste punt," zei hij. "Dit gesprek moet strikt vertrouwelijk blijven." Hij knipoogde tegen Taussig. "U stelt mij voor als een nieuwe werknemer, meer niet. Geen woord over de nieuwe aandeelhouder, geen woord erover dat hij een vriend van mij is. Vergeet dat gewoon. Begrijpt u dat?"

Taussig ging waardig en met een zuur gezicht akkoord.

"Ik wil het rustig houden," vervolgde Mario. "Ik wil geen contact hebben met de bouwer. Persconferenties en zo, die behandelt u. Gesprekken met de bouwer, wijzigingen, aanvullingen — dat handelt u ook af. Ik blijf eenvoudig op de achtergrond."

"U zegt het maar," zei Taussig.

VII

De Hemelse Toren werd evenzeer een onderdeel van Mario's leven als zijn ademhaling en zijn hartslag. Twaalf uur per dag, of dertien, veertien, zat Ebery's massa over de lange tafel gebogen en Ebery's ogen brandden en traanden van het langdurig bestuderen van begrotingen, details, plattegronden. Over het grote scherm dat anderhalve meter voor hem stond stroomde het werk van vierentwintighonderd tekenaars, achthonderd ingenieurs, kunstenaars, binnenhuisarchitecten, werklieden zonder tal, en alles behoefde zijn goedkeuring. Maar de invloed die hij uitoefende was beperkt en bleef onopgemerkt. Alleen een paar details veranderde hij, en dan zo zorgvuldig en subtiel dat niemand er iets van merkte.

En nergens werkte hij zorgvuldiger dan aan de negenhonderdste verdieping, de bovenste etage die op de index stond aangegeven als kantoren en woonvertrekken van Mervyn Allen, Uiterst gedetailleerd ontwierp Mario de verdieping met balken die hij speciaal liet maken en ventilatieapparatuur die gefabriceerd werd volgens zijn eigen specificaties.

Op een dinsdagavond was Mario's persoonlijkheid overgebracht in Ebery's lichaam. Woensdagochtend was hij bijgekomen. Vrijdag was hij geconcentreerd bezig in het kantoor van Ebery en het afgesproken tijdstip, drie uur 's middags, verstreek zonder dat hij het merkte. Vrijdagavond dacht hij aan het Oxonische Terras en zijn rendez-vous met Janniver, Breaugh en de naamloze geest in het zieke lichaam genaamd Ditmar. En de volgende vrijdag om drie uur zat Mario aan een tafel op het Oxonische Terras.

Zes meter van hem af zaten Janniver, Breaugh en Ditmar. En Mario dacht terug aan die dag nog pas een paar weken geleden toen de vijf landerig in de zon hadden gehangen. Vier onschuldige jongelieden en een man die hen hongerig taxeerde om wat hun lichamen zouden opbrengen.

Twee van die lichamen had hij al veroverd. En Mario zag hen rustig in de warme zon zitten en langzaam praten. Twee van hen waren vredig en voelden zich veilig. Breaugh sprak op zijn gewone, zelfverzekerde manier en Janniver praatte langzaam en nuchter. En daar zat Ditmar, een onbekende ziel die sardonisch uit de ogen van het magere, donker-bruine lichaam keek. Een ziek lichaam, dat iemand die tienduizend dollar voor een avontuur betaalde een waardeloze koop moest vinden. Ditmar had een avontuur gekocht — een avontuur van pijn en angst. Heel even gaf Mario toe dat als iemand smachtte naar zijn eigen oude leven in zijn eigen oude lichaam, hij makkelijk zijn fatsoen en eerlijk-heid overboord kon zetten. Iemand die verdrinkt, wurgt degeen die hem redden wil.

Besluiteloos dronk Mario bier. Moest hij zich bij de drie voegen? Het kon geen kwaad. Maar hij werd weerhouden door een eigenaardige tegenzin, bijna een gevoel van schaamte. Deze mensen aanspreken, ze vertellen wat hun geld had opgeleverd — Mario voelde zich verschrik-kelijk opgelaten. Plotseling kreeg hij een inval. Hij keek wie er aan de andere tafels zaten. Zaer. Pete Zaer was hij bijna vergeten.

In Zaers lichaam huisde nu de geest van een miljonair. Zou Zaer het oude lichaam van de miljonair hiernaartoe brengen?

Hij zag een oude man met holle ogen die in zijn eentje in de buurt zat. Mario observeerde hem grondig. De oude stak een sigaret aan, nam een paar trekjes en knipte de lucifer weg — dat was een eigenaar-digheid van Zaer. Met de sigaret tussen zijn vingers pakte hij zijn glas, dronk, stak de sigaret in zijn mond en zette het glas neer. Ook typisch iets van Zaer.

Mario stond op en ging naast hem zitten. De oude man zag gretig op, en toen keek hij boos. De huid rondom zijn roodgerande ogen had een ziekelijke gele kleur en zijn mond was grijs. Zaer had nog minder voor zijn geld gekregen dan Mario.

"Ben jij soms Pete Zaer?" vroeg Mario. "In vermomming?"

De mond van de oude man begon te trekken. "Hoe — Waarom zegt u dat?"

Mario zei: "Kijk naar de tafel. Wie ontbreekt er nog meer?"

"Roland Mario," zei de oude met een schurende stem. De rode ogen keken hem turend aan. *"Jij!"*

"Precies," zei Mario met een zure grijns. "Over een week of twee zijn we misschien met zijn drieën, of vieren." Hij gebaarde. "Kijk. Waar zitten ze om te dobbelen?"

"We moeten ze tegenhouden," zei Zaer. "Ze weten het niet." Maar hij verroerde zich niet. Mario ook niet. Het was net of hij naakt op een drukke straat moest gaan staan.

Toen hakte hij de knoop door. Hij stond op. "Wacht hier," mompelde hij. "Ik zal proberen ze tegen te houden."

Hij slofte over het zonnige terras naar de tafel waar Janniver de stenen schudde. Mario stak zijn hand uit en ving de noodlottige kubusjes op.

Janniver keek verbaasd op. Breaughs zware wenkbrauwen gingen omhoog ten teken dat hij nijdig werd. Ditmar keek verbaasd.

"Neem mij niet kwalijk," zei Mario. "Mag ik vragen waar jullie om dobbelen?"

Breaugh zei: "Dat is privé. U hoeft zich er niet mee te bemoeien."

"Gaat het om het Chateau d'If?"

Zes ogen staarden hem aan.

"Ja," zei Breaugh na een korte aarzeling.

Mario zei: "Ik ben een vriend van Roland Mario. Ik heb een boodschap van hem."

"Wat dan?"

"Hij raadt u aan verre van het Chateau d'If te blijven en er uw geld niet aan te verspillen. Hij zei dat u niemand moest vertrouwen die voorstelt dat u erheen gaat."

Breaugh zei: "Niemand stelt hier iets voor."

"En hij zegt dat hij spoedig contact met u zal opnemen."

Mario vertrok zonder verdere plichtplegingen en ging terug naar waar hij Pete Zaer had achtergelaten. De oude man was verdwenen.

Ralston Ebery had veel vijanden, merkte Mario. Hij had ook een groot aantal kennissen, maar geen vrienden. En er was een wezen met een bleek gezicht dat alleen scheen te bestaan om hem op straat aan te schieten en met scheldwoorden te overladen. Dit was Letya Arnold, de voormalige medewerker van de onderzoekslaboratoria.

Mario negeerde hem de eerste twee keer, en bij de derde ontmoeting beval hij de man uit zijn buurt te blijven. "De volgende keer roep ik de politie."

"Vuilnisbak!" verkneukelde Arnold zich. "Je zou niet durven! De publiciteit zou je ruïneren en dat weet je best, dat weet je heel goed!"

Mario nam de man nieuwsgierig op. Hij was duidelijk ziek. Zijn adem stonk naar inwendig verval. Onder zijn wijde grijsbruine jas zag Mario een ingevallen borst en de schouders van de man waren net deurknoppen. Zijn ogen waren vreemd zwart en glanzend, zo zwart dat de iris niet van de pupil te onderscheiden was en de ogen leken net twee grote zwarte olijven die in een kom zure melk waren gelegd.

"Daar staat een agent," zei Arnold. "Roep hem dan, smeerpijper, roep hem maar!"

Mario draaide zich vlug om en liep weg. Arnolds smalende gelach schalde hem na.

Mario vroeg aan Correaos wat er met Arnold was gebeurd. "Waarom zou ik hem niet durven laten arresteren?"

En Correaos schonk hem een van zijn lange, vragende blikken. "Weet u dat niet?"

Mario besefte dat hij weer eens uit zijn rol gevallen was. Hij wreef zijn voorhoofd. "Sorry, Louis. Ik word wat vergeetachtig. Vertel me alles over Arnold."

"Hij werkte in het stralingslab en bedacht een of ander proces om brandstof te besparen. Natuurlijk had het bedrijf alle rechten op het patent." Correaos glimlachte ironisch. "Natuurlijk gebruikten we het proces niet, want u had aandelen van Wereldluchtenergie en een flink deel van Lamarr's Atoomindustrie. Arnold begon het stiekem zelf te gebruiken. We gingen ermee naar de rechtbank en wonnen en kregen een schadevergoeding toegewezen. Daardoor kwam Arnold diep in de schulden en sindsdien stelt hij niets meer voor."

Mario zei opeens energiek: "Laat me dat patent eens zien, Louis."

Correaos belde een opdracht door en weldra viel er een verzegelde envelop uit de postbuis in de vanger.

Correaos zei achteloos: "Zelf geloof ik dat Arnold óf gek, óf een bedrieger was. Het idee dat hij had, kon gewoon niet werken. Net zomin als een perpetuum mobile."

Arnold had een kort voorwoord bij zijn tekst geschreven. Afgezien van de introductie was het een massa stroomkringen en symbolen die Mario niets zeiden.

Hij las:

Een doelmatige voortstuwing wordt bereikt door voortdurend kleinere massa's met voortdurend hogere snelheden weg te stoten. Wat het eerste betreft, is de beperkende voorwaarde het elektron. Als we dit uitstoten met snelheden welke die van het licht benaderen, bemerken wij dat zijn massa volgens het bekende effect toeneemt. Deze eigenschap geeft ons een volmaakte voortstuwingsmethode die in staat is het vliegen te bevrijden van zijn afhankelijkheid van zware massa's materiaal die met relatief geringe snelheden worden uitgestoten. Een elektron dat magnetisch afgestoten wordt met bijna de lichtsnelheid, oefent evenveel voorwaartse kracht uit als vele kilo's conventionele brandstof...

Mario wist waar hij Arnold kon vinden. De man zat dag aan dag te piekeren op een bank bij de Honderd Jarenkoepel op het Tanagraplein. Mario bleef voor de ouwelijke jongeman met zijn hysterische gezicht staan.

Arnold keek op en schoot overeind met een gretig gezicht, bijna alsof hij Mario te lijf wilde gaan.

Mario zei met een kalme stem: "Arnold, let even goed op. Jij had gelijk en ik had het verkeerd."

Arnolds gezicht stortte in als een leeggelopen ballon. Zwakjes kwam zijn woede terug. Hij begon zijn nu bekende litanie van scheldwoorden af te draaien. Mario hoorde het een poosje aan.

"Arnold, dat proces dat jij uitgevonden hebt —heb je het ooit uitgeprobeerd in de praktijk?"

"Natuurlijk, stuk zwijn. Natuurlijk. Uiteraard. Waar zie je me voor aan? Voor een van jouw snoeverige kruipers?"

"Het werkt, zeg jij. Luister goed, Arnold: bij Ebery gaan we iets nieuws doen. We zijn van plan uitstekende wagens voor een lage prijs te maken. Ik wil jouw proces graag in het nieuwe model inbouwen. Als het inderdaad doet wat jij beweert. En ik had graag dat je terugkwam en weer voor ons ging werken."

Arnold zei smalend met een volkomen vertrokken gezicht: "Die voortstuwing in een luchtboot stoppen? Sodeju! Sla je ook vliegen dood met een moker? Gebruik je verstand toch, man! Het is een ruimteaandrijving; *daar* gaan we heen. Naar de ruimte!"

Nu was het Mario's beurt om versteld te staan. "De ruimte? Werkt het daar?" vroeg hij slap.

"Of het daar werkt? Het is er voor geschapen! Jij hebt al mijn geld gejat — jij!" De woorden waren als gloeiende spiesen waar gif afdroop. "Als ik mijn geld nog had, patent of geen patent, dan zou ik nu in de ruimte zitten. Ik zou rondjes vliegen om Alpha Centauri, Sirius, Vega, Capella!"

De man was niet maar een klein beetje gek, dacht Mario. Hij zei: "Je kunt niet sneller dan het licht gaan."

Arnolds stem werd kalm en sluw. "Wie zegt dat? Jij weet niet wat ik weet, zwijnestal."

Mario antwoordde: "Nee, dat klopt. Maar dit alles terzijde, Arnold: ik ben een heel ander mens geworden. Ik wil dat je alle onrecht vergeet dat ik je heb aangedaan en ik wil je weer aan het werk hebben bij Ebery. Ik zou het op prijs stellen als je die aandrijving kunt ombouwen voor gebruik in een luchtwagen."

Weer keek Arnold honend. "En dan iedereen doodmaken die er toevallig achter staat? Ieder elektron dat uit de reactor wordt geschoten zou een meteoor zijn; er komen vlagen gloeiendhete lucht uit; en het geeft een klap als een kanonschot. Nee, nee — de ruimte. Daar moet het gebeuren ..."

"Je bent aangenomen, als je wilt," zei Mario geduldig. "Het laboratorium staat op je te wachten. Ik wil dat je aan die toepassing voor gewoon gebruik gaat werken. Er moet vast wel een of ander soort scherm te bedenken zijn." Toen hij zag hoe strak Arnold zijn kaken op elkaar klemde, zei hij vlug: "Als jij denkt dat je sneller kunt gaan dan het licht, prima! Bouw een ruimteschip en ik zal het zelf nog testen ook. Maar span je vooral in voor de eenvoudige versie, meer vraag ik niet."

Arnold, die met de minuut rustiger werd, legde nu hetzelfde ironische ongeloof aan de dag dat Mario al van Correaos kende. "Ik mag een overgehaalde boon worden, maar je bent wel veranderd, Ebery. Vroeger was het niets dan geld, geld, geld. Als je er niets aan verdiende, werd het ondergespit. Wat is jou overkomen?"

"Het Chateau d'If," zei Mario. "Als je je verstand wilt bewaren, ga er dan niet heen. Al moet ik zeggen," vervolgde hij met een blik op Arnolds weggeteerde gestel, "veel slechter zou jij er niet van kunnen worden."

"Als ik er even sterk door verander als jij, dan loop ik er met een wijde boog omheen. Ik mag een boon worden, maar jij bent net een gewoon mens geworden."

"Ik ben een ander mens," zei Mario. "Ga nu naar Correaos, neem een voorschot op en ga naar een dokter."

Op weg naar het Rothenburggebouw en Kubal en Partners vroeg hij zich opeens af wat Ebery met zijn lichaam deed. In zijn kantoor bekeek hij een lijst van detectivebureaus, koos er een uit, belde op, en zette Bureau Brannan aan het werk.

VIII

Detective Murris Slade was een gedrongen man met een smal hoofd. Twee dagen na Mario's telefoontje klopte hij op de deur van Mario's werkkamer bij Kubal.

Mario keek door het luikje en liet de detective binnen, die zonder inleiding zei: "Ik heb uw man gevonden."

"Mooi," zei Mario. Hij ging weer zitten. "Wat voert hij uit?"

Met een kalme stem vertelde Slade: "Hij schijnt de laatste maanden helemaal veranderd te zijn. Ik heb begrepen dat hij een heel aardige kerel was, met een goede reputatie, die niet opvallend leefde. Welgesteld, niet erg actief. Nu is hij een herrieschopper en een rokkenjager geworden en er is geen bar in de stad waar hij nog niet uitgegooid is."

Mijn arme ouwe lichaam, dacht Mario. Hij vroeg: "Waar woont hij?"

"Hij heeft een suite in het Atlantic Empire Hotel, nogal duur. Waar hij zijn geld vandaan haalt is een mysterie."

Het Atlantic Empire Hotel leek wel verplichte kost voor de alumni van het Chateau d'If te zijn, dacht Mario. Hij zei: "Ik wil graag een wekelijks verslag over deze man hebben. Niets ingewikkelds — gewoon een opgave van waar hij uithangt. Nu heb ik ander werk voor u…"

Een week later kwam de detective vertellen wat zijn tweede onderzoek had opgeleverd.

"Mervyn Allen is een alias. Hij is geboren als Lloyd Paren, in Wenen. De vrouw is zijn zus, Thane Paren. Oorspronkelijk was hij fotomodel, een beetje een playboy. Tot een paar jaar geleden, tenminste. Toen zat hij opeens dik in het geld. En nu, zoals u waarschijnlijk wel weet, drijft hij het Chateau d'If. Daarover kan ik niets te weten komen. Geruchten zijn er genoeg, maar niemand die echt iets weet, wil erover praten. De geruchten kloppen niet met Parens achtergrond, die makkelijk na te trekken is. Hij heeft geen medische of psychosomatische opleiding. De vrouw studeerde eerst muziek, ze specialiseerde zich in primitieve muziek. Toen Paren uit Wenen vertrok, ging ze met hem mee. Paren woont aan de Exmoor Avenue nummer 5600 — dat is het adres van het Chateau. Thane Paren woont in een flatje in de buurt met een oude man, geen familielid. Geen van beiden lijkt echte vrienden te hebben, en er komt nooit iemand op bezoek, er worden geen feesten gegeven. Veel valt er niet uit op te maken."

Mario bleef een poos zitten nadenken terwijl hij uit het raam staarde. Murris Slade wachtte kalm op nieuwe opdrachten. Eindelijk zei Mario: "Ga gewoon door. Probeer wat meer te weten te komen over die oude man die bij Thane Paren woont."

Op een dag belde Correaos op. "We hebben het nieuwe model zo goed als klaar," zei hij op een toon of hij Mario gunstig wilde stemmen, en tegelijk alsof hij hem wilde uitdagen zijn arbeid af te keuren.

"Volgens mij hebben we goed werk geleverd," zei Correaos. "Maar u wilde het keuren voor we verder gaan."

"Ik kom er meteen aan," beloofde Mario.

Het prototype was met de hand gemaakt in de fabriek aan de Donnic en gecamoufleerd overgevlogen naar Lanchester. Correaos behandelde de vertoning alsof Mario een potentiële koper was die hij tot enthousiasme probeerde te bewegen.

"Het idee bij dit model — dat ik voorlopig Luchtdoler heb genoemd — was dat we simpele en goedkope materialen zouden gebruiken en zouden afzien van alle overbodige versieringen — die naar mijn mening de vloek van de Ebery luchtwagens waren. Wat we hiermee spaarden hebben we in zuivere constructie, een heleboel ruimte en veiligheid gestopt. Kijk maar naar de hefvinnen, die zijn verzonken en je kunt er bijna niet bij. Geen enkele dronkenlap loopt er tegenop. De stuwers zitten hoog en ook de zwenkstraalpijpen zijn onbereikbaar.

Het chassis en de carrosserie bestaan uit massief gegoten plancheen en dat is een unicum in deze industrie."

Mario luisterde en knikte af en toe waarderend. Zo te zien had Correaos iets waardevols gemaakt. Hij vroeg: "Hoe staat het met dinges — Arnold? Is hij met iets bruikbaars voor de dag gekomen?"

Correaos liet zijn tanden zien en klakte met zijn tong. "Die vent is gek. Hij is een wandelend lijk. Het enige waar hij aan denkt, het enige waar hij over kan praten zijn die vermaledijde elektronen van 'm, wat hij een terugstooteffect noemt. Ik heb er een demonstratie van gezien, en ik geloof dat hij gelijk heeft. We kunnen het niet in een gezinswagen gebruiken."

"Hoe ziet die motor van hem eruit?"

Correaos haalde zijn schouders op. "Niet zo indrukwekkend. Een generator — loopt op centaurium — een miniatuursynchrotron. Het werkt heel simpel. Hij stopt een enkel elektron in de buis, versnelt het tot bijna de lichtsnelheid. Het komt er brullend uit als een straal zo dik als je arm."

Mario fronste. "Probeer hem in een nuttige richting te sturen. Hij heeft er de hersens voor. Is hij naar een dokter gegaan?"

"Alleen naar Stapp, de verzekeringsarts. Stapp zegt dat het een wonder is dat hij nog leeft. Hij heeft de vliegende nefritis of necrosis of zoiets." Het onderwerp had zijn belangstelling niet. Zijn ogen lieten de nieuwe luchtwagen geen moment los. Geestdriftig zei hij: "Kijk eens in het interieur, moet u zien hoe weids het uitzicht is. En daar zit het lichtfilter. Je kunt recht in de zon kijken, net zo lang als je wilt. Ziet u de hoogtemeter, die heeft een kanalenkiezer waarop je iedere gewenste richting kunt instellen. Dan de luchtcompressor, die is onder de achterbank ingebouwd — ziet u? — en dat scheelt zo'n twintig dollar vergeleken met het ouwe systeem. In plaats van bekleding te gebruiken heb ik het chassis glad laten polijsten en daarna laten bespuiten met veerdons."

"Je hebt uitstekend werk geleverd, Louis," zei Mario. "Ga ermee door."

Correaos haalde diep adem, liet de lucht ontsnappen en schudde zijn hoofd. "Ik mag een pimpelpaarse olifant met een roze slurf worden als ik het snap!"

"Wat is er mis?"

"Ik begrijp niets meer van u," zei Correaos die hem aanstaarde alsof Mario een volslagen vreemde was. "Als ik u niet van voor- tot achtersteven kende, zou ik zeggen dat u heel iemand anders was. Als ik drie maanden geleden de euvele moed had gehad om iets met zuivere lijnen voor te stellen, dan zou u ontploft zijn als een van Arnolds elektronen. U zou dit prototype een vliegend koekblik hebben gevonden. U zou engelenvleugels over de buitenkant hebben gedrapeerd, het dashboard helemaal hebben gestroomlijnd en er twee of drie Louis Quinze boekenkasten hebben ingebouwd, en ik weet niet wat al meer. Als u er niet zo gezond uitzag, zou ik zeggen dat u ziek was."

Mario zei met een bedachtzaam, wijs gezicht: "Ebery Luchtwagens heeft het publiek een hoop geld afgetroggeld. Het ouwe model wist net in de lucht te blijven, maar het kostte te veel en zag eruit als een pagode met vleugels. Nu gaan we ze kwaliteit geven. En misschien wijzen ze dat af."

Correaos lachte uitbundig. "Als we hier geen tien miljoen stuks van kunnen verkopen, dan vlieg ik er hoogstpersoonlijk zo hoog mee als hij kan en spring eruit."

"Begin dan maar te verkopen."

"Ik hoop dat u niet weer terugvalt in uw oude manier van doen en er een massa zwierige accessoires aanplakt."

"Nee," zei Mario vriendelijk. "Het ding gaat de winkel in zoals het nu is, zolang ik er iets over te vertellen heb."

Correaos gaf een goedkeurende klap op de romp van de Luchtdoler en keek Mario vragend aan. "Uw vrouw heeft geprobeerd u te bereiken. Ik heb haar gezegd dat ik niet wist waar u uithing. U kunt haar maar beter opbellen — als u getrouwd wilt blijven. Ze had het over een scheiding."

Mario keek in de verte. Correaos' scherpe blik hinderde hem. "Ik heb haar gezegd dat ze er werk van moet maken. Dat is het beste voor alle betrokkenen. En het eerlijkst voor haar."

Correaos schudde zijn hoofd. "U bent me er een, hoor, Ebery. Een jaar geleden zou u me al tien keer ontslagen hebben."

"Misschien mest ik je vet voor de slacht," suggereerde Mario.

"Wie weet," zei Correaos. "Dan kunnen Arnold en ik een eigen bedrijf beginnen dat elektronische olifantsgeweren maakt."

*

Tweehonderdduizend vaklieden krioelden over de Toren en schilderden en stucten hem, bespoten hem, legden buizen en kabels aan, stortten beton en plancheen en legden mozaïeken, voerden meubilair aan en installeerden duizenden apparaten. De muren werden afgewerkt met houten panelen, de talloze vijvers en zwembaden werden betegeld, de tuinlieden richtten de hangende parken in die als grote groene priëlen in de wolken hingen.

Iedere week overlegde Mervyn Allen met Taussig en de oude Kubal. Ze keurden plannen goed, brachten wijzigingen aan, annuleerden bepaalde onderdelen, bespraken aanvullingen. Mario werkte aan de hand van opnamen van de gesprekken en zorgde voor de veranderingen die Allen wenste. Hij paste ze nauwgezet aan zijn eigen ontwerpen aan.

De maanden verstreken. Misschien zou Allen hem niet meer herkennen als Ralston Ebery. Op het kantoor van Ebery gedroegen zijn verblufte personeelsleden zich eerbiedig, want het was een heel nieuwe Ralston Ebery die zij zagen — ofschoon ze toch wel de oude gebaren, de zinswendingen, de manier van lopen en kleden en bepaalde uitdrukkingen herkenden. Deze nieuwe Ralston Ebery had vijfentwintig kilo spek en huidplooien weggewerkt. De zon had de witte huid babyroze gekleurd. De vroeger pafferige ogen sierden nu een stoer gezicht, de beenspieren waren gestaald door het vele lopen, zijn borstkas was groter geworden en de longen werkten aanzienlijk beter door het halve uur zwemmen iedere middag.

En eindelijk pakten de tweehonderdduizend werkers hun gereedschap in en haalden hun laatste cheque op. Toen kwamen de onderhoudsmensen in het geweer. Ze boenden en poetsten. De Hemelse Toren was voltooid — een verstoffelijkte droom, een wereldwonder. Een gebouw dat oprees als een pijnboom, soepel en massief, en de minuscule straten en pleinen in de diepte overschaduwde. Een bouwwerk dat niet sierlijk bedoeld was, maar sierlijk was door zijn hechte fundering, zijn talloze verspringende gevelstukken, zijn duizend terrassen, zijn duizend taxiplatforms, zijn miljoen ramen.

De Hemelse Toren was voltooid. Op een rustige nacht nam Mervyn Allen er zijn intrek in en de volgende dag stond het Chateau d'If aan de Exmoor Avenue leeg, te koop of te huur.

Het Chateau d'If was verhuisd naar de negenhonderdste verdieping van de Hemelse Toren. En Roland Mario's hart bonsde pijnlijk van begeerte en zorgen en een warme vreugde die zo intens was dat het op wellust begon te lijken. Hij was langzaam bezig zijn bureau uit te ruimen toen Taussig zijn hoofd om de deur stak.

"Zo, en wat gaat u hierna doen?"

Mario keek de nieuwsgierige bedrijfsleider onderzoekend aan. "Nog meer grote klussen?"

"Nee, en die komen waarschijnlijk nooit meer. In ieder geval niet via ouwe Kubal."

"Hoe dat zo? Is hij met pensioen gegaan?"

"Met pensioen? Welnee. Hij is gewoon gek geworden. Helemaal knots."

Mario trommelde op zijn bureau. "Wanneer is dat allemaal gebeurd?"

"Gister nog. Blijkbaar was de voltooiing van de Hemelse Toren te veel voor hem. Een politieagent vond hem op het Tanagraplein, waar hij in zichzelf zat te praten. Hij heeft hem naar huis gebracht. Hij kent zijn neef niet meer, en zijn huishoudster ook niet. Hij houdt stug vol dat hij Bray heet of zoiets."

"Bray?" Mario stond op met een frons op zijn voorhoofd. Breaugh. "Dat klinkt als seniele aftakeling," zei hij afwezig.

"Precies," beaamde Taussig. Hij keek Mario nog steeds aandachtig aan. "En wat gaat u nu dan doen?"

"Ik stap op," zei Mario met een overdreven zwaai van zijn arm. "Ik ben helemaal op, net als ouwe Kubal. De Hemelse Toren was me te machtig. Ik lijd ook aan seniele aftakeling. Kijk maar eens goed, Taussig, want je zult me nooit meer zien." Hij deed de deur voor Taussigs verbaasde gezicht dicht. Hij ging de lift in, daalde naar het tweede niveau, sprong op de snelle strook naar zijn kleine flat in het Melbourne House. Het slot herkende zijn duim en opende de deur. Binnen kleedde Mario Ebery's lompe lijf uit, wikkelde het in een badjas en zonk met een onderaards geluid in een stoel naast een lage tafel.

Op de tafel stond een ingewikkelde maquette van hout, metaal, plastic en gekleurde draden. Het stelde verdieping 900 van de Hemelse Toren voor — het Chateau d'If.

Mario kende de hele verdieping uit zijn hoofd. Ieder detail van een terrein van een halve vierkante kilometer stond in zijn hersens gegrift.

Na een poos trok hij een zware overall van grijs keper aan. Hij propte de zakken vol met diverse gereedschappen en instrumenten en pakte een tas. Hij inspecteerde zichzelf in de spiegel, keek naar het gezicht dat van Ebery was maar niet meer alleen en uitsluitend van Ebery. De versufte uitdrukking was uit de ogen verdwenen. De lippen lubberden niet meer zo, de kaken waren een stuk harder geworden en zijn gezicht was stevig en vastberaden. Zorgvuldig zette Mario een pet op en trok die over zijn voorhoofd terwijl hij het effect bestudeerde. De man was onherkenbaar. Hij plakte een lefsnorretje op. Ralston Ebery bestond niet meer.

Buiten riep hij een taxi aan. Hij vloog naar Meadowlands. De Hemelse Toren rees boven de stad uit als een hekpaal boven een veld met kool. Een baken voor de luchtvaart strooide rode lichtstralen rond vanaf een duizelingwekkende hoogte. Een miljoen lampen op negenhonderd verdiepingen versmolten tot een weelderige glans. Het was een stad op zichzelf waar twee of drie miljoen mannen en vrouwen desgewenst hun hele leven konden slijten. Het was een monument voor de verveling van een man, een man die het leven beu was. Het magnifiekste bouwwerk dat ooit was opgetrokken, en gebouwd met het beuzelachtigste motief waarmee ooit de ene steen op de andere was gezet. De Hemelse Toren, gebouwd met het geld van de rijkste aardbewoners, was een gigantisch stuk speelgoed, een egostreling, een gril.

Maar wie wist dat? De 221ste verdieping huisvestte het beste ziekenhuis ter wereld. De lijst van medewerkers vermeldde de meest geëerde beoefenaars van de medische kunsten. Verdieping 460 bevatte een moeraswoud uit het vroege Krijttijdperk. Levensgrote dinosaurussen knabbelden aan archaïsche vegetatie, pterodactyls scheerden aan onzichtbare lijnen door het zwerk en de lucht droeg de wilde stank van moeras, zwarte modder, rottende kadavers.

Verdieping 463 was een landschap uit een fantastische wereld, geschapen door de mystieke kunstenaar Dyer Lothaire. En verdieping 509 was een privésprookjesland, gesloten voor het publiek en er woonden schuwe nimfen.

Er waren kantoorverdiepingen, woonverdiepingen, hele niveaus met laboratoria. Het vierde niveau bevatte het grootste stadion van de wereld. Verdiepingen 320 tot en met 323 huisvestten de Werelduniversiteit en de studentenbevolking telde al tweeënveertigduizend zielen; 255 herbergde de grootste bibliotheek van de wereld en 328 een immense kunstzaal.

Er waren showrooms, winkels, restaurants, rustige cafés, schouwburgen, televisiestudio's — hele happen waren uit de wereld genomen en om een gril van Mervyn Allen op elkaar gestapeld. De menselijke zucht naar de verloren jeugd had het betaald. Mervyn Allen verkocht een artikel waarnaast alle goud dat ooit gedolven was, alle geliefde bezittingen, alle ambities en levensdoeleinden verbleekten tot er niets van overbleef — het eeuwige leven, een hernieuwde jeugd. Liefde, trouw, fatsoen en eer begonnen niets tegen deze overrompelende tegenstanders.

IX

Mario stapte kwiek uit de taxi op het openbare platform van verdieping 52, het coördinatiecentrum van de toren. Tussen de menigten bezoekers, bewoners, werknemers viel hij niet op. Hij nam de glijstrook naar de centrale schacht en stapte uit bij de expresslift naar verdieping 600. Hij ging een van de kleine liftcabines in. De deur smakte dicht, de cabine versnelde en bijna meteen kwam het gewichtloze gevoel dat voorafging aan de afremming. De deur vloog open en hij stond op de zeshonderdste verdieping, drie en een halve kilometer boven de grond.

Hij bevond zich in de hal van het Paradijshotel, waarnaast het Atlantic Empire maar benauwd en zuinig leek. Hij bewoog zich tussen verfijnd geklede mannen en vrouwen door, rijke, waardige en machtige mensen. Mario was onzichtbaar. Hij zou een huismeester of een elektricien geweest kunnen zijn. Geluidloos liep hij een gang af en bleef ten slotte staan voor een deur met het opschrift *Privé*. Zijn duim op het slot onthulde de kast van een huisbewaarder. Maar de huisbewaarders van verdieping 600 hadden allemaal hun eigen kast, elders. De deur week voor geen enkele andere duim dan de zijne. Voor het geval een hogere functionaris die nieuwsgierig werd het slot forceerde, zou hij niets anders zien dan een kast die in de verwarring niet als zodanig aangegeven was.

Maar het was wel een heel speciale kast. Mario drukte op twee ver uit elkaar liggende plekken in de achterwand, en de wand schoof opzij. Mario stapte in de donkere nis erachter en plaatste de wand terug. Nu was hij alleen — eenzamer dan wanneer hij midden in de Sahara had gestaan. Daar zou een overvliegend vliegtuig hem kunnen zien. Hier in de loze ruimte naast de centrale schacht, tussen de liftkokers, was hij aan ieders oog onttrokken. Als hij stierf zou niemand hem vinden. In de zeer verre toekomst, als de toren ten slotte gesloopt werd, kwam zijn skelet misschien aan het licht. Tot dan was hij uit mensenheugenis verdwenen.

Hij liet zijn zaklantaarn voor zich uit schijnen en liep naar de ruggengraat van liftkokers, buizen als vezels in een immense plantenstengel. Hier vond hij zijn privélift, verloren tussen de andere als een man in een menigte. De mecaniciens die hem hadden geïnstalleerd konden er niet aan afzien dat het apparaat een heimelijk doel had. Voor hen was het een karwei vanaf een blauwdruk, een onderdeel van een hele dag werken en snel weer vergeten. Voor Mario was het een toegang tot verdieping 900, het Chateau d'If.

Hij ging op het vloertje staan. De deur sloeg dicht. Hij schoot omhoog, anderhalve kilometer. Toen de cabine stopte, stond hij in het Chateau d'If — onzichtbaar, als een geest. Ongezien, ongehoord en bekleed met macht. Hij kon toeslaan uit het niets, onverwachts, onvoorstelbaar, de meester van de meester van het Chateau d'If.

Hij ademde de lucht in en genoot uitbundig van zijn macht. Dit was het niet te overtreffen toppunt van zijn leven. Hij richtte zijn lamp weer, al was dat overbodig. Hij kende deze gangen alsof hij erin geboren was. Het licht was een symbool van zijn absolute gezag. Hij hoefde niet rond te sluipen. Hij was hier in zijn eigen domein, veilig, geïsoleerd en onvermoed.

Hij bleef staan om naar de muur te kijken. Met tussenruimten van tweeënhalve meter glansden er cirkels van lichtgevende verf. Achter deze muur moest de grote hal van het Chateau d'If liggen. Mario liep naar een van de fluorescerende cirkels. Deze had hij zelf aangebracht om aan te geven waar hij zijn spioneercellen had geïnstalleerd. Het waren dikke speldenkoppen die je op een meter afstand al niet meer kon zien. Vermomd als elektricien had Mario ze tijdens de bouw zelf gemonteerd, steeds twee aan twee, om met twee ogen te kunnen kijken.

Uit zijn zak haalde hij een grote bril met een draad eraan die hij aan de cellen klemde. Daarna zette hij de bril op. Nu zag hij het inwendige van de zaal even duidelijk als wanneer hij door een open deur keek.

Het inwijdingsfeest was op zijn hoogtepunt. Oude en jonge mannen, gedistingeerd of knap of gevernist met de gloed van succes; tegelijk serene en arrogante vrouwen, de rijke en spraakmakende gemeente van de planeet. Mario zag juwelen, goud, de glans van duizend kleuren weelderige stof, en op oogniveau het eigenaardige mengsel van wit, brons, bruin en zwart, de kleur van veel hoofden van veel rassen — de kleur van een mensenmassa.

Hij herkende sommige van deze mensen, degenen die over de hele wereld bekend waren. Kunstenaars, zakenlieden, architecten, bon vivants, dure hoeren, wijsgeren, allemaal verdrongen ze zich in de hal van het Chateau d'If, aangetrokken door de onbenoembare verlokking van het onbekende, het opwindende, het beruchte.

Daar was Mervyn Allen, in het zwart. Hij was even knap als een voorhistorische zonnegod, lang, vol zelfvertrouwen, met een vlot optreden, maar ook nederig en bestudeerd hoffelijk, zoals het iemand die zowel ondernemer als gastheer was betaamde.

Thane Paren was nergens te zien.

Mario liep verder. Net als aan de Exmoor Avenue vond hij ook hier een kamer doortrokken van geelwit licht waar planten met brede bladeren even gretig groeiden als in hun eigen grond. De tuin was verlaten en de planten wasemden hun verdovende parfum alleen voor hun eigen genot uit.

Mario ging verder. Hij keek in een kale ruimte, zonder versieringen, een werkkamer, een behandelvertrek. Tegen de muur stonden een aantal tafels op rubber wielen, allemaal met een wit laken toegedekt. Op een balkon aan de andere kant stond een gecompliceerde machinerie met gebogen zwarte armen, glanzend metaal en glas. Eronder hingen twee doorzichtige ballen met de bleke blauwe kleur van Roquefort. Mario keek er aandachtig naar. Dit moesten de golasmacellen zijn.

Op een van de brancards lag een roerloze gedaante. Het gezicht was gedeeltelijk zichtbaar. Nu benieuwd geworden keek Mario er aandachtig naar. Hij zag een zware blonde kop met stompe gelaatstrekken. Hij liep naar een andere spioneercel. Hij had gelijk. Het was Janniver, al verdoofd en klaar voor de geheugenverhuizing.

Mario loosde een lange zucht. Ditmar had zijn doel bereikt. Zaer, Mario, Breaugh en nu Janniver, allemaal naar het Chateau gelokt als schapen naar het abattoir. Mario ontblootte zijn tanden in een grimas die geen glimlach was. Een duistere vloed van woede rees in hem op.

Maar hij maande zichzelf tot kalmte. Het gezicht van Ebery kreeg zijn gewone slappe lijnen weer terug. Wie was er tenslotte schuldloos? Thane Paren? Nee. Zij diende Mervyn Allen, de ziel in het lichaam van haar broer. Hijzelf? Hij had Mervyn Allen kunnen doden, hij had een eind aan het duivelswerk van het Chateau d'If kunnen maken door genoeg misbaar te schoppen bij de juiste autoriteiten. Hij had het niet gedaan, uit angst zijn oude lichaam kwijt te raken. Pete Zaer? Hij had zijn vrienden van het Oxonische Terras kunnen waarschuwen.

Alle andere slachtoffers, die net als hij hun woede hadden ingetoomd en hun verplichting aan hun medemensen aan de dijk hadden gezet? Nee, Ditmar was een doodgewoon mens, even zwak en zelfzuchtig als de anderen, alleen was zijn zonde dat hij iets had gedaan in plaats van iets na te laten.

Mario liep verder en bespioneerde de woonvertrekken en de hal. Een blond meisje, even jong en zoet als een wilde bloem, zwom bloot in Allens lange zwembad van groen glas en ging dan in een wolk van zilveren belletjes op de rand zitten. Mario vervloekte de wellustige reactie van Ebery's lichaam en ging haastig verder. Nergens zag hij Thane Paren.

Hij belandde weer bij de receptie. Het feest liep af en Mervyn Allen nam buigend afscheid van zijn gasten. De mannen en vrouwen hadden een blos van zijn eten en drinken, waren allemaal even hartelijk en beloofden allemaal de kennismaking te hernieuwen als het rustiger was.

Mario wachtte tot de laatste gast vertrokken was — op een na, een ongelooflijk lange, broodmagere oude man in een fattig parelgrijs en wit pak. Zijn polsen waren als bezemstelen, zijn hoofd was een en al schedel. Hij steunde op Allens schouder, deze schavuit van een ouwe dandy met zijn rouge, pommade en parfum.

Nu stelde Allen beleefd een vraag en de oude man knikte stralend. Allen nam hem mee naar een kamertje opzij van de zaal, een donkergrijs en groen geverfd kantoor.

De oude ging zitten en schreef een cheque uit. Allen liet het document in de gleuf van het telescherm zakken en daarna wachtten de twee mannen. De oude leek naar informatie te vissen, wat Allen geroutineerd maar vriendelijk afpoeierde. Het televisiescherm flikkerde op met een bevestiging van de bank. Allen stond op, gevolgd door zijn klant. Allen haalde diep adem en leidde de man de plantenkamer in. De oude man deed drie stappen en wankelde. Allen ving hem behendig op, legde hem op een brancard met rubberwielen die onopvallend tussen de planten stond en rolde hem het laboratorium in waar Janniver al lag te wachten.

Nu observeerde Mario uiterst geconcentreerd wat er gebeurde. In een contact in zijn bril stak hij een draad die naar een camera in de zak van zijn overall liep. Alles wat hij zag zou worden vastgelegd.

Er was niet veel te zien. Allen schoof de brancard met Janniver onder een van de golasmacellen en de oude man onder de andere. Hij verdraaide een knop, schopte tegen een pedaal, zette een schakelaar om en ging achteruit. Het hele balkon zakte omlaag. De golasmacellen stulpten zich om de hoofden, pulseerden, veranderden van vorm. Op het balkon begonnen wielen te draaien en verscheidene onderdelen gaven licht af. De hele operatie leek automatisch te verlopen.

Allen ging zitten. Hij stak geeuwend een sigaret aan. Vijf minuten later rees het balkon omhoog, de cellen draaiden rond aan een as en het balkon zakte neer. Nog eens vijf minuten later gleed het weer de lucht in. Allen schakelde de machine uit.

Hij gaf beide lichamen een injectie met dezelfde naald, reed de brancards een aangrenzende kamer in en verdween zonder er nog een keer naar om te kijken.

Naar het zwembad, zeker, dacht Mario. Laat hij zich maar vermaken!

Om negen uur deponeerde een luchttaxi op het Tanagraplein een zwakke, doffe oude man, lang en mager als een lat, die meteen een bank opzocht.

Mario wachtte tot het oudje tekenen vertoonde dat hij bijkwam. Hij zag de man ongerust worden, de koortsige inspectie van de uitgemergelde handen, het besef dat hem vijftig jaar ontstolen waren. Mario liep naar hem toe, nam hem mee naar een taxi en bracht hem naar zijn eigen flat. Het was een verschrikkelijke ochtend.

Janniver sliep, uitgeput door angst, smart en haat tegen zijn knersende oude lichaam. Mario belde detectivebureau Brannan op en vroeg naar Murris Slade. De kleine, gedrongen man met het smalle hoofd verscheen op het scherm en keek Mario aan door de lagen glas.

"Hallo Slade," zei Mario. "Ik wil dat je vanavond iets voor me doet."

Slade nam hem rustig, behoedzaam op. "Is 't iets waar ik last mee krijg?"

"Nee."

"Wat moet er gebeuren?"

"Die man die je voor me in het oog hebt gehouden, Roland Mario, weet je waar je hem kunt vinden?"

"Hij zit op het Perzische Terras te ontbijten met het meisje waar hij vannacht bij is geweest. Ze heet Laura Lingtza en ze is danseres bij het Epische Vedanta-theater."

"Dat geeft niet. Pak pen en papier en schrijf op."

"Gaat uw gang maar."

" 'Ik moet u spreken. Kom om elf uur vanavond naar de Cambodjaanse Zuil in het Paradijshotel in de Hemelse Toren. Het is belangrijk. Kom alleen. Wees alstublieft op tijd, want ik kan u maar een paar minuten geven. Mervyn Allen, Chateau d'If.' "

Mario wachtte even tot Slade het opgeschreven had. "Typ dat maar uit," zei hij. "En geef het dan om halftien vanavond aan Mario."

X

Rusteloos ijsbeerde Mario door de kamer met zijn mollige handen op zijn rug. Vanavond moest de kwellende inspanning van hersens en fantasie van een vol jaar vrucht dragen. Vanavond, als hij geluk had, zou hij de gehate identiteit van Ralston Ebery afschudden. Hij moest aan Louis Correaos denken. Arme Louis, en Mario schudde zijn hoofd. Wat zou er gebeuren met zijn Luchtdoler? En met Arnold? Zou hij weer naar het Tanagraplein verkassen en tegen Ralston Ebery sissen als die passeerde?

Hij belde zijn kantoor en liet zich met Correaos verbinden. "Hoe staan de zaken, Louis?"

"Het loopt gesmeerd. We hebben alles klaar en volgende week begint de productie."

"Wat doet Arnold?"

Correaos vertrok zijn gezicht. "Ebery, je zult wel denken dat ik net zo gek ben als hij, maar hij kan inderdaad sneller dan het licht vliegen."

"*Wat?*"

"Vorige donderdag wandelde hij 's avonds het kantoor in. Hij deed heel mysterieus en vroeg of ik meeging. Dat deed ik. Hij bracht me naar zijn sterrenwacht — gewoon een raam in het dak waar hij een kleine protonenmagniscoop heeft staan. Hij stelde hem in en zei dat ik moest kijken. Op het scherm zag ik een schijf — een doffe, donkere schijf zo groot als de volle maan. 'Dat is Pluto,' zei Arnold. 'Over ongeveer tien minuten zie je op de linkerkant een witte flits.' 'Hoe weet je dat?' 'Iets meer dan zes uur geleden heb ik daar een fakkel aangestoken. Het licht moet nu ongeveer hier arriveren.'

"Ik keek hem even achterdochtig aan, maar meteen richtte ik mijn aandacht weer op het beeld van de magniscoop. En ja hoor, daar gebeurde het, een stel witte vonken. 'Let goed op,' zei hij, 'nu komt er een rooie.' En dat gebeurde ook."

Correaos schudde zijn grote hoofd. "Ebery, hij heeft mij overtuigd. Ik geloof nu in hem."

Mario zei toonloos: "Haal hem aan het toestel, Louis, als je hem kunt vinden."

Even later tuurde Arnolds doodzieke gezicht uit het scherm. Mario zei zwaar: "Is het waar, Arnold? Dat je sneller dan het licht vliegt?"

Knorrig antwoordde de man: "Natuurlijk is het waar, waarom zou het niet waar zijn?"

"Hoe heb je het gedaan?"

"Gewoon. Ik heb een paar elektronstuwers aan een van jouw intercontinentale luchtjachten gekoppeld. Meer niet. Ik zette eenvoudig de stroom aan. Door die koppeling barst de hel los. Je voelt geen versnelling, geen impulsmoment, niets. Alleen maar snelheid, snelheid en nog eens snelheid. De sterren liggen nu binnen bereik, een paar dagen reizen, precies zoals ik je al lang verteld heb, en jij zei dat ik gek was." Zijn gezicht werd een verwrongen masker en zijn bitterheid steeg ten top. "Ik zal ze nooit zien, Ebery, en dat is jouw schuld. Ik ben ten dode opgeschreven. Maar ik heb Pluto gezien, ik heb mijn naam in het ijs geschreven, en zo zullen ze me kennen."

Hij verdween uit het beeld en Correaos nam zijn plaats in. "Die is er zo goed als geweest," zei hij nors. "Had gisteravond een bloeding. Nu komt er nog een — en dat wordt zijn laatste."

Mario zei van ver weg: "Pas goed op hem, Louis. Want morgen, vrees ik, is de situatie misschien anders."

"Hoe bedoelt u — anders?"

"Misschien wordt Ralston Ebery weer de oude."

"God verhoede."

Mario schakelde uit en begon weer op en neer te lopen, maar nu langzamer, en hij zag niets van zijn omgeving…

Mario riep een piccolo bij zich. "Zie je die jongeman met het bruine jasje bij de Cambodjaanse Zuil?"

"Ja meneer."

"Geef hem dit briefje."

"Ja meneer."

Ralston Ebery had Mario's lichaam verwaarloosd. Het had wallen onder zijn ogen, zijn mond hing slap en was nat en hij was aardig op weg naar een onderkin. Mario werd plotseling gloeiendheet van woede. Het zwijn, dat hij een gezond lichaam zo bedorven had met zijn gore manier van leven!

Ebery las het briefje; hij keek zoekend om zich heen. Mario was al vooruitgegaan. Ebery volgde de instructies op en liep door de gang naar de luchtbaden, langzaam en besluiteloos.

Hij kwam bij een deur waar *Privé* op stond. De deur was op een kier geopend. Hij klopte.

"Allen, ben je daar? Wat heeft dit allemaal te betekenen?"

"Kom binnen," zei Mario.

Voorzichtig stak Ebery zijn hoofd om de deur. Mario sleurde hem naar binnen en mepte een kleine injectienaald tegen zijn hals. Ebery verzette zich, spartelde tegen, werd slap. Mario deed de deur dicht.

"Sta op," zei hij bevelend. Ebery gehoorzaamde met een glazige blik in zijn ogen. Mario loodste hem door de achterdeur, de lift in en omhoog naar verdieping 900, naar het Chateau d'If.

"Ga zitten en verroer je niet," beval hij. Ebery zat neer alsof hij wortel ging schieten.

Mario begon een zorgvuldige verkenning. Op dit tijdstip moest Allen klaar zijn met zijn dagelijks werk.

Allen bleek net de laatste hand te leggen aan een verhuizing. Mario keek toe terwijl hij de twee slapende gedaanten naar de wachtkamer reed en toen volgde hij de man naar zijn woonafdeling. Allen trok zijn kleren uit en hulde zich in een zijden kamerjas, klaar om zich te ontspannen of te stoeien met het blonde bloemenmeisje.

De kust was veilig. Mario ging terug naar waar Ebery zat.

"Sta op, kom mee."

Ze liepen door de geheime gangen binnenin de ventilatiekokers naar het laboratorium, dat nu verlaten was. Mario maakte een klem los en trok een van de houten panelen weg.

"Ga naar binnen," beval hij. "Ga op die baar liggen." Ebery gehoorzaamde willoos.

Mario reed hem door de kamer naar de golasmacellen en zette een andere brancard voor zichzelf klaar. Hij dwong zich uitsluitend aan de komende geheugenverhuizing te denken en aan niets anders.

Hij stelde de knop in en trapte op het pedaal, precies zoals Allen had gedaan. Nu moest hij alleen nog op zijn brancard gaan liggen en de laatste knop indrukken. Hij stond neer te kijken op zijn uitgestrekte oude lichaam. Dit was het moment. Actie. Het was doodmakkelijk: gewoon gaan liggen, je hand uitsteken en op de knop drukken. Maar Mario bleef staan kijken en deed niets.

Achter zich hoorde hij een zwak geluid. Hij draaide zich snel om. Thane Paren stond onbevangen, geamuseerd naar hem te kijken. Ze maakte geen aanstalten om naar hem toe te gaan, om te vluchten, om hulp te roepen. Ze keek toe met een uitdrukking die — spottend, onmenselijk was. Mario vroeg zich af hoe schoonheid zo zuiver geraffineerd kon zijn en toch zo koud en onvriendelijk. Als ze gewond werd, zou ze dan bloeden? Zou ze nu wegrennen, alarm slaan? Als ze zich verroerde, doodde hij haar.

"Ga je gang," zei Thane. "Wat let je? Ik zal me er niet mee bemoeien."

Mario had dit eigenlijk wel geweten. Hij draaide zich om, keek neer op zijn verwaarloosde, afgetakelde lichaam. Hij fronste.

"Bevalt hij je niet?" vroeg Thane. "Is hij niet zoals je jezelf herinnert? Jullie zijn allemaal hetzelfde, als een pauw rondstappende beesten."

"Nee," zei Mario langzaam. "Ik dacht dat ik alleen nog leefde om mijn eigen lichaam terug te krijgen. Nu weet ik het niet meer. Ik geloof niet dat ik het nog hebben wil. Ik ben Ebery de industrieel. Hij is Mario de playboy."

"Ah," zei Thane. Haar wenkbrauwen rezen licht omhoog. "Je bent gehecht geraakt aan het geld, de macht."

Mario lachte gekwetst. "Jij hebt te lang in een sfeer geleefd waar alleen dergelijke dingen telden. Ze zijn je naar je hoofd gestegen. Er zijn nog andere dingen op de wereld. De sterren. De Melkweg — een bloemenveld vol luisterrijke juwelen... Als Ebery kan ik volgende week naar de sterren vertrekken. Als Mario ga ik terug naar het Oxonische Terras om te handballen."

Ze nam een stap naar hem toe. "Ben jij —"

Hij zei: "Net deze week heeft een natuurkundige de boeien verbroken die het heelal bij elkaar houden. Hij is in een kwartier naar Pluto gegaan. Ebery wilde niet naar hem luisteren. Hij is nu op sterven na dood. Ebery zou zeggen dat hij niet goed snik was en hem ontslaan. Want er is verder geen bewijs, alleen het woord van twee mannen."

"En?" vroeg Thane. "Wat ga je doen?"

"Ik wil mijn lichaam terug hebben," zei Mario langzaam. "Dit varkenskarkas haat ik hartgrondiger dan de dood. Maar er is iets wat ik nog veel liever wil. Naar de sterren gaan."

Ze kwam dichter naar hem toe. Haar ogen glansden als Vega en Spica op een warme zomernacht. Hoe had hij haar ooit koud kunnen vinden? Ze was snel, heet, kookte van levenslust, hartstocht, fantasie. "Ik wil mee."

"Waar wil iedereen zo graag heen?" zei een lichte bariton, rustig, maar met een razende onderstroming. Mervyn Allen beende snel naar hen toe. Hij zwaaide met zijn stoere atletische armen en balde zijn vuisten om zich voor te bereiden op een gevecht. "Waar wil je naartoe?" zei hij tegen Mario. "Naar de verdoemenis, hè? Goed. Komt in orde." Zijn vuist schoot als een stormram vooruit.

Mario ging log achteruit en weer naar voren. Ebery's lichaam was niet geschikt voor een vechtpartij. Het was een slappe blubbermassa met een peervorm en ondanks Mario's ascetische leven zwaaide het buikje nog altijd borrelend heen en weer als een natte spons. Maar hij vocht. Hij vocht met een roodbloedige razernij die een halve minuut weerstand bood aan Allens kracht en snelheid. En toen veranderden zijn benen in bevende rieten en zijn armen wilden niet meer mee. Hij zag Allen naar hem toekomen met een ontzaglijke, massieve dreun die zijn kaak zou verpletteren als een natte kartonnen doos en zijn tanden in de rondte zou sproeien.

Maar Allen krijste het uit met een hele hoge stem, en hij zakte in elkaar en zeeg langzaam ineen op de vloer.

Thane had een pistool in haar hand en keek neer op het lijk.

"Maar dat is je broer," hijgde Mario, meer geschrokken van haar uitdrukking dan van het gevecht op leven en dood met Allen.

"Het lichaam van mijn broer. Mijn broer zelf is vanochtend gestorven. Vanochtend vroeg. Allen had beloofd dat hij hem niet dood zou laten gaan, dat hij hem een nieuw lichaam zou geven … En vanochtend stierf mijn broer."

Ze staarde koel naar het lijk. "Toen hij jong was, was hij zo knap. Nu zijn zijn hersens dood en zijn lichaam is ook dood."

Ze legde het pistool op een tafel. "Maar ik wist dat het zou gebeuren. Ik ben er misselijk van. Afgelopen. Nu gaan we naar de sterren, jij en ik, als je me hebben wilt. Wat kan het me schelen dat je in een papzak rondloopt? Jij bent je hersens."

"Allen is dood," zei Mario alsof hij droomde. "Niemand kan tussenbeide komen. Het Chateau d'If is van ons."

Ze keek hem weifelend aan met een opkrullende lip. "En dus?"

"Waar is het telescherm?"

De kamer leek opeens vol mensen te staan, zag Mario verrast. Hij had niets gemerkt, daarvoor had hij het te druk gehad. Nu was hij klaar.

Zij aan zij zaten vier verdoofde oude mannen die in de ruimte staarden met ogen die later, als ze bijkwamen, de ziek makende foltering zouden weerspiegelen van de jeugd en het leven die binnen bereik waren geweest, en weer verloren.

Aan de andere kant van de kamer stonden bleek, nerveus en stil Zaer, Breaugh, Janniver. En het lichaam van Ralston Ebery.

Maar het lichaam sprak met de snelle stroom van woorden en gedachten die bij Arnold hoorde.

En in Arnolds weggeteerde lichaam, nu bewusteloos, huisde de geest van Ralston Ebery.

Mario liep rond in zijn eigen lichaam. Hij voelde de vloer met zijn eigen voeten, zwaaide met zijn armen, betastte zijn eigen gezicht. Thane Paren observeerde hem aandachtig, alsof zij licht, vorm en kleur voor het eerst van haar leven zag, alsof Roland Mario het enige ter wereld was wat het leven ooit voor haar kon betekenen.

Verder was er niemand. Murris Slade, die de aanwezigen naar het Chateau gelokt had door ze te bedreigen of om te kopen of bang te maken, was niet verder dan de vestibule gekomen.

Mario richtte zich tot Janniver, Zaer en Breaugh. "Willen jullie drie dan de verantwoordelijkheid op je nemen?"

Ze keken hem aan met hun grote, beduusde ogen, nog steeds niet helemaal hersteld van de schok en de opluchting. "Ja," zeiden ze alle drie.

"Sommige slachtoffers zijn niet meer te helpen. Sommigen zijn dood of gek geworden. Voor hen kan niets meer worden gedaan. Maar degenen die jullie in hun eigen lichaam terug kunnen brengen — die zijn jullie verantwoordelijkheid."

"En daarna vermorzelen we de vervloekte machine tot er geen spetter meer van over is," beloofde Breaugh. "En het Chateau d'If zal alleen nog iets zijn waarover gefluisterd wordt, iets waar oude mannen over dromen."

Mario glimlachte. "Weten jullie die advertentie nog? "Verveeld? De sleur zat? Probeer dan het Chateau d'If."

"Ik ben de sleur niet zat meer, ik verveel me niet meer," zuchtte Zaer.

"We hebben waar voor ons geld gekregen," zei Janniver wrang.

Mario fronste. "Waar is Ditmar?"

"Die heeft morgenochtend om tien uur een afspraak," zei Thane. "Hij komt voor het nieuwe lichaam dat hij verdiend heeft."

Breaugh zei met stille voldoening: "En wij zullen hier zijn om hem te begroeten."

"Het zal een verrassing voor hem zijn," zei Janniver. "En waarom ook niet?" zei Zaer. "Dit is immers het Chateau d'If."

Kruistocht naar Alambar

I

Het poortfort hing vijftien kilometer boven Maxus — een zware witte ring van bijna twee kilometer middellijn met een krans van observatieramen. In de ijle lucht was ieder detail scherp en helder te zien.

Travecs boot leek genegeerd te worden. Hij wachtte, licht over de besturing gebogen, steeds naar het fort kijkend en dan weer naar de luidspreker, en terug naar het fort. Een minuut — twee minuten...

Travec vloekte. Hij zette de schakelaar van zijn communicator om en sprak voor de tweede keer in de microfoon. "Bezoekersvisum elf-A-vijfhonderdzes... Ik wil afdalen naar beneden... Stuur mij instructies — een teken, een bevestiging..."

Een stem ratelde: "Het visum wordt gecontroleerd. Wacht alstublieft onze bevelen af."

Travec zonk weer in zijn stoel. Meteen stond hij op en keek neer op de stad Alambar. De stad strekte zich uit tot aan de horizon en daar voorbij, een geblokt tapijt met donkere kleuren — verweerd groen en zwart, donkere tinten bruin en bruingeel, grijs van rook en beton en bakstenen.

Recht onder hem stroomden drie loodkleurige rivieren samen in een plas als van kwikzilver, die omringd was en overschaduwd werd door de grote administratiegebouwen, de paleizen en de stadsvilla's van de Overmensen. Verhoogd aangelegde wegen vormden een netwerk door de hele stad, als blootliggende aderen; hier, daar en overal speelde zich een onafgebroken flonkeren van beweging af, een ontelbaar trillen.

Travec keek weer in de hoogte, naar het fort dat op enige afstand van zijn boot hing. Geef gas, ram er dwars doorheen, verkruimel de hele stad als oud brood. Zet de Heren van Maxus op een rij, rijt hun gezicht open, scheur hun buik aan repen…

"Elf-A-vijfhonderdzes," zei de luidspreker, "nader Platform Zes en bereid u voor op de komst van een inspectieploeg."

Travec sprong op de stuurstoel af en joeg de boot naar voren. De binnenrand van het station bevatte een aantal inhammen.

Travec landde op het vuile beton van de inham met het nummer 6. Drie mannen in hoogtepakken verschenen en roffelden op de buitenste sluisdeur. Travec liet ze binnen — het waren mannen met een hard gezicht, zwart haar, heel mager en bleek. Ze droegen zwarte uniformen en puntige leren baretten.

De korporaal liep het controledek op — een man met een lang smal gezicht, holle wangen en een haakneus. "Toon me uw papieren."

Travec gaf hem zijn document. De korporaal liet zijn lippen omkrullen toen hij las: "Planeet van oorsprong — Exar. Gestorte waarborg — tienduizend sil. Voorgenomen duur van het verblijf — een week. Doel van het bezoek —" Zijn wenkbrauwen rezen omhoog. "O, zit het zo. Nou, veel geluk, veel geluk," zei hij toegeeflijk.

Travec zei niets.

"U zit zeker achter Armans laatste lading aan."

"Dat klopt."

"U had eerder moeten komen," zei de korporaal. Hij gooide het visum op de kaartentafel. "Alles in orde." Hij keek de twee mannen aan die klaar waren met hun inspectie. "Hoe ziet het eruit, mannen?"

"Schoon."

De korporaal knikte. De twee mannen zetten hun helm weer op en verlieten het schip.

De korporaal leunde over de tafel. "Iemand die hier komt om te doen wat u wilt doen, heeft geld bij zich. En hij heeft haast. Ik zou u graag helpen, maar we hebben hier een eigenwijze veldopzichter die ligt te maffen en die woedend wordt als hij wakker wordt gemaakt — tenzij ik hem iets breng om de gemoederen te sussen. En u begrijpt, als hij het veld niet openschakelt, komt u niet beneden."

Travec kneep zijn lippen op elkaar. Toen vroeg hij: "Hoeveel?"

"O — zo'n tweehonderd sil."

Travec keerde zich af en trok enkele certificaten uit zijn portefeuille. "Tweehonderd. Hier heeft u ze. Regel het alstublieft snel."

"Over vijf minuten bent u beneden," zei de korporaal. "Ga naar het landingsterrein net achter het park. Wie is het, uw vrouw?"

"Mijn moeder, twee zusters en een broer."

De korporaal floot tussen zijn tanden. "U moet wel miljonair zijn." Aarzelend ging zijn blik weer naar Travecs binnenzak.

"Dat ben ik niet," snauwde Travec. "En ik heb haast."

"Ik ben bang dat u al te laat bent als u voor Armans vrachtje komt. Let nu op die bol daar. Als het licht aangaat, laat de boot dan door het gat vallen en daal rechtstandig tot een hoogte van dertigduizend voet. Daarna kunt u gaan waar u wilt. Zwenk niet te vroeg weg van de verticaal, anders verbrandt het veld uw schip tot er geen as meer van over is."

Travec landde ongeduldig en slordig. Hij opende de sluis en sprong naar buiten in een atmosfeer die naar smeulende stenen en rook geurde. Hij rende naar een poort van zwarte bakstenen die uitkwam op een smalle straat, en erdoor, verstijfde en sprong achteruit om een passerend voertuig te ontwijken. Aarzelend keek hij de straat op en neer.

Voorbijgangers — lange mensen met scherpe gezichten, donker en somber kijkend — staarden hem heel nieuwsgierig aan. Hij hoorde een kind in een kastanjebruin jasje kwetteren: "Moet je die Orth zien en hij heeft niet eens een merkje!"

En Travec hoorde ook het antwoord, een gedempt gesis en: "Stil! Niemand heeft hem nog gekocht."

Travec ging naar een oude man die een nauwsluitende overall van zwarte gabardine droeg. "Waar is de slavendistributie, alstublieft? Hoe kom ik daar?"

De oude man keek hem zwijgend aan en Travec dacht dat hij geen antwoord zou geven. Maar de man zei effen: "Neem de glijstrook en volg de rood met groene band. Als u voorbij de tweede tunnel bent, ziet u aan de rechterkant een bruin gebouw van beton met een landingsdak."

"Dank u wel." Travec stak de straat over en nam een grote stap om op de strook te komen. Op het oppervlak ervan lagen verschillend gekleurde strepen. Travec liep dwars over de strook tot hij de rood met groene band had gevonden en begon meteen zo snel te lopen als het verkeer toestond.

De rood-groene band bewoog zich langzaam naar de zijkant van de strook. Travec volgde het spoor. De strook spleet en het goede spoor ging een smalle tunnel in die naar ammonia en lichtgas rook. Een poos reed hij door een weergalmende duisternis en toen kwam hij weer uit in het daglicht.

Langs de strook stonden rijen forse woonhuizen met hoge gevels, gecompliceerde gebouwen met aan de voorkant zuilen van glanzende steen — kornalijn, jaspis, onyx. Twee kilometer, drie, en toen zwenkte de strook weg van de huizen en cirkelde om een heuvel, liep vervolgens tegen een helling met voedselkramen op. De lucht rook sterk naar gedroogde vis, azijn, fruit.

Travec begon grotere stappen te nemen en toen te draven.

De strook leidde omhoog naar een steile wand en dook weer een tunnel in. De tijd leek eindeloos uitgerekt te worden. Travec begon te rennen. Hij botste tegen een lange gestalte op in het donker maar rende door zonder zich aan de rauwe verwensingen te storen.

Eindelijk verscheen er een fletse lichtvlek. Hij bevond zich weer onder de nevelige hemel van Maxus. Rechts rees een omvangrijk bruin gebouw op, een betonnen blok zonder ramen, met een blinde gevel. Terwijl hij het naderde, steeg er een luchtschip van het dak op dat wegzweefde op zijn glimmerende vlak van nulgrav. De patrijspoorten waren met luiken afgesloten.

Travec zag het schip met folterende machteloosheid verdwijnen.

Op datzelfde schip zouden zijn familieleden kunnen zitten... Hij zag de deur op het niveau van de straat voor zich opdoemen en haastte zich er buiten adem heen. Een wachter in een zwart leren uniform stapte naar buiten en versperde de toegang.

"Laat uw pas maar eens zien."

"Ik heb geen pas. Ik ben net op de planeet gearriveerd."

"Dat doet er niet toe, u mag niet naar binnen. Niemand wordt toegelaten zonder pas met de handtekening van de Hoge Heer Patrouillant."

Travec boog zich naar voren, trok zijn schouders op, liet zijn hoofd zakken. De wachter leunde nonchalant tegen de muur en lachte zacht terwijl hij op het wapen sloeg dat op zijn zwarte broekspijp hing.

"De deur zit op slot. Probeer hem maar open te trekken met je nagels, als je wilt."

"Waar is de Hoge Heer Patrouillant?" vroeg Travec schor.

De wachter antwoordde: "Zijn kantoor bevindt zich in de Guchmanpoort." Hij wees naar de strook. "Ga terug zoals je gekomen bent, tot aan Bosfor Strall, waar je moet overstappen op oranje-bruin. Als je je haast, kun je misschien nog net een afspraak maken." Zijn mond verwrong zich tot een vuile grijns. "Maar als ik jou was, zou ik mezelf weggeven — aan iemand als ikzelf. De Hoge Heer Patrouillant heeft een lenige geest en zou best wat technische ongein kunnen verzinnen. Ik zou je alleen maar verkopen en dan nog aan een hoogstaande heer, en alleen als keukenhulp."

Travecs slapen bonsden. Hij keek de wachter fel in het gezicht. Toen draafde hij terug naar de strook.

De Hoge Heer Patrouillant zat lui achterover in een zetel bekleed met vuurrood bont en speelde met een melkblauwe beker. Hij was mager als een lat en had zwart haar dat in een puntige lok op zijn voorhoofd was geplakt. Zijn oogleden hingen hooghartig neer, zijn neus sneed zijn gezicht als een sikkel in tweeën en zijn huid had de kleur en het aanzien van een eierschaal. Hij droeg een toga van grasgroene zijde en een monsterlijk grote robijn bengelde aan een gouden ketting aan zijn ene oor.

Na een gezapige studie van Travec wees hij naar een stoel. Travec ging zitten.

"Wat zijn uw verlangens?" vroeg hij wellevend.

"Ik heb een pas nodig om de slavendistributie binnen te komen. Ik heb enorme haast. Ik moet ogenblikkelijk terug als ik nog op tijd wil zijn."

De Hoge Heer Patrouillant knikte. "Natuurlijk. Gaat het om een familielid? Uw vrouw?"

"Om mijn moeder, mijn twee zusters en mijn broer."

"Een hele slag, een hele slag," zei de man en hij nam een slokje uit zijn beker. "Ik begrijp uw haast. Vooral als ze deel uitmaakten van de lading die is aangevoerd door — eens kijken, hij heet..."

"Arman."

"Juist, Arman. Een nieuwe handelaar, een zeer geslaagde." Hij nam Travec kalm op. "Ik vrees dat u te laat komt."

"Ik kom zeker te laat," zei Travec, "als ik niet snel terugga."

De Hoge Heer Patrouillant glimlachte flauw terwijl hij een kaart pakte, er een aantekening op maakte en hem voor Travec op de tafel wierp. "Alstublieft. Misschien wilt u daarna zo vriendelijk zijn hier even aan te lopen. Ik zou graag nog een gesprek met u hebben."

De nacht sijpelde omlaag als troebel water en de lampen van Alambar gloeiden wit en geel. Een koude wind beet in Travecs wang toen hij voor de tweede keer de slavendistributie naderde.

De wachter fronste zijn zwarte wenkbrauwen toen hij de pas zag, en hij draaide hem om en om.

"Schiet op, man!" smeekte Travec.

De wachter maakte een onverschillig gebaar en sprak enkele woorden in een cel in de muur.

De deur opende zich. Travec kwam in een nauwe kamer die schijnbaar geen uitgang bezat. Hij voelde dat hij geïnspecteerd werd — een straling tastte hem af of hij wapens, explosieven, drugs bij zich had. Toen schoot een smalle wand van het kamertje opzij. Travec liep een helder verlichte gang in en vroeg aan een vrouw die achter een balie stond: "Waar is de koperszaal?"

"Aan het eind van de gang. Onderweg komt u aan uw rechterhand de inspectieruimten tegen."

Travec rende de gang af. Hij passeerde een gordijn van ijzige lucht en daarachter stond een tweede balie aan de ingang van een grote kamer. Een oude man in een glinsterende abrikooskleurige overjas bekeek hem vorsend. "Uw pas alstublieft."

Travec liet de kaart zien. "Is de lading die Arman van Exar heeft gehaald al onder de hamer geweest?"

De oude man haalde zijn schouders op en zei met een ruisende stem: "Ze komen en ze gaan. Ik meen dat we vanochtend zoiets afgehandeld hebben."

Travec boog zich naar voren en de spieren van zijn gezicht werden keihard. "Ik moet het weten!" Hij stond op het punt de oude man bij zijn schouder te pakken, maar toen herinnerde hij zich hoe riskant het in Alambar voor iemand met een bezoekersvisum was en hij beheerste zich. "Waar kan ik het nagaan?"

De man had zich al staan opblazen maar nu gebaarde hij alleen. "Daarginds ziet u de kavellijst met omschrijvingen. De nog niet verkochte waar bevindt zich in de inspectieruimten."

Travec liep de kamer door. Links stond een rij zachte leren banken en hier zat een aantal Overmensen op hun gemak lijsten te bestuderen, uit zware bekers te drinken, te praten. Op dit moment was de arena tegenover hen verlaten.

Travec vond de kavellijst en liep met zijn vinger de artikelen van die dag na. Na een poos vond hij, zwaar beklad met potlood in verschillende kleuren, wat hij zocht:

EEN NIEUWE ZENDING AFKOMSTIG VAN EXAR

Eersteklas materiaal, knap van uiterlijk en gezond,
geleverd door het heilzame Principische Schiereiland.

Nr.	Naam	Geslacht	Leeftijd	Opmerkingen	Mimimuminzet
1	Vitaly Galwane	v	4	vrolijk, aandachtig	600
2	Donal Carrius	m	4	intelligent	400
3	Rabald Retts	m	5	snel van begrip	200
4	Glee Kerlo	v	8	zal heel mooi worden	1000
5	Temmi Helva	m	9	een heerlijke mooi gebouwde jongen	2800
6	Jonalisma Stanisius	v	9	gehoorzaam, lief van aard	1000

Voor de meeste namen stonden zware blauwe tekens en Travec veronderstelde dat die verkocht waren. Hij kwam aan het eind van de lijst.

| 29 | Lenni Travec | v | 14 | fris als een bloem | 5000 |

Haar naam werd voorafgegaan door een dikke blauwe krabbel. Travecs adem schuurde door zijn keel. Bleek en starend zocht hij verder.

| 64 | Thalla Travec | v | 18 | verfijnd | 5000 |

Geen aantekening — niets. Hij las verder.

| 115 | Gray Travec | m | 21 | metallurgisch ingenieur | 3000 |

Ook weer een blauwe aantekening. Travec bevochtigde zijn droge lippen. Heel ver onderaan de lijst las hij:

427	Iardeth Travec	v	58	vriendelijk, charmant	300

De naam was slordig doorgehaald zodat Travec hem bijna over het hoofd had gezien. Achter de naam was het woord *Dood* gekladderd.

Met gonzende oren staarde hij ernaar. Achter hem klonk rumoer, stemmen, schuifelende voeten, kakelend gelach.

"Zesduizend vijfhonderd," zei een stem, "en daar hoor ik zesenzestig — zesenzestig — zevenenzestig... Mijne heren, mijne heren, zo'n teer brokje mens. Laat toch van u spreken, heren! Achtenzestig — negenenzestig — negenenzestig — ah, zevenduizend van Heer Erulite. Zevenduizend — zevenduizend — is dat alles, mijne heren? U daar, mijn Heer Spangle? Nee? *Verkocht* aan Heer Erulite voor zevenduizend sil. Verkocht, herhaal ik."

Toen Travec zich omdraaide, zag hij zijn zuster in de arena. De man die haar gekocht had, een lange, magere kerel van begin middelbare leeftijd met een zware neus, een halfkaal hoofd en een paarsroze huidskleur, cirkelde om haar heen en blijkbaar was hij in zijn schik met zijn nieuwe bezit.

"*Thalla!*" schreeuwde Travec.

Heer Erulite keek op; de veilingmeester tuurde geschrokken door de kamer toen Travec naar zijn zuster rende.

"Dyle! Hebben ze jou ook te pakken?"

Travec drong langs de woedend kijkende Erulite en sloeg zijn armen om het meisje heen. Ze stond te beven en te hijgen.

Travec zei: "Ik ben zo snel gekomen als ik kon om jullie allemaal terug te halen."

Thalla zei: "Dyle, moeder is vanochtend gestorven." Ze drukte snikkend haar hoofd tegen zijn schouder.

Travec keerde zich naar Heer Erulite, die nijdig in de buurt stond. "Meneer, dit is mijn zuster. Wilt u mij toestaan u het aankoopbedrag te betalen en haar mee terug naar huis te nemen?"

Heer Erulite stamelde wat en liep rood aan. Eindelijk wist hij te zeggen: "Zij is nu mijn eigendom. Ik voel er niet voor haar af te staan. Ik heb haar helemaal volgens de wet gekocht..."

Travec zei: "Meneer, ik smeek u nederig om mij dit arme meisje niet af te nemen. Ik ben van achttien lichtjaar ver gekomen om haar en mijn andere familieleden te vinden. Ik weet zeker dat u ons niet zo treurig wilt tegenwerken."

Een stem achter hem zei: "Laat je niet bepraten, Erulite. Laat die Orth de kaas niet van je brood pakken. Je hebt haar gekocht en betaald."

Heer Erulite rechtte zijn rug. "Ga opzij. Het is verstandig als u zich heel kalm houdt."

De stem zei: "Hij is hier alleen maar met een bezoekersvisum en alles hangt af van zijn goede gedrag. Als hij ook maar een verkeersregel overtreedt, kan hij gearresteerd worden en zelf verkocht."

Thalla zei met een klein stemmetje, doods en moedeloos: "Dyle, het is zinloos."

"Heer Erulite," zei Travec, "ik betaal u tienduizend sil voor mijn zuster."

Erulite nam een pas afstand om zijn aankoop beter te kunnen inspecteren. "Om de dooie dood niet," zei hij toen tevreden. "Nog niet voor vijftienduizend. Ik betwijfel zelfs of ik haar voor twintigduizend kwijt zou willen."

Travec zei: "Ik geef u veertienduizend in contanten en een borg voor zevenduizend."

Erulite werd opeens woedend. "Scheer je weg met je belachelijke voorstellen!"

Thalla drukte zich tegen Travec aan. Ze had het koud, ze was gespannen en rilde. Hij voelde haar tranen op zijn schouders. "Ik heb je in de steek gelaten," zei hij wezenloos. "Ik kan niets voor je doen!"

Thalla haalde snikkend diep adem. "Maak je geen zorgen, Dyle, ik kom wel terecht. Je kunt me nu niet helpen. Pas op jezelf, Dyle."

Hij lachte hol. "Waarom? Het kan me niet schelen wat er met mij gebeurt!"

"O Dyle, zeg dat toch niet. Je hebt je hele leven nog voor je. Misschien kun je een ander helpen." Ze slikte moeilijk.

"Er is nog een meisje — ze hebben haar voor het laatst bewaard. Ze heeft mij geholpen om voor moeder te zorgen. Ze heeft ons al haar eten gegeven. Dyle, als je haar kon helpen, zou het zijn of je probeerde om iets voor mij te doen."

"Ik zal het proberen, Thalla. Waar is moeder?"

Thalla kneep haar ogen dicht. Lusteloos zei ze: "Ze sleepten haar al naar buiten voordat ze goed en wel dood was. Ze brachten haar naar een kamer die ze het abattoir noemen. Die is voor doden — en ook voor het doodmaken van mensen, denk ik..."

Travecs ogen waren als ballen van vuur. "Eens — hoe dan ook — zal er een eind komen aan zulke dingen."

II

Erulite pakte Thalla bij haar schouder en trok haar weg. "Genoeg, genoeg, dit tafereel is te hartverscheurend. Dat kan zo niet doorgaan."

Thalla rilde bij zijn aanraking, en ze deinsde weg. Hij keek haar bestraffend aan. "Dat kan niet, jongedame. Je bent nu mijn eigendom. Je zult ondervinden dat ik een welwillend meester ben, maar je moet je wel netjes gedragen. Ga nu naar de wachtkamer terwijl ik de veiling uitzit."

Thalla keerde zich af. Travec aarzelde een ogenblik en volgde haar toen langzaam. De schorre man die zich er al eerder mee had bemoeid, fluisterde iets tegen Erulite. Deze zei: "Goed, dan breng ik haar er zelf wel heen." Tegen de veilingmeester schreeuwde hij: "Wanneer kom je met die schone bloem die je zo uitbundig aanprijst?"

"Al heel gauw, mijn heer — over twintig minuten."

Erulite zei tegen Thalla: "Kom, we gaan naar de registratie."

Hij liep door een deur. Thalla volgde hem met een zielige blik achterom naar Travec. Hij nam een stap achter haar aan, bleef staan, volgde toen.

De gang liep langs de inspectieruimten. Thalla bleef staan voor een raam. "Daar zit ze, Dyle — het meisje in de hoek. Probeer haar te helpen. Ze heet Mardien."

Travec zag een meisje in een lichtblauwe kiel dat tegen de muur leunde. Ze keek naar haar handen, raakte de ene met de andere aan, en haar gezichtsuitdrukking was als betoverd. Ze bewoog haar hoofd en een lichtblonde haarlok gleed over haar wang.

"Kom," zei Erulite, van tien meter verderop in de gang. "Zoveel vrije tijd bezit ik niet."

Thalla fluisterde: "Help je haar, Dyle?"

"Ik zal mijn best doen, Thalla."

Ze gingen van het raam weg en volgden Erulite op verdoofd lijkende voeten.

Bij een ijzeren deur in de muur bleef Thalla staan. "Hier heb je de kamer die ze het abattoir noemen. En hier ligt onze moeder."

Travecs hand reikte naar de deur als gedreven door een kracht die zich aan zijn wil onttrok. Hij duwde tegen de deur, die naar binnen zwaaide. Een ijskoude luchtvlaag wolkte om hun knieën. Thalla zuchtte diep en liep als een willoze slaapwandelaar de kamer binnen.

De kamer bezat muren van donkerbruine bakstenen en het plafond was gewelfd en gestut met steunbalken. Rechts was een vierkant hok met een afvoer. Het hok was onlangs schoongespoten, maar het water had de vlekken niet van de stenen verwijderd. In de kamer lag een slordige hoop lijken.

Thalla zonk krachteloos neer op de vloer en begroef haar hoofd tussen haar knieën. Travec kon zich niet verroeren. Ergens in die stapel doden lag iemand van wie hij had gehouden. Het was het beste om niet naar haar te zoeken, het beste om weg te gaan en zijn aandacht te richten op de man die zijn familieleden hier had gebracht — Arman.

Een ruwe, ongeduldige stem zei: "Kom, kom, kom — ogenblikkelijk!"

Met een snauw sprong Travec op de man toe. Hij richtte een verschrikkelijke vuistslag op het paarsroze gezicht. Erulite deinsde achteruit met verbaasd opgetrokken wenkbrauwen en een slappe open mond. Travecs vuist trof hem op zijn schouder en schoot door naar zijn wang.

Erulite riep schor van woede: "Vervloekte Orth, nu zal ik je doden!" Zijn hand sloeg op zijn gordel en trok een pistool los. Travec stapte dichterbij en liet zijn zware vuist in Erulites zij smakken. Erulite drukte op de vuurknop. De ionenstralen flitsten her en der verschroeiend door de kamer. De lijken sidderden en schokten.

Travec maaide Erulites arm uit de weg en greep hem bij de keel. De stralenbundel beet in de vloer, veegde over het plafond.

Toen viel het wapen uit zijn trekkende vingers. Zijn lichaam spartelde tegen, begon te schokken — toen was het gezicht zijn beweeglijkheid kwijt en ontspande zich. Travec liet het lijk los en rees hijgend overeind. "Thalla —"

Thalla was dood. Scheef over haar gezicht liep een bruine streep waar de ionen uit Erulites pistool haar hadden geraakt.

Travec stond als verstijfd met zijn armen langs zijn zijden, een eind van zijn lichaam af. Hij keek naar het plafond, langs de muren. Heel langzaam, moeizaam, als een oude man, bukte hij zich en raapte Erulites pistool op. Hij stopte het weg in zijn zak...Op de gang klonken voetstappen en luide stemmen. Travec keek geschrokken naar de deur, in een wilde houding, als een wolf.

Het rumoer passeerde de deur, die dichtgeslagen was nadat Erulite binnen was gekomen en verstomde in de verte.

"Waarom niet?" vroeg Travec, aan de vochtige koude kamer en de lijken. "Waarom niet? Het zou een nuttig leven zijn. Ze doodmaken..."

Hij tilde het lijk van zijn jonge zuster op. "Arme kleine Thalla." Hij legde het voorzichtig, teder naast de andere lijken.

Nu Erulite. Het vuurrode geborduurde jasje viel meteen op. Hij scheurde het van de dikke rug. In een van de zakken voelde hij een hard voorwerp. Hij trok het eruit. Het was Erulites gelddoos. Er zat een keurig bundeltje biljetten van duizend sil in. Travec stak het geld bij zich en smeet de doos in een koker met het opschrift *afval*. Erulites kleren verdwenen ook daarin en ten slotte sleepte Travec het lijk naar de stapel.

Hij glipte de gang op, liep terug naar de veilingkamer. Niemand zag hem binnenkomen. Aller ogen waren op de arena gericht, waar een meisje te koop werd aangeboden.

"...de heren zijn behoedzaam, dat weet ik goed," zei de verkoper, "maar wat mij geboden wordt is lachwekkend zuinig. U kwetst de gevoelens van dit verfijnde schepsel. Zevenduizend, zegt mijn Heer Spangle. Nu — ah, Heer Jonas, zevenduizend vijfhonderd...Heeft niemand meer geld? Heer Hennex, zevenduizend zeshonderd. Kom kom, heren, wie biedt er achtduizend?"

"Zevenduizend zevenhonderd," zei de Travec al bekende schorre stem. Nu ontdekte hij dat het de stem van Heer Spangle was, een magere, gebogen kerel met weinig zwart haar, slap in het vel zittende kaken en een gigantische snavel van een neus.

Travec drong langzaam dichterbij. Het meisje keek hem aan. Het was Mardien. Ze was inderdaad heel knap, vond Travec, en deze schoonheid leek hand in hand te gaan met een trots verstand.

Haar gezicht had een rustige uitdrukking, niet bang en niet boos — ze keek als een toeschouwer, niet als een artikel dat verkocht werd.

"Zevenduizend achthonderd," bood Heer Jonas.

"Achtduizend," zei Heer Spangle.

De veilingmeester ontspande zich en zijn gezicht kreeg een uitgestreken trek. Het patroon was nu duidelijk. De klanten begonnen met een laag bod en veinsden onverschilligheid. Er was geen kans dat het artikel goedkoop van de hand zou gaan.

"Achtduizend eenhonderd," zei een hoge stem.

"Achtduizend tweehonderd," reageerde Heer Jonas.

"Heren, heren," smeekte de vendumeester, "laat ons toch wat vlotter van stapel lopen. Negenduizend, hoor ik negenduizend?"

"Negenduizend," zei de hoge stem.

"Negenduizend eenhonderd," antwoordde Heer Spangle.

"Wie biedt er negenduizend vijfhonderd?... Negenduizend vijfhonderd?"

"Tienduizend," zei Travec strak.

"Ah — heel goed daar, meneer. Tienduizend, tienduizend, tienduizend —"

Het meisje keerde haar hoofd naar Travec toen hij sprak. Hij ontmoette haar blik, proefde de smaak van haar persoonlijkheid — fruit, wijn, parfum, regen. Ze wendde haar ogen af.

Spangle zei met zijn schorre stem: "Het is die Orth. Schande, schande, dat ze hem hier binnenlaten om mee te bieden!"

"Zou zelf op het blok moeten staan," mopperde Heer Jonas.

"Ik zou hem kopen, al kostte 't me mijn laatste ana, de wilde. En dan stelde ik hem te werk in de zwavelmijnen tot hij net zo geel was als de jas van Ollifans."

"Tienduizend — tienduizend — tienduizend," riep de veilingmeester.

"Tienduizend vijfhonderd," zei Heer Spangle.

"Uitstekend, mijn heer," riep de verkoper uit. "Tienduizend vijfhonderd is mij geboden. Wie betaalt er wat deze schone bloem werkelijk waard is aan puur genot? Wie biedt er elfduizend?"

"Elfduizend," zei Travec.

"Elfduizend vijfhonderd," zei Spangle. "Vervloekt, ik had haar voor achtduizend moeten hebben."

"Elfduizend zeshonderd," zei Travec.

Jonas stiet Spangle aan. "Hij doet het al kalmer aan, zijn limiet nadert. Voor elfduizend zevenhonderd krijg je haar."

"Elfduizend zevenhonderd," zei Spangle.

"Twaalfduizend," bood Travec.

"Twaalfduizend," riep de verkoper gelukkig. "Twaalfduizend is geboden!"

"Dertienduizend," kwam de hoge stem van de andere kant.

Travec dacht snel na. Hij had alle bezittingen van het gezin op Exar verkocht, de kuddes geslacht, zijn weinige juwelen en kunstvoorwerpen verkocht — wat een totaal van eenenveertigduizend sil had opgeleverd. Elfduizend had hij uitgegeven aan de ruimteboot, hij had een borg van tienduizend moeten storten, hij had nog veel meer onkosten gehad. Hij schatte dat hij in contanten nog vijftienduizend bezat. Hij zei: "Dertienduizend eenhonderd."

Spangle kreunde van nijd. "De Orth jaagt de prijzen op. Dat krijg je wanneer we ze toestaan om hun familie terug te kopen. Ik zeg dertienduizend tweehonderd, al moet ik mijn kroon ervoor belenen."

"Veertienduizend," zei de hoge stem.

"Veertienduizend eenhonderd," brulde Spangle vertwijfeld.

"Vijftienduizend," zei Travec.

"Vijftienduizend — vijftienduizend — vijftienduizend," herhaalde de veilingmeester. "Hoor ik daar zestien?"

Spangle ging zwaar zitten. "Vijftienduizend eenhonderd," mompelde hij.

Travec kon maar moeilijk nadenken. Eenenveertigduizend min tien is eenendertig. Min elf is twintig. Duizend voor het visum en nog eens vijfhonderd omkoopsom. Tweeduizend voor brandstof, duizend voor kaarten en proviand, tweehonderd sil voor de inhalige korporaal — veertienduizend sil bezat hij nog.

Weer mislukt — hij keek een andere kant op toen de veilingbaas hem vragend aanzag. Een buitenlander die meer bood dan hij kon betalen, maakte zich schuldig aan een misdrijf en kon opgepakt en verkocht worden. En het bieden ging nu al te hoog voor hem.

Hij kon zijn ruimteboot verkopen — maar daar schoot hij nu niet veel mee op. Hij zag dat de mensen naar hem keken — triomfantelijk, boosaardig, met weerzin. Naar zijn gelddoos tastend, voelde hij iets onbekends. Het geld van Erulite.

"Vijftienduizend vijfhonderd," zei hij.

Het bleef stil. Toen zei de verkoper: "Vijftienduizend vijfhonderd is geboden…"

Spangle vloekte gesmoord van aandoening.

"Vijftienduizend vijfhonderd — wie biedt er zestienduizend? U meneer? U, Heer Jonas? Heer Hennex? Heer Spangle? Zestienduizend? Nee?…Verkocht, verkocht aan deze meneer. Zij is van u, meneer, dit kostbare juweel met gele haren."

Travec zei geen woord tegen het meisje. Hij betaalde aan Ollifans, de oude man met de gele jas en kreeg een roze eigendomsbewijs.

Ollifans bladerde een map door. "Haar straffrequentie is zesentwintig en zevenhonderddrieëndertig duizendste megahertz. Ik schrijf het op het eigendomsbewijs."

"Straffrequentie? Wat is dat?"

Ollifans grinnikte. "Vergeten. U bent een Orth en weet niet veel. In de huid van haar mooie rug is een schakeling gespoten — een web van geleidend stof dat bij een bepaalde frequentie gaat resoneren. Als ze verdwaald is en u wilt haar vinden, dan stuurt u een signaal met de goede frequentie uit en dan krijgt u een echo van haar verblijfplaats. En als ze brutaal en lui is en blijft niet lang genoeg staan voor een pak slaag, dan voert u de signaalsterkte op en dan leert ze wel wie de baas is."

Ollifans duwde zijn vingers door lussen aan zijn geelgouden jas, boog zich naar achter en knikte gewichtig. Travec deed zijn mond open om iets te zeggen, maar sloot hem weer. Toen zei hij: "Vertel mij eens, wie hebben deze personen gekocht?" Hij wees de nummers negenentwintig en honderdvijftien op de lijst aan, zijn broer en zuster.

Ollifans trok rimpels in zijn voorhoofd en keek zuinig. "Het is verboden om die informatie door te geven."

"Hoeveel?" vroeg Travec met een grijns alsof zijn gezicht uit hout was gesneden.

Ollifans aarzelde. Travec legde vijf biljetten van honderd op zijn balie.

"Duizend," zei Ollifans.

Travec verving de biljetten door een exemplaar van duizend.

"Wat gebeurt hier?" vroeg een schorre stem op boze toon. Heer Spangle stond bij hen en zijn ogen schoten van het geld naar Ollifans en Travec. "Bespeur ik hier het omkopen van een bediende van de Distributie? Zo ja —"

"Nee, nee, mijn heer," weersprak Ollifans bedaard, terwijl hij het geld in de buidel aan zijn gordel stopte. "Een bonus, mijn heer, alleen maar een bonus. U weet heel goed dat ik onkreukbaar ben."

Heer Spangle keerde zich nu naar Travec. "Verdwijn dan, van geld druipende Orth, verdwijn met je vrouw."

Travec keerde zich langzaam naar de uitgang.

"Zeg Jonas," zei Spangle mopperend, "als die slome kerel van een Erulite nu eens terugkwam zoals hij beloofde, dan konden we vertrekken."

Toen ze door de deur liepen, zei Mardien aarzelend: "Hij noemde u een Orth. Bent u dan niet van hier?"

Travec zei: "Lijk ik soms op een van die Overkerels?"

"Nee — eigenlijk helemaal niet."

"Ik ben gekomen van het eiland Groot-Farees op Exar," zei hij. "Om mijn moeder, mijn twee zusters en mijn broer terug te kopen. Dat is me niet gelukt. Mijn moeder en een van mijn zusters zijn dood. Mijn broer en mijn jongere zuster zijn verkocht — dus zo goed als dood. De zuster die dood is, Thalla —"

Mardien keek hem verbouwereerd aan. "Thalla — is ze dood?"

"Ja," zei Travec. "Ze heeft mij gevraagd jou te kopen en je thuis te brengen."

Ze sloeg de blik neer. "O!"

Travec keek haar scherp aan. Ze had bepaald niet vrolijk geklonken. Bedroefde Thalla's dood haar? Of was het teleurstelling?

Zij zei langzaam: "Ik dacht dat u mij kocht omdat u — een slavin nodig had."

"Nee," zei Travec. "Ik heb geen slavinnen nodig. Zodra we de planeet verlaten — vanavond al —" Hij keek om. Van opwinding was geen spoor te bekennen. Erulites lijk lag nog onontdekt in het abattoir, "— dan verscheur ik dit roze papiertje. Tot het zover is — misschien moet ik kunnen bewijzen dat je mijn eigendom bent."

Ze waren nu bij de vrouw bij de uitgang. Zij keek op het roze document en drukte een knop in. De wand vloog opzij. Ze liepen de vochtige koude nacht van Maxus in. Travec haalde diep adem. Hierbuiten kon hij tenminste hard wegrennen.

Drie van de vijf manen reden hoog door de hemel en de strenge gebouwen van Alambar zagen er bevroren en berijpt uit in het witte licht.

Mardien rilde. Haar lichte blauwe kiel kon niet erg warm zijn. Travec maakte de klemmen van zijn cape open en hing hem om haar schouders.

Met een klein stemmetje, bedrukt, deelde Mardien mee: "Ik wil niet van Maxus weg."

"Wat!"

"Ik heb hier een taak."

Plotseling voelde Travec zich doorstroomd met een woede die hem naar het hoofd steeg. "Wat voor taak?"

Op dezelfde afwezige toon zei zij: "Dat is een privékwestie."

Travec wendde zich af. "Privé of niet, je gaat maar mee."

Ze zag hem aan met een koele blik die hem leek te bespotten, alsof ze wilde zeggen: "Je bent er niet in geslaagd je eigen familie te helpen — en daarom moet ik tegen wil en dank naar huis gesleept worden om jouw ego te bevredigen."

Travec zei scherp: "Waar hoor jij thuis?"

"Niet op Exar."

"Waar dan?"

Haar beheerste pose verdween even. Nu openbaarde haar uitdrukking een innerlijke wereld van vuur en gevoel, prachtige kleuren die tot dan verborgen waren geweest.

"Dat zeg ik niet."

III

Leuke boel, dacht Travec. Ondank, eigenzinnigheid — hoe ging dat citaat ook weer verder? Iets van: — uw vorm is vrouw. Naar de duivel dan met haar! Hij zou haar op de eerste de beste beschaafde planeet afzetten en dan was zijn taak vervuld.

En dan — daar lag zijn levensloop voor hem uitgestald. Hoe probleemloos leek die niet! Geen moeilijk wikken en wegen, geen twijfel — de toekomst lag vast. Eerst — en Travec grijnsde breed met zijn tanden bloot — eerst Arman. *Arman!*

Hij fronste. Wie was Arman? Mardien zou het misschien weten. Terwijl de glijstrook hen door de tunnel voerde, die nu flauw verlicht was door een blauwe lichtbuis, zei hij: "Jij moet Arman gezien hebben."

Ze verstijfde. "Ja."

"Hoe ziet hij eruit? Wat is het voor man?"

Ze antwoordde behoedzaam. "Het is een luisterrijk man. Net zo jong als jij, langer, en zijn hoofd — o, prachtig! Als de droom van Penthe. Zijn stem is snel en direct — als een trompet. Hij staat op het dek van zijn schip als een ruimtegod."

Travec grijnsde scheef. "Dat klinkt of je hem bewondert?"

Ze zweeg even. Toen vroeg ze: "Je kent hem niet?"

"Ik ben van plan hem te leren kennen," zei Travec. "Heel goed zelfs. En hij zal mij goed leren kennen. Mijn gezicht zal het laatste zijn wat hij ziet."

Ze trok zich in zichzelf terug. Travec merkte amper hoe verachtelijk zij een gebaar met haar hoofd maakte. Hoe moest hij Arman opsporen? Hoe kamde hij de noordelijke kop van de melkweg met zijn half miljard sterren uit?

Op Maxus zou één man weten waar Arman zich ophield — de Hoge Heer Patrouillant. En die had een gesprek voorgesteld.

Travecs gedachten raakten in beroering. De strook voerde hen de tunnel uit en de helling met de marktstallen af, die voor de nacht afgesloten waren. Een grote zwarte kat rende voor hen uit over de strook. Tussen de bomen aan de linkerkant flikkerde het metalen glinsteren van de drie manen in een van de rivieren van Alambar.

Travec probeerde de elementen van de situatie in een patroon te rangschikken. In de eerste plaats zou het lijk van Erulite spoedig ontdekt worden. En dan — ze zouden woedend alarm slaan en op jacht gaan naar hem. En als ze hem pakten, zouden ze geen terechtstelling aan hem verspillen. Hij zou ingedeeld worden bij een slavenploeg in de loodmijnen onder de ijskap van Sraban. De hemel zou hij nooit meer zien. En dus — hij moest Maxus verlaten nu het nog kon.

Maar Arman moest ook opgespoord worden. En de Hoge Heer Patrouillant zou kunnen weten waar hij was — maar zou hij het willen zeggen? Een succesvolle slavenhaler was voor de Overmensen van Maxus een waardevol man.

Dan was Mardien er nog. Hij bekeek haar steels van opzij, zag haar glinsterende ogen wegflitsen. Zij had naar hem staan kijken. Haar aanwezigheid deed zijn huid tintelen — stoorde hem, leidde hem af. Haar schoonheid bestond uit meer dan een gelukkige combinatie van beenderen en spieren. Het was iets begoochelends. Ze was een nimf, een schepsel van zijde en dromen en de bleke nachtlotus van het Warme Woud.

Kon hij haar in zijn schip halen zonder onder hevige geestelijke spanningen te komen? En als hij zijn taak vergat, zijn belofte aan Thalla vergat en probeerde haar zoete lichaam te bezitten en mocht zij zich dan verzetten — zou hij dan misschien trachten om met geweld te verkrijgen wat hem niet vrijwillig werd geschonken? En waar bleef hij dan met zijn integriteit, zijn zuivere ziel die hem zou toestaan Arman te doden zonder wroeging of twijfel aan zichzelf?

En als hij haar nam, zou hij daarmee het beste van haar verliezen — al formuleerde hij dat voor zichzelf anders. Verwenste vrouw! Wat moest ze toch op Maxus? Arman had haar hier gebracht. Ze was met een bepaald doel uitgekozen. Natuurlijk had haar schoonheid een rol gespeeld bij de keuze. Knappe vrouwen konden goed werk leveren als spionnen.

Maar welke waarde hadden spionnen op Maxus wanneer een slaaf na het verlaten van de veilinghal voor de rest van het heelal verloren was? Een bekend gezegde van die tijd luidde dat het zenden van een spion naar Maxus gelijkstond met het voeren van melk aan een vis. De vervloekte vrouw!

Maar hij had nog meer problemen. Waarschijnlijk kon hij erop vertrouwen dat hij deze nacht nog veilig was, dat hij nog even de tijd had voor er alarm werd geslagen. En als het opruimen van de lijken door slaven werd gedaan, zouden dezen Erulites lijk misschien helemaal niet herkennen.

Alles welbeschouwd leek het verstandig om nog een keer op bezoek te gaan bij de Patrouillant. Maar wat deed hij met Mardien? Het stoorde hem dat hij met haar opgescheept zat. Maar nu hij wist dat ze op Maxus wilde blijven, deed hij er goed aan haar niet uit het oog te verliezen.

Ze zou hem makkelijk kunnen ontsnappen. Plotseling wist hij heel zeker dat hij dat niet wilde.

"Kom," zei hij bruusk. "Hier komt de Bosfor Strall. Wij stappen hier over. We gaan een gesprek hebben met de Hoge Heer Patrouillant."

Zijne excellentie, de Hoge Heer Patrouillant, droeg ditmaal een glanzende nauwsluitende koker van kaneelkleurige gabardine met een protserige kraag van gebleekte groene zijde. Hij stond aan de andere kant van een bibliotheek. Op de vloer lag een heldergroen tapijt, de muren bestonden uit platen wit marmer tussen stompe zwarte zuilen van baksteen. In zijn hand hield hij een grote slappe foliant van lichtbruin leer. Hij legde het boek neer toen Travec binnenkwam met Mardien een pas achter zich aan.

Travec gebaarde zijn slavin naar een stoel. "Ga daar zitten."

De Hoge Heer Patrouillant wuifde elegant. "Welaan, Heer Travec, heeft u veel succes gehad met uw speurtocht?"

"Maar heel weinig," antwoordde Travec.

De man ging op een metalen bank zitten en wees Travec een zitplaats aan. "Ik twijfel er niet aan dat u een zekere mate van wrok voelt tegen ons, de bewoners van Maxus?" zei hij. Zijn zwarte ogen namen Travec aandachtig op.

Travec zei: "Dat kan ik niet ontkennen."

De functionaris lachte spijtig. "Dat misverstand is nu eenmaal ons onvermijdelijk lot. Weet u, Heer Travec, hoeveel Overmensen er op Maxus wonen?"

"Ik heb nooit een betrouwbaar getal horen noemen," zei Travec onverschillig.

"Wij zijn met iets meer dan veertig miljoen. Stel het je voor, Travec! Maar veertig miljoen! Wij ontwerpen en fabriceren voor de hele melkweg. Onze industrieën produceren de gecompliceerde mechanismen waarmee de bewoners van de buitenplaneten hun milieu naar hun hand zetten. Veertig miljoen mensen die het grootste industriële complex van alle tijden in bezit hebben en leiden!"

Omdat hij niet verstrikt wilde raken in een sociologische discussie, zei Travec niets.

"Deze veertig miljoen Overmensen leveren de hersens," vervolgde de Hoge Heer. "Wij organiseren, houden toezicht. Dus u ziet — ons genie wordt door de Melkweg uitgebuit tot het heil van de mensheid. Wij handelen met iedereen. Uw kleren worden geweven op de getouwen van Maxus. Uw ruimteboot is gebouwd op de werf van Pardis.

"Maar —" hij boog zich voorover "— die veertig miljoen hersens zijn nodig aan de top. Wij mogen dat wat onze kracht is, niet verspillen. En dus — wij gebruiken net zoveel arbeidskrachten als nodig is en — ik herhaal het — de hele Melkweg vaart er wel bij."

Travec zei op effen toon: "U toont mij een aspect van het bestaan van Maxus waarover ik niet had nagedacht."

De Patrouillant stond op van zijn bank en begon heen en weer te lopen over het heldergroene tapijt. Zijn smalle kledingstuk benadrukte hoe mager hij was. Dun als een potlood, als een paling, dacht Travec — een belachelijke fat met zijn ijdele spuuglok en zijn verwijfde kraagje. En toch — als hij in de schitterende ogen van de man keek, zag hij dat deze een buitengewoon vlug en helder verstand bezat.

"Nu werken die veertig miljoen met een arbeidsmassa bestaand uit — laat ik zeggen een groot aantal werkers. En hier hebben wij het zaad van een hachelijke situatie." Hij lachte toen hij zag hoe Travec keek. "U denkt aan een opstand, rebellie? Slaven met bloed aan hun handen die op straat lopen te zingen? Onzin, die mogelijkheid is eenvoudig onbestaanbaar.

"Wij hebben een centraal controlestelsel dat zo'n gebeurtenis totaal en definitief onmogelijk maakt." Hij likte zijn lippen af en nam Travec spottend op. "Ik had het over onze industriële technieken. Die vormen onze grote schat, het fundament van onze welvaart. Geef mij bijvoorbeeld een paar ons ijzer, een plaat mica, een klein beetje polonium als katalysator en ik bouw er een cel mee die wanneer hij aan de lucht wordt blootgesteld, jaren achtereen onvermoeibaar duizend ampère opwekt.

"Kijk." Hij klopte vanonder tegen de tafel. "Siliconenschuim. Licht als lucht, sterk als taai hout. Onze bakstenen — de zwarte stenen waarmee we onze huizen bouwen. Sterk, goedkoop, uitstekend als isolatie — het is het afval van onze mijnfabrieken en het wordt met duizenden stuks tegelijk in vorm gegoten en de vormen kunnen meteen opnieuw worden gebruikt.

"De nulgraveenheden die we met miljoenen verkopen, de automatische airconditioner die een kamer afkoelt door neutrino's door de muren uit te stoten, of verwarmt door neutrino's te absorberen uit de altijd aanwezige wolken en de energie omzet in warmte. Van deze geheimen leven wij.

"Wij verbouwen geen voedsel, onze zeeën zijn gif, onze bodem bestaat uit natte as. Dus u ziet — zodra een arbeider eenmaal in een fabriek is geplaatst, als hij eenmaal de technieken van de industrieën van Maxus leert, dan kunnen wij hem nooit meer toestaan te gaan."

Hij ging weer zitten en keek Travec verwachtingsvol aan alsof hij op applaus wachtte. Travec zei: "Uw waakzaamheid is begrijpelijk."

De man maakte een achteloos gebaar. "Natuurlijk, als er iemand als u arriveert en het lukt hem om een vriend of verwant terug te vinden voordat deze aan het werk is gezet, dan zijn wij hem graag ter wille. In de eerste plaats —" hij lachte openlijk "— betaalt de buitenlander grif de hoogste prijs in de Distributie. Meestal meer dan de gezochte persoon als werker waard is. En dan — wij zijn tenslotte niet onmenselijk."

"Het verheugt me om dat te horen," zei Travec. "Mijn broer en mijn jongste zuster waren al verkocht voordat ik kwam. De bediende weigerde mijn steekpenningen. Of hij nam die wel aan, maar gaf me geen inlichtingen toen een van uw heren bleek mee te luisteren."

"Dat is jammer," zei de man. Hij knikte naar Mardien.

"Zij is, neem ik aan, uw andere zuster."

Travec deed er het zwijgen toe.

"En uw moeder?"

"Die is dood."

De Hoge Heer wapperde met zijn vingers. "Mijn deelneming."

Travec zei bruusk: "Wilt u mijn broer en mijn zuster voor mij opsporen? Ik zal u graag betalen —"

De man schudde zijn hoofd. "Het spijt me, dat is onmogelijk. Het zou een gênant precedent scheppen. De Patriarch, ondanks de buitengewone reikwijdte van zijn visie —" hier knipoogde hij sluw, ironisch tegen Travec "— is in dit opzicht onvermurwbaar. Hij zou rekenschap verlangen en ik zou met mijn mond vol tanden staan."

"Waarom wilde u mij dan nog een keer spreken?" vroeg Travec geërgerd.

"In verband met deze kerel Arman," antwoordde de Patrouillant. Hij borstelde zijn nagels langs zijn mouw. "Mijn spionnen vertellen mij vreemde dingen over hem."

"Werkelijk?" Travecs interesse was gewekt.

"Hij is geen gewone slavenhaler."

"Dat had ik ook al begrepen."

"Hij is de zoon van een heer van Maxus en een slavin van de planeet Fell. Gewoonlijk worden zulke kinderen arbeiders, maar in dit geval vatte de vader belangstelling voor het kind op en hij gaf hem een semi-technische opleiding en wendde zijn invloed aan om het kind opgenomen te krijgen in de militaire kaste." Hij schudde zijn hoofd.

"Van Arman kwam niets terecht. Hij werd acrobaat, een kwast van een gymnast. Toen deze manier om aan de kost te komen hem ging vervelen, begon hij een godsdienstige cultus voor oudere vrouwen. Daarin slaagde hij schitterend — tot hij er uiteindelijk van werd beschuldigd sommige van zijn weldoensters te hebben gewurgd om hun juwelen te kunnen stelen."

Mardien maakte een gesmoord geluidje. De Patrouillant keek haar even nieuwsgierig aan. "Dus u ziet dat hij gevarieerde interesses heeft. Eerst was hij een klaploper die niet wilde deugen, toen een acrobaat in een paars broekje en al die tijd vermoordde hij oude vrouwen.

"Maxus werd hem te heet onder de voeten. Hij moest ontsnappen, anders zou hij tot slavernij worden veroordeeld. Hij deed het onmogelijke — hij ontsnapte. Wat zegt u daarvan?"

"Ik luister geboeid."

"Hij stal het privé-jacht van de Patriarch." De Patrouillant glimlachte alsof het een goede grap was geweest. "De eerste gemalin van de Patriarch liet de boot voor hem klaarmaken. Het was een prachtig schip — de badkamers waren uit massief tubongivoor gehouwen, de tapijten van angelesinedons, de kamers bekleed met violette zijde.

"De Patriarch was natuurlijk ontzet — en is dat nog steeds. Hij zal nog veel nijdiger worden als hij verneemt dat Arman, wiens bezoekersvisum hem immuniteit garandeert, ons een grote lading slaven heeft verkocht. Hij zal zich afvragen waarom ik het niet zo geregeld heb dat Arman een toepasselijke straf krijgt voor zijn wandaden. Het geheugen van de Patriarch is even gevoelig voor beledigingen als dat van de mythische landleviathan."

Travec glimlachte bitter. "Waarom stuurt u niet een van uw doldrieste dappere heren uit om hem te doden? Heer Spangle, bijvoorbeeld, die een toonbeeld van moed schijnt te zijn."

De functionaris schudde zijn hoofd. "Overmensen verlaten Maxus nooit, behalve in oorlogsschepen. Enkelingen zouden gevangen kunnen worden genomen, gemarteld en al onze geheimen prijsgeven. Op zijn minst zouden ze gedood worden, want mensen van buiten de planeet veinzen geen vriendschap voor ons. Al onze agenten op andere planeten zijn Orths — neem me niet kwalijk, ik zou buitenlanders moeten zeggen."

"En dus?"

"En dus zou het nieuws dat Arman gedood is, een hele geruststelling zijn voor mij en voor de Patriarch. Arman levend gevangen zou reden zijn voor gejubel. U begrijpt dat ik u in vertrouwen neem omdat u vermoedelijk zelf verlangt naar leed voor Arman."

"Wat biedt u?" vroeg Travec na een ogenblik.

"U sprak over een broer en een zuster?"

Travec staarde besluiteloos naar de vloer. Arman doden — het was zijn liefste wens. Maar als huurmoordenaar… Hij dacht aan Lenni en Gray. Een vlugge blos van schaamte streek over zijn wangen. Had hij ook maar een moment geaarzeld? "Ja, een broer en een zuster."

"Als Armans dood door uw hand geverifieerd is, worden ze u ter beschikking gesteld."

"Ongedeerd? Mijn zuster…"

"Ongedeerd. Uw zuster wordt tewerkgesteld bij een oude dame."

"Ik aanvaard uw voorwaarden."

"Welnu," zei de Patrouillant, "over geld gesproken. Heeft u nog meer nodig, of zat er genoeg in de gelddoos van Heer Erulite?"

Travec kneep zijn ogen halfdicht. Ongelovig, sprakeloos, staarde hij de Patrouillant aan.

"Een luie deugniet, die Erulite," merkte de Patrouillant op. "Maar, mijn vriend, u heeft niet gereageerd op mijn aanbod."

"Ik kan altijd geld gebruiken," zei Travec, zijn weerzin wegdrukkend.

"Uitstekend. Uw antwoord stelt mij gerust. Hier." Hij gooide hem een pakje toe. "Dertigduizend sil. Uw boot heeft een beurt gehad en is voorzien van brandstof. U vertrekt meteen."

"Waarheen?"

De man schonk een weinig vloeistof in een bokaal en bood deze aan Travec aan, die weigerde. Toen proefde hij er zelf van. Hij maakte smakkende en zuigende geluiden met zijn tong en zijn lippen.

"Ah — dat kan ik niet met volledige zekerheid zeggen. Maar we hebben wel een techniek om dat soort zaken na te gaan als onze agenten niet in staat blijken hun taak te vervullen. Ik neem u in vertrouwen. Wij leggen zorgvuldige lijsten aan van de aankopen die de leden van de bemanning verrichten. Wij weten bijvoorbeeld dat Armans hofmeester vers fruit voor twee weken heeft ingeslagen. Dat is veelbetekenend — het is te weinig voor een langdurige reis.

"Zijn brandstofruimten heeft Arman evenwel tot de laatste omzetters-ampère volgestouwd. Verder heeft de hofmeester een grote voorraad glyd aan boord laten brengen. Genoeg voor ettelijke maanden. U weet misschien dat glyd een gegiste moes is die vrijwel uitsluitend gegeten wordt door mensen van Hyarnimmische afkomst, zoals wij Overmensen, de Cla's van Jena en de Luchistains."

Hij installeerde zich zorgvuldig in een stoel en streek over zijn gezicht. "Dit is allemaal veelzeggend. Verder heeft de scheepsarts parabamin-67 gekocht voor gebruik in een zuurstofrijke atmosfeer en ettelijke miljoenen eenheden anti-rozelipserum, en ook de gewone virusbanners, antiallergenen en celverkwikkers.

"Dan wat Armans retourlading betreft — die is heel suggestief. Geen kleine rotomatieken maar kistenvol micrometers, lichtproevers en onze nieuwe, voor alle doeleinden geschikte energiemeter. Geen zaklantaarns, pistolen, naaimachines, nulgraveenheden — maar drie-dimensionale duplicators en ruwe blokjes van ons supergeleidend gekristalliseerd lood." Hij keek Travec nieuwsgierig aan. "Wat distilleert u uit al deze gegevens?"

Travec zei: "Ik veronderstel dat u eerst een bol met een straal van twee weken en met Maxus als middelpunt heeft uitgezet en vervolgens de bewoonde planeten op die bol heeft opgeschreven."

"Juist. Het waren er zesenveertig."

"Een zuurstofrijke atmosfeer duidt op een zwaar begroeide wereld. Rozelip duidt op vochtigheid. Een planeet met uitgebreide moerassen en oerwouden."

"Ga door."

"Een planeet met vers fruit maar geen glyd. Dus een planeet die niet bewoond is door Hyarnimmischen maar door Savars, Galicretins, Congoins of Pardu's. Een volk zonder uitgebreide researchcentra — met kleine fabrieken die produceren voor de plaatselijke consumptie en niet zozeer zelf ontwerpen en bedenken."

De Hoge Heer Patrouillant maakte een luchtig gebaar. "Slechts één van die zesenveertig planeten voldoet aan al deze voorwaarden. En dat is Fell — de derde planeet van Ramus."

"Fell," herhaalde Travec nadenkend.

De Patrouillant zei: "Op Fell woont een eigenaardig volk, geïsoleerd van de rest van de bevolking door een plaatselijk bijgeloof — de Oro's. Armans moeder was een Oro. Men zegt dat ze zonder uitzondering krankzinnig zijn."

IV

De glijstrook voerde hen geluidloos door het duister. Het was ver na middernacht. De straten waren totaal verlaten. Een koude wind, die naar industrieafval en het riool rook, beet in hun rug. Aan beide kanten van de straat stonden massieve, levenloze gebouwen. Ze wierpen geen licht op straat en op de zwarte stenen waar de schaarse straatlantaarns schenen, glinsterde rijp. Het was moeilijk voorstelbaar dat er mensen binnenin die logge, blinde massa's waren.

Ze waren de enige berijders van de glijstrook. Zo ver het oog reikte zagen ze niemand. De vuile stegen die ze met tussenpozen passeerden waren al even leeg, vochtig en doods. Er begon een zachte motregen te vallen en de wind joeg spookachtige sluiers naar de straatlampen.

Eindelijk doemde de poort van de centrale ruimtehaven uit de regen op. Twee toortsen die een of andere gebeurtenis uit het verleden herdachten, laaiden wild sissend in de regen aan weerskanten van de poort. Travec en Mardien gingen van de strook af en liepen door de poort het terrein op. De regen hield abrupt op. De drie manen braken door de gerafelde zilveren wolken maar het licht verloor zich op de grillige silhouetten van de daken en ze konden de gestolde aarde die onder hun schoenen knerste en kraakte niet zien.

Travec vond zijn boot tussen de tien of twaalf geparkeerde

ruimteschepen. Hij reikte omhoog en trok de ladder neer. Mardien klauterde naar binnen. Travec volgde en deed de lampen aan. Toen hij de kajuit weer zag, waar hij zoveel koortsige dagen en nachten had doorgebracht, zuchtte hij. Plotseling werd hij overvallen door een somber gevoel, de overtuiging dat niets zou lukken.

Verspilde energie, verspilde tijd, emoties. Hoe kon hij — of wie dan ook — de hoop koesteren dat hij de macht en de massa van Maxus zou kunnen omverwerpen? Met een nieuwe zucht ging hij naar de besturing en voerde energie aan de generator. De kern van zwaar metaal sprong naar het midden en begon te tollen.

De generator produceerde een gierend geluid, dat steeds hoger van toon werd en allengs de gehoorgrens overschreed. Travec stelde de besturing in voor het opstijgen en wachtte daarna op het signaallampje dat aan zou flitsen wanneer de rotor snel genoeg draaide om de rondvliegende mesonen tot een gestage stroom van energie te ranselen.

Hij keek achter zich. Mardien stond middenin de kajuit, hier evenmin op haar plaats als een bloeiende boom. Haar gezicht was bleek, gespannen en troosteloos. Haar heel lichtblonde haar was vochtig en veranderd in slierten. Zo vriendelijk als hij kon zei Travec: "Ik breng je naar welke haven je maar wilt in het kwadrant waar ik naartoe ga."

Ze gaf geen rechtstreeks antwoord maar vroeg, terwijl ze om zich heen keek: "Waar is mijn kajuit?"

Travec lachte vermoeid. "Je kajuit? Je mag blij zijn dat je een kastje hebt om je kleren in op te bergen. Ik zal een gordijn voor die hoek daar spannen, dan mag je dat je kajuit noemen."

Hij keek terwijl zij haar weinige bezittingen naar de hoek droeg. Met moeite scheurde hij zijn blik los van haar soepele rug, haar slanke benen. Hij voelde zich door treurigheid bevangen, een zoete maar verre en onpersoonlijke bedroefdheid. Zulke dingen stonden hem niet te wachten. Zijn leven was aan één bepaald doel gewijd en verder was er voor hem niets. Gedachten die hem van zijn doel afleidden, kon hij zich niet veroorloven. Geen zachte dingen, geen meisjes met gele haren, geen bezittingen die hij niet ogenblikkelijk kon lozen als het nodig was. Hij moest vrij zijn, totaal wendbaar.

Mardien vroeg zacht: "Waarom kijk je mij zo aan?"

Hij knipperde met zijn ogen. "Hoe kijk ik je aan?"

"Heb ik iets verkeerd gedaan?"

"Niet dat ik weet," antwoordde hij bedachtzaam. "In ieder geval ben je je eigen baas."

"Jij hebt mij gekocht. Volgens de wetten van Maxus ben ik jouw eigendom."

Het signaallampje flitste groen. Travec sloeg de sluisdeur dicht en schroefde de verzegelring vast. Hij stak zijn hand in zijn zak en overhandigde haar een roze papiertje. "Over tien minuten zijn we het poortfort gepasseerd en dan zul je het enige bevel horen dat ik je ooit zal geven."

Hij gleed in de stuurstoel en zette het schip in beweging.

Het rees op van de grond, naar het licht van de drie manen. Alambar viel weg in de diepte en veranderde in een panorama van duizend tinten zwart en grijs.

De inspectie van het fort duurde maar kort. Toen waren ze in de ruimte. "Welk bevel geef je mij, Travec?" vroeg Mardien.

"Verscheur dat roze papiertje."

Ze gehoorzaamde hem. "Dank je, Travec."

"Ik wil geen dankbaarheid," zei Travec. Hij keek haar niet aan. "Bedank de nagedachtenis van mijn zuster. Bedank je eigen goedheid, waardoor zij van jou hield. Weet je al waar je afgezet wilt worden?"

"Ja," zei Mardien. "In Huamalpai op de planeet Fell."

Twee menselijke wezens in een koker van glas en metaal die door de ruimte scheerden als dromen door een slapende geest. Twee persoonlijkheden die tegen wil en dank tot intimiteit waren gedwongen, de intimiteit van vriendschap of de boosaardige intimiteit van de haat.

In de eerste plaats de lichamelijke intimiteit. De een beweegt zich — de ander merkt de beweging op. Een ademtocht, een zucht, is een geluid in de stilte. Als de één een stap doet, wordt de richting van die stap beïnvloed door de aanwezigheid van de ander.

Dan de eenzaamheid, waar de bewoner van een planeetoppervlak zich geen voorstelling van kan maken. Hij staat op de grond, hij kijkt omhoog in de kom van de nachthemel. Als die kom zich nu ook onder hem bevond, aan alle kanten, en hij was alleen in de zwarte leegte, met overal sterren tot aan de eeuwigheid?

Stop hem in een doos — zo is het leven in een ruimteboot. Een mede-opvarende is psychisch aan hem gebonden, even belangrijk en gecompliceerd als hijzelf. Alle aandacht raakt op die metgezel gericht, want hij is de enige variabele in het kleine, ordelijke territorium.

Ten slotte het gebrek aan activiteit, het gebrek aan dingen om te doen. In normale omstandigheden zou een man die aldus opgesloten was met een tenger blond meisje, zich overgeven aan het vleselijke. Iets anders zou onbegrijpelijk, onmenselijk zijn.

Maar de omstandigheden waren niet normaal. Travec had zijn leven een doel gegeven en de betoverde concentratie waarin hij zich hulde, leek zijn mannelijkheid op een dood spoor te hebben gerangeerd. Hij wist welke mogelijkheden de situatie zou kunnen bieden. Af en toe bleven zijn ogen rusten op de welving van de heup van het meisje of op de lijn van haar been, maar hij voelde geen dwang.

Mardien, die zich verzoend had met lichamelijk contact omdat het een onvermijdelijk gevolg van de slavernij was, vond zijn gebrek aan belangstelling vreemd. Behept met een natuurlijke ijdelheid als zij was, was het voor haar ook nog storend. Vond hij haar onaangenaam? Was hij onnatuurlijk? Kijkend naar zijn brede rug en zijn korte, donkere haar, zijn strakke mond en zijn ingehouden, beheerste manier van bewegen, wist zij dat dit geen houdbare theorie was.

Misschien had hij zich verbonden aan een andere vrouw.

"Travec?"

Hij keek om. Zijn ogen waren blind als steentjes. "Ja?"

"Heb je verder geen familie op Exar?"

"Nee."

Ze ging naast hem zitten. "Wat voor werk deed je voordat je daar wegging?"

"Architectuur — industriële vormgeving." Hij keek haar in de ogen met een vonkje van nieuwsgierigheid. "En jij?"

"O — ik instrueerde kleine kinderen in sociale omgangsvormen."

"En waar kom je vandaan?"

Ze aarzelde maar antwoordde toch. "Van Fell — de Alamhooglanden boven Huamalpai. Je brengt me thuis."

Travec staarde haar even aan. Toen keek hij naar de andere wand, naar het *Handboek der bewoonde werelden*, en terug naar Mardien. "Maar daar wonen de Oro's — de gekke Oro's. Ben jij een Oro?"

"Ja."

Hij nam haar onderzoekend op. "Maar je ziet er helemaal niet opvallend abnormaal uit. Is het waar wat het *Handboek* over jullie zegt?"

"Ik weet niet wat het zegt. Wat staat erin?"

"Behalve dat ze de Oro's beschrijven als een ras van krankzinnigen — nou, lees zelf maar." Hij haalde het boek, zocht de goede bladzijde op en gaf het aan haar. Ze las de tekst bedaard terwijl hij verwonderd, fronsend toekeek. Ze legde het boek neer.

"En? Is het waar?"

Ze haalde haar schouders op. "Lijk ik bovennatuurlijk of bovenmenselijk?"

Hij grijnsde. "Nee. Maar ben je het?"

Mardien schudde ontkennend haar hoofd. "Natuurlijk niet. We zijn gewone mensen. Onze kinderen zijn niet anders dan die van Exar. Maar wij worden opgevoed op een manier die ons een aantal voordelen geeft."

"Wat voor voordelen?"

Weifelend zei zij: "Dat is niet iets waar wij graag over praten."

"Goed, hou je geheimen maar voor je."

Ze keek hem bezorgd aan. "Ik wil niet geheimzinnig doen, maar ons volk — het is een gewoonte." Na een ogenblik zei ze in een opwelling: "Jij bent heel goed voor mij geweest en als je wilt, maak ik je tot een van ons. Dan zul je meer weten dan ik je zou kunnen vertellen."

Hij lachte. "Word ik dan ook gek?"

"Als jij aanvaardt wat wij geloven, zul jij waarschijnlijk worden als wij."

"Nee," zei Travec, "godsdiensten, cultussen, rituelen — zelfs vormen van waanzin — daar heb ik geen belangstelling voor."

"Zoals je wenst," zei zij koel. "Maar ik moet wel opmerken dat mensen met een gesloten geest niets leren."

Travec lachte weer. "Ik reken op een heel kort leven. Ik denk niet dat deze nieuwe kennis veel waarde voor mij zou hebben."

"Daarin zou je gelijk kunnen hebben — of ongelijk."

"Als jullie kennis van het systeem, hoe je het ook noemt, nuttig is, waarom verbreiden jullie het dan niet door het hele heelal?"

"Daar zijn goede redenen voor. In de eerste plaats zijn we bang voor de laaglanders en andere roofzuchtige mensen."

Met een wat broze klank in zijn stem zei Travec: "Voor Arman ben je niet bang?"

Ze zag hem vlug aan. "Maar Arman is een held — een nieuwe Evangel."

Travec zei schamper: "Je hebt gehoord wat die Patrouillant te vertellen had. Eerst een acrobaat, toen een godsdienstfanaticus en een moordenaar van oude vrouwen, en nu een slavenhaler. En jij beweert dat hij een held is."

"Soms," antwoordde Mardien langzaam, "worden iemands drijfveren verdraaid, soms wordt wat hij doet, vals voorgesteld."

"Ik heb de lijken in Farees gezien. Ik zag Armans schip van het eiland opstijgen met zeshonderd van mijn streekgenoten in zijn ruim. Er bestaat geen manier waarop je zoiets nog valser kunt voorstellen."

"Soms —" nu stamelde Mardien "— moeten er enkelen lijden opdat velen profiteren..."

"Precies," zei Travec prompt. "En soms moeten er velen lijden opdat er maar één van profiteert."

Heftig vroeg zij: "Heb je hem ooit gezien, Travec? Heb je ooit met hem gesproken? Ooit in zijn ogen gekeken?"

Hij zei zuur: "Nee. Jij blijkbaar wel. Je schijnt hem heel goed te kennen."

"Ja," zei zij koud. "Ik vereer hem."

"Dan moet je net zo erg zijn als hij — of net zo gek als de andere Oro's."

Twee menselijke wezens in een koker van glas en metaal, twee persoonlijkheden die tot intimiteit waren gedwongen — maar het goede gevoel dat ze voor elkaar hadden, was bedorven. Er hing een koude sfeer in de kajuit, een naargeestig gevoel nu beiden zich in zichzelf hadden teruggetrokken. De dagen verstreken en in de automatische piloot van de boot naderde de kraal van liptivium langzaam maar zeker de houder in de stroperige vloeistof die een voorstelling van de ruimte vormde.

En op een dag klikte de kraal op zijn plaats. De generatoren brulden duizend ongehoorde octaven langs naar omlaag, waren twee of drie korte octaven te horen en toen zwom het schip door de verschuiving de normale ruimte binnen.

Recht vooruit hing een rode reuzenster, Ramus, en in de telescoop draaide de planeet Fell als een gloeiende kool.

Terwijl ze toekeken, zwol de planeet op als een ballon. Travec identificeerde de continenten aan de hand van de gegevens uit het handboek. De rossig bruine gordel was de Noordpoolwoestijn, het uitgestrekte oppervlak van magenta, groen en bruin was het oerwoud waarin het werelddeel Kalhua onderging als een zinkend vlot. Op de westelijke rand lag de voornaamste stad, Huamalpai, en direct erachter, als een kist op het vlot, rees het plateau van Alam op.

Travec zette de boot zonder omhaal aan de grond. Het terrein lag in het vlakke gebied aan de moeraskant van Huamalpai — een droge vlakte die onder het lichtrode schijnsel van Ramus lag te dansen. Huamalpai lag vijftien kilometer verder tussen wat lage heuvels, die enige bescherming boden tegen de strooptochten van slavenhalers.

Mardien zocht gretig haar schamele bezittingen bij elkaar en iedere tien seconden keek ze uit de patrijspoort naar de grote palissade van rots die de grens van haar land aangaf. Plotseling zag Travec haar in een nieuw licht — als een heel enthousiast, heel idealistisch meisje — en heel jong. Met een zwakke blos van schaamte warm op zijn wangen wendde hij zich af en diende zichzelf een dosis parabamin-67 toe om het effect van de zeer zuurstofrijke atmosfeer tegen te gaan.

Iemand bonsde op de buitendeur van de sluis. Travec opende hem en maakte zich bekend aan de vertegenwoordigers van koning Daurobanan. Het waren kleine mannen met een vlak gezicht en steil zwart haar dat ze in twee vlechten droegen. Hun uniform bestond uit een wijde, glanzende blauwe broek en een schouderornament als grote libellevleugels, waarvan het doel niet duidelijk was. Ze waren zwijgzaam en vlug en niet lastig. Travec betaalde de kleine havensom en de functionarissen vertrokken meteen.

Travec hing zijn cape om, klemde zijn buidel aan zijn borstriem en was klaar om weg te gaan. Mardien sprong op de grond en wachtte terwijl Travec zijn boot afsloot.

Toen hij bij haar stond, viel er een verlegen stilte. Toen stak zij haar hand uit. "Ons leven schijnt ons in verschillende richtingen te voeren, Travec."

De wind, die op het landingsveld stofwolkjes opjoeg, speelde met haar gele haar. Travec slikte zwaar en drukte haar hand. Haar ogen waren vochtig. Ze viel tegen hem aan met een zwak keelgeluidje. Hij drukte haar hard tegen zich aan. Van ergens stak een warme vloed op.

"Mardien — ik wil meer van het leven dan alleen slavenhalers doden."

"O Dyle." Het was de eerste keer dat ze zijn naam gebruikte. "Was het maar zo eenvoudig!"

Over haar schouder, aan de overkant van het haventerrein, zag hij een zwart schip met een boeg als de kop van een buldog en een groot, tonvormig ruim. Hetzelfde schip dat moeizaam opgestegen was van Groot-Farees met zijn buik vol slaven voor Maxus — het schip van Arman.

Mardien voelde hem sidderen en het spannen van zijn spieren. Ze keek hem in zijn gezicht, zag zijn uitdrukking en volgde zijn starende blik.

Zijn schouders zakten in, zijn armen vielen neer. "Ons leven gaat in een andere richting." Zijn leven leek hard en naargeestig en grijs.

Ze keerde zich langzaam af. "Vaarwel, Travec. Je bent heel goed voor me geweest."

"Bedank mijn dode zuster," antwoordde hij. "Bedank Thalla."

"Dag, Travec." Langzaam liep ze over het terrein naar een bouwvallige wachtruimte. Hij zag haar in een luchtwagen stappen. De wagen steeg op en voerde haar door de lichtrode hemel naar Huamalpai.

V

Travec stond naar de horizon te kijken met een gevoel of hij uit de gevangenis was ontslagen. Aan alle kanten had hij ruimte, boven zich de immense hemelkoepel. Na weken in de benauwde kajuit van zijn boot voelde hij zich vrij, bruisend van opgezamelde energie.

Hij liep voorbij de luchttaxi's, door de open wachtruimte en ging te voet op weg.

De weg leidde over een dorre vlakte die bezaaid was met hard grijsgroen knopenmos. Stofwolkjes op de grond tolden in de verte rond, in allerlei nuances van rood en roze en zwierven langs de lijnen van het perspectief tot ze uit het gezicht verdwenen. In de verte naderde een uitloper van het moeras.

Toen Travec zo ver gekomen was, merkte hij dat de bodem drassig was en dat het er zuur rook. Langs de weg stonden hoge roestbruine rietpollen die fladderende baarden van spinnenweb uit de wildernis hadden gevangen. Daarna trok het moeras zich terug. De weg maakte een bocht en begon evenwijdig te lopen aan een aanplant van milie.

Travec liep stevig door, tussen zijn tanden fluitend, terwijl de pluizige rietpluimen boven hem wiegden en deinden.

Arman en de Oro's — waarom? Het vraagstuk intrigeerde hem. Natuurlijk was Arman zelf een halve Oro.

Was hij dan halfgek?

Hij dacht nog eens na over de opmerkingen in het handboek. "Op het gebied van zelfverdediging zijn deze Oro's totaal fanatiek. Zij zijn nergens bang voor en voor niemand. Zij sterven vrolijk als ze iemand van de vijand met zich mee kunnen nemen. Ondanks al hun persoonlijke zonderlingheden, werken zij prachtig samen in een crisis, zoals toen ze koning Vauhau's leger uit het Noorder Alamwoud verdreven. Laaglanders schrijven de Oro's bovennatuurlijke vermogens toe — onsterfelijkheid, het tweede gezicht en dergelijke — en er worden tal van vreemde verhalen verteld over dit merkwaardig ras..."

Het paste wel op wat hij van Arman wist — een mysticus met de overtuiging dat hij zijn lot moest vervullen. Blijkbaar hoopte Arman het dogma van zijn cultus te versterken met het reeds bestaande Oro ritueel. Onsterfelijkheid? Het tweede gezicht? Alle godsdiensten ontstonden uit de angst voor de dood, dacht Travec — hoe heviger ze op hun hiernamaals-trommeltje roffelden, hoe populairder de godsdienst was. Hij lachte flauwtjes terwijl hij voortliep. Dus dit was Armans droom — een web van gelijkgestemde geesten overal in de Melkweg.

Maar zijn lach vervaagde en zijn frons kwam terug. Er bestonden praktische problemen waar zelfs een onverantwoordelijke schurk als Arman niet aan voorbij kon. In de eerste plaats zouden de Overmensen zo'n organisatie nimmer dulden. Ze bezaten de middelen om zo'n organisatie op te sporen — ze hadden spionnen en geheime politie. En ze hadden de macht om een organisatie van deze aard te verpletteren — met handelsembargo's, massamoord en als laatste middel geregelde militaire macht.

Travec hield op met fluiten. Zelfs Arman moest de vicieuze cirkel kunnen zien. Om een machtsblok te organiseren, was het noodzakelijk de rijkdom, de macht en de industriële massa van Maxus te vernietigen. En om Maxus te vernietigen was een enorm industrieel complex, een planetaire organisatie noodzakelijk. Het was een gesloten cirkel.

Maxus was en zou dus zijn.

Zonder iets te zien staarde hij over de weg. Ergens ging er een syllogisme in schuil, een rangschikking van ideeën die de zaak zou ophelderen. Hij schudde zijn hoofd. Er waren te veel onbekende factoren, te veel variabelen.

Hij richtte zijn blik op de Alamhooglanden. Mardien zou nu wel thuis zijn, te midden van haar familie en vrienden. Zou ze Arman spreken? Travec schopte tegen het stof op de weg. Dit waren storende gedachten. Ze zaten de drang van zijn nieuwe leven dwars. Het was eerst zo — hij verbeterde zichzelf — het was nog steeds zo prachtig eenvoudig, zo heerlijk makkelijk.

Eerst — Arman doden of hem levend naar Maxus brengen. Twee — zoveel mogelijk andere slavenhalers opsporen en doden zolang zijn leven duurde. Sommige mensen jaagden op wolven, andere op tijgers. Travec zou op slavenhalers jagen. Hij zou een trofeeëngalerij inrichten met hun opgezette koppen en het zou grote voldoening geven om langs de glazig kijkende rij te lopen.

Achter hem klonk een rammelend, tuffend geluid. Hij sprong in de berm en keek om. Daar naderde een vrachtwagen met dikke grijze beesten. Travec stak zijn hand op. De wagen stopte gierend. De beesten knorden en piepten.

De chauffeur keek neer uit zijn hoge cabine. "Waar gaat u heen?"

"Naar Huamalpai," zei Travec.

"Klim dan maar aan boord."

Travec zwaaide zich langs de ladder omhoog en nam plaats op het dunne kussen van zijn stoel. De vrachtwagen was een plaatselijk gefabriceerd apparaat dat op houtskool liep en het blies dikke wolken rook en stoom uit. De grote aandrijfwielen kwamen kreunend in beweging.

De bestuurder was ongeveer even oud als Travec, lichter gebouwd en hij had zwarte vlechten en een vlak gezicht. Hij had een spraakzame inslag. Travec luisterde toegeeflijk naar de woordenstroom.

"...vijftien hectare beplanten bij de volgende zonnewende. Dat hebben ze in Huamalpai gevraagd en de vleesbeesten tieren er welig op. Ze zeggen dat de spinnen bovendien op een afstand blijven omdat de bladeren een zure olie afgeven, maar ik heb nog nooit een spin gezien die zich liet afschrikken door een geur."

"Spinnen?" vroeg Travec.

De man knikte heftig. "Ze komen uit de moerassen voor de vleesbeesten. Het zijn monsters — sommige dan. Andere zijn natuurlijk niet groter dan mijn tamme mishkin en dan heb je ook nog een soort beest met acht poten — met een geelgroene buik en zwarte poten — en dat kan een vleesbeest onder allebei zijn voorpoten stoppen en wandelt dan gewoon terug naar de wildernis en je kunt er niets tegen doen…"

Terwijl ze vorderden raakte het land bewoond en intensiever in cultuur gebracht. Het milie en de dorre vlakten verdwenen. Wijnranken en geïrrigeerde velden omzoomden de weg. De kleine houten hutten stonden knus onder afdaken van glanzende blauwe bladeren. In de verte rees een groep heuvels op waarlangs zich de aarden en houten muren van Huamalpai uitspreidden, zich vastklampten, neerdropen als roze glazuur op een donkere cake. Achter de stad verhief zich de Alampalissade, drie kilometer van zwarte rots die zich tegen de lichtrode hemel aftekende.

Toen hij zag in welke richting Travec keek, zei de bestuurder van de vrachtwagen: "Daar ziet u de Alamhooglanden." Hij zweeg en richtte zijn heldere ogen verwachtingsvol op zijn passagier.

"Is dat niet waar de Oro's wonen?" informeerde Travec.

"Precies."

"Ik heb gehoord dat het een vreemd soort mensen is."

De bestuurder zei onverschillig: "Zo gek als zaktorren. De ene man draagt een rode jas met blauwe halvemanen erop. Komt er nog iemand langs, met precies zo'n jas aan. Weet u wat er gebeurt?"

"Nee."

"Ze scheuren allebei de jas van hun lijf, verbranden hem, gaan naar huis en maken nieuwe jassen met andere kleuren en patronen. Iemand zingt of praat. Een ander ergert zich daaraan. Hij loopt naar de eerste toe en zegt: 'Hou je mond.' En dan?"

"Ze gaan elkaar te lijf?"

"Nee zeker niet. Ze schudden elkaars hand. Er wordt uitbundig gelachen en ze hebben verschrikkelijk veel plezier."

"Wanneer vechten ze wel?"

"Ach," zei de man. "Ze nemen geen bevelen aan, dat is één ding. En het is een belediging om het huis van een ander binnen te gaan."

"Wat zou de reden daarvan zijn?"

"O — gewoon huis-tuin-en-keuken waanzin."

"Hoe zijn ze tegen vreemden?"

"Die negeren ze een dag of wat, en dan jagen ze ze weg. Ze vinden het juist fijn om afgezonderd te leven."

"Mmmf."

"Wij Laaglanders gaan er niet vaak heen. Wat we niet begrijpen, daar houden we niet van. En tegenwoordig is het nog veel erger."

"Hoe dat zo?"

De bestuurder fronste zijn platte voorhoofd. "Tja, moeilijk te zeggen." Hij aarzelde.

"Ik heb wel hier en daar wat horen praten," zei Travec.

De man zei snuivend: "Het zal best waar zijn — wat u ook gehoord mag hebben. Het is een vreemd volkje en ik heb liever niets met ze te maken — ook niet als ze niet gek waren. Men zegt dat ze geen ziel hebben en daarom willen ze er maar wat graag een stelen van een Laaglander en dan verhandelen ze hem onder elkaar en zo profiteert iedereen ervan."

Travec maakte de gepaste verbijsterde geluiden.

"Nu beweren ze dat er een grootse Evangel uit de ruimte is komen vallen," ging de vrachtwagenchauffeur verder. "En die preekt tegen ze over wonderen en zij komen van overal op de Hooglanden om naar hem te luisteren en te zuchten en te huilen als moerasspoken. Natuurlijk," preciseerde hij bescheiden, "heb ik dat alleen maar horen vertellen maar ik kom vaak in de stad en ik laat me niet zo makkelijk beetnemen."

Travec vroeg: "Hoe kan een gewone man het met eigen ogen bekijken?"

De chauffeur overwoog dit. "Er zijn verschillende manieren. Hij kan het Vastberadenheidspad opwandelen, recht omhoog uit Huamalpai, of hij kan zeventig kilometer onder de Palissade langsrijden tot aan de Kloof van Nuathiole. Er is een weg die per auto berijdbaar is, maar als je eenmaal op de Hooglanden komt, is hij heel slecht, heb ik gehoord —"

Travec tuurde naar de rots. "Waarom niet vliegen?"

"Dat is de derde methode en daar wou ik het net over hebben. In

Huamalpai is een hangar die kopterwagens verhuurt — ik moet er wel bij zeggen dat ze door slaven op Maxus zijn gebouwd — en als je de huur kunt betalen, dan fladder je omhoog als een vogeltje."

Toen de vrachtwagen eindelijk Huamalpai binnenrolde, hing Ramus heel laag en boos rood en de hemel kreeg een bijna magenta tint. Travec klauterde uit de cabine en nam afscheid van de bestuurder.

Een ogenblik stond hij stil naar de rand van de Alampalissade te kijken terwijl hij bedachtzaam over zijn kin wreef.

Arman was zo dichtbij. Waarom wachten? Hij keek eens om zich heen.

Bovenaan de straat verhief zich het paleis van koning Daurobanan. Het was een ontzaglijke warboel van koepels, praalgalerijen, pilaren, balkons en rococo versieringen. Dichterbij waren winkels en marktkramen, diverse zakengebouwen — allemaal met een vierkante gevel van bewerkt, lichtbruin hout. Travec hield een voorbijganger aan en vernam van hem waar hij het verhuurbedrijf van luchtwagens kon vinden.

Hij liep volgens de aanwijzingen langs een bloedkleurige rivier, voorbij een slordige serie steigers en kades die schots en scheef uit de modder staken. Tegen de tijd dat hij de hangar had gevonden en een wagen had gehuurd, was het nacht geworden. De rivier gloeide dof onder de lila nagloed.

De besturing van de kopter was van het voor producten van Maxus normale type. Travec liet de wagen recht opstijgen door de warme lucht. Huamalpai lag ver onder hem als een slordige verzameling huizen verspreid over de heuvels.

Hij steeg nog steeds, tot hij boven het Alamhoogland hing. Nieuwsgierig staarde hij door de halve duisternis. Het land ging schuil onder het donker maar hij kreeg de indruk dat het een immens tafellandschap was dat tot aan de horizon reikte.

Hier en daar zag hij lichtvegen — licht in alle kleuren, flonkerend rood, groen, blauw, geel en paars in vele tinten alsof er in ieder dorp uitbundig feest werd gevierd.

Ergens daarbeneden moest Arman zijn. Waar? Travec keek speurend naar de kleurige lichten. Arman zou zich zoveel mogelijk op de vlakte houden, zijn zaken in stilte regelen, want hij was zich natuurlijk bewust van de lange arm van Maxus' wraakzucht. Als hij zich tussen de Oro's geïnstalleerd had zou iedere vraag van een buitenlander, hoe terloops ook, argwaan wekken.

Mardien zou weten waar Arman zich ophield. Misschien bevond zij zich nu wel aan zijn zijde. Zoek Mardien, en daar heb je Arman. Hoe vond hij haar terug? Gewoon landen en vragen? Nee —

Travec bedacht een manier om Mardien op te sporen. Hij trok de stuurknuppel opzij. De kopter dook neer en scheerde terug naar Huamalpai.

VI

Opnieuw hing Travec boven het Alamhoogland. Op de stoel naast hem stond de onhandelbare massa van een plaatselijk gebouwde zender te wiebelen.

Hij schakelde het toestel in en stelde de frequentie af op 26,733 megahertz. Zoek Mardien, vind Arman. De resonantie van het straf-circuit zou hem naar Mardien loodsen. Hij wilde haar alleen vinden, haar niet straffen, ze hoefde het niet eens te merken. Hij liet de antenne over de zwarte rand van de horizon strijken en luisterde.

Stilte.

Hij liet de wagen steil omhooggaan. Vervolgens ging hij weer aan de slag met de zender, luisterde, en hoorde een zwakke echo. Hij voerde het vermogen op en het geluid werd sterker. Hij vergeleek de stand van de antenne met de naald van het kompas — noordwest — en keerde de kopter in de aangegeven richting.

Het signaal werd sterker en al spoedig minderde hij het vermogen om te voorkomen dat Mardien het voelde tintelen en ongerust werd. Dertig, veertig, vijftig kilometer vloog hij voort. Travec keek verbaasd. Het hoogland was maar tachtig kilometer breed.

Nog tien kilometer en de antenne wees omlaag. Travec bleef in de lucht hangen en keek in de diepte over de rand van zijn stuurkoepel. Hij zag alleen duisternis, zonder het patroon van kleurrijke lampen dat elders op de vlakte de aanwezigheid van dorpen en steden aangaf. Er was niets dan de duisternis van onbewoond land. Hij bekeek de zender sceptisch. De wijzer was goed ingesteld, maar was het ding ooit wel nauwkeurig geijkt?

De enige manier om daar achter te komen, was landen. Zonder veel animo keek hij naar de duistere diepte. Hij dacht aan de nachtkijker, dat wonderlijke instrument van de Overmensen. Maar zij gaven het geheim van de kijker niet prijs, want het instrument was niet bedoeld voor buitenlanders.

Hij keek op de hoogtemeter. Tweeduizend voet boven de grond, verklaarde deze. De tactigraafnaald weifelde tussen 6 en 7 — dat wees op een bos.

Hij daalde steil. Duizend voet — vijfhonderd — vierhonderd — driehonderd — en hij stopte de afdaling bruusk. Recht onder hem doemde een vormeloze massa op die leek te zieden en koken — de kruin van een reusachtige boom.

Travec bewoog zich onbehaaglijk. De motor van de kopter maakte niet veel gerucht — een gezoem, meer niet — maar het ruisen van de wieken ging misschien niet verloren in de geluiden van het bos.

Behoedzaam daalde hij verder. Aan alle kanten lag duisternis, iets minder diep aan zijn rechterkant. De wieken ratelden links door bladeren heen. Hij ging wat naar rechts. Nu maalden de wieken door de lucht. Hij zette de kopter zonder moeite neer op vaste grond.

Travec sprong uit de kopter en bleef waakzaam staan. De lucht was stil, vochtig, en rook vreemd — een herinnering dat hij zich op een onbekende wereld bevond.

Zijn ogen wenden aan de duisternis en nu zag hij dat het rottende hout een fosforescerend blauw schijnsel over de bodem legde.

Hij aarzelde. Als hij de kopter achterliet, vond hij hem misschien nooit meer terug. In dit donker zag hij hooguit vijfentwintig meter ver en als hij de wagen eenmaal uit het oog verloor, kon hij wel uren door het bos dwalen.

Hij klom weer in de stuurkoepel en zond een allerzwakst signaal uit. De echo kwam scherp en duidelijk terug. Travec richtte de antenne zo precies mogelijk en dacht na. Zijn oog viel op het kompas, een goedkoop apparaatje. Dat zou hem van pas komen.

Hij rukte het los en keek in welke richting de antenne wees. Noordnoordwest...

Hij ging gehaast op weg met lange passen over de veerkrachtige grasbodem. Zijn voetafdrukken gloeiden boosblauw op.

Hij wist niet zeker hoe ver of hoelang hij liep. Het flauwe blauwe schijnsel toonde aan alle kanten zwarte boomstammen die kaal, zonder takken oprezen en het hout was koud en hard als metaal. Zijn voeten knisperden door broze zwammen, zonken weg in de humus. Een paar keer stapte hij op zware ranken en dat was net of hij op een mensenarm trapte.

Voor zich ontdekte hij een heel zwakke, geelroze gloed die van de grond opsteeg. Travec naderde behoedzaam.

Het licht spreidde zich voor hem uit. Het verlichtte de eerste bladeren twintig meter boven de grond.

Hier hield het bos op, de bodem glooide naar beneden. Travec keek over een rotsrand in een natuurlijk amfitheater van zand. Een tent van dofrood zeildoek hield het licht bij de grond. Rijen banken stonden in een boog om een platform dat van ruwe zwarte planken was gemaakt en van een bewerkte houten balustrade voorzien. De banken waren voor driekwart bezet door mannen en vrouwen.

Hij bestudeerde deze mensen. Ze waren lang, goed gebouwd en hadden regelmatige gelaatstrekken. De Oro's van het Alamhoogland, de gekke Oro's — waren ze wel gek? Travec kon maar moeilijk iets anders geloven. Iedereen droeg kleren die in kleur en snit totaal verschilden van die van alle anderen.

Het was als een gemaskerd bal, als het carnavalsfeest dat de gekleurde lampen van hun steden suggereerden. Eén man droeg een lichtgroen leren wambuis en een bronskleurige satijnen broek — een ander een wijde witte broek en een zeer ruime paarse bloes. Hier had een vrouw zich in gouden linten gesnoerd — daar droeg er één een geplisseerde jurk van blauwe zijde — een derde had een grijze overall aan met gele biezen op de broekspijpen en zwarte epauletten.

De hoofdtooien waren al even apart — creaties van bronzen borstels, rode donsballen, veren, metalen helmen en transparante platen. Verbaasd keek Travec van de een naar de ander. Misschien was het een feestelijke gelegenheid. Nee, ze keken allemaal even ernstig.

Niets in al deze gezichten wees direct op waanzin, en er was ook niets dat op bovennatuurlijke vermogens scheen te duiden. Ondanks de fantastische uitmonsteringen voelde hij hier een rust, een kalmte die de gezichten glad maakte en een jeugdig aanzien gaf. Waar was Arman? Waar was Mardien? Ergens onder het publiek?

Hij liet zijn blik langs de rand van de arena gaan. Er waren geen wachters, plaatsaanwijzers, portiers. Als er nieuwe mensen arriveerden, stoorde niemand zich daaraan. Vreemde kleren zouden hier geen opzien moeten baren, bedacht Travec. Zijn grijze vluchtkledij zou alleen opvallen door het gebrek aan kleur. Hij trad het geelroze schijnsel in, liep een gangpad af en ging op een bank zitten. Niemand nam notitie van hem. Voor hem zaten een stuk of zes middelbare vrouwen. Hun gesprekken vermaakten hem. Oro's of niet, zo praatten vrouwen overal in de Melkweg.

"...zo sierlijk, zei Teresha. Hij heeft werkelijk haar hand vastgehouden en ze beweert dat ze helemaal ging tintelen van zijn aanraking."

"Teresha moet je niet altijd geloven, weet je."

"Ik denk erover hem uit te nodigen voor de nocturne..."

"Ik betwijfel of hij zou komen. Hij heeft het altijd zo druk, hij studeert de hele tijd. Hij kent acht oude talen..."

Het duurde niet lang voor alle banken bezet waren. Een oude vrouw die een citroengele japon droeg en een boeket rozen in het haar, nam de plaats naast Travec. Een jongen van vijftien in een groene jas installeerde zich aan zijn andere kant. Geen van beiden keek hem twee keer aan.

Een lichtrode schijnwerper ging aan en op het platform verscheen Arman. Uit de menigte steeg een gedempt gesis op.

Arman — Travec begon oppervlakkig te ademen, zo gespannen was zijn aandacht. Arman — een man met een luisterrijke houding, buitengewoon knap van uiterlijk en hij straalde zekerheid en intelligentie uit. Zijn gezicht was het gezicht van duizend ineengerolde kampioenen, alle helden op alle medailles.

Armans stem was donker, plechtig, vol en melodieus en wist de meest doodgewone woorden iets majestueus te geven. Bovendien had hij de hebbelijkheid om met zijn hoofd gebogen te spreken, zijn gehoor in de ogen kijkend. Terwijl hij de man bestudeerde, werd het Travec duidelijk waarom Mardien geen kwaad woord over hem wilde horen. Uiterlijk was hij een aartsengel, stralend van deugdzaamheid.

"Mannen en vrouwen van de toekomst," zei Arman, "morgen begint ons grootse avontuur. Morgen verlaten wij de hooglanden." Hij liet zijn blik rondgaan door het amfitheater. Travec voelde zich even aangeraakt door zijn ogen. Langzaam sprekend ging Arman verder.

"Ik heb u niet veel te zeggen. Zelfs hier in het bos, terwijl u allen persoonlijk bent geroepen, vrees ik de ogen en de oren van Maxus en ik moet veel van wat in de geest van de God is, voor mij houden."

Travec spitste zijn oren. De God? Welke?

Arman vervolgde zijn toespraak met weidse, geïnspireerde volzinnen als een kunstenaar die met brede halen kleur op een doek brengt. Het thema van zijn woorden was minder politiek dan spiritueel en zelfs Travec merkte dat hij in de ban van Armans betoog kwam. Zulk enthousiasme was moeilijk te veinzen. Als Arman werkelijk zelf in zijn ideeën geloofde... Travec luisterde verder als een steen.

De mens had de hoop verloren, zei Arman. Hij was het vertrouwen kwijt in het roemrijk lot dat hem eens naar de uithoeken van de Melkweg had gezonden. Er was een nieuw doel nodig, een nieuw vuur om de harten van de mensen te laten ontvlammen, een nieuwe kruistocht.

"Kruistochten worden in gang gezet door kruisvaarders," zei Arman langzaam, "en dat zullen diegenen onder u zijn die morgen met mij meegaan. En het brandpunt, de kern — die bevindt zich in mij. Noem het God — het Lot — ons Levensdoel — het bevindt zich in mij. Het spreekt door mij. Het maakt mij wat ik ben.

"Zoals ik u voor mij zie, kijkt deze God, dit Lot, met mijn ogen. Als ik spreek, spreekt de God. En dit is wat hij zegt: werp de lompen van het leven van u af, hul u in de gulden klederen van het nieuwe heelal.

"De mensheid zinkt weg in het moeras. Maxus zwelgt in wijn en orgieën, vreet het vet van de ruggen van zijn slachtoffers. Maxus is een enorme teek die het leven wegzuigt en de mensheid wankelt.

"De oude pioniersgrenzen zijn niet houdbaar meer, schuiven steeds dichter naar binnen toe op. De verre kolonies vallen ten prooi aan de wilde beesten. Een epidemie neemt de ene wereld over. Op een andere worden de mensen oud en zwak, hun aantallen slinken, ze sterven en hun jammerlijke ruïnes zijn verloren tussen de sterren."

Arman verhief zijn stem en Travecs nekharen begonnen te prikken.

"Wij gaan op weg met vastberadenheid. Wij zullen het heelal zuiveren. Wij brengen nieuw leven met ons vuur! Wij werpen de teek omver, vermalen hem tot moes. Zij die knechtten, zullen zelf knechten worden. Zij zullen zweten, zwoegen en sterven zoals hun slaven stierven! Wij bouwen in naam van Arman de God! Onze bouwstenen zijn menselijke geesten, onze specie is de manier der Oro's, ons voltooide bouwwerk zal een nieuw heelal zijn!"

Arman trad zwaar ademend een pas achteruit. De menigte zuchtte — een betoverde ademtocht. En Travec zat gemelijk op zijn bank te schuiven, geërgerd door de schurende wrijving tussen zijn gedachten en zijn emoties. Eerst Mardien, toen Arman — ze zwoeren samen om zijn klare plannen te vertroebelen.

Nu zei Arman met een lage stem: "Morgen verlaten wij de planeet, morgen schepen wij ons in voor ons grootse avontuur. U die meegaat zult een vreemde wereld te aanschouwen krijgen. U zult de elegante rotting zien van een oude cultuur die wortelt in het kwaad. U die hier blijft, u bereidt zich voor — uw doel is u voorbereiden en leren, bouwen en wachten.

"Samen zullen wij grootse gebeurtenissen meemaken. Vannacht op het Alamhoogland beleven wij de geschiedenis uit de eerste hand — wij die elkaar hier getroffen hebben in het bos, vormen de levende vonk van de toekomst."

VII

Travec zat als verdoofd in een soort auto-hypnose. Als door een sluier zag hij de schijnwerper met schokken wegdraaien van Arman, hij hoorde de menigte opstaan en weggaan. Ze waren een kruistocht van plan, tegen Maxus, tegen de machtige slavenstaat zelf. En wie waren de kruisvaarders? Dit amfitheater vol mannen en vrouwen in rare kleren? Bespottelijk. Arman was al net zo idioot als zijn soortgenoten.

Maar was dat wel waar? Misschien had Mardien de waarheid gesproken. Misschien waren Armans drijfveren inderdaad wel vals afgeschilderd. Misschien handelde hij wel op een schaal waarbij zeshonderd levens in het niet zonken. Misschien was Arman de God — het Lot — hoe hij zich ook noemde. Misschien was Travec wel de onverantwoordelijke beeldenstormer.

Besluiteloosheid was erger dan een foltering. Zijn doel was zo scherpomlijnd geweest, zo haarzuiver had hij het voor zich gezien. Voor twijfel was geen ruimte en geen reden geweest, en nu ... Maar diep in zijn geest weergalmden enkele woorden, die worstelden om boven de drempel van zijn bewustzijn te komen.

Hij verroerde zich en de versuffing trok op. Woorden — een zin — hoe was het ook weer? De sleutel tot zijn dilemma. Hij steunde zijn hoofd op zijn handen en wreef tobbend over zijn kin. Ergens had Arman het gordijn even weggetrokken en de realiteit getoond. De herinnering brak door. Travec stond op en staarde naar het platform. De toehoorders waren bijna allemaal al vertrokken. Ook Arman was weggegaan.

Hij voelde dat er iemand achterdochtig naar hem keek. Het was de jongen van vijftien die naast hem had gezeten. Ze waren vrijwel de enige aanwezigen in het langzaam vervagende lichtschijnsel.

De knaap zei: "U bent geen Oro." Het was geen vraag, maar een zekerheid.

Zonder boosheid of haast vroeg Travec: "Hoe weet je dat?"

De jongen zei: "Ik zie het in uw gezicht, in de bezorgde plooien en rimpels van de doodsmannen. Ik lees het in uw blinde geest, die van buiten is als de Granietwoestijn. U bent geen Oro."

"En dus?"

"Als u een spion van Maxus bent, wordt u gedood."

"Als ik een spion van Maxus was, hoe zou ik deze bijeenkomst dan hebben kunnen vinden?"

De jongen schudde zijn hoofd en hij deinsde achteruit.

Travec begreep dat hij op het punt stond om om hulp te schreeuwen. De arena was wel verlaten, maar de mensen zouden nog in de buurt zijn.

Travec zei: "Laten we maar eens vaststellen of ik een spion ben of niet. We gaan naar Arman."

De jongen aarzelde. "Wilt u Arman spreken? Vertrekt u morgen?"

"Misschien wel," zei Travec. "We hebben nog geen besluit genomen."

De knaap stond hem onderzoekend, argwanend op te nemen.

"Ga mee naar Arman," zei Travec. "Jij weet beter de weg in het bos, dus ga maar voor."

De jongen staarde hem aan. Travec kwam niet overeen met het beeld dat hij van een spion had. Spionnen waren klein en ze keken je nooit recht aan, ze glimlachten vals en nerveus. Travec was groot, mager, pezig als een boomtijger…

"Ik zal u zeggen waar u Arman kunt vinden," zei hij weifelend. "Ik breng u niet naar hem toe."

Travec vond het best. "Graag."

Nu veranderde de knaap van gedachte. "Nee, ik breng u wel. Dan weet ik tenminste dat alles in orde is. Ik ben leerling-ingenieur," voegde hij er verlegen aan toe.

"Uitstekend," zei Travec. "En wat is jouw rol in het grootse avontuur?"

"O!" De knaap koos zijn woorden met zorg. "Ik zal de ideeën omzetten in nauwkeurige tekeningen. Dat is mijn specialiteit."

Travec knikte. "Ik begrijp het. Goed, breng me nu naar Arman."

"Misschien is het beter als ik u naar mijn vader breng, dan kan hij beslissen."

Travec plukte aan zijn kin of hij dit overwoog. "Nee. Ik heb weinig tijd. Het is beter om rechtstreeks naar Arman te gaan."

De jongen was ten prooi aan twijfel. Hij had Arman nooit van dichtbij gezien, nooit gesproken met de grote man zelf. Misschien was dit zijn kans. "Gaat u dan maar mee," zei hij eindelijk.

Ze verlieten de arena en vlochten een pad door het bos, dat een verharde weg kruiste en opnieuw het bos indook. Na vijf minuten lopen werd het bos minder dicht. Ze kwamen op een open terrein. In het oosten scheen een heldere planeet als een monsterlijke rode parel. Travec zag dat ze zich op een golvend heideveld bevonden. De wind, die sterk naar het moeras rook, blies in zijn gezicht. Verderop brandde licht: een klein huis.

Plotseling bleef de knaap besluiteloos staan. Zou hij bedankt worden als hij een vreemde bracht die de held kwam storen? En als deze grimmige man met zijn zwarte haren een vijand was, een spion van Maxus? De schrik sloeg hem om het hart.

"We hebben de verkeerde weg genomen," zei hij schor. "We moeten teruggaan, het bos weer in. Ik breng u naar mijn vader."

Ongehaast, bijna achteloos stak Travec zijn hand uit en greep de jongen in zijn nek. Hij voelde tussen de spieren en kneep. De jongen verstijfde. Zijn armen bengelden langs zijn lichaam, zijn benen ondersteunden hem maar net. Travec tastte in zijn buidel en trok er een injectiespuitje uit, een zakje slaapmiddel met een steeknaald. Even verslapte zijn greep. De knaap gooide zijn arm in een reflex omhoog en mepte de spuit uit Travecs hand. Hij gaf een schorre kreet.

Travec klemde zijn kaken op elkaar en verstevigde zijn greep. De jongen werd weer als verlamd. Maar waar was de spuit nu? Hij dwong het slappe lichaam naar de grond en tastte her en der met zijn vrije hand in de verwarde begroeiing.

Het duurde vijf minuten voordat hij de spuit vond, die tussen twee wortels stak. Hij sloeg het zakje met de naald tegen de nek van de jongen, die verstijfde. Travec liet hem los en hij lag stil.

Travec bleef afwachtend in het donker staan. De schreeuw was blijkbaar door niemand gehoord, verwaaid in de onwelriekende wind. Hij sloop naar het huisje toe. Het was een boerenhuis met een ongelooflijk hoge, puntige gevel, ovale ramen en een deur in de vorm van drie schijven.

Uit de ramen morsten kieren van goudkleurig licht maar het was onmogelijk om naar binnen te kijken. Travec cirkelde eromheen, langs de stallen, houten optrekjes en bijgebouwen. Hij vond een achteringang en de kamer waarin deze uitkwam, leek donker.

Hij probeerde de klink. Zoals hij wel verwachtte, zat de deur op de grendel. Hij tastte opnieuw in zijn buidel, ditmaal om een hittepotlood te pakken en bijna stikkend in de zich snel ontwikkelende rook brandde hij een cirkel om de klink heen. Zijn hand door de gloeiende houtsplinters stekend pakte hij de grendel beet en schoof hem opzij. Daarna zette hij zijn schouder tegen de deur en duwde hem heel voorzichtig en langzaam open.

De kamer was donker en rook naar bedorven fruit. Een rechthoek van licht gaf aan waar zich een deur bevond. Travec bescheen de kamer even met een zaklamp en ging toen vlug en heimelijk naar de binnendeur.

Van daarachter klonk geen enkel geluid, geen stemmen, geen ritselende bewegingen. Met het hittepotlood in zijn hand opende Travec de deur zonder geluid.

Arman zat op een bank bij de schouw. Hij tuurde peinzend in de vlammen en was alleen.

Travec kwam zonder gerucht binnen. Arman voelde zijn aanwezigheid en keek op.

"Zwijg," beval Travec. Hij liet de ander het wapen zien. Arman rees overeind, stond hem bedaard aan te kijken. Zijn aanwezigheid was voelbaar, ontzaglijk, verwarrend. Moest hij de trekker overhalen? vroeg Travec zichzelf. Dat zou wel zo makkelijk zijn. Maar levend naar Maxus gevoerd zou Arman meer waard zijn dan wanneer hij dood op Fell lag. Als Arman nog leefde als hij op Maxus arriveerde, betekende hij het losgeld voor vele van Travecs vrienden.

"Draai je om," gebood Travec. Arman gehoorzaamde. Hij bleef met zijn grote lichtende ogen over zijn schouder kijken tot hij zich helemaal omgedraaid had.

Travec naderde hem voorzichtig. Armans machtige schouders waren een reservoir van kracht. Een houvast daarop zou onbetrouwbaar zijn. Hij raakte Armans nek snel aan met de injectiespuit.

Achter hem klonk een flauwe jammerkreet van verrassing en angst. Achteruit weglopend van de al verstijvende Arman, zag Travec een vrouw in de deuropening aan de andere kant staan. Ze droeg een zwarte broek en een witte bloes met groene knooplussen. Ze was even blond als het zonlicht van Exar. Zijn hart sprong op toen hij Mardien herkende.

Arman zeeg ineen, Travec waarschuwde het meisje: "Kom meteen binnen. Ik dood je als het nodig is."

Ze kwam naar voren. Haar ogen waren glazig op een eigenaardige, doodse manier. "Mij doden?" zei ze verwonderd. "Waarom?"

Travec kon geen woorden vinden. Het antwoord op haar vraag hield op de een of andere manier verband met de steek die hij voelde toen hij haar hier, in het huis van Arman, ontdekte. Mardien staarde naar de liggende held. Haar ene hand vloog naar haar keel.

"Heb je hem gedood — nu al?"

"Nee, hij is niet dood."

"Wat zul je nu doen?"

"Ik breng hem naar Maxus, ruil hem voor mijn broer en zuster en zoveel mogelijk vrienden."

"Maar ze zullen hem martelen!" Nu zag zij Travec weer aan en het glazige verdween uit haar ogen.

Hij haalde zijn schouders op en blikte neer op het forse lichaam van Arman. "Dat had hij moeten bedenken voordat hij slavenhaler werd. Hij is groot genoeg om het te kunnen verdragen."

Mardien kwam naar hem toe. "Travec — *Dyle*! Je begrijpt het niet! Dat kun je niet doen, zo slecht ben je niet! Hier zie je de hoop van het heelal, hier in Arman! Zou jij zo wreed kunnen zijn?"

Travec maakte een grimmig geluidje, een snuivend gegrinnik. "Misschien ben jij wel blind. Je laat je beetnemen."

Met een bleek gezicht en grote ogen zei zij: "Wat je zegt heeft geen inhoud, het zijn alleen je emoties die spreken."

Ook dit ontlokte Travec het verbeten gesnuif. "Datzelfde geldt voor jou."

"Maar ik weet dat het zo is! Ik *weet* het!" zei zij met haar tanden op elkaar.

Hij zei onverschillig: "Arman had het erover dat hij morgen zou vertrekken. Waarom? En waarheen?"

Ze aarzelde even maar toen barstte het antwoord boos van haar lippen. "Naar Maxus met zeshonderd van mijn volk. Zo sterk geloven wij in Arman! Zeshonderd mensen van mijn volk hebben zich vrijwillig aangemeld."

"Voor wat?"

"Ze hebben hun lichaam aangemeld voor slavernij."

Travec stond haar als verstijfd aan te kijken. "Waarom?"

Ze sloeg de blik neer. "Ik heb al te veel gezegd."

Langzaam zei hij: "Begrijp ik het goed, staan zeshonderd Oro's toe — uit vrije wil — dat ze in slavernij verkocht worden?"

"Ja!" zei zij uitdagend. "Je begrijpt het goed."

"En Arman strijkt de winst op?"

"Ja."

"Nu weet ik zéker dat jullie gek zijn — stuk voor stuk."

"Jij bent stom!" snauwde Mardien. "Met het geld kopen we technische materialen, voor fabrieken, energiecentrales, gereedschap."

"En wie werkt er in die fabrieken?"

"Wij, de Oro's."

"En wie moet jullie te eten geven wanneer jullie boerderijen in de steek gelaten worden?"

"De Laaglanders. Wij kopen ons voedsel."

"En wie zal jullie industrieën tegen Maxus beschermen?"

"Wij krijgen een scherm zoals dat wat ze rond Maxus hebben."

"Dat is het best bewaarde geheim van Maxus," zei Travec. "Hoe je een planeet op die manier moet afschermen."

Mardien lachte als een ijsberg. "Als de Oro's eenmaal slaven op Maxus zijn, zal Maxus geen geheimen meer hebben. Zij die gaan, hebben een technische opleiding."

"Ik begrijp het niet." Hij fronste zijn voorhoofd.

"Natuurlijk niet. Jij bent geen Oro."

"Nee," beaamde hij, "dat ben ik niet. Hoe krijg je al die geheimen van de planeet af?"

"Dat is een van *onze* geheimen. Het gebeurt eenvoudig. Wij achterhalen iedere formule, ieder ontwerp, iedere schakeling, iedere fase van geavanceerde kennis van Maxus. En hier op het Alamhoogland zullen wij die geheimen herscheppen.

"Wij zullen Fell afschermen tegen de oorlogsschepen van Maxus tot wij onze eigen schepen hebben. Dan breiden wij uit, brengen onze technieken naar de andere planeten. Maxus zal naast ons in het niet verzinken."

"Heel fantasievol bedacht," zei Travec droog. Hij leunde tegen de muur. "Maar waarom zou je de zeldzame rooftochten van Maxus inruilen voor de tirannie van deze —" hij stiet Arman aan met zijn schoen "— deze slavenhaler, deze tiran?"

"Onder Arman zal er geen tirannie zijn!"

Langzaam, ongelovig schudde Travec zijn hoofd. "O onschuldige, wat ben jij goed van vertrouwen. Zelfs wanneer Arman zich verspreekt, wanneer hij zegt 'de slavenhalers zullen slaven zijn', blijf je in hem geloven."

" 'De slavenhalers zullen slaven zijn,' " herhaalde zij verbouwereerd. "Je bent op de bijeenkomst geweest."

"Ja."

"Wat bedoel je dan?"

"Ik bedoel dat jullie misschien wel een industrieel systeem kunnen opzetten, maar dat je dan vele miljoenen mensen meer nodig hebt om het te drijven dan er op heel Fell wonen. Heb je enig idee hoe gecompliceerd een oorlogsschip in elkaar zit? Hoeveel manjaren arbeid er in de bouw van de kleinste kruiser gaan zitten?"

"Nee," gaf zij zwak toe.

"En hoeveel manjaren nodig zijn alleen voor het bouwen van de machinerie, de gereedschappen die je nodig hebt, alleen om te kunnen beginnen?"

"We beginnen op kleine schaal."

"Er bestaat niet zoiets als een kleine schaal. Of het is groot, of het is er helemaal niet. Er zijn veertig miljoen Overmensen nodig om toezicht te houden op de industrieën van Maxus. En jullie zijn maar met een paar miljoen. Waar moeten al die andere arbeidskrachten vandaan komen? Arman heeft die vraag al beantwoord in zijn toespraak. Geen wonder in welke richting hij het zoekt, hij is tenslotte slavenhaler van beroep. Slaven!

"Nog iets — denk je dat de Overmensen lekker zullen gaan liggen slapen terwijl jullie industrie zich uitbreidt? Het zijn realisten. Zij zullen ook uitbreiden, en sneller dan jullie. Ze zullen meer fabrieken bouwen, nog meer planeten tot slavernij brengen — en zij hebben een voorsprong van tweeduizend jaar.

"Als jullie plan lukt, zul je er niets mee winnen. Niemand wint en iedereen verliest. Dan stropen niet alleen de mensenjagers van Maxus de bewoonde planeten af — dan concurreren ze met de slavenhalers van Fell. Twee industrieplaneten die met elkaar wedijveren voor afzet-markten om genoeg voer te kunnen kopen om hun slaven in leven te houden."

"Nee, nee, *nee* riep Mardien ontsteld. "Dat is helemaal ons plan niet."

"Uiteraard," zei Travec bedaard. "Jij bent een idealist. De idealisten zijn altijd de revolutionairen die het willoos werktuig worden van gewetenloze schurken met heel andere plannen. En ten slotte conso-lideren de realisten, ze sluiten compromissen en roeien de oppositie uit."

Ze stonden naar elkaar te kijken, door de breedte van de kamer, allebei tegen een wand geleund — en tussen hen in lag het bewusteloze idool. Met een gedempt stemmetje vroeg zij: "Wat stel jij dan voor? Je probeert mijn geloof te vernietigen maar je biedt niets in ruil."

"Het spijt me. Ik kan geen plezierige oplossingen tevoorschijn tove-ren. Het enige wat ik kan bedenken is het slavenhalen zo gevaarlijk maken dat dit soort tuig —" hij raakte Arman aan met zijn voet "— zich tot de acrobatiek beperkt. Daar zal ik mijn leven aan wijden. En ik begin met het monster dat mij van mijn familie heeft beroofd — Arman. Nadat ik hem aan de Patrouillant van Maxus heb uitgeleverd, zal ik ze doden zodra ik ze zie. Als schorpioenen!" besloot hij heftig.

Toen zag hij dat Mardien eigenaardig bleek werd. Hij keek waar zij keek. Gefascineerd, gruwend, staarde zij naar de vloer.

Te laat stapte hij achteruit. Een snelle beweging beneden hem, een zware massa smakte tegen zijn middel en smeet hem languit tegen de vloer. Het hittepotlood kletterde over de planken. Mardien holde erheen om het te pakken.

Op de planken liggend gaf Travec een trap, die Arman in zijn maag raakte. Toen kreeg hij Mardien weer in het oog. Haar gezicht was verwrongen van folterende twijfel. Haar tanden staken wit af tegen haar grijze lippen, haar strakgespannen huid glom. Ze had haar ogen wijd opengesperd en beurtelings vonkten die en werden weer glazig.

Travec zag welk besluit ze nam en hij stortte zich opzij toen een spetterende rode naald van licht de planken naast hem zwart blakerde.

Hij sprong overeind, verschool zich achter de naar adem happende Arman, graaide een kruk van de vloer en smeet die tegen het meisje. Zij zeeg ineen. Travec draaide zich vliegensvlug om naar Arman, die brullend en laaiend van woede op hem af stormde.

VIII

Het ging tussen gewicht, kracht en woede enerzijds en woedende kracht en woedende behendigheid anderzijds. Arman bezat de ervaring van de genadeloze steden van de mens. Travec was een bergbewoner van Exar. Het was als een krachtmeting tussen een stier en een zwarte panter. Armans uithoudingsvermogen was geweldig. Hij leek wel over een bovenmenselijk reservoir van kracht te bezitten. Hij spande zich veel woester in dan de voorzichtigere Travec, maar toen het Travec rood voor de ogen begon te schemeren, leek Arman nog steeds fris, gretig en onstuitbaar.

Hij viel aan — Travec wankelde weg. Arman zwaaide met zijn arm als een knuppel, miste. Travec pakte de arm beet, rukte eraan, en Arman klapte languit op de vloer. Voor het eerst lag hij een ogenblik stil en in dat ogenblik kwam Travec naar hem toe en schopte hem tegen zijn hoofd. Arman kreunde hol. Zijn handen grepen vertwijfeld, zijn nagels schraapten over de planken.

Mardien kroop op handen en knieën naar het hittepotlood. Travec stortte zich erop en pakte het wapen weg, waarna hij achteruit ging.

Hij stond te hijgen, zijn zicht was wazig, zijn hart stampte, zijn knieën leken wel kapotte scharnieren. Honderd kneuzingen bonsden, het bloed droop van zijn wang en mond en kin. Mardien zat met een woedend gezicht op de vloer en heel even zag Travec in haar een beest uit de oertijd. Wat een prachtige vermomming waren schoonheid en een paar duizend jaar beschaving, dacht hij.

"Jij bent net zo erg als hij," zei hij hijgend. "Je bent zijn maîtresse."

"En jij bent jaloers — daarom haat je hem, en mij ook. Je bent *jaloers!*"

"Je ontkent het niet," merkte hij op met een stem die voor hemzelf vreemd klonk. Het was helemaal niet wat hij had willen zeggen.

"Als ik dat was — als ik dat ben," verbeterde zij zichzelf, "is het niets om me voor te schamen."

Hij antwoordde niet. De stilte heerste over het groepje, de tijd was gestold terwijl alle drie hun houding vasthielden — Arman op de grond liggend met zijn lange armen gestrekt, Mardien die in elkaar gedoken op de vloer zat, Travec die hijgend tegen de muur steunde. Zijn oog viel op de injectiespuit — waarom was Arman niet verlamd geweest?

Hij raapte het ding op en bekeek het. De naald was gebroken, het zakje leeg. Star dacht hij na. Het ging hem te snel, hij werd overrompeld door de gebeurtenissen. Waar was de jongen nu? Was hij nog bewusteloos of was hij hulp gaan halen?

Arman kreunde. Met een pijnlijk vertrokken gezicht schudde hij zijn hoofd en heel langzaam werkte hij zich op zijn handen rechtop.

"Blijf stil zitten," beval Travec. Arman liet zijn blik langzaam omhooggaan tot hij Travec aankeek. "Hou je armen achter je."

Arman gehoorzaamde uitdrukkingsloos. Travec boog zich naar hem toe met een rol kleefband. Toen sprong er iets hards en magers op zijn rug dat zijn armen vastklemde. Hier was de jongen dan.

Arman sprong naar voren en griste het hittepotlood weg. Nu stapte de jongen achteruit en begon aan een verwarde uitleg tegen de grote man.

"...wist meteen toen ik hem zag al dat hij niet deugde. Het leek me het beste om hem in de gaten te houden — alles om u te helpen, Heer Arman..."

Arman zag Travec berekenend aan. Travec stond met zijn armen over elkaar gevouwen te wachten tot hij gedood werd. Mardien betastte de builen die ze aan de kruk had overgehouden met een uitdrukkingsloos gezicht.

Plotseling keerde Arman zich naar de knaap. "Buiten staat een luchtwagen. In de kofferruimte ligt een lang touw."

"Ja heer."

"Haal dat."

De jongen rende gretig weg en was een ogenblik later alweer terug.

"Bind zijn polsen aan elkaar," beval Arman. "Op zijn rug."

Daarna raapte hij het uiteinde van het touw op.

"Naar buiten," zei hij tegen zijn gevangene. En tegen Mardien: "Breng zijn zaklamp mee."

Hij dwong Travec naar de luchtwagen te lopen en daar bond hij het eind van het touw aan het landingsgestel vast. Travec verstijfde. Als de wagen opsteeg, zou hij aan zijn polsen komen te hangen — die achter zijn rug vastgebonden waren. Het gewicht van zijn lichaam zou zijn armen naar achter rukken, zodat zijn lichaam hulpeloos aan zijn armen zou hangen.

Arman vroeg aan de jongen: "Kun jij vliegen?"

"Ja, Heer Arman."

"Breng hem boven het moeras en snij het touw door."

De jongen lachte bijna hysterisch. "Ja meneer. Voer voor de spinnen, dat wordt-ie."

Als een bleek spookje hing Mardien aan Armans elleboog.

"Arman — je kunt hem niet martelen —"

"Laat los," zei hij bruusk. "Hij is een spion van Maxus."

"Nee, dat is hij niet, helemaal niet. En al was hij het wel, we moeten niemand martelen, Arman —"

Hij keek haar onheilspellend aan. "Hou op! Ga naar binnen als je er niet tegen kunt!"

Ze keek hem een moment star aan. Toen liep ze vlug weg.

"Vertrek," zei Arman tegen de jongen. "Wees voorzichtig, laat hem niet ontkomen."

"Wees gerust, Heer Arman. Ik leef alleen om u te dienen."

"Mooi. Ik zal je niet vergeten."

De knaap sprong in de wagen. Travec keek nadenkend naar het touw. Arman was wel gul geweest met de speling in het touw. De wieken begonnen te draaien, de lucht woei neer, de wagen kwam van de grond. Travec gooide zich op zijn rug en vlocht zijn enkels om het touw. De kopter steeg de nacht in en eronder, met zijn hoofd omlaag, bengelde Travec. Een makkelijke houding was het niet, maar het was beter dan zijn laatste uren slijten in de houding die Arman voor hem bedoeld had.

Arman stond woedend te schreeuwen maar de jongen hoorde natuurlijk niets. De wagen vloog weg terwijl Travec aan het touw heen en weer zwaaide. Het licht uit de open deur van het huisje slonk tot drie gouden schijven — een streep — en niets meer.

Hoelang ze vlogen kon Travec, wie het bloed door het hoofd bonsde, niet uitmaken. Hij concentreerde zich met alle inzet om bij bewustzijn te blijven. Als hij bewusteloos raakte, verloren zijn benen hun greep op het touw en dan kwam hij in een heel onplezierige houding. De tijd duurde eindeloos. De wind stormde langs zijn gezicht, sloeg hem heen en weer. Hij was zich voortdurend half bewust van de donkere vorm boven hem, die niet van zijn plaats kwam, van de nacht, het effen duister onder hem, de rijpe parel die Fells maan was. Dit waren de kenmerken van zijn huidige bestaan. Het leven leek ver weg in ruimte en tijd, een schreeuw in een zonnige droom.

Zo werd Travec ondersteboven hangend door het donker gevoerd, rijdend op de wind als een potsierlijke heks. Ademen was lastig. Zijn ogen puilden uit. Zijn greep op het bewustzijn werd heel langzaam slapper.

Op een gegeven moment bleef de kopter op zijn plaats in de lucht hangen. Driehonderd meter dieper spreidde zich het moeras uit, absoluut zwart op hier en daar een glinstering van water na. Travec voelde dat de jongen naar buiten keek, hoorde hem bijna onverstaanbaar spreken achter het lawaai van de lucht die door de wieken naar beneden werd geperst.

"Zie je dit, wat ik hier heb? Dat is een mes. Ik snij het touw door, en jij valt naar beneden. Spinnenvoer." Hij lachte. "Een heel eind naar beneden, een heel eind lopen naar huis. Maar als ik je zacht neerlaat, heb je meer plezier van je wandeling — en er zijn genoeg spinnen aan wie je de weg kunt vragen."

De wagen daalde snel, de horizon rees op als zwarte vloeistof in een enorme kom van dieppaars glas. Zes meter boven de grond bengelde Travec bijna in de bladeren.

"Hoop dat je geniet van de wandeling," riep de knaap. "Je hoeft maar honderd kilometer en je hebt alle tijd." Travec voelde het touw trillen. De vezels lieten los, een, twee, drie. En hij viel — door bladeren en krakende takken in een tros grote, bolvormige peulen. Sommige ervan knalden open onder zijn gewicht, andere braken los, stegen op en zweefden zacht weg door het donker, lichtgevend, als bellen vol rook.

Travec lag slap en maar half bij kennis, ontdaan van zijn wil, zijn drang, zijn levenslust.

De korte nacht van Fell liep ten einde, trok zich terug voor de violette dageraad. Travec kwam langzaam bij, gewekt door de geleidelijk zichtbaar wordende silhouetten van het gebladerte dat beroerd door de opstekende wind met een miljoen kleine geluidjes begon te ritselen en ruisen.

Hij strekte zijn pijnlijke benen en hees zich in een gemakkelijker houding. Toen begon hij aan zijn boeien te prutsen. Hij betastte het touw met zijn vingertoppen. Vezel voor vezel ploos hij het los. Uiteindelijk gaf hij een ruk en het restant van het touw brak.

Hij trok zich op tot hij op zijn tak zat. Behoedzaam bevoelde hij zijn botten, kreunend als hij weer een buil ontdekte. Er leek niets gebroken. Hij tuurde naar beneden. Zo ver was het licht nog niet doorgedrongen en de grond bleef nog onzichtbaar.

Hij keek eens naar de stam van de boom waarin hij beland was, maar aarzelde toen hij aan de spinnen dacht. Tussen de takken speurend, ontdekte hij een verward web. Hij gooide er een takje in. Meteen repte zich een zwart beest zo groot als een kat uit de schaduw en besprong het takje. Langzaam, spijtig, gooide het dier het takje weg en wandelde terug in zijn schuilplaats.

Travec leefde tenminste nog — wat meer was dan hij had verwacht. Vanuit de takken van de bellenboom kon hij een meter of vijftien in het rond kijken; daarna belemmerde de grijsgroene en paarse wirwar van takken en bladeren zijn uitzicht. De lucht rook naar modder, met sporen muskus en een zoetige rotte plantengeur.

Ramus, de rode zon, zweefde omhoog in de hemel. Travec klom wat hoger. Er schalde een brullende keelklank door de wildernis, wat gevolgd werd door een zwaar gedender. Hij verstarde, voor het eerst sinds hij bijgekomen was bang.

Na een ogenblik klauterde hij nog een meter hoger, waardoor weer een aantal peulen losraakten en wegzweefden in het rode zonlicht.

Travec keek wat hij nog in zijn buidel had. Een lang mes, opvouwbaar, een reservebatterij voor het hittepotlood, het waardeloze zakje van de injectiespuit, een droogscheerapparaat, geld, een katapult om gifpijltjes af te schieten, tien pijltjes daarvoor, een doosje vitaminen. Daar had hij weinig aan voor een reis van honderd kilometer door modder en drijfzand en struiken — niets te eten. Hij dacht aan de spinnen. Hij had niets om vuur mee te maken. Hij zou ze rauw moeten opeten.

Hij keek in de richting van het land. Vandaag vertrok Arman met zeshonderd Oro's naar Maxus. Hoe laat? 's Ochtends, 's middags, 's nachts pas?

Arman, Mardien, de Oro's, Maxus — ze waren nu minder belangrijk, alsof hij er door het verkeerde eind van een verrekijker naar keek. Wat gaf het of Arman vandaag vertrok? Vandaag, morgen, gister — voor iemand die eigenlijk al dood was maakte het geen enkel verschil. Hij ging anders zitten. En weer steeg er een serie bellen op die al gauw door de wind gevangen werden en weggevoerd.

Travec staarde naar de bellen, naar het spinnenweb, en plotseling kreeg hij heel andere gedachten. Het perspectief op de gebeurtenissen verschoof, de tijd kreeg weer betekenis. Wanneer vertrok Arman van Fell? Schiet op, zei Travec tegen zichzelf, schiet op!

Uren later wierp hij een laatste blik op de kleine open plek. Aan de ene kant lag het struikgewas dat hij had gehakt. Aan de andere kant een berg dode spinnen — tientallen, in alle maten, van zandkleurige exemplaren zo groot als zijn hand — deze waren heel lenig en hadden springerige poten — tot een zwaarlijvig monster dat bijna even groot was als hijzelf.

Met deze laatste had hij twintig zwetende minuten moeten knokken, met zijn mes en de vuurspeer die hij had gemaakt van de batterij en een lange stok. De twee grote ogen van het dier pasten precies tussen de ontblote polen. Hij had het monster bijna meteen al blind gemaakt, maar het bezat een genadeloos leven en zonder ogen had het Travec vrijwel even goed kunnen plaatsen als mét.

Woedend en koppig joeg het monster hem rond de open plek van dampende modder. Travec hieuw voortdurend naar de poten terwijl hij zich wegrepte. Ten slotte was de grote spin ineengezegen als een grote harige berg en Travec was hijgend neergezakt tegen de stam van de bellenboom.

Nu keerde hij de open plek zijn rug toe. Boven hem wapperde een grote tros bellen, honderden en honderden, allemaal stevig vastgemaakt met een stuk spinnenweb aan een centraal touw.

Er was hier niets om hem langer vast te houden. Hij gleed in de stoel die hij van een rottende boomstronk had gesneden, bracht zijn hand naar beneden en gaf een houw met zijn mes. De ankerlijn knapte met een zingende toon en de ballonnen voerden Travec de lucht in, weg van de vochtige bodem, weg van de open plek met de berg dode spinnen, omhoog in het rode licht van Ramus.

De wind kreeg vat op hem en stuurde hem naar het land.

IX

De hele dag zweefde hij voort. De wind die op weg was naar de warme vlakten van het werelddeel droeg hem onvermoeibaar mee. Hij schatte zijn snelheid op vijftien tot twintig kilometer per uur. Was het werkelijk een afstand van honderd kilometer? In ieder geval arriveerde hij dan in de nacht en dat was te laat. Hij staarde recht vooruit door de zinderende lichtrode lucht — maar zag niets dan wildernis.

Ramus was de hemel overgestoken en begonnen aan zijn afdaling naar de andere horizon. Eindelijk kreeg Travec een donkere streep van bergen in het vizier. Nu keerde zijn levensdoel in volle heftigheid terug, en hij kreeg weer haast.

Maar de wind begon niet sneller te waaien, nam zelfs wat af naarmate de avond naderde en Travec werd voortgeduwd door een zijdezachte lucht.

De nacht viel al toen hij de regelmatige rechthoeken van bouwland onder zich ontwaarde. Ogenblikkelijk sneed hij een dozijn van zijn bellen weg en zonk naar de grond.

Stijf, boos, opgewonden en ongeduldig stond hij op de harde aarde van een van de kale velden met knoopmos. Zijn bellentros verdween in de nacht. Hij draafde over het veld, sprong over een sloot, cirkelde om een plek milie heen en vond een weg. In de verte glansde een groep lichten.

Met pijnlijke voeten, honger en dorst wandelde Travec het dorp in. Voor een café met slordige aarden muren bleef hij staan. Het uithangbord dat boven de straat hing meldde *Monter Caunbal* met daaronder een fluorescerende vis in groen en geel.

Travec duwde de planken deur open, kwam in een gelagkamer die sterk naar eten en drank rook. Hij liet zich in een stoel aan een lange tafel vallen en weldra bracht een dikke, uitdrukkingsloze vrouw hem zijn bestelling van hutspot, brood en schuimend geel bier. Hij propte zijn mond vol, nam grote haastige slokken van het bier en keek zoekend om zich heen. "Waar is de telefoon?" vroeg hij de vrouw.

Haar donkere gezicht rimpelde in een opwelling van pret. Ze wees boven hem. "Die hangt bijna in uw haar."

Hij zocht in het telefoonboek en draaide een nummer. Na een gierend geluid op de lijn kreeg hij te horen: "Ruimtehaven, Jeotsa hier."

"Is het schip van Arman vandaag vertrokken?"

Na een stilte kwam het antwoord: "Ja, dat is weg. Vanmiddag vertrokken."

Travecs schouders zakten af. Hij kon niets zeggen, zich niet verroeren. De stem vervolgde: "Het gerucht gaat dat het schip alleen verplaatst is naar de Alam. Misschien staat het daar nog. Zover ik weet is er geen ruimtehaven daarboven en ik heb geen idee waar hij zou moeten landen. De Oro's zijn heel zuinig met hun grond."

"Waar ligt hun grootste vliegveld?"

"Dat hebben ze niet eens. Wagens landen soms in Solveg."

Travec hing op. Tegen de dikke vrouw riep hij: "Waar kan ik een luchtwagen huren?"

Haar gezicht kreeg een belangstellende uitdrukking. "Mijn zoon — die kan u vliegen waar u maar wilt. Maar geld, heeft u dat wel?"

Hij gromde: "Hij krijgt betaald, geen zorgen. Laat hij snel voorrijden."

Hij werkte nog meer eten naar binnen en dronk bier tot buiten het raam het suizen en zoemen van wieken klonk.

Hij legde wat zilvergeld op de tafel en rende naar buiten en sprong in de kopter. "Omhoog naar de Alam. En dan naar Solveg, als je weet waar dat is."

Het plateau vertoonde donkere, golvende heuvels en dalen besprenkeld met de kleurige lampen van een enorm speelgoedland.

De vlieger zei: "Daar heeft u Solveg en daar ligt het vliegveld. Wilt u dat ik land?"

"Nee — vlieg er alleen laag overheen."

In het licht van de vochtig lijkende roze maan bleek het veld verlaten te zijn. Travec droeg de vlieger op: "Ga naar het noorden, helemaal tot aan de hoek van het hoogland."

Twintig minuten lang gleden de dorpen onder hen door.

Toen begon het donkere woud en eindelijk kwam het heideveld waar Armans huis met de spitse hoge gevel stond.

Honderd meter ervandaan stond de grote massa van het zwarte schip. Uit de sluis en een of twee patrijspoorten viel een flauw licht. Verder leek het schip dood.

"Zet me hier neer," zei Travec. "Heel stil."

Hij bedacht zich dat hij geen wapens meer had. "Heb jij een pistool?" vroeg hij de piloot. "Een hittepotlood, ploffer, ionenstraler, of wat dan ook? Ik zal je een goede prijs betalen."

De man inspecteerde hem scherp. "Nee. Waar moet u een wapen voor hebben?" Blijkbaar kreeg hij spijt van zijn vermetele vraag — want Travec met zijn vuile en gehavende kleren, zijn ingevallen en gekneusde gezicht, zijn brandende ogen, noodde niet tot vertrouwelijkheid — en hij keek vlug voor zich.

Travec zei niets. Toen de wagen geland was, trok hij een bankbiljet uit zijn buidel. "Is dat genoeg?"

De vlieger bromde iets instemmends en steeg gauw weer op toen Travec uitgestapt was.

Travec stond vermoeid naar het zwarte schip te kijken. Hij zou nu juist sterk en fris moeten zijn — maar hij zag slecht en zijn armen en benen waren zwaar. Zijn hersens wilden niet scherp nadenken, daarvoor was hij te moe.

Hij had alleen zijn mes als wapen en Arman zat veilig en arrogant in zijn zwarte schip. Hij hoorde iemand aan komen lopen, met stevige en besluitvaardige passen. In de schaduw schuilend zag hij twee mannen naar het schip lopen en erin gaan. Uit het inwendige klonk metalen gerammel.

Travec streek over zijn gezicht. Hij had tijd nodig om uit te rusten, om zijn gedachten te ordenen. Maar er was geen tijd.

Hij legde zijn geest kalmte op, putte energie uit de harde kern van zijn vastberadenheid. Zijn mes was voldoende — het zou even snel doden als een hittepotlood. En als Arman dood was, had hij de luchtwagen nog, die op hem stond te wachten in het bos en op de ruimtehaven van Huamalpai stond zijn ruimteboot — en dan de ruimte in.

Hij haalde diep adem, liet zijn verkrampte schouderspieren ontspannen. Eerst moest hij het huis bespioneren...

Toen hij het naderde, smolt zijn behoedzaamheid weg en er kwam een onredelijke woede over hem. Bespioneren? Welnee. Gooi de deur open, loop gewoon naar binnen. Arman zou hem beslist niet verwachten.

Hij liep over het pad en de belachelijke gevelspits torende hoog boven hem — naar de idiote drie schijven van de deur. Hij duwde tegen de deurkruk, twee schijven zwaaiden naar rechts, een naar links. Het licht overspoelde hem.

Met één lange stap stond hij middenin de kamer. Hij keek in de hoeken, achter het brede, bollende meubilair. Er was niemand. Hij deed iedere deur op zijn beurt open en luisterde. Achter de ene druppelde water, achter een andere fluisterde de wind, bij de derde was het stil.

Hij ging naar buiten, keek naar het schip op het veld. Arman moest aan boord zijn. Met Mardien? Met zeshonderd Oro's? Of alleen? Het schip maakte op hem de indruk alsof het al bezig was van de planeet weg te kruipen. Travec naderde het door het duister. Hij kon het schip binnengaan, of bij de sluis wachten.

Als een geest ging hij de loopplank op en keek naar binnen. Voor zich zag hij een gang met aan beide kanten rijen kasten. Een man met een lichtgroen voorschoot aan duwde bundels fruitstelen in een koker-gleuf. Travec liet een van zijn sandalen in zijn hand glijden, sloop naar voren en mepte hem op zijn hoofd. De man zakte neer. Travec trok hem zijn voorschoot uit, bond het voor zijn eigen vuile kleren, knevelde de man met een zakdoek, bond zijn polsen met een riem en knoopte zijn sandalen aan elkaar en borg hem in een van de kasten op.

Toen keek hij om zich heen om een idee te krijgen waar hij was. Boven hem boog de zoldering bol naar beneden — het was de vloer van de centrale machinekern die door de volle lengte van het schip liep. Aan het eind van de gang begonnen de passagiersruimen, die via taluds verbonden waren met de gang waarin hij stond. Aan het eind van de gang verhief zich de dubbele trap naar de stuurkoepel en de beman-ningsverblijven.

Travec opende een van de deuren naar het ruim. Het geluid van talrijke ademende mensen bereikte zijn oren. Hij sloot de deur weer. Zeshonderd Oro's, met slaapmiddelen behandeld en weggestouwd voor de reis. Zeshonderd gekke Oro's.

In halve draf rende hij door de gang en met het mes in zijn hand klauterde hij de ladder op. De stuurkoepel was verlaten.

Op het instrumentenpaneel brandde een kalm blauw lampje. Witte letters eronder vermeldden: *Gereed*. Met zijn kop vooruitgestoken als een jagend beest, zocht Travec her en der. Waar was Arman? En de bemanning?

Hij trok het luik open dat uitkwam op de gaanderij langs de cen-trale kern. Nu hoorde hij stemmen, en hij zag een man of zes rond een turbine staan terwijl een van hen een bout aandraaide met een moersleutel. Reparaties. Waar was Arman? Bevond hij zich tussen die donkere groep gedaanten? Hij kon het niet bepalen. Een van hen, een forsgebouwde man, zou hem kunnen zijn —

Toen kwam Arman achter hem de ladder op. Travec hoorde voet-stappen, sprong om zijn as met zijn glinsterende mes gereed.

Maar Arman had al een wapen in de aanslag. Hij grijnsde, over-dreven, bijna een grimas. Zijn tanden blikkerden als wiggen van ijs. "Sta stil, man — sta stil." Hij boog zich vooroer, keek verbaasd. "*Jij*!

Alweer?" Zijn uitdrukking veranderde. "Ik dacht dat ik jou veilig had laten doden."

Travec wiebelde op zijn voeten terwijl hij van het wapen naar Armans gezicht keek. De Dood — misschien zocht hij die, stortte hij zich daarom blindelings in het gevaar. De Dood zou al zijn problemen oplossen. Het was een gedachte geboren uit zwakheid. Hij ging een stap naar voren.

"Sta stil," zei Arman. "Zeg mij, heeft die jongen mij niet gehoorzaamd?"

"Jawel," zei Travec. "Hij deed wat je beval."

"Maar jij weigerde dood te vallen en vloog gewoon terug als een antrokoor?"

"Ik vloog terug."

"Laat dat mes vallen!" zei Arman. Travec bracht zijn hoofd omlaag, trok zijn schouders op en naar voren. *"Snel!"* blafte Arman. "Anders brand ik je hand weg!"

Travec liet het mes vallen.

"Ik weet nu alles van je," zei Arman. "Jij wilde mij naar Maxus brengen — levend. Om gemarteld te worden."

Travec zei niets.

"Gisteravond," ging Arman verder, "heb ik mijn verstand laten beïnvloeden door mijn boosheid. Een man is waardevol bezit. Te waardevol om in een moeras te laten plonzen.

"Iemand als jij brengt in Alambar tweeduizend sil op. En dus — Hij verhief zijn stem. *"Krosk!"*

Over het rooster van de gaanderij kwam geschraap van schoenen. Een gedrongen kerel in een witte overall stak zijn hoofd om de hoek van de deur. Hij had een bruin gezicht doorploegd met groeven en ogen als pruimen. Hij vroeg: "Wat wil je?"

"Geef deze vent een spuit."

Zonder dat zijn gezicht veranderde ging de man naar een kast en kwam terug met een drukspuit. Hij hield hem tegen Travecs nek. De samengeperste lucht die het slaapmiddel door de huid spoot, maakte een scherp sissend geluid.

Arman zei: "Je valt zo meteen in slaap en als je wakker wordt, ben je in Alambar. Een wraakzuchtiger man dan ik zou je straffen — maar het geld dat jij opbrengt, komt van pas. Iedere sil komt van pas."

Travec voelde zich wegzinken in een traag, duizelig getij. Zijn knieën knikten, zijn armen bengelden slap neer. Hij zag dat de flauw grijnzende Arman een wenk gaf aan de aapachtige man, die een stap naar voren deed om hem op te vangen. Terwijl zijn ogen mistig werden, zag hij een vrouw over de ladder binnenkomen. Toen was er alleen nog een waas. Het had Mardien kunnen zijn.

X

Het voelde alsof er vingers over zijn gezicht gingen, in zijn oren zoemde het, zijn schedel trilde.

Hij deed zijn ogen open. Een oude man met een elektrische tondeuse knipte zijn haar bij. Travec schoot overeind tot hij rechtop zat. Hij bevond zich in een grote wit betegelde ruimte op een grijze stenen plaat die koud en nat was. Hij was naakt.

Een vochtig gevoel op zijn huid en de aanblik van een slang op de vloer maakten hem duidelijk dat hij met een waterstraal was afgespoeld. Links en rechts van hem op andere stenen platen lagen zo'n vijftig mannen en vrouwen, ook allemaal naakt en nat glinsterend. Er waren nog twee mannen bezig met tondeuses.

Er knelde iets om zijn pols. Hij keek neer: handboeien. De man die hem had geknipt kwam naar hem toe met een eenvoudige sleutel en haalde de boeien weg. "Soms zijn de nieuwen nerveus — wild, weet je wel — als ze wakker worden," legde hij bijna verontschuldigend uit.

Travec ging weer liggen. "Ik ben zeker in Alambar?"

"Juist."

"In de Distributie."

"Juist."

Met een stenen gezicht keek Travec om zich heen. "En die anderen komen uit dezelfde lading als ik?"

De man knikte. "Zeshonderd tegelijk. Een vrachtje van Arman."

"Hoelang ben ik al hier?"

"Vanochtend ben je ontscheept."

Travec kwam van de plaat af. Hij wankelde een beetje. Zijn armen en benen waren bleek. Zijn spieren leken slap, nutteloos. De man zei: "Een paar dagen goed eten en je bent weer zo goed als nieuw."

"Waar zijn mijn kleren?" zei Travec binnensmonds. "Ik moet hier weg." Op boze toon: "Waar zijn mijn kleren?"

De man zei afkeurend: "Wees stil, kerel. Echt. Gillen en schreeuwen helpt je niets. Je zit nu opgescheept met een strafcircuit en de eerste paar weken schroeien ze je bij de minste aanleiding. Ze vinden het leuk als je staat te tieren en brullen. Dat is de enige lol die ze hebben."

"Ik wil de Hoge Heer Patrouillant spreken," zei Travec afwezig.

"Alles op z'n tijd, hoor, kalm maar. Zeg het tegen de Overmensen. Ik ben maar een slaaf, net als jij."

Travec ging maar weer op de stenen bank zitten. De tijd ging voorbij. Nog anderen begonnen zich onrustig te bewegen en kwamen dan overeind. Travec keek van het ene gezicht naar het andere. Als de Oro's gek waren, zou het nu tot woedeaanvallen en hysterische uitbarstingen komen. Maar ze bleven doodstil en ernstig.

Het waren mannen en vrouwen die de eerste gloed van de jeugd achter zich hadden gelaten. De mannen waren niet gespierd en niet zwaargebouwd; van de vrouwen was er niet één mooi of had een goed figuur. Ze zouden niet aan de zware arbeid worden gezet of in slaapkamers terechtkomen.

Het was best mogelijk dat ze voor een technisch beroep zouden worden opgeleid.

Er ging een bel, een deur werd opengestoten en een wachter in een zwart uniform betrad de kamer. Hij droeg een licht en soepel zweepje waar hij monter mee zwaaide. Toen Travec de man in de ogen zag, voelde hij de woede in zich oplaaien.

De wachter zei: "Titus, wat een beschaafd groepje is dit. Ik heb er niet één horen schreeuwen. Goed, al degenen die nog leven, ga staan. Vorm een rij en achter mij aan. We gaan langs de foerier en elk van jullie haalt daar een stel ondergoed, een kiel en een paar sandalen — niet meer en niet minder. Snel nu, laten we allemaal braaf en vlug zijn en meteen goed beginnen." Hij liet zijn zweep door de lucht snijden.

Ze werden langs een toonbank gedreven waar ze kleren kregen, langs een tafel waar ze een label omgehangen kregen. Toen werden de mannen door een deur gestuurd en de vrouwen door een andere.

Travec kwam terecht in een lange, goed verlichte ruimte met een wand van glas. Hij kende dit soort kamers van de andere kant — in een

ervan had hij Mardien voor het eerst gezien. Er was nog een man of vijftig aanwezig in deze inspectiekamer. Sommigen liepen gedeprimeerd,
gebogen rond, anderen staarden wezenloos naar de glazen wand. Een
paar zaten somber met elkaar te praten. Een jongen snikte treurig.

Aan de andere kant van de zaal stond een zware roodharige slaaf die
een groen en rood riementuig droeg — een oppasser die kennelijk van
zijn ambt genoot. Travec liep naar hem toe en keek hem in zijn koude
kikkerogen.

"Wat moet ik doen om te kunnen telefoneren?" vroeg Travec.

"Niets, want telefoneren is er voor jou niet meer bij."

"Ik wil de Hoge Heer Patrouillant opbellen. Dat is een vriend van mij."

Dat vond de oppasser leuk gevonden. "En ik ben de oom van de
Patriarch."

Op afgemeten toon zei Travec: "Bel dan wie hier de leiding heeft."

"Ik ben de leiding."

"Als het vertragingen oplevert, draag jij de verantwoordelijkheid."

De wachter aarzelde. Er waren tenslotte vreemdere dingen gebeurd.
"Wacht even."

Hij ging naar de deur en riep iets door een rooster en kort daarna
verscheen de korporaal, een Overman, aan de andere kant. De oppasser wees met zijn duim naar Travec. "Deze man hier zegt dat hij een
vriend is van de Hoge Heer Patrouillant. Hij wil hem opbellen."

De korporaal fronste, grijnsde toegeeflijk. "Sommige van die kerels
beweren dat ze de messias zelf zijn."

Travec zei geduldig: "Ik wil met de Hoge Heer Patrouillant spreken,
per telefoon of telescherm. Ik werk voor hem. Ik ben hier per ongeluk.
Als u hem tegenwerkt, zult u het merken."

De grijns verdween. De korporaal zei: "Kom dan maar mee. We zien
het wel. Je zult het berouwen als je alleen maar lastig wilt doen."

Hij nam Travec mee naar een kantoor en daar moest hij zijn verhaal
vertellen aan een luitenant in een strak zwart met gouden uniform.
Deze wees naar een scherm. "Daar staat-ie. Ga je gang. Titus weet dat
ik een stapje opzij doe als de Patrouillant langsloopt."

Travec bekeek het toestel en drukte toen de knop in waarop stond
Centraal kantoor. Op het scherm verscheen een ster met zeven punten
en een stem zei: "Contact."

"De Hoge Heer Patrouillant," zei Travec.

Er kwam een slechtgehumeurd gezicht in beeld met zware wenkbrauwen en een slordige bos haar. "Ja?"

Travec zei: "Ik wil spreken met de Hoge Heer Patrouillant."

"Wie bent u?" Met een verontwaardigde blik monsterde hij Travecs gezicht en kleren. "Je bent een slaaf! Waar blijft je eerbied?"

"Ik ben Dyle Travec. Zeg tegen de Patrouillant dat Dyle Travec hem graag wil spreken."

Grommend wendde de man zich af, sprak in een microfoon, en nog een keer. Hij keek Travec weer aan. "Hij zegt dat hij jou niet kent."

Achter Travec bewogen de luitenant en de korporaal zich onrustig. Travec zei vertwijfeld: "Zeg hem dat ik met hem gesproken heb over Arman — ongeveer een maand geleden. Hij stuurde mij achter Arman aan."

Weer sprak de man in zijn microfoon. Hij knikte en zei nog enkele woorden. Toen verdween hij van het scherm en Travec keek in het smalle gezicht van de Patrouillant.

"Ah, Travec," zei de man — en hij lachte vrolijk, fijngevoelig. Travec stond verbeten te blozen. Eindelijk zei de Patrouillant: "Dit is belachelijk, en het is triest. Ik stuur jou uit om mij Arman te brengen en wat gebeurt er? Hij verkoopt jou aan de Distributie. Is dat nu geen schertsvertoning?"

"Inderdaad," beaamde Travec. "Maar als u mij hier weghaalt, probeer ik het met plezier opnieuw."

De man schudde zijn hoofd. "Ach, beste kerel, ik ben bang dat ik machteloos sta. Ik kan nu niets voor je doen. De Patriarch zou nijdig worden als ik me bemoeide met de aanvoer van arbeidskrachten. Ik kon met jou onderhandelen toen je een bezoekersvisum had. Toen was je onschendbaar. Ik wilde dat jij mij Arman zou brengen. In plaats daarvan brengt hij jou. Ik draag je geen kwaad hart toe, maar dankbaar kan ik je ook niet zijn. Nee, Travec, jij bent voor Maxus meer waard als fabrieksarbeider dan als ontvoerder. Dien goed, gedraag je netjes en laat ik niet weer van je horen."

Het scherm schakelde uit.

Travec staarde ernaar met zijn mond nog vol woorden. Achter hem zei de luitenant nuchter: "Breng hem terug naar de zaal."

Travec wende aan de voortdurende inspecties waaraan hij in de zaal met de glazen wand blootstond. Personeelsopzichters met samengeknepen ogen schatten zijn kracht, uithoudingsvermogen, lenigheid. Heren die keurige lakeien zochten, beoordeelden zijn houding en manier van lopen. De vrouwen van de grote stadsvilla's met hun colonnades, op zoek naar knechten en bedienden, bestudeerden zijn bouw en zijn gelaatstrekken.

Een gezicht met een benige neus en smalle lippen trok zijn aandacht. Het gezicht fronste verbaasd terwijl het hem aankeek — toen keerde de man zich opgewonden naar een vriend en wees Travec aan. Nu wist Travec het weer. "Heer Spangle," mompelde hij. "Nu zullen we 't krijgen."

Dezelfde middag werd de veiling gehouden. Een voor een kregen de mensen in de zaal opdracht naar de arena te gaan. Travec was bijna meteen al aan de beurt. Met een stalen gezicht stond hij over de menigte uit te kijken.

De veilingmeester fluisterde: "Kijk vriendelijk, beste knaap, er zijn vrouwen onder het publiek. Als een van hen je niet neemt, dan ga je naar de mijnen of de zware metaal — daar hebben ze stoere kerels als jij nodig. Dus kijk aardig en glimlach tegen de vrouwen die voor je bieden en misschien spreid je dan een zacht bedje voor jezelf."

Daarna zei hij met luider stemme: "Een man van Exar, stevig gespierd en knap van uiterlijk. Kijkt u toch naar die kloeke borst, die rechte nek, zijn sterke voeten. Een waardevol man voor alle doeleinden dus, dames en heren, wat biedt u?"

"Achthonderd sil." "Achthonderdvijftig…" "Negenhonderdvijftig…" Dit waren koele zakelijke stemmen afkomstig van personeelsfunctionarissen van de fabrieken.

"Eenduizend sil," klonk een schorre stem vol leedvermaak. Travec herkende hem — het was Heer Spangle. Tegen zijn wil keek hij de man aan. Spangle stond achter zijn hand te fluisteren in het oor van een man in een weelderig geel met groen wambuis, en deze herkende Travec als Heer Jonas.

Een vrouw zei weifelend: "Duizend eenhonderd."

"Duizend eenhonderdvijftig," zei een van de fabrieksmensen. De anderen zwegen en gingen weer makkelijk zitten.

"Eenduizend tweehonderd," zei Spangle vlot.

De verkoper zei: "Kom, dames, heren, wat meer actie alstublieft. Laat van u horen, weerhoudt u zich toch niet! Dit is een waardevolle man. Hij is intelligent en opgeleid aan het Technisch College van Exar. Hij is een gediplomeerd bouwkundige, scherpzinnig en betrouwbaar. Wat hoor ik, niet dringen allemaal! Wie biedt er eenduizend vijfhonderd?"

Een van de fabrieksmannen begon zijn hand op te steken, maar een grote magere vrouw was hem voor. "Eenduizend driehonderd." De man gaf het op.

Spangle zei met een zijden stem: "Eenduizend vierhonderd."

De vrouw: "Eenduizend vierhonderdvijftig." Ze sprak op vastberaden toon.

Jonas lachte om een opmerking van Spangle en zei: "Eenduizend vijfhonderd."

"Eenduizend zeshonderd." Spangle keek Jonas verwijtend aan.

De vrouw keek een andere kant op met een hooghartig gezicht.

"Eenduizend zeshonderd? Maar eenduizend zeshonderd?" riep de veilingmeester. "Hoor ik eenduizend zevenhonderd?"

"Eenduizend zevenhonderd," zei een scherpe stem van de zijkant.

"Eenduizend achthonderd," zei een vrouw achterin de zaal.

"Eenduizend negenhonderd," bood Spangle zuinig.

"Tweeduizend," zei de vrouw achterin.

Spangle mompelde nijdig tegen Jonas, en haalde zijn schouders op. "Tweeduizend eenhonderd."

"Tweeduizend tweehonderd." De vrouw weer.

"Tweeduizend tweehonderd is geboden," riep de verkoper. "Een waardevolle prachtkerel, een uitstekend werker. Tweeduizend driehonderd? Waar hoor ik tweeduizend driehonderd?"

Het bleef stil. Spangle deed zijn mond half open en weer dicht, terwijl hij de onbewogen kijkende Travec monsterde met de wraakzucht van een reptiel.

"Verkocht!" riep de vendumeester. "Verkocht aan die dame voor tweeduizend tweehonderd sil." Hij keerde zich naar Travec. "Nu moet je naar de registratiebalie gaan."

Travec marcheerde zwijgend over de vloer naar de vrouw die bij de balie stond. Hij keek haar aan, zijn knieën knikten. "Mardien!"

Ze glimlachte. Hij zag dat haar ogen vochtig waren.
"Het was het minste wat ik kon doen, Dyle."

XI

Naar buiten gingen ze onder de grijze hemel van de late namiddag, de glijstrook op, langs de donkere en zwetende pakhuizen van zwarte stenen. Ze reden door een tunnel en de nevel woei klam over hun wangen toen ze weer in het licht kwamen. Ze passeerden de elegante huizen van de welgestelden, werden opnieuw door een tunnel gevoerd en kwamen in het drukke hart van Alambar.

Stijf zei Travec tegen Mardien, want vlot converseren had hij nooit geleerd: "Ik zou je moeten bedanken." Hij zweeg, helemaal niet op zijn gemak.

Ze keek hem aan. "Ga verder?"

Hij lachte. "Dank je. Al begrijp ik niet waarom je mij — gered hebt. Een paar weken geleden vond je het prima dat ik vermoord werd. Je hebt zelf op mij geschoten."

"Dat was twee — nee, drie weken geleden. Sindsdien heb ik hevig nagedacht. En ik geloof dat ik in die drie weken mijn jeugd achter me heb gelaten."

Travec zei: "Daar is een café. Laten we even gaan zitten."

Het was een saai gebouw van geglazuurde stenen met een roestrood geverfde vierkante houten deur. Binnen was het warm en stil. Het licht werd gefiltreerd door gebrandschilderde ramen en legde een vriendelijke gloed over de tafels.

Ze kregen zoutjes en gezoute vis voor zich neergezet en een grote bolle buikfles met warme wijn die in de glazen tegelijk lichtgroen en roze flonkerde. Over de tafel naar Mardien kijkend, ontspande Travec zich totaal. Ze nam zijn hand in haar beide handen. "Dyle — ik ben in de war."

"Toch moet je een of ander besluit hebben genomen — anders was je mij niet komen halen."

Ze beet peinzend op haar lip. "Ik weet het niet. Er zijn zoveel onzekere dingen — zo veel verschillende meningen over wat goed en slecht is."

"Innerlijk ben je wél zeker. En die zekerheid is net bezig je bewust-zijn te veroveren."

"Hoe kun je daar zo overtuigd van zijn?" vroeg zij met een weemoe-dig lachje.

"Omdat je hier bij mij bent. En niet bij je — bij Arman."

Dit laatste klonk blijkbaar zo bitter dat zij haar hand terugtrok. Toen zei ze: "Dyle — ik geloof echt dat je jaloers bent. Ik heb je daarvan al een keer beschuldigd maar toen geloofde ik het niet. Hoe zit het, ben je jaloers?"

"Nee. Dat zou aanmatigend zijn."

"Maar je bent wél jaloers — ja hè?"

"Nee. In mijn leven is geen plaats voor — vrouwen."

"Je bedoelt voor een vrouw als ik, nietwaar?"

"Het zal wel."

"Dyle, ik ben niet, ik heb nooit iets anders willen zijn voor Arman dan een volgeling, een Armaniet." Met afgewende ogen bloosde ze licht. "Stoor je niet aan een doodnormaal enthousiasme en helden-verering. Hij had mij kunnen krijgen als hij minder slinks was geweest. Als hij mij *genomen* had — zo voor de vuist weg — als een gereedschap of een kledingstuk, dan had ik me graag gegeven — ik zou trots zijn geweest dat ik mijn afgod kon dienen. Maar hij probeerde mij het hof te maken als een mens, op mijn eigen niveau en dat zat me dwars. Ik hield hem af. Ik heb iets ontdekt, Dyle. Arman is zwak."

Vreemd tevreden dronk Travec zijn wijn. "Hij moet nodig dood."

Mardien zei zakelijk: "Zijn lichaam dwingt respect af. Hij weet heel goed gebruik te maken van dit respect. Hij is sluw met zijn tong — maar hij heeft geen innerlijke kracht, Dyle. Toen jij en hij vochten, was jij ver-slagen. Je was bijna dood. Ik zag het. Maar je weigerde het op te geven. Daar werd Arman bang van — en toen gaf hij het op. Toen hij neerviel, bleef hij passief liggen. Dat is een raar soort afwijking die — daar walg ik van, Dyle."

"Waar is hij nu?"

Ze keek hem nuchter aan. "Dyle, toen ik je hielp stelde ik geen voor-waarden. Maar nu wil ik wel een voorwaarde stellen."

"Welke?"

"Dat je niets onderneemt zonder met mij te overleggen."

Ze zat over de tafel gebogen met zijn hand in de hare. Hij bedekte haar handen met zijn andere hand en kneep erin. Zij deed hem na. Ze keken elkaar in de ogen. Travec zuchtte. "Ik ben niet bedoeld voor een rustig leven, Mardien."

"Ik ook niet, Dyle. We zullen samen gelukkig zijn."

Met een lage stem zei hij: "Ik zal niet rusten zolang er nog slaven en slavenhalers zijn. Ik heb het van te dichtbij meegemaakt."

"Dat geldt voor mij ook, Dyle." Ze leunde wat moedeloos weg van de tafel. "Ik dacht dat Arman een eind aan het kwaad beloofde. Maar Dyle, ik twijfel er nu aan. Misschien is hij misleid."

Hij snoof verachtelijk. "Zwak uitgedrukt, voor een moordenaar, een pooier, een slavenhaler en toverdokter."

Ze rilde. "Ik weet het, Dyle. Ik durf er nauwelijks aan te denken. Want nu zijn zeshonderd van mijn landgenoten uit hun huizen gehaald en als slaven verkocht."

"Maar waarom toch?" riep hij uit. "Waarom? Ik snap er niets van. Zijn jullie Oro's echt gek?"

Zij schudde haar hoofd. "Natuurlijk niet. De mensen zeggen dat wij gek zijn omdat wij sterk individualistisch zijn."

"Jullie zijn een vreemd volkje, dat wil ik wel beamen."

"Ja, dat zijn we wel — maar niet zoals jij denkt. Wat van buiten vreemd aan ons lijkt — kleren, huizen, gedrag — dat is maar een weerspiegeling van onze innerlijke vreemdheid en dat is het geheim van ons volk."

Travec dronk zijn wijn zonder te spreken.

"Onze triomf over de dood."

Hij keek haar kalm aan.

Zij zei: "Dyle, ik hou van je. Ik verbind mijn leven aan het jouwe. Eenmaal eerder heb ik aangeboden je tot een van de onzen te maken. Toen hield ik al van je maar ik wilde het zelfs niet tegenover mezelf bekennen. Het aanbod flapte er zo uit en ik was zelf verbaasd."

"Zonder hulp kan ik geen Oro worden?"

"O nee. In het begin was er maar één — Sagel Domino. Het verschil zat in zijn hersens. Hij was sterk telepathisch. Hij kon makkelijk de gedachten van andere mensen lezen.

"Hij dacht: 'Waarom zou ik moeten sterven? Als ik vlak voor ik doodga, een band kan slaan, mijn bewustzijn kan verenigen met dat van een ander, dan verdwijnt mijn lichaam wel, maar mijn bewustzijn springt over de kloof en blijft bestaan en dan leef ik eeuwig.'

"Hij legde contact met zijn beste vriend en wist een soort samengaan der geesten te bewerkstelligen. Toen kwamen ze erachter dat de geest van de vriend door dit contact gestimuleerd werd, dat de vriend ook een Oro was. Hij was niet zo sterk telepathisch maar hij kon wel die band slaan. Hij maakte Oro's van sommige vrienden en hun vrouwen en dat deed Sagel Domino ook.

"Nu zijn we met een paar miljoen mensen, sommigen telepathisch, de meesten niet. Maar geen van ons vreest de dood. Als wij in gevaar zijn, leggen wij op die speciale manier contact met iemand die van ons houdt en als we dan doodgaan, overbrugt ons bewustzijn de kloof, zoals iemand van een zinkende boot overstapt op een veilige."

Travec trok een gezicht. "Van privacy zal bij jullie dan wel geen sprake zijn."

Heftig schudde ze het hoofd. Haar zijdeblonde haar leek wel een waaier. "Juist wél! De nieuwe ziel die iemand ontvangt, stelt geen eisen. Er komt geen conflict van de wil. Het overgesprongen bewustzijn blijft bestaan zonder onderbreking. De oude herinneringen, die tenslotte niet krachtig in de hersens worden ingevoerd, gaan weldra verloren en alleen het gevoel van continuïteit blijft.

"Voor degeen die sterft, is het alsof hij het ene interessante boek neerlegt en een nieuw begint. En de levende — we smeden die band alleen met mensen van wie we houden — die wil graag helpen, is blij om de persoonlijkheid van de stervende onderdak te kunnen geven."

Hij keek haar nieuwsgierig aan. "En hoeveel mensen heb jij daarbinnen?"

Ze huiverde. "Dyle, je begrijpt het niet! Ik ben ik. Ik ben *mezelf*! Zelfs als er veertig mensen naar mij waren overgestoken, zou ik nog mezelf zijn. Zoals je weet putten wij ons juist uit in het individualisme. Wij zijn ons bewust van de noodzaak om jezelf te blijven, het individuele is een voortdurende geruststelling. Misschien draven wij in dat opzicht juist wel door.

"Andere volken weten een soort melancholieke vrede te bereiken door zich zoveel mogelijk aan alle anderen gelijk te maken, door zich uiterlijk te vereenzelvigen met hun groep. Wij doen het innerlijk.

Uiterlijke symbolen dat er iets blijft bestaan zijn overbodig. Er zijn geen grafstenen op het Alamhoogland, niemand zit zijn rijkdom op te potten. "Mijn moeder was dol op haar tuin. Ze had altijd massa's bloemen. Toen ging ze dood, maar bleef in mij leven. Ik heb geen enkele behoefte aan bloemen en planten. Ik maak me druk om mensen en de toekomst en maatschappelijke misstanden. Dus je ziet wel dat het alleen gaat om een band van het bewustzijn. Het is alsof je over het land vliegt en een passagier oppikt die geniet van de rit maar na verloop van tijd versmelt met de luchtwagen."

"Wat voelde jij toen de ziel van je moeder in jou kwam?"

"Alleen blijdschap dat ik iets voor haar kon doen," antwoordde Mardien ernstig. "Alsof ik haar gered had van verdrinking. Ik voelde haar aanwezigheid een paar weken lang alsof ze bij mij in de kamer was — het was heel plezierig. En daarna versmolt ze langzamerhand met mij."

"En Arman?" vroeg hij. "Is hij een Oro? Zal hij voortleven na zijn dood?"

Ze bloosde en knikte beschaamd. "Zijn moeder was een Oro. Een van de weinigen die de Overmensen ooit tot slaaf hebben gemaakt. Gewoonlijk doden wij onszelf om zo te ontsnappen."

"Maar met wie heeft Arman een band? Met *jou*?"

Ze bloosde nog sterker. "Ik heb die band een week geleden gekapt. Ik weet niet of hij nog via anderen beschermd is."

"Vertel me waarom zeshonderd Oro's als slaven naar Maxus zijn gegaan."

Na een ogenblik antwoordde zij: "Arman heeft in ieder geval ons verantwoordelijkheidsgevoel wakker geschud. Honderden jaren lang zijn wij zelfzuchtig, geïsoleerd geweest, hebben wij ons geheim angstvallig bewaard." Nu keek ze in Travecs ogen. "Die zeshonderd, Dyle, dat zijn onze beste telepaten. Het zijn onze spionnen. Zij zullen in de kritieke industrieën infiltreren en de geheime technieken telepathisch doorseinen naar Fell."

"En dan?"

Mardien knikte droevig. "En dan zijn er twee slavenstaten. Dat zie ik nu wel in. Ook anderen zullen het begrijpen. Maar kunnen we nu nog stoppen? De kruistocht is begonnen. Zeshonderd van ons zijn hier op Maxus. Moeten we die opofferen, voor niets?"

Travec zei strak: "Je legt de nadruk verkeerd."

"Hoe bedoel je?" vroeg zij verbaasd.

"Jij maakt je zorgen om zeshonderd Oro's. Denk aan de honderden en honderden miljoenen slaven die er al op Maxus waren."

Ze sloeg haar ogen neer. "Ik heb er niets over te vertellen. Arman is de leider. Zodra de ruimen van zijn schip vol zijn, gaat hij terug voor een nieuwe lading."

Travec zei gespannen: "Maar er moet toch een soort gezag bestaan in het land van de Oro's?"

"O ja, de Oudsten, de dorpsraden. Maar echt macht hebben ze niet. Armans kruistocht is een privéonderneming. De Armanieten vormen het actieve element."

Travec roffelde met zijn vingers op de tafel. "Ik zie iets over het hoofd — ergens, ik weet niet wat. Ik vraag me af of jouw mensen zich realiseren hoelang ze op Maxus zullen moeten blijven, hoe goed de Overmensen hun geheimen bewaken, hoeveel van hen gedood zullen worden."

"Dat betekent niets voor ze," bracht zij hem in herinnering.

"Als alle slaven nu Oro's waren," zei Travec langzaam, "als geen van de slaven bang was voor de dood — dan zou er geen slavenstaat meer bestaan." Hij keek Mardien weer aan. "Hoorde je wat ik zei? Als jouw zeshonderd Oro's de andere slaven bekeerden, zou er geen discipline meer zijn. En het gevolg zou zijn dat het systeem instortte."

"Als maar twintig procent van die nieuwe Oro's telepaten waren…"

"Organisatie," zei Travec. "Daar heb je je organisatie."

"We moeten terug naar Fell — naar de telepaten die contact kunnen maken met de zeshonderd hier."

"Twee dingen," zei Travec. "Eerst Arman. Hij is een obstakel. Hij moet uit de weg geruimd. En dan — mijn broer en zuster."

XII

Het zwarte schip zat stil op het terrein, omringd door bedrijvige kleine mensjes. Ze schraapten de buizen schoon, kropen over de scheepshuid, boenden meteorenstof van de patrijspoorten. Uit het grote zwarte pakhuis aan de ene kant van het terrein liep een hoge lopende band met een langzaam voortglijdende rij kisten die op weg waren naar een luik in de zijkant van het schip. Karretjes beladen met zwaardere kisten stopten op een nulgravplatform onder het vrachtluik, waar de kisten opgegooid en verstouwd werden.

Boven Alambar hing een gerafelde wolkendrift en een koude wind blies rommel over de haven. Armans mantel wapperde tegen zijn benen terwijl hij zijn schip naderde. Binnenin was het warmer. Hij liep door de gang, klom de ladder naar de stuurkoepel op, ging daar over het haventerrein staan uitkijken naar het olijfgroene dak van het paleis van de Patriarch, dat ontzaglijk groot opdoemde in de verte.

Hij betastte de zware spieren in zijn nek, ademde diep in. Rust, kalmte — geen zorgen, geen beslissingen te nemen. De slaven waren veilig in andere handen overgegaan, de vracht werd ingeladen. Voor hem lagen drie weken van nietsdoen.

Hij dacht aan Mardien. Nu hij door niets van belang in beslag werd genomen, was het tijd om aan plezier te denken. Zij had hem afgehouden — nee, dat bestond niet. Hij was Arman. Ze moest trots zijn dat zij hem mocht ontvangen. Had zij hem inderdaad op een afstand gehouden, dan had dat nu lang genoeg geduurd.

Hij keek naar de deur van haar kajuit. Daarachter hoorde hij geluid. Terwijl het bloed in zijn slapen bonsde, beende hij erheen en klopte aan.

"Ja?" klonk het van binnen. Haar stem was nerveus en ademloos. Ah, zij kende zijn begeerte. Hij wilde de deur openen. Deze was op slot.

"Mardien," zei Arman schor. "Doe open."

"Nee, Arman."

"Doe open! Ik wil je hebben, Mardien. Ik zal je nemen zoals een god betaamt." Hij hoorde haar overeind komen. Hij rammelde aan de deurkruk. "Laat me binnen of ik brand het slot eruit."

"Goed," zei Mardien met een rare stem.

De deur ging open. Arman liep naar binnen. Daar stond een man met het licht achter zijn rug.

Razend keerde Arman zich naar Mardien. "Slet — del —"

De man kwam een stap naar hem toe. Arman keek naar hem. Hij knipperde met zijn ogen, zijn schouders zakten in. Zijn hand viel naar zijn gordel. Travec schoot eerst.

✳

"Moord," zei de politieman terwijl hij zijn blik verhief van het lijk en Travec aankeek.

"Zelfverdediging," zei Mardien. "Ik was erbij. Ik heb het gezien."

Travec zei: "Deze man is Arman."

"Dat zie ik ook wel," zei de politieman. "Wat is uw status?"

"Slaaf," zei Travec droog.

"Nee, Travec — protesteerde Mardien.

De agent sprong overeind. "Dit is een afschuwelijke misdaad!"

"Laten we naar de Hoge Heer Patrouillant gaan," stelde Travec voor, "en horen wat hij ervan denkt."

"Waarom? Het is niet nodig om hem met zoiets lastig te vallen."

"Hij zal graag willen weten wat er met Arman is gebeurd. Reken maar dat hij er belang in stelt."

De Patrouillant beende heen en weer door zijn kamer toen ze eindelijk binnen werden gelaten. Hij droeg een lange mantel van zwarte zijde met een blauwe weerschijn waar het licht erop viel. De mantel ruiste als hij zich bewoog. Zijn gezicht was rood en opgewonden. Hij leek verdiept in zijn gedachten en schonk weinig aandacht aan zijn bezoekers.

Mardien en Travec stonden dicht bij elkaar, met de agent op een pas afstand in een houding die beiden leek te beschuldigen.

De Hoge Heer Patrouillant bleef bruusk staan en keerde zich naar de drie bezoekers. Zijn wenkbrauwen schoten omhoog toen hij Travec in het oog kreeg. Zacht zei hij: "Travec? Je verbijstert mij."

"Hij heeft een moord gepleegd, Heer," zei de agent.

"Moord? Wat nu? Dat is heel ernstig. Wie? Wanneer? Waar? En hoe?"

"De slavenhaler Arman, meneer. Net een uur geleden, met een ionenpistool."

"Aha!" de Patrouillant knipte met zijn vingers. "Maar dat is interessant! Moord, zeg je?"

"Ja meneer. In Armans eigen schip."

"Kwalijk, kwalijk!" Hij schudde zijn hoofd, maakte een gebaar. "U kunt gaan. Regel dat het lijk opgeruimd wordt."

De agent vertrok en de Patrouillant wierp zich in een zetel. "Mijn beste Travec, ik vrees dat jouw ijver je in moeilijkheden heeft gebracht."

"Ik begrijp niet wat u bedoelt."

De Patrouillant zei met expressief uitgestoken handen, de open handpalmen naar boven: "Dat moet toch duidelijk zijn! Moord is een ernstige misdaad hier op Maxus. Zeker de moord op een Overman door een slaaf. Je bent toch een slaaf, of niet? Dat was je tenminste een paar dagen geleden, als je me toen juist hebt ingelicht."

"Ongeacht mijn status, Arman was geen Overman."

"Hij was met een visum op Maxus. Dat levert hem de voorrechten van een Overman op. Zo moet het — we kunnen geen uitzonderingen maken, anders zou onze handel met andere planeten als sneeuw voor de zon verdwijnen."

Mardien zei: "Het was zelfverdediging, Heer."

"Dat is geen excuus," antwoordde de Patrouillant. "Helemaal geen excuus. Een slaaf mag zijn eigen leven niet zo hoog aanslaan. Jullie vinden me misschien een muggenzifter, maar op dergelijke grondvesten is onze beschaving gebouwd."

"Maar u heeft mij zelf in dienst genomen om Arman te doden!" zei Travec verontwaardigd.

"Toen waren de omstandigheden heel anders. Een gebeurtenis die plaatsgrijpt op de planeet Fell kan ik als privépersoon toejuichen of afkeuren. Hier op Maxus moet ik de wet handhaven."

Mardien zei wanhopig: "U kent de omstandigheden niet, Heer! Ik heb Travec in de Distributie gekocht. Hij was in mijn hut in het schip. Arman eiste dat ik hem binnen zou laten. Ik zei dat hij buiten moest blijven en toen dreigde hij de deur open te branden. Hij — hij wilde zich met geweld aan mij opdringen. Ik deed de deur open en toen hij Dyle zag, trok hij snel zijn wapen. Maar Dyle schoot eerst — om mij en zichzelf te verdedigen. Hij trad op als mijn lijfwacht, mijn beschermer."

Weifelend streelde de Patrouillant zijn kin. "Bent u bereid zich te onderwerpen aan een hypnotisch onderzoek om de echtheid van dit getuigenis na te gaan?"

"Jazeker! Het is de waarheid."

De Patrouillant zuchtte. "Goed. Als het zo'n dubieuze gebeurtenis was, zullen we niet overgaan tot vervolging. Er waren geen getuigen, neem ik aan?"

"Nee."

"Uitstekend." Hij richtte zich op achter zijn bureau. "Maar de Patriarch staat erop dat streng de hand aan de wet wordt gehouden. Als hij hoort van deze — deze doodslag, dan vrees ik het ergste. Als ik jullie was zou ik de planeet zo vlug mogelijk verlaten."

Travec keek hem plots wantrouwend aan. De beschuldiging, de strikte uitleg van de wet — was het een tactiek bedoeld om zich aan bepaalde verplichtingen te kunnen onttrekken? Het zou wel gevaarlijk zijn om al te hard aan te dringen, dacht hij. De man had zichtbaar een opgewonden bui.

"Mijn Heer," zei Travec kalm, "hoe dan ook, ongeacht de methode en de omstandigheden, ik heb mijn — ons doel bereikt. Ik heb Arman gedood. Wilt u mij nu mijn broer en zuster terugbezorgen, zoals u beloofde?"

De Patrouillant keek tergend langzaam op. "Mijn beste Travec — hoor ik dat goed? Net nu ik, zuiver afgaand op het verder niet door getuigen gestaafde verhaal van dit meisje, jou vrijlaat op mijn verantwoording — nu stel je eisen aan mij! Jouw vermetelheid is ongelooflijk!"

Mardien trok aan Travecs arm. "Kom mee, Dyle."

"Begrijp ik dan goed," zei Travec, "dat u mijn broer en zuster niet vrijlaat?"

De fronsende wenkbrauwen van de Patrouillant zakten in tot een rechte lijn. "Natuurlijk. Zij hebben zich aangepast aan hun nieuwe leven en zijn gelukkig. Uw broer bedient elektrisch gereedschap. Uw zuster — die bekleedt elders een boeiend ambt. U vraagt te veel. De Patriarch zou me villen. Vertrek nu voordat ik spijt krijg van mijn edelmoedigheid en me bedenk!"

"Kom, Dyle," fluisterde Mardien. "Ga nu mee."

Met tegenzin wendde Travec zich af. De stem van de Patrouillant vergezelde hen naar de uitgang. "U begrijpt dat Armans schip in beslag genomen is, samen met de lading. In de vermoedelijke afwezigheid van erfgenamen en rekening houdend met Armans schuld aan de Patriarch, wiens privéjacht hij gestolen heeft, zal de staat het schip ongetwijfeld verbeurdverklaren. Het zou dus verstandig zijn als u uw persoonlijke bezittingen meteen weghaalde."

Mardien en Travec stonden op straat onder de torenende Guchmanpoort.

"Weer mislukt," zei Travec, zijn vuisten ballend. "Voor de gek gehouden en met lege handen weggestuurd."

Mardien trok aan zijn arm om hem mee te krijgen — denkend dat zolang hij in beweging was, hij niets roekeloos zou doen.

"Wat een pech! Mijn arme zustertje — zo vol vertrouwen en onschuldig..."

"Dyle — niet piekeren. Daar schiet je niets mee op. We boffen dat we nog leven."

Travec bleef staan als een blok beton. Hij keek om naar de poort, naar de kamers van de Patrouillant.

"Dat is de man die ik had moeten doden. Als hij en zijn soort niet bestonden, zouden er geen Armans zijn."

"Onzin," zei Mardien. "Slechte mensen zijn er altijd geweest — en zullen er altijd zijn. Schiet nu op, Dyle, lieveling — voordat we nog meer problemen krijgen. We moeten passage nemen op een van de vrachtschepen om weer op Fell te komen."

Travec mompelde boos: "Het is nog niet afgelopen. En de volgende keer dat ik voor hem sta — de volgende keer..."

XIII

De Eerbiedwaardige Patriarch van Maxus en de Hoge Heer Patrouillant waren allebei mager als wandelende takken. Hun neus sneed omlaag uit een bleek voorhoofd als een benen mes langs hun verzonken oogkassen. De Patriarch was een hoofd groter en zijn haar was grijs. Het glanzend zwarte haar van de Patrouillant was in lussen gedraaid, rondgedraaid en vastgeplakt naar de laatste mode van Alambar.

De Patriarch had een levendige, achterdochtige uitdrukking op zijn gezicht. Zijn ogen waren groot. De Patrouillant gaf zich graag over aan een gesluierde starende blik. De Patriarch was hardhandiger en minder plooibaar, de Patrouillant subtieler. Bij toeval droegen ze ditmaal allebei een zware vuurrode mantel.

De Patriarch beende rond over het kersrode tapijt. De Patrouillant zat rustig in een zachte stoel die bekleed was met geel en zwart geverfde stroken mensenhuid. De Patriarch wreef in zijn handen.

"Onschuldig of niet — een godsdienstige cultus of niet — het betekent organisatie. En we kunnen niet tolereren dat de slaven zich organiseren."

De ander maakte een onverschillige grimas. "Het is maar een pleister op de wonde, een soort opium. Het voorziet in een behoefte."

"In een behoefte?"

"Zeker. Kijk maar hoe snel deze nieuwe beweging populair is geworden bij de slaven — hier, daar en overal. Als het geen bepaald verlangen bevredigde, zou het niet zo snel aanvaard zijn."

"Maar het is een organisatie," hield de Patriarch koppig vol.

"Dat kan ik niet met je eens zijn. Het is vormeloos, er is geen centrale kern. Het is maar een rage, een populaire mode. Laat ze er maar in zwelgen, zeg ik, laat ze hun overtollige energie uitputten in rituelen. Dat betekent minder problemen met de discipline en dus een hogere productiviteit. Nu al zie ik meer gedweeheid, vooral onder de minst handelbare werkers."

"*Bah*! Slaven zijn alleen gedwee wanneer de stroom door de strafcircuits loopt." De Patriarch dook neer op een stoel en zette de beker met warme drank aan zijn mond. "En hoe weet jij welke codes en symbolen gebruikt worden bij deze rituelen?"

De ander speelde met de robijn die aan zijn oor hing. "Ik heb spionnen en verklikkers die het mij laten weten —"

"Zo!" barstte de Patriarch triomfantelijk uit. "Dus je bent wél bezorgd, maar je wilt het niet toegeven! Pas op Onderman, hou me niet voor de gek!"

"Natuurlijk niet, Magnificat. Ik ben eenvoudig bezig met de normale surveillance, zodat geen enkele mogelijke bron van onrust, hoe gering ook, aan de aandacht kan ontsnappen."

"En blijf dat doen." De Patriarch hervatte zijn geijsbeer. "Dan is er nog de vraag wat —"

Een bediende in een rood, wit en grijs tuniek kwam de kamer in en kuchte schuchter. De Patrouillant vloog op. "Wat moet deze storing betekenen? Zie je niet dat we in gesprek zijn?"

De bediende boog het hoofd. "Verontschuldigt u mij, excellentie, er is hier een man die een ogenblikkelijk onderhoud eist."

"Wat? Op dit uur van de ochtend? Wie is het?"

"Zijn naam is Dyle Travec. Hij zegt dat hij zojuist gearriveerd is van de planeet Fell en hij zweert dat het heel dringend is. Ik heb hem gewaarschuwd dat u in bespreking was maar hij wist mij te overtuigen dat het belangrijk is. Hij lijkt heel zeker dat u hem wilt ontvangen."

"Wie is deze Travec?" vroeg de Patriarch geïrriteerd.

De Patrouillant stond een ogenblik zwijgend naar de deur te staren.

"Wie is hij, vroeg ik!"

"Herinner je je Arman nog?" vroeg de Patrouillant afwezig.

"Ik wil die naam niet meer horen."

"Travec heeft hem gedood. Een onfrisse moord in Armans schip. Hij is vrijgelaten op bewijs van zelfverdediging."

"Wat wil hij nu?"

"Ik heb geen idee. Hij komt nu van Fell — daar komen de Oro's vandaan. En het schijnen de Oro's te zijn die deze nieuwe cultus hebben verspreid."

De Patriarch knikte tegen de bediende. "Laat hem goed fouilleren en stuur hem dan naar binnen. Verdubbel de wacht bij de deur."

Travec kwam binnen. Hij knikte tegen de Patrouillant, groette de Patriarch. Hij droeg een knappe mantel, donkerblauw en geborduurd met een patroon van ranken en bladeren. Hij gedroeg zich met een zelfverzekerdheid en een gebrek aan respect die de Patrouillant irriteerden.

"Zo, Travec? Ik dacht dat ik jou nooit meer zou zien."

"Uw tijd is gekomen."

De twee mannen in het rood gaapten hem aan. "Hoe bedoel je dat?"

"Er zijn vierhonderd miljoen slaven op deze planeet. Jullie Overmensen tellen slechts veertig miljoen. De slaven omringen u aan alle kanten, omhullen u als het water een vis."

De mond van de Patriarch ging geluidloos open en dicht. De Patrouillant liep langzaam op Travec toe tot hij vlak voor hem stond. Travec recht in de ogen ziend, zei hij: "Dit is nauwelijks een fonkelnieuwe ontdekking te noemen."

"Wat wil hij?" zei de Patriarch schor. "Als hij ons komt vermoorden —"

Travec wendde zich met een flauwe glimlach tot de Patriarch.

"U leeft in een sfeer van angst. Zou u niet liever een gelukkige wereld hebben, zonder de diepe kloof tussen meester en slaaf, zonder de strafcircuits, zonder de zweep, zonder de vernedering van beide kanten? Zou u niet liever een wereld zien waarin de mensen als gelijken samenwerken tot het heil van allen?"

De Hoge Heer Patrouillant zei: "Zoiets is amper een kwestie van wat we graag willen of niet. We leven in een bepaalde maatschappij. Alleen een ramp zou die maatschappij kunnen veranderen."

"Dan komt er zo'n ramp."

De man zei met half dichtgeknepen ogen: "Bedreig je ons?"

"Ja," zei Travec. "Reken maar."

Het was stil.

Toen vroeg de Patrouillant: "Wanneer zal deze ramp plaatsvinden?"

"Op ditzelfde moment."

De Patriarch was stiekem naar de mosterdkleurige draperie geslopen en had zijn hand erachter gestoken. "Wacht!" riep Travec. "Het is in uw belang om te wachten."

De door het sein van de Patriarch ontboden wachters kwamen de kamer in. "Breng hem naar buiten," zei de Patriarch hijgend. "Dood hem."

De Patrouillant hield zijn hand omhoog. "Wacht, Magnificat, wacht als ik u bidden mag. Misschien heeft deze man ons iets te zeggen."

Travec leek naar de lucht te luisteren. Opeens keek hij de twee mannen weer aan en zei: "Dat klopt. Ik deel u mee dat tijdens de afgelopen dertig seconden een miljoen Overmensen gestorven is."

"Wat?"

"Is er hier een raam dat op de straat uitkijkt?"

De Patrouillant wierp een berekenende blik op de Patriarch, die star voor zich uit stond te staren met grote donkere ogen in zijn bleke gezicht. "Deze kant op," besloot de Patrouillant plotseling.

Met snelle passen ging hij door de deur, de donkere gewelfde gang in en daar maaide hij het veloursgordijn van een hoog raam uit de weg. Hij keek nieuwsgierig naar buiten en zag daar een krioelende verwarring, stapels kapotte machines, links en rechts verminkte lijken.

Hij trok zijn schouders hoog op. Zijn handen grepen in de vensterbank. De Patriarch vroeg hees: "Wat is er? Laat me kijken." Hij drong naar het raam. *Oh!*"

Travec zei: "We hadden liever een minder bloeddorstige demonstratie gegeven — maar dit is iets dat de Overmensen kunnen begrijpen. In Alambar, in Beloat, in Murabas — in alle steden op Maxus — is ieder voertuig met Overmensen erin en bestuurd door een slaaf veranderd in een wrak. De straten liggen vol met wrakken die ergens tegenop gebotst zijn."

De Patrouillant keek hem laaiend aan. "Deze misdaad zal verschrikkelijk bestraft worden. Er zullen stromen bloed vloeien, talloze bleke Orthse beenderen zullen bloot komen te liggen!"

Travec schudde zijn hoofd. "U begrijpt niet hoeveel macht wij hebben. Wij omsluiten u, wij omvatten u als een vuist een tros druiven. Nu heeft die vuist zenuwen en discipline gekregen. Als het bevel om te knijpen komt, balt de vuist zich en weer is er een miljoen Overmensen dood."

De Patrouillant greep zich in de haren. Maar zijn conditionering zorgde dat hij zijn kunstig geplakte lokken toch niet in de war bracht. Hij bracht zijn handen weer omlaag.

Travec vervolgde: "We moeten tot een overeenkomst komen — nu, voor het uur om is. Zo niet, dan zal er na dat uur geen Overmens meer leven op deze planeet. De ramp waar u over sprak is aangebroken. Nou, hoe beslist u?"

De Patrouillant keek naar de Patriarch. Deze zei schor fluisterend: "Die man is gek."

Travec moest lachen. "Het raakt u niet. Luister dan — nee, u kunt het niet horen." Hij hield zijn hoofd scheef alsof hij een zwak maar zeer veelzeggend geluid hoorde. Toen keek hij de twee mannen weer aan.

"De Glaurisdijk is doorgestoken. Op de Glaurisbodem is het nu nacht. De Overmensen slapen in de vakantiehuisjes, in de hotels, op de schuiten langs de oevers van de Geelblad. Het is de nacht van de zomerzonnewende, de nacht van de Herensamenkomst." Hij wachtte even.

"De Pheresaanse Zee stroomt nu vijfentwintig meter diep over de Glaurisbodem en nog een miljoen Overmensen is dood, waaronder twintigduizend Heren."

De Patrouillant liep naar de telefoon. "Geef me Hotel Rolite Nauton — snel… De lijn is dood? Dan Glaurisbeheer. Snel!… Ja ja, luister, kijk naar beneden. Wat zie je?… Niet zo gillen!" Hij gilde zelf. *"Water?"*

Blind hing hij op en zag de Patriarch aan. "Ze laten ons doodbloeden, Magnificat — morsdood — ons, de eersten van de Melkweg!"

"Nou, wat besluiten jullie?" drong Travec aan.

"Wij hebben geen besluit."

"Dan vallen er meer doden."

Ze staarden hem aan. Hij leek langer, hij torende boven hen uit, zijn gezicht was gebiedend. Zij verschrompelden, verdroogden, zwak als mummies in hun rode jassen.

"Wat wil je ons verder nog aandoen?"

"Wij kunnen dit paleis en heel Alambar tot puin stampen. Deze hele omgeving, tot kilometers ver. Alles wat hier leeft wordt vermorzeld. U zult sterven, Patrouillant, en u zult sterven, Patriarch."

"En jij," zei de Patrouillant. Arrogant of boos klonk hij niet meer. Nu begon hij te onderhandelen, streefde ernaar voordelen te behalen. Hij was zo glad als een aal.

Travec lachte. "Sterven? Daar ben ik niet bang voor. Duizenden en nog eens duizenden slaven zijn nu net gestorven om Overmensen te kunnen doden. Sterven is niets, het is zonder belang. We zijn nu allemaal Oro's."

"Zie je wel, *zie* je nu wel," jankte de Patriarch. "Ik wist wel dat er een eind aan had moeten worden gemaakt."

"Wat wil je dat wij doen?" vroeg de Patrouillant.

"De Patriarch moet naar de telefoon gaan en alle geüniformeerde bewakers, militiemensen en politie naar hun kazernes sturen. Ze moeten hun wapens voor de deur leggen. Het bedieningsbord van de Strafcentrale moet verlaten worden. Dan moet hij een planetaire omroeplijn bestellen en voor de hele planeet verklaren dat er geen slaven en geen Overmensen meer bestaan op Maxus — dat allen vrije mensen zijn — dat er een parlementaire regering zal worden gevormd."

"Nee!" kreunde de Patriarch.

Travec wachtte zwijgend. De Patrouillant vroeg: "Hoe wil je het paleis verwoesten?"

"We vernietigen de drie krachtcentrales die het poortfort in de lucht houden. De nulgravmachines vallen stil, het fort stort neer — een kwart miljoen ton massa van vijftien kilometer hoogte. Het zal vallen als de dag des oordeels. Alambar wordt een kapotgesmeten kruik. Het paleis zal een scherfje van die kruik zijn."

De Patriarch hing kakelend in de gordijnen. De Patrouillant sprak hem aan, blakend van gezag. "Hij heeft gewonnen. Ons tijdperk is afgelopen. Gehoorzaam hem."

Een schim van zijn oude gewoonten kroop over het gezicht van de tiran. Zijn handen klauwden in het velours van het gordijn en hij spande zich in om zijn lange gestalte te rechten en een dreigende indruk te wekken.

"Gehoorzaam hem!" riep de Patrouillant ruw.

"Nee," jammerde de Patriarch. "Ik kan het niet — ik wil het niet. Het is ondenkbaar."

De Patrouillant trok zijn kleine pistool tevoorschijn en liet de vlam op en neer over de heerser van Maxus spelen. De lange gedaante knetterde als droog stro in een vlam.

"Ik zal die verklaring afleggen," zei de Patrouillant. Hij ging naar de telefoon.

"Er zijn geen slaven meer op Maxus..."

Wervingsbijeenkomst

Jarvis kwam de Rivierzichtweg afgelopen uit de richting van het pakhuis bij de terminal, waar hij een oncomfortabele nacht had doorgebracht. Op de hoek van de Sion Novackweg stopte hij zijn voorlaatste koperstuk in de dispenser van het *Pegasus Vierkant Land- en Mijnbouwbulletin*; hij nam de roze envelop uit de machine en koos een pad door de troep op straat, naar het Original Blue Man café. Hij zocht zorgvuldig een geschikte tafel uit, met zijn rug naar een hoek en zicht op de gehele lengte van de straat.

De ober verscheen, monsterde Jarvis van top tot teen. Jarvis keek met een harde blik terug. "Warme anijsmelk. Een lezer."

De ober draaide zich om. Jarvis ontspande, wreef over zijn pijnlijke heup en bekeek de donkere vormen die zich sporadisch door de mist haastten. De straten waren nog schemerig; er was nog maar één van de Procrusteaanse zonnen op: geen partij voor de mistbanken van de Lome Rivier.

De ober kwam terug met een doffe metalen pot en de lezer. Jarvis nam afscheid van zijn laatste munt, warmde zijn handen aan de pot, stopte de film in de lezer en nipte aan het brouwsel, zijn aandacht bij het nieuws. Pagina na pagina flitste langs: Aardse nieuwtjes, nieuws uit de sterrenhoop, lokaal nieuws, actuele opinie, toegepaste mechanica. Hij vond de advertenties, vacatures, en liep het aanbod vluchtig door. Dat was schamel genoeg: een putgraver gezocht, glaspuddelaars, bessenplukkers, kruipkruidjagers. Hij veerde op; dit was meer wat hij zocht:

Wervingsbijeenkomst: vier reizigers van de hoogste efficiëntie. Grote winsten voor kundige werkers; vastomlijnde doelen in zicht. Alleen reacties van vindingrijke, bereidwillige mannen. Ontmoet Belisarius om 10 meridiaan in Herberg De Oude Zon.

Jarvis las de paragraaf nog een keer en vertaalde de indirecte frasen naar meer concrete betekenissen. Hij keek op zijn horloge: drie uur te gaan. Hij wierp een blik op de straat, op de ober, nipte van de pot, en begon het *Land- en Mijnbouwbulletin* te bestuderen.

Twee uur later kwam de tweede zon op. Een blauw-witte bal fonkelde boven de kop van de Rivierzichtweg, als een fakkel in de mist; de bevolking van de stad begon te verschijnen. Jarvis liep stilletjes het café uit en beende in de zon de Rivierzichtweg af.

De hitte en de inspanning verlichtten het kloppen in zijn heup; tegen de tijd dat hij de esplanade langs de rivier bereikte werd zijn tred vloeiend. Hij sloeg rechtsaf, voorbij de Herdenkingsfontein en daar was Herberg De Oude Zon, uitkijkend over het water naar de grijsmarmeren rotsoevers.

Jarvis bekeek de herberg aandachtig. Zij zag er duur uit, maar niet opzichtig, eerder gedistingeerd dan elegant. Hij voelde minder scepsis; bulletinadvertenties beloofden soms meer dan ze konden waarmaken; een man kon niet voorzichtig genoeg zijn.

Hij naderde de herberg. De entree was een massieve houten deur met een glas-in-loodraam, waarin een lachende Oude Zon een gouden straal op een groen en blauwe Aarde scheen. De deur zwaaide open; Jarvis trad binnen, richtte zich tot het loket.

"Ja, mijnheer?" vroeg de klerk.

"De heer Belisarius," zei Jarvis.

De klerk inspecteerde Jarvis met vrijwel dezelfde blik als de ober in het café. Hij haalde amper waarneembaar zijn schouders op en zei, "Suite B — hierbeneden, verderop in de hal."

Jarvis doorkruiste de lobby. Terwijl hij de hal inliep hoorde hij het openen van de buitendeur; een grote blonde man in groene suède kwam de herberg binnen en stopte net als Jarvis bij het loket. Jarvis ging verder de hal in. De deur naar suite B stond op een kier; Jarvis duwde haar open, trad binnen.

Hij stond in een grote kamer met panelen van donkergroen zeebomenhout, eenvoudig aangekleed — een taankleurig tapijt, stoelen en banken tegen de muren, een verfijnde kroonluchter versierd met glinsterende lovertjes — zo verfijnd, inderdaad, dat Jarvis een systeem van spionagecellen vermoedde. Op zich betekende dat niets; in feite kon het worden uitgelegd als aanbevelenswaardige behoedzaamheid.

Vijf anderen zaten te wachten: mannen van uiteenlopende leeftijd, lengte en huidskleur. Ze hadden slechts één ding gemeen; een soort van tegelijk alle kanten op schijnen te kijken. Jarvis nam een stoel, leunde naar achter; een ogenblik later kwam de grote blonde man in groene suède naar binnen. Hij keek de kamer rond, wierp een blik op de kroonluchter, ging zitten. Een tengere grijsaard met een gerimpelde bruine huid en een sluwe roekeloze lach zei, "Omar Gildig! Wat brengt jou hier, Gildig?"

De ogen van de grote blonde man werden even glazig; toen zei hij, "Mijn motieven zullen die van jou niet ver ontlopen, Tixon."

De oude man bewoog zijn hoofd met een schok naar achter, knipperde met zijn ogen. "Je houdt me voor een ander; mijn naam is Pardee. Kapitein Pardee."

"Zoals u zegt, Kapitein."

Er viel een stilte in de kamer; Tixon, of Pardee, ging nerveus naast Gildig zitten en sprak op gedempte toon. Gildig knikte als een vreedzame leeuw.

Andere mannen kwamen binnen; allen bekeken ze vluchtig de kamer en de kroonluchter, en namen plaats. Er zat nu een man of twintig in de kamer.

Andere gesprekken ontstonden. Jarvis zat naast een smalle gedrongen man met een vollemaansgezicht, een kleine bolle pens, een hoekige neus en donkere uilachtige ogen. Hij leek geneigd tot een gesprek en Jarvis permitteerde zich een gepaste respons. "Koud gisternacht, voor degenen onder ons die de rode zon zagen opkomen."

Jarvis knikte.

"Je mag van geluk spreken als je van deze planeet weg kan komen," vervolgde de ronde man. "Ik hou het *Bulletin* nu al drie weken in de gaten; lukt het niet met Belisarius — ik zweer het je, bij het sap van Jonah, ik neem een liftersbaantje op een pakketboot."

Jarvis vroeg, "Wie is deze Belisarius?"

De ronde man zette grote ogen op. "Belisarius? Dat is bekend — dat is Belson!"

"Belson?" Jarvis kon de verbaasde toon niet uit zijn stem houden; de kneuzing bij zijn heup begon te steken en te bonzen. "Belson?"

De ronde man had zijn hoofd weggedraaid, maar staarde over de brug van zijn kleine snavelneus. "Belson is een effectief reiziger en zeer gewaardeerd."

"Dat had ik ook begrepen," zei Jarvis.

"Er zijn geruchten dat hij tegenslagen heeft ondervonden — met name eentje in de moerassen van Fenn, twee maanden geleden."

"Hoe gaat het gerucht?" vroeg Jarvis.

"Er is veel gepraat, weinig feiten," antwoordde de ronde man gracieus. "En is je opgevallen welk een uitzonderlijke concentratie aan talent in deze kleine kamer samenzit? We hebben jouwzelf. En mijn eigen bescheiden talenten. We hebben Omar Gildig — sterk als een Beshauer stier en met een doortrapt brein. Daar zit de jonge Hancock McManus, een uiterst effectief werker, en daar — hij noemt zichzelf Lachesis, een metafoor. En ik wed dat er in al onze zakken samen nog geen twintig Juillard-kronen te vinden zijn!"

"Zeker niet in de mijne," gaf Jarvis toe.

"Dit is ons leven," zei de ronde man. "We leven het tot het uiterste. Iedere minuut een entiteit waar we het maximale uit willen persen; ons geld, onze kronen, onze kredieten — we kopen er groot vertier mee, maar ze zijn weldra verdwenen. Dan lonkt Belisarius met manhaftige doelen, en we komen, als motten naar een vlam!"

"Ik vraag me af," mijmerde Jarvis.

"Wat vraag je je af?"

"Belisarius heeft toch zeker zijn eigen vertrouwde luitenants… Wanneer hij via het Boerenbulletin roept om reizigers, is er altijd een kans op inmenging door de Autoriteit."

"Wellicht zijn die zich niet bewust van de conventie, de code."

"Dat waag ik te betwijfelen."

De ronde man schudde zijn hoofd, zuchtte. "Een dappere agent, die zich op deze dag naar Herberg De Oude Zon waagt."

"Er bestaan zulke mannen."

"Maar die komen niet naar de wervingsbijeenkomsten — en weet je waarom niet?"

"Waarom niet dan?"

"Stel ze komen — stel ze arresteren zes man — een dozijn."

"Een dozijn minder om het hoofd te bieden."

"Maar bij de volgende bijeenkomst gaan de reizigers zich dan bewijzen in de Ultieme Test."

"En die is?" vroeg Jarvis ontspannen, terwijl hij het antwoord wist.

De ronde man legde het enthousiast uit. "Iedere deelnemer moet iemand doden in het bijzijn van een scheidsrechter. De Autoriteit zal de herinvoering van zo'n test nooit riskeren; daarom laten ze reizigers liever ongestoord bijeenkomen en vergaderen." De ronde man keek scherp naar Jarvis. "Dit kan nauwelijks nieuws voor je zijn?"

"Ik heb er weleens iets over gehoord," zei Jarvis.

De ronde man zei, "Behoedzaamheid strekt tot eer, indien deze niet excessief wordt doorgevoerd."

Jarvis lachte zijn lange scherpe tanden bloot. "Waarom geen excessieve behoedzaamheid gebruiken, wanneer dat niets kost?"

"Waarom niet?" gaf de ronde man toe, en sprak niet meer met Jarvis.

Enkele ogenblikken later ging de binnendeur open; een korte, chagrijnige oude man, in strakke zwarte broek en vest, bekeek het gezelschap. Zijn ogen waren mild, zijn gezicht lang, wasachtig en melancholisch; zijn stem klonk passend ernstig. "Jullie aandacht, alstublieft."

"Bij Crokus," mompelde de ronde man, "Belson engageert tegenwoordig begrafenisondernemers om zijn bijeenkomsten op te fleuren."

De oude man in het zwart ging verder. "Ik zal jullie een voor een oproepen, in volgorde van opkomst. Jullie ondergaan zekere toetsingen, jullie onderwerpen je aan zekere ondervragingen... Eenieder die dit vooruitzicht als te intiem ervaart, mag nu vertrekken."

Hij wachtte. Niemand stond op om te vertrekken, hoewel op sommige voorhoofden fronsen verschenen, en Omar Gildig zei, "Mits binnen de grenzen van het betamelijke, zal niemand zich tegen je onderzoekingen verzetten. Indien deze grenzen worden overschreden, zal ik protest aantekenen."

De oude man knikte. "Zeer goed, zoals u wilt. Als eerste dan — U, Paul Pulliam."

Een slanke elegante man in een wijnkleurige jas en strakke broek stond op en betrad de binnenkamer.

"Dus dat is Paul Pulliam," fluisterde de ronde man. "Ik vroeg het me al zes jaar af, sinds de Myknosis affaire."

"Wie is die oude man — de begrafenisondernemer?" vroeg Jarvis.

"Ik heb geen idee."

"In feite," vroeg Jarvis, "wie is Belson? Hoe ziet Belson er uit?"

"Naar waarheid," zei de ronde man, "weet ik niet meer dan dat."

De tweede man werd geroepen, dan de derde, de vierde, dan: "Gilbert Jarvis!"

Jarvis stond op en dacht: hoe voor de donder weten ze *mijn voornaam*? Hij liep door naar een wachtkamer, met een weegschaal als enig meubilair. De oude man in het zwart zei: "Alstublieft, ik wens uw gewicht te bepalen."

Jarvis stapte op de weegschaal; de wijzerplaat gloeide op met het getal 163, dat de oude man in een boek noteerde. "Zeer goed. Nu ga ik in uw oor prikken —"

Jarvis greep het instrument beet; de oude man piepte, "Hee, hee, hee!"

Jarvis onderzocht het stukje glas en metaal, gaf het terug met een wolfachtige grijns. "Ik ben een behoedzaam man; er worden geen middelen in mijn oor gespoten."

"Nee, nee," protesteerde de oude man, "ik heb slechts één druppel nodig om de karakteristieken van uw bloed te bepalen."

"Wat is daar zo belangrijk aan?" vroeg Jarvis cynisch. "Ik heb gemerkt dat het weliswaar vervelend is wanneer een man bloedt, maar laat hem vooral bloeden, tot het stopt of tot hij is leeggelopen."

"Belisarius is een medelevend meester."

"Ik wil geen meester," zei Jarvis.

"Mentor, dan — een medelevende mentor."

"Ik denk voor mezelf."

"De duivel mag me naar mijn dood sleuren!" exclameerde de oude man, "Wat bent u een snel aangebrand type." Hij stopte de druppel uit Jarvis' oor in een analysetoestel, bekeek de wijzers. "Type O...Index 96...Granuli B...Zeer goed, Gilbert Jarvis, zeker zeer goed!"

"Ahum," zei Jarvis, "is dit de hele test die Belisarius een man afneemt — zijn gewicht, zijn bloed?"

"Nee, nee," zei de oude man ernstig, "dit zijn nog maar de ingangstesten; maar laat me u feliciteren, tot nu toe bent u erg geschikt.

Nu — kom met me mee en wacht; over een uurtje gaan we lunchen, dan kunnen we de rest van het probleem bespreken."

Van de oorspronkelijke kandidaten bleven er slechts acht over na de eerste selectieronde. Het viel Jarvis op dat ze alle acht in de buurt van zijn gewicht zaten, met uitzondering van Omar Gildig, die minstens tweehonderdvijftig pond woog.

De oude man in het zwart ontbood hen voor de lunch; de stoet van acht liep een groene ronde salon binnen; ze namen plaats aan een groene ronde tafel. De oude man gaf een signaal, en wijn en hors-d'œuvres verschenen in de bedieningssleuven. Hij mat zich een air van hartelijkheid aan. "Laten we de achtergrond van onze aanwezigheid vergeten," zei hij. "Laten we van een goede maaltijd genieten en van zoveel kameraadschap als we naar deze gelegenheid mogen brengen."

Omar Gildig snoof, een enorme grimas die zijn neus over zijn mond trok. "Wie maalt er om kameraadschap? We willen weten wat ons aangaat. Wat voor zaak beraamt Belson?"

De oude man schudde glimlachend zijn hoofd. "Er zijn nog steeds acht van jullie — en Belisarius behoeft er maar vier."

"Schiet dan op met je testen; we hebben wel wat anders te doen dan door deze kinderachtige hoepels te springen."

"Er waren geen hoepels tot dusver," zei de oude man vriendelijk. "Heb nog een uur geduld; geen van jullie achten vertrekt zonder compensatie, in wat voor vorm ook."

Jarvis keek langs de gezichten. Gildig; geslepen roekeloze oude Tixon — of Kapitein Pardee, zoals hij zichzelf noemde; de ronde uilachtige man; een lachende blonde kerel die eruitzag als een meisje in jongenskleren; twee stille niet nader gedefinieerden; een lange potlooddunne kleurling die net zo goed doofstom had kunnen zijn, gezien zijn gebrek aan spraakzaamheid.

Het eten werd geserveerd: kleine biefstukjes van lokaal wild, een schoteltje geroosterde peulen met een kruidensaus en gehakte mosselen. Maar de porties waren dermate klein dat Jarvis' eetlust eerder toenam.

Vervolgens arriveerden glazen bevroren rode punch, dan gesmoorde halvemaantjes van wit vlees, met een rood bultje aan beide uiteinden, badend in een pikant geurende saus.

Jarvis grinnikte in zichzelf en keek de tafel rond. Gildig viel met smaak aan, net als de dunne donkergetinte man; een of twee van de anderen aten voorzichtiger. Jarvis dacht, mij heb je niet zo makkelijk, en speelde met het voedsel; en hij zag vanuit een ooghoek dat Tixon, de blonde jongen en de ronde man zich overeenkomstig onthielden.

Hun gastheer keek de tafel rond met een pijnlijke blik. "Het gerecht, zie ik, is niet populair."

De ronde man zei klagelijk, "Het is wel degelijk uiterst slechtgemanierd om ons te vergiftigen met een Fenn moerasgarnaal."

Gildig spuwde een mondvol uit. "Gif!"

"Rustig, Conrad, rustig," zei de oude man, grinnikend. "Deze zijn niet wat jullie denken dat ze zijn." Hij reikte met een vork, spietste een van de objecten op het bord van Conrad, de ronde man, en at het op. "Zie je, je hebt het mis. Misschien lijken deze wel op Fenn moerasgarnalen — maar ze zijn het niet."

Gildig keek bedenkelijk naar zijn bord. "En wat dacht jij dat het waren?" vroeg hij aan Conrad.

Conrad greep een van de partjes, bekeek het nauwgezet. "Op Fenn, wanneer een man een andere man voor een dag of een week in zijn macht wil houden, zoekt hij deze — of garnalen soortgelijk aan deze — in de moerassen. Het toxische gedeelte bevindt zich in deze rode zakjes." Hij duwde zijn bord weg. "Moerasgarnaal of niet, mij is de eetlust vergaan."

"We zullen ze weghalen," zei de oude man. "Naar de volgende gang, een ovenschotel van kapoenen, als ik me niet vergis."

Het diner ging voort; de oude man liet geen verdere wijn komen. "Want —" legde hij uit "— we krijgen nog een behendigheidstest; jullie dienen over al jullie faculteiten te beschikken."

"Ingewikkeld systeem om een ploeg samen te stellen," mopperde Gildig.

De oude man haalde zijn schouders op. "Ik handel voor Belisarius."

"Belson, bedoel je."

"Noem hem zoals je wil."

Conrad, de ronde man, zei bedachtzaam, "Belson is geen gemakkelijk meester."

De oude man keek verbaasd. "Bezorgt Belson — zoals je hem noemt — je geen grote winsten?"

"Belson betrekt niemand in zijn plannen — en Belson vergeet nooit een aangedaan onrecht."

De oude man lachte een spijtig lachje. "Dat maakt het gemakkelijk om hem te dienen. Gehoorzaam hem, behandel hem niet onheus — en je zult zijn toorn nooit voelen."

Conrad haalde zijn schouders op, Gildig lachte. Jarvis bleef waakzaam. Deze zaak had meer om het lijf dan ploegen samenstellen en winsten behalen.

"Nu," zei de oude man, "door deze deur alstublieft, een voor een. Omar Gildig, jij mag eerst."

De zeven bleven aan tafel achter, ongemakkelijk uit hun ooghoeken kijkend. Conrad en Tixon — of Kapitein Pardee — spraken luchtig; de blonde jongeling sloot zich aan bij hun gesprek; dan een bons die hen allemaal deed opkijken en het gesprek deed stilvallen. Na een pauze ging de conversatie tamelijk futloos verder.

De oude man verscheen. "Nu jij, Kapitein Pardee."

Kapitein Pardee — of Tixon — verliet de kamer. De zes bleven luisterend achter; er waren geen verdere geluiden hoorbaar.

De oude man sommeerde vervolgens de blonde jongeling, dan Conrad, dan een van de niet nader gedefinieerden, dan de lange zwarte man, de andere niet nader gedefinieerde, en keerde ten slotte terug in de kamer, waar enkel Jarvis nog zat.

"Mijn excuses, Gilbert Jarvis — maar ik denk dat we een bevredigende eliminatie effectueren. Als je deze kant op wil komen…"

Jarvis betrad een lange donkere kamer.

De oude man zei, "Dit is, zoals ik reeds suggereerde, een test van bekwaamheid, behendigheid, vindingrijkheid. Ik veronderstel dat je jouw favoriete wapens bij je draagt?"

Jarvis grijnsde. "Natuurlijk."

"Zie," zei de oude man, "het scherm aan het uiteinde van deze kamer. Stel je twee bewapende en alerte mannen voor die je vijanden zijn, die zich nog niet bewust zijn van je aanwezigheid." Hij pauzeerde; bekeek Jarvis, die zijn humorloze lach grijnsde.

"Nou dan, stel je je de situatie voor?"

Jarvis luisterde; hoorde hij ademhalen? Er hing een heimelijk gevoel in de kamer, van stijgende spanning, van verwachting.

"Verbeeld je het je?" vroeg de oude man. "Ze zullen je doden wanneer ze je vinden... Ze zullen je doden..."

Een geluid, een geruis — niet van het uiteinde van de kamer, maar van de zijkant — een slingerende donkere vorm. De oude man bukte; Jarvis sprong achteruit, trok zijn wapen, een Parnassische splinterspuit... De donkere vorm dreunde met drie interne explosies.

"Uitstekend," zei de oude man. "Je hebt goede reacties, Gilbert Jarvis — ook met een splinterspuit. Zijn het geen lastige wapens?"

"Niet voor een man die ze weet te gebruiken; dan zijn ze hoogst effectief."

"Een interessante diversiteit in opinies," zei de oude man. "Gildig, bijvoorbeeld, gebruikte een inklapbare knuppel. Geen idee waar hij hem had verborgen — een wonder van vingervlugheid. Conrad was bijna even kundig met het schietmes als jij met de splinterspuit, en Noël, de blonde jongeman — gaf de voorkeur aan een dammelstraler."

"Lomp," zei Jarvis. "Lomp en delicaat, en met beperkte capaciteit."

"Eens," zei de oude man. "Maar ieder zijn eigen methodes."

"Het verbaast me," zei Jarvis. "Waar draagt hij dat wapen? Ik zag niets van de omvang van een dammelstraler op zijn persoon."

"Hij had hem goed aangepast," zei de oude man cryptisch. "Deze kant op, alstublieft."

Ze keerden terug naar de eerste wachtkamer. In plaats van de oorspronkelijke twintig mannen, waren er nu nog slechts vier: Gildig, oude Tixon, de jonge blonde Noël, en Conrad, de ronde man met het uilachtige gezicht. Jarvis onderzocht Noël kritisch om te zien waar hij zijn wapen droeg, maar het was nergens te bekennen, ondanks zijn uit roze, geel en zwart geweven, nauwsluitende kleding.

De oude man leek in opperbeste stemming; zijn treurige kaken sidderden en trilden. "Nu, edele heren, nu — komen we bij het einde van deze eliminatie. Vijf mannen, waar we er slechts vier behoeven. Eén man moeten we nog lozen; kan iemand daartoe een voorstel doen?"

De vijf mannen verstijfden, keken argwanend zijdelings rond, op hun hoede, terwijl hetzelfde idee zich in ieders geest manifesteerde.

"Welnu," zei de oude man, "dat zou een manier zijn om de impasse te doorbreken, maar verschillende gelijktijdige eliminaties zouden Belisarius in een ongemakkelijke situatie brengen."

Niemand zei iets.

De oude man mijmerde, "Ik denk dat ik wel een uitweg kan bieden. Laten we aannemen dat we allemaal door Belisarius worden ingehuurd."

"Ik neem niets aan," gromde Gildig. "Of ik word ingehuurd, of niet. Wanneer ik word ingehuurd, wil ik een provisie."

"Welnu," zei de oude man, "dan zijn jullie bij dezen allen ingehuurd door Belisarius."

"Door Belson."

"Ja, door Belson. Hier—" hij verdeelde vijf enveloppen "—hier is eerlijk geld. Duizend kronen. Nu zijn jullie allen mannen van Belson. Jullie begrijpen wat dat inhoudt?"

"Het houdt loyaliteit in," opperde Tixon, tevreden naar de inhoud van zijn envelop kijkend.

"Volledige, onvoorwaardelijke, onwankelbare loyaliteit," echode de oude man.

"U zegt?" vroeg hij naar Gildigs brom.

Gildig zei, "Hij ontneemt een man de zeggenschap over z'n eigen geest."

"Wanneer hij Belson dient, heeft een man zijn geest slechts nodig om te dienen. Ervoor en erna is hij vrij als lucht. Maar gedurende zijn dienst moet hij Belsons man zijn, een verlenging van Belsons geest. De beloningen zijn hoog—maar de straffen zijn onafwendbaar."

Gildig gromde capitulerend. "Wat nu dan?"

"Nu streven wij ernaar die ene overbodige man te elimineren. Ik denk dat het nu kan." Hij keek de gezichten rond. "Gildig—Tixon—"

"Noem me Kapitein Pardee—dat is mijn naam!"

"—Conrad—Noël—en Gilbert Jarvis."

"Nou," zei Conrad kort, "ga door."

"De theorie van de situatie," zei de oude man didactisch, "is dat we allemaal Belsons loyale volgelingen zijn. Stel we vinden een verrader jegens Belson, een vijand—wat doen we dan?"

"Hem doden!" zei Tixon.

"Exact."

Gildig leunde voorover, en de uitpuilende spieren zonden golven van zacht licht over zijn groene suède jas. "Hoe kunnen er verraders onder ons zijn, wanneer we net in dienst zijn genomen?"

De oude man keek berouwvol naar zijn bleke vingers. "Eigenlijk, edele heren, is de situatie wat complexer dan men zou vermoeden. Deze ongewilde vijfde man — de man ter eliminatie — hij is degene die Belsons vertrouwen heeft geschonden. Het opruimen van deze man," zei hij streng, "wordt een treffende les voor de resterende vier."

"Nou," zei Noël ontspannen, "zullen we dan verdergaan? Wie is de verrader?"

"Ah," zei de oude man, "we zijn hier vandaag bijeengekomen om precies dat feit te achterhalen."

"Bedoel je," beet Conrad, "dat deze hele poppenkast niet ons dient, maar slechts jezelf?"

"Nee, nee!" protesteerde de oude man. "De vier die zijn uitgekozen zullen een dienstverband krijgen — en wel ogenblikkelijk als het aan mij ligt. Maar laat me het uitleggen; de achtergrond is als volgt: in een verlaten kamp, in de moerassen van Fenn, had Belson een schat verborgen — een buitengewone schat! Hij liet er drie man achter ter bewaking. Met twee ervan was Belson bekend, de derde was een nieuwe rekruut, een onbekende van ergens uit het heelal.

"Bij het aanbreken van de dageraad stond deze nieuwe man op, doodde de twee anderen, nam de schat mee door de moerassen naar de havenstad Momart, en verkocht hem daar. Belsons loyale luitenant — ikzelf — was op de planeet. Ik stelde haastig een onderzoek in. Ik vond sporen in het moeras. Ik stelde vast dat de schat was verkocht. Ik ontdekte dat er passage was geboekt — en reisde erachteraan. Nu, edele heren," en de oude man ging achterover zitten, "we zijn allemaal personen met een uitgelezen smaak. We leven voor het plezier van het moment. We verkrijgen geld, we spenderen geld, in een tamelijk voorspelbaar tempo. Wetende wat Belsons schat voor waarde had, was ik in staat om het exacte moment uit te rekenen waarop de verrader het eerste snufje armoede zou voelen. Op dat moment plaatste ik het aas in de val; ik publiceerde de advertentie; de val is dichtgeklapt. Is dat niet uitgekookt? Geef nu maar toe!"

En hij keek van gezicht naar gezicht.

Jarvis koos een nieuwe lichaamshouding in zijn stoel; een die een wat breder spectrum aan reactiemogelijkheden bood en bovendien het verhevigde, pijnlijke kloppen van zijn heup verlichtte.

"Ga door," zei Gildig, evenzo loerend van gezicht naar gezicht.

"Toen beoefende ik mijn wetenschap. Ik sneed zoden uit het moeras, met het bewijsmateriaal erin; de verpletterde rietstengels, het samengeperste mos. Terug in het laboratorium vond ik dat een druk van min of meer honderdzestig pond zulke sporen zou kunnen achterlaten. Gewicht —" hij leunde naar voren alsof hij hun iets wilde toevertrouwen "— vormde de basis voor de eerste eliminatie. Jullie zijn allen gewogen, zoals jullie weten, en alle aanwezigen — met uitzondering van Omar Gildig — voldoen aan de eis."

Noël vroeg luchtig, "Waarom is Gildig meegenomen?"

"Is dat niet duidelijk?" vroeg de oude man. "Hij kan de verrader niet zijn, maar hij maakt een effectief sergeant."

"Met andere woorden," zei Conrad droog, "de verrader is of Tixon — ik bedoel Kapitein Pardee — Noël, Jarvis of ikzelf."

"Exact," zei de oude man deemoedig. "Ons probleem is het reduceren van de vier naar één — en dan het reduceren van de één naar geen. Voor dat doel hebben we onze ijverige sergeant — Omar Gildig."

"Met genoegen," zei Gildig, nu ontspannen, bijna slaperig.

De oude man schoof een paneel weg, tekende met krijt op een bord. "We maken een tabel — zo:"

	GEWICHT	VOEDSEL	BLOED	WAPEN
Kapitein Pardee				
Noël				
Conrad				
Jarvis				

En terwijl hij sprak schreef hij de getallen naast iedere naam: "Kapitein Pardee: 162; Noël: 155; Conrad: 166; en Jarvis: 163. Vervolgens — jullie waren alle vier bekend met de Fenn moerasgarnaal, indicatief voor jullie bekendheid met de moerassen van Fenn. Dus — een kruisje naast iedere naam." Hij pauzeerde om rond te kijken. "Ben je erbij, Gildig?"

"Tot uw dienst."

"Vervolgens," zei de oude man, "bevond er zich bloed op de grond, wat op een wond duidt. Het was niet het bloed van de twee gedode mannen — ook geen bloed van de schat zelf. Ergo, moet het bloed zijn van de verrader; en vandaag heb ik bloed van jullie vieren afgenomen. Ik laat deze kolom blanco. Verder — naar de wapens. De mannen werden gedood, zeer netjes, zeer abrupt — met een Parnassische splinter. Tixon gebruikt het JAR-geweer; Noël, dammelstraler; Conrad, een schietmes — en Jarvis, een splinterspuit. Dus — een X naast de naam van Jarvis!"

Jarvis begon zich schrap te zetten. "Rustig," zei Gildig. "Ik hou je in de gaten, Jarvis."

Jarvis ontspande, lachte een wolfachtige grijns.

De oude man, met een zijdelings oog op Jarvis, zei, "Dit is, uiteraard, amper beslissend. Dus naar het bloed. In het bloed zitten lichaamscellen. Die cellen bevatten kernen, met genen — en deze zijn voor iedere man distinctief. Nu dus, met het bloed —"

Jarvis, nog steeds glimlachend, sprak. "Je vond dat het mijn bloed was?"

"Exact."

"Oude man — je liegt. Ik heb geen wond aan mijn lichaam."

"Wonden genezen snel, Jarvis."

"Oude man — je verzaakt in je loyaliteit jegens Belson."

"Eh? En hoe dan wel?"

"Door domheid. Misschien erger."

"Ja? En hoe precies?"

"De sporen... In het laboratorium comprimeerde je zoden uit het moeras. Je vond dat er een gewicht van honderdzestig pond voor nodig was om het effect van de Fenn afdrukken te bewerkstelligen."

"Ja. Exact."

"Fenns zwaartekracht is zes-tiende Aardstandaard. De compressie van honderdzestig pond op Fenn wordt beter bereikt door een man van tweehonderdveertig of tweehonderdzestig pond — zoals Gildig."

Gildig kwam half overeind. "Durf je me te beschuldigen?"

"Ben je schuldig?"

"Nee."

"Je kunt het niet bewijzen."

"Ik hoef het niet te bewijzen! Die sporen kunnen zijn veroorzaakt door een lichtere man die de schat droeg. Hoeveel woog deze?"

"Het was een lichte schat, bijna van zijde," zei de oude man. "Niet meer dan honderd pond."

Tixon week terug naar een hoek. "Jarvis is schuldig!"

Noël rukte zijn vrolijke jas open, om een verbijsterend kenmerk te onthullen: de loop van een geweer stak uit zijn borst, het wapen verrassend met zijn lichaam verenigd. Nu wist Jarvis waar Noël zijn dammelstraler droeg.

Noël lachte. "Jarvis — de verrader!"

"Nee," zei Jarvis, "je hebt het mis. Ik ben de enige loyale dienaar van Belson in deze kamer. Als Belson in de buurt zou zijn, zou ik het hem vertellen."

De oude man zei vlug: "We hebben genoeg gehoord van zijn gekonkel. Dood hem, Gildig."

Gildig strekte zijn arm; van onder zijn pols schoot uit zijn mouw een metalen buis van drie voet lang, reeds zwaaiend onder zijn polsbeweging. Jarvis sprong naar achter, de buis raakte hem op zijn gekneusde heup; hij vuurde met zijn splinterspuit. Gildigs hand was verdwenen — ontploft.

"Doodt, doodt," zong de oude man, terugwijkend.

De deur ging open; een rustige, knappe man kwam binnen. "Ik ben Belson."

"De verrader, Belson," kakelde de oude man. "Jarvis, de verrader!"

"Nee, nee," zei Jarvis. "Ik kan het u iets beter uitleggen."

"Spreek, Jarvis — je laatste moment!"

"Ik was op Fenn, ja! Ik was de nieuwe rekruut, ja! Het was mijn bloed, ja!...Maar verrader, nee! Ik was de man die voor dood werd achtergelaten toen de verrader vertrok."

"En wie is deze verrader?"

"Wie was op Fenn? Wie wees net zo snel met zijn vinger naar Jarvis? Wie wist van de schat?"

"Pah!" zei de oude man, terwijl Belsons milde blik zich op hem richtte.

"Wie sprak zojuist over de opkomst van de zon tijdens het uur van de daad?"

"Een fout!"

"Een fout, inderdaad!"

"Ja Finch," zei Belson tegen de oude man, "hoe wist je het tijdstip van de diefstal zo precies?"

"Een schatting, een gok, een intelligente deductie."

Belson wendde zich naar Gildig, die dommig de stomp aan zijn arm stond af te klemmen. "Ga, Gildig; haal jezelf een nieuwe hand bij de kliniek. Geef ze de naam Belisarius."

"Ja, meneer," Gildig strompelde weg.

"Jij, Noël," zei Belson, "boek passage naar Achernar; ga naar Pasatiempo, wacht op tijding bij de Auberge Bacchanaal."

"Ja, Belson." Noël vertrok.

"Tixon —"

"Ik heet Kapitein Pardee, Belson."

"—ik heb je op dit moment niet nodig, maar ik zal je welbekende vermogens in gedachten houden."

"Dank u meneer, goedendag." Tixon vertrok.

"Conrad, Ik heb een pakket waarmee naar de stad Sudanapolis op Aarde gereisd moet worden; wacht boven op me in Suite RS."

"Prima, Belson." Conrad draaide zich om, marcheerde de deur uit.

"Jarvis."

"Ja, Belson."

"Ik spreek later vandaag nog met je. Wacht op me in de lobby."

"Uitstekend." Jarvis keerde zich om, liep richting uitgang. Hij hoorde Belson zachtjes tegen de oude man zeggen, "En nu, Finch, wat jou betreft —" en verdere woorden en geluiden werden afgesneden door het sluiten van de deur.

DE GEAUGMENTEERDE AGENT

GEDURENDE EEN PERIODE van zeven maanden had James Keith een reeks van subtiele en ingewikkelde operaties ondergaan en was zijn normaal gezien efficiënte lichaam op talrijke manieren gewijzigd: 'geaugmenteerd', om het met het jargon van de Speciale Afdeling van de CIA te zeggen.

In de spiegel zag hij een gezicht dat hij alleen kende van de foto's die hij had bestudeerd — donker, wild en bruut: het gezicht, letterlijk, van een barbaar. Zijn haar, dat hij had laten groeien, was geolied, verstrengeld met gouden lametta, gevlochten en vervolgens opgerold. Zijn tanden waren vervangen door een roestvrijstalen gebit; aan zijn oren bungelde een paar ivoren amuletten. In alle gevallen was versiering slechts de secundaire functie. De gouden lametta in zijn haar waren multi-gelamineerde accumulatoren, waarvan de lading in stand werd gehouden door thermo-elektrische actie. Zijn gebit encodeerde, comprimeerde, verzond, ontving, decomprimeerde en decodeerde radiogolven met een energieniveau dat bijna te laag was om gedetecteerd te kunnen worden. De ogenschijnlijk ivoren amuletten waren stereofonische radareenheden, die Keith niet alleen door het donker konden loodsen, maar die ook een fractie van een seconde van tevoren waarschuwden voor een kogel, een pijl of een knuppel. Zijn vingernagels waren van een koper-zilver legering, intern verbonden met de accumulatoren in zijn haar. Een ander circuit diende als aarding, om hem te beschermen tegen elektrocutie — een van zijn eigen potente wapens. Dit waren de meer voor de hand liggende aanvullingen; in zijn vlees waren er nog een aantal andere, subtielere, aangebracht.

Terwijl hij voor de spiegel stond, wonden twee ingenieurs een nauwsluitende *darschba* tulband rond zijn hoofd en drapeerden een wit gewaad om hem heen. Keith herkende het beeld in de spiegel inmiddels niet meer als zichzelf. Hij draaide zich om naar Carl Sebastiani, die aan de overkant van de kamer had zitten toekijken — een kleine man, bleek als perkament, met streng aandoende jukbeenderen en een fragiel uitziende schedel. Sebastiani's titel, *Assistent van de Onderdirecteur*, zei net zo weinig over zijn eigenlijke autoriteit als zijn delicate uiterlijk zei over zijn innerlijke taaiheid.

"Dadelijk word je bijna evenveel Tamba Ngasi als James Keith," zei Sebastiani. "Hoogstwaarschijnlijk meer. Dan eindigt je bruikbaarheid en word je naar huis gebracht."

Keith gaf geen commentaar. Hij tilde zijn armen op en voelde de spanning van de nieuwe verbindingen en leidingen. Hij balde zijn rechtervuist en zag drie metalen stekels boven zijn knokkels verschijnen. Hij hield zijn linkerhandpalm omhoog en voelde de infra-roodstraling die werd uitgezonden door Sebastiani's gezicht. "Ik ben James Keith. Ik zal acteren dat ik Tamba Ngasi ben, ik zal hem nooit worden."

Sebastiani grinnikte koeltjes. "Een gezicht vormt een bijna onweer-staanbaar symbool. In ieder geval heb je weinig tijd voor introspectie... Kom mee naar mijn kantoor."

De assistenten verwijderden Keiths witte gewaad; hij volgde Sebastiani naar diens officiële suite: drie kamers, even rustig, beheerst en ele-gant als Sebastiani zelf. Keith ging in een comfortabele fauteuil zitten. Sebastiani glipte achter zijn bureau en drukte op een paar knoppen. Op een scherm verscheen een grote overzichtskaart van Afrika. "Een nieuwe fase lijkt zich aan te dienen en daar willen wij gebruik van maken." Hij drukte op een andere knop en een kleine rechthoek aan de onderkant van Mauritanië gloeide groen op. "Daar is Lakhadi. Fejo is dat felle lichtpunt bij de Tabacoundibaai." Hij keek opzij naar Keith. "Herinner je je die drijvende ICBM-silo's?"

"Vaag. Ze waren een jaar of twintig geleden in het nieuws. Ik herin-ner me de tewaterlatingen."

Sebastiani knikte. "In 1963. Een behoorlijk echec. De ICBM's — Titans — waren al lang achterhaald, de silo's te duur en het onderhoud een nachtmerrie. Een maand geleden gingen ze als schroot naar een Japanse bergingsfirma, uiteraard zonder de kernkoppen. En vorige week heeft premier Adoui Shgawe van Lakhadi ze gekocht, blijkbaar zonder advies, toestemming of goedkeuring van de Russen of de Chinezen."

Sebastiani tikte vier nieuwe getallen in; het scherm flikkerde en vervaagde. "Het is een nog vrij nieuw proces," zei Sebastiani kritisch. "De beelden worden opgenomen door de depositie van atomen op een lichtgevoelig kristal. De camera is vermomd, capricieus maar effectief, als een gewone huisvlieg." Een rood en gouden fonkeling explodeerde op het scherm. "Onzuiverheden — delinquente moleculen noemen de ingenieurs ze." Het beeld stabiliseerde zich en onthulde een hoog over-koepelde raadszaal, helder verlicht door diffuus zonlicht. "De nieuwe architectuur," zei Sebastiani sardonisch. "Gelijke delen van Zimbabwe, Dr. Caligari en het Bolsjojballet."

"Het heeft een zekere wilde charme," zei Keith.

"Fejo is zonder twijfel dé toeristenval van Afrika; spectaculair is het zeker." Sebastiani drukte op een pauzeknop en de scène in de raadszaal bevroor. "Shgawe zit aan het hoofd van de tafel, in goud en groen. Je zult hem zeker herkennen."

Keith knikte. Hij kende Shgawe's grote lichaam en ronde gespierde gezicht bijna even goed als dat van zichzelf.

"Rechts van hem zit Leonid Pashenko, de Russische ambassadeur. Daartegenover de Chinese ambassadeur Hsia Lu-Minh. De anderen zijn staf." Hij zette het beeld weer in beweging. "We konden geen geluid opnemen; het lipleeslab gaf ons een ruwe vertaling…Shgawe kondigt nu zijn aankoop aan. Hij is zacht en minzaam, maar bespiedt Pashenko en Hsia als een havik. Die zijn ontzet en geërgerd, en ze zijn het mogelijk voor het eerst in jaren met elkaar eens…Pashenko vraagt naar de noodzaak voor zulke grandioze wapens…Shgawe antwoordt dat ze goedkoop waren en zullen bijdragen aan zowel de verdediging als het prestige van Lakhadi. Pashenko zegt dat de USSR de onafhanke-lijkheid van Lakhadi heeft gegarandeerd en dat zulke zorgen overbodig zijn. Hsia zit te denken. Pashenko is volatieler. Hij wijst erop dat de Titans niet alleen obsoleet zijn en kernkoppen ontberen, maar dat ze ook een extensief, technisch onderhoudsapparaat behoeven.

"Shgawe lacht. 'Ik realiseer mij dit en vraag bij deze hiertoe hulp van de USSR. En als deze daaraan niet tegemoet komt zal ik hetzelfde verzoek aan de Chinese Volksdemocratie richten. Mocht dat nog steeds onsuccesvol blijken, dan zal ik elders kijken.'

"Pashenko en Hsia worden gesloten als mosselen. Er is kwaad bloed tussen beiden; geen vertrouwt de ander. Pashenko slaagt er nog net in om te melden dat hij zijn regering zal raadplegen, en dat is het voor die dag."

Het beeld vervaagde. Sebastiani leunde achterover in zijn stoel. "Over twee dagen verlaat Tamba Ngasi zijn ambtsgebied, Kotoba aan de Dasa rivier, voor de bijeenkomst van het Grote Parlement in Fejo." Hij projecteerde een gedetailleerde kaart op het scherm en liet Kotoba en Fejo oplichten. "Hij komt de Dasa rivier af met een sloep naar Dasai en gaat vandaar verder met de trein. Ik stel voor dat je hem onderschept bij Dasai. Tamba Ngasi is een Luipaardman, nam deel aan de Rhodesische Uitroeiing. Hij vermoordde zijn oom, een broer en vier neven voor een zetel in het parlement. Extreme maatregelen zouden niet op je geweten moeten drukken." Met een precieze handbeweging liet Sebastiani het scherm uitdoven. "Het daaropvolgende programma hebben wij uitvoerig besproken." Hij reikte in een ladekast en produceerde een gehavend, glasvezel koffertje. "Hier is je kit. Je bent bekend met de inhoud behalve — deze." Hij liet drie ampullen zien, met respectievelijk witte, gele en bruine tabletten. "Vitamines, volgens het label." Hij keek Keith schaapachtig aan. "We noemen ze impopulariteitspillen. Niet zelf nemen, tenzij je impopulair wilt zijn."

"Interessant," zei Keith. "Hoe werken ze?"

"Ze wekken een bijzonder onaangename lichaamsgeur op. Niet alle mensen reageren hetzelfde op dezelfde geur; er komt een grote mate van sociale conditionering bij kijken, vandaar de drie kleuren." Hij grinnikte naar Keiths sceptische blik. "Onderschat deze pillen niet. Geuren creëren een onbewuste achtergrond voor onze indrukken; een aanstootgevende geur veroorzaakt irritatie, afkeer en wantrouwen. Let op de kleur van de pillen: die geeft aan bij welk volk ze het meeste effect sorteren. Wit voor de Kaukasiërs, geel voor de Chinezen, bruin voor de Zwarten."

"Ik zou denken dat een stank een stank is," zei Keith.

Sebastiani tuitte zijn lippen didactisch. "Dit zijn van nature geen onfeilbare recepturen. Noord-Chinezen en Zuid-Chinezen reageren verschillend, net zoals Laplanders, Fransen, Russen en Marokkanen. Amerikaanse Zwarten zijn cultureel Kaukasisch. Maar ik hoef verder niets te zeggen; ik weet zeker dat de functie van de pillen je duidelijk is. Een dosis houdt twee of drie dagen aan en de betroffen persoon is zich niet bewust van zijn conditie." Hij zette de ampullen terug in het koffertje en haalde er alsof hij er net aan dacht nog een verweerde zaklamp uit. "En dit natuurlijk — absoluut topgeheim. Het verwondert me dat je hem mag gebruiken. Als je op deze knop duwt — een zaklamp. Maar schuif de veiligheid weg, druk nogmaals op de knop —" hij liet de zaklamp terug in de koffer vallen "— een dodelijke straal. Of, zo je wilt, een laser die rood en infrarood licht van een hoge intensiteit projecteert. Als je hem probeert open te maken blaast hij je arm eraf. Oplaadbaar via elk wisselstroom stopcontact. Het tijdperk van de kogel loopt ten einde." Hij sloeg het koffertje met een klap dicht, stond op en wees bruusk met zijn hand. "Wacht in het buitenkantoor op Parrish; hij brengt je naar het vliegtuig. Je kent je doelen. Dit is een wanhopige onderneming, een dwaze onderneming. Maar als je het niet leuk vond had je wel voor een baan in een postkantoor gekozen."

Op 6° 34′ noorderbreedte, 13° 30′ westerlengte had het vliegtuig bij zonsopgang een rendez-vous met een slingerende zwarte onderzeeër. Keith daalde neer met een machine die bestond uit een stoel, een kleine motor en vier draaiende rotoren. De onderzeeër dook onder met Keith aan boord, kwam drieëntwintig uur later weer boven water om hem af te zetten in een zeilkano en verdween weer onder de oppervlakte.

Keith was alleen in de Zuid-Atlantische oceaan. De zonsopgang beringde de horizon en in het oosten lag de donkere massa van Afrika. Keith trimde zijn zeil naar de bries en liet een schuimend kielzog achter.

De dageraad verlichtte een onvruchtbare zanderige kust waarop een paar vissershutten te zien waren. In het noorden, onder bosjes zwartgroen gebladerte, glommen de witte gebouwen van Dasai. Keith stuurde zijn kano het strand op en ploeterde door de zandduinen naar de snelweg langs de kust.

De geaugmenteerde agent

Er was al aardig wat verkeer onderweg: vrouwen die voortsjokten naast ezels, jonge mannen op fietsen, sporadisch een kleine auto van antieke oorsprong en een enkele dure nieuwe Amphitrite Luchtboot die op zijn luchtkussen voorbijgleed met een zacht fluisterend *woesj*.

Om negen uur stak hij de slome bruine Dasa rivier over en ging hij Dasai binnen, een kleine in de zon glinsterende kusthaven, nog onaangeraakt door de veranderingen die Fejo hadden getransformeerd. Gebouwen van twee en drie verdiepingen hoog van wit stucwerk met winkeltjes op de begane grond omgaven de hoofdstraat met ertussenin een strip beplant met palmen, rododendrons en oleanders. Er waren twee hotels, een bank, een garage, verschillende winkels en kantoorgebouwen. Een mismoedige politieagent met een witte helm regelde het verkeer: op dat moment twee kamelen geleid door een in lompen gehulde bedoeïene. Een plomp voetstuk ondersteunde vier grote portretten van Adoui Shgawe, de 'Geliefde Premier van onze Natie, het Grote Baken van Afrika'. Daaronder, opvallend kleiner, hingen foto's van Marx, Lenin en Mao Tse-toeng.

Keith draaide een zijstraat in en wandelde naar de oever van de rivier. Hij zag krakkemikkige steigers, een half dozijn restaurants, bierhuizen en kroegen gebouwd op plateaus boven het water met palmbladeren daken voor schaduw. Hij wenkte naar een nabije jongen, die hem voorzichtig benaderde. "Wanneer komt de sloep uit Kotoba, waar legt die aan?"

De jongen wees met een dunne kromme vinger. "Die steiger daar, meneer, net achter het Hollywood Café."

"En wanneer verwacht men de aankomst van de sloep?"

"Dat weet ik niet, meneer."

Keith flipte de jongen een muntje toe en ging naar de steiger, waar hij vernam dat de rivierboot uit Kotoba inderdaad precies om twee uur in de namiddag zou arriveren en zeker niet later dan drie uur en zonder enige mogelijke twijfel absoluut om vier uur.

Keith overwoog de mogelijkheden. Als Tamba Ngasi om twee of zelfs om drie uur zou arriveren zou hij vermoedelijk doorreizen naar Fejo, zestig mijl verderop aan de kust. Als de boot later aankwam zou hij heel goed kunnen besluiten om de nacht in Dasai door te brengen — daar in het Groot Plezier Hotel, slechts een paar passen verderop.

De vraag was: waar zou hij Tamba Ngasi onderscheppen? Hier in Dasai? In het Groot Plezier Hotel? Onderweg naar Fejo?

Keith vond geen van de mogelijkheden aanlokkelijk. Hij keerde terug naar de hoofdstraat. Een tabaksverkoper verzekerde hem dat er in de stad geen auto's verhuurd werden behalve een van de drie oeroude taxi's. Hij wees de straat in naar een oude zwarte Citroën in de schaduw van een enorme sapodilla. De chauffeur, een dunne oude man in een korte witte broek met een vaal blauw hemd en schoenen van hennepdoek, lummelde naast een kraam waar fijngestampt ijs met siroop verkocht werd. De eigenaresse, een grote vrouw in een glanzende zwart, goud en oranje japon, gaf hem een por met haar vliegenmepper en dirigeerde zijn aandacht naar Keith. Hij bewoog met tegenzin over het trottoir. "De heer wenst naar een bestemming gebracht te worden?"

Keith, in de rol van barbaar uit het achterland, trok twijfelend aan zijn lange kin. "Ik wil uw voertuig wel proberen, vooropgesteld dat u mij niet probeert te bedriegen."

"De tarieven staan vast," zei de chauffeur, zonder enthousiasme. "Drie roepies voor de eerste kilometer, daarna een roepie per kilometer. Waar wenst u heen te gaan?"

Keith ging in de taxi zitten. "Rij de rivierweg op."

Ze ratelden de stad uit over een onverharde weg die merendeels de rivieroever bleef volgen. Het platteland was stoffig en kaal, overgroeid met doornstruiken, met hier en daar een enorme baobab. Mijlen gingen voorbij en de chauffeur werd nerveus. "Waarheen is de heer van zins te gaan?"

"Stop hier," zei Keith. Onzeker bracht de chauffeur de wagen tot stilstand. Keith haalde geld uit het leren zakje aan zijn riem. "Ik wens zelf de wagen te besturen. Alleen. Jij mag onder die boom op me wachten." De chauffeur protesteerde hartstochtelijk. Keith drukte hem honderd roepies in de hand. "Niet twisten; je hebt geen keus. Ik ben waarschijnlijk meerdere uren weg, maar je krijgt je taxi veilig terug en nog eens honderd roepies — mits je hier wacht."

De chauffeur stapte uit en strompelde door het stof naar de schaduw van de grote gele gomboom. Keith reed verder de weg af.

Het landschap werd aangenamer. Palmbomen verschenen langs de rivieroevers; er volgden sporadische lappen tuin en hij kwam langs drie dorpjes van ronde, moddermuren hutten met kegelvormige rieten daken. Kano's bewogen af en toe over het doffe bruine rivierwater en hij zag een aak volgestapeld met brandhout, voortgetrokken door iets wat op een ridicuul inadequate roeiboot met buitenboordmotor leek. Hij reed nog tien mijl verder en het landschap werd weer onherbergzaam. De rivier, geglazuurd door de warmte, wond zich rondom modder-banken waarop kleine krokodillen zonnebaadden; de oevers verstikt met papyrus en lorken. Keith stopte de auto en raadpleegde een kaart. De eerstvolgende stad van enig gewicht waarbij je van een boot kon verwachten dat hij er passagiers af zou zetten was Mbakouesse, nog eens vijfentwintig mijl — te ver.

Keith stopte de kaart weer in zijn koffer en haalde er een pot met brillantine uit, althans, dat stond op het etiket. Hij woog hem even nadenkend in zijn hand en kwam tot een actieplan.

Hij reed nu langzaam verder en vond een plek waar de vaargeul de oever naderde. Keith parkeerde naast torenhoge stengels roodgerande bamboe en begon zijn voorbereidingen. Hij kneedde een paar ons van de wasachtige zogenaamde brillantine rondom een vreemd zwaar zuigtablet uit een doos met hoestdrankjes en bevestigde het geheel, omwonden met tape, aan een droge houten stok. Hij vond een rol dunne draad, bond een steen aan een eind, rolde zeven meter af en bevestigde de stok daaraan. Dan, op zijn hoede voor adders, krokodil-len en de enorme klikvleugelwespen die in holen langs de rivieroever leefden, baande hij zich door de papyrus een weg naar de rivieroever. Hij rolde dertig meter draad af en mikte de stok en steen zo ver als hij kon de rivier in. De steen zonk naar de bodem en vormde een anker voor de stok die nu aan de andere kant van de vaargeul dreef, precies waar Keith hem wilde hebben.

Een uur ging voorbij, twee uur. Keith zat in de schaduw van de lorken, omgeven door de harsgeur van de naalden en de moeras-achtige reuk van de rivier. Eindelijk: het gestamp van een zware dieselmotor. Een typische Afrikaanse rivierboot kwam aangevaren. Een meter of twintig lang, eersteklas kajuiten op het bovenste dek, tweedeklas hutten op het hoofddek en de rest van de passagiers zit-tend, staand, kruipend of hurkend op alle plekken waar dat verder mogelijk was.

De boot naderde, stroomafwaarts ploeterend door het midden van de vaargeul. Keith haalde wat touw in, trok de stok dichterbij. Op het bovendek stond een lange magere man, zijn gelaat donker, verwilderd en schrander onder een *darschba* tulband: Tamba Ngasi? Keith was er zeker van. Deze man wandelde met het hoofd voorovergebogen, met zijn ellebogen in een scherpe hoek. Keith had foto's van Tamba Ngasi bestudeerd, maar geconfronteerd met het individu zelf...Er was geen tijd voor speculatie. De boot was bijna langszij; haar boeg stuwde een doorzichtige gele golf voort. Keith haalde het touw verder in, trok de stok onder de boeg. Hij hield de palm van zijn rechterhand omhoog met daarin de spoel van een directionele antenne. Hij spreidde zijn vingers, een impuls schoot naar de detonator in het kleine zwarte zuigtablet. Een doffe knal, een zuil van schuim, gordijnen van bruin water, schrille kreten van verbazing en angst. De boot dook voorover en schommelde oncontroleerbaar.

Keith wond het resterende touw weer op. De boot, overladen als hij al was, stond op het punt te zinken; hij zwenkte naar de oever en liep vijfenveertig meter verderop vast.

Keith stuurde de taxi uit de lorken, reed een halve mijl verderop en wachtte, toekijkend door zijn verrekijker.

Een slordige groep witgerokte mannen en vrouwen kwam uit de lorken en op hetzelfde moment stapte een lange man in een *darschba* tulband boos de weg op. Keith stelde de verrekijker scherp: dit waren de gelaatstrekken die hijzelf nu droeg. De houding, zijn loop, leek hoekiger, nerveuzer; hij moest niet vergeten deze maniertjes te kopiëren... Nu, aan het werk. Hij trok de kap van zijn mantel naar voren om zijn gezicht te verbergen en schakelde in de versnelling. De taxi naderde het kluwen mensen naast de weg. Een deftige, olijfhuidige man in Europees wit sprong naar voren, gebaarde hem te stoppen. Keith simuleerde verbazing en haalde zijn schouders op. "Ik heb al een rit; ik ga hem nu oppikken."

Tamba Ngasi kwam aangestevend. Hij trok de deur open. "Die rit kan wachten. Ik ben een regeringsambtenaar. Breng me naar Dasai."

De deftige kleine Hindoe gebaarde alsof hij evenzo een plek in de taxi wilde. Keith stopte hem. "Ik heb slechts plek voor één persoon."

Tamba Ngasi gooide zijn koffer in de taxi en sprong naar binnen. Keith reed weg en liet de groep wanhopig kijkend achter.

"Een krankzinnig ongeluk," verklaarde Tamba Ngasi gemelijk. "We varen rustig; de boot raakt een rots; het lijkt wel een explosie, en we zinken! Kun je je dat voorstellen? Met mij, een belangrijk regeringslid aan boord! Waarom stop je?"

"Ik moet mijn andere passagier tegemoetkomen." Keith draaide de weg af, volgde een amper zichtbaar pad het struikgewas in.

"Je andere passagier maakt niet uit, ik wens geen vertraging. Rij door."

"Ik moet ook nog een jerrycan benzine oppikken, anders komen we zonder te zitten."

"Benzine, hier, tussen de doornstruiken?"

"Een geheime bergplaats die alleen taxichauffeurs kennen." Keith stopte, stapte uit en opende de achterdeur. "Tamba Ngasi, kom tevoorschijn."

Tamba Ngasi staarde onder Keiths kap in zijn eigen gezicht. Hij slaakte een gepassioneerde krachtterm en graaide naar de dolk aan zijn middel. Keith viel uit en tikte hem op het voorhoofd met zijn koperzilveren vingernagels. Een dodelijke lading elektriciteit vloeide door Ngasi's brein; hij wankelde zijwaarts en zakte op de weg in elkaar.

Keith sleepte het lijk van het pad af, het struikgewas in. Tamba Ngasi's benen waren zwaar en dik, niet in proportie met zijn pezige torso. Dit was een eigenaardigheid waar Keith niets van wist. Het maakte niet uit; wie zou ooit weten dat Keiths dijen lang en mager waren?

Jakhalzen en gieren zouden het lijk spoedig opruimen.

Keith verplaatste de inhoud van de aktetas naar de zijne en zocht maar vond geen geldgordel. Hij ging weer naar de taxi en reed terug naar de grote gomboom. De chauffeur lag te slapen; Keith wekte hem met een stoot van de claxon. "Schiet op nu, breng me naar Dasai, ik moet in Fejo zijn voor het donker wordt."

In heel Afrika, zowel in de oudheid, de middeleeuwen als in de moderne tijd, was er nooit een stad geweest als Fejo. Ze was verrezen op een kale landtong ten noorden van de Baai van Tabacoundi, waar twintig jaar geleden zich nog geen visser had verwaardigd te leven.

Fejo was een gedurfde stad, verrassend in vormen, texturen en kleuren. De stad was gebouwd door Afrikanen die vastbesloten waren geweest om hun unieke Afrikaanse afstamming tot uitdrukking te brengen en de Europese en de Amerikaanse tradities, zowel klassiek als modern, absoluut hadden verworpen. De bouw was gefinancierd door een gigantische lening van de USSR en Sovjet-bouwkundigen hadden de schetsen van de hartstochtelijke Lakhadiaanse studenten vertaald in ruimte en soliditeit.

Fejo was derhalve een opzienbarende stad. Bepaalde Europese critici verwierpen haar als een coulisse; sommigen vonden haar fascinerend, anderen weerzinwekkend. Niemand ontkende dat Fejo op een dramatische manier boeide. "In contrast met de impact van Fejo lijkt Brasilia steriel, eclectisch, versteend," schreef een Engelse criticus. "Waanzinnige fantasieën, waar zelfs Gaudí van zou terugschrikken," snauwde een Spanjaard. "Fejo is een opstandige uitdaging van het Afrikaanse genie en haar excessen spruiten eerder voort uit passie dan uit stijl," verklaarde een Italiaan. "Fejo," schreef een Fransman, "is afgrijselijk, verrassend, ingewikkeld, pretentieus, onwetend, beklemmend en alleen het vermelden waard vanwege de gemartelde vormen waaraan goed bouwmateriaal is onderworpen."

Fejo's centrum lag rond de vijftig verdiepingen tellende spits van het Afrikaans Instituut. Vlakbij stond het Grote Parlement, gedragen op koperen bogen, met ovale ramen en een blauw, geëmailleerd dak als een breedgerande bolhoed. Zes grote krijgsheren van gepolijst basalt, die de zes principiële stammen van Lakhadi representeerden, flankeerden een plein en daarachter lag het Hôtel des Tropiques, het meest magnifieke hotel in Afrika dat kon wedijveren met elk ander hotel ter wereld. Hôtel des Tropiques was vermoedelijk nog het meest conventionele gebouw van het centrale complex, maar zelfs hier hadden de architecten aangedrongen op een pure Afrikaanse stijl. Vegetatie van de daktuin klom naar beneden langs de wit met blauwe muren; de lobby was gemeubileerd in *padauk*, teak en ebbenhout; kolommen van dragend glas verrezen uit zilverblauwe en paarsrode tapijten om een plafond van roestvrijstaal en zwart email te ondersteunen.

Aan het uiteinde van het plein stond het officiële paleis en daarachter de eerste drie van een dozijn geplande appartementsgebouwen, bestemd voor gebruik door hoge ambtenaren. Van alle gebouwen in Fejo waren deze nog het best ontvangen door de buitenlandse critici, mogelijk vanwege hun eenvoud. Iedere verdieping bestond uit een afzonderlijke schijf van vier meter hoog en werd geheel gescheiden van haar boven- en benedenverdieping door vier pilaren die de schijven doorboorden. Iedere schijf fungeerde ook als een breed, luchtig dek en het bovendek deed dienst als helihaven.

Aan de andere kant van het Hôtel des Tropiques strekte zich nog een plein uit om tegemoet te komen aan de Afrikaanse behoefte aan een bazaar. Hier vond men kraampjes, venters en entertainers van alle soorten, verkoop van autochrone horloges aangedreven en gesynchroniseerd door een 60 Hertz puls vanuit Greenwich, evenals juju's, elixers, drankjes en talismans.

Het plein werd bevolkt door een opgewekt en levendig mengelmoes van mensen: Afrikaanse vrouwen in weelderig bedrukte gewaden van katoen, zijde en gaas, Mohammedanen in witte djellaba's, Toearegs en Mauritaanse Blauwe Mannen, Chinezen in muffe zwarte pakken, de alomtegenwoordige Hindoe-winkeliers en sporadisch een Rus, grimmig en afstandelijk tot de menigte. Voorbij dit plein lag een wijk met strakwitte, kubusvormige appartementen met drie verdiepingen. De mensen die uit deze ramen keken leken besluiteloos en onzeker, alsof de overgang van met stro bedekte modder naar glas, tegels en airconditioning te groot was om in één mensenleven te bevatten.

Om vijf uur in de namiddag kwam James Keith aan in Fejo, met de trein uit Dasai, eerste klas. Vanaf de terminal beende hij de markt over naar het Hôtel des Tropiques, schreed naar de balie, veegde een aantal personen dat stond te wachten opzij en sloeg met zijn vuist om de aandacht van de klerk te trekken, een bleke Euraziër die geïrriteerd om zich heen keek. "Snel!" beet Keith. "Is het gepast dat een parlementariër moet wachten op een gunst van mensen zoals jij? Breng mij naar mijn suite."

De klerk veranderde van houding. "Uw naam, mijnheer?"

"Ik ben Tamba Ngasi."

"U heeft geen reservering, kameraad Ngasi. Heeft u —"

Keith wierp de man een woedende blik toe. "Ik ben een regerings-parlementariër. Ik heb geen reservering nodig."

"Maar alle suites zijn bezet!"

"Gooi er iemand uit, en snel."

"Zeker, kameraad Ngasi. Meteen."

Keith bevond zich in een weelderige reeks kamers ingericht met houtsnijwerk, groen glas en zware tapijten. Hij had sinds de vroege ochtend niets gegeten; met een druk op een knop flitste het menu van het restaurant op zijn scherm. Geen reden waarom een dorpshoofd niet van de Europese keuken zou mogen genieten, dacht Keith, en hij bestelde dienovereenkomstig. Terwijl hij op zijn lunch wachtte inspecteerde hij de muren, de vloer, de gordijnen, het plafond en het meubilair. Spionagecellen zouden heel wel standaarduitrusting kunnen zijn in het door intrige geteisterde Fejo. Hij kon er geen ontdekken, maar had dat ook niet verwacht. De beste moderne apparatuur was vrijwel ondetecteerbaar.

Hij liep naar buiten, het dek op, drukte met zijn tong tegen een van zijn tanden en sprak enkele minuten op fluistertoon. Daarna zette hij de schakelaar weer terug in zijn vorige positie en de boodschap werd verzonden in een gecodeerde puls van een honderdste seconde, niet van ruis te onderscheiden. Duizenden mijlen boven hem hing een geostationaire satelliet die het signaal oppikte, versterkte en weer verzond naar Washington.

Keith wachtte en de minuten gingen voorbij, zoveel als nodig waren om zijn boodschap af te spelen en een antwoord te formuleren. Dan kwam de bijna onhoorbare klik die de aankomst van het retourbericht aangaf. Het reisde met de stem van Sebastiani door Keiths kaakbeen naar zijn gehoorzenuw, geruisloos, maar met elk van Sebastiani's karakteristieke verbuigingen.

"Zover zijn we in elk geval," zei Sebastiani. "Maar ik heb slecht nieuws. Probeer geen contact te maken met Corty. Hij is blijkbaar opgepakt en gehersenspoeld door de Chinezen. Je staat er dus alleen voor."

Keith gromde somber en keerde terug naar de zitkamer. Zijn lunch was al opgediend; hij at en opende daarna de koffer die hij van Tamba Ngasi had overgenomen. Deze was vergelijkbaar met de zijne, zelfs tot op de inhoud: schoon linnen, toiletbenodigdheden, persoonlijke bezittingen, een map documenten. De documenten, gedrukt in een bloemig New African lettertype, waren niet van bijzonder belang: een stemlijst, verschillende officiële meldingen. Keith vond een richtlijn die luidde: "...Wanneer u arriveert in Fejo, vindt u onderdak op Rue Arsabatte 453, waar een geschikte suite voor u is klaargemaakt. Gelieve uw aanwezigheid zo snel mogelijk kenbaar te maken bij de hoofd-griffier van het parlement."

Keith glimlachte flauwtjes. Hij zou eenvoudigweg verkondigen dat hij de voorkeur gaf aan het Hôtel des Tropiques. Wie zou immers een gril van een berucht en wispelturig stamhoofd uit het achterland in twijfel trekken?

Bij het vervangen van de inhoud van Tamba Ngasi's koffer bespeurde Keith iets merkwaardigs. De objecten voelden — wel, vreemd. Deze fetisjdoos bijvoorbeeld — net 15 gram te zwaar. Keiths geest flitste door een heel netwerk van speculaties. Dit nogal gehavende vulpotlood... Hij bekeek het van dichtbij, richtte het van zich af en drukte op het knopje. Een klik, een gesis, de pen spuwde een wolkje gas uit. Keith sprong achteruit, naar de andere kant van de kamer. Het was een mini-atuur gaspistool, ontwikkeld om een chemisch middel op en door de poriën van de huid te blazen. Bevestiging van zijn vermoedens — en in welk een vreemde richting leidden die!

Keith legde het vulpotlood terug, sloot de koffer. Hij beende enige tijd heen en weer, sloot zijn eigen koffer af en verliet de kamer.

Hij daalde af naar de lobby met een fonkelende roltrap van roze en groen kristal en bleef even stilstaan bij het uitzicht. Hij had zoiets schitterends niet verwacht; hoe, vroeg hij zich af, had Tamba Ngasi naar deze fonkelende ruimte en haar hypergeraffineerde gasten gekeken? Niet met goedkeuring, besloot Keith. Hij liep naar de ingang, vertrok zijn gezicht in een walgende grimas. Zelfs naar zijn eigen maatstaven leek Hôtel des Tropiques te rijk, een beetje te weldadig.

Hij stak de plaza over, marcheerde langs de Avenue van de Zes Zwarte Krijgers naar het groteske maar ook vreemd indrukwekkende Grote Parlement van Lakhadi. Een paar glanzende, donkere bewakers, met metalen sandalen en scheenplaten en geplooide lijfrokken van wit leer, sprongen tevoorschijn en kruisten hun speren voor hem.

Keith inspecteerde hen hooghartig. "Ik ben Tamba Ngasi, Groot-parlementariër van de Kotoba Provincie."

De bewakers vertrokken geen spier; ze konden net zo goed uit ebbenhout zijn gebeiteld. Uit een nis aan de zijkant kwam een korte, dikke man in slappe, bruine broek en shirt. Hij blafte, "Tamba Ngasi. Wachters, *doorlaten!*"

Met een enkele beweging schoten de bewakers weer naar achter. De kleine dikke man knikte beleefd, maar het leek alsof zijn blik voortdurend op Keith gericht bleef. "U bent gekomen ter registratie, heer parlementariër?"

"Precies. Bij de hoofdgriffier."

De dikke man bewoog zijn hoofd nogmaals. "Ik ben Vasif Doutoufsky, hoofdgriffier. Mag ik u uitnodigen in mijn kantoor?"

Doutoufsky's kantoor was warm en stoffig en rook naar zoete rozenwierook. Doutoufsky bood Keith een kop thee aan. Keith schudde zijn hand op Tamba Ngasi's karakteristiek bruuske wijze, Doutoufsky leek licht verbaasd. Hij sprak in het Russisch: "Waarom ben je niet naar de Rue Arsabatte gegaan? Ik heb daar tot voor tien minuten op je zitten wachten."

Keiths geest draaide als op kogellagers. Hij antwoordde nors, in zijn eigen, niet al te vloeiend Russisch, "Ik had mijn redenen... Er was een ongeluk met de rivierboot, mogelijk een explosie. Ik regelde een taxi en arriveerde zo in Dasai."

"Aha," zei Doutoufsky zachtjes. "Vermoed je inmenging?"

"Als dat zo is," zei Keith, "kan het maar van één kant komen."

"Aha," zei Doutoufsky nog eens, nog zachter zelfs. "Bedoel je —"

"De Chinezen."

Doutoufsky bekeek Keith bedachtzaam. "De transformatie is goed gedaan," zei hij. "Je huid is precies goed, met overtuigende tonen en schaduwen. Je spreekt nogal vreemd."

"Zo zou jij ook spreken, als er zoveel in je hoofd zat gestouwd."

Doutoufsky tuitte zijn lippen, alsof het een geheime grap betrof. "Verhuis je naar Rue Arsabatte?"

Keith aarzelde. Hij probeerde zijn relatie met Doutoufsky aan te voelen: inferieur of superieur? Inferieur, vermoedelijk, maar met de macht en voorrechten die hoorden bij de rol van contactpersoon die met de instructies kwam en het Kremlin van evaluaties voorzag. Een huiveringwekkende gedachte: Doutoufsky en degene in Tamba Ngasi-vermomming konden beiden afvallige Russen zijn, allebei Chinese agenten in deze meest fantastische van alle oorlogen. In welk geval Keiths situatie zelfs precairder werd dan ze een halfuur geleden al was... Maar dit was de hypothese met de laagste waarschijnlijkheid. Keith sprak met een autoritaire stem, "Is er een auto voor mij ter beschikking gesteld?"

Doutoufsky knipperde met zijn ogen. "Naar mijn weten, nee."

"Ik zal een auto nodig hebben," zei Keith. "Waar is jouw auto?"

"Mijnheer, dat is toch zeker niet in karakter?"

"Dat is aan mij om te beoordelen."

Doutoufsky slaakte een zucht. "Ik zal een van de parlementaire limousines laten komen."

"Die, zonder twijfel, efficiënt wordt afgeluisterd."

"Uiteraard."

"Ik geef de voorkeur aan een voertuig waarin ik de benodigde zaken kan afhandelen zonder bang te hoeven zijn voor getuigen."

Doutoufsky knikte abrupt. "Prima." Hij gooide een sleutel op zijn bureaublad. "Dit is mijn eigen Aerofloat. Gelieve discreet te gebruiken."

"Deze auto wordt niet afgeluisterd?"

"Absoluut niet."

"Ik zal het desondanks zorgvuldig controleren." Keith sprak met een rustige dreiging in zijn stem. "Ik hoop hem aan te treffen zoals je hem omschrijft."

Doutoufsky knipperde met zijn ogen, en verklaarde met ingetogen stem waar de auto gevonden kon worden. "Morgen op het middaguur komt het parlement bijeen. Je bent hier natuurlijk van op de hoogte."

"Uiteraard. Zijn er additionele instructies?"

Doutoufsky gaf Keith zijdelings een droge blik. "Ik vroeg me al af wanneer je ernaar zou vragen, aangezien dit de enige reden was voor deze ontmoeting. Niet om te treiteren, niet om pleziervoertuigen te vorderen."

"Beteugel je arrogantie, Vasif Doutoufsky. Ik moet kunnen werken zonder te worden gestoord. Zekere lichte twijfels aangaande jouw bekwaamheid doen al de ronde; bespaar me de noodzaak deze te bekrachtigen."

"Aha," zei Doutoufsky zachtjes. Hij reikte in zijn lade en wierp een kleine ijzeren nagel op het bureau. "Hier zijn je instructies. Je hebt de sleutel van mijn auto, je weigert het aangewezen onderkomen. Wens je verder nog iets?"

"Ja," zei Keith, met een wolfachtige grijns. "Fondsen."

Doutoufsky smeet een pak *roepie*-biljetten op het bureau. "Dit moet toereikend zijn tot ons volgende contact."

Keith stond langzaam op. Er zouden moeilijkheden ontstaan wanneer hij er niet in zou slagen de van tevoren afgesproken contacten met Doutoufsky te onderhouden. "Bepaalde omstandigheden zorgen voor een noodzaak om de routine te wijzigen."

"Echt? Zoals?"

"Ik heb geleerd — van een bron waarvoor ik de autorisatie ontbeer om hem bloot te geven — dat de Chinezen een Westerse agent hebben aangehouden en gehersenspoeld. Hij werd ontdekt door de periodiciteit van zijn handelingen. Het is beter om geen precieze plannen te maken."

Doutoufsky knikte somber. "Er zit iets in wat je zegt."

Bij maanlicht was de kustweg van Fejo naar Dasai onvoorstelbaar mooi. Aan de linkerkant een oneindig uitgestrekte zee, branding en verlaten strand; aan de rechterkant groeiden doornstruiken, baobabs, draadcactus — hoekige patronen in iedere toon van zilver, grijs en zwart.

Keith was redelijk zeker dat hij niet was gevolgd. Hij had de auto zorgvuldig behandeld met de straling van zijn zaklamp, om de delicate circuits van eventuele spionagecellen te vernietigen. Halfweg naar Dasai trapte hij op de rem, doofde zijn lichten en onderzocht de hemel met de radar in zijn oor-amuletten. Hij kon niets vinden; het luchtruim was schoon en verlaten, noch kon hij een auto achter zich ontwaren. Hij maakte gebruik van de gelegenheid om een boodschap te verzenden naar de stationaire satelliet. Na een pauze van vijf minuten klikte het relais. Sebastiani's stem sprak helder en duidelijk in zijn brein: "De toevalligheid is bij nader inzien niet verwonderlijk. De Russen selecteerden Tamba Ngasi om dezelfde redenen als wij dat deden: zijn reputatie voor agressie en onafhankelijkheid, zijn te verwachten populariteit bij het leger dat Shgawe juist wantrouwde.

"Wat betreft het Arsabatte-adres heb ik het gevoel dat je de juiste beslissing hebt genomen. Je valt minder op in het hotel. Wij hebben niets definitiefs over Doutoufsky. Hij is ogenschijnlijk een Poolse emigrant, nu een inwoner van Lakhadi. Je zou je hand overspeeld kunnen hebben door zo'n krachtige houding aan te nemen. Toon enig berouw wanneer hij je opzoekt en geef aan dat je bent geïnstrueerd om nader met hem samen te werken."

Keith zocht het luchtruim nogmaals af, maar ontving slechts een signaal van een laagvliegende uil. Vol vertrouwen reed hij verder over de onwerkelijke weg en arriveerde even later in Dasai.

De stad was rustig, besprenkeld met wat straatlampen, een flard muziek en gelach uit de kroegen. Keith volgde de rivierweg en reed het binnenland in. Het landschap werd wild en verlaten. Twintig mijlen gingen voorbij. Keith reed langzaam. Daar stond de gele gomboom waar hij de taxichauffeur had afgezet. Daar was de plek waar hij de rivierboot aan de grond had laten lopen. Hij draaide om, reed terug naar de weg. Hier — was de plek waar hij van de weg was afgereden met de man die hij voor Tamba Ngasi had gehouden. Hij keerde, reed een stukje, stopte en stapte uit. Een dozijn gele ogen in het struikgewas weerspiegelde even in zijn koplampen en blies dan snel de aftocht.

De jakhalzen waren druk in de weer geweest met het lichaam. Drie van hen lagen dood ernaast, hompen ranzige vacht. Keith was niet in staat om hun toestand te verklaren. Hij scheen met zijn zaklamp langs het lijk, inspecteerde het vlees waar de jakhalzen aan hadden zitten scheuren. Hij boog dichterbij, verbaasd fronsend. Een eigenaardige lap gespecialiseerd weefsel lag langs de buitenkant van de dijen, bijna een duim dik. Het was gearrangeerd in ordelijke stroken en kreeg ruim bloedtoevoer via grote slagaders en hier en daar ontwaarde Keith de glinstering van metaal. Plotseling begreep hij de aard van het weefsel en de reden voor de dode jakhalzen. Hij ging rechtop staan, keek om zich heen door het met maanlicht doordrenkte woud van cactussen en doornstruiken en huiverde. Alleen de aanwezigheid van de dood was al buitengewoon, en al helemaal voor het soort man dat hier zo ver van zijn huis lag, zo vreemd veranderd en geaugmenteerd. De lappen grijs vlees moesten elektro-organisch weefsel zijn, vergelijkbaar met dat van een sidderaal, op een of andere manier door Russische biologen aangepast aan menselijk vlees. Keith kreeg een onbehaaglijk gevoel. Hoe ver ontstijgen ze ons! dacht hij. Mijn krachtbron is chemisch, anorganisch; die van de man werd gecontroleerd door de werking van zijn lichaam en bleef dermate hoog geladen dat drie jakhalzen werden geëlektrocuteerd terwijl ze hun prooi verscheurden.

Knarsetandend boog hij zich weer over het lijk en zette zijn onderzoek voort.

Een halfuur later was hij klaar en stond hij rechtop met twee semi-metalloïde vliezen die waren afgepeld van de binnenkant van de wangen van het lijk: communicatiecircuits minstens even geavanceerd als de zijne.

Hij schrobde zijn handen schoon in het zand, keerde terug naar de auto en reed de ondergaande maan tegemoet. Hij kwam weer langs de donkere stad Dasai, draaide richting het zuiden de kustweg op en was een uur later weer terug in Fejo.

De lobby van het Hôtel des Tropiques was nu slechts verlicht door grote bleekgroene en blauwe bollen. Een paar groepjes zaten te praten en aan drankjes te nippen; begeleid door het gedempte gemompel van hun gesprekken stak Keith de lobby over naar de roltrap en vervolgde de weg naar zijn kamer.

Hij ging op zijn hoede naar binnen. Alles leek in orde. De twee koffers waren onaangeroerd; het bed was opgemaakt, een paarse zijden pyjama lag voor hem klaar.

Voor hij in slaap viel raakte Keith een andere schakelaar in zijn gebit aan, waarop de radar in werking trad. Iedere beweging in de kamer zou hem wekken. Voor nu was hij veilig en hij sliep.

Een uur voor de eerste sessie in het Grote Parlement bezocht Keith Vasif Doutoufsky, die zijn mond tuitte in een roze rozetje. "Alstublieft. Het is niet passend dat wij intieme bekenden lijken."

Keith grijnsde zijn vuige onplezierige grijns. "Daar hoef je niet bang voor te zijn." Hij liet de toestellen zien die hij uit het lichaam van de zogenaamde Tamba Ngasi had verwijderd. Doutoufsky keek nieuwsgierig.

"Dit zijn communicatiecircuits." Keith gooide ze op het bureau. "Ze hebben gefaald en ik kan mijn rapporten niet indienen. Jij moet dit voor mij doen, en ook mijn instructies doorgeven."

Doutoufsky schudde zijn hoofd. "Dat zou niet mijn functie worden. Ik kan mezelf niet compromitteren; de Chinezen verdenken mijn rapporten nu al."

Ha, dacht Keith, Doutoufsky functioneerde als een dubbelagent. De Russen leken hem te vertrouwen, wat Keith als lichtelijk naïef beschouwde. Hij overwoog de situatie kort, greep dan in zijn buidel en pakte er een plat blikje uit. Hij opende het en haalde er een klein houtachtig object uit dat op een kruidnagel leek. Hij liet het voor Doutoufsky vallen. "Opeten."

Doutoufsky keek langzaam op, wenkbrauwen gefronst in klagend protest. "Je gedrag is erg vreemd. Vanzelfsprekend zal ik dit object niet opeten. Wat is het?"

"Het is een band die onze levens vervlecht," zei Keith. "Wanneer ik word gedood zendt een van mijn organen een puls uit die dit object tot ontploffing brengt."

"Je bent gek," mompelde Doutoufsky. "Ik zal een rapport van die strekking indienen."

Keith bewoog naar voren, legde zijn hand op Doutoufsky's schouder en raakte zijn nek aan.

"Ben jij je ervan bewust dat ik jouw hart kan stoppen?" Hij zond een straaltje stroom naar zijn koperen vingernagels.

Doutoufsky leek eerder nieuwsgierig dan gealarmeerd. Keith gebruikte een sterkere stroom, genoeg om iedere volwassen man ineen te doen krimpen. Doutoufsky reikte slechts omhoog om Keiths arm los te maken. Zijn vingers klampten zich om Keiths pols. Ze waren koud en klemden als stalen tangen. Een pijnlijke scheut stroom vloeide in Keiths arm.

"Je bent een idioot," zei Doutoufsky vol afkeer. "Ik draag wapens waar jij niets van weet. Laat me met rust, of je zult het berouwen."

Keith vertrok, misselijk van ontzetting. Doutoufsky was geaugmenteerd. Zijn bolle vorm verborg ongetwijfeld grote platen met elektro-generatief weefsel. Hij had een blunder begaan en zichzelf belachelijk gemaakt.

Een gong luidde; andere parlementariërs liepen langs hem heen. Keith haalde diep adem en stapte in de echoënde rood, goud en zwart gelambriseerde hal. Een portier salueerde.

"Uw naam, mijnheer?"

"Tamba Ngasi, Kotoba Provincie."

"Uw zetel, excellentie, is nummer 27."

Keith ging zitten en luisterde zonder belangstelling naar de redevoering. Wat te doen aan Doutoufsky?

Zijn overpeinzingen werden onderbroken door de entree van een zware man met een vollemaansgezicht in een eenvoudig wit gewaad. Zijn huid was bijna blauwzwart, de oogleden hingen lui over zijn uitpuilende oogballen, zijn mond was breed en zwaar. Keith herkende Adoui Shgawe, Premier van Lakhadi, Weldoener van Afrika.

Hij sprak resonerend, in generaliseringen en platitudes, met veel referenties naar Socialistische Solidariteit. "De toekomst van Lakhadi is de toekomst van Zwart Afrika! Wanneer wij rondkijken in deze prachtige hal en deze smaakvolle decoratie tot ons doordringt kunnen wij toch niet ontsnappen aan een zeker ontzag voor de treffende symboliek? Rood is de kleur van het bloed, is hetzelfde voor alle mensen en is ook de kleur van het Internationale Socialisme. Zwart is de kleur van onze huid en het is onze trotse plicht ervoor te zorgen dat de energie en het genie van ons ras rondom de globe wordt gerespecteerd. Goud is de kleur van succes, van glorie en van vooruitgang; en goud is de toekomst van Lakhadi!"

De hal galmde met applaus.

Shgawe richtte zich op de meer urgente problematiek. "Hoe spiritueel rijk wij ook zijn, wij zijn in zekere zin verarmd. Kameraad Nambey Faranah —" hij knikte naar een gedrongen man met een vierkant gezicht in een zwart pak "— presenteerde een interessant programma. Hij suggereert dat een zorgvuldig gepland immigratieprogramma ons kan voorzien van waardevolle nieuwe aanwas. Anderzijds —"

Kameraad Nambey Faranah sprong overeind en draaide zich om teneinde de vergadering te woord te staan. Shgawe hield een hand op om hem tegen te houden, maar Faranah schonk er geen aandacht aan. "Ik heb overleg gevoerd met Ambassadeur Hsia Lu-Minh van onze bevriende natie, de Chinese Volksdemocratie. Hij heeft uiterst waardevolle beweringen gedaan en gaat al zijn invloed aanwenden om ons te helpen. Hij is het met ons eens dat een zekere hoeveelheid agriculturele ingenieurs onze mensen immens voordeel zal brengen en de politieke oriëntatie van de non-politieke achterliggende gebieden kan versnellen. Voorwaarts naar de vooruitgang!" bulderde Faranah. "Zegen de indrukwekkende vooruitgang van de gekleurde rassen, arm in arm, verenigd onder de rode vlag van het Internationale Socialisme!" Hij keek vol verwachting de hal rond maar het applaus kwam hem mager en oppervlakkig tegemoet. Hij ging abrupt weer zitten. Keith bestudeerde hem met een nieuwe sombere speculatie. Kameraad Faranah — een geaugmenteerde Chinees?

Adoui Shgawe was kalm verdergegaan met zijn betoog. "— sommigen hebben vraagtekens gezet bij de uitvoerbaarheid van deze zet," zei hij. "Vrienden en kameraden, ik verzeker jullie dat ongeacht hoe loyaal en broederlijk onze bevriende naties ook zijn, ze kunnen ons geen echt prestige bieden! Hoe sterker wij op hen leunen voor leiderschap, hoe erger wij onze eigen positie verminderen te midden van de Afrikaanse naties."

Nambey Faranah hief een bevende vinger omhoog. "Niet helemaal correct, Kameraad Shgawe!"

Shgawe besteedde geen aandacht aan hem. "Dat is de reden waarom ik achttien Amerikaanse wapens heb gekocht. Toegegeven, ze zijn onhandig en ouderwets. Maar het zijn nog steeds vreselijke instrumenten — en ze dwingen respect af. Met achttien intercontinentale raketten klaar voor elke aanval consolideren wij onze positie als leiders van Zwart Afrika."

Er volgde weer een vleugje applaus. Adoui Shgawe boog voorover en staarde zoetsappig over de volksverzameling. "Dat brengt een einde aan mijn redevoering. Ik zal uw vragen beantwoorden... Ah, kameraad Bouassede."

Kameraad Bouassede, een fragiele oude man met een fijne pluizige witte baard stond op. "Alles goed en wel, deze grootse wapens, maar tegen wie willen wij ze gebruiken? Wat hebben wij eraan, wij die niets van zulke zaken weten?"

Shgawe knikte met enorme welwillendheid. "Een wijze vraag, kameraad. Ik kan slechts antwoorden dat wij nooit zullen weten vanuit welke hoek een of ander waanzinnig militair regime zou kunnen toeslaan."

Faranah sprong overeind. "Mag ik de vraag beantwoorden, kameraad Shgawe?"

"De vergadering zal uw meningen met respect aanhoren," verklaarde Shgawe beleefd.

Faranah wendde zich tot de oude Bouassede. "De imperialisten zitten in het nauw, verscholen in hun rottende bolwerken, maar nog steeds zijn zij in staat om de kracht bijeen te schrapen voor een laatste koortsachtige uitval, zouden ze een kans zien om winst te behalen."

Shgawe zei, "Kameraad Faranah drukte zich uit met de hem typerende onvermoeibare ijver."

"Overstijgen deze apparaten niet volledig onze vermogens om ze te onderhouden?" vroeg Bouassede.

Shgawe knikte. "Wij leven in een snel veranderende omgeving. Momenteel is dat zeker het geval. Maar tot het moment dat wij onze eigen belangen kunnen behartigen hebben onze Russische bondgenoten vele waardevolle diensten aangeboden. Ze zullen grote zuigbaggers aanvoeren en de lanceerbuizen in de getijdenzanden voor onze kust stationeren. Daarnaast zorgen ze voor een speciaal ontworpen schip om vloeibare zuurstof en brandstof aan te leveren."

"Dat is allemaal nonsens," gromde Bouassede. "Wij moeten betalen voor dat schip; het is geen geschenk. Dat geld was beter besteed aan nieuwe wegen en de aankoop van vee."

"Kameraad Bouassede heeft de immateriële zaken niet overwogen," verklaarde Shgawe gelijkmatig. "Ah, kameraad Maguemi. Uw vraag, alstublieft."

Kameraad Maguemi was een serieuze, brildragende jonge man in een zwart pak.

"Precies hoeveel Chinese immigranten zijn voorzien?"

Shgawe keek vanuit zijn ooghoeken naar Faranah. "Het voorstel is tot dusver puur theoretisch, en waarschijnlijk —"

Faranah sprong overeind. "Het is een programma met hoge urgentie. Ongeacht hoeveel Chinezen er nodig zijn, wij zullen ze verwelkomen."

"Dat is geen antwoord op mijn vraag," hield Maguemi onbewogen vol. "Honderd technici zouden daadwerkelijk bruikbaar kunnen zijn. Honderdduizend boeren, een kolonie vreemdelingen in ons midden, kan ons alleen maar schade toebrengen."

Shgawe knikte ernstig. "Kameraad Maguemi brengt een serieuze moeilijkheid aan het licht."

De geaugmenteerde agent

"In geen geval," kakelde Faranah. "De aannames van Kameraad Maguemi zijn incorrect. Honderd, honderdduizend, een miljoen, tien miljoen — wat is het verschil? Wij zijn allen communisten, streven hetzelfde gemeenschappelijk doel na!"

"Ik ben het er niet mee eens," schreeuwde Maguemi. "Wij dienen doctrinaire oplossingen voor onze problemen te vermijden. Wanneer wij kopje onder gaan in een Aziatische vloedgolf zullen onze stemmen verdrinken."

Een andere jongere man, mager als een hongerige vogel, met een dun gezicht en een mesachtige neus, sprong op. "Kameraad Maguemi heeft geen gevoel voor historische projectie. Hij negeert de leringen van Marx, Lenin en Mao. Een echte communist houdt geen rekening met ras of geografie."

"Ik ben geen echte communist," verklaarde Maguemi koel. "Ik heb nooit zo'n vernederende uitspraak gedaan. Ik acht de leringen van Marx, Lenin en Mao nog overbodiger dan de Amerikaanse wapens waarmee kameraad Shgawe ons zo onverstandig heeft belast."

Adoui Shgawe lachte breed. "Wij kunnen het onderwerp van de Chinese immigratie veilig overslaan omdat deze naar alle waarschijnlijkheid nooit zal plaatsvinden. Een paar honderd technici, zoals kameraad Maguemi voorstelt, zijn uiteraard welkom. Een meer uitgebreid programma zou zeker tot moeilijkheden leiden."

Nambey Faranah keek somber naar de vloer.

Shgawe sprak verder, op een geruststellende toon, en schortte het parlement twee dagen op.

Keith keerde terug naar zijn kamer in het Hôtel des Tropiques, ging op de bank zitten en overwoog zijn positie. Hij vond zijn optreden tot nu toe onbevredigend, had serieus geblunderd met Doutoufsky en zou zeer wel diens wantrouwen kunnen hebben opgewekt. Er was zonder meer weinig reden tot optimisme.

Twee dagen later keerde Adoui Shgawe terug in de Grote Kamer, om te spreken over een routinezaak die een door de overheid beheerde conservenfabriek betrof. Nambey Faranah kon een sardonische schimpscheut niet onderdrukken: "Eindelijk vinden wij een toepassing voor de Amerikaanse afgedankte raketsilo's: ze kunnen eenvoudig worden geconverteerd in visverwerkende fabrieken en wij kunnen het afval zo de ruimte in schieten."

Shgawe hief zijn handen op tegen de golven van waarderend gelach. "Dit is niet meer dan domheid; ik heb het belang van deze wapens uitgelegd. Personen zonder ervaring met zulke zaken zouden ze niet mogen bekritiseren."

Faranah liet zich niet zo snel uit het veld slaan. "Hoe kunnen wij iets anders dan onervaren zijn? Wij weten niets van deze Amerikaanse afdankertjes, ze drijven ongezien in de oceaan. Bestaan ze wel?"

Shgawe schudde walgend zijn hoofd. "Komt er geen eind aan je haarkloverij? De dokken zijn klaar voor inspectie door alles en iedereen. Morgen zal ik de *Lumumba* laten uitvaren, en ik verzoek bij deze de gehele vergadering om deze inspectiereis mee te maken. Er zal geen excuus meer bestaan voor scepsis — voor zover dat nu al bestaat."

Faranah was tot zwijgen gebracht. Hij haalde kribbig zijn schouders op en zonk terug in zijn stoel.

Bijna twee-derde van de Kamer gaf gehoor aan Shgawe's uitnodiging en verzamelde zich de volgende morgen aan boord van het enige oorlogsschip van de Lakhadiaanse Marine, een oude Franse torpedojager. Bellen klingelden, fluiten bliezen, water spoot naar achter en de *Lumumba* gleed uit de Tabacoundibaai en koerste zuidwaarts over lange blauwe deining.

Twintig mijl legde de torpedojager af, parallel aan de door de wind geteisterde kust; toen verschenen er aan de horizon zeventien bleke bulten — de drijvende raketsilo's. Maar de *Lumumba* zwenkte naar de kust, waar het achttiende dok op drijvende tanks naar het strand was gemanoeuvreerd en was neergelaten op het getijdenzand. Ernaast lag een Russische baggermachine afgemeerd die stralen water onder de silo pompte, waardoor het zand werd losgespoeld en het dok kon afzinken.

De parlementariërs stonden op het voordek van de *Lumumba* en staarden naar de bepaald indrukwekkende cilinder. Allen moesten nu wel toegeven dat de silo's bestonden. Premier Shgawe kwam tevoorschijn uit een brugvleugel, met naast hem grootmaarschalk Achille Hashembe, een door de wol geverfde man van zestig met kortgeknipt grijs haar. Terwijl Shgawe de parlementariërs toesprak, onderwierp Hashembe hen stuk voor stuk aan een nauwgezette blik.

"De helikopter die was toegewezen aan deze specifieke silo is in reparatie," zei Shgawe. "Het komt niet goed uit om de raket zelf te inspecteren. Maar dat maakt niet uit; onze verbeeldingskracht zal ons dienen. Stel je achttien van deze grote wapens voor, gearrangeerd in intervallen langs de kust van ons vaderland; een nóg meer indruk makende verdediging is toch niet voorstelbaar?"

Keith, die naast Faranah stond, hoorde hem mompelen tegen degenen in zijn buurt. Keith keek aandachtig toe. Twee uur geleden hadden bedienden kleine kopjes zwarte koffie geserveerd en had Keith, die vier plekken voor Faranah stond, een impopulariteitspil in het vierde kopje gedaan. De bediende liep de rij langs; iedere parlementariër nam een kopje en Faranah kreeg het kopje met de pil. Inmiddels bekeek Faranahs publiek hem met kieskeurige afkeer en bewoog van hem weg. Een vleugje geur bereikte Keith zelf: Amerikaanse biochemici, dacht hij, hadden effectief werk geleverd. Faranah rook inderdaad erg slecht, en keek verbijsterd om zich heen.

De *Lumumba* draaide langzaam rond het dok dat inmiddels een permanente plek in het zand had gevonden. Aan boord van het baggerschip koppelden de Russen de pompen los en maakten alles klaar om dezelfde operatie op een tweede dok te verrichten.

Een bediende benaderde Keith. "Adoui Shgawe wenst u te spreken."

Keith volgde de bediende naar de officiersmess en kwam toen hij naar binnen ging een van zijn collega's tegen die op weg was naar buiten.

Adoui Shgawe stond op, boog ernstig. "Tamba Ngasi, gaat u zitten. Neemt u een glas brandy?"

Keith schudde zijn hoofd ruw heen en weer: een van Ngasi's eigenaardigheden.

"Had u grootmaarschalk Hashembe al eerder ontmoet?" vroeg Shgawe beleefd.

Keith was zo zorgvuldig mogelijk ingelicht maar had op dit punt geen informatie. Hij ontweek de vraag. "Ik heb groot respect voor de capaciteiten van de grootmaarschalk."

Hashembe antwoorde met een beleefd knikje, maar zei niets.

"Ik maak gebruik van deze gelegenheid," zei Shgawe, "om erachter te komen of u sympathiseert met mijn programma, nu dat u de gelegenheid heeft gehad om het van dichtbij te bezien."

Keith overwoog de situatie. In Shgawe's woorden lag een implicatie van een eerder conflict. Hij dompelde zich onder in de rol van Tamba Ngasi en sprak met de gevoelens die Tamba Ngasi er naar verwachting op nahield. "Er is hier te veel afval, te veel buitenlandse invloed. Wij hebben water nodig voor de droge landen, medicijnen voor het vee. Deze ontbreken, terwijl schatten worden verspild aan de idiote gebouwen van Fejo." In zijn ooghoek zag hij Hashembe's ogen zich een weinig vernauwen. Bevestiging?

Shagwe antwoordde, zwaarwichtig zacht. "Ik respecteer uw argument, maar er is ook nog het volgende: de Russen leenden ons het geld met als doel om Fejo uit te bouwen tot een symbool van vooruitgang. Ze zouden nooit hebben toegestaan het geld voor minder dramatische doelen te gebruiken. Wij accepteerden het en trokken er naar mijn gevoel profijt uit. Prestige is tegenwoordig erg belangrijk."

"Belangrijk voor wie? Met welk doel?" gromde Keith. "Waarom moeten wij ons hullen in een glorie die niet de onze is?"

"U geeft de nederlaag toe voordat het gevecht begint," zei Shgawe met meer kracht. "Helaas is dit onze Afrikaanse erfenis, die wij moeten ontgroeien."

Keith, in de rol van Ngasi, zei, "Mijn thuis is Kotoba aan de binnenwateren van de Dasa en mijn mensen leven in modderhutten. Is het denkbeeld van zulke glorie niet belachelijk voor de mensen van Kotoba? Geef ons water en vee en medicijnen."

Shgawe's stem zakte in toonhoogte. "Voor de mensen van Kotoba wil ik ook water en vee en medicijnen. Maar ik wil meer dan dat en misschien is glorie een slecht woord om te gebruiken."

Hashembe stond op, boog stijfjes naar Shgawe en Keith en verliet de kamer. Shgawe schudde zijn ronde hoofd. "Hashembe kan mijn zienswijze niet begrijpen. Hij wil dat ik de buitenlanders verdrijf: de Russen, de Fransen, de Hindoes, met name de Chinezen."

Keith stond op. "Ik ben absoluut niet gekant tegen uw zienswijze. Misschien heeft u een of ander document dat ik zou kunnen lezen?" Hij verplaatste zich nonchalant door de kamer. Shgawe haalde zijn schouders op, keek door zijn documenten. Keith leek te struikelen en zijn knokkels raakten de achterkant van Shgawe's plompe nek. "Mijn excuses, Excellentie," zei Keith. "Ik ben onhandig."

"Maakt niet uit," zei Shgawe. "Hier: deze en deze — documenten die mijn standpunten over de ontwikkeling van Lakhadi en Nieuw Afrika verklaren." Hij knipperde met zijn ogen. Keith pakte de papieren en bestudeerde deze. Shgawe's ogen vielen dicht, terwijl de drug die Keith door zijn huid had geschoten in zijn lichaam begon door te dringen. Een minuut later lag hij te slapen.

Keith handelde snel. Shgawe droeg zijn haar in korte geoliede strengen; aan de basis van een van deze bevestigde Keith een zwart kogeltje niet groter dan een rijstkorrel, om daarna snel terug te stappen en verder te lezen in de documenten.

Hashembe keerde terug naar de kamer. Hij stopte, keek van Shgawe naar Keith. "Hij lijkt te zijn weggedommeld," zei Keith en las verder in zijn documenten.

"Adoui Shgawe!" riep Hashembe. "Ben je in slaap gevallen?"

Shgawe's oogleden knipperden; hij slaakte een diepe zucht, keek op. "Hashembe...ik lijk te zijn weggedut. Ah, Tamba Ngasi. Deze papieren, u mag ze houden, en ik bid dat u mijn voorstellen in het parlement welwillend tegemoet zult komen. U bent een invloedrijk man en ik ben van uw steun afhankelijk."

"Ik zal uw woorden ter harte nemen, Excellentie." Keith verliet de mess en klom snel omhoog naar de vliegende brug. De *Lumumba* was op de terugweg langs de kust naar Fejo. Keith activeerde een van zijn interne schakelaars en in zijn auditief kanaal klonk de stem van Shgawe: "— is veranderd en over het algemeen een redelijk man geworden. Ik heb er geen bewijs voor, behalve wat ik in hem bespeur." Hashembe's stem klonk wat zwakker. "Hij lijkt zich mij niet te herinneren, maar jaren geleden, toen hij onderdeel uitmaakte van het Luipaardgenootschap, nam ik hem en een dozijn trawanten gevangen bij Engassa. Hij doodde twee van mijn mannen en ontsnapte, maar ik koester geen wrok."

"Ngasi is een man die zorgvuldige aandacht behoeft," zei Shgawe. "Hij is subtieler dan hij lijkt en ik geloof dat hij lang niet zo veel achterland-stamhoofd is dan hij ons wil doen geloven."

"Mogelijk niet," zei Hashembe.

Keith schakelde de verbindingen uit en sprak in zijn codeur: "Ik ben aan boord van de *Lumumba*, wij hebben net een kijkje genomen bij de raketsilo's. Ik heb mijn nummer 1 zender aan de persoon van Adoui Shgawe bevestigd; jullie ontvangen nu Shgawe's gesprekken. Ik durf niet te luisteren; ze kunnen me ontdekken via de resonantie. Laat me weten wanneer zich iets interessants voordoet."

Hij klikte de schakelaar terug; de puls met informatie schoot naar de satelliet en kaatste omlaag naar Washington.

De *Lumumba* voer de Tabacoundibaai binnen, meerde aan. Keith keerde terug naar het Hôtel des Tropiques, nam de glinsterende roltrap naar de tweede verdieping, liep langs de zijden en marmeren gang naar de deur van zijn kamer. Twee hoedanigheden redden zijn leven: een diepgewortelde gewoonte om nooit onachtzaam door een deur te gaan en de radar in zijn oor-amuletten. De eerste zette hem aan tot waakzaamheid; de tweede smeet hem zijwaarts naar achter terwijl een regen van kleine glazen naalden door de plek flitste die zijn gelaat even tevoren nog had ingenomen. Ze tingelden tegen de muur en vielen in stukjes op de vloer.

Keith kwam overeind en keek de kamer in. Ze was leeg. Hij ging naar binnen, deed de deur dicht. Een katapult had de naalden gelanceerd, een relatief eenvoudig mechanisme. Iemand in het hotel zou klaarstaan om te bekijken wat er was gebeurd en om de katapult te verwijderen — noodzakelijkerwijs snel.

Keith rende naar de deur, deed hem voorzichtig open, keek de gang in. Leeg — maar er naderden voetstappen. Keith liet de deur open en drukte zich tegen de muur.

De voetstappen stopten. Keith hoorde iemand ademhalen. De punt van een neus verscheen in de doorgang, bewoog onderzoekend heen en weer. Een gezicht kwam naar binnen; het draaide en keek naar Keith, bijna oog in oog. De mond opende, naar adem snakkend om vervolgens in een scheve grijns te sluiten toen Keith naar voren reikte en de man bij de nek greep. De mond ging weer open maar maakte geen geluid.

Keith trok de man de kamer in en deed de deur dicht. Het was een kleurling, ongeveer veertig jaar oud. Zijn wangen waren vlezig en omvangrijk, zijn neus een lompe snavel. Keith herkende hem: Corty, zijn originele contact in Fejo. Hij keek diep in 's mans ogen; ze hadden roze vlekken en de pupillen waren smal; zijn blik leek loodzwaar.

Keith zond een scheutje elektriciteit door het rubberachtige lichaam. Corty opende zijn ogen in pijn maar schreeuwde het niet uit. Keith begon te praten, maar Corty maakte een wanhopig gebaar om stilte. Hij greep de pen in Keiths zak en krabbelde in het Engels: "Chinezen, ze hebben een circuit in mijn hoofd gestopt, drijven me tot waanzin." Keith staarde naar hem. Corty opende plotseling zijn ogen wijd. Hij viel met een geluidloze schreeuw uit naar Keiths keel, klauwend, scheurend. Keith doodde hem met een lading stroom en keek omlaag naar het bewegingloze lichaam.

De hemel sta de Amerikaanse agent bij die in Chinese handen valt, dacht Keith. Ze trokken draden door zijn hersenen, tot diep in de pijn-centra; en vervolgens, instruerend en luisterend via zendontvangers, konden ze hem naar believen tweaken, straffen of tot razernij drijven. De man was dood beter af.

De Chinezen hadden hem geïdentificeerd. Had iemand het plaatsen van de afluisterapparatuur op Shgawe ontdekt? Of het toedienen van de pil aan Faranah? Of had Doutoufsky ze een hint gegeven? Of — de minst waarschijnlijke optie — wilden de Chinezen hem slechts verwijderen, als Afrikaanse isolationist?

Keith keek de gang in, die was verlaten. Hij rolde het lijk naar buiten en sleepte het in een opwelling van macabere eigenzinnigheid aan de hakken naar de roltrap en stuurde het op weg naar de lobby beneden.

Hij keerde in een terneergeslagen stemming terug naar zijn kamer. Noord versus Oost versus Zuid versus West: een vierwegs-oorlog. Denk aan alle veldslagen, campagnes, tragedies: onvoorstelbaar verdriet. En voor wat? De uiteindelijke vrede op Aarde? Onwaarschijnlijk, dacht Keith, gezien de miljoenen jaren voor de boeg. Waarom riskeerde hij, James Keith, Amerikaans burger, zich voordoend als Tamba Ngasi, niet alleen zijn leven maar ook draden tot in de pijncentra van zijn hersenen? Keith dacht na. Het antwoord was klaarblijkelijk het volgende: de gehele menselijke geschiedenis zit samengeperst in iedere individuele levensgeschiedenis. Iedere man kan genieten van de triomfen of lijden onder de nederlagen van het gehele menselijke ras. Karel de Grote stierf als groot held, hoewel zijn keizerrijk onmiddellijk in stukken uiteenviel. Iedere man moet zijn eigen persoonlijke overwinning boeken, zijn unieke egoïstische doelen verwezenlijken.

Anders kon hoop niet bestaan.

De lucht boven het fantastische silhouet van Fejo werd purper-blauw. Gekleurde lichten twinkelden op de plaza. Keith ging naar het raam, staarde naar de dromerige schemerende luchten. Hij wenste geen verdere zaken als deze; als hij nu wegvluchtte zou hij zijn leven kunnen behouden. Anders — hij dacht aan Corty. In zijn eigen geest klikte een relais. De stem van Carl Sebastiani sprak zonder geluid, maar hard en urgent. "Adoui Shgawe is dood — twee minuten geleden vermoord. Het nieuws kwam via jouw zender nummer 1. Ga naar het paleis en handel vastbesloten. Dit is een kritische gebeurtenis."

Keith bewapende zichzelf, testte zijn accumulatoren. Terwijl hij terug naar de deur gleed keek hij de gang in. Twee mannen in de witte tuniek van de Lakhadiaanse Militie stonden naast de roltrap. Keith stapte naar buiten, liep op hen af. Ze hielden op met praten, keken toe hoe hij naderde. Keith knikte met sobere beleefdheid en wilde afdalen maar ze hielden hem tegen. "Mijnheer, had u een bezoeker vanavond? Een mulat van vroeg middelbare leeftijd?"

"Nee. Waar gaat dit allemaal over?"

"We proberen deze man te identificeren. Hij stierf onder verdachte omstandigheden."

"Ik weet niets van hem. Laat me door; ik ben parlementariër Tamba Ngasi."

De twee militiemannen bogen beleefd; Keith nam de roltrap naar de lobby beneden. Hij rende over het plein, passeerde de zes basalten krijgers, naderde de voorkant van het paleis. Hij wandelde de lage trappen op, ging de vestibule binnen. Een portier in een rood en zilver uniform, met een gepantserde hoofdtooi met zilveren neusbescher-mer, stapte naar voren. "Goedenavond mijnheer."

"Ik ben Tamba Ngasi, een parlementariër. Ik moet zijne Excellentie onmiddellijk ontmoeten."

"Het spijt me mijnheer, premier Shgawe heeft orders achterlaten om niet gestoord te worden vanavond."

Keith wees naar de foyer. "Wie is dan die persoon?"

De portier keek, Keith tikte hem met zijn knokkels in de keel, hield hem bij de zenuwvertakkingen onder zijn oren totdat hij stopte met tegenstribbelen en sleurde hem vervolgens terug in zijn hokje. Hij keek in de foyer. Achter het bureau van de receptie zat een knappe jonge vrouw in een Polynesische *lava-lava*. Haar huid was goudbruin, ze droeg het haar opgestoken in een soort zachte, zwarte piramide.

Keith kwam binnen, de jonge vrouw glimlachte vriendelijk naar hem.

"Premier Shgawe verwacht me," zei Keith. "Waar kan ik hem vinden?"

"Het spijt me mijnheer, hij heeft net opdracht gegeven om niet gestoord te worden."

"*Net* opdracht gegeven?"

"Ja mijnheer."

Keith knikte oordeelkundig. Hij gebaarde naar haar telefoon. "Wees zo vriendelijk om grootmaarschalk Achille Hashembe te bellen, het betreft een urgente zaak."

"Uw naam mijnheer?"

"Ik ben parlementariër Tamba Ngasi. Opschieten."

Het meisje boog naar de telefoon.

"Vraag hem om zich onmiddellijk bij mij en premier Shgawe te melden," beval Keith kortaf.

"Maar mijnheer —"

"Premier Shgawe verwacht me. Bel maarschalk Hashembe onmiddellijk."

"Ja mijnheer." Ze drukte op een knop. "Grootmaarschalk Hashembe van het Staatspaleis."

"Waar vind ik de premier?" vroeg Keith, doorlopend.

"Hij is in de salon op de eerste verdieping, met zijn vrienden. Een page zal u erheen leiden." Keith wachtte; beter een paar seconden vertraging dan een hysterische receptioniste.

De page verscheen: een knul van zestien in een lange kiel van zwart fluweel. Keith volgde hem een trap op naar een stel gebeeldhouwde houten deuren. De page maakte aanstalten de deuren te openen maar Keith stopte hem. "Ga terug en wacht op grootmaarschalk Hashembe; breng hem onmiddellijk hiernaartoe."

De knaap trok zich onzeker terug, over zijn schouder kijkend. Keith schonk hem geen verdere aandacht. Zachtjes drukte hij tegen de grendel. De deur zat op slot. Keith kneedde een beetje explosief plastic tegen een deurpost, bevestigde een ontsteker en drukte zich tegen de muur.

Krak! Keith greep door de splinters, smeet de deur open en stapte naar binnen. Drie geschrokken mannen keken hem aan. Een van hen was Adoui Shgawe. De andere twee waren Hsia Lu-Minh, de Chinese Ambassadeur, en Vasif Doutoufsky, hoofdgriffier van het Grote Lakhadiaanse Parlement.

Doutoufsky had zijn rechtervuist gebald en hield deze naar voren. Aan zijn middelvinger glinsterde het juweel van een grote ring.

Voetstappen naderden door de gang; de portier en een krijger in het zwartlederen uniform van de Elite Raven Bewakingsdienst.

Shgawe vroeg mild, "Wat betekent dit allemaal?"

De portier schreeuwde woest, "Deze man viel me aan; hij kwam met kwaad in het hart!"

"Nee," schreeuwde Keith in verwarring. "Ik vreesde dat uwe Excellentie in gevaar was; nu zie ik dat ik verkeerd geïnformeerd was."

"Zwaar verkeerd geïnformeerd," zei Shgawe. Hij gebaarde met zijn vingers. "Vertrek alstublieft."

Doutoufsky boog voorover en fluisterde iets in Shgawe's oor. Keiths blik richtte zich op Shgawe's hand, waar deze ook een zware ring droeg. "Tamba Ngasi, blijf hier als je wil; ik wens met je te overleggen." Hij stuurde de portier en de krijger weg. "Deze man is te vertrouwen. Jullie kunnen gaan."

Ze bogen, vertrokken. En de verwarring in Keiths geest was verdwenen.

Shgawe maakte aanstalten om op te staan, Doutoufsky schoof peinzend naar voren. Keith wierp zichzelf op het tapijt; de laserstraal van zijn zaklamp sneed langs Doutoufsky's gezicht en over Shgawe's slaap. Doutoufsky kraste, greep naar zijn uitgebrande ogen; de straal van zijn eigen ring brandde een groef in zijn gezicht. Shgawe was op zijn rug gevallen. Het dikke lichaam beefde, rukte en trilde. Keith raakte ze nogmaals met zijn straal en ze stierven beide. Hsia Lu-Minh stond stil tegen de muur gedrukt met bolle ogen van afschuw. Keith sprong op en stormde op hem af. Hsia Lu-Minh sputterde niet tegen terwijl Keith een verdovend middel in zijn nek pompte.

Keith stond uit te hijgen en wederom redde de ingebouwde radar zijn leven. Een impuls, niet eens waargenomen door zijn brein, trok zijn spieren samen en wierp hem zijwaarts. De kogel scheurde door zijn mantel en schraapte langs zijn huid. Een tweede kogel zong langs hem heen. Keith zag Hashembe in de deuropening staan, de met grote ogen kijkende page achter zich.

Hashembe richtte ontspannen zijn pistool. "Stop," riep Keith. "Ik heb dit niet gedaan."

Hashembe lachte flauwtjes en zijn vinger spande zich om de trekker. Keith viel op de vloer en sneed met zijn laserstraal over Hashembe's pols. Het pistool viel, Hashembe stond streng en verlamd rechtop. Keith rende voorwaarts, gooide hem op de grond, greep de page, spoot verdovend gas in de bovenkant van diens nek, trok hem naar binnen en sloeg de deur dicht.

Hij draaide zich om en zag Hashembe met zijn linkerhand naar zijn pistool grijpen. "Stop!", schreeuwde Keith hees. "Ik zeg je dat ik dit niet deed."

"Je doodde Shgawe."

"Dit is Shgawe niet." Hij raapte het pistool op. "Het is een Chinese agent, zijn gezicht veranderd om er uit te zien als Shgawe."

Hashembe was sceptisch. "Dat is moeilijk te geloven." Hij keek omlaag naar het lijk. "Adoui Shgawe was niet zo dik als deze man." Hij boog, tilde de dikke vingers op en stond op. "Dit is Adoui Shgawe niet!" Hij bekeek Doutoufsky. "De hoofdgriffier, een afvallige Pool."

"Ik dacht dat hij voor de Russen werkte. Een fout die me bijna het leven kostte."

"Waar is Shgawe?"

Keith keek de kamer rond. "Hij moet in de buurt zijn."

Ze vonden het lijk van Shgawe in de badkamer. Een fluor-silicium plasticfolie bekleedde het bad, dat was gevuld met zoutzuur uit twee grote mandflessen. Shgawe's lichaam lag er op zijn rug in, reeds wazig, onherkenbaar.

Verstikt door de dampen strompelden Hashembe en Keith terug en sloegen de deur dicht.

Hashembe's kalmte was verdwenen. Hij waggelde naar een stoel, zijn gewonde arm vasthoudend en mompelde, "Ik begrijp niets van deze misdaden."

Keith keek naar het slappe lichaam van de Chinese ambassadeur. "Shgawe was te sterk voor ze. Of hij ontdekte hun grootse plannen."

Hashembe schudde verdoofd zijn hoofd.

"De Chinezen willen Afrika," zei Keith. Zo eenvoudig is het. Afrika kan een miljard Chinezen huisvesten. Over vijftig jaar misschien nog een miljard."

"Als dat waar is," zei Hashembe, "is het monsterlijk. En Shgawe, die dit nooit zou toestaan, is dood."

"Daarom," zei Keith, "moeten wij Shgawe vervangen door een leider die dezelfde doelen zal nastreven."

"Waar vinden wij zo'n leider?"

"Hier, ik ben zo'n leider. Jij controleert het leger; er kan geen oppositie zijn."

Hashembe zat twee minuten in de ruimte te staren. Dan stond hij op. "Goed. Jij bent de nieuwe premier. Indien nodig, zullen wij het parlement ontbinden. Dat is sowieso niet meer dan een hok voor kakelende kippen."

De moord op Adoui Shgawe schokte de natie en heel Afrika. Toen grootmaarschalk Achille Hashembe voor het parlement verscheen en aankondigde dat het orgaan kon kiezen tussen Tamba Ngasi als premier van Lakhadi of toegeven aan ontbinding en krijgswet, werd Tamba Ngasi zonder aarzeling tot premier verkozen.

Keith, in het zwart en gouden uniform van de Leeuwen Elite, sprak de kamer toe.

"Over het algemeen is mijn beleid identiek aan dat van Adoui Shgawe. Hij hoopte op een sterk verenigd Afrika, dat hoop ik ook. Hij probeerde een afhankelijkheid van buitenlandse machten te vermijden terwijl hij zoveel mogelijk oprechte hulp accepteerde als werd aangeboden. Dat is ook mijn beleid. Adoui Shgawe hield van zijn geboorteland en wilde van Lakhadi een inspiratiebron voor heel Afrika te maken. Dat hoop ik ook te doen. De raketsilo's worden geplaatst precies zoals Adoui Shgawe dat wilde en onze Lakhadiaanse technici zullen doorgaan met leren hoe ze deze fantastische machines moeten bedienen."

Weken gingen voorbij. Keith voorzag het paleis van een nieuwe staf en brandde iedere vierkante millimeter van de vloer, muur, plafond, meubels en leidingen schoon van spionagecellen. Sebastiani had hem drie nieuwe medewerkers gestuurd om als contactpersoon te fungeren en om technisch advies te geven.

Keith communiceerde niet langer direct met Sebastiani; zonder deze directe verbinding met zijn gewezen meerdere leek de grens tussen James Keith en Tamba Ngasi soms te vervagen.

Keith was zich bewust van deze neiging en wapende zichzelf tegen de verwarring. "Ik nam de naam van de man aan, zijn gezicht, zijn persoonlijkheid. Ik moet denken als hij, doen als hij. Maar ik kan de man niet *zijn*!" Maar soms, wanneer hij buitengewoon vermoeid was, werd hij geplaagd door onzekerheid. Tamba Ngasi? James Keith? Welke persoonlijkheid was de echte?

Twee maanden gingen stilletjes voorbij, en een derde. De rust leek op het oog van een orkaan, dacht Keith. Nu en dan vereiste het protocol dat hij Hsia Lu-Minh, de Chinese ambassadeur, ontmoette en met hem overleg voerde. Gedurende deze gelegenheden overheersten decorum en formaliteit; de moord op Adoui Shgawe leek niets meer dan een sliert van een onaangename droom. "Droom," dacht Keith, het woord bleef doorklinken. "Ik leef in een droom." In een plotselinge kramp van angst sprak hij met Sebastiani. "Ik verlies mijn scherpte, ik verlies mezelf."

Sebastiani's stem was koel en redelijk. "Je lijkt het werk erg goed te doen."

"Een dezer dagen," zei Keith somber, "spreek je tegen me in het Engels en antwoord ik in Swahili. En dan —"

"En dan?" vroeg Sebastiani.

"Onbelangrijk," zei Keith. *En dan zul je weten dat toen James Keith en Tamba Ngasi elkaar ontmoetten in de doornstruiken naast de Dasa Rivier, Tamba Ngasi degene was die levend wegliep terwijl het lichaam van James Keith door jakhalzen werd verslonden.*

Sebastiani deed Keith een licht onwelvoeglijk voorstel: "Zoek jezelf zo'n mooie Fejo meid en werk wat van die nerveuze energie van je af."

Keith verwierp het idee bedrukt. "Ze zou relais horen rammelen en zoemen en zich afvragen wat haar het hof aan het maken was."

De dag kwam waarop de raketsilo's eindelijk waren geplaatst. Achttien grote betonnen cilinders, omspoeld door de Atlantische deining, strekten zich uit in een lijn langs de Lakhadiaanse kust. Keith verordonneerde een nationale feestdag om de installatie te vieren en zat een openluchtbanket voor op het plein voor het parlementsgebouw. Toespraken gingen urenlang door en de nieuwe grandeur van Lakhadi werd bejubeld: "— een natie die eens onder een wreed imperialistisch juk gebukt ging en nu een cultuur bezit die superieur is ten opzichte van elke andere westelijk van China!" Dat waren de woorden van Hsia Lu-Minh, met een flauwe zijdelingse blik naar Leon Pashenko, de Russische ambassadeur.

Pashenko sprak op zijn beurt met evenzo bijtende woorden. "Met de hulp van de Sovjet-Unie is Lakhadi nu absoluut veilig tegen de offensieve manœuvres van het Westen. Wij doen de aanbeveling dat alle technici, met uitzondering van degenen in de opleidingsprogramma's, worden teruggetrokken. Afrikaanse mankracht moet de toekomst van Afrika vormgeven!"

James Keith zat slechts half te luisteren naar de stemmen en zonder het bewust te formuleren ontstond er in zijn geest een plan zo magnifiek in reikwijdte dat hij het alleen maar kon bewonderen. Het was een beleidskwestie; kon hij iets doen zonder voorafgaande toestemming van Sebastiani? Maar hij was Tamba Ngasi net zo goed als Keith. Toen hij opstond om het woord tot de bijeenkomst te richten was het Tamba Ngasi die sprak.

"Kameraden Pashenko en Hsia hebben gesproken en ik heb met belangstelling geluisterd. Ik verwelkom met name de gevoelens die werden uitgedrukt door kameraad Pashenko. De burgers van Lakhadi moeten op alle vlakken uitstekend kunnen presteren, zonder verdere begeleiding van het buitenland. Met uitzondering van één kritisch terrein. Wij zijn nog steeds niet in staat om de kernkoppen te maken die ons nieuwe defensiesysteem nodig heeft. Daarom maak ik gebruik van deze blije gelegenheid om de Sovjet-Unie formeel te verzoeken ons de benodigde explosieve materialen te leveren."

Luid applaus, maar terwijl Hsia Lu-Minh gedreven klapte liet Leon Pashenko weinig enthousiasme zien. Na het banket vroeg hij naar Keith, om een lompe verklaring te doen:

"Ik betreur dat het vaste beleid van de Sovjet-Unie het behoud van de controle over al haar nucleaire apparaten omvat. Wij kunnen niet instemmen met uw verzoek."

"Jammer," zei Keith.

Leon Pashenko keek verbaasd, alsof hij protesten en argumenten had verwacht.

"Jammer, want nu moet ik het aan de Chinezen vragen."

Leon Pashenko wees op de eventuele gevaren. "De Chinezen zijn harde meesters!"

Keith boog naar de verbijsterde Rus en wees hem de deur. Meteen zond hij een boodschap naar de Chinese ambassade en een halfuur later verscheen Hsia Lu-Minh.

"De ideeën die kameraad Pashenko vanavond tot uitdrukking bracht leken waardevol," zei Keith. "Ik neem aan dat u het daarmee eens bent?"

"Van ganser harte," verklaarde Hsia Lu-Minh. "Uiteraard valt het agriculturele reformatieprogramma dat wij al zo lang bespreken niet onder deze beperkingen."

"Dat valt daar nadrukkelijk wel onder," zei Keith. "Hoewel een gelimiteerd pilotprogramma zou kunnen starten, onder voorwaarde dat de Chinese Volksrepubliek kernkoppen levert, onmiddellijk en meteen, voor onze achttien raketten."

"Ik moet overleggen met mijn overheid," zei Hsia Lu-Minh.

"Gebruik alstublieft alle mogelijke haast," zei Keith, "Ik ben ongeduldig."

Hsia Lu-Minh keerde de volgende dag terug. "Mijn overheid is akkoord met het bewapenen van de raketten onder voorwaarde dat het pilotprogramma dat u voorstelt minstens tweehonderdduizend agrarische ingenieurs omvat."

"Onmogelijk! Hoe kunnen wij zo'n grote invasie ondersteunen?"

Het cijfer werd uiteindelijk vastgesteld op honderdduizend, met slechts zes raketten te voorzien van kernkoppen.

"Dit is een baanbrekende overeenkomst," verklaarde Hsia Lu-Minh.

"Het is het begin van een revolutionair proces," beaamde Keith.

Er werd verder geruzied over de fasering van de levering van de kernkoppen versus de komst van de ingenieurs en de onderhandelingen werden bijna afgebroken. Hsia Lu-Minh leek gekrenkt toen hij erachter kwam dat Keith een daadwerkelijke en onmiddellijke levering van de kernkoppen eiste, in plaats van slechts een symbolische intentie-verklaring. Keith, op zijn beurt, ervoer verbazing toen Hsia Lu-Minh protesteerde tegen een voorwaarde dat de instromende 'ingenieurs' slechts zesmaandelijkse visa kregen, gemarkeerd als TIJDELIJK, met een optie tot verlenging naar goeddunken van de Lakhadi-overheid. "Hoe kunnen deze ingenieurs zichzelf identificeren met de proble-men? Hoe kunnen ze leren om van de aarde te houden die ze moeten bewerken?"

De moeilijkheden werden uiteindelijk gladgestreken; Hsia Lu-Minh nam afscheid. Vrijwel onmiddellijk ontving Keith een boodschap van Sebastiani, die nog maar net had gehoord van het voorziene China-Lakhadi-verdrag. Sebastiani's stem was voorzichtig, behoedzaam en onderzoekend. "Ik begrijp de gedachtegang achter dit project niet helemaal."

Wanneer Keith moe was oefende het Tamba Ngasi element van zijn persoonlijkheid een grotere invloed uit. De stem die Sebastiani te woord stond klonk ook voor Keith zelf ongeduldig, hard en ruw.

"Ik heb dit plan niet rationeel bedacht, het ontstond uit intuïtie."

Sebastiani's stem werd nog voorzichtiger. "Ik kan er geen zakelijke voordelen aan ontdekken."

Keith, of Tamba Ngasi — wie dan ook dominant was — lachte. "De Russen vertrekken uit Lakhadi."

"De Chinezen blijven in controle. Vergeleken met de Chinezen zijn de Russen vriendelijke conservatieven."

"Je maakt een fout. Ik heb de controle!"

"Goed, Keith," zei Sebastiani bedachtzaam. "Ik zie dat wij op jouw oordeel moeten vertrouwen."

Keith — of Tamba Ngasi — gaf een bruusk antwoord en ging naar bed. Hier nam de spanning af en James Keith lag in het donker te staren.

Een maand ging voorbij; twee kernkoppen werden door de Chinezen geleverd, ingevlogen vanaf de verwerkingsfabrieken bij Ulaan-Bator. Vrachthelikopters brachten ze naar hun plek en Keith hield een triom-fantelijke rede voor Lakhadi, voor Afrika en voor de rest van de wereld. "Vanaf deze dag moet Lakhadi, het Roer van Afrika, haar plaats krijgen in de raden van deze wereld. Wij zochten macht, niet alleen omwille van de macht, maar om voor Afrika de representatie veilig te stellen die onze mensen slechts nominaal genoten. Het Zuiden hoeft zich niet langer naar het Westen, het Noorden of het Oosten te wenden!"

Het eerste contingent Chinese 'ingenieurs' arriveerde drie dagen later: duizend jonge mannen en vrouwen, uniform gekleed in blauwe overalls en witte canvas schoenen. Ze marcheerden in gedisciplineerde pelotons naar bussen en werden overgebracht naar een tentenkamp in de buurt van het gebied waar ze gevestigd zouden worden.

Op deze dag kwam Leon Pashenko een vertrouwelijke memo van de president van de USSR afleveren. Hij wachtte terwijl Keith een blik op het briefje wierp.

"Het is noodzakelijk om erop te wijzen," stond op het briefje, "dat de regering van de USSR de uitbreiding van de Chinese invloed in Lakhadi als nadelig beschouwt en zich vrij voelt om de stappen te zetten die nodig zullen zijn om de belangen van de USSR te beschermen."

Keith knikte langzaam. Hij richtte zijn blik op Pashenko, die zat te kijken met een glazig lachje op zijn dunne lippen. Keith drukte op een knop en sprak in een roostertje. "Stuur de televisiecamera's naar binnen, ik wil een belangrijke aankondiging uitzenden."

Een televisieploeg rolde gehaast de apparatuur naar binnen. Pashenko's glimlach bevroor en zijn huidskleur werd deegachtig.

De regisseur gaf een signaal aan Keith. "U bent in de lucht."

Keith keek in de lens. "Burgers van Lakhadi en Afrikanen. Naast mij zit Leon Pashenko, ambassadeur van de USSR. Hij legde mij zojuist een officieel bericht voor dat zich probeert te bemoeien met het interne beleid van Lakhadi. Ik maak gebruik van deze gelegenheid om de Sovjet-Unie openbaar te berispen. Ik verklaar dat de overheid van Lakhadi zich slechts laat beïnvloeden door maatregelen die haar burgers ten goede komen en dat iedere verdere inmenging door de Sovjet-Unie tot een verbreking van onze diplomatieke relaties kan leiden."

Keith boog beleefd naar Leon Pashenko, die in het volle zicht van de camera zat, met een bevroren glimlach op zijn gezicht. "Gelieve deze verklaring als een formeel antwoord op uw memo van hedenochtend te beschouwen."

Zonder een woord te zeggen stond Pashenko op en verliet de kamer.

Minuten later ontving Keith een communicatie van Sebastiani. De geluidloze stem was scherper dan Keith haar ooit had gehoord. "Wat voor de duivel ben je van plan? Publiciteit? Je hebt de Russen vernederd, misschien gestopt in Afrika — maar heb je de risico's overwogen? Niet voor jezelf, niet voor Lakhadi, zelfs niet voor Afrika — maar voor de hele wereld?"

"Ik heb dergelijke risico's niet overwogen. Ze hebben geen invloed op Lakhadi."

Sebastiani's stem kraakte van woede. "Lakhadi is niet het centrum van het universum louter omdat jij eraan bent toegewezen! Van nu af aan — en dit zijn orders, let wel — onderneem je niets zonder mijn advies in te winnen!"

"Ik heb alles gehoord wat ik wilde horen," zei Tamba Ngasi. "Neem geen contact meer met me op en tracht ook niet om mijn plannen te verstoren." Hij schakelde de ontvanger uit, zuchtte en zakte achterover in zijn stoel. Daarna knipperde hij met zijn ogen en richtte hij zich op toen de herinnering aan het gesprek in zijn hoofd weergalmde.

Een moment overwoog hij om terug te bellen en het uit te leggen, daarna verwierp hij het idee. Sebastiani zou hem feitelijk gek bevinden — terwijl hij slechts oververmoeid, overspannen was geweest. Zo stelde Keith zichzelf gerust.

De volgende dag ontving hij een rapport van een Zwitsers technisch team en hij snoof van woede, hoewel de bevindingen overeenkwamen met zijn verwachtingen.

De Chinese ambassadeur koos ongelukkigerwijs juist dat moment voor een overleg en werd het kantoor van de premier binnengeleid. Met een rond gezicht, stijf, vol van sympathie, kwam Hsia Lu-Minh naar voren.

Hij ziet me aan voor een stamhoofd uit de rimboe, dacht de man die nu geheel Tamba Ngasi was — een man meedogenloos als een krokodil, sluw als een jakhals en donker als de jungle.

Hsia Lu-Minh zat vol met hoffelijke complimenten. "Hoe helder zag u de toekomst voor zich! Het is niet zomaar een cliché om te zeggen dat de gekleurde rassen van deze wereld een gemeenschappelijk lot delen."

"Vindt u?"

"Zeker! En ik draag de toestemming van mijn overheid om nog een groep bekwame, goed opgeleide werkers naar Lakhadi te verplaatsen!"

"Hoe zit het met de resterende kernkoppen voor de raketten?"

"Die zullen zeker op tijd worden afgeleverd en geïnstalleerd."

"Ik heb me bedacht," zei Tamba Ngasi. "Ik wil geen verdere Chinese immigranten. Ik spreek voor heel Afrika. Degenen reeds in dit land moeten vertrekken en dat geldt evenzeer voor de Chinese missies in Mali, Ghana, Soedan, Angola, de Congolese Federatie — in feite in heel Afrika. De Chinezen moeten Afrika verlaten, volledig en onveranderlijk. Dit is een ultimatum. U heeft een week om akkoord te gaan. Anders zal Lakhadi de oorlog verklaren aan de Chinese Volksrepubliek."

Hsia Lu-Minh luisterde verbijsterd, zijn mond een donut van shock. "U maakt een grapje?" trilde hij.

"U denkt dat ik een grapje maak? Luister!" Weer liet Tamba Ngasi de televisieploeg komen en legde hij een publieke verklaring af.

"Gisteren reinigde ik mijn land van de Russen; vandaag verdrijf ik de Chinezen. Ze hielpen ons met onze postkoloniale chaos — maar waarom? Om hun eigen voordeel na te streven. Wij zijn niet de dwazen waar ze ons voor houden." Tamba Ngasi richtte een vinger op Hsia Lu-Minh. "Kameraad Hsia heeft namens zijn regering ingestemd met mijn voorwaarden. De Chinezen trekken zich terug uit Afrika. Ze vertrekken terstond. Hsia Lu-Minh is hier hoffelijk mee akkoord gegaan. Lakhadi heeft nu een degelijke verdediging en heeft geen verdere bescherming nodig van derden. Mocht iemand proberen om deze zuivering van buitenlandse invloed te dwarsbomen, dan zullen onze wapens onmiddellijk en zonder wroeging worden ingezet. Ik kan niet duidelijker spreken." Hij draaide naar de verlamde Chinese ambassadeur. "Kameraad Hsia, in de naam van Afrika, bedankt voor uw belofte van samenwerking, en ik zal u eraan houden!"

Hsia Lu-Minh wankelde de kamer uit. Hij ging terug naar de Chinese ambassade en joeg zich een kogel door zijn kop.

Acht uur later arriveerde een Chinees vliegtuig in Fejo, beladen met ministers, generaals en hulpjes. Tamba Ngasi ontving ze meteen. Ting Sieuh-Ma, de Chinese hoofdtheoreticus, sprak hartstochtelijk. "U hebt ons in een onhoudbare positie gebracht. U moet uw woorden terugnemen!"

Tamba Ngasi lachte. "Er is slechts één weg voor jullie om te gaan. Jullie moeten me gehoorzamen. Denk je dat de Chinezen baat hebben bij een oorlog met Lakhadi? Heel Afrika zal tegen jullie opstaan; jullie gaan een ramp tegemoet. En vergeet onze nieuwe wapens niet. Op dit moment zijn ze gericht op de meest gevoelige gebieden van China."

Ting Sieuh-Ma's lach klonk spottend. "Dat is de minste van onze zorgen. Denk je dat wij jullie zouden vertrouwen met actieve kernkoppen? Jouw belachelijke wapens zijn net zo onschadelijk als muizen."

Tamba Ngasi liet het Zwitserse rapport zien. "Dat weet ik. De ontstekers: negenenzestig procent lood, vier procent radioactief afval. Het lithiumhydride — ordinair waterstof. Jullie hebben me bedrogen; daarom zet ik jullie uit Afrika. En wat de kernkoppen betreft, ik heb onderhandeld met een zekere Europese grootmacht; het is zelfs zo dat ze op dit moment actieve splijtstof installeren in de raketten die je beweert te minachten. Jullie hebben geen keuze. Verlaat Afrika binnen een week of bereid je voor op een ramp."

"Het is hoe dan ook een ramp," zei Ting Sieuh-Ma. "Maar bedenk dit: jij bent maar een enkele man, wij zijn het Oosten. Kun je echt hopen dat je het van ons kan winnen?"

Tamba Ngasi ontblootte zijn roestvrijstalen tanden in een wolfachtige grijns. "Dat is wat ik hoop."

Keith leunde achterover in zijn stoel. De afvaardiging was vertrokken; hij zat alleen in de conferentieruimte. Hij voelde zich leeggezogen van energie, slap en lusteloos. Tamba Ngasi, al was het maar tijdelijk, was verdreven.

Keith dacht na over de laatste paar dagen, en voelde een steek van angst over zijn eigen roekeloosheid. De roekeloosheid, eerder, van Tamba Ngasi, die twee globale grootmachten had vernederd en verward. Ze zouden hem niet vergeven. Adoui Shgawe, een relatief milde tegenstander, was opgelost in zuur. Tamba Ngasi, het brein achter een absoluut onverdraaglijk beleid, kon nauwelijks verwachten te overleven.

Keith wreef over zijn lange harde kin en probeerde een overlevingsplan te formuleren. Hij was misschien nog een week veilig, terwijl zijn vijanden een aanvalsplan opstelden…

Keith sprong overeind. Waarom zou er sprake zijn van enig respijt?

Elke minuut was nu kostbaar voor zowel de Russen als de Chinezen; ze moesten rekening hebben gehouden met alle mogelijke gebeurtenissen.

Zijn communicatiescherm tingelde; het fronsende gezicht van grootmaarschalk Achille Hashembe verscheen. Hij sprak beleefd. "Ik begrijp je orders niet. Waarom zouden wij nu aarzelen? Ruim dat ongedierte op, stuur ze terug naar hun eigen land —"

"Welke orders heb je het over?" vroeg Keith.

"Die je vijf minuten geleden voor het paleis hebt gegeven, over de Chinese immigranten."

"Ik snap het," zei Keith. "Je hebt gelijk. Er is sprake van een misverstand. Negeer die orders, ga door als voorheen."

Hashembe knikte met bruuske voldoening; het scherm vervaagde. Er zou geen enkele vertraging zijn, dacht Keith. De Chinezen waren al aan het toeslaan. Hij draaide aan een knop op het scherm en zijn receptioniste keek hem aan. Ze leek geschrokken.

"Heeft iemand in de afgelopen vijf minuten het paleis betreden?"

"Alleen uzelf, mijnheer... Hoe kwam u zo snel boven?"

Keith brak haar af. Hij ging naar de deur, luisterde, trok een lade open. Zijn wapens — verdwenen. Verraden door een van zijn bedienden.

Keith ging naar de deur die naar het terras leidde. Vanuit de tuin kon hij naar het plein lopen en ontsnappen wanneer hij daarvoor koos. In zijn oren klonk een zacht fladderend geluid. Keith stapte het donker in, zocht de hemel af. De lucht was bewolkt; hij zag slechts duisternis. Maar zijn radar wees hem op een dalend voorwerp en de infrarood detector in zijn hand voelde warmte.

Van achter hem, uit de slaapkamer, kwam een ander zacht geluid. Hij draaide zich om en zag zichzelf voorzichtig door de deur komen en om zich heen kijken. Ze hadden het goed gedaan, dacht Keith, gezien de weinige beschikbare tijd. Deze versie van Tamba Ngasi was misschien een halve duim korter dan hijzelf, het gezicht was voller, de huid een schakering donkerder en niet al te subtiel van tint. Hij bewoog zonder de losse Afrikaanse zwier, op benen die dikker en korter waren dan die van Keith zelf. Enigszins ongerijmd bedacht Keith dat het om een kleurling te simuleren het beste was om met een kleurling te beginnen. In dat opzicht hadden de Verenigde Staten een voordeel.

De nieuwe Tamba verliet de slaapkamer. Keith glipte naar de deur met de bedoeling hem te besluipen, maar nu kwam het voorwerp dat hij op zijn radar had waargenomen uit de lucht gevallen: een bemande machine die uit niet meer bestond dan een stoel opgehangen aan vier wervelende propellerbladen. Ze landde zachtjes op het donkere terras; Keith drukte zich tegen een muur, verscholen achter een aardewerken urn.

De man uit de lucht kwam naderbij, ging naar de schuifdeur, glipte de slaapkamer in. Keith staarde. Nog een Tamba Ngasi, magerder en hoekiger dan de eerste indringer. Deze Tamba uit de lucht keek snel de kamer rond, gluurde door de deur de gang op en stapte er vol vertrouwen doorheen.

Keith volgde voorzichtig. De Tamba uit de lucht spurtte door de gang, stopte bij de boog die de ingang tot de drie verdiepingen hoge studeerkamer vormde. Keith kon een lach over de klucht met dodelijke misverstanden die nu moest volgen niet onderdrukken.

Lucht-Tamba sprong als een kat de studeerkamer in. Ogenblikkelijk volgde er een uitroep van opwinding en een sputterend dodelijk geluid. Stilte.

Keith rende naar de deuropening en keek vanuit de schaduw de studeerkamer in. Lucht-Tamba stond er met een soort geweer of projector in één hand en een gepolijste schijf in de andere. Hij schoof langs de muur. Korte-Beentjes-Tamba zat ineengedoken achter een boekenkast, waar Keith hem kon horen mompelen. Lucht-Tamba maakte een snelle sprong voorwaarts; van achter de boekenkast schoot een fonkelende streep licht en ionen. Lucht-Tamba ving de straal op met zijn schild en smeet een granaat die Korte-Beentjes-Tamba tegen de boekenkast wierp; deze tuimelde voorover en Lucht-Tamba sprong achteruit om haar te ontwijken. Hij struikelde en kwam in een ongemakkelijke spreidstand terecht. Korte-Beentjes-Tamba stortte zich op hem, hakkend met een bijl die vonken en rook afgaf waar hij toesloeg.

Lucht-Tamba lag dood op de grond, zijn missie mislukt, zijn leven beëindigd. Korte-Beentjes-Tamba verrees in triomf. Hij zag Keith en slaakte een vloekend keelgeluid van verbazing. Hij sprong als een rubberen bal naar beneden naar de tweede verdieping, met de bedoeling Keith de loef af te steken.

Keith rende naar het lichaam van Lucht-Tamba, trok aan diens wapen, maar dat zat klem onder het zware lichaam. Een streep ioniserend licht suisde langs zijn gezicht; hij viel plat op de vloer. Korte-Beentjes-Tamba kwam de trappen opgerend; Keith rukte furieus aan het wapen, maar er was te weinig tijd: zijn eind was gekomen.

Korte-Beentjes-Tamba bleef staan. In de deuropening tegenover hem stond een magere man met hardvochtige trekken in een wit gewaad — nog een andere Tamba. Deze was meer als Keith; identiek qua huid, trekken en gewicht, afgezien van een ondefinieerbaar verschil in expressie. De drie staarden elkaar verdoofd aan; dan richtte Korte-Beentjes-Tamba zijn elektrische straal. Nieuwe-Tamba glipte zijwaarts weg als een schaduw, sneed door de lucht met zijn laser. Korte-Beentjes-Tamba viel, rolde om en kwam ineengedoken naar voren. Nieuwe-Tamba wachtte hem op; ze worstelden. Vonken vlogen uit hun voeten terwijl ze probeerden elkaar te elektrocuteren; elk was uitgerust met een aardingscircuit en de elektriciteit dissipeerde zonder schade aan te richten. Korte-Beentjes-Tamba maakte zich los en zwaaide met zijn bijl. Nieuwe-Tamba week terug, richtte zijn laser. Korte-Beentjes-Tamba gooide de bijl, die de laser tollend weg mepte. De twee mannen doken op elkaar. Keith raapte de bijl en de laser op en bereidde zich voor om met de overlevende af te rekenen. "Eigenaardige moordaanslag," bedacht hij. "Iedereen sterft behalve het doelwit."

Korte-Beentjes-Tamba en Nieuwe-Tamba zaten vast in een kronkelend kluwen. Een klikkend geluid, een zucht. Een van de mannen stond op, kijkend naar Keith: Nieuwe-Tamba. Keith richtte de laser. Nieuwe-Tamba hield zijn handen omhoog, bewoog naar achteren. Hij schreeuwde: "Schiet me niet neer, James Keith. Ik ben je vervanger."

De man van Zodiac

Hoofdstuk I   1

TOEN RUDOLF ZARIUS STIERF, erfden zijn neef Edgar Zarius en zijn kleindochter Lusiane Ludlow elk zesenveertig procent van Zodiac Control.

Milton Hack, Zodiacs vertegenwoordiger te velde, had de resterende acht procent van het bedrijf in zijn bezit.

Een week na de begrafenis ontmoetten Edgar en Lusiane elkaar in de kantoren van Zodiac in Farallon, vijfentwintig kilometer uit de kust van San Francisco in de Stille Oceaan. Ze hadden geen grote achting voor elkaar. Lusiane was een jonge vrouw met een opvallende verschijning en een buitensporige smaak, Edgar een lange, bleke man met een lange neus en ogen die tamelijk dicht op elkaar stonden. Lusiane was eigengereid, verwend en ijdel; Edgar gaf zich slechts met mate over aan luxeneigingen, en dan kieskeurig en in privé. Hij vond haar wulps; zij vond hem een verveeloor.

De bijeenkomst verliep behoedzaam en geforceerd. Afgemeten sprekend maakte Edgar bekend dat hij bereid was de aankoop van Lusianes aandelen te overwegen. Lusiane stemde hiermee achteloos in en noemde vervolgens een prijs die Edgars verbijstering opriep. "Je bent zeker gek," verklaarde hij op koele toon. "Zoveel geld heeft het bedrijf sinds de stichting niet eens verdiend."

Lusiane keek vluchtig rond het kantoor, met een verachtelijk gezicht voor het aftandse meubilair, de bejaarde irsys*, de stoffige aandenkens en getuigschriften. "Geen wonder. Het is hier een zwijnenstal. Het is

---

* Informatieopslagsysteem.

wel duidelijk dat er een nieuwe bezem doorheen moet. Allereerst stel
ik voor dat je Hack ontslaat."

"Ik moet Hack ontslaan?" Edgar keek haar fronsend aan. "Doe jij het
maar. Jij hebt evenveel aandelen als ik."

Lusiane toonde hem haar prachtige tanden in een spotlach. Milton
Hack, met zijn belang van acht procent, bepaalde het machtsevenwicht
en geen van beiden wilde hem tegen zich in het harnas jagen.

"Natuurlijk heb jij geprobeerd hem uit te kopen?" zei Lusiane.

Edgar knikte kort en grijnsde wrang. "En jij natuurlijk ook?"

"Inderdaad. Wat is die man koppig!" zei Lusiane voor haar doen
ongewoon heftig. Ze had al haar talenten en listen tegen Hack in het
geweer gebracht, zonder zichtbaar effect. "Hebben we echt een 'vertegenwoordiger te velde' nodig? Hij heeft zo'n onduidelijke taak.
Waarom laten we hem niet voor de verkoop zorgen of toezicht houden
of zoiets?"

Edgar zei onverschillig: "Ja, waarom niet?"

2

Hack werd eropuit gestuurd om nieuwe klanten te werven op de planeten van de Andromeda-keten. Hij bleek niet bijzonder geschikt
voor deze taak. Na vier maanden arriveerde hij weer in Farallon en
het enige resultaat van zijn inspanningen was een stapeltje declaraties.

Tijdens zijn afwezigheid was er van alles veranderd, veel meer dan
de cosmetische wijzigingen waarop hij had gerekend. De oude kantoren waren vergroot en spectaculair ingericht. De hal was nu rond
en de zwarte wanden leunden naar binnen toe en liepen ergens hoog
in het donker uit in een koepeldak. Langs de wand cirkelde een bank
van zwart leer; op de wanden prijkte een serie hologrammen die elk
een gekoloniseerde planeet voorstelden. Glanzende stalen stroken in
de vloer kwamen samen bij een ronde receptiebalie van grijs fiboroïde
en hier zat, onder een flonkerende kroonluchter, een tamelijk klein
meisje in een uniformpje van zwart en wit blokgoed. Haar kapsel was
een gladde zwarte kap; haar gezicht was verstandig, alert en ze droeg
geen make-up. Hack vroeg zich af wie haar had aangenomen, Edgar
of Lusiane.

Hack moest wel toegeven dat de veranderingen ten goede waren wat het imago van het bedrijf aanging. De verbouwing had natuurlijk wel massa's geld gekost, en acht procent daarvan was uit zijn zak gekomen, wat hem een steek van ergernis bezorgde. Hij liep op de receptioniste toe. "Ik wil meneer Zarius spreken."

Ze keek hem onderzoekend aan. Ze zag een vierkant gezicht met een smalle kin, een kieskeurige mond, een smalle, kromme neus. Hack was niet groot en als hij ontspannen was, leek hij goedmoedig, een beetje schoolvossig, bijna onbelangrijk. "Ja meneer. U bent...?"

"Milton Hack."

"Sorry, meneer Hack, ik herkende u niet. Wilt u even wachten? Meneer Zarius is in gesprek met klanten."

Hack wandelde door de hal. Hij inspecteerde de hologrammen, die volmaakte ramen naar de ruimte waren. De afgebeelde werelden bevonden zich op een afstand van zo'n twintigduizend kilometer van de camera en ze roteerden zwaarwichtig. Hack had een aantal van deze werelden bezocht. Daar zag hij Ethelrinda Cordas, waar hij zojuist van terugkwam. Hack ging dicht voor het hologram staan om zijn reisroute na te lopen. Van Wylandia naar Heyring naar Torre, en terug naar Wylandia; daarna naar de oostkust en Colmar, naar het noorden en Roseland en Seprissa; het binnenland in naar Parnassus met het paleis van Cyril Dibden de Weldoener, en vandaar naar het eiland Gentila Mercado, vlak onder het Piratenschiereiland... Het was een planeet van paradoxale contrasten, vond Hack; wild en zacht, hardvochtig en gemoedelijk... De toegang tot een aangrenzende kamer week open en drie mannen van Ethelrinda Cordas kwamen eruit. Hack was stomverwonderd. Inbeelding? Oververhitte fantasie? Ongelukkigerwijs niet. De mannen waren onmiskenbaar; massief, met grove gelaatstrekken, onverschillig voor Aardse normen en fatsoensregels. Hun zwarte haar was tot vierentwintig schouder-lange pieken gevlochten die allemaal uitliepen in een gouden knop. Ze droegen een gevernist zwart jasje met wijde mouwen, een wijde zwart en bruin gestreepte broek, witte laarzen met parelmoeren gespen. Ondanks hun zwierige kledij vielen ze vooral op door hun bijzondere neuzen. Dit waren gigantische lichaamsdelen, ingelegd met leverstenen en edelstenen in patronen die uitwaaierden over hun wangen. Ze beenden driftig langs Hack zonder hem een blik waardig te keuren. Hun versieringen rinkelden en ze lieten een geurspoor na met talrijke ingrediënten.

De receptioniste haalde haar neusje op. "Wat een boeven."

"Wacht maar tot je hun vrouwen ziet," zei Hack. Hij liep door naar het kantoor, dat net als de hal eerder spectaculair dan efficiënt was. Edgar Zarius, lang, zwaarmoedig en gemelijk, vormde een ongerijmd spektakel achter het met goudbrons ingelegde marmeren bureau. "Ah, Hack," groette hij kleurloos. "Je bent weer terug. Ga zitten."

Hack nam plaats op een met leer beklede eiken stoel die geïnspireerd leek op antiek Iberisch meubilair. "Het kantoor is wel veranderd."

"Mevrouw Ludlow vond dat de zaak nodig aan een opknapbeurt toe was," zei Edgar op een toon die duidelijk maakte dat noch kritiek, noch goedkeuring van Hacks kant op prijs zou worden gesteld. "Rampzalig duur, dat spreekt. Ik hoop dat je een goede reis hebt gehad?"

"Heel plezierig, dank u."

"Mooi. Laten we je contracten maar eens bekijken."

"Die heb ik niet."

Edgar trok zijn wenkbrauwen op. "Geen contracten? Geen nieuwe klanten?"

"Sorry."

"Ik ben zeer teleurgesteld." Edgar leunde achterover. "Heel teleurgesteld... Hmm." Hij richtte zijn blik op een punt enkele centimeters boven het hoofd van Hack. "Vat wat ik moet zeggen alsjeblieft niet persoonlijk op. Het komt erop neer dat wij allemaal beter ons best moeten doen! Dat is de symbolische betekenis van ons vernieuwde kantoor: nieuwe kracht, nieuwe toewijding, een nieuw Zodiac!"

Hack zei niets.

"Wij zijn zelfvoldaan geweest, te behoudzuchtig," vervolgde Edgar. "Dit is een branche met moordende concurrentie! Links en rechts raken we contracten kwijt — aan Aetna, aan Fidelity, zelfs aan Argus!" Hij keek Hack scherp aan. "In sommige gevallen door louter doelloosheid en gemakzucht!"

"Het evalueren van een contract," zei Hack beleefd, "is een kwestie van ervaring. Aetna en Fidelity specialiseren zich in contracten met gering risico en geringe opbrengst. Daarvan kunnen wij er zó een dozijn krijgen, als we genoeg ploegen bij elkaar konden halen. Argus is bijna failliet. Op dit ogenblik klampen ze zich aan iedere strohalm vast die hun wordt voorgehouden."

Edgar zei koud: "Argus is een agressief concern — agressiever dan wij, vrees ik. Ik wil ons echt niet tot roekeloze daden aansporen, maar ik moet wel aandringen op waakzaamheid en ondernemingslust."

Hack had niets toe te voegen aan wat hij al had gezegd.

Na een ogenblik ging Edgar nog gewichtiger dan daarvoor verder. "Je bent net teruggekeerd van Ethelrinda Cordas."

"Inderdaad."

"Welke activiteiten heb je daar ontplooid?"

Hack stak zijn hand uit naar het bureau en drukte op de knoppen van de irsys. Op de muur lichtte een mercatorprojectie van Ethelrinda Cordas op. Deze bestond uit het enige grote werelddeel, twee grote eilanden en een serie spetters die kleinere eilanden voorstelden. Hack wees naar het meest westelijke grote eiland. "Dat is Agostino Cordas. Merit Systems heeft er een contract voor." Hij wees het andere eiland aan. "Juanita Cordas, waar een paar grote boeren wonen. Daar hebben we niets aan. Het werelddeel heet Robal Cordas en bestaat grotendeels uit wildernis. Aan de westkust heb je de Cordasfederatie; vijf steden en wat stadjes, een landbouweconomie met enige lichte industrie. Ze hebben een contract voor vijftig jaar met Mutual Benefit en daar is geen speld tussen te krijgen. In Wylandia heb ik een luchtwagen gehuurd en ben naar het oosten gevlogen, over de wildernis." Hij wees naar het binnenland. "Oerwoud, woestijn, lavastromen, bergen — onbewoond, alleen dieren leven er. Hier aan de oostkust —" hij klopte op de grillige kustlijn "— hebben we weer een andere situatie. Geïsoleerde gemeenschappen, sommige primitief, andere roofzuchtig. Colmar, Roseland, Seprissa — ik heb ze allemaal nagegaan. Parnassus, met een bevolking van twee miljoen zielen, is een potentiële klant, maar Cyril Dibden heeft zo zijn eigen ideeën. Het Piratenschiereiland ligt direct ten oosten hiervan en Cyril Dibden zit altijd op hete kolen omdat hij voortdurend strooptochten en overvallen verwacht — de enige vlieg in zijn soep. Ik mocht drie dagen lang vrijelijk door zijn domein reizen, maar over een contract wilde hij niet eens praten."

"Interessant," zei Edgar met een vlugge zijdelingse blik op Hack. "Wat nog meer?"

"Niet veel. Dibden drong aan dat ik een bezoek bracht aan Gentila Mercado, een handelspost ten zuiden van Parnassus. Ik heb gesproken met een groep mannen van Sabo op het Piratenschiereiland. Ze wilden wel een contract met ons sluiten, maar ik wees het af."

Edgar ging recht zitten. "En dat contract werd prompt toegewezen aan Argus."

Hier, dacht Hack, stuurde Edgar op aan met zijn gepraat over waakzaamheid en ondernemingslust.

Edgar vroeg met zijn droogste stem: "Mag ik vragen naar je redenen om dit contract af te wijzen?"

"Het leek me een slechte gok. Veel ellende en geen medewerking."

"Hun geld is goed," zei Edgar veelbetekenend. "Zolang wij onze contractuele verplichtingen nakomen, kan het ons niet schelen of zij meewerken of niet."

"Het is een bende bloeddorstelingen," zei Hack, "en nog stiekem ook. Dat is een treurige combinatie."

"Je snapt het niet," zei Edgar met engelengeduld, alsof hij een lastige paradox uitlegde aan een kind. "Het is onze taak om bepaalde diensten te leveren, waarvoor wij beloond worden. Wij zijn geen wijsgeren of zedenkundigen. Wij vellen geen oordelen. Wij leveren onze diensten aan iedereen die ervoor betalen wil. Denk jij dat de mensen van Sabo — Sabols, noemen ze zich, meen ik — zouden weigeren onze honoraria te betalen?"

"Dat is moeilijk te voorspellen. Geld hebben ze genoeg. Vrekken lijken het niet."

"Zo luidt mijn eigen conclusie," zei Edgar. "Zag je die drie personen die mijn kantoor verlieten direct voordat jij binnenkwam?"

"Die heb ik gezien, ja. Volgens de receptioniste waren het klanten."

"Het zijn Phrones van Ethelrinda Cordas. Phronus is een gemeenschap die aan Sabo grenst."

"Heeft u een contract getekend?"

"Jazeker." Edgar sloeg met zijn vuist op zijn bureau. "Concurreren! Concurreren! Dat is onze leus! Wij mogen onze aandacht geen ogenblik laten verslappen! Argus heeft het Sabo-contract onder onze neus weggekaapt! Ze hebben ons voor schut gezet!" Hij schoof een document naar Hack toe. "Het contract met Phronus. Wij leveren diensten en vaardigheden; zij betalen de kosten en salarissen plus tien procent. Op die voorwaarden wil ik nog wel een contract tekenen voor de zuidelijke helft van de hel!"

Hack bestudeerde het contract.

OVEREENKOMST EN VERDRAG TUSSEN DE STAAT PHRONUS EN ZODIAC CONTROL INCORPORATED

Artikel 1. Doel en bereik van het verdrag.

Laat allen weten dat dit document een bindende overeenkomst behelst tussen de bevolking van de politieke eenheid die bekend staat als Phronus, gelegen aan de oostelijke kust van het continent bekend als Robal Cordas, op de planeet bekend als Ethelrinda Cordas, overigens te beschrijven als de zesde planeet van de ster welke in de Astronomische Standaardalmanak opgenomen is onder nummer Andromeda 469; welke bevolking hierna genoemd zal worden 'Eerste Partij'; en de Zodiac Control Corporation, kantoor houdende te Farallon, aan de westkust van Noord Amerika, op Aarde; hierna te noemen 'Tweede Partij'.

Tegen vergoeding van hetgeen bepaald is in Artikel 3, verklaart Tweede Partij te leveren aan Eerste Partij een administratieve organisatie, bestaand uit deskundig personeel, tezamen met de essentiële en noodzakelijke apparatuur en uitrusting, en niet meer dan deze, met het doel Eerste Partij een weloverwogen, doelmatig, deskundig en economisch verantwoord beheer van publieke diensten te leveren, zoals bepaald doch niet beperkt in Artikel 2, in de mate en in de omvang bepaald door Eerste Partij.

Artikel 2. Specifieke bepalingen van de overeenkomst.

De categorieën van diensten welke Tweede Partij overeenkomt te leveren aan Eerste Partij, in de mate en in de omvang welke noodzakelijk worden geacht door Eerste Partij, zijn als volgt:

1. Onderwijs aan kinderen en volwassenen, in alle nuttige en bruikbare fasen van eigentijdse kennis, zoals nauwkeuriger bepaald in Rooster A van het bij dit document behorende Aanhangsel.

2. Makelarij van invoer en uitvoer, hieronder begrepen aankoop en bezorging aan de Staat Phronus te Grangali of elders, naar keuze van Eerste Partij, van alle goederen, gereedschappen, materialen, of andere artikelen nodig voor het tenuitvoerleggen van deze overeenkomst; genoemde goederen, gereedschappen, enzovoort dienende te zijn van hoge kwaliteit, en van de laagste prijzen welke Tweede Partij kan bedingen; eveneens hieronder begrepen de verkoop van zulke goederen als voortgebracht door Eerste Partij tegen de hoogst mogelijke prijzen, en de levering met bekwame spoed van deze goederen aan de koper daarvan.

3. Tenuitvoerlegging van de wetten en het verbreiden van de gewoonten welke juist en wenselijk worden geacht door Eerste Partij, in overeenstemming met de zogenoemde 'Traditionele Zeden en Bestraffingsmethoden van Phronus', hieronder begrepen het handhaven van de openbare en de particuliere orde, alsmede bescherming van openbaar en particulier eigendom.

4. Bescherming van de territoriale onafhankelijkheid, hieronder begrepen krachtige bestrijding van aanvallen alsmede krachtige verdediging tegen vijanden van de Staat Phronus, welke vijanden gedefileerd worden als zij die zich aldus bekendmaken, alsmede zij die als zodanig worden aangewezen door Eerste Partij, hieronder begrepen de leverantie van al het nodige materieel en al het nodige personeel.

5. Sanitaire voorzieningen, voorkoming van ziekten, de bevordering van de volksgezondheid en een lange levensduur, zoals bepaald en beperkt volgens Rooster B van het bij dit document behorende Aanhangsel.

6. Het voorkomen en bedwingen van brand, tezamen met de levering van doeltreffende brandblussingsapparatuur en het in het gebruiken van deze apparatuur geoefend personeel, zoals bepaald en beperkt in Rooster C van het bij dit document behorende Aanhangsel.

7. De installatie en het drijven van geschikte stelsels voor communicatie, vervoer, waterlevering, riolering, beheersing van lucht- en

watervervuiling, behoud van natuurschoon, ontwikkeling van natuurlijke hulpbronnen, opwekking en transport van energie, en alle zulke verwante diensten of gemakken welke Eerste Partij profijtelijk en nuttig moge oordelen.

8. Alle andere soortgelijke en verwante diensten welke Eerste Partij moge verlangen voor de duur van deze overeenkomst.

Artikel 3. Vergoedingen en honoreringen.

Eerste Partij zal Tweede Partij honoreren voor diensten verleend onder de bepalingen van Artikelen 1 en 2, in geld of in andere waardevolle ruilmiddelen of goederen voor zover beide partijen hiermede akkoord gaan, volgens navolgende bepalingen:

Eerste Partij zal Tweede Partij met bekwame spoed terugbetalen alle gelden uitgegeven ten behoeve van Eerste Partij voor het verlenen van alle door Eerste Partij verlangde en gemachtigde diensten.

Eerste Partij zal Tweede Partij voldoende gelden ter beschikking stellen voor het voldoen van alle salarissen en het delgen van alle schulden gemaakt bij het uitvoeren van diensten zoals nader bepaald in Artikel 2.

Tweede Partij zal geoefend personeel van de hoogste kwaliteit beschikbaar stellen voor het uitvoeren van de contractueel overeengekomen diensten zoals nader bepaald in Artikel 2, doch Eerste Partij behoudt het recht elk van genoemde personeelsleden te vervangen door of namens Eerste Partij aan te wijzen personeelsleden, vooropgesteld dat deze individuen voldoende competentie bezitten om de taak te vervullen welke van hen verlangd wordt.

Behalve salarissen en alle kosten van materialen, voorraden, machinerieën, royalty's, geneesmiddelen, mechanismen, elektronica, drukwerken, blauwdrukken, informatie, en alle andere onkosten gemaakt door Tweede Partij voor bovengenoemde diensten, stemt Eerste Partij ermee in aan Tweede Partij een bijkomend honorarium te betalen van tien procent (10 %) van de totale uitgaven vereist om de programma's zoals nader uiteengezet in Artikel 2 ten uitvoer te brengen, en wel op de laatste dag van iedere maand (volgens de tijdrekening van Ethelrinda Cordas).

Artikel 4. Contractduur.

De duur van dit contract zal zeven jaren beslaan (volgens de tijdrekening van Ethelrinda Cordas) vanaf de datum van ondertekening.
Eerste Partij behoudt de optie om deze overeenkomst op identieke
voorwaarden te verlengen voor een tweede termijn van zeven jaren.
Verder wordt overeengekomen dat met wederzijdse, en uitsluitend
met wederzijdse, instemming van Eerste Partij én Tweede Partij deze
overeenkomst voortijdig geannuleerd kan worden.

Artikel 5. Waarborg van prestatie.

Tweede Partij garandeert een getrouwe en efficiënte nakoming
van de voorwaarden van deze overeenkomst en zal hiertoe een
onderpand ter grootte van één miljoen dollar deponeren op een
gezamenlijke rekening ten kantore van Barclay's Bank in de stad
Wylandia op de planeet Ethelrinda Cordas; dan wel zal zich voor
hetzelfde bedrag verzekeren bij een erkend en bonafide borgkan-
toor dat aanvaardbaar is voor zowel Eerste Partij als Tweede Partij.

Ondertekeningen:

Namens Eerste Partij: *(hier volgde een slordige vlek van onontcij-
ferbare tekens).*

Namens Tweede Partij: Edgar Zarius, president van Zodiac
Control.

Getuigen: *(nog meer handtekeningen en vlekken).*

Hack sloeg het blad om en bestudeerde het aanhangsel met zijn
reeks roosters. Toen legde hij het document weer neer. "Wie heeft dit
opgesteld?"

"Iemand van hen. Het is een redelijk, oprecht contract en het garandeert ons een uitstekende winst. De salarissen mogen wij zelf vaststellen
en het zal geen moeite kosten bekwame mensen aan te nemen."

"Kent u Ethelrinda Cordas, in het bijzonder de oostkust van Robal
Cordas?" informeerde Hack voorzichtig.

"Nee, dat niet. Daar kom jij eraan te pas. Als klantenwerver heb jij
het — bot gezegd — niet zo goed gedaan als we mochten verwachten.
Maar aangezien je net terugkomt van Ethelrinda Cordas, ben jij op
de hoogte van de plaatselijke omstandigheden. Ik heb besloten jou de

leiding te geven van project Phronus." Edgar keek hem vorsend aan, maar Hack verried geen emotie.

"Jij gaat terug naar Ethelrinda Cordas, je overlegt met de verantwoordelijke Phroonse functionarissen, je bereidt een programma voor en je stelt een voorlopig financieel plan op. Het is van het grootste belang dat er een bedrijfsfonds wordt aangelegd, zodat we geen eigen geld hoeven te gebruiken. Zorg daar meteen voor."

"Zo mogelijk," zei Hack.

Edgar keek hem vol onbegrip aan. "Waarom zou het niet mogelijk zijn?"

"Er staat niets in het contract over vooruitbetaling. Over bedrijfsfondsen wordt niet gerept."

"Dat probleem moet je dan maar omzeilen, als het al een probleem is."

"Ik zal m'n best doen, al denk ik niet dat ik veel uit kan richten," zei Hack. "Ondertussen moet ik geld hebben, twintigduizend dollar bijvoorbeeld, al was het maar om zeker te zijn dat mijn eigen salaris en onkosten betaald worden."

Edgar keek fronsend naar zijn vingertoppen. "Volgens mij is dat een onredelijk bedrag. Het bedrijfsfonds waar ik over sprak, dat je van de klant moet zien te krijgen, moet voldoende zijn."

"Hopelijk wel. Maar het contract weidt nergens uit over de betekenis van 'met bekwame spoed' in de zinsnede 'terugbetalen met bekwame spoed'. Als mijn privébelangen op het spel staan, wil ik wel graag nauwkeurig weten wat me te wachten staat."

Edgar was niet blij, maar Hack zwichtte niet. Er werden bijtende opmerkingen uitgewisseld en Hack vroeg zich hardop af of Lusiane Ludlow nog belangstelling had voor zijn aandelen, zodat zij haar belang kon vergroten van zesenveertig tot vierenvijftig procent. Edgar siste tussen zijn tanden, maakte vertwijfelde gebaren en schreef ten slotte de gevraagde machtiging uit.

Toen gaf hij Hack zijn laatste bevelen. "De Phrones zijn een rondborstig, openhartig volk, misschien wat heftig. Natuurlijk ga je tactvol te werk bij het afdwingen van gehoorzaamheid aan onze regels en het handhaven van de orde. In geen geval willen we ontevreden of gebelgde klanten hebben; slechtere reclame is niet denkbaar."

"Ik hoop maar dat ze even tactvol tegen mij zijn," zei Hack.
Edgar reageerde met een zuur gebrom.

Hoofdstuk II

Hack vertrok zonder dralen weer van de Aarde. Hij nam een schip van
de Zwarte Pakketlijn naar Alpheratz, stapte over op de Andromedalijn
naar Mu Andromeda, en reisde vandaar met Algin-Obus Interwereld-
transport verder in de richting van de Grote Nevel naar de F6-ster
Martin Cordas, Andromeda 469 en de zevende planeet Lucia Cordas.
Daar nam hij het Cordastransport naar Ethelrinda Cordas en ten slotte
landde hij in de stad Wylandia op de westelijke kust.

Hij bracht drie dagen door in Wylandia. Dit was een plezierige stad
in de subtropen die op palen was gebouwd boven de baai van San
Remo. De wijken aan de kant van de kust hurkten onder reusachtige
bomen en sommige gebouwen waren zelfs bevestigd aan de stammen
en rezen in grillige terrassen boven de rest van de stad uit. Hack opende
een bedrijfsrekening bij het plaatselijke kantoor van Barclay's Bank en
ook een eigen rekening, waarop hij het geld stortte dat hij als voorschot
had gekregen van Edgar Zarius.

Het Marlene Hildenbrand Hotel was een excentriek bouwwerk
met talrijke vleugels, balkons en wandelgangen aan het eind van
een kronkelende pier. Het keek uit over de grachten en waterlanen
van Wylandia aan de ene zijde en de San Remo-baai aan de andere.
De keuken en de service waren wel eigenaardig, maar ruimschoots
bevredigend en Hack had geen haast om te vertrekken als hij de koele
veranda, de rieten stoelen en de planten in potten van het hotel vergeleek met de oostelijke kust van het werelddeel. Hij bleef zelfs een
dag langer dan strikt noodzakelijk was, met het voorwendsel dat hij
sommige uitrustingsstukken moest vernieuwen, zijn bagage moest
overpakken en plaatselijke informatiesticks moest kopen voor zijn
draagbare irsys. Uiteindelijk, toen hij geen nieuwe smoesjes wist te
bedenken, huurde hij een luchtwagen, laadde zijn bagage aan boord en
liet zich over de wildernis van het binnenland naar het oosten vliegen.

Nu kreeg Hack met een nieuwe ergernis te kampen. Toen hij er nog
eens over nadacht, besloot de piloot van de wagen dat hij Hack niet

rechtstreeks naar Grangali, de centrale stad van Phronus, wilde brengen. Hack redeneerde met de man, drong aan, dreigde; de bestuurder glimlachte alleen rustig en boog iets af naar het zuiden om te landen in Seprissa, waar hij Hack en zijn bagage afzette.

Seprissa was een stad van twintig- of dertigduizend inwoners en het handelsknooppunt van een enorm achterland. Zijn bestaan dankte hij aan de kweek, het verpakken en de uitvoer van exotisch fruit. Hack vernam dat de enige luchttaxi van de stad al verhuurd was, aan een andere man van de Aarde die naar Sabo moest. Dat zou de vertegenwoordiger van Argus wel zijn. In ieder geval was het al laat in de middag en Hack voelde er niets voor om na donker in Grangali te arriveren. Hij stak het centrale plein over — Seprissa's enige concessie aan het denkbeeld van stadsleven — en nam een kamer in de herberg.

Zijn avondeten kreeg hij in een prieel dat met drie van zijn vier zijden openlag voor het plein. Kinderen die zijn buitenissige kleren opmerkten, kwamen om hem heen staan en maakten stille opmerkingen in hun zangerige versie van het Oud-Engels. Seprissa was het middelpunt van hun heelal, dacht Hack, en de planeet Aarde was ver weg en bizar.

Zijn eten bestond uit fruit, een stoofpot van een soort mosselen in donkerrode saus, gegarneerd met noten en een zuur smakende groente, kruidkoek, lichtgeel bier, en dit alles at en dronk hij op zonder naar de herkomst te informeren of daarover na te denken. Op de buitenwerelden leed een kieskeurig man vaak honger.

Het begon te schemeren op het plein. De jongelieden van Seprissa kwamen wandelen. Er hingen drie manen in de hemel, waarvan één een vreemd lichtblauwe kleur had, de tweede groot en geel was als een appel en de derde een verre gouden schittering. Hack zat thee te drinken en begon weldra een gesprek met een man aan het tafeltje naast het zijne, die de eigenaar van een vissersboot bleek te zijn. De dieren die in de zeeën van Cordas leefden waren allemaal oneetbaar, hoorde Hack, maar toch hadden ze waarde, vooral door de prachtige leversteen van de juweelvis. "Winstgevend is het wel, maar ook een riskante zaak," zei de visser. "Als ik uitvaar, weet ik nooit of ik 's avonds nog leef of al dood ben." Hij gebaarde bruusk met zijn duim naar het noorden. "Moordenaars, bandieten — die moet men immer duchten."

"Op wie doelt u nu?" vroeg Hack.

"De Phrones, de Sabols — wie anders? Als ze elkaar niet kunnen plunderen, behelpen ze zich met onschuldige mensen van elders. Kijk daar." Hij wees naar een laag stenen gebouw aan de overkant van het plein. "Dat is ons arsenaal. Wij zijn geen oorlogszuchtig volk, maar als ze te vermetel worden, dan betalen wij met gelijke munt terug." Niet veel later nam hij afscheid, waarna Hack nog een uur onder de drie manen bleef zitten.

's Ochtends begaf hij zich naar het kantoor van de luchttaxi, maar ook deze weigerde hem rechtstreeks naar Grangali te brengen. "Als ik mijn taxi daar neerzet, laten ze me nooit meer opstijgen," zei de piloot. "Gister had ik een klant voor Peraz in Sabo — ook een man van de Aarde, net als u. Hij had het maar over een regering voor de Sabols. Wartaal. Net of je schoenen aan vissen wilt verkopen...Wat moet u in Grangali? Als u iets te verkopen heeft, dan jatten ze uw monsters en u smijten ze in zee."

"Ik breng de Phrones een regering," zei Hack.

"Alweer een?" riep de piloot uit. "Pal op de hielen van die andere? Wat een hoopvolle mannen allemaal. Ik zal voor u doen wat ik voor hem heb gedaan — ik zet u af in Parnassus en dan kunt u het prikveld van Cyril Dibden oversteken en het erop wagen."

Daar moest Hack tevreden mee zijn. Het was wel duidelijk dat hij een eigen luchtwagen moest hebben als hij hier efficiënt te werk wilde gaan. Hij laadde zijn bagage in. De taxi steeg op in de heldere lucht van Ethelrinda Cordas, die zo anders was dan de oeroude, troebele atmosfeer van de Aarde, en vloog naar het noorden over de kustvlakten. In het westen rees het Hartzacmassief op. Dit bestond uit pieken van graniet met een glazuurlaag van ijs en daarachter lag twintigduizend kilometer wildernis.

De kust week scherp terug, de oceaan spreidde zich naar het westen uit en stak zijn vingers diep in de Hartzacs, wat hem een tegenaanval van het Piratenschiereiland opleverde. Hierna kwam Parnassus, Cyril Dibdens privé utopie waar twee miljoen kosmologen, psychodelen, wiskundigen en mentors zich bezighielden met de schepping van een universele metafysica.

De taxi moest over de zuidwestelijke uitloper van Phronus vliegen, die tot aan de Hartzacs reikte en Parnassus afsneed van de zee. De bestuurder hield de grond zenuwachtig in het oog. "De Phrones hebben maar weinig wapens, dankzij de Contrabandepatrouille, maar ze hebben wel een paar geweren en ze vinden niets leuker dan vliegtuigen neerknallen. Dibden, die sluwe vos, heeft ze tot dusver op een afstand weten te houden."

Enkele ogenblikken later passeerden ze een brede, kale strook die dwars door het bos liep. "Dat is de grens; we zitten nu boven Parnassus." En de piloot schakelde de radio in om te vragen of hij mocht landen. Hij kreeg antwoord van Dibden zelf, die zijn toestemming gaf.

Tien minuten later landde de taxi voor een breed marmeren landhuis, prachtig gebouwd naar een ingetogen, naamloze stijl uit het klassieke verleden. Hack stapte uit met zijn bagage, rekende af en vond toen Cyril Dibden zelf tegenover zich, die hem opwachtte.

Dibden keek licht verbaasd. "Meneer Hack, nietwaar? Ik meende dat wij uitgepraat waren."

Hack legde uit waarom hij terugkwam, "...en omdat ik enigszins bekend ben met de streek, kreeg ik de leiding van dit project opgedragen."

Dibden trok aan zijn geelbruine baard, die zijn verder onopvallende gelaatstrekken een wijs aanzien gaf. Hij was groot, groter en zwaarder dan Hack; hij droeg een eenvoudige witte blouse, een witte broek en zachte leren sandalen.

Hack vervolgde zijn uitleg: "De chauffeur wilde mij onder geen beding regelrecht naar Grangali brengen. Met uw hulp ga ik meteen weer verder."

Dibden knikte nadenkend. "De situatie vraagt om nadere aandacht. Laten wij naar het terras gaan om een beker wijn te drinken."

Hij ging zijn bezoeker voor over de brede treden die geflankeerd werden door monumentale albasten vazen met afhangende klimop, naar het terras, dat belegd was met vierbladen van dofblauw glas. Ze namen plaats op met schitterend rood fluweel beklede glazen stoelen en drie dienstmaagden in witte japonnen brachten een schaal met fruit, bekers van travertijn en een kruik lichte rode wijn.

Hack installeerde zich behaaglijk op zijn stoel, zich plezierig bewust van de nabijheid van de slanke gedaanten die maar gedeeltelijk verhuld werden door de bijna doorzichtige gazen japonnen. Hoe dichter hij Phronus naderde, hoe minder aantrekkelijk het vooruitzicht werd. Parnassus daarentegen...Hij zei: "Ik ben er nog steeds van overtuigd dat u en Parnassus zouden profiteren van een contract met Zodiac. Daarmee zou u van de vervelende sleur van het regeren af zijn. Onze tarieven zijn heel bescheiden; normaal gesproken besparen wij onze cliënten evenveel of meer met onze efficiënte methoden en ons optimale beheer van in- en uitvoer."

Dibden knikte en streelde zijn baard. "Zo redeneert ook de vertegenwoordiger van Argus die hier gister was. Mijn antwoord is hetzelfde als gister: nee. Wij leiden een contemplatief leven; wij hebben geen behoefte aan 'efficiëntie' of 'economisch evenwicht' of 'rationele organisatie' en verlangen er ook niet naar. Deze ideeën zijn de vloek van het heelal. Geef mij liever schitterende inefficiëntie en edele irrationaliteit!"

"Uitstekend," zei Hack. "Ook op die voorwaarden kan ik een contract opstellen."

Cyril Dibden schudde onvermurwbaar het hoofd. "De Phrones hebben uw diensten nodig. Hun buren boffen dat zij hun geweld grotendeels tegen de Sabols richten. Als ze getemd konden worden, als hun vrede en meditatie geleerd kon worden, dan zouden alle betrokkenen er sterk op vooruitgaan...Nou ja, ik moet zorgen dat u naar Grangali komt." Dibden sprak een van de maagden aan en weldra daalde er een kleine luchtwagen op het grasveld. Dibden rees overeind. Hack begreep dat het idyllische intermezzo afgelopen was en stond ook op.

"Vanzelfsprekend wens ik u alle geluk," zei Dibden. "Een laatste goede raad: de Phrones zijn gewelddadig en halsstarrig. Om hun vertrouwen te winnen, ziet u zich misschien gedwongen het minder nauw te nemen met zekere normale waarden. Met andere woorden, om hen te sturen, moet u hen leiden."

Zich afvragend wat Dibden hier nu precies mee bedoelde, betuigde Hack zijn dank en klauterde aan boord van de luchtwagen. Zijn bagage was al overgebracht. De piloot, een jongeman met krullend kastanjebruin haar, een keurig baardje en een lange rechte neus, liet de wagen opstijgen met een vredig, onbevangen gezicht. De wagen gleed over talrijke dorpen en af en toe een lange loods die de bestuurder een 'Pansofis tempel' noemde.

Het land werd steeds dichter bebost en de piloot steeg hoger. "De grens ligt vlak voor ons," zei hij tegen Hack. "Wij houden voortdurend de wacht en we gebruiken de modernste instrumenten om niet verrast te worden als onze buren een overval willen plegen."

"Wat gebeurt er wanneer het alarm afgaat?"

"Gewoonlijk projecteren we alleen een reverberatieveld, dat alle wapens roodgloeiend maakt." Hij wees naar de kale strook dwars door het bos. "De grens. Nu zijn we in Phronus."

Ze vlogen over een keten van lage bergen, over de kustvlakte, waar de piloot vlak over de boomtoppen scheerde. Ten slotte landde hij bovenop een heuvel. "Ik kan u niet dichterbij brengen. Hier wonen onvoorspelbare lieden. Alleen hun wraakzucht staat als een paal boven water." Hij wees naar een ordeloze collectie krotten op vijftien kilometer afstand. "Daar ziet u Grangali. U kunt een vuur aanleggen om daarmee de aandacht te trekken, al bestaat de mogelijkheid dat een sekte van uitgestotenen — de Linkshandigen — het vuur in de gaten krijgt voordat de 'normalen' het zien en dan maken ze u dood. Of u kunt over het pad naar Grangali lopen, ook weer met enig lijfsgevaar, want u moet zich hoeden voor valkuilen en hinderlagen."

"Wat doe ik met mijn spullen?"

"Die kunt u het best begraven en pas ophalen als uw status vaststaat. Stapt u nu alstublieft uit, want ik moet nodig terug voor de vespers."

Hack wees. "Wat gebeurt er als ik over ginds pad loop?"

Toen de piloot in de aangeduide richting keek, nam Hack een stap naar voren en drukte een DxDx in zijn nek. "Sorry, maar ik heb geen zin om te lopen. Breng me alsjeblieft helemaal naar Grangali."

"Als ik geen idealist was, had u mij niet zo makkelijk beetgenomen," mopperde de bestuurder. "U bent duidelijk net zo slinks als de Phrones."

"Ik hoop het," zei Hack. "Je hoeft niet bang te zijn voor lijf en leden, geloof ik, want ze zullen ons welkom heten."

"Ja inderdaad; ze zullen mijn wagen confisqueren."

"Als je daar bang voor bent, zet me dan gewoon middenin de stad af, en vertrek voordat ze een besluit kunnen nemen."

"Dat is niet zo makkelijk... Ik zal zo laag mogelijk aanvliegen, zodat ze niet op ons schieten als we nog in de lucht zijn. Houd u gereed om eruit te springen met uw koffers."

Grangali, een slordige bende steen en hout, lag vlak vooruit. De piloot wees naar een keienplein. "Dat zal de beste plek wel zijn, daar waar de openbare martelingen plaatsvinden. Wees alstublieft snel."

Hij dook naar de grond en landde op de keien. Hack sprong naar buiten en de piloot gooide hem zijn bagage achterna. Uit een gebouw met twee verdiepingen stormde een dozijn Phrones die bevelen brulden en met wapens zwaaiden.

"Tot ziens," zei Hack. "Bedank meneer Dibden uit mijn naam."

De piloot steeg op te midden van een regen van projectielen, maar wist wonderlijk genoeg zonder schade te ontkomen.

De Phrones vloekten, maakten obscene gebaren en keerden zich toen naar Hack. "En wie ben jij wel?"

"Ik ben Milton Hack van Zodiac. Jullie hebben op mij gerekend?"

"Wij rekenden op meer dan één man met een paar koffers. Waar zijn de grote machines? De wapens? De energetieks?"

"Alles op z'n tijd," zei Hack. "Er is geen haast bij. Ik kom jullie behoeften bestuderen en een programma opstellen."

"Onnodig. Wij kennen onze behoeften. We leggen je ons programma wel uit."

Hack pakte een kopie van het contract. "Waar zijn degenen die dit document ondertekend hebben? Zijn ze al terug van de Aarde?"

"Hoi! Iemand die kan lezen; is er zo een bij de hand?" Eindelijk kwam er een naar voren die de handtekeningen inspecteerde. "De Heren Drecke, Festus en Matagan: waar zijn ze?"

"Hier komt Heer Drecke!" De stoere burgers van Phronus gingen opzij om ruimte te maken voor een van de klanten die Hack op kantoor had gezien. Net als toen rammelden en kletterden zijn diverse degens, hartsvangers, dolken en ponjaards als hij liep, en zijn neus was schitterender versierd dan Hack zich herinnerde. Maar niet alle Phrones waren zo verlucht; de enorme neuzen met hun inlegwerk van amethisten, rozenkwarts en leverstenen schenen status of rang aan te duiden.

Heer Drecke bleef staan, monsterde Hack van top tot teen, bekeek zijn bagage en spuwde op de grond. "Is dit het enige resultaat van onze reis naar de Aarde? Zarius beloofde ons gouden bergen! Hier gaat iemand voor boeten!"

"Ik stel voor dat wij ons gesprek ergens op een ordelijke manier voortzetten," zei Hack. "Als we resultaten willen boeken zult u zich moeten onderwerpen aan een redelijke mate van sociale tucht."

Dreckes gezicht spleet open in een grijns waaraan ettelijke tanden ontbraken. "Wij zijn geen onderdanig volk. Je moet ons nemen zoals wij zijn; jij moet met ons werken, wij niet met jou. Dat is de taak van een regering!"

Hack wenste dat hij op wonderbaarlijke wijze van plaats kon ruilen met Edgar Zarius. "Als u weigert mee te werken," zei hij tegen Heer Drecke, "dan treft u daarmee alleen uzelf. Mijn salaris wordt eenvoudig doorbetaald, op uw kosten, dus voor mij maakt het allemaal niets uit."

Weer grijnsde Drecke. "Nou goed, laten we dan maar gebruik van je maken." Hij wees met zijn duim naar een hut naast een goot die als latrine en riool voor het grootste deel van de stad leek te dienen. "Neem daar maar je intrek."

Hack keek het plein rond, dat bezaaid lag met rommel, krengen, vuil in het algemeen. Het enige bouwwerk dat niet op instorten leek te staan, was het stenen gebouw met de twee verdiepingen achter hem. "Dank u," zei hij. "Ik kan beter dicht in de buurt gaan wonen van de regeringskantoren, en daarvoor heb ik de hele bovenverdieping van dat stenen gebouw nodig!"

Drecke staarde hem verontwaardigd aan. "Dat is de Sociëteit van de Edellieden!"

"Ik behelp me er wel mee. Wat doet u aan mijn bagage?"

"Hoe bedoel je?" gromde Drecke met een gezicht als een donder-wolk.

"Ik wil dat mijn koffers met mij meegaan."

"Nou, neem ze dan mee. Of wou je soms dat ik ze droeg?"

"U of een van uw landgenoten."

Drecke beende vechtlustig naar hem toe. "Ik zal je even duidelijk maken dat je nu niet op Aarde bent. Je bent omringd door de mannen van Phronus, en die zijn stuk voor stuk beter dan jullie besten. Moeten wij dan jouw koffers dragen?" En nu werd hij razend; zijn gezicht liep paars-rood aan en zijn mond verstrakte en begon te trekken. De menigte hief een onheilspellend gejammer aan.

"Laten we dit even uitpraten," zei Hack. "U—"

"Zijn wij jouw slaven?" brulde Drecke. Met vervaarlijk opgetrokken schouders rukte hij een zware hartsvanger uit een van het dozijn wapenscheden op zijn lichaam. Hack stak zijn hand op om een stuk speelgoed te tonen, een snel wentelende schijf waaruit kleurige vonken en spetters en groene en paarse vlammen kwamen. Drecke deinsde geschrokken achteruit.

"We praten het even uit," zei Hack. "U heeft Zodiac Control in de arm genomen om een regering voor u te organiseren. Als zo'n regering wil functioneren, moet hij respect afdwingen. Ik vertegenwoordig deze regering. Als ik zelf deze koffers draag, raak ik dat respect kwijt. En dus faalt de regering. En u heeft dan uw tijd en uw geld verspild.

"Ten tweede: een regering is in wezen een instelling van het volk dat door die regering wordt gediend. Als u de regering beledigt, beledigt u het volk. Ik vertegenwoordig deze regering. Als u mij beledigt, beledigt u zichzelf. Als ik mijn bagage droeg, zou ik, de regering, u beledigen en te schande maken. Als u uw trots heeft, dan draagt u mijn bagage. Draagt u mijn bagage niet, dan maakt u zichzelf belachelijk."

Drecke stond met zijn ogen te knipperen. "Ik maak mezelf belachelijk als ik jouw bagage niet draag?"

"Ja natuurlijk. U bent naar de Aarde gegaan om voor een regering te zorgen. Als u niet meewerkt nu ik hier ben, maakt u zich belachelijk tegenover al uw landgenoten en dan wordt u het mikpunt van hun spot."

Drecke schudde verward zijn hoofd, zodat zijn gouden haarknoppen tegen elkaar rinkelden. "Wie zegt er dat ik belachelijk ben?" Woedend tuurde hij naar de omstanders.

Hack wees naar zijn koffers. "Breng die naar het regeringsgebouw. Ik volg."

Maar Drecke weifelde nog. "De regering kan zich ook laten bedienen door personen met weinig prestige." Hij wees. "Jij daar, Gansen! En Kertz! Breng de regeringsbagage! Steel niks!"

Hack werd door de norse, onvriendelijke Drecke naar het grote stenen gebouw van de Edelliedensociëteit geleid. Heer Drecke bracht hem naar een vochtige, donkere kamer onder de grond, die onplezierig dicht bij de kerkers lag. Deze waren gevuld met een stuk of tien Sabols en drie ongelukkige Seprissanen die gevangen werden gehouden tot er losgeld voor hen werd betaald.

Hack legde uit dat dit vertrek zijn waardigheid krenkte, en dus de hele staat Phronus; na een nieuwe portie gemopper werd hij naar comfortabeler kamers op de tweede verdieping gebracht. De koffers en dozen werden neergezet en op aanwijzingen van Hack voerden de dragers een groot deel van het aanwezige meubilair af.

Drecke stond met gespreide benen en zijn armen over elkaar in de deuropening te kijken terwijl Hack zijn bezittingen uitpakte en een plaats gaf. Ten slotte slaakte hij een donderend geluid, een combinatie van een oprisping en een uitroep. "Op de een of andere manier heb je me belazerd, zodat ik mijn gezicht verloren heb. Maar ik snap nog niet helemaal hoe. Ik verzeker je dat ik niet iemand ben die met zich laat sollen!"

"Dat is ook wel het laatste wat ik van plan ben," zei Hack. "Nu ter zake. Ik heb begrepen dat Phronus tot dusver geregeerd werd door een raad van edelen?"

"Ja," zei Drecke. "Het conclaaf telt negen leden. Geen van ons doet in waardigheid onder voor een van de anderen, zodat we het herhaaldelijk met elkaar aan de stok hebben."

"Daar maken we een eind aan," zei Hack. "Voortaan neem ik alle beslissingen. Het conclaaf van edelen is vanaf nu opgeheven."

Drecke bracht een reeks rochelende geluiden voort waarvan Hack begreep dat het een lach voorstelde. "Het is het best als je het conclaaf zelf op de hoogte brengt van dit nieuws."

"Uitstekend, als u zo goed wilt zijn de groep bijeen te roepen."

"Niet allemaal zijn ze in de stad. Gafero Magnus is aan boord van zijn jacht en plundert in het zuiden. Sharn Weg is gevangengenomen door de Sabols en hangt aan zijn duimen in een kerker in Peraz. Detwiler is bezig een hinderlaag op de Opaalberg te organiseren, waar de Sabols voortdurend ons gebied schenden."

Plaats nemend gaf Hack zich een houding van verstandige overpeinzing. "Verzamel dan degenen die beschikbaar zijn. Wanneer Gafero Magnus terug is van plunderen, en Sharn Weg neergelaten is en zijn zetel weer in kan nemen, en Detwiler tevreden is met zijn hinderlaag, dan zullen wij hun onze beslissingen meedelen."

Heer Drecke gromde hooghartig. "Waarom ook niet." Over zijn schouder schreeuwde hij: "Roep het conclaaf bijeen!" Zijn stem echode over de stenen trappen. Meteen daarop kreeg hij een sluwe inval en hij haastte zich de kamer uit.

Een halfuur later toen hij een blik op het plein wierp, zag Hack dat Drecke daar een gesprek voerde met vijf mannen wier neuzen even enorm en versierd waren als de zijne. Met gebaren van instemming besloten ze hun gesprek en dromden het sociëteitsgebouw in.

Hack ging achter de tafel zitten. Dit was een plaat massieve leisteen, geschraagd door glanzende houten poten en hierop had hij reeds zijn informatiebank, zijn catalogi en analysators gerangschikt.

De edellieden kwamen achter elkaar de kamer binnen. Hack stond op en begroette hen waardig. De edellieden namen plaats aan de andere kant van de tafel en blikten belangstellend naar Hacks collectie informatiehulpmiddelen.

Zonder inleiding of formaliteiten zette Hack zijn programma uiteen. "U heeft een wijs besluit genomen door een deskundig beheersteam in te huren. Ik hoef nauwelijks te zeggen dat de Heren Drecke, Festus en Matagan een wijze keus hebben gedaan: Zodiac Control is de deskundigste organisatie op dit gebied. Onze methode is eenvoudig. Wij geven onze cliënten de regering die ze nodig hebben, wat contractueel bepaald is en waar ze voor willen betalen. Wij realiseren ons, en wij willen graag dat u zich dat ook realiseert, dat het aanbrengen van verbeteringen betekent dat er veranderingen komen. Als er veranderingen worden aangebracht, moet er iemand onder lijden, en u moet dan ook een zekere mate van ontwrichting verwachten.

"Nu over naar specifieke zaken. Ik zal een korte studie van Phronus uitvoeren om te bepalen welke zaken urgent zijn. We kunnen niet alles tegelijk doen. Automatische brandpreventiesystemen zijn een overbodige luxe in een stad van hutten en stulpen. Wij zullen geen bloemenparken aanleggen voordat we een rioleringsstelsel hebben aangelegd."

"Anderzijds," zei een sluw kijkende man genaamd Oufia, de oudste edelman, "is het zinloos de zaak mooier voor te stellen dan hij is. Het verandert niets als we de drek onder de grond stoppen. Het blijft wat het is, namelijk drek."

"Alles op z'n tijd," erkende Hack. "Welnu — zoals ik al heb gezegd tegen Heer Drecke — het Conclaaf van Edelen heeft als beleidsbepalend en uitvoerend orgaan geen functie meer, en we mogen het dan ook als opgeheven beschouwen. Toch wil ik graag uw suggesties en aanbevelingen horen. U bent immers zelf het best op de hoogte van uw behoeften."

Heer Drecke schraapte zijn keel en spuugde op de vloer. "Onze behoeften zijn talloos en in mijn opinie liggen ze voor de hand. Om een voorbeeld te noemen, die luchtboot die jou op het plein afzette is zonder een schrammetje ontkomen. We hebben een radarsysteem en automatisch afweergeschut nodig."

"Ons eerste probleem is Sabo," verklaarde Oufia. "Als we de Sabols eenmaal uitgeroeid hebben, kunnen we Parnassus op ons gemak uitplunderen."

"Dat is nog iets waar we dringend behoefte aan hebben," zei Heer Festus. "Een middel om zijn prikveld onschadelijk te maken."

Hack hoorde allen geduldig aan. Toen zei hij: "Ik begin de omvang van uw problemen te doorgronden...Wel, wat het geld betreft; om te beginnen heb ik honderdduizend universele dollars nodig. Dat bedrag wordt gebruikt voor het arrangeren van een staf, voor het stichten van scholen, een kliniek en voor de eerste aanzet tot een sanitair plan. Vervolgens bouwen we een pakhuis, een gereedschapsloods en een rioleringsstelsel."

De edellieden keken wezenloos. "We moeten praktisch blijven," zei Matagan. "Zoals Heer Oufia al zei, drek is drek. En wat schieten we op met scholen?"

"Daar kan de kinderen de elementen van technisch wapengebruik onderwezen worden," verklaarde Hack. "Ze leren er het bereik van wapens berekenen. Ze krijgen begrip van de oorlogvoering en de overvalmethoden van vroeger, met inbegrip overigens van universele geschiedenis."

Hierop knikten de edellieden goedkeurend, zij het enigszins weifelend. "Aan kinderen heb je niet veel bij een hinderlaag of wanneer je een dorp platbrandt," bromde Drecke. "Ze lopen alleen in de weg en ze worden samen met de andere kinderen gedood."

"Dat is iets voor de toekomst," zei Hack. "We zullen ons laten leiden door de roosters van het contract. Tussen haakjes, welk van u heren heeft het contract geschreven?"

Heer Drecke gaf een overdreven knipoog. "Laten we de schrijver niet in verlegenheid brengen. Laat slapende honden maar maffen."

Hack kon hem niet volgen. "Eerst heb ik, dat wil zeggen uw regering, geld nodig. Dat detail moeten we nu meteen maar afhandelen. Honderdduizend dollar."

Heer Festus maakte een ongeduldig gebaar. "Wanneer arriveren de militaire experts?"

Hack bleef kalm. "Zodra de noodzaak zich voordoet." Hij dacht na. "Ik heb Cyril Dibden gewaarschuwd dat hij geen agressie moet plegen. Hij erkent dat Phronus, onder leiding van Zodiac Control, een verenigd en progressief land is en hij zal geen pogingen doen om u dwars te zitten."

Heer Prust snoof ongelovig. "Dibden? Hij vormt geen gevaar. We zullen hem met zijn estheten op ons gemak plunderen. Maar die verwenste Sabols, aha! Die moeten we eerst met wortel en tak uitroeien!"

"Eerst wat eerst moet gebeuren," zei Hack. "En dat is geld. Vervolgens organisatie, overeenkomstig de bepalingen van het contract."

Heer Drecke sloeg met zijn vuist op tafel. "Geld, geld, geld! Is dat het enige waar jij aan kunt denken? Hoe kan er iets ondernomen worden zonder soepelheid te betrachten?"

"Wat bedoelt u met 'soepelheid'?"

"Jouw organisatie moet bereid zijn het niet zo nauw te nemen. Kortom: zorg voor die staf, haal de noodzakelijke wapens en voertuigen hierheen, zowel voor op de grond als in de lucht, en geef ons dan de rekening."

Hack weigerde resoluut. "Zodiac is geen liefdadige instelling. Of u zorgt voor het nodige geld, of u kunt het contract verscheuren."

Drecke keek langs de rij edellieden alsof hij wilde kijken hoe geschrokken en verbijsterd zij waren. "Zulke centenwegerij verwachtten wij niet, want wij zijn een rondborstig volk... Bah! Hoeveel heb je nodig?"

"Een miljoen universele dollars."

Drecke zakte verbluft achterover. "Ik dacht dat je honderdduizend zei?"

"Bij nader inzien maakt een miljoen grotere soepelheid mogelijk."

Na een massa gekrakeel schreef Drecke eindelijk een cheque voor honderdentwaalfduizend dollar uit op de Cordas Bank in Wylandia.

Hack ging met de cheque naar zijn communicatietoestel en nam contact op met de bank. Hij kreeg te horen dat de cheque niet geldig was. Hij keerde zich naar Drecke. "Er schijnt een vergissing te zijn gemaakt."

"Alleen nog twee medehandtekeningen en een geheim teken," mopperde Drecke. "Turste, Oufia, tekenen jullie. Wij bevinden ons in aanwezigheid van een vampier die ons levensbloed op wil slorpen."

Opnieuw legde Hack de cheque aan de bank voor, en ditmaal was alles in orde.

"Dank u," zei Hack tegen de adellijke heren. "U kunt nu uw gang gaan. Zodiac voert het beheer. Ik zal een kort onderzoek instellen en dan mijn staf laten komen. Schroomt u niet met mij te overleggen wanneer u dat goeddunkt. Tenslotte ben ik, totdat we beter georganiseerd zijn, uw regering."

Hoofdstuk III

Drie dagen later kreeg Hack na lang aandringen een vervoermiddel. Uit een geheime schatkamer toverde Drecke een vergulde luchtslee met brokaten kussens en een hemel met kwasten tevoorschijn. In deze vliegende draagstoel, met Heer Drecke achter zich voor de veiligheid, inspecteerde Hack het gehele grondgebied van Phronus. Het landschap was afwisselend; moerassen in het zuiden, waar vraatzuchtige sauriërs en rode insecten huisden, donkere heuvels in het westen langs de grens met Parnassus, een centrale vlakte waar met de franse slag aan landbouw werd gedaan. Eenmaal in ontwikkeling gebracht moest het land zijn inwoners een bescheiden welvaart kunnen opleveren, concludeerde Hack. Er waren uitgebreide bossen met op Aarde veelgevraagd exotisch hout, en de geologie duidde op mineraalvoorkomens. Tussen Parnassus en de zee lag een plezierige streek met het voorgebergte van de Hartzacs op de achtergrond. Hack bracht de mogelijkheid om dit gebied tot toeristenoord te ontwikkelen ter sprake, maar Drecke had niet veel belangstelling. Hij wees naar Parnassus in het noordwesten. "Waarom zouden we vreemden het land in lokken? Het is veel makkelijker om onze buurman Dibden te bestelen. Maar eerst het belangrijkste: de Sabols moeten vernietigd worden!"

Hij maakte Hack opmerkzaam op een serie grillige heuvels die uitliepen in een enorme rotspiek. "Kijk: de Opaalberg. Sinds de vroegste tijden is het grondgebied van Phronus. Kun je je voorstellen hoe verdorven de Sabols zijn? Nou, die eisen de berg op! Ze hebben militaire specialisten van de Aarde gehuurd en ze importeren massa's wapens!" Hij porde Hack in de borst. "Wij moeten toeslaan voordat zij klaar zijn!"

"Sabo wordt geregeerd door Argus," zei Hack. "En dat zijn alles-behalve militaire specialisten, net zomin als Zodiac. Bovendien is het onmogelijk om wapens te importeren; dat verhindert de Contrabandepatrouille."

"Er zijn wel manieren, zeker wel!" verklaarde Drecke knipogend met zijn vingers langs zijn komkommerneus.

"De enige manier om aan moderne wapens te komen, is ze zelf bou-wen," zei Hack. "En dan moet je beginnen met scholen, een gezonde economie, hard werken."

"We moeten terug naar Grangali," zei Drecke vol weerzin. "Jij hebt geen fantasie."

Bij hun terugkomst merkte Hack dat zijn kamers geplunderd waren. Er ontbraken diverse artikelen, waaronder de cheque voor honderd-twaalfduizend dollar.

Hack liet Heer Drecke halen, die massief de kamer in kwam stappen en koud om zich heen keek. Hack meldde de misdaad en somde de gestolen goederen op. Drecke lachte ongelovig. "Dit is de Edelliedensociëteit! Wou je beweren dat er dieven onder ons zijn? Dat is geen aantijging die men lichtvaardig doet!"

"Ik ben geen lichtvaardig man," zei Hack. "Ik betreur vooral het ver-lies van het geld dat aan Zodiac Control is betaald."

"Wij hebben jouw kwitantie! Als het geld verdwenen is, is dat jouw verantwoordelijkheid!" Drecke begon alweer naar buiten te waggelen.

Hack riep hem na: "En als de dief nu eens geïdentificeerd kon worden?"

Drecke keerde zich om. "Zo'n dief is er niet. Alleen edellieden heb-ben toegang tot de sociëteit, en een edelman beschuldigen van diefstal betekent een verschrikkelijke wraak uitlokken!"

"Welke straf staat er op diefstal?"

"Als de diefstal bewezen wordt — en in dit geval is de diefstal denkbeeldig, of anders in scène gezet — dan moet de boosdoener de benadeelde een boete betalen die tweemaal zoveel waard is als het gestolene en bovendien moet hij zich onderwerpen aan twintig slagen met de rotting."

"Laten we dan maar eens kijken." Hack haalde een verborgen camera tevoorschijn. Hij draaide de beeldschijf terug en richtte de camera in de projectorstand op de muur. Drecke kwam aarzelend weer binnen.

Het beeld was scherp en helder. Het toonde de Heren Turste, Festus en Anfag die zonder enige gêne bezig waren. Terwijl Drecke snuivende geluiden van ontzetting voortbracht, haalden de Heren al Hacks bezittingen overhoop, met triomfantelijke gebaren als ze begeerlijke dingen tegenkwamen. Toen ze volgeladen waren met alles wat ze konden dragen, verlieten ze de kamer.

"Penibel," zei Drecke binnensmonds. "Heel vervelend. Het was natuurlijk een poets." Daar klaarde hij van op. "Natuurlijk! Ze hebben je een humoristische poets gebakken!"

"Worden de Heren Turste, Festus en Anfag niet beboet en gestraft?" Drecke stond versteld. "Kun jij zo'n verzuurde ziel hebben?"

"Zorg er alstublieft voor dat ik mijn eigendommen terugkrijg!"

Een uur later was Drecke terug met een zwaarbeladen kruier.

"Ik heb geen keus, ik moet oprecht zijn," zei Drecke. "De Heren Turste, Festus en Anfag storen zich aan jouw beschuldiging. Ze wilden zich alleen amuseren en het maakt ze nijdig dat jij het zo flauw blijkt op te vatten."

"U houdt vol dat ze het voor de grap hebben gedaan?"

"Jazeker!"

"En als ik u uit hun eigen mond kon laten horen dat ze zichzelf als dieven beschouwen?"

"Dan zou ik ze met mijn eigen handen wurgen! Dan zouden ze niet alleen jouw spullen hebben gestolen, maar ook mijn eer bezoedeld hebben!"

"Nou, dan schakelen we de camera maar weer eens in. En deze keer kijken én luisteren we."

Voor de tweede keer keken Hack en Drecke naar de plundering en nu had Hack ook het geluid aangezet.

"Aha! Waar liggen de kostbaarheden van die bleke duivel?" riep Turste toen hij binnenkwam.

"Hier!" riep Festus, die een tabulator van tafel griste. "En dit eis ik op!"

"Niet zo hebzuchtig," zei Turste verwijtend. "Er is genoeg voor allemaal."

"Het is goed gebruik dat we om de kostbaarste dingen loten," zei Anfag. "Zo krijgt ieder een eerlijk deel."

"Vergeet vooral het geld niet. Dat moeten we in ieder geval hebben."

"Schiet dan op, die gek kan zo terugkomen."

"Wees maar niet bang, Drecke heeft beloofd dat hij hem tot 's middags bezighoudt."

"Maar Drecke wil natuurlijk ook zijn aandeel!"

"Uiteraard. Het was toch zijn idee?"

Hack schakelde de camera uit. "Wat zegt u daarvan?"

Dreckes gezicht was paars opgezwollen. "De schurken! Ze hopen mij te verstrikken in hun mislukte misdaadpoging!"

"Laten we ze dan opzoeken," stelde Hack voor. "Ik kijk terwijl u rechtspreekt."

Aan zijn juwelen neus plukkend slaakte Drecke na enige tijd een verachtelijke zucht. "Het heeft eigenlijk niets te betekenen... Als ik aandacht besteedde aan zo'n lage streek, zou ik mijn waardigheid aantasten."

Hack concludeerde dat het zinloos was om op de kwestie door te gaan. "Morgen vlieg ik naar het westen," zei hij, "om contact op te nemen met mijn kantoor. Maar nu wil ik een toespraak houden tot het volk van Phronus."

"Gah!" spuwde Drecke. "Die zijn als niets, nauwelijks beter dan Linkshandigen. Alleen de adel is belangrijk. De anderen doen wel wat ze bevolen wordt."

"Goed," zei Hack, "roep dan alle beschikbare edelen bijeen."

"Als je een toespraak wilt houden," zei Drecke, "spreek dan voor het conclaaf. Wij zijn het enige gezag in Phronus."

"U vergeet dat het conclaaf opgeheven is," zei Hack.

Dreckes grote, taaie mond verwrong zich tot een honende grijns. "Waan jij ons kinderen? Het conclaaf is er nog altijd."

"In dat geval zal ik het conclaaf toespreken."

"Vooruit dan maar."

Enige tijd later slenterden de edellieden de kamer in. Ook de Heren Turste, Anfag en Festus waren eronder en zij namen vol brutaal zelfvertrouwen hun plaats in.

"Sinds onze vorige bijeenkomst," zei Hack, "heb ik het land geïnspecteerd en ik kan nu concrete aanbevelingen doen.

"Ten eerste moet er een staf van twaalf mannen en drie vrouwen komen, van de Aarde, om toezicht te houden op ongeveer veertig mensen van hier. Ten tweede adviseer ik u te stoppen met piraterij, strooptochten, plunderingen en in het bijzonder met diefstal." Hier keek hij kort naar Anfag, Festus en Turste, die brutaal terugkeken. "Ten derde zal ik proberen tot een vergelijk te komen met Sabo. Ik heb begrepen dat zij de beheersfirma Argus Systems in dienst hebben genomen en het zal ons geen moeite kosten om een compromis te bereiken voor alle lopende problemen."

Heer Drecke sprong overeind. "De vampiers van Sabo moeten vernietigd worden!"

"Vergeet het contract niet!" riep Heer Oufia. "Je bent verplicht voor wapens en militaire technici te zorgen! Dat is ons verzekerd!"

"Door wie?" vroeg Hack.

"Dat geeft niet, het is allemaal gelijk. We hebben je zelfs geld gegeven, honderdtwaalfduizend dollar!"

"Het geld, nu ik het terug heb van de dieven, moet gereserveerd blijven," zei Hack koel. "Voor het salaris van de staf, voor gereedschap, scholen, en bovenal een riolering."

"Bestel die wapens ook vast," spoorde Heer Oufia hem aan. "Je weet wat we nodig hebben. Beknibbel niet op deze uitgaven. Als we Sabo verwoest hebben, betalen we je terug."

"Drie dingen moet ik beslist duidelijk maken," zei Hack. "Ten eerste levert Zodiac niets op belofte."

"Dit is geen loze belofte; het is pure investering!" riep Heer Matagan. "Je kunt je geld krijgen uit de opbrengst van de oorlog — plus nog iets extra's!"

"Ten tweede neemt Zodiac niet deel aan moord, verkrachting en plundering, want dat is slecht voor ons imago. Ten derde zijn wapens verboden waar. Ik kan onder geen beding wapens leveren."

Heer Drecke begon tegen te sputteren. "Wat hebben we dan aan Zodiac? Zo ben je niets dan een vermoeiende ergernis!"

"En het contract dan?" vroeg Heer Festus. "Je bent verplicht ons te helpen tegen onze vijanden!"

"Andere zaken zijn urgenter," zei Hack. "De stad is één grote krottenbuurt. U heeft scholen nodig, ziekenhuizen, pakhuizen, een bank, een ruimtehaven, een hotel."

"En ondertussen delven de Sabols onze edelstenen, snijden ons de hals af, wandelen pralend heen en weer over ons grondgebied? Ken jij geen schaamte? Geef ons dan ten minste het materiaal om ons mee te verdedigen!"

"Dat is misschien niet nodig, als we het conflict met onderhandelingen kunnen oplossen."

Weer sprong Drecke overeind, maar de oude Oufia trok hem neer. "Wat stel je dan voor?" vroeg de laatste.

"Zoals u weet wordt Sabo beheerd door Argus Systems. Ik zal contact opnemen met de opzichter van Argus. Wij gaan praten en we zullen proberen tot een vergelijk te komen. Wij hebben geen vooroordelen, geen persoonlijke belangen in de zaak, en dus kunt u rekenen op een onpartijdig resultaat."

"Wij willen geen onpartijdig resultaat!" stormde Heer Festus. "Wij willen wraak, en ook de Opaalberg."

Heer Drecke stak zijn opzichtige gelaat naar voren. "Dacht jij dat wij onze belangen zouden toevertrouwen aan zo'n krentenweger? Een bespottelijk idee!"

Heer Oufia zei: "Niet zo haastig. Het kan geen kwaad om te proberen een voordeel te behalen. Maar het conclaaf moet de onderhandelingen leiden!"

Hack wierp tegen dat de situatie dan onhandelbaar werd en dat het tot onbekookte eisen zou leiden. "De opzichter van Argus en ikzelf, als wij rustig met elkaar praten, kunnen de ruzie op een eerlijke manier uit de wereld helpen. Dat is de enige verstandige manier om de kwestie aan te pakken."

De Heren Drecke en Festus reageerden hierop zo heftig dat Oufia van walging zijn handen omhoogstak. "Zo gebeurt het: de onderhandeling vindt plaats, maar slechts drie edellieden nemen eraan deel:

ikzelf, Heer Drecke en Heer Turste. Ik geloof dat zelfs deze Aardse melkmuil dan wel zal inzien hoe idioot het is om met de misdadigers van Sabo te praten."

Hack moest met dit voorstel tevreden zijn. De vergadering werd verdaagd en de heren waggelden trots de kamer uit. Rammelend en kletterend passeerden ze een voor een Hacks stoel en elk keek hem aan met een dreigende, minachtende of honende blik. Hack stoorde zich er niet aan. Eén kleine overwinning had hij behaald: de edelen hadden eindelijk toegegeven dat de conflicten met Sabo bespreekbaar waren. Voor zijn communicator gezeten verzond hij een oproep op de golflengte van Argus.

Hij kreeg onmiddellijk antwoord, bijna alsof de vertegenwoordiger van Argus erop had zitten wachten. Een stem zei: "Argus Systems, Sabo-contract, in Peraz in Sabo; hier Ben Dickerman."

"Hier Milton Hack van Zodiac in Grangali. Wij hebben het Phronus contract, zoals u misschien heeft gehoord."

"Ah ja, Hack." Dickermans gezicht verscheen in het beeldscherm. Hij had een gelige tint, een gekwelde trek om zijn mond en zijn linker ooglid had een tic. "We hebben elkaar al eens ontmoet. Had jij niet te maken met Isbetta Rock?"

"Ja," zei Hack. "Ik was — nou ja, aanwezig."

"'Aanwezig'?" Dickerman lachte droevig, alsof de herinnering tragikomisch was. "Als ik me goed herinner ging het contract naar Efficiency Associates, was het niet zo?"

"Er waren wat moeilijkheden met de moeder van de Zamindar. Vreemde vrouw... Maar dat is lang geleden. Hoe loopt het contract met Peraz?"

Opnieuw werd het gezicht van Dickerman troosteloos. "O, best. Ik bereid een structuuranalyse voor, ik ben bezig een organisatie in te richten... Het is wel een uitdaging." De poging om zich groot te houden mislukte. "Eerlijk gezegd —" Hij aarzelde en barstte toen bitter los: "Het is de ellendigste situatie die ik ooit heb meegemaakt. De stad — als je het een stad wilt noemen — die moet je zien, anders geloof je het niet. De stank, het vuil, de monumentale haveloosheid — het gaat je fantasie te boven!"

"Grangali is net zo," zei Hack. "Waarschijnlijk erger."

"Uitgesloten." Dickerman leefde even op. Hij boog zich vertrouwelijk naar voren. "Ik wil wedden — om tien dollar, bijvoorbeeld — dat Peraz smeriger is dan Grangali. Afgesproken?"

"Doe maar niet," zei Hack. "Je zou wel iets dramatisch uit je hoed moeten toveren als je de riolering van Grangali wilt overtreffen."

"Niemand schijnt zich hier ergens iets van aan te trekken," klaagde Dickerman. "Niemand wil schone straten en nieuwe huizen, ze willen alleen maar Phrones afmaken. Ze willen dodende stralen hebben, en pantserrobots en automatische kanonnen."

"Hier zijn ze net zo," zei Hack. "De Opaalberg schijnt de grootste twistappel te zijn. Ik zit me af te vragen of jij en ik onze invloed zouden kunnen gebruiken om ze tot een of ander vergelijk te brengen."

Dickerman schudde knorrig zijn hoofd. "Ik heb helemaal geen invloed. Wat mij aangaat mogen ze elkaar aan repen snijden zolang ik mijn salaris maar krijg, al zal ik dat wel niet krijgen als de vrede niet wordt gehandhaafd."

"Ik heb de Phrones in ieder geval zo ver gekregen dat ze bereid zijn om met de Sabols te praten," zei Hack. "Waarom probeer jij jouw kant niet over te halen?"

Dickerman weifelde. "Ze willen niet praten, ze willen moord en doodslag. Iemand heeft ze de indruk gegeven dat wij scheepsladingen wapens zouden aanvoeren en hen zouden helpen om de Phrones de zee in te jagen. Ze denken dat ik de lijn trek; ze willen me mijn geld niet eens geven. Ze willen dat Argus de oorlog financiert en meedoet aan de plundering."

"Hier hebben ze ons hetzelfde voorstel gedaan," zei Hack. "Zeg tegen jouw mensen dat een compromis de enige manier is om de zaak op te lossen en dat ze eerst moeten praten voordat ze zo'n compromis kunnen sluiten."

"Dat werkt nooit," zei Dickerman somber. "Zo'n stelletje woestelingen kunnen we toch nooit in de hand houden."

"We hoeven ze toch niet bij elkaar in één kamer te stoppen," zei Hack nu een beetje scherp. "Laat ze maar over de radio praten. Poot een delegatie in jouw kantoor. Dan doe ik het hier."

"Zinloos, nutteloos, doelloos."

"Probeer het eens zo," zei Hack. "Zeg ze dat Phronus bereid is het conflict op te lossen en een beroep doet op hun welwillendheid."

Dickerman gilde van het lachen, bijna hysterisch. Maar ten slotte beloofde hij zijn best te doen.

Hoofdstuk IV   1

Op het afgesproken uur dreunden de Heren Oufia, Drecke en Turste de kamer van Hack binnen. De geur van bloeddorst was te snijden. Ze hadden hun jassen opnieuw gevernist en zilveren wangplaten omlijstten en accentueerden de juwelen kanjers van neuzen.

"Nou, vooruit," knarsetandde Heer Drecke, "zet die radio van je aan, dan zullen we eens horen wat ze te zeggen hebben."

De conferentie per radio begon. Hack was ervan uitgegaan dat een uitwisseling van beelden de edellieden alleen zou ophitsen. Hack en Dickerman stelden de edelen aan elkaar voor. Beide partijen reageerden grijnzend, maar beheersten zich verder.

Hack zei: "Het is ons doel de geschillen te vereffenen die tot dusver uw twee grootse staten van elkaar hebben vervreemd. Ik geloof dat onze eerste stap zou moeten zijn dat wij allemaal erkennen dat wij in wezen allemaal mensen van goede wil zijn."

Drecke mompelde erdoorheen: "Hoe kunnen we Linkshandigen als mensen beschouwen?"

Hack en Dickerman begonnen heftig te praten. Hack berispte Heer Drecke en Dickerman probeerde de woedende reacties van zijn groep te sussen. Maar het werd er niet beter op. De ene partij uitte zekere beweringen, de andere partij antwoordde met andere beweringen, scheldwoorden en dreigementen. Hack en Dickerman smeekten vruchteloos om matiging.

"Ik zal persoonlijk jullie bezoedelde lijken in de zee smijten!" bulderde Drecke.

"Stap naar voren en zeg dat nog eens waar ik bij ben!" daagde Hertog Gomaz van Sabo hem uit. "Lafaard die je bent, je verschuilt je daar ver weg! Je rechtshandige angst kan ik hier helemaal ruiken!"

Stiekem zette Hack de radio uit. Minutenlang tierden de Heren Drecke, Oufia en Turste razend tegen het apparaat zonder zich te realiseren dat het geen antwoord gaf. Ten slotte verlieten ze stampend de kamer, vloekend en boerend en elkaar feliciterend.

Hack hing slap op zijn stoel. Het contract was een farce. Hij pakte de cheque die hij van Drecke had gekregen. Hij had hem meteen moeten incasseren, want het was onwaarschijnlijk dat hij nu nog geldig was. Prompt sprong Hack overeind. Hij stopte zijn waardevolste bezittingen in een koffer en ging naar het dak, waar zijn vliegende palankijn stond. Hij gooide de koffer erin en steeg op. Enkele edelen renden het plein op en zwaaiden met hun vuist. Er werden een paar ongeïnteresseerde schoten gelost, meer als terloopse belediging dan in een serieuze poging om hem pijn te doen.

Hack haalde de grootst mogelijke snelheid uit de draagstoel, een statige tachtig kilometer per uur en na verloop van tijd arriveerde hij in Seprissa. Hij nam een luchttaxi naar Colmar in het zuiden, het eindpunt van de wekelijkse transcontinentale vliegdienst en hij had het geluk dat hij bijna meteen mee kon.

Een dag later wandelde hij door de straten van Wylandia. Reuzenbomen verhieven zich hoog boven hem. Ze gaven onderdak aan duizenden fladderende witte schepseltjes, springmuizen met de vleugels van vlinders. Op de stoep stonden tentjes die koele dranken, fruit en verleidelijk geurende brokjes vlees aan stokjes geregen verkochten. De straten waren schoon, de inwoners vriendelijk, de vliegende muizen maakten zoete kwettergeluidjes...

Hack had het gevoel dat hij aan een hallucinatie ontsnapt was. Hij kwam bij de Cordas Bank, een breed gebouw met een gevel van gevlochten glas. Hij ging met de cheque naar een loket. De cheque werd akkoord bevonden en het bedrag werd op de rekening van Zodiac gestort. Hack was verrast, en tegelijk teleurgesteld. Als de cheque geblokkeerd was geweest, dan had hij in alle redelijkheid het contract kunnen verscheuren...

Hij stak de straat over naar het telecommunicatiecentrum en deed daar navraag bij het postkantoor op de ruimtehaven van Lucia Cordas of er post voor hem was.

Het antwoord luidde bevestigend. Een automatische afdrukeenheid produceerde het bericht opgevouwen en gezegeld met Hacks naam erop en een stempel voor de zendporto.

Toen hij betaald had, maakte hij de brief open. Hij was afkomstig van Edgar Zarius en blijkbaar pas twee dagen oud, als Hack het in de gauwigheid goed uitrekende. De inhoud maakte zijn stemming er niet beter op.

Milton Hack, Zodiac Control
Poste Restante, Wylandia
Ethelrinda Cordas

Tot op heden hebben wij geen verslag van jou ontvangen met betrekking tot het Phronus contract. Naar we mogen aannemen verloopt alles naar wens. Ik hoop dat dit jou bereikt voordat je plannen al te vaste vorm aannemen. Om zo groot mogelijke efficiëntie te verkrijgen en de kosten zo laag mogelijk te houden, heb ik het Sabo-contract overgenomen van Argus Systems.

Je moet meneer Ben Dickerman, de vertegenwoordiger van Argus in Peraz in Sabo, op de hoogte brengen van de gewijzigde situatie en hem opdracht geven terug te keren naar de Aarde. Ontferm je over alle gelden die de autoriteiten van Sabo aan Argus hebben betaald en stort deze sommen op de rekening van Zodiac ten behoeve van de financiering van het gecombineerde Phronus-Sabo-contract.

Wees zo vriendelijk zodra het je schikt een voorlopig verslag in te dienen zodat wij dit project op gang kunnen brengen.

Edgar Zarius, President
Zodiac Control, Incorporated
Farallon, Noord-Amerika
Aarde

Hack liet zich langzaam op een stenen bank zinken om de brief te herlezen. Toen vouwde hij hem op, stak hem in de zak van zijn overhemd en ging wezenloos voor zich uit zitten staren over de Oude Stad, die op palen boven de San Remobaai was gebouwd. Een poos lang had hij geen zin om na te denken. Pas langzamerhand doemden de lijnen van de situatie scherp op voor zijn geestesoog. Hij begon mogelijke handelswijzen te zien.

Ten eerste zou hij terug kunnen gaan naar de oostkust om de instructies van Edgar Zarius uit te voeren... Of hij kon er bij hem op aandringen dat hij beide contracten verkocht aan Argus, of ze weggaf. Of hij kon zijn relatie met Zodiac verbreken, een suite in het Marlene Hildenbrand Hotel nemen en een maand lang op de veranda uitrusten... Maar zijn besluit stond allang vast. In de kern van zijn innerlijk wist Milton Hack dat hij een zouteloos stuk middelmatigheid was, iemand zonder enig intellectueel aanzien en zonder speciale bekwaamheden op welk gebied ook. Dit inzicht was zo vernietigend dat hij het nooit over de drempel van zijn bewustzijn liet komen, en hij gedroeg zich alsof juist het omgekeerde waar was. En zo, terwijl zijn innerlijk sidderde en hem uitlachte, maakte Hack uiterlijk rustig en beheerst plannen om de nu ontstane situatie het hoofd te bieden.

Eerst verzond hij een bericht:

Edgar Zarius, President
Zodiac Control, Incorporated
Farallon, Noord-Amerika
Aarde

Uw bericht ontvangen. De situatie in Phronus is verward. Er heersen veel misverstanden. Ik ben nog niet in staat geweest een voorlopige organisatie op poten te zetten. Ik zal uw instructies betreffende Sabo zo goed mogelijk opvolgen. Zodra ik definitieve aanbevelingen kan doen, licht ik u in.

Milton Hack, Zodiac Control
Poste Restante, Wylandia
Ethelrinda Cordas

Een eigen luchtwagen was een absolute noodzaak. In Wylandia was één winkel die de Stranflite-vervoermiddelen verkocht, voor woekerprijzen, maar daar maakte Hack zich geen zorgen om. Voor vijftienduizend dollar kocht hij een luxueuze blauwe Merlin vierzits, die zwaar ging van accessoires, zoals macroscoop, automatische piloot met altijd zichtbare kartering, zweefstand, een energiecel die goed was voor drie jaar, een bar, een wc, en een zonnescherm dat wel licht doorliet maar de zon als een zwarte schijf toonde. Kortom, een heel wat gerieflijker omgeving dan zijn verblijf in de vochtige Edelliedensociëteit in Grangali.

Hack had geen haast om uit Wylandia te vertrekken. Hij verkende de Oude Stad, slenterde als een toerist over de verende loopbruggen, kocht hier en daar een curiositeit die zijn belangstelling wekte. Hij dineerde in een restaurant dat honderdvijftig meter boven de grond in de takken van een boom hing. Men kwam boven met een soort vogelkooi die aan een touw hing en vanaf de uitkijkpost van het terras zag men de zon ondergaan boven de zee en de stad. Phronus en Sabo leken wel heel ver weg.

Weer afdalend in de vogelkooi liep hij over de pier naar het hotel, waar hij de nacht doorbracht. 's Ochtends kon hij geen enkele reden bedenken om te talmen. Met wat zware tred begaf hij zich naar zijn Stranflite Merlin, klauterde erin en vloog naar het oosten.

De eerste vijftig kilometer was het land in cultuur en bewoond, tot aan de voet van de Binnenlandse Barrière. Dit was een steile rotswand die zich een kleine twee kilometer boven de grond verhief. Hierachter lag de oerwildernis van het binnenland van Robal Cordas. Hack schakelde de automatische piloot in en de Merlin koerste kalm oostwaarts.

Kort na middernacht plaatselijke tijd passeerde hij Cyril Dibdens paleis. Hier werd feest gevierd. Hack zag zachtgloeiende witte lampen, kleur en beweging, maar toen was hij er al voorbij en voor hem lagen de naargeestige bergen.

Weldra had hij ook die achter zich gelaten. In het oosten lag de oceaan, met twee van de vier manen, slank als kromsabels, die lichtsporen over het water wierpen.

Hack boog af naar het noorden over de Opaalberg en vloog Sabo in. In Peraz was alles donker, op twee of drie flakkerende oranje lampen na.

Hack beval de automatische piloot voorlopig op een hoogte van anderhalve kilometer te blijven cirkelen, waarna hij ging slapen. Bij het eerste licht werd hij wakker.

De nieuwe manen verbleekten. De hemel was een kom van violet en elektrisch blauw en het landschap nog een zwarte rommel zonder details. Hack zette zijn radio aan en zond een oproep uit op de frequentie van Argus. Niet veel later ging het antwoordlampje aan. "Met Dickerman."

"Hier Hack."

"Waar ben jij verdomme geweest?" riep Dickerman nijdig. "Ik heb je wel twintig keer opgeroepen!"

"Wat is er dan?"

"Alles! De hele vervloekte santenkraam is ontploft. Jouw verwenste Phrones plegen een invasie. Ze zijn al vijftien kilometer voorbij de Opaalberg. De mensen hier waren niet meer te houden."

Een enkel verlangend moment wilde Hack de radio uitschakelen en zo hard mogelijk terugvliegen naar Wylandia. Na een tijd kon hij zijn stem weer gebruiken. "Ik ben bang dat ik slecht nieuws voor je heb," zei hij toen treurig.

Dickerman begon bijna te piepen van angst. "Slecht nieuws? Hoe dan?"

"Je bent je baan kwijt. Zodiac heeft het Sabo-contract van Argus gekocht. De baas dacht dat het goedkoper was om de twee klussen te combineren."

Dickermans stem trilde. "Je houdt me niet voor de gek?"

"Zeker niet. Ik kan je mijn bevelen laten zien, of jij kunt je kantoor opbellen."

"Nee, nee!" riep Dickerman uit. "Ik geloof je op je woord. O ja, meteen. Hoe snel kun je het overnemen?"

"Ik zit recht boven je. Waar kan ik landen?"

"Op het Genootschapshuis, bij het water. Waar zit je in?"

"Een Stranflite Merlin. Blauw met witte buik. Zorg even dat jouw mensen niet op me schieten als ik neerkom."

"Ik zal mijn best doen."

Hack tuurde langs de kustlijn en vond na enige tijd de stad Peraz. Hij viel recht omlaag op het grootste gebouw dat hij zag, een dreigend blok steen op een stuk rots dat de haven domineerde. Hij landde op het platte dak zonder dat er een schot gelost werd of zelfs een steen naar hem werd gegooid.

Dickerman stond al te wachten. Zijn gezicht glom van hoop.

Hack vroeg waarom zijn komst zo weinig aandacht trok. "In de hele stad is niemand meer die oud genoeg is om te vechten!" legde Dickerman uit. "Ze zijn allemaal naar het zuiden gegaan om met de Phrones te knokken." Hij bracht Hack via de trap naar zijn kantoor, waar hij alle lampen aanstak en thee zette. Hack pakte de brief van

Edgar Zarius, maar Dickerman wuifde hem weg. "Ik geloof het graag…
Ik heb niet veel dat ik je over kan dragen, eigenlijk alleen het contract." Hij gooide het document op tafel. Hack begon het te lezen, eerst
belangstellend, toen verbijsterd. Het was woord voor woord een kopie
van het contract met Phronus.

Dickerman werd bezorgd. "Is er iets niet goed?"

"Nee. Niets speciaals."

"Het is een kostelijk contract," zei Dickerman. "Argus heeft momenteel niet zo veel te doen, anders zouden ze het wel niet genomen
hebben. Eigenlijk…" Hij was zo tactvol om verder te zwijgen.

Hack zei niets. De eigenaardige gelijkluidendheid van de twee
contracten zat hem dwars. Waren die dingen zo te koop in Colmar of
Wylandia? Waren ze het werk van een rondreizend onderhandelaar?
Was er overleg geweest tussen Phronus en Sabo?

Dickerman stoorde zijn gedachtenloop. "De oorlog is je eerste zorg.
Eerlijk gezegd begrijp ik niet hoe je de twee zaken wilt combineren."
Haastig stak hij zijn hand op. "Dat zeg ik niet om je te ontmoedigen,
begrijp me goed."

Hack lachte. "Wees maar niet bang. Alles is onder controle, het is
alleen een kwestie van organisatie. Ik regel een wapenstilstand, werk
een of ander compromis uit. Deze lieden zijn niet helemaal van alle
rede gespeend."

"Natuurlijk. Misschien kun jij me naar Seprissa brengen?"

"Jazeker. Maar eerst had ik graag dat je me voorstelt aan de autoriteiten van Sabo."

Dickerman rilde met een wrange uitdrukking op zijn gezicht. "Ja,
dat hoort erbij. Ze zijn allemaal bij de Opaalberg."

Dickerman verzamelde zijn spullen en daarna gingen ze naar het dak
en stegen op in de Merlin. De zon stond al hoog, de grote gele Martin
Cordas wierp zijn licht schuin over het golvende, vreemd mooie land.
Vooruit doemden de Opaalberg en het tumult op.

"Volgens mijn informatie," zei Dickerman, "zijn de Phrones aan de
oostkant van de berg afgekomen. Ze hebben Slagnas geplunderd en
zijn stelend door het Gebroken Bottendal getrokken…" Met de macroscoop verkende hij het land en toen wees hij: "Daar ligt het kamp van de
Sabols. Laten we maar ergens buiten bereik van hun wapens landen…"

Hack landde op een grasveld tweehonderd meter voor het kamp, dat omringd was door hoge zwart met witte gevechtswagens die blijkbaar plaatselijk fabricaat waren. De primitieve, kromme wielen werden aangedreven door onverwoestbare torsiecellen.

De twee mannen stapten uit en bleven wachten terwijl de oorlogsaanvoerders van Sabo naar hen toe kwamen. Deze mannen waren even log en zwaargebouwd als de Phrones en hun neuzen waren op soortgelijke wijze ingelegd met stenen. Ze hadden de gouden knoppen van hun vlechten gehaald en hun haren opgerold onder strijdmutsen. In scheden aan weerszijden van hun gordel droegen ze tien of meer dolken, hartsvangers en zwaarden, terwijl ze onder hun armen geweren, raketten en lasers hadden gebonden, antieke modellen en naar Hack vermoedde weinig doeltreffend.

Dickerman stelde Hack behoedzaam voor aan de edelen. "Hertog Gassman, Hertog Holox..." En ten slotte: "Ik stel u voor aan mijn opvolger, meneer Milton Hack van Zodiac Control. Hij is een deskundig militair strateeg en bovendien een autoriteit op economisch gebied. Met uw medewerking zal hij de verschillende problemen van Sabo oplossen."

"Wij hebben maar één probleem," gromde Hertog Gassman. "Hoe kunnen wij de weerzinwekkende Phrones het best vernietigen. Wat niet makkelijk is wanneer ze iedere confrontatie in het gevecht weigeren."

"Merkwaardig," zei Hack. "Ik dacht dat het vastberaden soldaten waren."

"Zeker niet! Vanochtend nog hebben wij hen jankend op de loop gejaagd. Wij voeren versterkingen aan die bezig waren met een schermutseling in het noorden en dan stoten wij door tot in het hart van Phronus. Wij zullen wapens nodig hebben; daar moet jij voor zorgen!"

"Wapens zijn verboden waar," zei Hack. "Gesmokkelde wapens zijn duur. Hoeveel kunt u betalen?"

Hertog Gassman maakte een gebiedend gebaar. "Breng eerst de wapens; later spreken wij over de prijs!"

Op dit moment was er weinig hoop dat hij zijn standpunt overtuigend naar voren kon brengen, dacht Hack. "Ik zal het terrein verkennen. Ondertussen moet u uw mannen opdragen dat ze onder geen beding op mijn luchtwagen schieten."

Hertog Gassman draaide zich op zijn hakken om met een onbegrijpelijk keelgeluid.

2

Hack bracht Dickerman naar Seprissa. De man van Argus sprong haastig uit de wagen alsof hij bang was dat Hack hem weer mee wilde nemen naar het noorden. Hack koos weer het luchtruim en keerde terug naar Grangali, waar hij op het pleintje voor de sociëteit landde. Net als Peraz leek ook Grangali uitgestorven. Navraag leerde hem dat alle gezonde krijgers de strijd met de Sabols hadden aangebonden.

Opnieuw nam hij de Merlin omhoog. Hoog boven de Opaalberg zwevend, bestudeerde hij het strijdtoneel.

Oostelijk van de berg lag het kamp van de Sabols dat hij 's ochtends had bezocht; in het westen, op een plateau dat uitkeek over de vlakte van Sabo, ontdekte hij een tweede kampement, waar het leger van Phronus zich wel zou ophouden. Hack landde iets ten noorden van dit kamp en wachtte op de komst van de Phroonse aanvoerders.

Heer Drecke marcheerde in de voorhoede. Met elke stap rinkelden zijn dolken en zwaarden. Behalve zijn gewone kledij droeg hij ook nog enorme epauletten gemaakt van het schild van een zeetor, met versierselen die uit menselijke kaakbeenderen en tanden waren gesneden. Recht voor Hack bleef hij staan. Hack ging een pas achteruit om de organische walm die Phrones en Sabols kenmerkte te ontlopen.

Blijkbaar in een afschuwelijke stemming stond Drecke laaiend neer te kijken op Hack. "Nou, wat heb je voor nieuws?" blafte hij. "Zijn de wapens besteld? Wanneer worden ze precies geleverd?"

"Alles op z'n tijd," zei Hack. Hij wees naar het kamp. "Waarom bent u hier, in plaats van in Grangali, waar u de riolering zou kunnen aanleggen, of iets anders doen dat nuttig is?"

Drecke trok een hartsvanger half uit de schede. "Hoor ik dat goed?"

"U hoort de stem van uw regering, waarin u honderdtwaalfduizend dollar heeft geïnvesteerd."

"Gah," zei Drecke honend. "De Sabols hoopten ons nietsvermoedend te overvallen. Ze vielen aan over de Opaalberg. Wij ondernamen een stormloop en joegen ze gillend op de vlucht als de linkshandige windbuilen die het zijn. We wachten nu op een groep verkenners die ergens in het westen een handgemeen hebben beslecht en dan dringen we Sabo binnen."

Hack schudde afkeurend zijn hoofd. "Onbezonnen."

"Integendeel," verklaarde Drecke. "Het is een preventieve oorlog. Een groot bedrijf van de Aarde heeft zich verbonden met de Sabols en zij krijgen geavanceerde wapens met scheepsladingen tegelijk."

"Niets daarvan," zei Hack. "Aardse bedrijven leveren niets als ze niet vooruitbetaald worden."

"Ons contract spreekt heel andere taal," riep Heer Anfag over Dreckes schouder. "Zodiac Control moet goederen, voorraden, munitie en wapens leveren zodra daarom wordt gevraagd."

"Waarna u er met bekwame spoed voor moet betalen," zei Hack. "Dat wil zeggen binnen drie seconden."

"Ik twijfel eraan of jij echt wel onze belangen wilt behartigen," beklaagde Drecke zich. "Zijn wij jouw klanten niet?"

"Inderdaad, en Zodiac rekent op uw medewerking. Anders verspilt u uw geld."

"Als we de Sabols eenmaal uitgeroeid hebben, liggen de zaken heel anders," verklaarde Heer Drecke. "Het is in jouw eigen belang om ons de wapens te geven die we moeten hebben: dodende stralen, automatische doders, raketten met geleideoog, verblindingsfakkels." Een schreeuw leidde hem af. "De verkenners komen eraan." Heer Drecke marcheerde heen om de aanvoerder te begroeten van het peloton dat op gele pony's met hamerkoppen reed. Ze overlegden een ogenblik en toen zette Drecke met een weids gebaar het hele gezelschap in beweging.

Hack steeg op in zijn Merlin voordat Drecke op het idee kon komen de boot te vorderen.

Hoofdstuk V   1

Hack zweefde boven de Opaalberg en keek toe terwijl de gewapende machten samenkwamen. Beide partijen hadden een dure eed gezworen dat het een reusachtig bloedbad, een slachting van de tegenstanders zou worden.

Uiterst zorgvuldig draaiden de Phrones en de Sabols om elkaar heen om de beste positie te krijgen. Ze probeerden hoger te komen dan de tegenstanders, maar dat werd verhinderd door drieste uitvallen van de cavalerie.

Stukje bij beetje spiraalden de twee groepen omlaag naar de vlakte alsof ze niet tegen de zwaartekracht opgewassen waren. Hack zweefde erboven in zijn Merlin en bezag verwonderd de gecompliceerde manœuvres. Hij zag schijnaanvallen, plotselinge uitvallen, samendrommende troepen en tactische verplaatsingen, maar heel weinig strijd, en iedere keer als het tot een treffen kwam, werd het snel afgebroken tenzij een van beide partijen een grote overmacht in het spel kon werpen.

De Phrones en de Sabols waren niet noodzakelijk laf, dacht Hack; ze wilden alleen niet gedood worden.

Het gevecht duurde het grootste deel van de middag. Een uur voor zonsondergang begon de strijdlust af te nemen omdat beide legers te moe waren om nog op hun benen te staan. Rekening houdend met het aantal soldaten, schermutselingen en manœuvres, de aanvallen en de aftochten, waren er bijzonder weinig slachtoffers gevallen.

Tegen zonsondergang trokken de legers zich terug. De bagagewagens, die tijdens de strijd onbeheerd waren gelaten, werden opgehaald, er werden grote vuren aangelegd en de legers installeerden zich voor hun avondeten. Er werden okshoofden wijn aangebroken. De Phrones en de Sabols dronken en toen ze vrolijk werden, begonnen ze horlepijpen te dansen op de muziek van tamboerijn, ratels en hoorns. Anderen waggelden naar de rand van de lichtkring om naar het kamp van de tegenstanders te turen en hier maakten ze obscene capriolen, brulden beledigingen en snoefden hartgrondig. Na nog wat scheldwoorden tot besluit, gingen ze terug terwijl hun medestanders applaudisseerden.

De lucht werd donker en in het oosten kwamen twee manen op, terwijl de halve lichtblauwe maan in het zenit hing. De vuren werden klein en de mopperende en klagende strijders wikkelden zich in mantels en legden zich als slordige bundels op de grond te rusten.

Hack landde op een verhoging in de buurt. Beide partijen schenen te arrogant, te sloom en te gemakzuchtig te zijn om zich zorgen te maken om een nachtelijke overval. Twintig steelse mannen konden iedere keel in allebei de kampen afsnijden. Aan de bloeddorst van de

Phrones of de moed van de Sabols viel niet te twijfelen. Maar in onnodige risico's of ongemakken hadden ze ook geen zin. Vandaar, dacht Hack, natuurlijk de grote belangstelling voor verwoesting op afstand. En dat bracht hem op een sluw idee.

Hij steeg weer op en ging terug naar zijn verblijf in Grangali, waar hij zijn plannen verder uitwerkte.

De volgende dag werden de legers wakker, de soldaten ruzieden met elkaar, ontbeten, legden hun spullen weer in de wagens, trokken hun gevechtskledij aan en hervatten vervolgens de strijd. De sport begon de deelnemers nu te vervelen en daarom manœuvreerden ze met minder geestdrift en durf dan de dag daarvoor.

Toen het 's middags warm werd, namen de legers een wijnpauze. Tegelijk verbonden ze de weinige wonden, pochten over hun heldendaden en stonden te joelen tegen de vijand die zich slechts een paar honderd meter verderop bevond. Toen ontdekte men dat er geen eten meer te vinden was in de wagens. Na een laatste uitwisseling van hatelijkheden en vieze woorden smeten de legers hun wapens en spullen in de wagens en gingen op weg naar hun eigen stad.

De volgende dag verzocht Hack om een bijeenkomst van het conclaaf van edelen. Na een poos kletterde de groep trots en honend de kamer in.

"Hoe was het gevecht?" vroeg Hack.

"Heel aardig, best goed," antwoordde Heer Drecke. "We hebben het ongedierte ijlings op de vlucht gejaagd. Ze durven geen slag te leveren. Waarom geef je ons geen echte wapens zodat wij ze kunnen geven wat ze toekomt?"

"Daar hebben we al over gesproken," zei Hack. "Wapens zijn illegaal, contrabande: en bovendien levert Zodiac niets waarvoor jullie niet willen betalen."

"Breng maar wapens!" zei Oufia. "Wij betalen wel!"

"Zoals u weet ben ik een expert op het gebied van militaire strategie," zei Hack. "Ik heb een plan ontworpen waarvan ik geloof dat iedereen er tevreden mee zal zijn. Het is een subtiel plan, en het duurt een poos voordat het vruchten afwerpt, en er is een grote investering voor nodig, maar —"

Heer Drecke viel hem ruw in de rede. "Wat is dat voor plan?"

"Hoe zou u het vinden om op een knop te drukken," vroeg Hack, met naar hij hoopte een gemene grijns op zijn normaal uitdrukkingsloze gezicht, "en in één oogwenk heel Peraz op te blazen?"

De Heren Drecke, Oufia, Anfag, Turste en de anderen keken verzaligd. "Maar je beweert dat je geen wapens kunt kopen!"

"Ik kan wel mijnbouwmachines kopen. Beseft u wel dat een boormol een tunnel naar Peraz kan graven binnen dertig dagen? Ik kan explosieven kopen. Geen enkel probleem."

Drecke spuugde op de vloer. "Waarom hebben we dat zelf niet bedacht? Dan hadden we die ingewikkelde poespas van die ouwe castraat niet hoeven opvoeren."

"Welke ouwe castraat?" vroeg Hack. "Welke ingewikkelde poespas?"

"Doet er niet toe, onbelangrijk. Hoeveel gaat dit allemaal kosten?"

Hack liep naar zijn informatietoestel en liet zijn vingers over de toetsen spelen. "Er bestaan acht of tien soorten boormol. Sommige hebben mechanische kaken, andere roterende messen. Dit apparaat hier—" hij toonde een hologram "—smelt de rots en smakt hem met kracht tegen de zijkant aan, zodat er een cilindrische tunnel met een keiharde glazen wand ontstaat." Hij bracht een ander beeld op het scherm. "Dit model smelt de rots, maakt er bouwstenen van en laadt ze in een spoorwagen. Het is goedkoper en voor ons doel ook handiger, omdat het geluidloos werkt."

"En de prijs?" wilde Anfag weten.

"Dit model, dat een tunnel van twee en een halve meter middellijn wegsmelt, wordt verkocht voor driehonderdduizend dollar. Bij contante betaling kan ik een korting van vijf procent krijgen. De springstoffen kosten nog eens twintig- of dertigduizend. We willen het natuurlijk wel grondig doen. Daar hebben we beslist een deskundige bemanning voor nodig, namelijk een landmeter, drie operateurs, drie mecaniciens, een energietechnicus, een trammonteur, drie trambestuurders, een accountant, een boekhouder en een cyberneticus. We importeren een tijdelijke behuizing voor die mensen, zodat we dit gebouw niet hoeven te ontruimen. U moet zorgen voor alle nodige ongeschoolde arbeiders."

"En hoe hoog is het totaal?" vroeg Anfag.

"In de buurt van een half miljoen dollar, inclusief de tien procent voor Zodiac."

De Phroonse edelen richtten hun blik op het plafond. "Een enorm bedrag," zei de oude Oufia bedroefd.

Hack haalde zijn schouders op. "Wat denkt u dat normale wapens zouden kosten?"

Drecke zei resoluut: "Onze kameraad heeft een degelijk plan bedacht! Wie van ons is zo'n duitendief dat hij deze kans om Peraz voor eens en voor al aan splinters te knallen niet met beide handen aangrijpt?"

"En de prijs is eigenlijk te verwaarlozen," peinsde Anfag.

"Zo zij het," besloot Oufia. "We stellen een speciale belasting in en geen van ons hoeft er diep voor in de buidel te tasten."

"Geef me dan een wissel op de Cordas Bank in Wylandia," zei Hack, "dan kan ik er meteen aan beginnen."

2

Hack vloog de Merlin naar Peraz, waar hij de Hertogen naar het Genootschapshuis riep voor een gewichtige conferentie.

"Ik heb de slag van gister gadegeslagen," zei Hack. "En hoewel ik diep onder de indruk was van de tactiek van Sabo, begrijp ik wel dat de Phrones op deze manier nooit verslagen zullen worden."

"Akkoord," zei Hertog Gassman. "En hoe komt dat? Omdat ze niet durven vechten! Het zijn lafaards, ze vluchten weg, reppen zich her en der en verstoppen zich tussen de rotsen. Het lukt eenvoudig niet om de strijd met ze aan te binden!"

"Wapens!" bromde Hertog Bodo. "Wij staan erop dat jij de bepalingen van het contract nakomt!"

Opnieuw legde Hack uit dat zijn maatschappij niet in wapens kon handelen wegens de strenge wetten van de Aarde. "Maar er bestaat geen wet die ons verbiedt om mijnbouwmachinerie te importeren."

"Wat schieten we daarmee op?" vroeg Hertog Wegnes. "Zie je ons voor holbewoners aan?"

"Stil!" gebood Hertog Gassman. "Deze man heeft een stiekem plannetje. Vertel op, Aardman."

"Wat zou u zeggen van een plan om Grangali in de zee te blazen?" vroeg Hack.

Hertog Gassman gebaarde kribbig. "Verspil onze tijd niet met loze vragen. Is het te doen of niet?"

"Jazeker," zei Hack. "Het zal wel een heleboel geld kosten, maar veel minder dan een even doeltreffend wapenarsenaal."

"Geld speelt geen rol," verklaarde Hertog Bodo. "Wij zijn bereid om het nodige uit te geven voor een goed doel. Hoe zit jouw plan in elkaar?"

"We hebben er een tunnelmachine voor nodig. Wilt u zo vriendelijk zijn om even naar de catalogus te kijken … ?"

Hoofdstuk VI   1

Hacks bestelling bestuderend fronste Edgar Zarius verwonderd, en toen knikte hij nadenkend. Na een ogenblik riep hij Lusiane Ludlow op, die ten slotte gevonden werd in de bar van de St. Francis Yacht Club in San Francisco.

Ze verscheen op het scherm. "Ja?"

"Het is niets dringends," zei Edgar. "Ik dacht alleen dat je het nieuws van Ethelrinda Cordas misschien wilde horen."

Lusiane wist even niet waar hij het over had. "O, natuurlijk. Ik dacht even — maar dat doet er niet toe. Dat is de planeet waar — neem me niet kwalijk, Edgar." Ze wendde zich af om iets te zeggen tegen iemand die buiten het bereik van de camera was. Met een glimlach hervatte ze het gesprek. "Ethelrinda Cordas, in het Cordasstelsel waar we die twee bespottelijke contracten hebben. Die zijn nu zeker net aan duigen gevallen, zoals ik voorspelde?"

"Zo bespottelijk zijn ze niet," zei Edgar stijf. "Hack doet goed werk, zoals ik wel wist. Ik heb hier een bestelling voor mijnbouwmachines, materialen, technici — een tamelijk grote groep, een beetje oneven-wichtig, geloof ik…"

Lusianes wenkbrauwen werden rechte strepen boven haar prachtige blauwe ogen. Ze had er een hekel aan om ongelijk te krijgen. "Een bestelling… Hoe staat het met de betaling?"

"O, het geld is er ook al. Hack werkt meestal goed, ondanks zijn eigenaardigheden."

"Jij en die onuitstaanbare Hack," snauwde Lusiane. Ik weet niet voor wie ik het meest dankbaar moet zijn." Ze verbrak de verbinding, zodat Edgar achterbleef met concentrische rode cirkels op zijn scherm.

Hij glimlachte flauw. Een zekere mate van verkneukelen was wel op zijn plaats, vond hij. Zijn visie en zijn zakeninstinct waren juist gebleken. Zijn gelijk was bewezen. Hack had het Sabo-contract afgewezen, Hack had het contract met Phronus afgekeurd, Lusiane had allebei de contracten belachelijk gevonden en nu was gebleken dat ze allebei degelijke investeringen waren.

Heel tevreden met zichzelf ondertekende Edgar de bestelling en stak hem in zijn uitgleuf.

2

De boormollen arriveerden samen in een kist in Wylandia, net als de rest van de materialen. Hack gaf opdracht de zending in twee te splitsen en over te pakken en hij zorgde dat alles naar Peraz en Grangali werd verstuurd.

De twee bemanningen kwamen een paar dagen later aan en een poos lang kreeg Hack het heel druk. Hij begon de tunnel naar Grangali op een punt in de buurt van de grens, maar door een dichte begroeiing van dicallyptische sapotillebomen beschermd tegen waarneming door de Phrones.

De tunnel naar Peraz ontsprong niet ver hiervandaan aan de Phroonse kant van de grens, in een geërodeerde berg van kalksteen, leisteen en een eigenaardige blauwe steensoort die Hack voorlopig geïdentificeerd had als dumortieriet.

De tunnels vorderden met gemiddeld anderhalve kilometer per dag op een diepte van circa dertig meter. De mollen spoten een straal onweerstaanbare hitte voor zich uit en de rots, waaruit ook samengesteld, smolt tot magma, dat in vorm gegoten werd en glazige stenen opleverde, welke automatisch naar buiten werden afgevoerd op wagentjes. Bij het begin van de tunnel werden ze onder de bomen opgetast.

Hack bracht de helft van zijn tijd door in Phronus en de andere helft in Sabo. In beide landen overlegde hij met de adel van de twee staten. Beide groepen waren diep onder de indruk van de efficiëntie waarmee Zodiac werkte en Hack steeg aanzienlijk in hun achting.

Vijfendertig dagen nadat de eerste spade in de grond was gestoken, kondigde de opzichter van de tunnel naar Peraz aan dat aan Hacks opdracht voldaan was. De tunnel beschreef een cirkel onder de stad en liep met twee sporen naar verder afgelegen wijken.

De boormol werd boven de grond gehaald en de man van de springstoffen laadde de tram vol kisten, elektronica, kaarten en ontstekingsplannen.

Drie dagen later gebeurde hetzelfde in Sabo in de andere tunnel.

Hoofdstuk VII   1

De edelen van Phronus waren vrolijk en bijna onstuimig toen ze achter elkaar Hacks kamer op de tweede verdieping van de Edelliedensociëteit binnenstapten en plaatsnamen. Bedienden schonken bekers smoezelige bruine wijn en zetten potjes met 'tongprikker' neer, de stimulerende zwarte pasta die zowel Phrones als Sabols gebruikten.

De groep bedaarde. Heer Drecke wendde zich tot Hack. "Hoe zien de volgende paar dagen eruit?" En hij knipoogde loodzwaar naar de aanwezigen.

"Momenteel staat het project op springen," zei Hack. "Recht onder Peraz is een nauwkeurig berekend patroon van springladingen aangebracht die die zwijnenstal van een stad weg zullen vagen."

Drecke keek verward. "Zo zou ik Peraz toch niet willen beschrijven. De stad lijkt wel wat op Grangali…"

"Nu niet gevoelig worden!" riep Heer Oufia. "Peraz is waar de Sabols wonen! Weg ermee!"

"Ik zal zelf op de knop drukken!" bood Heer Anfag aan.

"Die verantwoordelijkheid kunt u beter aan mij overlaten," zei Hack. "De ontploffing vindt aan het eind van de ochtend plaats, overmorgen, voor het geval iemand het vanaf een goed punt wil gaan bekijken, bijvoorbeeld vanaf de oever van de Merrydew of bovenop het Schoppende Paard."

2

Iets later die dag richtte Hack zich tot de Raad van Hertogen in het Genootschapshuis van Peraz. "Het verheugt mij dat ik kan melden dat de tunnel klaar is. De springladingen onder Grangali zijn al geplaatst. Ik heb de ontploffing vastgesteld voor overmorgen, tegen het eind van de ochtend, als iedereen dan tijd heeft." Hij keek vragend de rij van aanwezigen langs, maar niemand had bezwaren.

"Uitstekend," zei Hack. "Overmorgen, 's ochtends."

Hoofdstuk VIII   1

De volgende dag bracht Hack de technici en de kantoormensen van de tunnelprojecten naar Seprissa, want de Phrones en Sabols waren een onberekenbaar volk, vooral als ze opgewonden waren.

De nacht ging voorbij; een zwoele zomernacht die slechts verstoord werd door feestgedruis in Peraz en Grangali. Hack sliep aan boord van de Merlin, die hij op een westelijke punt van de Opaalberg parkeerde.

De zon Martin Cordas kwam op. Hack werd wakker en ging de luchtboot uit om de benen te strekken. Nu kon hij niets anders doen dan afwachten. Hij ging op een steen zitten vanwaar hij naar het dal kon kijken. Links, amper zichtbaar aan de overkant van de brede Merrydew, lag de grijze en zwarte krottenstad Peraz. Rechts, wat dichterbij, lag Grangali.

De zon koerste de hemel in. Hack nam de Merlin omhoog. Hij zweefde in de richting van Grangali. Met de macroscoop inspecteerde hij de woestenij meteen ten zuiden van de stad. Hij zag niemand; het terrein was verlaten. Hack pakte het zwarte doosje met het opschrift Grangali en legde het voor zich op het paneel. Met zijn wijsvinger drukte hij de knop op het doosje in.

De woestenij verdween onder een enorme eruptie van aarde, afval en stenen. Hack knikte voldaan. Uitstekend werk. Middenin de roos.

Een halve minuut later volgde er nog een explosie, honderd meter noordelijk van de eerste, en toen nog een, en nog een, elk een onheilspellende honderd meter dichter bij de rand van Grangali. Uit de troosteloze hokken aan de rand van de stad stroomden de bewoners, die naar het naderende front van verwoesting gingen staan gapen. Ze trokken zich terug naar het noorden om aan de vallende brokken te ontkomen. Nieuwe ontploffingen verwoestten de zuidelijke sloppen en dreven de bewoners naar het noorden.

Heel Grangali was één grote verwarring en niet veel later begon een massale uittocht naar het noorden.

Hack vloog over Sabo. Hij zweefde boven de modderbanken ten oosten van de stad, waar een enkele blik hem verzekerde dat het gebied verlaten was. Even ritueel als de eerste keer legde hij het doosje voor Peraz voor zich neer en drukte de knop in. De modderbanken ontploften.

2

De edelen van Phronus, die op de oever van de Merrydew zaten te wachten op de verwoesting van Peraz, schrokken van het voortdurende gedaver van explosies uit de richting van Grangali. Sommigen wilden zo snel mogelijk naar huis rijden, maar nog terwijl ze daarover debatteerden begon Peraz uit elkaar te vallen. De ene ontploffing na de andere marcheerde over het land.

De Phrones zagen het met gemengde gevoelens aan. "Er ontsnappen te veel Sabols!" riep Anfag geïrriteerd. "De explosies zijn slecht geregisseerd!"

Heer Drecke snoof walgend. "Dit voldoet helemaal niet. Ik zal een hartig woordje spreken met die prutser van een Aardman."

"Kijk!" wees Heer Oufia. "Daar: hij landt in zijn hemelwagen. Laten we horen welke excuses hij heeft. Als die niet bevredigend zijn, dan stel ik voor dat we hem zonder meer doden. Ik heb een ongunstige indruk van hem."

Ze keken terwijl Hack naderbij kwam. Hun ogen waren tot spleetjes geknepen en hun handen rustten op het gevest van hun zwaard.

Drecke wees naar de verwoeste stad van de Sabols. "Het project is een fiasco! Na zoveel tijd en geld is de bevolking ontsnapt!"

"Het lijkt er inderdaad op," zei Hack. "Nou ja, in ieder geval hebben we een schande voor het beschaafde oog weggevaagd."

"Bespottelijk!" donderde Oufia. "Zulke flauwe smoesjes maken geen indruk op ons! De stad had niets te betekenen: hij was weinig erger dan Grangali."

"In dat verband kan ik u slecht nieuws melden," zei Hack. "De heersende kliek van Sabo heeft, met blijkbaar dezelfde motieven als u, hun beheersorganisatie gevraagd een tunnel onder Grangali te graven en de stad op te blazen, precies zoals wij nu net Peraz hebben verwoest. Heeft u de ontploffingen toevallig gehoord?"

"'Ontploffingen'! Bedoel je dat Grangali…"

"Op die plek ziet men nu een ondiepe krater."

De edelen van Phronus maakten vertwijfelde gebaren, richtten gekwelde blikken op Sabo en overtroffen elkaar in het uiten van kreten van afschuw.

"Hoeveel zijn er ontsnapt?" kreunde Heer Drecke ten slotte. "Is er nog iemand van ons volk in leven?"

"Ja," zei Hack. "De explosies zijn zodanig uitgevoerd dat de hele bevolking gewaarschuwd werd en de tijd kreeg om zijn ongezonde krot te verlaten. In dit opzicht is de verwoesting van de stad geen ramp zonder plezierige kantjes. Tijdens het bouwen van de tunnel is er een immense voorraad obsidiaanblokken gevormd, en hiervan kan Zodiac een modelstad bouwen, misschien dicht bij waar wij nu staan."

"Maar onze aandenkens, onze fetisjen, onze attributen? Zijn die allemaal weg?"

"Allemaal weg," bevestigde Hack. "Maar — als ik het standpunt van een buitenstaander onder uw aandacht mag brengen — die hadden grotendeels toch afgedaan. In de nieuwe stad, die Zodiac zal helpen bouwen, zouden deze dingen toch beschouwd worden als weinig meer dan barbaarse overblijfselen, herinneringen aan een nogal groteske periode in uw ontwikkeling."

Drecke slaakte een diepe zucht. "Je bent heel opgewekt, maar het was jouw stad niet die opgeblazen is. Wie moet er betalen voor deze nieuwe stad waar je over praat? Zodiac Control?"

"Waarom niet de Sabols?" opperde Hack. "Tenslotte hebben zij de oude vernietigd!"

De Heren leefden er niet van op. Drecke schudde weemoedig het hoofd. "Dit is net of je een van de manen wilt pakken; totaal irreëel."

"Niet helemaal," zei Hack. "In de tunnel die wij onder het grondgebied van Sabo hebben geboord, hebben mijn technici mineraalvoorkomens van hoge kwaliteit gevonden. Binnen afzienbare tijd zouden die veel geld kunnen opleveren."

"Maar ze liggen op het gebied van Sabo!"

Hack knikte. "En dat geeft ons meteen een idee om de Sabols te pakken te nemen, om ze te dwingen voor de herbouw van Grangali te betalen."

"Hoe kan dat?" vroeg Heer Oufia.

"Ik zal contact opnemen met de autoriteiten van Sabo," zei Hack. "Ik zal hen erop opmerkzaam maken dat, nu beide steden vernietigd zijn, de tijd rijp is om oude vijandschappen te vergeten, om samen te werken en alle hulpbronnen in een gemeenschappelijke pot te storten, om gezamenlijk Grangali en Peraz te herbouwen, of beter nog, een enkel commercieel en administratief centrum. Vervolgens maken wij de vondst van de ertslagen op het gebied van Sabo bekend en zo financieren wij dan onze nieuwbouw."

Op de gezichten van de edelen stonden gemengde emoties te lezen. Drecke zei met tegenzin: "Het is een sluw plan, en ik moet zeggen dat het enkele praktische voordelen heeft. Maar is het uitvoerbaar?"

"Dat weten we pas als we het proberen," zei Hack. "Ik heb alleen uw verzekering nodig dat u de oude rivaliteit opzijzet en instemt met de versmelting die ik voorstelde."

De edelen trokken een walgend gezicht. "Linkshandigen zijn het, allemaal!"

Hack zei: "In wezen is het een manier om de Sabols uit te plunderen."

Heer Drecke zei onwillig: "In deze omstandigheden zullen we wel niet veel keus hebben...Of dit, of armlastig worden...Een paar dingen stellen mij nog voor een raadsel. Het lijkt vreemd dat de ontploffingen zo kort na elkaar plaatsvonden — vrijwel tegelijk."

"Zo vreemd is dat niet," zei Hack. "Toen Zodiac Control het contract met Sabo overnam, kreeg ik de leiding van beide projecten, en uiteraard zat het erin dat ik dezelfde aanbevelingen deed voor dezelfde problemen." Hij begon terug te lopen naar zijn Merlin. De Phroonse edelen staarden hem na. Hack riep hen toe: "Ik stel dan ook voor dat u teruggaat naar de omgeving van Grangali en daar wacht tot u van mij hoort. Als ik de Sabols dit plan kan verkopen, dan gaat het snel."

3

"Ik kan mij uw verontwaardiging wel voorstellen," zei Hack tegen de Hertogen van Sabo die hij onderschept had op de terugweg naar Peraz, op ongeveer het moment toen zij de kleine, grillig gevormde baai in het oog kregen op de plek waar eens hun stad had gelegen. "De Phrones zijn zeer beslist een ontaard volk en onuitsprekelijk dubbelhartig. Ik geloof dat ik een geschikt plan heb bedacht om ze met gelijke munt terug te betalen."

"Hoe kan dat?" vroeg Hertog Gassman. "Wij hebben Grangali al verwoest; wat kunnen we nog meer doen?"

Hack vertrok zijn gezicht tot de listige grijns die hard op weg was een chronische grimas te worden. "Toen wij de tunnel onder het land van de Phrones boorden, heb ik talrijke waardevolle ertslagen gevonden. En daarmee kunnen wij de Phrones een kool stoven. Vraag ze om een samengaan van uw twee landen, tot een enkele politieke eenheid — natuurlijk onder beheer van Zodiac. Wanneer de rijkdom uit de mijnen van Phronus begint te stromen, moet uiteraard de helft ten bate van Sabo worden gebruikt. Het komt erop neer dat de Phrones een nieuwe, moderne en gezonde stad voor u bouwen in de plaats van Peraz."

"Ha, ha!" schaterde Hertog Bodo. "Dat is tenminste rechtvaardig! Maar zouden de Phrones daarmee instemmen?"

Hack haalde zijn schouders op. "Het kan geen kwaad om het voor te stellen. Ik zal het meteen doen."

Hoofdstuk IX   1

Een week later propte Hack de edelen Drecke, Oufia, Gassman en Bodo in de Merlin en met een grote zwaai aan de snelheidsknop stuurde hij de luchtwagen naar het westen. Ze vlogen over de Opaalberg en de edelen haalden al wijzend herinneringen op aan oude campagnes. Weldra staken ze de kale strook in het bos over die de grens met Parnassus aangaf. Hack begon hier aan een lange glijvlucht en landde op het gras naast het paleis van Cyril Dibden.

Een maagd in een witte gazen japon kwam naar buiten om te vragen met welk doel ze daar waren geland. Hack verzocht om een audiëntie met Dibden. De maagd boog met sierlijk uitgespreide handen en ging de groep voor naar een koele tuin, waar andere maagden geurige koeken en een zachte wijn opdienden. Hack merkte dat de edellieden van Phronus en Sabo, na grommend uiting te hebben gegeven aan hun weerzin tegen 'verwijfde decadentie' en 'halfzachte estheten', zich de koeken en de wijn goed lieten smaken en evenzeer genoten van het comfort van de stoelen als van de attenties van de prachtige maagden. Hack stootte Drecke aan. "Zo gaan we het doen in de nieuwe stad."

Drecke schraapte zijn keel en snoot zijn neus. "Soms zijn de oude manieren het best." Hij spuugde onder de tafel. "Soms niet."

Cyril Dibden verscheen, met een pijnlijke glimlach bij het zien van zijn gasten. "Waaraan dank ik de eer?"

Hack stelde zijn reisgenoten voor. "U zult wel willen weten dat Phronus en Sabo niet langer aparte staten zijn. Teneinde een meer effectieve buitenlandse politiek te kunnen voeren hebben de autoriteiten van beide landen een politieke unie gevormd."

"Nou, nou, nou!" riep Dibden uit. "Gefeliciteerd en mijn goede wensen!" Hij riep dat er meer wijn moest komen.

"Wij zijn gekomen om uw methoden te bestuderen," zei Hack. "Wij hopen iets dergelijks te doen wanneer we gaan herbouwen."

"Ik zou me gevleid moeten voelen," zei Dibden.

"Het komende jaar zult u ons heel vaak zien," zei Hack. "Mijn cliënten zijn slechte buren geweest en ze willen het goedmaken."

"Hmm, werkelijk...Dat is natuurlijk heel vriendelijk. Maar anderzijds, wij leiden hier in Parnassus een rustig leven en wij ontvangen weinig bezoekers..."

Na een uur werden de edellieden uitbundig en Drecke probeerde een van de maagden te vangen. Dibden werd heel onrustig. Toen het meisje ontsnapt was en de vier edelen weer zaten, nam Hack Dibden mee voor een wandeling om de kleine vijver die de tuin sierde.

Dibden begon ogenblikkelijk te vertellen hoe hij zich ergerde aan wat hij Hacks onwellevendheid noemde. "Met hoge kosten bouw ik een grensbewaking om mij te isoleren van deze brute moordenaars. Nu vliegt u ze eroverheen en brengt ze mijn paleis in zonder zelfs maar mijn toestemming te vragen!"

"Niet zo hard," zei Hack waarschuwend. "Ze doen juist zo hun best om zich netjes te gedragen, dus jaag ze niet in het harnas. Met hun nieuwe boormollen graven ze onder uw grens door en precies in uw slaapkamer komen ze boven de grond."

Dibden keek hem scherp aan. "Om heel eerlijk te zijn begrijp ik uw houding niet. En hij bevalt me ook niet. Het lijkt of u mij probeert te intimideren."

"Niet meer dan u verdient," zei Hack, misschien wat stijf. "U heeft de Phrones en de Sabols — afzonderlijk natuurlijk — verleid om beheers-contracten af te sluiten en u heeft die contracten zelf opgesteld." Hij hield zijn hand omhoog toen Dibden boos tegensputterde. "U heeft hen ervan overtuigd dat de beheersmaatschappijen voor wapens zou-den zorgen, zodat ze elkaar grondig konden vernietigen."

"Bespottelijk," zei Dibden.

"Uw motieven? Ik neem aan dat u Parnassus naar de zee wilt uitbrei-den. Ik neem aan dat het u stoort dat u uw grens moet bewaken."

"Neem ook maar aan dat zelfs het bestaan van deze beesten mij stoort! Deze hardvochtige moordenaars, deze grove en onwelriekende halfwijzen!"

"Het zijn cliënten van Zodiac," merkte Hack op, "en zij zouden nooit onder de grens van een andere cliënt van Zodiac tunnelen."

Cyril Dibden draaide zich heftig om. "Wou u soms beweren, wou u soms suggereren dat ik uw maatschappij een contract moet geven om Parnassus te besturen?"

"Ja."

"Dit is zuivere afpersing!"

Hack schokschouderde onverschillig. "Als je met de wolven mee-rent, moet je niet over pijnlijke voeten klagen. Het was niet bepaald filantropisch van u om mij op te zadelen met het Phronus contract. Aan de andere kant kan een contract met Zodiac nuttig voor u zijn. Wij besparen u geld, we verhinderen overvallen en voorkomen het aanleggen van tunnels en in het algemeen verlossen wij u van allerlei sleur- en sloofwerk."

Met gesmoorde stem begon Dibden het voorstel van Hack veront-waardigd van de hand te wijzen. Toen zweeg hij abrupt. Hij plukte aan zijn baard, liep snel enkele passen heen en weer met gebogen hoofd en zijn handen op zijn rug. Toen bleef hij recht voor Hack staan. "Goed. Ik zal het proberen. Misschien blijkt het nog wel verstandig ook. Maar ik eis wel een waterdicht contract, en ik ben alleen tevreden met uiter-mate select personeel…"

2

"Goed werk, Hack," zei Edgar Zarius op afgemeten toon. "Wat jij gere-geld hebt, is wel ongeveer wat mij oorspronkelijk voor de geest stond. Ik had het zelf niet beter kunnen doen. Proficiat!"

Hack wilde wat zeggen, maar Lusiane maakte een vlug, geringschat-tend gebaartje. "Ach kom toch, Edgar, word nou niet sentimenteel. Hack wordt ervoor betaald. Anders zouden we hem toch ontslaan."

"Dat is natuurlijk zo," zei Edgar met een zweem van een lachje. "En ik héb je immers een beetje moeten opporren, hè, Hack?"

Hack leek niet te weten wat hij moest antwoorden. Lusiane rees overeind, wierp Hack een onbenoembare blik toe en zwierde haar cape over haar schouders. "Ik heb een afspraak en ik moet weg. Ik kan je wel naar de wal vliegen, Hack, als je klaar bent met Edgar."

Edgar keek scherp op. "Ik wilde met Hack over zijn nieuwe opdracht praten. Er is een hoogst zonderlinge situatie ontstaan."

Hack zei: "Als u beiden het niet erg vindt, ga ik gewoon op eigen gelegenheid weg."

"Net wat je wilt," zei Edgar. "Bel morgen alsjeblieft naar het kan-toor."

Lusiane zeilde met opgestoken zeilen het kantoor uit. Verbaasd schudde Edgar het hoofd. "Ik ben bang dat jij iets hebt, Hack, dat mevrouw Ludlow tegen de haren instrijkt."

"Dat spijt me," zei Hack.

"Het is denkelijk raadzaam als je haar zoveel mogelijk uit de weg gaat. Het is een grillige jonge vrouw en — nou ja, het is zinloos om haar te ergeren, of wat er dan ook aan de hand is."

"Natuurlijk," zei Hack. "U heeft helemaal gelijk...Goedemiddag, meneer Zarius."

"Goedemiddag, Hack."

DE GAVE VAN DE WOORDEN

HET WAS IN DE MIDDAG. De wind was gaan liggen, de zee was loom en toonde een zijdeglans. In het zuiden hing een zwarte bezem van regen onder de wolken; elders was de lucht een troebel rossig waas. Dikke korsten zeewier dreven boven de Ondiepten en een daarvan droeg het vlot van Biomineralen, een metalen rechthoek van zestig bij dertig meter.

Om vier uur kondigde een sirene hoog in de mast het wisselen van de ploegen aan. Sam Fletcher, de assistent-opzichter, kwam de eetzaal uit, liep over het dek naar het kantoor, schoof de deur open en keek naar binnen. De stoel waarin Carl Raight gewoonlijk zijn productie-rapport zat in te vullen was leeg. Fletcher keek over zijn schouder naar de fabriek, maar Raight was nergens te zien. Vreemd. Fletcher liep naar de andere kant van het kantoor en controleerde de dagproductie.

Rhodiumtrichloride 4,01
Tantaliumsulfide 0,87
Tripyridyl-rhenichloride 0,43

Het totale gewicht kwam dus op 5,31 ton — een gemiddelde pro-ductie. Hij lag nog voor op Raight in de maandelijkse weddenschap. Morgen was de laatste dag van de maand; Fletcher kon Raights Haig & Haig nauwelijks nog mislopen. Zich Raights protesten en klaagzangen voorstellend moest Fletcher lachen. Hij floot tussen zijn tanden, opge-wekt en vol zelfvertrouwen. Over een maand liep zijn halfjaarcontract af en dan kon hij terug naar Starholme met het salaris van een half jaar op zijn rekening.

Waar voor de donder was Raight? Fletcher keek uit het raam. Zijn gezichtsveld omvatte de helikopter — met stormlijnen vastgemaakt tegen de windvlagen van Sabria — de mast, de zwarte bult van de generator, de watertank, en op het eind van het vlot de verpulvermachines, de loogvaten, de Tswett-kolommen en de opslagbakken.

Een gedaante verduisterde de deuropening. Fletcher draaide zich om, maar het was alleen Agostino, de operateur van de dagploeg, die zojuist was afgelost door Blue Murphy, Fletchers operateur.

"Waar is Raight?" vroeg Fletcher.

Agostino keek zoekend het kantoor rond. "Ik dacht dat hij hier was."

"Misschien is hij in de fabriek?"

"Nee, daar kom ik net vandaan."

Fletcher keek in de wc. "Hier is hij ook niet."

"Ik ga douchen," zei Agostino. Hij maakte aanstalten om weg te gaan. "We hebben niet veel eendenmosselen meer," zei hij nog.

"Ik zal de sloep uitsturen." Fletcher volgde Agostino naar buiten en ging naar de fabriek.

Hij passeerde het haventje waar de sloepen gemeerd lagen en ging de verpulverkamer in. Rotor nummer 1 vermaalde eendenmosselen waaruit tantalium werd gewonnen, nummer 2 verpulverde zeeslakken die rijk waren aan rhenium. De kogelmolen wachtte op een nieuwe lading oranjeroze koraal met klompjes rhodiumzouten.

Blue Murphy, die een rood gezicht had en een spaarzame rand rood haar, voerde een routinecontrole uit van de lagers, drijfschachten, kettingen, ashalzen, kleppen en peilglazen. Fletcher moest in zijn oor roepen om zich boven het lawaai van de pletmachines verstaanbaar te maken. "Is Raight hier geweest?"

Murphy schudde zijn hoofd.

Fletcher ging verder, naar de loogkamer waar de eerste scheiding van zouten en pulp plaatsvond, door het woud van Tswett-buizen, en weer aan dek. Geen Raight. Hij moest doorgelopen zijn naar het kantoor.

Maar het kantoor was verlaten.

Fletcher begaf zich naar de eetzaal. Agostino was in de weer met een schaal chili. Dave Jones, de hofmeester, stond in de deuropening van de kombuis.

"Is Raight hier geweest?" vroeg Fletcher.

Jones, die nooit twee woorden gebruikte als het ook met één kon, schudde gemelijk zijn smalle, scherp gesneden gezicht.

Agostino keek op. "Heb je gekeken of de eendenmosselschuit er nog is? Misschien is hij naar de platen gegaan."

Fletcher zette een verbaasd gezicht. "Wat is er dan mis met Mahlberg?"

"Die zet nieuwe tanden op de grijper van de dragline."

Fletcher probeerde zich de reeks boten in het haventje voor de geest te halen. Als Mahlberg de botenman met een reparatie bezig was, zou Raight zelf eropuit kunnen zijn gegaan. Fletcher schonk een kop koffie voor zichzelf in. "Dan moet hij daar zijn." Hij ging zitten. "Al is het niets voor Raight om gratis overwerk te doen."

Mahlberg kwam de eetzaal in. "Waar is Carl? Ik moet nog een paar tanden voor de grijper bestellen."

"Die is er met de mosselsloep op uit," zei Fletcher.

Mahlberg lachte. "Zeker lekkere palingen aan het vangen. Of een dekabrach."

Dave Jones gromde: "Die mag hij dan zelf koken."

"Dekabrach lijkt me lekker," zei Mahlberg. "Ze lijken op zeehonden."

"Wie houdt er nou van zeehond?" snauwde Jones.

"Ik vind dat ze meer op zeemeerminnen lijken," zei Agostino, "met tienarmige zeesterren als hoofd."

Fletcher zette zijn koffie neer. "Hoe laat zou Raight vertrokken zijn?"

Mahlberg haalde zijn schouders op, Agostino keek vragend.

"Het is maar een uur naar de platen. Hij zou nu wel terug moeten zijn."

"Misschien heeft hij averij," zei Mahlberg. "Al draaide de sloep goed."

Fletcher stond op. "Ik ga hem bellen." Terug in het kantoor draaide hij de oproepcode T3 op het intercomscherm — de code van de mosselsloep.

Het scherm bleef leeg.

Fletcher wachtte. Het neonlampje knipte aan en uit ten teken dat de bel op de sloep overging.

Geen antwoord.

Fletcher kreeg een vaag gevoel van onrust. Hij liep naar de mast en nam de liftkooi naar de koepel. Van hier kon hij uitkijken over het vlot, de twee hectare grote zeewierkorst en een grote cirkel oceaan.

In de noordoostelijke verte, bijna op de rand van de Ondiepten, lag het nieuwe vlot van Zeewinningen als een donker vlekje, bijna niet zichtbaar achter de nevel. In het zuiden, waar de equatoriale stroming door een trog in de Ondiepten snelde, lagen de eendenmosselplaten in een lange rij. In het noorden, waar de Macphersonketen oprees uit de diepten tot op tien meter onder het oppervlak, hingen de zeeslakvallen aan aluminium pijlers. Hier en daar dreven zeewiermassa's, soms aan de bodem verankerd, soms op hun plaats gehouden door de werking van de stromingen.

Fletcher liet zijn verrekijker over de mosselplaten waren en onmiddellijk ontdekte hij de sloep. Hij hield zijn armen zo stil mogelijk en draaide de vergroting op terwijl hij op de stuurhut richtte. Hij zag niemand, maar hij kon de kijker niet stil genoeg houden om helemaal zeker te zijn.

Nauwlettend bestudeerde hij de rest van de sloep.

Waar was Carl Raight? Misschien in de stuurhut, en daarom niet zichtbaar?

Fletcher ging terug naar het dek en liep naar de fabriek. "Hé, Blue!" riep hij.

Murphy verscheen, zijn grote rode handen afvegend aan een lap.

"Ik ga met de barkas naar de platen," zei Fletcher. "De sloep ligt daar, maar Raight antwoordt niet over de intercom."

Murphy schudde verbaasd zijn grote kale hoofd. Hij liep mee naar de steiger waar de barkas aan zijn touwen dreef. Fletcher maakte de boot los, trok de achtersteven naar zich toe en sprong erin.

Murphy riep omlaag: "Wil je dat ik meega? Ik vraag Hans of hij op de fabriek let." Hans Heinz was de werktuigkundige.

Fletcher aarzelde. "Hoeft niet. Als er iets met Raight gebeurd is — nou ja, ik kan het wel aan. Hou een oogje op het scherm, als je wilt. Misschien bel ik op."

Hij stapte in de stuurhut, ging zitten, trok de koepel dicht en startte de pomp.

De barkas begon te rollen en deinen, maakte snelheid, schoof zijn stompe neus onder water en dook toen bijna helemaal onder tot alleen de koepel boven de zeespiegel uitstak.

Fletcher stopte de pomp. Via de neus stormde water binnen, dat omgezet werd in stoom en vervolgens achter uitgespoten.

Biomineralen werd een grijze vlek in de roze nevel terwijl de omtrekken van de sloep en de platen hard en duidelijk werden en langzaam groter werden. Fletcher verminderde de stuwkracht in fasen, zodat de barkas boven water kwam en naar de donkere romp van de sloep dreef, waar hij zich met magnetische ballen aan vastklampte. De twee boten gingen onafhankelijk van elkaar met de golven op en neer.

Fletcher schoof de koepel open en sprong aan dek van de sloep.

"Raight! Hé, Carl!"

Er kwam geen antwoord.

Fletcher keek op en neer over het dek. Raight was een grote man, sterk en actief—maar er kon een ongeluk gebeurd zijn. Fletcher liep naar de stuurhut en kwam langs ruim nummer 1, dat volgestouwd was met zwartgroene eendenmosselen. Bij ruim 2 hing de laadboom buitenboord en de grijper lag op een van de platen, klaar om hem uit het water te hijsen.

Het derde ruim was nog leeg. De stuurhut was verlaten.

Carl Raight was niet aan boord van de sloep.

Hij zou opgehaald kunnen zijn door een helikopter of een andere boot, of overboord kunnen zijn gevallen. Fletcher keek zoekend in het donkere water. Plotseling boog hij zich over de rand van de sloep, zich inspannend om door de weerkaatsing van het wateroppervlak te zien. Maar de bleke vorm onder water was een dekabrach, lang als een mens, glad als satijn, ongehaast in de weer.

Fletcher staarde bedachtzaam naar het noordoosten, waar het vlot van Zeewinningen achter een troebel rossig gordijn dreef. Het was een nieuwe onderneming, pas drie maanden oud, eigendom van en geleid door Ted Chrystal, de voormalige biochemicus van Biomineralen. De Sabrische oceaan was onuitputtelijk en de markt voor metaal onverzadigbaar; de twee vlotten waren in geen enkel opzicht elkaars concurrent. Het was absoluut niet voorstelbaar dat Chrystal of zijn mannen Carl Raight hadden aangevallen.

Hij moest overboord zijn gevallen.

Fletcher liep terug naar de stuurhut en beklom de ladder naar de open brug erboven. Voor het laatst onderzocht hij het water om de sloep, hoewel hij wist dat het nutteloos was — de stroming, die met een snelheid van twee knopen door de trog bewoog, zou Raights lijk naar de Diepten hebben meegevoerd. Fletcher verkende de horizon. De reeks platen verloor zich in de rossige schemer. De mast van het vlot van Biomineralen stak af tegen de noordwestelijke hemel. Het vlot van Zeewinningen was van hieruit niet te zien. Er was geen levend wezen in zicht.

De intercom in de stuurhut rinkelde. Toen Fletcher zich meldde, vroeg Blue Murphy: "Heb je al nieuws?"

"Helemaal niets."

"Wat bedoel je?"

"Raight is niet hier."

Het grote rode gezicht fronste. "Wie is daar dan?"

"Niemand. Het ziet eruit of Raight overboord gevallen is."

Murphy floot. Er viel eigenlijk niets te zeggen. Toen vroeg hij: "Enig idee hoe het gebeurd is?"

Fletcher schudde ontkennend zijn hoofd. "Ik snap het niet."

Murphy likte zijn lippen af. "Misschien moesten we de zaak stilleggen."

"Waarom?"

"Nou — eerbetoon aan de dode, bedoel ik."

Fletcher grijnsde hol. "We kunnen net zo goed doorgaan."

"Ook goed. Maar we krijgen tekort aan mosselen."

"Carl heeft anderhalve lading ingenomen —" Fletcher aarzelde, zuchtte diep. "Ik kan net zo goed nog een paar platen legen."

Murphy huiverde. "Eng, hoor. Of heb jij stalen zenuwen?"

"Het maakt voor Carl niets meer uit," zei Fletcher. "Eens zullen we mosselen moeten schrapen. Met tobben komen we niet verder."

"Je zult wel gelijk hebben," zei Murphy weifelend.

"Over een paar uur ben ik terug."

"Val nu niet overboord, hè, zoals Carl."

Het scherm ging uit. Het viel Fletcher in dat hij nu de leiding had, tot de komst van de nieuwe bemanning over een maand. De verantwoordelijkheid, waar hij niet bijzonder naar verlangde, lag nu bij hem.

Langzaam ging hij weer aan dek en klom in de hijsstoel. Een uur lang trok hij delen van de platen uit zee, hing ze boven het ruim terwijl de schraaparmen de zwartgroene kolonies losveegden, en liet de delen dan weer in de oceaan glijden. Hier had Raight vlak voor zijn verdwijning zitten werken. Hoe had hij uit de hijsstoel overboord kunnen vallen?

Het onbehagen kroop langs Fletchers zenuwen naar zijn hersens. Hij schakelde de lier uit en begon naar het dek te klauteren. Toen bleef hij abrupt staan. Hij staarde naar het touw dat op het dek lag.

Het was een vreemd touw — het glinsterde, was doorschijnend wit en twee centimeter dik. Het lag in een lus op het dek en een eind hing overboord. Fletcher wilde verder klimmen, maar aarzelde toen. Touw? Beslist niet afkomstig van de sloep.

Voorzichtig, dacht Fletcher.

Aan een stijl hing een handschraper, een stuk gereedschap dat leek op een kleine dissel. Het werd gebruikt om de platen met de hand af te schrapen als de automatische schrapers het lieten afweten. De schraper hing twee stappen van hem af boven het touw. Fletcher stapte op het dek. Het touw huiverde en de lus sloeg om Fletchers enkels.

Hij dook naar voren om de schraper te grijpen. Het touw gaf een wrede ruk; hij viel plat op zijn gezicht, de schraper vloog uit zijn hand. Hij schopte en worstelde, maar het touw sleurde hem met gemak naar de rand van de sloep. Fletcher graaide wild naar de schraper en kreeg hem nog net te pakken. Het touw tilde zijn enkels van het dek om hem over het boord te trekken. Fletcher hakte erop los met zijn schraper. Het touw werd slap, de lus liet los en het touw glibberde over de rand.

Fletcher krabbelde overeind en wankelde naar het boord. Het touw gleed het water in, uit het zicht tussen de olieachtige weerspiegelingen van de hemel. Toen, een halve seconde lang, stond er een golffront loodrecht op Fletchers blikrichting. Een meter onder water zwom een dekabrach. Fletcher zag de roodgouden zwerm armen als van een zeester, de zwarte plek in het midden die een oog zou kunnen zijn.

Fletcher stapte verbaasd achteruit, bang, benauwd door de nabijheid van de dood. Hij vervloekte zijn stommiteit, zijn roekeloos optreden. Hoe kon hij zo dom geweest zijn om hier te blijven en met laden verder te gaan? Het was van het begin af duidelijk geweest dat

Raight onmogelijk door een ongeluk om het leven gekomen kon zijn. Iets had hem gedood, en Fletcher had dat iets uitgenodigd ook hem te doden. Hij hinkte naar de stuurkajuit en zette de pompen aan. Het water werd binnengezogen door de opening in de boeg en uitgestoten door de spleten aan de achterkant. De sloep verwijderde zich van de platen. Fletcher zette koers naar het noordwesten, naar Biomineralen en ging toen aan dek.

De dag was bijna afgelopen. De hemel werd bruin en de schemer was dik als water met bloed. Gideon, een matte rode reus en de grootste van Sabria's twee zonnen, verdween uit de hemel. Een paar minuten speelde alleen het licht van de blauwgroene Atreus over de wolken. De schemering veranderde in een flets groen, wat door een gezichtsbedrog helderder leek dan het eerdere rood. Toen ging ook Atreus onder en de lucht werd donker.

Het mastlicht van Biomineralen klom hoger terwijl de sloep naderde. Fletcher zag zwarte gedaanten afgetekend tegen het schijnsel. De hele bemanning wachtte hem op: de twee operateurs Agostino en Murphy, Mahlberg de bootsman, Damon de chemicus, Dave Jones de hofmeester, Manners de technicus en Hans Heinz de werktuigkundige.

Fletcher legde aan, liep de zachte treden op die in het opeengepakte zeewier waren uitgehakt en bleef staan voor de zwijgende mannen. Hij keek van het ene gezicht naar het andere. Wachtend op het vlot hadden zij de vreemdheid van Raights dood heviger ervaren dan hij; dat bleek uit hun uitdrukking.

In antwoord op de onuitgesproken vraag zei Fletcher: "Het was geen ongeluk. Ik weet wat er gebeurd is."

"Wat?" vroeg iemand.

"Er is een dier dat op een wit touw lijkt," zei Fletcher. "Het glijdt uit de zee omhoog. Als er iemand in de buurt komt, slingert het zich rond zijn benen en trekt hem overboord."

Murphy vroeg met hese stem: "Weet je het zeker?"

"Het kreeg mij bijna ook te pakken."

Damon de biochemicus vroeg op sceptische toon: "Een levend touw?"

"Ik denk wel dat het leefde."

"Wat zou het verder nog kunnen zijn?"

Fletcher aarzelde. "Ik keek over de verschansing. Ik zag dekabrachs. Minstens één, misschien nog twee of drie andere."

De mannen staarden zwijgend over het water. Murphy vroeg verwonderd: "Dan hebben de dekabrachs het gedaan?"

"Ik weet het niet," zei Fletcher scherp, gespannen. "Een wit touw, of een lange vezel, had mij bijna gestrikt. Ik hakte het los. Toen ik in het water keek, zag ik dekabrachs."

De mannen uitten gedempte geluiden van verwondering en ontzag.

Fletcher ging naar de eetzaal. De mannen bleven aan dek, keken naar de oceaan, spraken op bedrukte toon met elkaar. De lampen van het vlot straalden langs hen het duister in. Er viel niets te zien.

Later op de avond liep Fletcher de trap op naar het laboratorium boven het kantoor waar Eugene Damon bezig was met de microfilmviewer.

Damon had een mager gezicht met lange kaken, sluik blond haar en de ogen van een fanaticus. Hij was ijverig en grondig, maar werkte in de schaduw van Ted Chrystal, die Biomineralen verlaten had om een eigen vlot naar Sabria te brengen. Chrystal was een zeer capabel man. Hij had de Aardse zeeslak die vanadium opsloeg aangepast aan de Sabrische wateren; hij had de tantalium-eendenmossel ontwikkeld van een zeldzaam en ziekelijk ras tot de sterke, hoogrenderende soort die het nu was. Damon werkte tweemaal zo lang als Chrystal, maar hoewel hij zijn routinewerk efficiënt deed, miste hij de flair en de fantasie waar Chrystal zich van bediende als hij schijnbaar zonder de tussenliggende afstand te overbruggen van probleemstelling naar oplossing sprong.

Damon, die voor het schermpje van de viewer zat, keek op toen Fletcher binnenkwam.

Fletcher keek even toe. "Wat zoek je?" vroeg hij toen.

Damon antwoordde op de zwaarwichtige, lichtelijk pedante manier die Fletcher soms amuseerde, soms irriteerde. "Ik loop de index door om dat lange witte 'touw' te identificeren dat jou aanviel."

Fletcher bromde wat en keek hoe de kiezer van de index ingesteld was. Damon had de trefwoorden 'lang', 'dun' en 'wit' gekozen. Met deze gegevens had de viewer, na het complete spectrum van Sabrische levensvormen doorgelopen te hebben, de kaarten van zeven organismen uitgeworpen.

"Iets gevonden?"

"Tot dusver niet." Damon schoof een nieuwe kaart in de viewer. 'Sabrische ringworm, RRS-4924' was de titel van de kaart en op het beeldscherm verscheen een schematische afbeelding van een lange, gesegmenteerde worm. Volgens de schaal was zijn lengte ongeveer twee en een halve meter.

Fletcher schudde zijn hoofd. "Het ding dat mij te pakken nam was vier of vijf keer zo lang. En niet gesegmenteerd, geloof ik."

"Tot zover is dit de meest waarschijnlijke van het stel," zei Damon. Hij keek Fletcher licht spottend aan. "Je bent heel zeker van dit — lange witte 'watertouw'?"

Fletcher negeerde hem. Hij pakte de zeven kaarten op en liet ze weer in het archief vallen, waarna hij in het codeboek zocht en de kiezer opnieuw instelde.

Damon kende de codes uit zijn hoofd en kon ze direct van de knoppen aflezen. " 'Aanhangsels' — 'lang' — 'dimensies D, E, F, G'."

De index schoot drie kaarten in de viewer.

Het eerste dier was een bleke schotel die als een vleet zwom en vier lange haren achter zich aansleepte. "Dat is hem niet," zei Fletcher.

Het tweede dier was een zwarte, kogelvormige watertor met een zweephaar aan zijn achterlijf.

"Ook niet."

Het derde was een soort weekdier, met een plasma op basis van selenium, silicium, fluor en koolstof. De schelp was een halve bol van siliciumcarbide met een bult waaruit een dunne grijparm stak.

Het schepsel droeg de naam 'Stryzkals Monitor', naar Esteban Stryzkal, de beroemde geleerde die op Sabria pioniersarbeid had verricht bij het indelen in klassen van het inheemse leven.

"Dat zou de schuldige kunnen zijn," zei Fletcher.

"Maar hij beweegt zich niet," wierp Damon tegen. "Volgens Stryzkal is hij verankerd aan de pegmatietdijken in de Noordelijke Ondiepten, bij de kolonies van de dekabrachs."

Fletcher las de beschrijving voor. " 'De voelspriet is elastisch zonder waarneembare grens, en functioneert schijnbaar als voedselverzame-

lend, sporeverspreidend tastorgaan. De monitor wordt vooral aangetroffen nabij de kolonies van de dekabrachs. Een symbiose tussen de
twee levensvormen is niet onmogelijk.'"

Damon keek hem onderzoekend aan. "En?"

"Ik zag een paar dekabrachs daar tussen de platen."

"Je weet niet zeker of je door een monitor bent aangevallen," weifelde
Damon. "Volgens Stryzkal kunnen ze niet zwemmen."

"Volgens Stryzkal niet."

Damon wilde tegenspreken, maar toen hij Fletchers gezicht zag,
zei hij: "Natuurlijk kan er een vergissing gemaakt zijn. Zelfs Stryzkal
kon weinig meer doen dan een beknopt overzicht van het leven op de
planeet uitwerken."

Fletcher had het scherm gelezen. "Hier is Chrystals analyse van het
exemplaar dat hij opgehaald heeft."

Ze bestudeerden de elementen en eenvoudige verbindingen waaruit Stryzkals Monitor was opgebouwd.

"Niets van commercieel belang," concludeerde Fletcher.

Damon was in gedachten verzonken. "Is Chrystal werkelijk naar
beneden gegaan om er een te vangen?"

"Dat klopt. In de watertor. Hij zat vaak onder water."

"Ieder zijn meug," zei Damon kort.

Fletcher stak de kaarten weer in het archief. "Of je hem mag of niet,
hij is een goed onderzoeker. Dat moet je hem nageven."

"Volgens mij is het stadium van het veldonderzoek voorbij en afgesloten," zei Damon wat stuurs. "We hebben de productielijn in bedrijf:
het is een dagtaak om de opbrengst te vergroten. Natuurlijk kan ik het
wel bij het verkeerde eind hebben."

Fletcher schoot in de lach. Hij sloeg Damon op zijn magere schouder. "Ik verwijt je niets, Gene. Er zijn nu eenmaal te veel mogelijkheden
tot onderzoek voor één man. We zouden wel vier man aan het werk
kunnen zetten."

"Vier?" zei Damon. "Eerder een dozijn. Sabria kent drie verschillende protoplasmabases, en op Aarde hebben we alleen maar de
koolstofgroep! Zelfs Stryzkal kwam niet verder dan de bovenlaag."

Hij keek een poos naar wat Fletcher deed en vroeg toen nieuwsgierig: "Wat zoek je nu?"

Fletcher liep nog een keer door de index. "Wat ik eigenlijk kwam nakijken. De dekabrachs."

Damon vroeg verwonderd: "Dekabrachs? Waarom?"

"Er zijn een boel dingen op Sabria waar we niets van weten," antwoordde Fletcher rustig. "Ben je ooit naar de dekabrachkolonie gaan kijken?"

Damon tuitte zijn lippen. "Nee. Zeker niet."

Fletcher draaide het nummer van de dekabrach-kaart. De kaart schoot uit het archief in de viewer. Het scherm toonde Stryzkals oorspronkelijke fototekening, die in veel opzichten meer informatie leverde dan kleurenstereo's. Het afgebeelde exemplaar was ongeveer een meter tachtig lang en had een bleek, op dat van een zeehond lijkend lichaam dat uitliep in drie voortbewegingsvinnen. Uit de top straalden de tien armen waaraan het dier zijn naam ontleende — flexibele ledematen van vijfenveertig centimeter lengte rond de zwarte schijf waarvan Stryzkal aannam dat het een oog was.

Fletcher las vluchtig door het nogal schetsmatige verslag over habitat, dieet, voortplantingsmethode en protoplasmische classificatie van het dier. Hij fronste ontevreden. "Wat weten we maar weinig, als je rekent dat het een van de belangrijke soorten is. Laten we eens naar de anatomie kijken."

Het skelet van de dekabrach was gebaseerd op een benen koepel met drie buigzame kraakbeenwervels die alle drie eindigden in een vin.

Meer informatie stond er niet op de kaart. "Ik dacht dat jij zei dat Chrystal de dekabrach bestudeerd heeft," zei Damon vragend.

"Heeft hij ook."

"Als hij zo'n ontzettend goede onderzoeker was, waar zijn zijn gegevens dan?"

Fletcher grinnikte. "Reken het mij niet aan, ik werk hier alleen maar." Opnieuw stuurde hij de kaart over het scherm.

Onder 'Algemene opmerkingen' had Stryzkal genoteerd, *Dekabrachs schijnen te behoren tot de Sabrische groep A, de silicium-koolstof-nitride groep, hoewel ze in belangrijke opzichten daarvan afwijken.* Daarna volgden enkele regels met bespiegelingen betreffende de relaties van de dekabrach tot andere Sabrische soorten.

Chrystal had hierbij slechts aangetekend: "Gecontroleerd op commerciële mogelijkheden. Geen specifieke aanbeveling."

Fletcher zei niets.

"Hoe nauwkeurig heeft hij dat gecontroleerd?" wilde Damon weten.

"Op zijn bekende spectaculaire manier. Hij dook omlaag in een watertor, harpoeneerde er een en sleepte hem naar het lab. Hij deed drie dagen over het ontleden."

"Dan heeft hij er maar bijzonder weinig over genoteerd," mopperde Damon. "Als ik drie dagen aan een nieuwe soort werkte, zou ik complete bouwplannen kunnen opstellen."

Ze keken toe terwijl de informatie herhaald werd.

Damon prikte met zijn lange, knokige vinger naar het scherm. "Daar! Dat is uitgewist! Zie je die zwarte driehoekjes in de kantlijn? Annuleringstekens!"

Fletcher streelde zijn kin. "Vreemd, vreemd."

"Het is gewoon boosaardig!" riep Damon verontwaardigd. "Materiaal uitwissen zonder verbeteringen of aan te geven waarom."

Fletcher knikte langzaam. "Zo te zien moet Chrystal eens aan de tand worden gevoeld." Hij dacht even na. "Ach — waarom niet meteen?" Hij ging de trap af naar het kantoor en belde Zeewinningen op.

Chrystal verscheen zelf op het scherm. Het was een grote blonde man met een gloeiende rosse huid en een minzame onschuld die de doelgerichtheid van zijn geest camoufleerde; evenzo verborg zijn plompe lichaam een krachtig spierstelsel. Hij begroette Fletcher met behoedzame hartelijkheid. "Hoe gaat het met Biomineralen? Soms wou ik dat ik terug was bij jullie — dit voor jezelf werken is niet helemaal zo geweldig als ze beweren."

"We hebben hier een ongeluk gehad," zei Fletcher. "Ik dacht dat ik je beter kon waarschuwen."

"Een ongeluk?" zei Chrystal bezorgd. "Wat is er gebeurd?"

"Carl Raight was met de sloep uit — en kwam niet terug."

Chrystal was ontzet. "Dat is verschrikkelijk! Hoe... waarom —"

"Blijkbaar heeft iets hem overboord getrokken. Ik geloof dat het een bepaald weekdier was — Stryzkals Monitor."

Chrystals rossige gezicht kreeg rimpels van verbazing. "Een monitor? Lag de sloep boven ondiep water? Maar het water kan nooit zo ondiep geweest zijn. Ik begrijp het niet."

"Ik ook niet."

Chrystal speelde met een kubus van wit metaal. "Dat is erg vreemd. Raight is dood?"

Fletcher knikte somber. "Dat veronderstellen we. Ik heb iedereen hier gewaarschuwd niet alleen het water op te gaan; ik vond dat ik jou ook moest waarschuwen."

"Dat is heel fideel van je, Sam." Chrystal fronste, staarde naar de metalen kubus, legde hem neer. "We hebben nog nooit moeilijkheden gehad op Sabria."

"Ik zag dekabrachs onder de sloep. Misschien hebben zij er op de een of andere manier mee te maken."

Chrystal keek verbaasd. "Dekabrachs? Die zijn volkomen onschadelijk."

Fletcher knikte stroef. "Tussen haakjes, ik wilde nalezen in de microbibliotheek wat we over dekabrachs weten. Veel stond er niet in. En heel wat materiaal was geschrapt."

Chrystal trok zijn wenkbrauwen op. "Waarom vertel je mij dat?"

"Omdat jij dat misschien gedaan zou hebben?"

Chrystal keek gekwetst. "Waarom zou ik dat nu doen? Ik heb hard gewerkt voor Biomineralen, Sam — dat weet je even goed als ik. Nu probeer ik voor mezelf geld te verdienen. Zo eenvoudig is dat overigens niet, dat kan ik je wel zeggen."

Hij pakte de metalen kubus weer op maar toen hij Fletcher ernaar zag kijken, schoof hij hem weg, tegen Cosey's *Universeel handboek van constanten en natuurkundige verhoudingen*.

Na een ogenblik vroeg Fletcher: "Nou, heb je ja dan nee een deel van het verhaal over de dekabrachs geschrapt?"

Chrystal fronste peinzend. "Misschien heb ik een paar ideeën weggehaald die niet bleken te kloppen — niets belangrijks. Ik heb er een vage herinnering aan."

"Wat voor ideeën waren dat?" vroeg Fletcher cynisch.

"Ik weet het niet zo uit mijn hoofd. Waarschijnlijk iets over eetgewoonten. Ik dacht dat de deks plankton aten, maar dat schijnt niet zo te zijn."

"Nee?"

"Ze grazen een schimmel die op de koraalbanken groeit. Meer weet ik er niet van."

"Is dat alles wat je weggehaald hebt?"

"Ik kan verder niets bedenken."

Fletchers blik ging terug naar de metalen kubus. Hij zag dat hij de titel van het handboek bedekte van de *v* in *Universeel* tot de *k* in *handboek*. "Wat heb je daar op tafel, Chrystal? Stel je belang in metallurgie?"

"Nee, nee," zei Chrystal. Hij pakte de kubus en keek er kritisch naar. "Zomaar een stukje legering. Nou, bedankt voor het bellen, Sam."

"Jij hebt geen idee hoe Raight aan zijn eind gekomen kan zijn?"

Chrystal keek verrast. "Waarom vraag je dat aan mij?"

"Jij weet meer van de dekabrachs dan wie ook op Sabria."

"Ik ben bang dat ik je niet kan helpen, Sam."

Fletcher knikte. "Tot ziens."

"Tot ziens, Sam."

Fletcher bleef naar het lege scherm staren. Monitors — dekabrachs — de uitgewiste microfilm. Er was een verband, maar welk dat zag hij niet. De dekabrachs schenen erbij betrokken te zijn, en daardoor ook Chrystal. Fletcher hechtte geen geloof aan Chrystals beweringen; hij had het idee dat Chrystal altijd loog als het even kon, over bijna elk onderwerp. Zijn gedachten kwamen weer op de kubus. Chrystal had te nonchalant geleken, de zaak te snel afgedaan. Fletcher haalde zijn eigen handboek tevoorschijn. Hij mat de afstand tussen de vork van de *v* en het midden van de *k*: 4,9 centimeter. Als het blok een massa van een kilogram bezat, wat normaal was voor zulke monsterblokken — Fletcher begon te rekenen. Een kubus met een ribbe van 4,9 centimeter had een inhoud van 118 kubieke centimeter. Met een massa van 1000 gram kwam het gewicht op 8,5 gram per kubieke centimeter.

Fletcher staarde naar het getal. Op zichzelf zei het niet veel. Het zou elk van een honderdtal legeringen kunnen zijn. Het had geen zin om al te ver te gaan met een serie hypothesen, want meer waren het niet — maar toch sloeg hij het *Handboek* open. Nikkel: 8,6 gram per kubieke centimeter. Kobalt: 8,7. Niobium: 8,5.

Fletcher ging lui in zijn stoel liggen en dacht na. Niobium? Een kostbaar en moeilijk kunstmatig te maken element, beperkt in de natuur aanwezig en met een onverzadigde markt. Het idee prikkelde hem. Had Chrystal een biologische bron van niobium aangeboord? Zo ja, dan was zijn fortuin gemaakt.

Fletcher voelde zich uitgeput, geestelijk en lichamelijk. Zijn gedachten dwaalden naar Carl Raight. Hij stelde zich voor dat het lijk door de nacht dreef, door kilometers water zonk naar plaatsen waar het licht nooit zou komen. Waarom was Carl Raight van zijn leven beroofd?

Hij begon zich kwaad te maken en voelde zich machteloos, om het zinloze, het onwaardige van Raights overlijden. Raight was een te goed mens geweest om in de donkere oceaan van Sabria naar zijn dood gesleurd te worden.

Hij kwam met een ruk overeind en liep stampend het kantoor uit en de trap naar het laboratorium op.

Damon was nog druk in de weer met zijn dagelijks werk. Hij had drie projecten onderhanden. Twee betroffen het verzamelen van platina door Sabrische algensoorten en het derde was een poging om de rhenium-absorptie van een Alphard-Alfa spons te verhogen. In alle gevallen was de basistechniek gelijk. Opeenvolgende generaties werden onderworpen aan een stijgende concentratie van een metaalzout, onder omstandigheden die gunstig waren voor het optreden van mutaties. Sommige organismen zouden weldra beginnen functioneel gebruik te maken van het metaal en deze werden dan afgezonderd en overgebracht naar Sabrisch zeewater. Sommige exemplaren zouden de schok overleven, enkele daarvan zouden zich aanpassen aan de nieuwe omgeving en het nu onontbeerlijke element gaan absorberen.

Door selectieve teelt werden vervolgens de wenselijke kwaliteiten van deze laatste organismen geïntensiveerd; dan werden ze op grote schaal gekweekt en uitgezet en spoedig begonnen de onuitputtelijke zeeën van Sabria een nieuw product te leveren.

Damon was bezig bakken met algenculturen in exact rechte rijen te plaatsen. Hij keek nogal zuur over zijn schouder toen Fletcher binnenkwam.

"Ik heb met Chrystal gesproken," zei Fletcher.

Damon toonde interesse. "Wat zei hij?"

"Dat hij misschien een paar verkeerde veronderstellingen van de film had gehaald."

"Bespottelijk," zei Damon meteen.

Fletcher liep naar de tafel, keek peinzend naar de reeks algenculturen. "Ben jij ergens op Sabria niobium tegengekomen, Gene?"

"Niobium? Nee. Niet in nuttige concentraties. Natuurlijk bevat de oceaan wel sporen. Ik geloof dat een van de koraalsoorten een stel niobiumlijnen geeft." Nieuwsgierig hield hij zijn hoofd scheef, als een vogel. "Waarom vraag je dat?"

"Zomaar een idee in het wilde weg."

"Chrystal heeft je blijkbaar niet tevreden weten te stellen."

"Helemaal niet."

"Wat is dan de volgende stap?"

Fletcher hees zich op de tafel. "Ik weet het niet. Ik kan niet veel doen. Tenzij —" Hij aarzelde.

"Tenzij wat?"

"Tenzij ik zelf onderwater ga en een onderzoek instel."

Damon was ontzet. "Wat schiet je daarmee op?"

Fletcher lachte. "Als ik dat wist, hoefde ik niet te gaan. Denk eraan dat Chrystal naar beneden ging, terugkwam en de microkaart gedeeltelijk uitwiste."

"Dat weet ik. Toch — ik vind het tamelijk roekeloos, na wat er gebeurd is."

"Misschien, misschien ook niet." Fletcher liet zich van de tafel glijden. "Ik laat het in ieder geval tot morgen rusten."

Blue Murphy wachtte onderaan de trap. Fletcher vroeg hem wat er aan de hand was. Het rode, ronde gezicht vertoonde een ongeruste frons. "Is Agostino daarboven?"

Fletcher verstijfde. "Nee."

"Hij had mij een halfuur geleden moeten aflossen. Hij is niet in de slaapzaal. Ook niet in de eetzaal."

"Goeie God," zei Fletcher. "Weer een."

Murphy keek over zijn schouder naar de oceaan. "Een halfuur geleden hebben ze hem nog in de eetzaal gezien."

"Kom mee. Laten we het vlot afzoeken."

Ze zochten overal — in de fabriek, in de koepel in de mast, in alle hoeken en gaten die ze konden bedenken. De sloepen lagen allemaal aan de steiger, de barkas en de catamaran dobberden aan het eind van de meerkabels, de helikopter zat met afhangende wieken op het dek in elkaar gedoken.

Agostino was niet aan boord. Niemand wist waar hij naartoe was gegaan; niemand wist precies wanneer hij was gegaan.

De bemanning kwam bijeen in de eetzaal, nerveus, onrustige blikken door de patrijspoorten werpend.

Fletcher wist niets te zeggen. "Wat ons ook belaagt — en we weten niet wat het is — kan ons bij verrassing overvallen en het houdt ons in de gaten. We moeten op onze hoede zijn — meer dan dat zelfs."

Murphy sloeg met zijn vuist op tafel. "Maar wat kunnen we doen? We kunnen niet dom blijven afwachten als schapen op weg naar de slachtbank!"

"In theorie is Sabria een veilige planeet," zei Damon. "Volgens Stryzkal en de Galactische Index zijn hier geen vijandige levensvormen."

Murphy zei nijdig: "Was ouwe Stryzkal maar hier om me dat te vertellen."

Dave Jones keek naar de kalender. "Nog een maand."

"Van nu af aan werken we maar één periode per dag tot de nieuwe ploeg arriveert," besliste Fletcher.

"Noem het maar versterkingen," mompelde Mahlberg.

"Morgen," kondigde Fletcher aan, "ga ik met de watertor naar beneden en ik kijk rond om een idee te krijgen wat er aan de gang is. Ondertussen kan iedereen het beste een hakmes of zo dragen."

Er klonk een zacht geroffel op de ramen en het dek buiten. "Regen," zei Mahlberg. Hij keek op de wandklok. "Middernacht."

De regen siste door de lucht, bonsde op de wanden; het water stroomde over het dek en de lampen aan de mast priemden door de hellende regenstralen.

Fletcher liep naar de druipende ramen en keek naar de fabriek. "Laten we maar sluiten voor vannacht. Er is geen reden —" Opeens staarde hij ingespannen naar buiten, rende toen naar de deur en de regen in.

Het water plensde hard in zijn gezicht. Hij zag maar weinig buiten het felle schijnsel van de lampen. En een witte streep over het glanzende, grijszwarte dek, iets als een oude witte plastic slang.

Een snaai naar zijn enkels; zijn voeten werden onder hem uitgerukt. Hij klapte languit tegen het natte metaal van het dek.

Hij hoorde rennende voeten, opgewonden gevloek, gekletter en geschraap en toen werd de greep om zijn enkels losser.

Fletcher sprong overeind en wankelde naar de mast. "Er is iets in de fabriek!" schreeuwde hij.

De mannen holden er dreunend heen. Fletcher volgde hen.

Maar er was niets in de fabriek. De deuren stonden wijd open, de ruimte was helder verlicht. Aan beide kanten stonden de plompe verpulvermachines, daarachter de druktanks, de kuipen, de buizen in zes verschillende kleuren.

Fletcher haalde de hoofdschakelaar over. Het zoemen en knarsen van de machinerie hield op. "Laten we de boel afsluiten en teruggaan naar de slaapzaal."

De ochtend was het omgekeerde van de avond: eerst de groene schemer van Atreus, opwarmend tot lichtrood naarmate Gideon achter de wolken steeg. Het was een winderige dag met donkere regengordijnen in alle windstreken.

Na het ontbijt trok Fletcher een nauwsluitend pak met ingebouwde verwarmingsdraden aan en daar overheen een waterdicht duikpak met een plastic helm.

De watertor hing aan de oostkant van het vlot in de davits. Het was een schelp van doorzichtig plastic. De pompen waren midscheeps in een metalen cel verzegeld. De tor dook onder en dan vulde de romp zich met water via kleppen die daarna sloten; de tor kon tot honderdtwintig meter diep duiken, waarbij de romp ongeveer de helft van de druk weerstond en het binnengesloten water de rest.

Fletcher liet zich in de cabine zakken. Murphy sloot de slangen van de luchttanks op zijn helm aan en schroefde vervolgens het luik dicht. Mahlberg en Hans Heinz zwaaiden de davits buitenboord. Murphy posteerde zich bij de lier. Hij aarzelde een ogenblik terwijl hij van het donkere, rood gevlekte water naar Fletcher keek en weer naar het water.

Fletcher wuifde. "Laat maar zakken." Zijn stem klonk uit de luidspreker op het schot achter hen.

Murphy haalde de hendel over. De tor zakte langzaam naar het water. Het water gutste door de kleppen, kolkte om Fletcher heen en sloot zich boven zijn hoofd. Luchtbellen stegen op uit het ventiel.

Fletcher beproefde de pompen en gooide los. De tor schoot schuin het water in.

Murphy zuchtte. "Hij heeft meer lef dan ik ooit zal hebben."

"Maar hij kan tenminste ontkomen aan eventuele achtervolgers," vond Damon. "Best mogelijk dat hij daarbeneden veiliger is dan wij hier op het vlot."

Murphy gaf hem een klap op zijn schouder. "Damon, beste jongen, jij kunt klimmen. In het topje van de mast ben je veilig. Het lijkt me onwaarschijnlijk dat ze je vandaar nog naar het water zullen sleuren." Hij keek op naar de koepel die vijfentwintig meter boven het dek hing. "En ik geloof dat ik daar zelf ook wel naartoe zou willen verkassen — als iemand me mijn eten kwam brengen."

Heinz wees naar het water. "Daar gaan de luchtbellen. Hij zit onder het vlot en gaat naar het noorden."

De dag werd stormachtig. Vlagen schuim joegen over het vlot en een uitstapje over het dek betekende doorweekt worden. De wolken werden dun genoeg dat de omtrekken van Gideon en Atreus erdoor schemerden, bloedoranje en citroengeel. Opeens ging de wind liggen. De oceaan werd onrustig glad. De bemanning zat in de eetzaal koffie te drinken en voortdurend, onbehaaglijk te praten. Damon werd rusteloos en ging de trap op naar zijn laboratorium. Rennend kwam hij de eetzaal weer binnengestoven. "Dekabrachs — ze zitten onder het vlot! Ik zag ze vanaf het uitkijkdek!"

Murphy haalde zijn schouders op. "Van mij hebben ze niets te vrezen."

"Ik zou er wel een willen vangen," zei Damon. "Levend."

"Hebben we nog niet genoeg ellende?" mopperde Dave Jones.

Damon legde geduldig uit: "We weten niets over de dekabrachs. Het is een ver ontwikkelde soort. Chrystal heeft alles wat we wisten vernietigd en ik moet minstens één exemplaar hebben."

Murphy kwam overeind. "We zouden er één kunnen opvissen met een net."

"Goed," zei Damon. "Ik maak de grote tank klaar."

De bemanning ging aan dek. Het was drukkend geworden. De

oceaan was olieachtig glad. Een nevel versmolt zee en lucht. Bij het vlot was de kleur een vuil rood, dat naar boven toe geleidelijk lichter van tint werd.

De laadboom werd naar buiten gezwaaid. Er was een net aan bevestigd dat ze rustig in het water lieten zakken. Heinz stond bij de lier, Murphy leunde over de reling en tuurde oplettend in het water.

Een bleke vorm dreef onder het vlot vandaan. "Hijsen!" brulde Murphy.

De lijn werd strak; het net rees uit de zee in een waterval van schuim. In het midden spartelde een dekabrach van bijna twee meter lang. Zijn kieuwspleten maakten een raspend geluid bij gebrek aan water.

De boom zwenkte naar binnen, het net schoot aan één kant los en de dekabrach gleed de plastic tank in.

Hij stoof vooruit en achteruit; het plastic deukte in waar hij het raakte. Toen liet hij zich kalm in het midden van de tank drijven met zijn koparmen tegen zijn romp gevouwen.

Alle bemanningsleden schaarden zich om de tank. De zwarte oogvlek keek naar hen door de transparante wanden.

"Wat nu?" vroeg Murphy aan Damon.

"Ik zou het prettig vinden als de tank naar het dek voor mijn laboratorium werd gehesen en dan naar binnen gebracht, waar ik er makkelijk bij kan."

"Dat is in een wip gebeurd."

De tank werd opgetakeld en verplaatst naar de plek die Damon had aangegeven. Damon verdween opgewonden in het laboratorium om zijn onderzoek voor te bereiden.

De bemanningsleden bleven een kwartier naar de dekabrach staan kijken. Toen slenterden ze terug naar de eetzaal.

De tijd verstreek. Windvlagen zweepten de oceaan weer op tot er een stevige golfslag stond. Om twee uur begon de luidspreker te sissen. De mannen hielden op met wat ze aan het doen waren en keken op.

Fletchers stem sprak: "Hallo aan boord van het vlot. Ik ben drie kilometer naar het noordwesten. Maak je gereed om mij aan boord te hijsen."

"Ha!" riep Murphy met een grote grijns. "Hij heeft het gehaald."

"Ik gaf hem een kans van één op vier," zei Mahlberg. "Goed dat ik niet gewed heb."

"Schiet op. Hij komt nog langszij voordat we klaar voor hem zijn."

Iedereen ging naar de steiger. De watertor kwam over de oceaan aanglijden. Zijn glinsterende rug stak boven de donkere wanorde van het water uit.

Geruisloos gleed de tor naar het vlot en klampte zich voor en achter vast aan de lijnen. De lier begon te gieren en hees de tor uit zee terwijl de waterballast wegstroomde.

Fletcher maakte een vermoeide en gespannen indruk. Stijf klom hij uit de tor, rekte zich uit, ritste het waterdichte pak open en zette zijn helm af.

"Nou, ik ben terug." Hij keek de anderen aan. "Verbaasd?"

"Ik zou aan je verloren hebben," vertelde Mahlberg.

"Heb je wat ontdekt?" vroeg Damon.

Fletcher knikte. "Meer dan genoeg. Laat me even schone kleren aantrekken. Ik ben doornat — van het zweet." Hij keek verbaasd naar de tank op het laboratoriumdek. "Wanneer is die aan boord gekomen?"

"Hebben we rond twaalf uur met een net gevangen," antwoordde Murphy. "Damon wilde er een hebben."

Fletcher staarde met hangende schouders naar de tank.

"Is er iets mis?" vroeg Damon.

"Nee," zei Fletcher. "Het kon niet erger dan het al is." Hij liep naar de slaapzaal.

De anderen wachtten hem op in de eetzaal. Na twintig minuten kwam hij binnen. Hij nam een kop koffie en ging zitten.

"Wel," zei hij. "Ik weet het nog niet zeker, maar het lijkt erop dat we in de soep zitten."

"Door de dekabrachs?" vroeg Murphy.

Fletcher knikte.

"Dacht ik het niet!" riep Murphy triomfantelijk. "Je ziet zo aan die zoutwaterspinnen dat ze niets goeds in de zin hebben."

Damon fronste. Hij hield niet van emotionele oordelen. "Hoe is de situatie precies?" vroeg hij Fletcher. "Althans, zoals het jou voorkomt?"

Fletcher koos zijn woorden met zorg. "Er gebeuren dingen waar wij niets van wisten. In de eerste plaats zijn de dekabrachs sociaal georganiseerd."

"Bedoel je — dat ze intelligent zijn?"

Fletcher schudde zijn hoofd. "Ik weet het niet. Het kan. Het kan ook dat ze met instincten werken, net als sociale insecten."

"Hoe ter wereld —" begon Damon.

Fletcher stak zijn hand op. "Ik zal precies vertellen wat er gebeurd is, en daarna kunnen jullie alles vragen wat je wilt." Hij nam een slok koffie.

"Toen ik onderdook was ik natuurlijk op mijn hoede en ik keek goed uit mijn ogen. In de tor voelde ik me veilig genoeg — maar er waren rare dingen gebeurd en ik was een beetje nerveus.

"Zodra ik in het water kwam zag ik dekabrachs — vijf of zes." Hij nam opnieuw een slok koffie.

"Wat deden ze?" vroeg Damon.

"Niet veel. Ze zweefden bij een grote monitor die zich aan het zee-wier had vastgehecht. Zijn arm hing omlaag als een touw — het eind ervan was niet te zien. Ik naderde langzaam om te kijken wat de deks zouden doen; ze trokken zich terug. Ik wilde niet te veel tijd verspillen onder het vlot en daarom ging ik naar het noorden, naar de Diepten. Halverwege zag ik iets vreemds; ik was er al voorbij en ging terug om nog eens te kijken.

"Er waren een stuk of tien deks. Ze hadden een monitor — en dit was pas echt een grote. Een kanjer. Hij hing op een stel ballonnen of luchtblazen — een soort cocons die hem drijvend hielden en de deks duwden hem voort. In deze richting."

"In deze richting, hè?" herhaalde Murphy peinzend.

"Wat heb je gedaan?" vroeg Manners.

"O, misschien was het maar een onschuldig uitstapje van ze — maar ik wilde geen risico nemen. De arm van deze monitor was een echte kabel. Ik stuurde de tor naar de luchtblazen, waardoor er een paar braken en de rest verspreidde zich. De monitor zonk als een steen. De deks verdwenen in verschillende richtingen. Die ronde had *ik* gewonnen, dacht ik. Ik voer verder naar het noorden en het duurde niet lang voor ik arriveerde waar de glooiing naar de Diepten begint. Ik zat ongeveer vijf meter onder water, maar daar daalde ik naar vijftig meter. De lampen moest ik natuurlijk aandoen — dat rode schemerlicht dringt niet heel ver door." Hij nam een grote slok koffie. "De hele heenweg boven de Ondiepten was ik over koraalbanken gevaren en had ik voor hele bossen kelp moeten uitwijken. Waar het plat afhelt naar de Diepten, verandert het koraal in iets fantastisch — er zal wel meer water langsstromen, er is meer voedsel, meer zuurstof. Het koraal wordt er vijfentwintig meter hoog, groeit in torens en parasols, platforms, bogen — wit, lichtblauw, lichtgroen.

"Ik kwam aan de rand van een afgrond. Dat was schrikken — het ene ogenblik schenen de lampen op het koraal, al die witte torens en bogen — en toen was er opeens niets meer. Ik zat boven de Diepten. Ik werd een beetje zenuwachtig." Hij grinnikte. "Dat sloeg natuurlijk nergens op. Ik keek op de dieptemeter — de bodem lag vier kilometer onder me. Ik vond het niet zo leuk en daarom keerde ik om en ging terug. Toen zag ik rechts van me lampen branden. Ik deed die van mij uit en ging kijken. De lampen waren verspreid, alsof ik over een stad vloog — en dat was het ook ongeveer."

"Een stad van dekabrachs?" vroeg Damon.

Fletcher knikte. "Ja."

"Bedoel je dat — dat ze die stad zelf gebouwd hebben? Met lampen en al?"

Fletcher zei fronsend: "Dat is wat ik niet zeker weet. Het koraal was in vormen gegroeid zodat er hokjes waren ontstaan waar ze in en uit zwommen, en wat ze verder nog in een huis willen doen. Voor de regen hoeven ze in ieder geval niet te schuilen. Ze hebben die koraalgrotten niet gebouwd in de zin dat wij een huis bouwen — maar als natuurlijk koraal zag het er ook niet uit. Het is alsof ze het koraal naar hun wensen laten groeien."

Murphy zei weifelend: "Maar dan zijn ze intelligent."

"Nee, niet noodzakelijk. Tenslotte bouwen wespen ook ingewikkelde nesten en meer geestelijke bagage dan een handvol instincten hebben ze niet."

"Wat denk jij ervan?" vroeg Damon. "Wat voor indruk maakt het?"

Fletcher schudde zijn hoofd. "Ik weet het gewoon niet. Ik weet niet welke maatstaven ik moet gebruiken. 'Intelligentie' is een woord dat veel verschillende dingen betekent."

"Ik kan je niet volgen," zei Murphy. "Zijn die deks nu intelligent of niet?"

Fletcher lachte. "Zijn mensen intelligent?"

"Natuurlijk. Dat zeggen ze tenminste."

"Wat ik probeer over te brengen is dat we de intelligentie van de mens niet kunnen gebruiken om de geest van de dekabrach te meten. We moeten hem met andere normen beoordelen. Met dekabrachnormen. Mensen gebruiken gereedschap van metaal, aardewerk, vezels; anorganisch materiaal of in ieder geval dood materiaal. Ik kan me wel een beschaving voorstellen die afhankelijk is van levend gereedschap — gespecialiseerde wezens die gebruikt worden voor speciale doeleinden. Stel dat de dekabrachs op deze basis functioneren? Ze dwingen het koraal in de vormen te groeien die zij wensen. Ze gebruiken de monitors als kranen, als lieren, of valstrikken, of om iets te grijpen dat zich boven water in de lucht bevindt."

"Blijkbaar ben jij van mening dat ze intelligent zijn," merkte Damon op.

Fletcher schudde weer zijn hoofd. "Intelligentie is maar een woord — een kwestie van definities. Wat de deks doen, is misschien niet te vangen in menselijke definities."

"Het gaat mij boven m'n pet," zei Murphy, en hij ging makkelijker zitten.

Damon was nog niet klaar met het onderwerp. "Ik ben geen metafysicus of semanticus. Maar ik denk dat wij een beslissende proef kunnen nemen, of het in ieder geval proberen."

"Wat maakt het allemaal uit?" vroeg Murphy.

Fletcher zei: "Voor de wet maakt het groot verschil."

"O ja," zei Murphy. "De Verantwoordelijkheidsclausule."

Fletcher knikte. "We kunnen van de planeet gesleept worden als blijkt dat we intelligente autochtonen hebben verwond of gedood. Dat is wel voorgekomen."

"Klopt," zei Murphy. "Ik was op Alkaid Twee toen de Graviton Maatschappij daar last mee kreeg."

"Dus als de deks intelligent zijn, moeten we op onze tellen passen. Daarom keek ik scheel toen ik die dek in de tank zag."

"Nou — zijn ze het of zijn ze het niet?" wilde Mahlberg weten.

"Er bestaat een beslissende proef," herhaalde Damon.

De mannen keken hem verwachtingsvol aan.

"Wel?" zei Murphy. "Kom op."

"Communicatie."

Murphy knikte nadenkend. "Dat klinkt zinnig." Hij keerde zich naar Fletcher. "Zag je ze met elkaar communiceren?"

Hij schudde zijn hoofd. "Morgen zal ik een camera meenemen, en een recorder. Dan weten we het zeker."

"Tussen haakjes," zei Damon, "waarom vroeg je laatst naar niobium?"

Fletcher was het al bijna vergeten. "Chrystal had er een blok van op zijn tafel. Maar het kan ook iets anders zijn geweest."

Damon knikte. "Misschien is het toeval, maar de deks zitten er vol mee."

Fletcher staarde hem aan.

"Het zit in hun bloed, en de organen bevatten een sterke concentratie."

Fletchers koffiekop was halverwege zijn mond blijven steken. "Genoeg om winst op te maken?"

Damon knikte. "Wel honderd gram per exemplaar."

"Wel, wel," zei Fletcher. "Dat is erg interessant."

De hele nacht stortte de regen brullend neer; er stak een stevige wind op die de regen en de zee schuimend voor zich uit joeg. De meeste bemanningsleden waren naar bed gegaan, met uitzondering van Dave Jones de hofmeester en Manners de marconist die over een schaakbord gebogen zaten.

Een nieuw geluid verhief zich boven het lawaai van wind en regen, een metalen gekreun, een knarsende dissonant die weldra te luid werd om langer te negeren. Manners sprong overeind en liep naar het raam.

"De mast!"

Zwaaiend als een riet was de mast nog net achter de regen te zien. Bij iedere slingering zwiepte hij verder uit het lood.

"Wat kunnen we doen?" riep Jones.

Er brak een stel tuilijnen. "Op dit moment niets."

"Ik roep Fletcher." Jones rende de gang naar de slaapzaal in.

De mast rukte plotseling hard opzij, bleef lange seconden onder een onwaarschijnlijke hoek staan en stortte toen neer, dwars over de fabriek.

Fletcher verscheen in de eetzaal en posteerde zich voor een raam. Nu het licht van de mast niet meer over het dek scheen, zag het vlot er onheilspellend donker uit. Hij haalde zijn schouders op en wendde zich af. "Vannacht kunnen we niets doen. Het is geen mensenleven waard om nu aan dek te gaan."

's Ochtends bleek uit het onderzoek van de ravage dat twee van de tuilijnen doorgezaagd of -geknipt waren. De mannen haalden de mast van lichtmetaal uit elkaar en sleepten de verbogen segmenten naar een hoek van het dek. Het vlot leek kaal en plat.

"Iemand of iets," zei Fletcher, "is erop gebrand ons zoveel mogelijk last te bezorgen." Hij staarde over het grijsrode water naar waar het nu onzichtbare vlot van Zeewinningen lag.

"Kennelijk doel je op Chrystal," zei Damon.

"Ik heb mijn vermoedens."

"Voor mij zijn het vrijwel zekerheden."

"Vermoedens zijn niet genoeg. In de eerste plaats, wat heeft hij eraan om ons dwars te zitten?"

"Wat hebben de dekabrachs eraan?"

"Ik weet het niet," zei Fletcher. "Ik zou het wel graag willen weten." Hij ging weg om zijn duikpak aan te trekken.

De watertor werd klaargemaakt. Fletcher monteerde een camera in de houder op de boeg en sloot een geluidsrecorder aan op een gevoelige microfoon in de romp. Toen ging hij zitten en trok de koepel over zijn hoofd.

De tor werd neergelaten. Hij liep vol water en de glinsterende rug verdween onder de zeespiegel.

De bemanning lapte het dak van de fabriek op en improviseerde daarna een antenne.

De dag gleed voorbij, de schemer viel, daarna begon de pruimkleurige nacht.

De luidspreker siste en sputterde. Fletchers stem klonk moe. "Hou je gereed. Ik kom eraan."

De bemanning dromde bij de reling en staarde in het donker. Eén van de dof glinsterende golffronten behield zijn vorm en kwam dichterbij: de tor.

De magnetische klampen werden neergelaten, de tor liet zijn ballast weglopen en werd opgehaald.

Fletcher sprong op het dek en leunde slap tegen een van de davits. "Voorlopig heb ik genoeg gedoken."

"Wat heb je ontdekt?" vroeg Damon gespannen.

"Ik heb alles gefilmd. We draaien het af zodra mijn kop ophoudt met zoemen."

Fletcher nam een warme douche en ging daarna naar de eetzaal om de maaltijd naar binnen te werken die Dave Jones voor hem klaarzette terwijl Manners de film die Fletcher had gemaakt overbracht naar de projector.

"Ik ben tot twee conclusies gekomen," verklaarde Fletcher. "Ten eerste — de deks zijn intelligent. Ten tweede, als ze met elkaar communiceren, doen ze dat op een manier die voor mensen niet waarneembaar is."

Damon knipperde verbaasd en teleurgesteld met zijn ogen. "Dat is bijna met elkaar in tegenspraak."

"Kijk eerst maar," raadde Fletcher aan. "Dan kun je het zelf bepalen."

Manners startte de projector. "Op de eerste paar meter is niet veel te zien," zei Fletcher. "Ik voer rechtstreeks naar het eind van het plat en kruiste daarna langs de rand van de Diepten. Het gaat daar omlaag als de rand van de wereld — loodrecht. Een kilometer of vijftien westelijk van de kolonie van gister vond ik er nog een — ook bijna een stad."

" 'Stad' impliceert beschaving," beweerde Damon als een schoolmeester.

Fletcher haalde zijn schouders op. "Als beschaving het manipuleren van de omgeving betekent — die definitie heb ik eens gehoord — dan zijn ze beschaafd."

"Maar ze communiceren niet."

"Kijk zelf maar."

Het projectiescherm toonde de donkere kleur van de oceaan. "Ik beschreef een cirkel boven de Diepten," zei Fletcher, "deed de lampen uit, zette de camera aan en voer langzaam binnen."

Midden op het scherm verscheen een bleke structuur die oploste in een zwerm van vonken. Ze werden helderder en groter; erachter doemden de hoge, vage omtrekken op van koralen minaretten, torens en pieken. Ze werden duidelijker te onderscheiden naarmate de tor ze naderde. Fletchers stem op de band zei: "Deze formaties variëren in hoogte van vijftien tot zestig meter en beslaan een front van circa achthonderd meter."

De torens kwamen dichterbij. Er ontstonden zwarte gaten in. Bleke dekabrach-vormen zwommen rustig in en uit. De stem zei: "Let op het terrein voor de kolonie. Het schijnt een terras te zijn, of een opslagterrein. Van hierboven is het lastig te zien. Ik zal een meter of vijfentwintig lager gaan."

Het beeld veranderde en werd donkerder. "Ik daal nu — de diepte-meter staat op driehonderdzestig voet...driehonderdtachtig...ik zie niet zo goed; ik hoop dat de camera het allemaal opneemt."

Fletcher merkte op: "Je ziet het nu beter dan ik daarbeneden. De lichtgevende plekken in het koraal stralen niet echt zo fel."

Het beeld toonde de basis van de koraalbouwwerken en een bijna effen vlak van vijftien meter breed. De camera zwenkte en wierp een blik over de rand, in de duisternis.

"Ik was nieuwsgierig," zei Fletcher. "Dat vlak zag er niet natuurlijk uit. Is het ook niet. Zie je die omtrekken daarbeneden? Nog net te zien. Het terras is kunstmatig — een soort voorgalerij."

De camera draaide weer terug naar het terras, dat nu afgebakend leek in gebieden die onderling nauwelijks waarneembaar van kleur verschilden.

Fletchers stem vervolgde: "Die gekleurde gebieden zijn net bloembedden in een tuin. Op elk ervan staat een ander soort plant, of onkruid, of dier. Ik ga dichterbij. Hier zijn monitors." De toeschouwers zagen twee of drie dozijn zware halve bollen. Hierna verplaatste de camera zich naar dieren die op palingen met zaagsneden over hun zijkant leken, die met een zuignap aan het terras vastzaten. Vervolgens kwamen er drijfblazen en een groot aantal zwarte kegels met heel lange, buigzame staarten.

Damon vroeg verwonderd: "Wat houdt ze daar op hun plaats?"

"Dat zul je de dekabrachs moeten vragen," zei Fletcher.

"Als ik maar wist hoe."

"Ik heb ze nog niets intelligents zien doen," zei Murphy.

"Let maar op."

Twee dekabrachs zwommen het blikveld van de camera in. Hun zwarte oogvlekken staarden van het scherm naar de mensen in de eetzaal.

"Dekabrachs," klonk Fletchers stem.

"Tot dan hadden ze mij geloof ik niet gezien," vertelde Fletcher. "Ik had geen lampen aan en ik stak niet af tegen de achtergrond. Misschien voelden ze de pompen."

De twee dekabrachs keerden tegelijk om en doken snel naar het terras.

"Let op. Ze zagen een probleem en bedachten beiden dezelfde oplossing, tegelijk. Ze communiceerden niet met elkaar."

De dekabrachs waren nog maar wazige strepen tegen een van de donkere gebieden van het terras.

"Ik wist niet wat er gebeurde," zei Fletcher, "maar ik besloot verder te gaan. En toen — dit zie je niet op de film — voelde ik stoten tegen de romp, alsof iemand met stenen gooide. Ik kon het pas goed zien totdat iets de koepel vlak voor mijn neus raakte. Het was een kleine torpedo met een lange neus als een breinaald. Ik vertrok maar gauw, voor de deks iets anders konden uitproberen."

Het scherm werd wit. Fletchers stem zei: "Ik zweef boven de Diepten, evenwijdig aan de rand van de Ondiepten." Onbestemde vormen zwommen nu over het scherm, bleke slierten, onduidelijk zichtbaar door de grote afstand en het vertroebelende effect van het water. "Ik kwam terug via de rand van het terras," zei Fletcher, "en arriveerde bij de kolonie van gister."

Opnieuw waren er torens te zien, hoge bouwsels met een licht-blauwe, lichtgroene of ivoorkleur. "Ik ga in een van die gaten kijken." De torens werden breed en recht vooruit doemde een zwart gat op.

"Op dit punt deed ik de koplamp aan." Het gat werd plotseling een lichte cilindrische kamer van vijf meter diep. De wanden waren afgezet met glinsterende gekleurde bollen, als kerstboomversieringen. Middenin de kamer dreef een dekabrach. Doorzichtige tentakels die uitliepen in knobbels staken uit de wanden van de kamer en leken de gladde huid van het wezen te kneden.

"De dek schijnt het niet te waarderen dat ik bij hem kom gluren."

De dekabrach trok zich terug tegen de achterwand; de tentakels verdwenen abrupt in de wanden.

"Ik keek in het volgende gat."

Opnieuw veranderde een zwarte opening in een lichte kamer toen het zoeklicht naar binnen scheen. Een roerloos drijvende dekabrach hield een bol van roze gelei voor zijn oog. Hier waren geen wandtentakels te zien.

"Deze bewoog niet. Hij sliep of was gehypnotiseerd of bang. Ik wilde weggaan — en toen voelde ik een afschuwelijke dreun. Ik dacht dat ik er geweest was."

Het beeld schommelde heftig. Iets donkers schoot langs en verdween in de diepte.

"Ik keek op. Ik zag niets behalve een stuk of tien deks. Blijkbaar hadden ze een grote kei aangesleept en die op mij laten vallen. Ik startte de pompen en voer naar huis."

De film was afgelopen.

Damon was onder de indruk. "Ik geef toe dat ze sporen van intelligent gedrag vertonen. Heb je geen geluiden gehoord?"

"Niets. De recorder stond de hele tijd aan. Hij heeft niets anders opgenomen dan de aanvallen op de tor."

Damon keek teleurgesteld. "Op de een of andere manier moeten ze met elkaar communiceren. Hoe zouden ze anders met elkaar kunnen omgaan?"

"Misschien zijn ze telepathisch. Ik heb goed opgelet. Ze maken geen geluiden en ze gebaren niet naar elkaar — helemaal niks."

Manners vroeg: "Zouden ze misschien radiogolven uitzenden? Of infrarood?"

"Die in de tank in ieder geval niet," zei Damon.

"Maar zijn er dan geen andere intelligente soorten die niet met elkaar praten?" vroeg Murphy.

"Nee," zei Damon. "Ze gebruiken verschillende methoden — geluid, tekens, straling — maar communiceren doen ze allemaal."

"En wat denken jullie van telepathisch?" vroeg Heinz.

"We zijn het nog nooit tegengekomen. Ik geloof ook niet dat we het hier zullen vinden," antwoordde Damon.

"Volgens mij," zei Fletcher, "denken ze allemaal hetzelfde en hoeven ze daarom niet te praten."

Damon schudde bedenkelijk zijn hoofd.

"Ze werken bijvoorbeeld op basis van empathie," vervolgde Fletcher. "Zo zijn ze dan geëvolueerd. Mensen zijn individualistisch van aard en daarom is de spraak voor ons onontbeerlijk. De deks zijn identiek: ze weten ook zonder woorden wel wat er gaande is." Hij dacht na. "Op bepaalde manieren praten ze misschien wel met elkaar. Als een dek bijvoorbeeld de tuin voor zijn toren wil uitbreiden, wacht hij misschien tot zijn buurman er is en dan legt hij een kei neer — om aan te geven wat hij wil."

"Communicatie door middel van aanschouwelijke voorbeelden," zei Damon.

"Juist — als je dat communicatie kunt noemen. Zo wordt een zekere mate van samenwerking mogelijk. Maar conversatie natuurlijk niet, en plannen maken voor de toekomst en tradities uit het verleden zijn er dan niet bij."

"Misschien zijn ze zich niet eens bewust van de tijd," zei Damon verwonderd.

"Het is moeilijk om hun intelligentie te schatten. Die kan groot of klein zijn, maar het ontbreken van een vorm van spraak moet een enorme handicap zijn."

"Handicap of niet," zei Mahlberg, "in ieder geval hebben ze ons in de verdediging gedrukt."

"En waarom?" zei Murphy verhit, terwijl hij met zijn grote rode vuist op tafel sloeg. "Daar gaat het om. We hebben ze nooit lastiggevallen. En opeens is Raight verdwenen, en toen verdween Agostino. En onze mast. Wie weet wat ze vannacht nu weer bedenken? Waarom doen ze dat allemaal? Dat zou ik weleens willen weten."

"Dat," zei Fletcher, "is een vraag die ik morgen aan Ted Chrystal ga stellen."

Fletcher trok schoon blauw keper aan, at zijn ontbijt in stilte en ging naar het vliegdek.

Murphy en Mahlberg hadden de kabels waarmee de helikopter getuid was losgemaakt en het zoutlaagje van de koepel geveegd.

Fletcher klom in de cabine en draaide de inspectieknop om. Het lichtje was groen — alles in orde.

Murphy zei hoopvol: "Misschien kan ik beter met je meegaan, Sam, als er een kans op problemen is."

"Waarom zouden er problemen komen?"

"Van Chrystal kun je alles verwachten."

"Ja. Maar het zal wel meevallen."

Hij startte de wieken. De straalpijpen sloegen aan, de kopter steeg schuin omhoog, weg van het vlot en naar het noordoosten. Biomineralen werd een lichte rechthoek op het onregelmatig gevormde bed van zeewier.

De dag was dof, somber, zonder wind en werkte schijnbaar toe naar een van de enorme elektrische stormen die elke paar weken voorkwamen.

Fletcher voerde de snelheid op om zijn onplezierige taak zo gauw mogelijk achter de rug te hebben.

Kilometers oceaan gleden onder hem door en het vlot van Zeewinningen verscheen in de verte.

Vijfendertig kilometer zuidwestelijk van het vlot passeerde de kopter een kleine sloep die beladen was met grondstoffen voor Chrystals verpulvermachines en loog-kolommen. Fletcher zag dat de twee opvarenden zich in de plastic cabine ophielden. Zeewinningen had misschien ook wel zijn moeilijkheden, dacht Fletcher.

Chrystals vlot verschilde weinig van dat van Biomineralen, behalve dat zijn mast nog overeind stond op het centrale dek en dat er bedrijvigheid heerste in de fabrieksruimte. Welke moeilijkheden zij ook hadden, ze hadden het werk niet stilgelegd.

Fletcher landde de helikopter op het vliegdek. Toen hij de wieken stilzette kwam Chrystal uit het kantoor — een grote blonde man met een joviaal gezicht.

Fletcher sprong op het dek. "Hallo, Ted," zei hij behoedzaam.

Chrystal kwam met een hartelijke lach op hem af. "Hallo Sam! Lang geleden dat we jou gezien hebben." Hij schudde Fletcher stevig de hand. "Wat is er voor nieuws bij Biomineralen? Wat verschrikkelijk van Carl."

"Daar wilde ik over praten." Fletcher keek om zich heen. Twee leden van de bemanning stonden te kijken. "Kunnen we naar je kantoor gaan?"

"Natuurlijk, kom mee." Chrystal ging voor naar het kantoor. Hij schoof de deur open. "Daar zijn we dan."

Fletcher ging binnen en Chrystal liep achter zijn bureau. "Ga zitten." Hij installeerde zich op zijn stoel. "Wel — wat heb je op je hart? Maar eerst, wil je iets drinken? Jij houdt van whisky als ik het me goed herinner."

"Vandaag niet, dank je. Ted, we kampen met een ernstig probleem hier op Sabria en we kunnen er maar beter eerlijk over praten zonder er doekjes om te winden."

"Uitstekend," zei Chrystal. "Ga je gang."

"Carl Raight is dood. En Agostino ook."

Chrystals wenkbrauwen vlogen ontzet omhoog. "Agostino ook? Hoe is het gebeurd?"

"We weten het niet. Hij verdween gewoon."

Chrystal was stil terwijl hij het nieuws liet bezinken. Toen schudde hij verbijsterd het hoofd. "Ik begrijp het niet. Zulke dingen hebben we hier nog nooit meegemaakt."

"Is hier bij jullie niets gebeurd?"

Chrystal fronste. "Nou — niets noemenswaardigs. Sinds jouw waarschuwing zijn we op onze hoede."

"De dekabrachs schijnen verantwoordelijk te zijn."

Chrystal knipperde met zijn ogen en kneep zijn lippen samen, maar zei niets.

"Zit jij achter dekabrachs aan, Ted?"

"Kom kom, Sam —" Chrystal aarzelde, trommelde wat op zijn tafel. "Dat is geen eerlijke vraag. Zelfs als we met dekabrachs werkten — of poliepen of wolfsklauw of draadpalingen — dan zou ik het niet willen zeggen, denk ik."

"Ik stel geen belang in je zakelijke geheimen," zei Fletcher. "Waar het om gaat is dit: de deks schijnen een intelligent ras te zijn. Ik heb reden om aan te nemen dat jij ze door de fabriek haalt wegens hun niobium-gehalte. Schijnbaar doen ze hun best om van zich af te slaan en het kan ze niet schelen wie ze daarbij raken. Ze hebben twee van onze mensen gedood. Ik heb het recht om te weten wat er aan de gang is."

Chrystal knikte. "Ik heb begrip voor je standpunt. Maar je redenering kan ik niet volgen. Je zei dat een monitor Raight heeft gedood. Nu zeg je dat een dekabrach het gedaan heeft. En waarom denk je dat ik niobium produceer?"

"Laten we elkaar niet voor de gek houden, Ted."

Chrystal keek onthutst, en toen geërgerd.

"Toen jij nog voor Biomineralen werkte," vervolgde Fletcher, "ontdekte je dat de deks vol niobium zitten. Dat schrapte je uit het archief, je vond financiële steun en bouwde dit vlot. Sindsdien ben je bezig dekabrachs op te vissen."

Chrystal leunde achterover en nam Fletcher koel op. "Waag je je niet aan voorbarige gevolgtrekkingen?"

"In dat geval hoef je het alleen maar te ontkennen."

"Je houding is niet erg vriendelijk, Sam."

"Ik kwam hier niet om vriendelijk te zijn. We hebben twee mannen verloren, en de mast. We hebben de productie moeten stilleggen."

"Het spijt me dat te horen —" begon Chrystal.

Fletcher viel hem in de rede. "Tot dusver twijfelde ik, Chrystal."

Hij vroeg verbaasd: "Hoe bedoel je?"

"Ik nam aan dat je niet wist dat de deks intelligent zijn, dat ze onder de bescherming vallen van de Verantwoordelijkheidswet."

"En?"

"Nu weet je het. Je kunt je niet meer op onwetendheid beroepen."

Chrystal bleef even stil. "Weet je, Sam — dit zijn nogal verbazingwekkende beweringen."

"Ontken je ze?"

"Natuurlijk ontken ik ze!" zei Chrystal vurig.

"En je verwerkt geen dekabrachs?"

"Kalm aan, Sam. Je bent hier op mijn vlot. Je kunt mij hier niet de les komen lezen. Het wordt hoog tijd dat je dat inziet."

Fletcher ging iets achteruit alsof Chrystals nabijheid hem onaangenaam was. "Je geeft me geen openhartig antwoord."

Chrystal nam een ontspannen houding aan, drukte zijn vingertoppen tegen elkaar, blies zijn wangen op. "Ben ik ook niet van plan."

De sloep die Fletcher onderweg had ingehaald kwam nu langszij het vlot. Fletcher keek terwijl de boot de steiger naderde en vastmaakte. "Wat vervoert die sloep?" vroeg hij.

"Eerlijk gezegd is dat jouw zaak niet."

Fletcher ging naar het raam. Chrystal maakte protesterende geluiden. Fletcher negeerde hem. De twee bemanningsleden van de sloep vertoonden zich niet buiten de stuurhut. Ze schenen te wachten op een gangboord, dat even later door een laadboom in positie werd gezwaaid.

Fletcher keek met stijgende nieuwsgierigheid en verbazing toe. Het gangboord had de vorm van een trog met hoge triplex wanden.

Hij keerde zich naar Chrystal. "Wat doen ze daar?"

Chrystal kauwde op zijn onderlip. Hij was nogal rood in het gezicht. "Sam, jij komt hier binnenstormen, je uit ongelooflijke beschuldigingen, je scheldt me uit — in bedekte termen — en ik zeg niets lelijks, ik probeer rekening te houden met de spanningen waaronder je momenteel leeft; ik stel namelijk prijs op goede relaties tussen onze bedrijven. Ik zal je een paar papieren laten zien die eens en vooral bewijzen —"

Hij begon in een stapel papier te zoeken.

Fletcher bleef bij het raam staan, met een oog op Chrystal, en het andere op de activiteit op het dek. Het gangboord werd neergelaten; de opvarenden van de sloep stonden klaar om aan wal te stappen.

Fletcher besloot te gaan kijken wat er gebeurde. Hij liep naar de deur.

Chrystals gezicht werd hard en koud. "Sam, ik waarschuw je, ga daar niet heen!"

"Waarom niet?"

"Omdat ik het zeg."

Fletcher schoof de deur open. Chrystal kwam half overeind, maar zakte langzaam terug op zijn stoel.

Fletcher stak het dek over naar de sloep. Een man in de fabriek zag hem door een raam en maakte dringende gebaren.

Hij aarzelde, maar liep toch door. Nog een paar stappen en hij kon in het ruim kijken. Hij rekte zijn nek uit. Uit zijn ooghoek zag hij dat de man in de fabriek koortsachtig stond te gebaren en toen verdween.

Het ruim lag vol slappe witte dekabrachs.

"Ga terug, idioot!" klonk een kreet uit de fabriek.

Misschien werd Fletcher gewaarschuwd door een zwak geluid. In plaats van achteruit te gaan wierp hij zich plat op het dek. Een klein voorwerp schoot over zijn hoofd met een eigenaardig fluitend gezoem.

Het kwam van de kant van het water. Het raakte een schot en viel — het was een visachtige torpedo met een lange, op een breinaald lijkende snuit. Slaand met zijn vinnen kwam hij op Fletcher af, die overeind krabbelde en gebogen rennend zigzaggend terugsnelde naar het kantoor.

Nog twee vispijlen misten hem net voor hij zich door de deur wierp.

Chrystal had zich niet verroerd. Hijgend ging Fletcher voor hem staan. "Jammer dat ik niet doorstoken ben, hè?"

"Ik had je gewaarschuwd dat je niet naar buiten moest gaan."

Fletcher keek uit het raam. De mannen van de sloep renden door de trog naar de fabriek. Een glitterende school pijlvissen flitste uit het water en knalde tegen het triplex.

"Ik zag dekabrachs in het ruim," zei Fletcher. "Honderden."

Chrystal had zijn houding terug, voor zover hij die kwijt was geweest. "Nou en? Wat zou dat?"

"Je weet even goed als ik dat ze intelligent zijn."

Chrystal schudde glimlachend het hoofd.

Fletcher begon driftig te worden. "Jij verpest Sabria voor ons allemaal!"

Chrystal stak zijn hand op. "Rustig, Sam. Het zijn maar vissen."

"Niet als ze intelligent zijn en uit wraak mensen doden."

Chrystal vroeg hoofdschuddend: "*Zijn* ze intelligent?"

Fletcher wachtte tot hij voelde dat hij zijn stem in bedwang kon houden. "Ja. Dat zijn ze."

"Hoe weet je dat? Heb je met ze gepraat?"

"Natuurlijk heb ik niet met ze gepraat."

"Ze vertonen wat sociale gedragspatronen. Dat doen zeehonden ook."

Fletcher ging dichter naar hem toe en staarde fel op hem neer. "Ik ga niet met jou over definities twisten. Ik wil dat je stopt met de jacht op dekabrachs, omdat je mensen in gevaar brengt, zowel op dit vlot als op het onze."

"Kom, Sam, je weet dat je me niet kunt intimideren."

"Je hebt twee mensen gedood; en ik ben nu drie keer op het nippertje ontsnapt. Ik voel er niets voor om levensgevaarlijk risico te lopen om jouw zak te spekken."

"Je vergist je totaal," protesteerde Chrystal. "In de eerste plaats heb je helemaal niet bewezen —"

"Ik heb meer dan genoeg bewezen! Je moet ophouden, en daarmee uit!"

Langzaam schudde Chrystal zijn hoofd. "Ik zie niet hoe je mij tegen wilt houden, Sam." Hij bracht zijn hand boven tafel, met een klein pistool erin. "Niemand zal mij op mijn eigen vlot de wet voorschrijven."

Fletcher reageerde zo snel dat Chrystal erdoor verrast werd. Hij greep Chrystals pols en sloeg die hard tegen de rand van het bureau. Het pistool flitste, het brandde een groef in het bureau en viel uit Chrystals krachteloze vingers op de vloer. Sissend en vloekend bukte hij zich om het op te rapen, maar Fletcher vloog over de tafel en stootte hem terug in zijn stoel zodat hij met stoel en al achterover klapte. Chrystal schopte omhoog naar Fletchers gezicht en schampte diens wang zodanig dat Fletcher op zijn knieën viel.

Beide mannen doken naar het pistool maar Fletcher was er het eerst. Hij stond op en ging tegen de muur staan. "Nu weten we hoe de zaken staan."

"Leg dat pistool neer!"

Fletcher schudde zijn hoofd. "Ik stel je onder arrest — burgerarrest. Je gaat mee naar Biomineralen tot de inspecteur komt."

Chrystal stond perplex. "Wat?"

"Ik zei dat je meegaat naar het vlot van Biomineralen. De inspecteur komt over drie weken en dan draag ik je aan hem over."

"Je bent gek, Fletcher!"

"Misschien. Maar met jou wil ik geen risico lopen." Hij gebaarde met het wapen. "Schiet op. Naar de kopter."

Chrystal vouwde koel zijn armen over elkaar. "Ik verroer me niet. Je maakt mij niet bang door met een pistool te zwaaien."

Fletcher hief zijn arm op, richtte en haalde de trekker over. De vuurstraal schampte Chrystals borst. De man sprong op en sloeg zijn hand op de brandwond.

"Het volgende schot komt op een andere plaats terecht," beloofde Fletcher. Chrystal keek woest als een wild zwijn vanuit het kreupelhout. "Besef je wel dat ik je kan aanklagen wegens ontvoering?"

"Ik ontvoer je niet. Ik arresteer je."

"Ik zal Biomineralen alles laten afnemen wat ze hebben!"

"Tenzij Biomineralen jou eerst voor het gerecht sleept en aanspreekt. Schiet nu maar op!"

De voltallige bemanning van Biomineralen wachtte de terugkerende helikopter op. Chrystal sprong hooghartig op het dek en monsterde de mannen met wie hij eens had samengewerkt. "Ik heb jullie iets te zeggen," zei hij.

De bemanning keek hem zwijgend aan.

Chrystal wees met zijn duim naar Fletcher. "Sam heeft zich in de nesten gewerkt. Ik heb hem gezegd dat ik hem aan zal klagen en dat zal ik doen ook." Hij keek iedereen op zijn beurt aan. "Als jullie hem helpen zijn jullie medeplichtig. Ik raad jullie aan hem dat pistool af te pakken en mij terug te vliegen naar mijn vlot."

Hij keek de kring rond, maar zag daar alleen koude gezichten en vijandigheid. Hij haalde boos zijn schouders op. "Goed, dan krijgen jullie dezelfde straf als Fletcher. Ontvoering is een ernstige misdaad."

Murphy vroeg Fletcher: "Wat doen we met deze schurk?"

"Sluit hem op in de kamer van Carl. Daar zit hij het best. Kom mee, Chrystal."

Terug in de eetzaal nadat hij Chrystal had opgesloten, zei Fletcher tegen de bemanning: "Ik hoef jullie niet te waarschuwen voor Chrystal. Pas op met hem. Hij is leep. Praat niet met hem. Speel geen loopjongen voor hem. Roep mij als hij iets wil. Heeft iedereen het begrepen?"

Weifelend vroeg Damon: "Gaan we niet te ver?"

"Weet jij een andere oplossing? Ik luister graag."

Damon dacht na. "Wilde hij niet ophouden met het vangen van dekabrachs?"

"Nee. Hij weigerde botweg."

"Tja," zei Damon met tegenzin, "ik geloof dat we doen wat nodig is. Maar we moeten wel kunnen bewijzen dat er een misdaad is begaan. Het kan de inspecteur niets schelen of Chrystal Biomineralen bedrogen heeft of niet."

"Als er last van komt, neem ik alle verantwoordelijkheid op mij."

"Onzin," zei Murphy. "We zitten allemaal samen in hetzelfde schuitje. Ik vind dat je het precies goed gedaan hebt. Eigenlijk moesten we die schooier aan de deks uitleveren en kijken wat zij hem te zeggen hebben."

Een paar minuten later gingen Damon en Fletcher naar het laboratorium om naar de gevangen dekabrach te kijken. Hij dreef rustig in het midden van de tank met zijn tien armen languit van zijn lichaam af. De zwarte oogstreek staarde door het plastic.

"Als hij intelligent is," zei Fletcher, "moet hij net zo geïnteresseerd zijn in ons als wij in hem."

"Ik ben er nog niet zo zeker van dat hij intelligent is," zei Damon koppig. "Waarom probeert hij geen contact met ons te maken?"

"Ik hoop dat de inspecteur niet zo denkt als jij," zei Fletcher. "Tenslotte hebben we geen waterdicht bewijs tegen Chrystal."

Damon keek bezorgd. "Bevington is niet bepaald een man met veel fantasie. Eigenlijk gedraagt hij zich juist nogal officieel."

Fletcher en de dekabrach bestudeerden elkaar. "Ik weet dat hij intelligent is. Maar hoe moet ik het bewijzen?"

"Als hij intelligent is," hield Damon vol, "moet hij kunnen communiceren."

"Zo niet," zei Fletcher, "dan moet het van ons uitgaan."

"Wat bedoel je?"

"We zullen hem les moeten geven."

Damon begon zo verbouwereerd en bezorgd te kijken dat Fletcher in de lach schoot.

"Ik snap niet wat er zo grappig is," zei Damon klagend. "Per slot... wat jij voorstelt is zo — nou ja, het is nog nooit eerder gedaan."

"Dat zal wel niet. Toch moet het gebeuren. Hoe zijn jouw linguïstische talenten?"

"Zeer beperkt."

"De mijne ook."

Ze staarden neer op de dekabrach. "Vergeet niet," zei Damon, "dat we hem ook in leven moeten houden." Hij keek Fletcher sarcastisch aan. "Je zult wel willen toegeven dat hij eet."

"Van fotosynthese leeft hij in ieder geval niet. Daarvoor is er gewoon niet genoeg licht. Ik geloof dat Chrystal had aangetekend dat ze koraalzwammen aten. Moment." Fletcher liep weg.

"Waar ga je heen?"

"Chrystal raadplegen. Hij heeft vast wel op hun maaginhoud gelet."

"Die zegt niets," voorspelde Damon tegen Fletchers rug.

Tien minuten later was Fletcher terug.

"Nou?" zei Damon sceptisch.

Fletcher keek nogal zelfvoldaan. "Koraalzwammen, vooral. Verder malse jonge kelploten, stylaxwormen, zeesinaasappels."

"En dat heeft Chrystal je allemaal verteld?" zei Damon ongelovig.

"Jazeker. Ik legde hem uit dat hij en de dekabrach allebei onze gast zijn, en dat we van plan waren ze precies gelijk te behandelen. Als de dekabrach goed at, zou Chrystal ook goed eten. Meer aansporing had hij niet nodig."

Later stonden Damon en Fletcher te kijken terwijl de dekabrach zwart-groene stukken zwam at.

"Al twee dagen," zei Damon zuur, "en wat hebben we bereikt? Niets."

Fletcher was minder pessimistisch. "In een negatief opzicht hebben we al succes geboekt. We zijn er vrij zeker van dat hij geen oren heeft, dat hij niet op geluid reageert, en blijkbaar geen middelen heeft om geluid te maken. Daarom moeten we visuele methoden gebruiken om contact te leggen."

"Ik benijd je je optimisme," zei Damon. "Het beest geeft tot nu toe geen enkele aanleiding om te vermoeden dat het het vermogen of zelfs maar de wens heeft om te communiceren."

"Geduld," maande Fletcher. "Hij weet waarschijnlijk nog niet wat we van plan zijn en verwacht misschien het ergste."

"We moeten hem niet alleen een taal leren," mopperde Damon, "nee, we moeten hem zelfs leren dat praten mogelijk is. En dan nog een taal uitvinden."

Fletcher grinnikte. "Laten we aan de slag gaan."

Ze bestudeerden de dekabrach. De zwarte oogstreek staarde terug door de wand van de tank. "We moeten een serie visuele afspraken maken," zei Fletcher. "De tien armen zijn de gevoeligste organen en ze worden vermoedelijk gestuurd door het hoogst georganiseerde deel van zijn hersens. Dus moeten we een reeks van seinen uitwerken die gebaseerd zijn op de armbewegingen van de dek."

"Krijgen we dan wel genoeg armslag?"

"Haha. Ik dacht van wel. Die armen zijn buigzame buizen van spierweefsel. Ze kunnen op z'n minst vijf duidelijk te onderscheiden standen innemen: recht vooruit, schuin vooruit, loodrecht op zijn lichaam, schuin naar achter, recht naar achter. Aangezien het beest tien armen heeft, zijn er tien tot de vijfde macht combinaties mogelijk— honderdduizend."

"Ruim voldoende."

"Wij hebben tot taak een woordenschat en de zinsbouw uit te werken—een beetje lastig voor een ingenieur en een biochemicus, maar het zal wel lukken."

Damon raakte geïnteresseerd in de onderneming. "Het is een kwestie van consequent werken en een degelijke basis. Als de deks ook maar iets begrijpen, dan komt het wel over."

"Zo niet," zei Fletcher, "dan gaan we naar de haaien—en dan krijgt Chrystal het vlot van Biomineralen cadeau."

Ze gingen aan de laboratoriumtafel zitten. "We moeten ervan uitgaan dat de deks geen taal hebben," begon Fletcher.

Damon bromde onzeker en streek onrustig en geërgerd door zijn haar. "Dat is niet bewezen. Eerlijk gezegd lijkt het me onwaarschijnlijk. We kunnen er eindeloos over twisten of ze genoeg zouden kunnen hebben aan empathie en dergelijke—maar dat is mijlenver verwijderd van de vraag of ze het ook werkelijk hébben. Misschien werken ze inderdaad met telepathie, misschien zenden ze wel gemoduleerde röntgenstralen uit, of korte en lange codeseinen in een voor ons onbekende subruimte, of hyperruimte, of tussenruimte—in theorie kúnnen ze bijna alles doen waar wij nog nooit van gehoord hebben.

"Ik denk dat we maar beter kunnen hopen dat ze inderdaad een of ander codesysteem hebben waarmee ze met elkaar praten. Uiteraard moeten ze een inwendig coderings- en communicatiesysteem hebben: dat is wat het neuromusculaire stelsel met terugkoppeling in feite is. Ieder gecompliceerd organisme moet inwendig kunnen communiceren. De eis dat er een taal moet zijn, is bedoeld om onderscheid te kunnen maken tussen ware gemeenschappen van individueel denkende wezens, en het type van de insectenkolonie, die een schijnbare intelligentie bezit.

"Nu — als ze inderdaad zoiets zijn als een mierenhoop of een bij-enkorf, dan zitten we goed fout en dan wint Chrystal. Een mier kun je niet leren praten: het nest bezit een vorm van intelligentie, maar het individu niet.

"Dus moeten we aannemen dat ze een taal hebben — of algemener gezegd, een codeersysteem voor onderling contact.

"We kunnen ook wel aannemen dat dit systeem zich bedient van wegen die wij niet kunnen betreden. Vind jij dit verstandig klinken?"

Fletcher knikte. "In ieder geval als hypothese om mee te beginnen. Het staat vast dat wij geen enkele aanwijzing hebben waargenomen dat de dek ons iets duidelijk probeerde te maken."

"Wat suggereert dat hij niet intelligent is."

Fletcher negeerde deze opmerking. "Als we meer wisten van hun gewoontes, emoties, wereldbeeld, dan zouden we een betere onder-grond hebben voor deze nieuwe taal."

"Hij lijkt vreedzaam genoeg," vond Damon.

De dekabrach wuifde lui met zijn armen. De oogstreek bestudeerde de twee mannen.

"Nou," zei Fletcher met een zucht. "Eerst een notatiesysteem." Hij pakte het model van de kop van een dekabrach dat door Manners was gemaakt. De armen waren van buigzame pijp gemaakt en konden in verschillende standen worden gebogen. "We nummeren de armen van nul tot negen, met de klok mee, te beginnen met deze bovenste. De vijf standen noemen we A, B, K, X, Y. K is de normale stand, en als een arm op K staat telt die niet mee."

Damon knikte instemmend. "Goed."

"De logische eerste stap lijkt mij dat we met getallen beginnen."

Samen werkten ze een getallenstelsel uit en stelden een schema samen.

De dubbele punt (:) duidt een samengesteld sein aan:
bestaand uit twee of meer afzonderlijke seinen.

Getal	0	1	2	etc.
Sein	0Y	1Y	2Y	...
	10	11	12	...
	0Y, 1Y	0Y, 1Y:1Y	0Y, 1Y:2Y	

20	21	22	...
0Y, 2Y	0Y, 2Y:1Y	0Y, 2Y:2Y	
100	101	102	...
0X, 1Y	0X, 1Y:1Y	0X, 1Y:2Y	
110	111	112	...
0X, 1Y:0Y, 1Y	0X, 1Y:0Y, 1Y:1Y	0X, 1Y:0Y, 1Y:2Y	
120	121	122	...
0X, 1Y:0Y, 2Y	0X,1Y:0Y, 2Y:1Y	0X,1Y:0Y, 2Y:2Y	
200	201	202	...
0X,2Y	...		
1,000	...		
0B,1Y			
2,000	...		
0B,2Y			

Damon zei: "Het is consequent, maar vermoeiend. Bijvoorbeeld, om vijfduizend zevenhonderdzesenzestig aan te duiden, moet je dit sein maken... eens kijken: 0B, 5Y en dan 0X, 7Y en dan 0Y, 6Y en dan 6Y."

"Vergeet niet dat het seinen zijn, geen gesproken woorden. En het is toch niet vermoeiender dan 'vijfduizend zevenhonderdzesenzestig' zeggen."

"Je zult wel gelijk hebben."

"En nu — woorden."

Damon leunde naar achter. "We kunnen niet zomaar een woorden-schat bedenken en het een taal noemen."

"Ik wou dat ik meer wist van linguïstische theorieën," zei Fletcher. "Natuurlijk beginnen we maar niet aan abstracties."

"Misschien is de basisstructuur van ons Engels wel een goed idee om te gebruiken," mijmerde Damon. "Dat wil zeggen: zelfstandige naam-woorden zijn dingen, bijvoeglijke naamwoorden zijn eigenschappen van dingen, werkwoorden zijn de veranderingen die dingen ondergaan, of het ontbreken van veranderingen."

Fletcher dacht na. "We zouden het nog verder kunnen vereenvou-digen, tot zelfstandige naamwoorden, werkwoorden, en werkwoords-vormen."

"Is dat uitvoerbaar? Hoe zou je bijvoorbeeld zeggen: 'het grote vlot'?"

"Met een werkwoord dat 'groot worden' betekent. 'Vlot vergroot'. Zoiets."

"Hmf," bromde Damon. "Dat wordt geen erg expressieve taal."

"Waarom niet? En vermoedelijk zullen de deks de taal die wij ze geven wel aanpassen aan hun behoeften. Als wij alleen maar een stel basisideeën overdragen, doen zij de rest wel. Of misschien is er hier tegen die tijd wel iemand gearriveerd die weet wat hij doet."

"Goed," zei Damon. "Ga maar door met je Dekabrachs voor Beginners."

"Laten we eerst eens de dingen opschrijven die een dekabrach nuttig vindt."

"Ik neem de zelfstandige naamwoorden," zei Damon. "Jij mag de werkwoorden doen. En je werkwoordsvormen." Hij schreef op, '*Nummer 1: water.*'

Na breedvoerige discussies en veranderingen voltooiden ze een bescheiden lijst van fundamentele zelfstandige naamwoorden en werkwoorden, met de bijbehorende seinen.

De nagebouwde dekabrach-kop werd voor de tank gezet terwijl een reeks lampen op een plank getallen kon aangeven.

"Met een codeermachine zouden we onze berichten eenvoudig kunnen typen," zei Damon. "De machine zou de impulsen doorsturen naar de armen van het model."

Fletcher knikte. "Juist, als we de nodige uitrusting en een paar weken de tijd om te knutselen hadden. Jammer genoeg hebben we die niet. Nu — we beginnen. Eerst de getallen. Jij doet de lampen, ik beweeg de armen. Voorlopig alleen één tot negen."

Er gingen enkele uren voorbij. De dekabrach dreef kalm in het water terwijl zijn zwarte oogvlek toekeek.

Het werd tijd om hem te voeren. Damon liet de stukken zwartgroene zwam zien: Fletcher stelde het teken voor 'voedsel' op de armen in. Ze lieten een paar brokken in de tank vallen.

De dekabrach zoog ze rustig in zijn mondbuis.

Damon voerde een pantomime op; hij bood voedsel aan het model aan. Fletcher zette de armen in de stand voor het sein 'voedsel'. Damon plaatste de zwammen in de mondbuis van het model, keerde zich toen naar de tank en bood ze de dekabrach aan.

De dekabrach keek onbewogen toe.

Twee weken later ging Fletcher naar de oude kamer van Raight om met Chrystal te praten, die hij verdiept in een boek uit de microbibliotheek aantrof.

Chrystal schakelde de projectie van het boek uit, zwaaide zijn benen over de rand van het bed en ging zitten.

Fletcher zei: "Over een paar dagen komt de inspecteur."

"En?"

"Het is bij me opgekomen dat jij misschien wel een oprechte vergissing hebt begaan. Althans, ik erken de mogelijkheid ervan."

"Nou, bedankt," zei Chrystal.

"Ik wil je niet het slachtoffer maken van wat misschien een oprechte vergissing was."

"Alweer bedankt — maar wat wil je?"

"Als je meewerkt om de deks erkend te krijgen als intelligente levensvorm zal ik geen aanklacht tegen je indienen."

Chrystal fronste. "Dat is aardig van je. En ik moet mijn klachten dan maar voor me houden?"

"Als de deks intelligent zijn heb jij niets te klagen."

Chrystal keek hem scherp aan. "Je klinkt niet erg opgewekt. De dek wil niet praten, hè?"

Fletcher bedwong zijn ergernis. "We zijn met hem bezig."

"Maar je begint eindelijk door te krijgen dat ze toch niet zo intelligent zijn als je dacht."

Fletcher ging naar de deur. "Deze kent pas veertien seinen, maar hij leert er twee of drie per dag."

"Hé!" riep Chrystal. "Wacht even!"

Bij de deur bleef Fletcher staan. "Waarom?"

"Ik geloof je niet."

"Dat is je goed recht."

"Laat mij eens zien dat deze dek tekens geeft."

Fletcher schudde zijn hoofd. "Hier zit je beter."

Chrystal was woedend. "Is dat niet een onredelijke houding?"

"Ik hoop van niet." Hij keek de kamer rond. "Ontbreekt het je aan iets?"

"Nee." Chrystal draaide de knop om en zijn boek flitste weer aan op het plafondscherm.

Fletcher ging weg. De deur sloot achter hem, de grendel schoof ervoor. Chrystal zat waakzaam te luisteren, stond eigenaardig licht op, sloop naar de deur en luisterde.

Hij hoorde dat Fletcher de gang uitliep. Met twee grote stappen was hij terug bij zijn bed, reikte onder het kussen en trok een stuk snoer tevoorschijn dat van de bureaulamp afkomstig was. Twee potloden had hij in elektroden veranderd door sneden in het hout te maken en een draad om de grafietkern te winden. Als weerstand in de stroomketen nam hij een gloeilamp.

Hij ging naar het raam. Hij kon het vlot overzien tot aan de oostkant, en de achterkant van het kantoor was zichtbaar tot aan de opslagbakken achter de fabrieksruimte. Het dek was verlaten. Alles wat er bewoog was een witte stoomsliert die opsteeg uit een afvoerpijp en daarachter de jachtende roze en rode wolken.

Chrystal ging aan de slag, geluidloos fluitend. Hij stak de draad in de plintstrip, hield de twee potloden tegen het raam, trok een vonkboog en richtte op de groef die nu al bijna rond de helft van het raam was uitgebrand — het was de enige manier om het geharde berilium-silicaatglas te snijden.

Het was langzaam werk dat nauw luisterde. De vonkboog was zwak en ongedurig, de dampen prikten in zijn keel. Hij volhardde, ingespannen starend met zijn tranende, knipperende ogen en zijn hoofd steeds verplaatsend tot hij om halfzes, een halfuur voor zijn eten zou komen, zijn spullen opborg. Na donker durfde hij niet verder te gaan uit angst dat het flikkerende licht argwaan zou wekken.

De dagen gingen voorbij. Iedere morgen kleurden Gideon en Atreus de doffe hemel respectievelijk felrood en lichtgroen; iedere avond verdwenen ze in de droeve schemer achter de oceaan in het westen.

Een provisorische antenne was van het dak van het laboratorium naar een paal boven de verblijven gespannen. Vroeg op een middag liet Manners de toeter met juichende stoten schallen om een bericht aan te kondigen van de LG-19, die op weg was naar Sabria voor het halfjaarlijkse bezoek. De volgende avond zouden de lichters afdalen uit hun baan met de inspecteur, nieuwe bemanningen en nieuwe voorraden voor zowel Biomineralen als Zeewinningen.

In de eetzaal werden de flessen tevoorschijn gehaald, er werd luid gepraat en gelachen en de mannen maakten stoutmoedige plannen.

Precies op tijd braken de lichters — vier in getal — door de wolken. Twee ervan landden op de oceaan naast Biomineralen, de twee overige daalden naar het vlot van Zeewinningen.

De barkas voer uit met kabels en de lichters werden naar het haventje verhaald.

De eerste die op het vlot stapte was Inspecteur Bevington, een kordaat mannetje, onberispelijk gekleed in een donkerblauw met wit uniform. Hij vertegenwoordigde de regering, interpreteerde haar veelheid van wetten, regels en verordeningen, hij was bevoegd om kleine overtredingen te berechten, misdadigers in bewaring te nemen, schendingen van de galactische wetten te onderzoeken, huisvestingsomstandigheden en arbeidsveiligheidsregels te controleren, belastingen en borgsommen te innen, en in het algemeen de regering in al haar geledingen en aspecten te vertegenwoordigen.

Het ambt zou licht aanleiding kunnen geven tot omkoping en tirannie, ware het niet dat de inspecteurs zelf onderworpen waren aan minutieuze inspecties.

Bevington werd beschouwd als de meest plichtsgetrouwe en humorloze man van de hele dienst. Al vond niemand hem bijzonder aardig, gerespecteerd werd hij wel.

Fletcher wachtte hem op aan de rand van het vlot. Bevington keek hem scherp aan en vroeg zich af waarom Fletcher zo breed stond te grijnzen. Fletcher amuseerde zich met het idee dat dit wel een uitermate dramatisch moment zou zijn voor een van de monitors om een grijparm uit zee te steken en Bevingtons enkels te pakken. Maar het wateroppervlak werd niet verstoord en Bevington sprong ongehinderd aan dek.

Hij schudde Fletchers hand en keek toen zoekend om zich heen. "Waar is meneer Raight?"

Fletcher schrok. Zelf was hij al gewend geraakt aan Raights afwezigheid. "O — die is dood."

Nu was het Bevingtons beurt om te schrikken. "Dood?"

"Komt u mee naar het kantoor?" zei Fletcher. "Dan zal ik u alles vertellen. We hebben hier een wilde maand doorgemaakt." Hij keek naar het raam van Raights oude kamer in de verwachting dat Chrystal wel naar beneden zou staan kijken. Maar hij was er niet. Fletcher verstijfde. Er zat geen glas meer in het raam! Hij begon het dek af te rennen.

"Hé!" riep Bevington. "Waar gaat u heen?"

Fletcher bleef alleen lang genoeg staan om over zijn schouder te roepen: "U kunt beter meekomen!" Hij rende naar de deur van de eetzaal terwijl Bevington zich verbaasd en geërgerd achter hem aan repte.

Fletcher keek de eetzaal in, aarzelde, ging weer aan dek en staarde naar het lege raam. Waar was Chrystal? Aangezien hij niet voorlangs was gekomen, moest hij naar de fabriek zijn gegaan.

"Deze kant op!" zei Fletcher.

"Eén moment!" protesteerde Bevington. "Ik wil weten wat er precies —"

Maar Fletcher was al over de oostkant op weg naar de fabriek, waar de bemanning van de lichter de kisten met kostbare metalen monsterde die ze moesten overbrengen. Ze keken op toen Fletcher en Bevington eraan kwamen.

"Is hier net iemand langsgelopen?" vroeg Fletcher. "Een grote blonde kerel?"

"Hij ging daarbinnen." Een van de mannen wees naar de fabriek.

Fletcher holde erheen. Naast de loogkolommen vond hij Hans Heinz, die er boos en verfomfaaid uitzag.

"Chrystal?" vroeg Fletcher hijgend.

"Nou en hoe! Als een orkaan. Hij heeft me omgegooid."

"Waar is hij heen?"

Heinz wees. "Naar het voordek."

De twee mannen haastten zich erheen terwijl Bevington kribbig vroeg: "Wat is hier precies aan de gang?"

"Ik zal het zo uitleggen," riep Fletcher. Hij rende het voordek op, keek naar de sloepen en de barkas.

Geen Ted Chrystal.

Hij kon maar één kant uit zijn gegaan, terug naar de verblijven, zodat hij Fletcher en Bevington in een cirkel rond had laten rennen.

Plotseling kreeg Fletcher een ingeving. "De helikopter!"

Maar die stond er nog, met de tuilijnen strak. Murphy kwam op hen af met een verbijsterde blik over zijn schouder.

"Heb je Chrystal gezien?" vroeg Fletcher.

Murphy wees. "Hij ging net de trap op."

"Het laboratorium!" riep Fletcher geschrokken. Met zijn hart in zijn keel denderde hij de treden op met Murphy en Bevington op zijn hielen. Als Damon nu maar in het laboratorium was, en niet op het dek, of in de eetzaal!

Maar het lab was leeg — op de tank met de dekabrach na.

Het water was troebel en blauwachtig. De dekabrach ranselde zich van het ene eind van de tank naar het andere met tien kromme en verkrampte armen.

Fletcher sprong op een tafel en dook middenin de tank. Hij sloeg zijn armen om het spartelende lichaam en tilde het op, maar het lenige wezen wriemelde uit zijn armen. Fletcher greep hem nog een keer beet, hees wanhopig en wist hem ten slotte boven het water te tillen.

"Grijp beet!" siste hij met opeengeklemde tanden tegen Murphy. "Leg hem op tafel."

Damon stormde binnen. "Wat gebeurt er?"

"Gif," zei Fletcher. "Help Murphy."

Damon en Murphy slaagden erin de dekabrach op de tafel te krijgen. Fletcher blafte: "Naar achter!" Hij stootte de klampen uit de zijkant van de tank en het flexibele plastic zakte in elkaar. Achtduizend liter water stroomde over de vloer.

Fletchers huid begon te branden. "Zuur! Damon, haal een emmer en spoel de dek af. Hou hem nat."

Het waterverversingssysteem pompte nog steeds vers zeewater in de tank. Fletcher rukte zijn broek uit, die het zuur tegen zijn huid gedrukt hield, spoelde zich snel af en spoot toen het zuur uit de tank weg.

De dekabrach lag er slap bij. Zijn vinnen trokken zwak. Fletcher voelde zich misselijk en dof. "Probeer het met natriumcarbonaat," adviseerde hij Damon. "Misschien kunnen we een deel van het zuur neutraliseren." Tegen Murphy zei hij: "Ga Chrystal zoeken. Laat hem niet ontsnappen."

Chrystal koos dat ogenblik om doodkalm het laboratorium binnen te wandelen. Hij keek om zich heen met een licht verraste uitdrukking op zijn gezicht en sprong toen op een stoel om niet nat te worden.

"Wat is hier aan de hand?"

Fletcher zei grimmig: "Daar kom je nog wel achter." En tot Murphy: "Laat hem niet ontsnappen."

"Moordenaar!" riep Damon met gebroken stem.

Chrystal trok ontsteld zijn wenkbrauwen op. "Moordenaar?"

Bevington keek heen en weer tussen Fletcher, Chrystal en Damon. "Moordenaar? Wat *is* dit allemaal?"

"Precies wat de wet zegt," zei Fletcher. "Willens en wetens een lid van een intelligent ras vernietigen. Moord."

De tank was schoongespoeld en hij klampte de zijkanten weer vast. Het schone water begon te stijgen.

"Nu," zei Fletcher. "Til de dek er weer in."

Damon schudde hopeloos zijn hoofd. "Hij is er geweest. Hij verroert zich niet meer."

"We doen hem er in ieder geval weer in," zei Fletcher.

"Ik zou Chrystal er ook graag instoppen," zei Damon hartstochtelijk.

"Heren," zei Bevington verwijtend, "laten we zo niet praten. Ik weet niet wat er aan de hand is, maar wat ik hoor staat me helemaal niet aan."

Chrystal zette een geamuseerd gezicht en zei: "Ik weet ook niet wat er aan de hand is."

De mannen tilden de dekabrach op en lieten hem in de tank zakken. Het water was pas vijftien centimeter diep en het peil steeg te langzaam naar Fletchers smaak.

"Zuurstof!" riep hij uit. Damon rende naar de kast. Fletcher keek Chrystal aan. "Dus je weet niet waar ik het over heb."

"Je lievelingsvis gaat dood, en je wilt mij de schuld geven."

Damon reikte Fletcher de slang van de zuurstoftank aan en Fletcher stak hem in het water naast de kieuwen van de dekabrach. Er stegen luchtbellen op. Hij roerde het water naar de kieuwspleten. Het stond nu twintig centimeter hoog. "Natriumcarbonaat," zei Fletcher over zijn schouder. "Genoeg om het laatste zuur te neutraliseren."

Bevington vroeg op onzekere toon: "Blijft hij leven?"

"Ik weet het niet."

Bevington keek schuins naar Chrystal, die zijn hoofd schudde. "Ik heb er niets mee te maken."

Het waterpeil steeg langzaam. De armen van de dekabrach waaierden slap in alle richtingen als de slangen van de Medusa.

Fletcher wreef het zweet van zijn voorhoofd. "Als ik maar wist wat ik doen moest! Ik kan hem geen scheut cognac geven, dat zou hem waarschijnlijk vergiftigen."

De armen begonnen stijver te worden, zich uit te strekken. "Ah," zuchtte Fletcher, "dat is beter." Hij wenkte Damon. "Gene, neem het hier over. Zorg dat de zuurstof in zijn kieuwen komt." Hij sprong naar de vloer waar Murphy met emmers water bezig was.

Chrystal sprak op ernstige toon tegen Bevington: "Deze laatste drie weken heb ik doodsangsten uitgestaan! Fletcher is volkomen dol. U kunt echt beter een dokter laten komen — of een psychiater." Hij zweeg toen hij merkte dat Fletcher naar hem keek. De inspecteur vertoonde een gekwelde gezichtsuitdrukking.

"Ik dien een officiële aanklacht in," zei Chrystal. "Tegen Biomineralen en in het bijzonder tegen Sam Fletcher. Aangezien u de wet vertegenwoordigt, sta ik erop dat u Fletcher arresteert wegens misdrijven jegens mijn persoon."

"Wel," zei Bevington met een behoedzame blik op Fletcher, "ik zal beslist een onderzoek instellen."

"Hij heeft mij ontvoerd onder bedreiging met een pistool!" riep Chrystal. "Hij heeft mij drie weken lang opgesloten gehouden!"

"Om te zorgen dat je geen dekabrachs meer vermoordde," zei Fletcher.

"Dat is al de tweede keer dat je dat gezegd hebt," zei Chrystal op onheilspellende toon. "Bevington is getuige. Je stelt je bloot aan vervolging wegens laster."

"De waarheid is geen laster."

"Ik heb dekabrachs gevangen, en wat zou dat? Ik maai ook kelp en haal coelacanten op. Net als jij."

"De deks zijn intelligent. Dat maakt verschil." Fletcher keerde zich naar Bevington. "Hij weet het net zo goed als ik. Als hij er geld mee kon verdienen zou hij mensen in zijn machines vermalen om de kalk uit hun botten te halen."

"Je liegt!" kreet Chrystal.

Bevington stak bezwerend zijn handen op. "Rustig allemaal! Ik kan niets uitzoeken voor iemand met feiten komt."

"Hij heeft geen feiten," verklaarde Chrystal koppig. "Hij is er alleen op uit mij van Sabria te verdrijven — hij kan niet tegen de concurrentie!"

Fletcher negeerde hem. Tegen Bevington zei hij: "U wilt feiten. Daarom zit de dekabrach in die tank, en daarom gooide Chrystal zuur over hem heen."

"Laten we dit eerst even vaststellen," zei Bevington terwijl hij Chrystal strak aankeek. "Heeft u zuur in die tank gegooid?"

Chrystal sloeg zijn armen over elkaar. "Die vraag is volkomen belachelijk."

"Heeft u het gedaan of niet? Geen uitvluchten."

Chrystal aarzelde, maar zei toen vastberaden: "Nee. En er is geen spoor van bewijs dat ik het wel gedaan heb."

Bevington knikte. "Aha." Hij ging verder tegen Fletcher: "U sprak over feiten. Welke feiten?"

Fletcher liep naar de tank, waar Damon nog steeds zuurstofrijk water in de kieuwen van de dekabrach roerde. "Hoe gaat het met hem?"

Damon schudde onzeker zijn hoofd. "Hij gedraagt zich eigenaardig. Ik vraag me af of het zuur hem vanbinnen te pakken heeft gekregen."

Fletcher keek enkele ogenblikken naar de lange bleke vorm. "Nou, laten we het proberen. Meer kunnen we niet doen."

Hij reed het dekabrach-model naar de tank. Chrystal lachte schamper en wendde zich verachtelijk af.

"Wat bent u van plan aan te tonen?" informeerde Bevington.

"Ik ga u laten zien dat de dekabrach intelligent is en in staat tot communiceren."

"Zo zo," zei Bevington. "Dat is iets nieuws, is het niet?"

"Juist." Fletcher sloeg het aantekenschrift open.

"Hoe heeft u zijn taal geleerd?"

"Het is zijn taal niet — het is een code die wij ontwikkeld hebben."

Bevington bekeek het model en bestudeerde het schrift. "Dit zijn de tekens?"

Fletcher legde het systeem uit. "Hij heeft al een woordenschat van achtenvijftig woorden, de getallen tot negen niet meegerekend."

Chrystal liep weg. "Naar deze zwendel hoef ik niet te kijken."

Bevington zei: "U kunt beter hier blijven en uw zaak verdedigen — als u dat niet doet, doet niemand het."

Fletcher bewoog de armen van het model. "Ik geef toe dat het een primitieve toestand is. Met tijd en geld zouden we wel iets beters kunnen bedenken. Ik zal beginnen met getallen."

Verachtelijk zei Chrystal: "Zo kan ik een konijn ook leren tellen."

"Zo meteen," zei Fletcher, "proberen we iets moeilijkers. Dan zal ik hem vragen wie hem vergiftigd heeft."

"Wacht eens even!" schreeuwde Chrystal. "Zo kun je me niet strikken!"

Bevington pakte het schrift. "Hoe wilt u hem dat vragen? Met welke seinen?"

Fletcher wees ze aan. "Eerst het teken voor 'vraag'. Dat is een abstractie die de dek nog niet helemaal begrijpt. We zijn wel zover dat we hem een keuzemogelijkheid duidelijk kunnen maken, zoals 'Welke wil je?' Misschien snapt-ie wat ik bedoel."

"Goed — een vraagteken. En dan?"

"Dekabrach — ontvangen — heet — water. 'Heet water' staat natuurlijk voor het zuur. Vraagteken: man — geven — heet — water."

Bevington knikte. "Lijkt me redelijk. Gaat uw gang."

Fletcher seinde. De zwarte oogvlek van de dek keek toe.

Damon zei bezorgd: "Hij is heel onrustig."

Fletcher voltooide de signalenreeks. De armen van de dekabrach wuifden een paar keer en gaven toen een verbaasde ruk ten teken dat hij het niet begreep.

Fletcher herhaalde de reeks en voegde er een extra 'vraagteken — man' aan toe.

De armen bewogen traag. " 'Man'," las Fletcher.

Bevington knikte. "Man. Maar welke?"

Fletcher vroeg Murphy voor de tank te gaan staan. En hij seinde: "Vraag — man — geven — heet — water."

De armen van de dekabrach bewogen.

" 'Nul-niets'," las Fletcher. "Nee. Damon — ga voor de tank staan." Weer seinde hij naar de dekabrach: "Man — geven — heet — water." " 'Nul'."

Fletcher keerde zich naar Bevington. "Wilt u voor de tank gaan staan?" Hij herhaalde de signalen.

" 'Nul'."

Iedereen keek naar Chrystal. "Jouw beurt," zei Fletcher. "Kom naar voren, Chrystal."

Chrystal gehoorzaamde langzaam. "Ik ben niet dom, Fletcher. Ik doorzie je bedrog."

De dekabrach bewoog zijn armen. Fletcher las de seinen terwijl Bevington over zijn schouder in het schrift keek.

" 'Man — geven — heet — water.' "

Chrystal begon te protesteren. Bevington snoerde hem de mond. "Ga nog een keer voor de tank staan, Chrystal." En tegen Fletcher zei hij: "Vraag het nog eens."

Fletcher seinde en de dekabrach antwoordde: " 'Man — geven — heet — water. Geel. Man. Scherp. Komen. Geven — heet — water. Gaan.' "

Er viel een stilte in het laboratorium.

"Wel," zei Bevington vlak, "ik geloof dat u uw hypothese bewezen heeft, Fletcher."

"Zo makkelijk krijg je me niet," zei Chrystal.

"Zwijg," beval de inspecteur. "Het is wel duidelijk wat er gebeurd is."

"Het is ook duidelijk wat er nu gaat gebeuren," zei Chrystal schor van woede. Hij had het pistool in zijn hand dat Fletcher hem had afgenomen. "Dit heb ik gehaald voor ik hierheen kwam, en het ziet ernaar uit —" Hij richtte het pistool op de tank, kneep een oog dicht en zijn grote bleke hand verstrakte op de trekker. Fletchers hart stond stil.

"Hé!" schreeuwde Murphy.

Chrystal schrok. Murphy gooide zijn emmer naar hem toe. Chrystal schoot op hem maar miste. Damon besprong hem en Chrystal zwaaide het pistool in Damons richting. De withete straal priemde door diens schouder. Schreeuwend als een gewond paard wikkelde Damon zijn knokige armen om Chrystal heen. Toen stonden Fletcher en Murphy bij Chrystal, ontworstelden hem het pistool en draaiden zijn armen op zijn rug.

Grimmig zei Bevington: "Nu zit je in moeilijkheden, Chrystal, zelfs als je eerst onschuldig was."

Fletcher zei: "Hij heeft honderden en honderden deks vermoord. Indirect vermoordde hij Carl Raight en John Agostino. Hij heeft een heleboel op zijn geweten."

De nieuwe bemanning was van de LG-19 naar beneden gekomen. Fletcher, Damon, Murphy en de rest van de oudgedienden zaten in de eetzaal, met een half jaar vrije tijd in het vooruitzicht.

Damons linkerarm hing in een mitella. Zijn rechterhand speelde met zijn koffiekop. "Ik weet nog niet wat ik ga doen. Ik heb geen plannen. Eigenlijk heb ik geen idee."

Fletcher ging naar het raam en keek over de donkerrode oceaan. "Ik blijf aan," zei hij.

"Wat?" riep Murphy. "Verstond ik dat goed?"

Fletcher kwam terug naar de tafel. "Ik begrijp het zelf ook niet."

Murphy schudde verbijsterd zijn hoofd. "Dat kun je niet menen."

"Ik ben ingenieur, ik doe mijn werk. Ik taal niet naar macht en ik verlang er niet naar het heelal te veranderen — maar het lijkt erop dat Damon en ik iets op gang hebben gebracht — iets belangrijks — en ik wil erbij blijven."

"Bedoel je dat je de deks wilt leren praten?"

"Ja. Chrystal viel ze aan, dwong ze zichzelf te beschermen. Hij bracht een omwenteling teweeg in hun leven. Damon en ik hebben het leven van deze ene dek op een heel andere ingrijpende manier gewijzigd. Maar we zijn pas begonnen! Denk eens aan de mogelijkheden. Stel je een volk voor in een vruchtbaar land — mensen zoals wij, behalve dat ze nooit hebben leren praten. Dan komt er iemand die ze in contact brengt met een heel nieuwe wereld — een prikkel zoals ze nog nooit hebben meegemaakt. Denk eens aan hun reacties, hun nieuwe kijk op het leven! De deks verkeren in die situatie. Maar we zijn nog maar net met ze begonnen en we kunnen alleen raden wat ze nog zullen presteren. En op de een of andere manier wil ik erbij betrokken zijn. In ieder geval kan ik niet vertrekken terwijl het werk pas half af is."

Damon zei opeens: "Ik denk dat ik ook blijf."

"Jullie twee zijn hartstikke gek geworden," was Murphy's oordeel. "Ik kan niet gauw genoeg vertrekken uit deze gevangenis."

✳

De LG-19 was al drie weken weg en het werk op het vlot was weer routine geworden. De ene ploeg volgde de andere op, de bakken begonnen zich te vullen met nieuwe blokken kostbaar metaal.

Fletcher en Damon hadden lange uren met de dekabrach gewerkt en vandaag was de dag van het grote experiment.

De tank werd naar de rand van het dek verplaatst.

Fletcher seinde voor het laatst zijn laatste bericht. "Man tonen jij seinen. Jij brengen veel dekabrach, man tonen seinen. Vraagteken."

De armen bewogen instemmend. Fletcher ging achteruit. De tank werd opgetild en over de zijkant van het vlot gevierd tot hij onder water verdween.

De dekabrach dreef omhoog, kwam even aan het oppervlak en gleed toen het donkere water in.

"Daar gaat Prometheus," zei Damon, "met de gave van de goden."

"Je kunt het beter de gave van de woorden noemen," zei Fletcher grinnikend.

De bleke gedaante was uit het gezicht verdwenen. "Tien tegen vijftig dat hij niet terugkomt," zei Caldur, de nieuwe opzichter.

"Ik wed niet," zei Fletcher. "Ik hoop alleen maar."

"Wat doe je als hij niet terugkomt?"

Fletcher haalde zijn schouders op. "Misschien een nieuwe vangen en die lesgeven. Na een poos moet het wel aanslaan."

Drie uur bleven ze wachten. De mist omsingelde het vlot, de regen deed de hemel vervagen.

Damon, die over de reling had staan turen, richtte zich op. "Ik zie een dek, maar is het de onze?"

Een dekabrach kwam aan de oppervlakte. Hij bewoog zijn armen. "Veel — dekabrach. Tonen — seinen."

"Professor Damon," zei Fletcher. "Uw eerste klas."

NOPALGAARD

I

ZELFS OP ZIJN BESTE MOMENTEN was Ixax een naargeestige planeet. De winden gierden brullend door de hoekige zwarte bergen en joegen stralen van regen en natte hagel voor zich uit die het landschap niet verzachtten maar integendeel juist de schaarse aarde naar de oceaan spoelden. De vegetatie was spaarzaam: een paar trieste bossen van broze dendronen; wasgras en tubekruid die in pollen uit spleten groeiden; korstmossen in stuurse vlekken rood, paars, blauw en groen. De oceaan daarentegen voedde uitgebreide kelp- en algenbedden en samen met een redelijk talrijke verzameling minuscule zeediertjes waren deze verantwoordelijk voor het merendeel van de fotosynthetische processen van de planeet.

Ondanks, of juist door de uitdaging die het landschap bood, ontwikkelde het oorspronkelijke amfibische dier, een soort van ganoïde kikvorsachtige, zich tot een met rede begaafde andromorf. Geholpen door een intuïtief besef van wiskundige juistheid en harmonie, en uitgerust met een gezichtsvermogen dat de wereld voorstelde op tastbare driedimensionale wijze in plaats van als een polychrome combinatie van tweedimensionale vlakken, waren de Xaxanen bijna voorbeschikt om een technische beschaving op te bouwen. Vierhonderd jaar na hun eerste schreden in de ruimte ontdekten zij de nopal — schijnbaar door zuiver toeval — en stortten zich aldus in de verschrikkelijkste oorlog van hun geschiedenis.

Deze oorlog duurde meer dan een eeuw en verwoestte de toch al barre planeet. De oceanen raakten bedekt met een schuimkorst — de schaarse plekken aarde werden vergiftigd door een geelwit poeder dat neerzweefde uit de hemel. Ixax was nooit een volkrijke wereld geweest; het handvol steden lag nu in puin, bergen zwarte stenen, leverbruine tegels, kalkwitte scherven van gesmolten talk, plakken rottend organisch materiaal, een chaos die de dwangmatige zucht van de Xaxanen naar wiskundige accuratesse en fatsoen groot geweld aandeed. De overlevenden, zowel Chitumih als Tauptu (een benadering van het klikken en ratelen van de communicatieorganen van de Xaxanen), woonden in ondergrondse forten. Zich onderscheidend door het besef van de nopal (de Tauptu) dan wel de ontkenning daarvan (de Chitumih), koesterden zij voor elkander een emotie verwant aan, maar tienmaal sterker dan, Aardse haat.

Na de eerste honderd jaren van de oorlog was het getij ten gunste van de Tauptu gekeerd. De Chitumih werden naar hun bolwerk onder de Noordbergen gedreven; de strijdploegen van de Tauptu rukten meter na meter op en vernietigden de defensiesluizen aan het oppervlak en stuurden atoommollen in de kilometersdiepe citadel.

Hoewel ze zich hun nederlaag realiseerden, verzetten de Chitumih zich met een heftigheid overeenkomstig hun meer-dan-haat voor de Tauptu. Het daveren van de naderende mollen klonk luider en luider; de buitenste mollenvallen bezweken, en toen ook de binnenring van doolhoftunnels. Met een bocht omhoogkomend uit een diepte van vijftien kilometer brak een immense mol door in de generatorkamer en vernietigde daar het verborgenste hart van de Chitumih-verdedigingswerken. De gangen werden pikdonker; de Chitumih stortten zich blind naar voren, geheel bereid met hun blote handen en met stenen te vechten. De mollen knaagden aan de rotsen; de tunnels weergalmden van malende geluiden. Er werd een bres geboord en daarin verscheen een brullende metalen snuit. De muren barstten open; een straal verdovend gas, en de oorlog was afgelopen.

De Tauptu klommen met stralende koplampen omlaag over de verbrijzelde rotsen. De Chitumih die nog gezond van lijf en leden waren werden gebonden en naar het oppervlak gezonden; de verpletterden en verminkten werden gedood waar ze lagen.

Strijdleider Khb Tachx keerde terug naar Mia, de oude hoofdstad. Vliegend door een sissende regenstorm boven een matte zee, over een pokdalig kustlandschap vol enorme kraters in de vorm van aardkleurige sterren, over een zwarte bergketen naderde hij de geblakerde puinhoop van Mia.

Een enkel groot gebouw viel op, een lange logge doos van grijze smeltrots die onlangs was opgericht.

Khb Tachx landde zijn luchtwagen en liep zonder zich iets van de regen aan te trekken naar de ingang. Vijftig of zestig Chitumih die in een kraal bij elkaar hokten verdraaiden langzaam het hoofd terwijl zij hem waarnamen met de organen die de functie van ogen hadden. Khb Tachx aanvaardde de kracht van hun haat met niet meer aandacht dan hij aan de regen schonk. Uit het gebouw kwam een koortsig geratel van foltering maar ook dit negeerde Khb Tachx.

De Chitumih reageerden wel. Ze deinsden terug alsof ze zelf pijn leden en met afgebeten doffe vibraties overlaadden ze Khb Tachx met scheldwoorden en daagden hem uit.

Khb Tachx beende het gebouw in, daalde af naar een verdieping die een kilometer onder de grond lag en begaf zich naar de voor hem gereserveerde kamer. Hier deed hij zijn helm af en zijn leren jas en wiste de regen van zijn grijze gezicht. Nadat hij zich ook van zijn overige kledij had ontdaan schrobde hij zich met een stijve borstel waarmee hij dood weefsel en minuscule schubben van zijn huid verwijderde.

Een ordonnans kraste met zijn vingertoppen over de deur. "U wordt verwacht."

"Ik kom aanstonds."

Met van hartstocht gespeende efficiënte bewegingen trok hij schone kleren aan, een voorschoot, laarzen, een lange cape die zo glad was als de schaal van een kever. Toevallig waren al deze kleren effen zwart, hoewel dit de Xaxanen, die de voorwerpen onderscheidden aan hun aard en niet aan hun kleur, onverschillig liet. Khb Tachx pakte zijn helm, die gemaakt was van gegroefd metaal en gekroond met een medaillon dat het woord *tauptu* symboliseerde — 'gelouterd'. Van de top rezen zes pieken op, waarvan er drie correspondeerden met de drie centimeter hoge beenderknokkels op zijn hersenkam, terwijl de overige drie zijn rang aangaven. Na een ogenblik peinzen verwijderde Khb Tachx het medaillon en trok toen de helm over zijn kale grijze schedel.

Hij ging de gang op en liep bedaard naar een deur van gefuseerd kwarts die bij zijn nadering geluidloos opzij gleed. Hij trad binnen in een volmaakt rond vertrek met glasachtige wanden en een hoge para-boolvormige koepel. Voor zover de Xaxanen behagen schepten in het beschouwen van onbezielde voorwerpen, genoten zij van de serene eenvoud van zulke vormen. Om een ronde tafel van gepolijst basalt zaten vier mannen die elk een helm met zes pieken droegen. Zij merkten direct dat het medaillon van Tachx ontbrak en begrepen wat hij ermee bedoelde: nu het Grote Noordfort was gevallen, was de noodzaak om onderscheid te kunnen maken tussen Tauptu en Chitumih vervallen. Deze vijf mannen regeerden de Tauptu als een informeel comité, zonder scherp afgebakende verantwoordelijkheden, behalve dat Strijdleider Khb Tachx de militaire strategie bepaalde en dat Pttdu Apiptix het bevel voerde over de weinige resterende schepen van de ruimtevloot.

Khb Tachx ging zitten en beschreef de val van het Chitumih-bolwerk. Zijn metgezellen namen hem onbewogen op, zonder vreugde of opwinding te tonen, want die voelden zij niet.

Pttdu Apiptix resumeerde de nieuwe condities. "De nopal zijn als tevoren. Wij hebben slechts een plaatselijke zege geboekt."

"Toch is het een zege," merkte Khb Tachx op.

Een derde Xaxaan verzette zich tegen deze uitlatingen die naar zijn idee een extreem pessimisme inhielden. "Wij hebben de Chitumih vernietigd; zij hebben ons niet vernietigd. Wij zijn met niets begonnen, zij met alles; toch hebben wij gewonnen."

"Onbelangrijk," antwoordde Pttdu Apiptix. "Wij zijn niet in staat geweest ons voor te bereiden op wat komen moet. Onze wapens tegen de nopal zijn geïmproviseerd; zij vallen ons bijna naar believen lastig."

"Het verleden is voorbij," verklaarde Khb Tachx. "De korte stap is gedaan; nu zullen wij de lange stap nemen. De oorlog moet verplaatst worden naar Nopalgaard."

De vijf zwegen nadenkend. Dit idee was bij allemaal herhaaldelijk opgekomen, en even vaak waren ze ervoor teruggedeinsd.

Een vierde Xaxaan merkte bruusk op: "Wij zijn leeggebloed. Oorlog kunnen wij niet meer voeren."

"Nu zullen anderen bloeden," antwoordde Khb Tachx. "Wij zullen Nopalgaard besmetten zoals de nopal Ixax hebben besmet, en niet meer doen dan de strijd leiden."

De vierde Xaxaan dacht na. "Is dit een praktische strategie? Xaxanen riskeren hun leven als ze zich maar op Nopalgaard vertonen."

"Wij zullen ons door agenten moeten laten vertegenwoordigen. Wij moeten iemand aanstellen die niet direct herkenbaar is als vijand, een man van een andere planeet."

"In dat geval," zei Pttdu Apiptix, "ligt de keus voor de hand…"

II

Een stem die beefde van angst of opwinding — het meisje van de telefooncentrale van het ARPB in Washington kon niet bepalen wat het was — wilde spreken met "iemand die de leiding had". Het meisje informeerde waar het over ging, en legde uit dat het ARPB uit talrijke afdelingen en kantoren bestond.

"Het is iets geheims," zei de stem. "Ik moet met een van de hoge klazen spreken, iemand die te maken heeft met de belangrijkste wetenschappelijke projecten."

Een gek, concludeerde het meisje, en ze maakte aanstalten de man door te schakelen naar de afdeling public relations toen Paul Burke, assistent-directeur research, de hal inliep. Deze zevenendertigjarige, eenmaal getrouwde en eenmaal gescheiden man met zijn lange benen maakte indruk op de meeste vrouwen en de telefoniste was geen uitzondering. Meteen greep ze de gelegenheid aan om zijn aandacht te trekken. "Meneer Burke, wilt u misschien met deze man spreken?"

"Wat voor man?" vroeg Burke.

"Ik weet het niet. Hij is enorm opgewonden en hij wil met een hoog persoon spreken."

"Mag ik vragen welke positie u heeft, meneer Burke?" De stem riep meteen een beeld in Burkes geest tevoorschijn van een oudere man, serieus en gewichtig, die stond te springen van opwinding.

"Ik ben assistent-directeur van research," zei Burke.

"Betekent dat dat u een geleerde bent?" vroeg de stem voorzichtig. "Dit is iets waarover ik niet met ondergeschikten kan spreken."

"Min of meer. Wat is er loos?"

"Meneer Burke, u zou me nooit geloven als ik het u over de telefoon vertelde." De stem trilde. "Ik kan het zelf niet eens geloven."

Burke voelde dat zijn belangstelling werd gewekt. De stem van de man bracht zijn opwinding over en Burkes nekharen begonnen ervan te prikken. Maar een instinct, een voorgevoel, een intuïtie zei hem dat hij niets met deze nerveuze oude man te maken wilde hebben.

"Ik moet u spreken, meneer Burke — u of een van de geleerden. Een van de topgeleerden." Zijn stem verflauwde, en werd daarna weer luider alsof hij zich even van de microfoon had afgewend.

"Als u mij uw probleem zou kunnen uitleggen," zei Burke voorzichtig, "dan kan ik u misschien helpen."

"Nee," zei de man. "U zou me vertellen dat ik gek ben. U moet hier komen. Ik beloof u dat u iets zult zien dat u zelfs in uw wildste dromen niet voor mogelijk had gehouden."

"Dat is nogal kras," zei Burke. "Kunt u me niet een idee geven waar het om gaat?"

"U zou denken dat ik gek ben. En misschien ben ik dat wel." Hij lachte onnodig hard. "Was het maar waar."

"Hoe heet u?"

"Komt u naar me toe?"

"Ik zal iemand sturen."

"Daar heb ik niks aan. U stuurt me de politie op m'n dak, en dan — komt — er — stennis — van!" Op het laatst fluisterde hij bijna.

Burke beval de telefoniste: "Laat opsporen waar dit gesprek vandaan komt." Weer in de telefoon zei hij: "Bent u zelf in moeilijkheden? Wordt u door iemand bedreigd?"

"Nee, nee, meneer Burke! Niets daarvan! Zeg het me nu eerlijk: komt u nu meteen? Ik moet het weten!"

"Niet als u me geen betere reden kunt geven."

De man haalde diep adem. "Okay. Luister dan goed. En zeg niet dat ik u niet gewaarschuwd heb. Ik —" De verbinding werd verbroken.

Burke keek met een mengsel van opluchting en weerzin naar het apparaat in zijn hand. "Is dat gelukt?"

"Er was niet genoeg tijd, meneer Burke. Hij heeft te vlug opgehangen."

Burke haalde zijn schouders op. "Hij zal wel getikt zijn... Maar toch..." Hij liep weg. Zijn nekharen kriebelden nog steeds op een griezelige manier. In zijn kantoor kreeg hij even later gezelschap van dr. Ralph Tarbert, een wis- en natuurkundige die zijn tijd verdeelde tussen

Brookhaven en het ARPB. Tarbert was een knappe vijftiger met een mager gezicht, nerveus en gespierd, en had een enorme witte haardos waarop hij bijzonder trots was. In tegenstelling tot Burkes kreukelige jasje en broek waren de pakken van Tarbert elegant en conservatief donkerblauw of grijs. Hij erkende niet alleen dat hij intellectueel een snob was maar beroemde zich er zelfs op en hij wendde een cynisme voor dat Burke soms frivool genoeg vond om zich eraan te ergeren.

Het afgebroken telefoongesprek hield hem nog bezig. Hij vertelde het aan Tarbert die, zoals hij had verwacht, het voorval met een luchtig handgebaar afdeed.

"Die man was bang," peinsde Burke. "Dat stond vast."

"De duivel keek hem aan vanaf de bodem van zijn bierpul."

"Hij klonk doodnuchter. Weet je, Ralph, ik heb een voorgevoel over deze zaak. Ik wou dat ik naar hem toe was gegaan."

"Neem een pil," stelde Tarbert voor. "Laten we het nu eens hebben over deze elektronen-uitwerper-dinges…"

Kort na het middaguur werd er een pakje op Burkes kantoor bezorgd. Hij tekende voor ontvangst en bekeek het. Zijn naam en adres waren er met een ballpoint in blokletters opgeschreven, met een waarschuwing: NIET OPENEN IN HET BIJZIJN VAN ANDEREN.

Burke scheurde de verpakking open. Er zat een kartonnen doosje in met een metalen schijfje ter grootte van een dollar dat hij op zijn hand schudde. De schijf leek tegelijk licht en zwaar; massief maar gewichtloos. Met een gedempte uitroep deed Burke zijn hand open. De schijf zweefde in de lucht. Langzaam, geruisloos begon hij op te stijgen.

Burke staarde ernaar. "Wat heb ik nou aan mijn fiets hangen," mompelde hij. "Geen zwaartekracht?"

De telefoon ging. De stem vroeg bezorgd: "Heeft u het pakje gekregen?"

"Nu net," zei Burke.

"Komt u me nu opzoeken?"

Burke haalde diep adem. "Hoe heet u?"

"Komt u alleen?"

"Ja," zei Burke.

III

Sam Gibbons was weduwnaar. Twee jaar geleden was hij opgehouden met een welvarende handel in tweedehandsauto's in Buellton, Virginia, dat honderdtien kilometer van Washington lag.

Nu zijn twee zonen op de universiteit zaten woonde hij alleen in het grote huis drie kilometer buiten de stad op de top van een heuvel.

Hij wachtte Burke bij het hek op — een gewichtige man van zestig met een peervormig lichaam, een beminnelijk roze gezicht dat nu gevlekt was en trilde. Hij vergewiste zich ervan dat Burke alleen was, dat hij een erkend geleerde was — "op de hoogte van de ruimte en die kosmische stralentoestand" — en een gezaghebbende positie bekleedde.

"Begrijp me niet verkeerd," zei Gibbons zenuwachtig. "Het moet nou eenmaal op deze manier. Zo meteen begrijpt u wel waarom. Goddank dat ik er nu van af ben." Hij zuchtte en keek om naar zijn huis.

"Wat is er aan de gang?" vroeg Burke. "Wat betekent dit allemaal?"

"Dat merkt u gauw genoeg," zei Gibbons hees. Burke zag dat hij stond te wankelen van vermoeidheid en dat zijn ogen rood waren. "Ik moet u naar het huis brengen. Dat is alles wat ik hoef te doen. Daarna is het uw zaak."

Burke keek over de oprijlaan naar het huis. "Wat is mijn zaak?"

Gibbons klopte hem nerveus op zijn schouder. "Het is in orde; u moet gewoon —"

"Ik verroer geen vin totdat ik weet wie daar is," zei Burke.

Gibbons keek heimelijk over zijn schouder. "Het is iemand van een andere planeet," flapte hij eruit. "Van Mars misschien; ik weet het niet. Ik moest van hem iemand opbellen met wie hij kon praten, en toen kreeg ik u aan de lijn."

Burke staarde naar de voorkant van het huis. Achter een raam met een gordijn zag hij een lange, rechthoekige gedaante. Het kwam helemaal niet bij hem op aan Gibbons' verhaal te twijfelen. Hij lachte onzeker. "Dat is schrikken."

"Moet u mij vertellen," zei Gibbons.

Burkes knieën knikten; hij voelde een enorme tegenzin om zich te bewegen. Met een holle stem vroeg hij: "Hoe weet u dat hij van een andere planeet komt?"

"Dat zei-die," zei Gibbons. "En ik geloofde het. Wacht maar tot u hem ziet."

Burke haalde diep adem. "Goed. Laten we maar gaan. Spreekt hij Engels?"

Gibbons grijnsde moeilijk. "Uit een doosje. Hij heeft een doos op zijn buik hangen en die doos praat."

Bij het huis gekomen duwde Gibbons de voordeur open en gebaarde Burke naar binnen. Burke bleef abrupt staan.

Het wachtende wezen was menselijk, maar die status had hij via een andere route bereikt dan Burkes voorouders. Hij was tien centimeter langer, en zijn huid was zo ruw en grijs als die van een olifant. Zijn hoofd was lang en smal, zijn ogen effen en blind, als stukken bierkleurig kwarts. Van zijn schedel rees een benen kam op met drie knobbels. De kam dook omlaag en ging over in zijn smalle neus. Zijn borst was smal en lang, zijn armen en benen knokig en rijk voorzien van spieren.

Langzaam keerde Burkes kalmte terug. De man bestuderend voelde hij een felle intelligentie, en tot zijn ongenoegen merkte hij dat hij hem met weerzin en wantrouwen bekeek — wat hij probeerde te onderdrukken. Maar het was onvermijdelijk, dacht hij, dat wezens van verschillende planeten elkaar onplezierig en vreemd vonden. Om zijn emoties te compenseren sprak hij op een hartelijke toon die hem zelf vals in de oren klonk: "Ik ben Paul Burke. Ik heb gehoord dat u onze taal kent."

"Wij bestuderen uw planeet al jaren." De heldere woorden kwamen uit een toestel dat voor de borst van de vreemde hing: een gedempte, onnatuurlijke stem begeleid door sis- en zoemgeluiden, klikkende en ratelende klanken die voortgebracht werden door vibrerende platen langs de thorax. Een vertaalmachine, dacht Burke, die vermoedelijk de Engelse woorden in de klikkende en ratelende taal van de vreemde vertaalde. "Wij hebben u eerder willen bezoeken maar dat is gevaarlijk voor ons."

" 'Gevaarlijk'?" Burke was verbaasd. "Ik begrijp niet waarom; wij zijn toch geen barbaren. Van welke planeet komt u?"

"Ver weg van uw zonnestelsel. Ik ben niet op de hoogte van uw astronomische kennis. Ik weet uw naam ervoor niet. Wij noemen onze planeet Ixax. Ik ben Pttdu Apiptix." De doos leek moeite te hebben met de *l* en de *r* en sprak ze met een schurend geluid van het mechanisme uit. "U bent een van de geleerden van uw wereld?"

"Ik ben wis- en natuurkundige," zei Burke, "hoewel ik momenteel een administratieve baan heb."

"Goed." Pttdu Apiptix stak zijn hand op en richtte de palm op Sam Gibbons die zich nerveus op de achtergrond hield. Het vierkante instrumentje in zijn hand knerste en deed de lucht sidderen zoals ijs verbrijzelt onder een hamerslag. Gibbons stiet een schorre kreet uit en viel in een vreemd ronde hoop op de grond, alsof al zijn botten verdwenen waren.

Burke hapte verbijsterd naar adem. "Hé, hé!" hakkelde hij. "Wat doet u?"

"Deze man mag niet met anderen spreken," zei Apiptix. "Mijn taak is belangrijk."

"Naar de duivel met je taak!" brulde Burke. "Je hebt onze wetten overtreden! Wat —"

Pttdu Apiptix viel hem in de rede. "Soms is het doden een noodzaak. U moet uw manier van denken wijzigen want ik wil dat u mij helpt. Als u weigert zal ik u doden en een ander zoeken."

Burkes stem weigerde verstaanbaar te worden. Eindelijk zei hij hees: "Wat wil je dat ik doe?"

"Wij gaan naar Ixax. Daar zult u het horen."

Burke protesteerde voorzichtig, alsof hij het tegen een maniak had. "Ik kan onmogelijk naar uw planeet gaan. Ik moet aan mijn werk denken. Ik stel voor dat u met mij meegaat naar Washington —" Hij hield op toen het sardonische geduld van de ander hem in verlegenheid bracht.

"Uw gemak en uw werk interesseren mij niet," zei Apiptix.

Bevend op de rand van hysterische woede leunde Burke naar voren. Pttdu Apiptix liet zijn wapen zien. "Laat u niet beïnvloeden door uw emotionele opwellingen." Hij vertrok zijn gezicht tot een huiverende grimas — de enige verandering van uitdrukking die Burke had opgemerkt. "Kom mee, als u wilt blijven leven." Hij liep achteruit naar de achterkant van het huis.

Burke volgde hem met stijve benen. Via een achterdeur kwamen ze in de tuin, waar Gibbons een zwembad en een betegeld barbecueterras had aangelegd.

"Hier wachten wij," zei Apiptix. Hij bleef roerloos staan terwijl hij Burke met de roerloze rust van een insect observeerde. Er gingen vijf minuten voorbij. Burke kon niet spreken, was zwak van woede en angst. Tienmaal stond hij op het punt om zich op de Xaxaan te storten en op zijn geluk te vertrouwen; maar iedere keer deed het instrument in de ruwe grijze hand hem aarzelen.

Uit de hemel viel een stompe metalen cilinder ter grootte van een lange vrachtwagen. Er viel een luik open. "Treed binnen," zei Apiptix.

Voor het laatst overwoog Burke zijn kansen. Maar die bestonden niet. Hij stapte onhandig in. Apiptix volgde hem. Het luik ging dicht. Meteen kreeg Burke een gevoel van snelle beweging. Met grote moeite kalm sprekend zei hij: waar breng je me heen?"

"Naar Ixax."

"Waarom?"

"Zodat u kunt vernemen wat er van u wordt verwacht. Ik begrijp uw woede. Ik besef dat u niet blij bent. Toch zult u er in moeten berusten dat uw leven veranderd is." Hij stak zijn wapen weg. "Het is zinloos om —"

Burke kon zijn woede niet meer de baas. Hij stortte zich op de Xaxaan, die hem met een stijve arm van zich af hield. Van ergens kwam een scheurende paarse vlam, en toen was Burke bewusteloos.

IV

Hij werd wakker in een onbekende omgeving, in een donkere kamer die naar natte rots rook. Hij zag niets. Onder hem scheen een soort veerkrachtige mat te liggen; zijn zoekende vingers vonden een paar centimeter lager een koude, harde vloer.

Hij richtte zich half op. Hij hoorde niets; er heerste een absolute stilte.

Hij voelde aan zijn gezicht om aan zijn baardgroei te zien hoeveel tijd er verstreken was. De stoppels waren minstens een halve centimeter lang: een week.

Er kwam iemand. Hoe wist hij dat? Er was geen geluid geweest, alleen een drukkend gevoel van kwaad, bijna even tastbaar als een akelige geur.

Plotseling gloeiden de wanden op en onthulden een lange smalle kamer met een sierlijk gewelfde zoldering. Burke ging zitten. Zijn armen trilden, zijn benen en knieën waren slap.

Pttdu Apiptix of iemand die er sterk op leek verscheen in de deur. Met kramp in zijn borst van spanning en duizelig van honger wankelde Burke overeind.

"Waar ben ik?" Zijn stem was schor.

"Wij zijn op Ixax," sprak de doos op Apiptix' buik.

Burke wist niets te zeggen, en hij had een brok in zijn keel.

"Kom," zei de Xaxaan.

"Nee." Burkes knieën begaven het; hij zonk terug op de mat.

Pttdu Apiptix verdween in de gang. Niet veel later was hij terug met twee andere Xaxanen die een metalen kast voor zich uit rolden. Ze grepen Burke beet, stopten een buis in zijn keel en pompten warme vloeistof in zijn maag. Zonder plichtplegingen trokken ze de buis weer weg en verdwenen.

Apiptix bleef zwijgend staan. Burke lag hem door zijn oogharen te bekijken. Op een griezelige manier was Pttdu Apiptix een luisterrijk wezen, al was hij dan een duivel en een moordenaar. Een glanzende zwarte schaal als het schild van een kever hing achter zijn rug; op zijn hoofd had hij een gegroefde metalen helm met een kam van zes onheilspellende pieken. Burke huiverde zwak en sloot zijn ogen. Hij voelde zich nietig en hulpeloos in aanwezigheid van zoveel kwaadaardige kracht.

Weer verstreken er vijf minuten terwijl het leven langzaam terugsijpelde in Burkes lichaam. Hij deed zijn ogen open en zei kribbig: "En nu ga je me zeker vertellen waarom je me hier hebt gebracht."

"Als u gereed bent," zei Apiptix, "gaan we naar het oppervlak. Dan zult u horen wat er van u wordt verwacht."

"Wat jullie verwachten en wat jullie krijgen zijn twee heel verschillende dingen," grauwde Burke. Vermoeidheid veinzend ging hij weer liggen.

Apiptix vertrok. Burke vervloekte zijn eigen stomme gedrag. Wat leverde het op om hier in het donker te liggen? Alleen verveling en onzekerheid.

Een uur later kwam het wezen terug. "Bent u gereed?"

Zonder te spreken stond Burke op en volgde de in het zwart gehulde gedaante door de gang en in een lift. Ze stonden vlak bij elkaar. Burke verwonderde zich dat zijn huid zich samentrok. De Xaxaan was een vertegenwoordiger van het universele type *mens* dus vanwaar deze afkeer? Omdat het wezen zo meedogenloos was? Dat was meer dan voldoende reden, dacht Burke — maar toch...

De Xaxaan onderbrak zijn gedachten. "Misschien vraagt u zich af waarom wij onder de grond wonen?"

"Ik vraag me allerlei dingen af."

"Door een oorlog zijn wij onder de grond gedreven, een oorlog zoals uw planeet nooit heeft gekend."

"Is die oorlog nog aan de gang?"

"Op Ixax is de oorlog voorbij; wij hebben de Chitumih gelouterd. Wij kunnen weer over het oppervlak lopen."

Emotie? Burke vroeg het zich af. Was verstand zonder emoties denkbaar? De emoties van een Xaxaan hoefden niet noodzakelijk vergelijkbaar te zijn met die van hem, dat lag voor de hand; toch moesten ze zekere gezichtspunten gemeen hebben, bepaalde aspecten van het verstandelijke bestaan delen, zoals de drang om in leven te blijven, bevrediging door prestaties, nieuwsgierigheid en verwondering...

De lift stopte. De Xaxaan stapte eruit en liep een gang in. Burke kwam er met tegenzin achteraan terwijl hem een dozijn wilde en onpraktische listen voor de geest kwamen. Hoe dan ook, op welke manier ook, hij moest iets doen. Apiptix had niets goeds met hem voor; iedere actie was te verkiezen boven deze gedweeë gehoorzaamheid. Hij moest een wapen vinden, vechten, wegrennen, ontsnappen, zich verstoppen — iets, het gaf niet wat!

Apiptix draaide zich om en gebaarde bruusk. "Kom," zei zijn stemdoos. Burke liep langzaam verder. Actie! Hij grinnikte zuur. Wat voor actie? Tot zover hadden ze niet geprobeerd hem kwaad te doen, maar toch... Plotseling bleef hij staan; er klonk een verschrikkelijk geratel. Hij had geen hulp nodig om te weten wat het betekende: de taal van de pijn was universeel.

Zijn knieën knikten. Hij steunde tegen de muur. Het geratel brak af, stierf trillend en zwak zoemend weg.

De Xaxaan keek hem onbewogen aan. "Kom," zei de stemdoos weer.

"Wat was dat?" fluisterde Burke.

"Dat zult u wel zien."

"Ik ga niet verder."

"Kom, anders wordt u gedragen."

Burke aarzelde. De Xaxaan kwam op hem af; woedend liep Burke verder.

Er rolde een metalen deur opzij; door de bres zong een koude zure wind. Ze stonden in het naargeestigste landschap dat Burke kende. Bergen als krokodillentanden markeerden de horizon; de lucht was volgepakt met zwarte en grijze wolken waar regenbuien aanhingen. De vlakte droeg een korst van ruïnes. Verroeste balken wezen als droge insectenpoten naar de hemel; de muren waren ingestort tot bergen zwarte bakstenen en leverbruine tegels; de stukken die nog overeind stonden zaten vol plakkaten mos in stuurse kleuren. In het hele trieste tafereel was er niets fris, niets levends, geen vooruitzicht op verandering of verbetering; alleen verval en doelloosheid. Burke kon een steek van medelijden met de Xaxanen niet onderdrukken. Wat ze ook misdreven hadden...Hij keerde zich om naar het enkele intacte gebouw waaruit hij en Pttdu Apiptix waren gekomen, staarde naar de donkere gedaanten in de kooi. Mensen? Xaxanen?

De doos van Apiptix beantwoordde zijn onuitgesproken vraag. "Dat is het restant van de Chitumih. Meer zijn er niet. Alleen Tauptu."

Burke liep langzaam tegen de bittere windvlagen optornend naar het pathetische groepje toe. Bij het gaas gekomen keek hij in de kooi. De Chitumih op hun beurt inspecteerden hem en leken hem met hun ogen te betasten in plaats van naar hem te kijken. Het was een miserabel haveloos groepje en hun huid stond ruw en strak over hun skelet gespannen. Ze leken van hetzelfde ras te zijn als de Tauptu, maar daarmee hield de gelijkenis op. Zelfs in de schande en het vuil van de kooi was hun geest nog niet geblust. Het ouwe liedje, dacht Burke: barbaren hadden een beschaving overwonnen. Hij keek nijdig naar Apiptix, die hij nu zag als een vals wezen, gespeend van ieder fatsoen. Een plotselinge woede verraste en overrompelde hem. Hij werd licht in het hoofd en wankelde met zwaaiende vuisten op de vreemde af. De Chitumih zoemden zacht ter aanmoediging, maar vergeefs. Een tweetal Tauptu die in de buurt stonden kwamen nader. Burke werd gegrepen en weggetrokken van de kooi, tegen de muur van het gebouw gedrukt, en vastgehouden tot hij ophield met worstelen en slap stond te hijgen.

Apiptix sprak alsof er niets was gebeurd: "Dat zijn de Chitumih; zij zijn met weinigen en spoedig zullen ze geëlimineerd zijn."

Door de muur van smeltrots kwam weer een vibratie van doodsangst.

"Jullie martelen de Chitumih — en laten de anderen luisteren?"

"Niets wordt zonder reden gedaan. Kom, dan kunt u kijken."

"Ik heb genoeg gezien." Burke keek wild om zich heen. Nergens zag hij iets dat hem troostte of waar hij zich kon verschuilen, alleen natte ruïnes, zwarte bergen, regen, roest, puin... Apiptix maakte een gebaar — de twee Tauptu voerden Burke weer het gebouw in. Hij verzette zich. Hij schopte, liet zich slap hangen, rukte met zijn lichaam heen en weer, maar alles vergeefs; de Tauptu droegen hem moeiteloos door een korte brede gang, een kamer in die baadde in een groenwit schijnsel. Burke stond te hijgen. Weer probeerde hij zich los te rukken, maar de vingers van de bewakers waren als tangen.

"Als u in staat bent uw agressieve impulsen te beheersen," klonk de onaandoenlijke stemdoos, "wordt u losgelaten."

Burke smoorde een bittere woordenstroom. Weerstand was nutteloos, onwaardig. Hij richtte zich op en knikte kortaf. De Tauptu stapten achteruit.

Burke keek om zich heen. Half verscholen achter een opbouw van blijkbaar elektrische apparatuur zag hij een plat rooster van glanzende metalen staven. Tegen de muur stonden vier Xaxanen in de boeien; Burke herkende ze als Chitumih aan een hoedanigheid die hij niet kon benoemen: een innerlijk gevoel dat hem verzekerde dat de Chitumih fatsoenlijke, dappere lieden waren, zijn natuurlijke bondgenoten tegen de Tauptu... Apiptix kwam naar hem toe met een soort bril zonder glazen.

"Op dit ogenblik is er nog veel dat u niet begrijpt," zei hij. "De omstandigheden hier zijn anders dan op Aarde."

Goddank, dacht Burke.

Apiptix ging verder: "Hier op Ixax zijn er twee soorten mensen, de Tauptu en de Chitumih. Zij onderscheiden zich door de nopal."

"De 'nopal'? Wat is dat?"

"Dat zult u zo merken. Eerst wil ik een proef doen, om wat wij uw psionische gevoeligheid kunnen noemen, te testen." Hij liet Burke de bril zien. "Dit instrument is vervaardigd van een vreemd materiaal dat u niet kent. Misschien zou u er eens door willen kijken."

Een scheut van afkeer voor alle Tauptuse dingen deed hem terugdeinzen. "Nee."

Apiptix hield hem de bril voor. Hij leek te grijnzen, al verroerde hij geen spier van zijn magere grijze gezicht. "Ik moet aandringen."

Met moeite bedwong Burke zijn woede en griste hem de bril uit handen.

Schijnbaar veranderde er niets toen hij door de bril keek, zelfs het licht werd niet gebroken.

"Bekijk de Chitumih," zei Apiptix. "De glazen geven uw gezichtsvermogen als het ware een nieuwe dimensie."

Burke onderzocht de Chitumih met de bril. Hij staarde, boog zich naar voren. Heel even zag hij — wat? Wat was dat? Hij herinnerde het zich niet. Weer keek hij, maar de brillenglazen maakten alles wazig. De Chitumih leken te vervloeien; over de bovenste helft van hun lichaam hing een wazige zwarte vlek, als een rups. Vreemd! Hij keek naar Pttdu Apiptix. Van verrassing knipperde hij met zijn ogen. Ook hier de zwarte nevel — of iets anders? Wat was het? Onbegrijpelijk! Het diende als achtergrond voor Apiptix' hoofd — iets dat ingewikkeld en ondefinieerbaar was, iets enorm dreigends. Hij hoorde een vreemd geluid, een schrapend, grommend keelgeluid! *"Gher, gher."* Waar kwam het vandaan? Hij trok de bril van zijn gezicht, keek wild om zich heen. Het geluid hield op.

Apiptix klikte en zoemde en de stemdoos vroeg: "Wat heeft u gezien?"

Burke probeerde het zich precies te herinneren. "Niets dat mij iets zei," antwoordde hij ten slotte, maar zijn geest was leeg geworden. Vreemd... En ietwat verwilderd vroeg hij zich af: wat gebeurt hier?

Hardop vroeg hij: "Wat had ik moeten zien?"

Wat de Xaxaan antwoordde werd overstemd door een staccato geratel van pijn. Burke drukte zijn handen tegen zijn hoofd en stond te wankelen op zijn voeten terwijl hij werd overvallen door een eigenaardige dronken duizeling. De Chitumih hadden er ook last van; ze hingen in de boeien en twee van hen zonken op de knieën.

"Wat doen jullie?" riep Burke. "Waarom heb je me hier gebracht?" Hij durfde niet naar de machinerie te kijken.

"Om een zeer noodzakelijke reden. Kom. U zult het zien."

"Nee!" Burke stormde naar de deur. Hij werd vastgegrepen. "Ik wil niet meer zien."

"Dat moet."

De Xaxanen draaiden hem om en trokken hem door de kamer. Tegen wil en dank moest hij nu wel naar het mechanisme kijken. Er lag een man languit met zijn gezicht omlaag op het metalen rooster. Twee kommen van een ingewikkelde constructie omvatten zijn hoofd; zijn armen, benen en romp werden door strakke metalen mouwen op hun plaats gehouden. Een heel dunne lap, teer als mist, doorzichtig als cellofaan, zweefde half boven zijn hoofd en schouders. Tot Burkes verbazing was het slachtoffer geen Chitumih. Hij droeg de kleren van een Tauptu; op een tafel lag een helm zoals die van Apiptix, met vier pieken. Een fantastische paradox! Burke keek beduusd toe terwijl de handeling — straf, marteling, demonstratie, wat het ook mocht zijn, werd voortgezet.

Twee Tauptu kwamen bij het rooster. Hun handen staken in witte handschoenen. Ze kneedden de lap die het hoofd van het slachtoffer omhulde. De armen en benen bewogen. Uit de kommen kwam opeens een geruisloze blauwe lichttrilling — een ontlading van energie. Het slachtoffer ratelde en Burke worstelde duizelig tegen de greep van de Xaxanen. Opnieuw kwam de blauwe ontlading; weer de rukkerige mechanische reflex, als een kikkerpoot die onder stroom wordt gezet. De Chitumih bij de muur klikten ellendig; de Tauptu stonden er streng en onverbiddelijk omheen.

De beulen kneedden, drukten, trokken. Opnieuw een flits van blauw licht, weer een vertwijfeld geratel; de Tauptu op het rooster verslapte. Een van de beulen nam de doorzichtige zak af en droeg hem voorzichtig weg. Twee andere Tauptu maakten de bewusteloze los en legden hem zonder omhaal op de vloer. Daarna haalden ze een van de Chitumih en wierpen hem op het rooster. Zijn armen en benen werden vastgemaakt; met het schuim op zijn mond verzette hij zich. De eigenaardige zak werd gebracht, gewichtloos door de lucht zwevend, en over het hoofd en de schouders van de Chitumih gedrapeerd.

De marteling begon...Tien minuten later werd de Chitumih met een wiebelend hoofd naar de zijkant van het vertrek gedragen.

Apiptix overhandigde de rillende Burke opnieuw de bril. "Kijk naar de gelouterde Chitumih. Wat ziet u?"

Burke keek. "Niets. Er is niets."

"Kijk nu hier. Vlug!"

Burke draaide zich om en staarde in een spiegel. Iets, stijf en gewichtig, rees boven zijn hoofd uit. Grote bolle ogen naast zijn nek staarden hem aan. Heel even maar, toen zag hij niets. De spiegel werd vaag. Burke rukte de bril van zijn hoofd. De spiegel toonde alleen zijn asgrauwe gezicht. "Wat was dat?" fluisterde hij. "Ik zag iets..."

"Dat was de nopal," zei Apiptix. "U verraste hem." Hij nam de bril over. Twee mannen pakten Burke beet en droegen zijn spartelende en schoppende lichaam naar het rooster. De mouwen gleden over zijn armen en benen; hij kon zich niet bewegen. De doek werd over zijn hoofd geschikt. Hij kreeg een laatste blik op het kwaadwillende, gehate gezicht van Apiptix; toen ramde er een rillende schok van pijn door de zenuwen van zijn ruggengraat.

Hij beet op zijn lippen, deed zijn uiterste best om zijn hoofd te bewegen. Weer flitste het blauwe licht, weer een scheut van pijn, alsof de beulen met hamers op zijn ontblote zenuwen sloegen. De spieren van zijn keel zwollen op. Hij hoorde niets, hij merkte niet dat hij krijste.

Het licht verdween; het kneden van de witte handschoenen ging door, een zuigend, brandend gevoel alsof er een korst van een wond werd getrokken. Burke probeerde met zijn hoofd tegen de staven van het rooster te slaan, kreunde om zijn foltering hier op deze boze zwarte wereld...Een afschuwelijke bliksem van blauwe energie; een ruk, een scheuring, alsof zijn ruggengraat uit zijn lichaam gerukt was; een diepe krankzinnige woede, en toen was hij buiten westen.

V

Burke had een nogal licht gevoel in zijn hoofd, alsof hij een of andere euforische drug had gekregen. Hij lag op een lage, veerkrachtige mat in een kamer die leek op de eerste.

Hij dacht aan zijn laatste bewuste ogenblikken, aan de marteling en schoot wild overeind. De deur was open en werd niet bewaakt. Hij staarde ernaar terwijl hij zich in gedachten zag ontsnappen. Hij wilde opstaan, maar toen hoorde hij voetstappen. De kans was verkeken. Hij ging weer zitten.

Pttdu Apiptix kwam binnen. Burke keek hem vijandig aan. Maar — was dit Apiptix wel? Het leek dezelfde man; hij droeg de helm met de zes pieken en de stemdoos hing voor zijn borst. Het was Pttdu Apiptix en het was hem niet — want hij was veranderd. Boosaardig leek hij niet meer.

De stemdoos zei: "Kom met mij mee. U gaat eten en dan zal ik u bepaalde dingen uitleggen."

Burke kon geen woorden vinden. Het leek alsof de hele persoonlijkheid van de vreemde veranderd was.

"U verbaast zich?" vroeg Apiptix. "Terecht. Kom."

Burke volgde hem verbouwereerd naar een grote kamer die als eetzaal was ingericht. Apiptix gebaarde hem naar een stoel, liep zelf naar een automaat en kwam terug met kommen bouillon en cakes van een donkere substantie als samengeperste krenten. Gister had de man hem gemarteld, dacht Burke, en vandaag speelde hij voor gastheer. Hij bekeek de soep. Op het gebied van voedsel was hij niet kieskeurig, maar de eetwaren van een andere wereld, die van onbekende substanties bereid waren, wekten zijn eetlust niet.

"Ons voedsel is synthetisch," zei Apiptix. "Natuurlijk voedsel kunnen we ons niet veroorloven. U zult niet vergiftigd worden; onze stofwisselingsprocessen zijn gelijksoortig.

Burke overwon zijn afkeer en nam een slok bouillon. Hij smaakte onverschillig, niet aangenaam en niet vies. Hij at in stilte terwijl hij Apiptix uit zijn ooghoek in de gaten hield. Geen enkele plotselinge verandering van gedrag — die misschien maar schijn was — woog op tegen de koude feiten: moord, ontvoering, marteling.

Apiptix was vlug klaar met eten. Daarna zat hij Burke met zijn ogen af te tasten, alsof hij somber nadacht. Burke loerde stuurs terug. Hij dacht aan een vergrote foto van een wespenkop die hij een keer had gezien. De grote bolle ogen, gefacetteerd en onaandoenlijk, leken op die van de Xaxanen.

"Uiteraard," begon Apiptix, "bent u verbaasd en gebelgd. U begrijpt niets van wat is voorgevallen. U vraagt zich af waarom ik vandaag anders lijk dan gister. Is dat niet waar?"

Burke gaf het toe.

"Het verschil zit niet in mij, maar in u. Kijk." Hij wees in de lucht. "Kijk omhoog."

Burke speurde het plafond af. De vlekken zwommen voor zijn ogen; hij probeerde ze weg te knipperen. Maar hij zag niets en keek Apiptix vragend aan. Deze vroeg: "Wat zag u?"

"Niets."

"Kijk nog een keer." Hij wees. "Daar."

Burke keek opnieuw, tussen de strepen en vlekken voor zijn ogen door. Vandaag waren ze wel erg hinderlijk. "Ik zie niets…" Hij zweeg. Het leek alsof hij starende uilenogen zag. Maar meteen verzwommen ze en versmolten met de zwevende vlekken.

"Blijf kijken," zei Apiptix. "Uw geest is niet geoefend. Spoedig zullen deze dingen duidelijk zichtbaar worden."

"Welke dingen?" vroeg Burke stomverwonderd.

"De nopal."

"Er is helemaal niets."

"Ziet u geen fantomen, onvoelbare vormen? Voor een man van de Aarde is het makkelijker, veel makkelijker te zien dan voor een Xaxaan."

"Ik zie vlekken voor mijn ogen. Dat is alles."

"Kijk aandachtig naar de vlekken. Die vlek daar, bijvoorbeeld."

Hoe kon Pttdu Apiptix de vlekken voor de ogen van een ander zien? Burke bestudeerde de lucht. De vlek leek scherp te worden, zich te concentreren; onheilspellende ogen staarden hem aan; hij werd een verschuivende kleurenreeks gewaar. "Wat is dit? Hypnose?" riep hij uit.

"Het is de nopal. Hij infecteert Ixax ondanks al onze inspanningen. Bent u klaar met eten? Kom, opnieuw zult u de nog niet gelouterde Chitumih aanschouwen."

Ze liepen naar buiten, de zwarte regen in die vrijwel onafgebroken leek te vallen. Tussen de ruïnes glansden bleke plassen; de scherpe bergen waren niet te zien.

De regen negerend stapte Apiptix naar de kooi. Er waren nog maar vijfentwintig gevangenen over, ze loerden met van haat druipende ogen door het natte gaas en nu omvatte hun haat ook Burke.

"De laatsten der Chitumih," zei Apiptix. "Bekijk ze opnieuw."

Burke tuurde door het gaas. De lucht boven de Chitumih was wazig. Er waren... Hij gaf een schreeuw van schrik. Het waas werd scherp. Nu bleek dat iedere Chitumih een eigenaardige en verschrikkelijke berijder droeg die zich door middel van een geleiflap aan zijn nek en schedel vasthield. Een trotse groep pennen stak omhoog achter elk van de Chitumih-hoofden en ontsproot uit een bal donker dons ter grootte van een voetbal. Tussen de schouders en oren van de mensen hingen twee bollen die blijkbaar als ogen dienden. Ze keerden zich naar Burke met dezelfde haat en uitdaging die op de gezichten van de Chitumih te zien was.

Burke vond zijn stem terug. "Wat zijn dat?" vroeg hij schor. "De nopal?"

"Dat zijn de nopal. Parasieten, monsters." Hij maakte een gebaar langs de horizon. "U zult er nog veel meer zien. Ze zweven boven ons, hongerend, verlangend zich te installeren. Wij willen onze planeet van deze dingen zuiveren."

Burke speurde de hemel af. In de regen vielen de zwevende nopal, als die er waren, niet op. Daar — hij meende er een te zien. Het zweefde als een kwal in het water. Het was een klein en onderontwikkeld exemplaar; het aantal pennen was gering en de bollen die al dan niet zijn ogen waren leken niet groter dan citroenen. Burke knipperde met zijn ogen, wreef over zijn voorhoofd. De nopal verdween, de hemel was verlaten op de strenge wind en de verscheurde wolken na. "Zijn ze stoffelijk?"

"Ze bestaan, dus zijn ze stoffelijk. Is dat geen algemeen geldende waarheid? Als u vraagt uit wat voor stof ze bestaan, dan moet ik het antwoord schuldig blijven. De oorlog heeft ons honderd jaar beziggehouden, en gelegenheid voor het vergaren van kennis hadden wij niet."

Met zijn hoofd tussen zijn schouders getrokken tegen de regen draaide Burke zich om naar de gevangen Chitumih. Eerst had hij ze nobel gevonden met hun uitdagende houding, nu leken ze nogal dierlijk. Vreemd. En de Tauptu, die zijn weerzin hadden gewekt... Hij dacht aan Pttdu Apiptix die hem had ontvoerd en zijn leven had verstoord, die Sam Gibbons had vermoord. Toch geen prettig persoon — maar Burkes afkeer was geslonken en nu voelde hij ook een zekere onwillige bewondering. De Tauptu waren hardvochtig en ruw, maar wel vastberaden.

Opeens viel hem iets in. Hij keek Apiptix achterdochtig aan. Was hij het slachtoffer van een magnifieke, subtiele hersenspoeling die haat in respect veranderde, en illusies van onstoffelijke parasieten opriep? Geen erg geloofwaardig idee, maar wat kon er meer bizar zijn dan de nopal zelf?

Toen hij weer naar de Chitumih keek loerden de nopal hem nog net zo aan als de eerste keer. Het kostte hem moeite om scherp te denken, maar bepaalde zaken waren opgehelderd. "De nopal concentreren zich niet uitsluitend op Xaxanen?" vroeg hij.

"Geenszins."

"Was er een op mij gaan zitten?"

"Ja."

"En jullie hebben me op dat rooster gelegd om deze nopal te verdrijven?"

"Ja."

Burke peinsde. De koude regen sijpelde over zijn rug. De toonloze stemdoos zei: "Uw onredelijke haatgevoelens en plotselinge intuïties zijn minder frequent geworden, zoals u gemerkt heeft. Voordat wij iets met u konden beginnen, moesten we u zuiveren."

Burke vroeg maar niet wat ze dan met hem wilden beginnen. Toen hij opkeek bleek de kleine nopal vlakbij te zweven. Zijn oogballen glinsterden. Anderhalve meter? Drie meter? Vijftien? Hij kon de afstand niet bepalen; het verschijnsel leek vaag, bijna subjectief. Hij vroeg: "Waarom gaan ze niet opnieuw op mijn nek zitten?"

Apiptix toonde zijn stijve grimas. "Dat zullen ze nog doen. En dan moet u opnieuw gelouterd worden. Een maand lang, ongeveer, blijven ze op een afstand. Misschien zijn ze bang; misschien weten de hersens ze zolang af te weren. Het is een mysterie. Maar vroeg of laat komen ze neer; dan zijn we Chitumih en moeten gelouterd worden."

De nopal fascineerde Burke op een akelige manier. Hij kon zijn ogen er nauwelijks van afnemen. Een van die dingen had aan hem gekoppeld gezeten! Hij rilde, met een enigszins onredelijk gevoel van dank dat de Tauptu hem gelouterd hadden — al hadden zij hem naar Ixax gebracht.

"Kom," zei Apiptix. "Nu zult u horen wat er van u wordt verlangd."

Nat en koud liep Burke met soppende voeten in zijn schoenen achter hem aan terug naar de eetzaal. Hij voelde zich volslagen miserabel. De vreemde, die zich niet stoorde aan regen en nattigheid, wees hem een stoel.

"Ik zal u iets van onze geschiedenis vertellen. Honderdtwintig jaar geleden was Ixax een andere wereld. Onze beschaving was te vergelijken met de uwe, al waren wij in sommige opzichten verder. Wij reisden al sinds lang door de ruimte en uw wereld kenden wij al verscheidene eeuwen.

"Honderd jaar geleden was een groep geleerden —" Hij hield op en keek Burke vragend aan. "Het vocht hindert u? U heeft het koud?" Zonder op antwoord te wachten zoemde en klikte hij tegen een bediende, die daarop een zware blauwglazen beker met een warme drank bracht.

Burke dronk ervan: de vloeistof was warm en bitter en blijkbaar bedoeld als stimulans. Iets later voelde hij zich wat vrolijker, wat zweverig zelfs, terwijl het water uit zijn kleren druppelde en een plas op de vloer maakte.

De stemdoos sprak op een afgemeten dreuntoon en deed zorgvuldig zijn best met de *l* en de *r*. "Honderd jaar geleden ontdekten enkele geleerden, die zoals u het noemt psionische activiteit aan het bestuderen waren, de nopal. Zo gebeurde het dat Maub Kiamkagx —" zo kwam de naam uit de doos "— een zeer teletastgevoelig man, gevangen raakte in een defecte energiemodulatiemachine. Enkele uren lang werd hij overspoeld en doordrongen door energie. Toen hij gered was hervatten de geleerden hun experimenten om te onderzoeken of deze ervaring van invloed was geweest op zijn vermogens.

"Maub Kiamkagx was de eerste Tauptu geworden. Toen de geleerden hem benaderden keek hij hen in doodsangst aan — en de geleerden voelden een onlogische weerzin tegen hem. Ze waren verbaasd en probeerden de oorzaak van hun afkeer na te gaan, maar vergeefs. Ondertussen worstelde Kiamkagx met zijn gewaarwordingen. Hij zag de nopal, en schreef deze verschijningen aanvankelijk toe aan tele-tastgevoeligheid of zelfs aan een hallucinatie. In werkelijkheid was hij 'tauptu' — gelouterd. Hij beschreef de nopal voor de geleerden, die ongelovig luisterden. 'Waarom heb je deze afschuwelijke dingen niet eerder gezien?' vroegen zij.

"Maub Kiamkagx formuleerde de hypothese die ons naar de over-winning op de Chitumih en hun nopal heeft gevoerd: 'De ervaring in de energiegenerator heeft dit wezen gedood dat op mij parasiteerde. Zo luidt mijn gissing.'

"Er werd een proef genomen. Op soortgelijke wijze werd een mis-dadiger gelouterd. Kiamkagx verklaarde dat hij bevrijd was van zijn nopal. De geleerden voelden voor beide mannen dezelfde onredelijke haat, maar door hun vermogen tot juist-oordelen —" (dit sloeg op het typisch Xaxaanse talent om wiskundige en logische equivalentie aan te voelen, iets waar Burke niet bij kon) "— werden zij gedwongen aan deze haat te twijfelen, en begrepen hoe eigenaardig toepasselijk hij was als de verklaringen van Kiamkagx juist waren.

"Twee van de geleerden werden gelouterd. Kiamkagx verklaarde dat zij 'tauptu' waren. Ook de resterende leden van de groep ondergingen de loutering — en dit was de oorspronkelijke kern van Tauptu.

"Kort daarna begon de oorlog. Hij was bitter en wreed. De Tauptu werden een ellendig groepje vluchtelingen. Ze woonden in ijsgrot-ten, martelden zichzelf maandelijks met energie, en louterden alle Chitumih die ze te pakken konden krijgen. Uiteindelijk begonnen de Tauptu te winnen, en pas een maand geleden was de oorlog afgelopen. De laatste Chitumih wacht buiten op loutering.

"Zo is de geschiedenis. Wij hebben op deze planeet de oorlog gewonnen. Wij hebben het verzet van de Chitumih uitgeroeid, maar de nopal blijven bestaan en eens per maand moeten wij onszelf folte-ren op het energierooster. Dat is onduldbaar. Nooit zullen wij met de oorlog ophouden zolang de nopal niet vernietigd zijn. Dus is de oorlog voor ons nog niet voorbij, maar alleen in een nieuwe fase gekomen. Op Ixax zijn de nopal met weinigen, maar dit is ook niet hun thuiswereld. Hun citadel is Nopalgaard. Daar tieren zij in onnoemelijke massa's. Van Nopalgaard flitsen zij snel als de gedachte naar Ixax om zich op onze schouders te nestelen. U moet naar Nopalgaard gaan; daar moet u de stoot geven voor de vernietiging van de nopal. Dat is de volgende fase van de oorlog tegen de nopal, die wij op zekere dag moeten winnen."

"Waarom kunnen jullie niet zelf naar Nopalgaard?"

"Op Nopalgaard vallen Xaxanen te veel op. Voordat wij ons doel bereikt hadden zouden wij opgejaagd worden, gedood, of verdreven."

"Maar waarom hebben jullie mij uitgekozen? Wat kan ik uitrichten aannemende dat ik toestem jullie te helpen?"

"Omdat u niet zult opvallen. U kunt meer bereiken dan wij."

Burke knikte weifelend. "Zijn de bewoners van Nopalgaard mensen zoals ik?"

"Ja. Zij zijn van uw ras. Verwonderlijk is dat niet, aangezien Nopalgaard onze naam voor de Aarde is."

Burke glimlachte sceptisch. "Jullie vergissen je. Er zijn geen nopal op Aarde."

De Xaxaan vertoonde weer zijn moeizame, wrange grimas. "U was niet op de hoogte van de besmetting."

Een misselijke angst kneep Burkes keel dicht. "Ik snap niet hoe dat kan."

"Het is de waarheid."

"Je bedoelt dat ik die nopal al op Aarde had, nog voordat ik hiernaartoe kwam?"

"U heeft hem uw hele leven gehad."

VI

Burke zat in de maalstroom van zijn gedachten te kijken terwijl de stemdoos van Pttdu Apiptix genadeloos verder drensde.

"De Aarde is Nopalgaard. De lucht boven uw ziekenhuizen krioelt van de nopal, die opstijgen van de doden en zich verdringen rond de pasgeborenen. Vanaf het moment dat u de wereld betreedt tot het ogenblik dat u sterft, draagt u uw nopal mee."

"Dat zouden we dan toch moeten weten," mompelde Burke. "Dat hadden we moeten merken, precies zoals jullie hier…"

"Onze geschiedenis is duizenden jaren langer dan de uwe. Slechts bij toeval ontdekten wij de nopal…We vragen ons nu af welke andere zaken zich buiten ons weten afspelen."

Nopalgaard

Triest en zwijgend voelde Burke de tragische gebeurtenissen komen aanstormen en hij was niet bij machte ze af te wenden. Een aantal andere Xaxanen, acht of tien, marcheerden de eetzaal in en gingen op een rij tegenover hem zitten. Burke keek de rij van scherpe neuzen voorziene gezichten langs; de blind lijkende, modderkleurige ogen staarden terug — en oordeelden hem, dat voelde hij. "Waarom vertel je me dit?" vroeg hij opeens. "Waarom heb je me hier gebracht?"

Pttdu Apiptix ging recht zitten. Zijn magere gezicht boven zijn massieve schouders had een hardvochtige uitdrukking. "Wij hebben tegen een enorme prijs onze wereld gezuiverd. Hier vinden de nopal geen toevluchtsoord. Een enkele maand zijn wij vrij — en dan glijden de nopal van Nopalgaard weer op onze schouders en moeten wij opnieuw de marteling ondergaan."

Burke dacht na. "En jullie willen dat wij de Aarde zuiveren van de nopal."

"Dat is uw taak." Meer zei Apiptix niet. Hij en zijn soortgenoten schatten Burke op zijn waarde.

"Het lijkt me een hele klus," zei Burke ongemakkelijk. "Te veel voor één man — en een heel mensenleven."

Pttdu Apiptix gaf een korte ruk met zijn hoofd. "Zou het dan eenvoudig moeten zijn? Wij hebben Ixax gezuiverd — en al doende is Ixax verwoest."

Triest in de ruimte starend zei Burke niets.

Apiptix nam hem een ogenblik zwijgend op. "U vraagt zich af of de kuur niet erger is dan de kwaal," zei hij toen.

"Dat is wel bij me opgekomen."

"Over een maand zal de nopal weer op uw nek gaan zitten. Zult u hem toestaan te blijven?"

Burke dacht terug aan het zuiveringsproces — allesbehalve een plezierige ervaring. En als hij zich niet louterde wanneer de nopal terugkwam? Als hij er eenmaal zat, was hij onzichtbaar — maar Burke zou weten dat hij er was, de trotse pluimen als een gespreide pauwenstaart, de uilachtig over zijn schouders turende bollen. Vezels die in zijn hersens drongen, zijn emoties beïnvloedden, voeding onttrokken aan god weet wat voor intieme bron … Hij haalde diep adem. "Nee, ik zal niet toestaan dat hij blijft."

"En wij evenmin."

"Maar om de hele Aarde van nopal te ontdoen —" Hij aarzelde, van zijn stuk door de omvang van de zaak. Geërgerd schudde hij zijn hoofd. "Ik zie niet wat er aan te doen valt...Op Aarde leven talrijke verschillende soorten mensen: verschillende nationaliteiten, godsdiensten, rassen — miljarden mensen die niets van de nopal weten, die er niets van willen weten, en me niet zouden geloven als ik het ze vertelde!"

"Dat begrijp ik heel goed," antwoordde Pttdu Apiptix. "Dezelfde situatie heerste honderd jaar geleden hier op Ixax. Slechts een miljoen van ons hebben het overleefd, maar als het nodig is zullen wij opnieuw oorlog voeren. Als de Aardmensen niet zelf hun ongedierte uitroeien dan moeten wij het doen."

De stilte was drukkend. Toen Burke sprak klonk zijn stem dof, als een klok onder water. "Je dreigt ons met een oorlog."

"Ik dreig met een oorlog tegen de nopal."

"Als de nopal van de Aarde verdreven worden, verzamelen ze zich eenvoudig op een andere planeet."

"Dan zullen wij ze achtervolgen, tot ze ten slotte verdwenen zijn."

Burke schudde gemelijk zijn hoofd. Op de een of andere manier, zonder dat hij het kon benoemen, leek de houding van de Xaxaan fanatiek en onredelijk. Maar er was een heleboel dat hij niet begreep. Vertelden ze wel alles wat ze wisten? Nogal vertwijfeld zei hij: "Zo'n verplichting kan ik niet op me laden; ik moet meer inlichtingen hebben!"

Apiptix vroeg: "Wat wilt u weten?"

"Een heleboel meer dan je me verteld hebt. Wat zijn de nopal? Van wat voor spul zijn ze gemaakt?"

"Deze kwesties doen niet ter zake. Maar ik zal proberen u tevreden te stellen. De nopal zijn een levensvorm die op een of andere manier verband houdt met het voorstellingsvermogen — meer weten wij niet."

Burke begreep het niet. "Met het denken?"

De Xaxaan aarzelde, alsof ook hij moeite had met de semantische juistheid. "'Denken' betekent voor ons iets anders dan voor u. Maar laten we het begrip in uw betekenis gebruiken. De nopal reizen even snel als de gedachte door de ruimte. Aangezien wij de aard van de gedachte niet kennen, weten wij niets van de aard van de nopal."

De andere Xaxanen namen Burke onaangedaan op. Ze zaten erbij als een rij antieke stenen beelden.

"Redeneren ze? Zijn ze intelligent?"

"'Intelligent'?" Apiptix maakte een kortaangebonden klikgeluid dat de stemdoos niet vertaalde. "U gebruikt het woord voor het soort denken dat u en uw soortgenoten kennen. 'Intelligentie' is een Aardmenselijk denkbeeld. De nopal denkt niet zoals u denkt. Als u een nopal een van uw zogenaamde intelligentietests afnam, zou hij zeer laag scoren en u zou hem amusant vinden. Toch kan het wezen uw hersens veel makkelijker manipuleren dan de onze. De methode van uw denken en de aard van uw gezichtsprocessen zijn sneller en soepeler dan bij ons, en ontvankelijker voor de suggesties van de nopal. De nopal vinden vruchtbare grond in Aardse hersens. Wat zijn intelligentie betreft, hij functioneert om het welslagen van zijn bestaan te vergroten. Hij beseft uw vermogen om te griezelen en verstopt zich. Hij weet dat de Tauptu zijn vijanden zijn en moedigt de Chitumih aan in hun haat. Hij is sluw en vecht voor zijn leven. Hij is niet gespeend van initiatief en vindingrijkheid. In de meest algemene zin is hij intelligent."

Geërgerd door dit vertoon van neerbuigendheid, zoals hij het opvatte, zei Burke kortaf: "Jullie ideeën over intelligentie kunnen al dan niet logisch zijn, maar jullie ideeën over de nopal lijken me omslachtig en jullie louteringsmethoden zijn ontzettend primitief. Is het noodzakelijk om te martelen?"

"Wij kennen geen andere manier. Onze energie is aan de oorlogvoering gewijd; voor research hebben wij geen tijd."

"Nou — op Aarde werkt het vast niet."

"U moet zorgen dat het werkt!"

Burke lachte hol. "De eerste keer dat ik het probeerde zou ik in de gevangenis worden gesmeten."

"Dan moet u een organisatie opbouwen die dit kan voorkomen, of het u mogelijk maakt in het verborgene te opereren."

Burke schudde langzaam zijn hoofd. "Wat klinkt dat heerlijk simpel. Maar ik ben maar alleen; ik zou niet weten waar ik moest beginnen."

Apiptix haalde zijn schouders op, een bijna Aards gebaar. "U bent alleen, u moet een tweede vinden. De twee moeten er vier worden; de vier acht, enzovoort, tot de hele Aarde gezuiverd is. Dat was de procedure die wij op Ixax hebben gevolgd. Hij heeft Ixax van de Chitumih bevrijd, dus was het een succesvolle methode. Onze bevolking zal zich herstellen, wij zullen onze steden herbouwen. De oorlog is niet meer dan een ogenblik in de geschiedenis van onze planeet; zo zal het op Aarde ook zijn."

Burke was niet overtuigd. "Als de Aarde krioelt van de nopal, dan zou hij ontsmet moeten worden — daarover wil ik niet twisten. Maar ik wil geen paniek beginnen, en zelfs geen algemene onrust, laat staan een oorlog."

"Dat wilde Maub Kiamkagx ook niet," dreunde de stemdoos. "De oorlog begon pas toen de Chitumih de Tauptu ontdekten. De nopal zetten hen aan tot haat; ze vochten om de Tauptu uit te roeien. De Tauptu verweerden zich en vingen en louterden Chitumih. Er kwam oorlog. Op Aarde zullen de gebeurtenissen misschien dezelfde loop nemen."

"Ik hoop van niet," zei Burke kort.

"Zolang de nopal van Nopalgaard vernietigd worden, en snel, zullen wij geen kritiek oefenen op uw methoden."

Weer bleef het een poos stil. De Xaxanen leken als bevroren. Burke steunde vermoeid zijn voorhoofd op zijn handen. Naar de duivel met de nopal, met de Xaxanen, met de hele ingewikkelde puinhoop! Maar hij was erbij betrokken en hij zag geen manier om zich ervan los te maken. En al kon hij geen sympathie voelen voor de Xaxanen, hij moest erkennen dat hun klacht gegrond was. Dus: wat viel er te kiezen? Niets. "Ik zal mijn best doen," zei hij.

Apiptix toonde voldoening noch verrassing. Hij stond op. "Ik zal u leren wat wij van de nopal weten. Kom."

Via een vochtige gang kwamen ze weer in de zaal die Burke de 'denopalisatiekamer' noemde. De machinerie was in gebruik. Met een opspelende maag zag Burke toe terwijl een tegenstribbelende en hijgende vrouw op het rooster werd gebonden. Zijn ogen — of was het een ander zintuig? — zagen de nopal nu scherp. Hij kromp ineen onder het felle groenwitte licht en zijn pennen waren gezwollen en stonden scheef, zijn oogballen pulseerden, zijn donzige thorax bewoog machteloos.

Walgend vroeg Burke aan Apiptix: "Kun je geen narcose gebruiken? Is het nodig om zo ruw met haar om te springen?"

"U begrijpt het proces verkeerd," antwoordde de Xaxaan en de stemdoos slaagde erin een ondertoon van verbeten minachting over te brengen. "De nopal heeft geen last van de energie; hij wordt verzwakt en losgepeuterd door de beroering van de hersens — door de stellige zekerheid van de Chitumih dat zij pijn zal lijden. De Chitumih zijn hiernaast gehuisvest waar zij de kreten van hun soortgenoten kunnen horen. Dat is onaangenaam maar het verzwakt de nopal. Misschien zult u op Aarde te zijner tijd meer effectieve methoden vinden."

"Ik hoop het." mompelde Burke. "Deze martelingen kan ik niet lang verdragen."

"Mogelijk heeft u geen keus."

Burke probeerde het denopalisatierooster de rug toe te keren, maar van een gefascineerde blik kon hij zich niet weerhouden. De thorax van de vrouw ratelde en beefde koortsachtig. De nopal klampte zich vertwijfeld aan haar schedel vast; uiteindelijk werd hij losgewrikt en weggedragen in de bijna doorzichtige zak.

"Wat gebeurt er nu mee?" vroeg Burke.

"Eindelijk wordt de nopal nuttig. Misschien heeft u zich het hoofd gebroken over de zak, zich afgevraagd hoe hij de ontastbare nopal kan bevatten?"

Dat gaf Burke toe.

"De zak bestaat uit dode nopal. Meer weten wij er niet van, want hij leent zich niet voor onderzoek. Hitte, chemicaliën, elektriciteit — niets uit onze stoffelijke wereld heeft er vat op. Het materiaal bezit massa noch inertie; cohesie vertoont het alleen met zichzelf. Maar de nopal kan een dunne laag van dood nopalmateriaal niet doordringen. Als wij een nopal losweken van een Chitumih dan vangen we hem en verpletteren hem. Dat is heel eenvoudig, want de nopal verkruimelt bij de minste aanraking — als die aanraking geschiedt via nopalstof." Hij keek naar de denopalisatiemachine en er kwam een flard van de nopaldoek naar hem toe zweven.

"Hoe deed je dat?" vroeg Burke.

"Met telekinese."

Burke was niet bijzonder verrast; in het licht van wat hij tot zover had gehoord leek het heel gewoon. Aandachtig bekeek hij de doek. Hij zag er vagelijk vezelachtig uit, als een lap die van spinrag was geweven.

Dit materiaal, en zijn vlotte reactie op telekinese, hield bepaalde dingen in... Apiptix onderbrak zijn gedachten.

"Nopaldoek is het materiaal van de bril waar u gister door heeft gekeken. Wij weten niet waarom Chitumih soms nopal kunnen waarnemen als het licht gefilterd wordt door een laag van hun dode soortgenoten. Wij hebben erover nagedacht, maar de wetten die de nopalmaterie beheersen zijn niet de wetten van onze eigen ruimte. Misschien zal dit de spits van uw aanval op de nopal van Nopalgaard worden: de ontdekking en systematisering van een nieuwe wetenschap. U heeft de faciliteiten en duizenden getrainde mensen op Aarde. Op Ixax zijn er slechts vermoeide strijders."

Burke dacht spijtig aan zijn oude leven, aan de veilige nis die hij nooit meer zou kunnen innemen. Hij dacht aan zijn vrienden, aan Ralph Tarbert, aan Margaret — de levenslustige, montere Margaret Haven. Hij zag hun gezichten en stelde zich hun nopal voor, als een gewichtige ruiter op hun nek. Het was een ridicuul en tragisch beeld. De fanatieke hardvochtigheid van de Tauptu kon hij heel goed begrijpen; in dezelfde omstandigheden zou hij even monomaan kunnen worden. En — de omstandigheden waren gelijk.

De vlakke stem van de vertaalmachine zei: "Kijk."

Burke zag een Chitumih die zich met hand en tand verzette toen de Tauptu hem naar het rooster brachten. De nopal torende boven zijn hoofd uit als een fantastische strijdhelm.

"U bent getuige van een grootse gebeurtenis," zei Apiptix. "Dit is de laatste der Chitumih. Meer zijn er niet. Ixax is nu gezuiverd."

Burke zuchtte diep, en nam daarmee de verantwoordelijkheid op zich voor de taak die de Xaxanen hem hadden opgedrongen. "Te zijner tijd zal de Aarde dat ook zijn... Te zijner tijd..."

De Tauptu bonden de laatste Chitumih op het rooster; de blauwe vlammen knetterden; de Chitumih lag te ratelen als een dorsmachine. Misselijk geworden keerde Burke zich af. "Dit kunnen we niet doen!" kreunde hij. "Er moet een makkelijkere manier zijn om te denopaliseren; wij kunnen niet martelen — geen oorlog beginnen!"

"Er bestaat geen makkelijke manier," verklaarde de stemdoos. "Wij dulden geen vertraging; wij zijn vastbesloten!"

Burke keek hem woedend en verrast aan. Een paar minuten eerder had Apiptix zelf de mogelijkheid van een researchprogramma ter sprake gebracht; nu had hij bezwaar tegen ieder uitstel. Eigenaardig, inconsequent!

"Kom," zei Apiptix abrupt. "U zult zien wat er van de nopal wordt."

Ze gingen een lange, nogal schemerige kamer binnen met rijen banken. Honderd Xaxanen werkten hier intensief en onafgebroken. Ze monteerden machines die Burke niet kon thuisbrengen. Als ze nieuwsgierig waren naar Burke, dan merkte hij daar niets van.

Apiptix beval hem: "Pak de zak."

Burke gehoorzaamde aarzelend. De zak voelde bros en teer; de nopal erin verkruimelde meteen. "Hij voelt knapperig aan," zei Burke, "als uitgedroogde oude eierschalen."

"Merkwaardig," zei Apiptix. "Misleidt u zichzelf niet? Hoe kunt u iets voelen dat ontastbaar is?"

Burke keek hem geschrokken aan. Toen gingen zijn ogen weer naar de zak. Ja, hoe kon dat? Hij voelde de zak niet meer. Hij zwom door zijn vingers als een rooksliert. "Ik voel hem niet," zei hij met een stem die schor was van verwondering.

"Natuurlijk wel," zei Apiptix. "Hij is daar, u kunt hem zien en u heeft hem al gevoeld."

Burke stak zijn hand weer uit. Eerst leek de zak minder tastbaar dan daarvoor, maar hij was er. Terwijl zijn zekerheid toenam werd de gevoelsindruk sterker.

"Verbeeld ik het me maar?" vroeg hij. "Of is het echt?"

"Het is iets dat u met uw geest voelt, niet met uw handen."

Burke experimenteerde met de zak. "Ik beweeg hem met mijn handen. Ik duw ertegen. Ik voel de nopal tussen mijn vingers verpletterd worden."

Apiptix zag hem spottend aan. "Is een gewaarwording niet de reactie van uw hersens op de aankomst van een zenuwstroompje? Ik heb begrepen dat Aardse hersens zo opereren."

"Of iets in mijn hand of in mijn hersens gebeurt kan ik echt wel uitmaken," zei Burke droog.

"Werkelijk?"

Burke begon te spreken, maar hield zijn mond.

Apiptix ging verder. "Dat is een misvatting. U voelt de zak met uw geest, niet met uw handen, ook al wordt de daad begeleid door voelende gebaren. U steekt uw hand uit, u ontvangt een tastindruk. Als u niet uw hand uitsteekt, voelt u niet — omdat u niet verwacht iets te voelen tenzij het uitsteken van de hand en het aanraken eraan te pas komen."

"In dat geval," zei Burke, "zou ik de nopaldoek moeten kunnen voelen zonder mijn handen te gebruiken."

"U zou alles moeten kunnen voelen zonder uw handen te gebruiken."

Teletastgevoeligheid, dacht Burke: tastzin zonder zenuwuiteinden. Was helderziendheid niet het zien zonder de ogen te gebruiken? Hij keek weer naar de zak. De nopal loerde hem wild aan. Hij stelde zich voor dat hij de zak hanteerde, erin kneep. Een huivering van gevoel bereikte zijn geest, meer niet — een zweem van iets dat broos en licht was.

"Probeer de zak naar een andere plaats te bewegen."

Burke zette kracht met zijn geest; de zak met de nopal verplaatste zich vlot.

"Fantastisch!" mompelde hij. "Ik moet een telekinetisch vermogen hebben!"

"Met dit materiaal is het heel makkelijk," zei Apiptix. "De nopal is een gedachte, de zak is een gedachte; wat kan de geest makkelijker bewegen dan gedachten?"

Omdat hij dit een zuiver retorische vraag vond reageerde Burke er niet op. Hij keek terwijl de Tauptu de zak pakten, hem op de bank legden en platdrukten. De tot poeder gereduceerde nopal versmolt met de zak.

"Meer valt er hier niet te zien," zei Apiptix. "Kom."

Terug in de eetzaal liet Burke zich somber op de bank zakken, uitgeput na zijn eerdere ijver en vastberadenheid.

"U lijkt te weifelen," zei Apiptix na een poos. "Heeft u nog vragen?"

Burke dacht na. "Daarnet had je het over de werking van het Aardse brein. Werkt het Xaxaanse brein dan anders?"

"Ja. Onze hersens zijn eenvoudiger en de onderdelen veelzijdiger. Ze werken veel gecompliceerder, wat soms in ons voordeel is en soms niet. De bouw van uw hersens geeft u het beeldenvormende vermogen dat u 'voorstellingsvermogen' noemt. Wij missen dat. Ook missen wij uw vermogen om onmeetbare en irrationele kwantiteiten samen te voegen en tot een nieuwe waarheid te komen. Veel van uw wiskunde, veel van uw denken, is voor ons onbegrijpelijk — verwarrend, angstaanjagend, waanzinnig. Maar wij bezitten in onze hersens compenserende

mechanismen: ingebouwde calculators die in een oogwenk de bere-
keningen uitvoeren die u complex en moeilijk vindt. In plaats van ons
een voorwerp voor te stellen, construeren wij een model van dit voorwerp in een speciale hersenholte. Sommigen van ons kunnen bijzonder
gecompliceerde modellen maken. Dit vermogen werkt langzamer en
is omslachtiger dan uw voorstellingsvermogen, maar even nuttig. Wij
denken, wij zien, wij observeren het heelal op deze wijze: via het model
dat zich in onze geest vormt en dat wij kunnen betasten met onze
innerlijke vingers."

Na even nagedacht te hebben vroeg Burke: "Als je de nopal gelijkstelt
met het denken — bedoel je dan Aards denken of Xaxaans denken?"

Pttdu Apiptix aarzelde. "Ik gebruikte het woord in ruime zin. Wat is
denken? Dat weten we niet. De nopal zijn onzichtbaar en ontastbaar,
en als hun de vrijheid van bewegen wordt ontnomen zijn ze makkelijk
telekinetisch te hanteren. Ze voeden zich met geestesenergie. Bestaan
ze werkelijk uit denkweefsel? We weten het niet."

"Waarom trekken jullie de nopal niet eenvoudig los van het hoofd?
Waarom is de marteling noodzakelijk?"

"Dat hebben we geprobeerd," zei Apiptix. "Wij verfoeien pijn
evenzeer als u. Het is onmogelijk. In een laatste uitbarsting van kwaad-
aardigheid doodt de nopal de Chitumih. Op het denopalisatierooster
berokkenen wij hem zoveel pijn dat hij zijn penwortels terugtrekt en
losgerukt kan worden. Is dit duidelijk? Wat wilt u verder nog weten?"

"Ik wil graag weten hoe ik de Aarde kan denopaliseren zonder een
wespennest om te roeren."

"Er bestaat geen makkelijke manier. Ik zal u tekeningen en diagrammen geven voor de denopalisatiemachine; u moet er een of meer bouwen en beginnen uw mensen te louteren. Waarom schudt u uw hoofd?"

"Het is een immense onderneming. Ik heb nog steeds het gevoel dat
er een makkelijker manier moet zijn."

"Die is er niet."

Aarzelend vroeg Burke: "De nopal zijn verfoeilijke parasieten, dat
staat vast. Maar wat doen ze verder voor kwaad?"

Pttdu Apiptix zat erbij als een man van ijzer, met zijn ogen als onge-
slepen edelstenen op Burke gevestigd terwijl hij in zijn hersenholte een
model van Burkes gezicht en hoofd vormde, zoals deze nu wist.

"Misschien belemmeren ze ons in het ontwikkelen van onze psionische vermogens," zei Burke. "Daar weet ik natuurlijk niets van, maar —"

"Vergeet uw twijfel," zei de stemdoos dreigend. "Het grote feit is dit: wij zijn Tauptu, wij wensen geen Chitumih te worden. Wij wensen niet ons eenmaal per maand aan een marteling te onderwerpen. Wij willen dat u met ons samenwerkt in de oorlog tegen de nopal, maar noodzakelijk is dat niet. Wij kunnen de nopal van Nopalgaard vernietigen en zullen dat ook doen tenzij u ze zelf vernietigt."

Opnieuw kreeg Burke het gevoel dat het lastig zou zijn om vriendjes te worden met een Xaxaan.

"Heeft u nog andere vragen?"

"Misschien kan ik de plannen voor de machine niet lezen."

"Ze zijn aangepast aan uw eenhedenstelsel en bevatten veel standaardonderdelen. Het zal geen moeite kosten."

"Ik heb geld nodig."

"Daar zal geen gebrek aan zijn. Wij zullen u van goud voorzien, zoveel als u nodig hebt. U moet het verkopen. Wat verder nog?"

"Een kwestie die me dwars zit — misschien is het niet belangrijk…"

"Wat zit u dwars?"

"Eenvoudig dit: om de nopal los te weken gebruiken jullie een doek gemaakt van dode nopal. Waar is het eerste stuk nopaldoek vandaan gekomen?"

Apiptix staarde hem onbewogen aan met zijn modderkleurige ogen. De stemdoos mompelde iets onverstaanbaars. Hij stond op. "Kom. Nu keert u terug naar Nopalgaard."

"Maar je hebt mijn vraag nog niet beantwoord."

"Ik weet het antwoord niet."

Burke verwonderde zich om de loden klank van de stem uit de zogenaamd toonloze vertaalmachine.

VII

Ze keerden naar de Aarde terug in een spartaanse zwarte cilinder vol deuken die hij had opgelopen tijdens honderdvijftig jaar dienst. Apiptix weigerde te spreken over de voortstuwing behalve dat hij het woord antizwaartekracht noemde. Burke dacht aan de schijf van gewichtloos metaal die — zo lang geleden! — hem naar het huis van Sam Gibbons in Buellton had gelokt. Hij probeerde Apiptix over te halen tot een discussie over antizwaartekracht, maar zonder succes. Zo laconiek was de Xaxaan zelfs dat Burke zich afvroeg of het onderwerp voor beiden niet een even groot raadsel was. Hij sneed andere onderwerpen aan, in de hoop het bereik van de Xaxaanse kennis te peilen, maar Apiptix weigerde meestal zijn nieuwsgierigheid te bevredigen. Een gesloten, zwijgzaam ras zonder humor, dacht Burke — maar besefte toen weer dat Ixax na een eeuw van woeste strijd in puin lag, en dat deze situatie niet bevorderlijk was voor een opgewekte stemming. Triest vroeg hij zich af wat de Aarde voor de boeg had.

De dagen verstreken en ze naderden het zonnestelsel, een schouwspel dat voor Burke onzichtbaar bleef; alleen in de stuurcabine zaten ramen en daar mocht hij niet komen. Toen, terwijl hij zich het hoofd brak over de blauwdrukken die hij had meegekregen, verscheen Apiptix en gaf Burke met een bruusk gebaar te kennen dat het tijd was uit te stappen. Hij leidde hem naar een lichter die even gedeukt en verweerd was als het moederschip en daar vond Burke tot zijn verrassing zijn auto in het ruim.

"Wij hebben uw televisie-uitzendingen bekeken," zei Apiptix. "Wij weten dat als uw auto onbeheerd achterbleef, hij de aandacht zou trekken op een voor onze plannen ongunstige wijze."

"En hoe staat het met Sam Gibbons, de man die je vermoord hebt?" vroeg Burke wrang. "Denk je dat hij geen aandacht trekt?"

"Wij hebben het lijk verwijderd. Of hij dood is of niet blijft in het ongewisse."

Burke snoof sarcastisch. "Hij is tegelijk met mij verdwenen. De mensen in mijn kantoor weten dat hij mij heeft opgebeld. Ik zal heel wat krijgen uit te leggen als iemand twee en twee bij elkaar optelt."

"Vertrouw op uw vindingrijkheid. Ik raad u aan het gezelschap van uw medemensen zo veel mogelijk te vermijden. U bent nu een Tauptu onder Chitumih. Ze zullen u geen genade toestaan."

Burke betwijfelde of de vertaaldoos het sarcasme kon overbrengen van de opmerking die hem in de mond lag, en daarom zei hij maar niets.

De cilinder landde op een stille onverharde weg op het platteland;

Burke stapte op de grond en rekte zich uit. De lucht leek wonderlijk zoet — de lucht van de Aarde!

De schemer was nog niet helemaal uit de avondhemel verdwenen; het was ongeveer negen uur. In de braamstruiken die in dichte drommen langs de weg stonden tjirpten krekels. Op een boerderij in de buurt blafte een hond.

Apiptix gaf Burke zijn laatste instructies. De toonloze stem leek gedempt en samenzweerderig na de galmende gangen van het schip. "In uw auto ligt honderd kilo goud. Dit moet u in wettelijke betaalmiddelen omzetten. Hij klopte op de tas die Burke droeg. "U moet de denopalisator zo snel mogelijk bouwen. Denk eraan dat zeer binnenkort — over twee weken — de nopal zich weer aan uw hersens zal hechten. U moet dan gereed zijn om zich te zuiveren. Dit toestel —" hij gaf Burke een zwart doosje "— zendt een signaal uit waardoor ik op de hoogte blijf van uw locatie. Als u hulp nodig heeft of meer goud, verbreek dan dit zegel, druk op deze knop. Dan komt u met mij in verbinding." Zonder verdere plichtplegingen ging hij terug naar het zwarte schip. Het steeg op en verdween.

Burke was alleen. Die goeie ouwe Aarde! Nooit eerder had hij beseft hoe hij van zijn thuiswereld hield! Stel dat hij gedwongen was zijn leven uit te leven op Ixax? Zijn hart verkilde bij de gedachte. Maar hij vertrok zijn gezicht — deze Aarde zou, door zijn toedoen, baden in bloed…Tenzij hij een betere manier wist te vinden om de nopal te doden…

Over een weggetje dat blijkbaar naar een naburige boerderij leidde, kwam een dobberende zaklantaarn. Gealarmeerd door zijn hond was de boer komen kijken wat er aan de hand was. Burke klom in zijn auto maar het licht van de lamp volgde hem.

"Wat gebeurt hier?" riep een barse stem. Burke voelde meer dan dat hij zag dat de man een geweer bij zich had. "Wat doet u daar?" De stem was onvriendelijk. De nopal die zich aan het hoofd van de boer vastklampte en een zwak licht gaf, blies zich verontwaardigd op.

Burke legde uit dat hij gestopt was om te plassen, wat in deze omstandigheden de meest aannemelijke verklaring leek.

De boer ging er niet op in maar liet zijn lamp over de weg schijnen en richtte hem dan weer op Burke. "Ik geef je de raad om op te krassen.

Ik heb zo'n gevoel dat je hier niets goeds uitspookt, en ik paf er net zo
lief met mijn kanon op los."

Burke zag geen reden om met hem in debat te gaan. Hij startte de
motor en reed weg voordat de nopal van de boer hem aanspoorde om
zijn dreigement uit te voeren. In de spiegel zag hij het valse witte oog
van de lamp kleiner worden. Somber dacht hij: zo word ik verwel-
komd...Ik heb geluk dat het hierbij is gebleven.

De zandweg ging over in een smalle asfaltweg. De benzine was bijna
op en in het eerste dorp, vijf kilometer verder reed Burke een benzine-
station in. Een stevige jongen met door de zon gebleekt haar kwam
onder de brug uit. De pennen van zijn nopal vonkten als een buigings-
tralie in het schijnsel van de lampen van de overkapping. De bolle
uilenogen tuurden naar Burke. Burke zag dat de pennen een ruk gaven;
de bediende bleef abrupt staan en zijn beroepsgrijns verdween ontzettend snel. "Ja meneer," zei hij nors.

"Volgooien alstublieft," zei Burke.

De jongen mompelde iets en liep naar de pomp. Toen de tank vol
was nam hij Burkes geld met afgewend gezicht aan, en hij maakte geen
aanstalten om de voorruit schoon te maken of de olie te controleren.
Hij bracht het wisselgeld, dat hij door het raam stak met een gemom-
peld: "Dank u wel, meneer."

Burke vroeg naar de beste weg naar Washington; de knaap gaf een
ruk met zijn duim. "Gewoon de snelweg volgen," zei hij en liep weg.

Burke grinnikte triest toen hij de snelweg opreed. Een Tauptu op
Nopalgaard en een sneeuwbal in de hel hadden een heleboel gemeen,
peinsde hij.

Een grote dieselvrachtwagen met oplegger stoof brullend langs.
Opeens ongerust maakte Burke zich zorgen om de chauffeur en zijn
nopal, die allebei over de lichte weg tuurden. Hoeveel invloed had een
nopal? Een draai van de hand, een ruk aan het stuur...Voorovergebogen
reed Burke verder en bij iedere tegenligger brak het zweet hem uit.

Zonder voorvallen of ongevallen kwam hij in de buitenwijken van
Arlington waar hij een bescheiden flat had. Een knagend gevoel in zijn
maag herinnerde hem eraan dat hij de laatste acht uur niets had gegeten
behalve een kom soep. Voor een helder verlichte broodjeswinkel stopte
hij en keek onzeker door het raam. In de boxen van knoestig vurenhout

zat een stel teenagers; twee jonge arbeiders in versleten spijkerbroeken zaten voor de toog over hamburgers gebogen. Iedereen leek in beslag genomen door zijn eigen zaken, hoewel alle aanwezige nopal nerveus zinderden en uit het raam naar Burke keken. Hij aarzelde, maar parkeerde toen in een koppige bui zijn auto en ging naar binnen. Hij nam een kruk aan het eind van de toog.

De eigenaar kwam naar voren terwijl hij zijn handen afveegde aan zijn voorschoot. Boven zijn witte koksmuts rees een magnifieke pluim van pennen op, zeker een meter twintig hoog en glanzend en dik. De ogen naast het hoofd waren zo groot als grapefruits. Het was de grootste en mooiste nopal die Burke nog had gezien.

Hij bestelde twee hamburgers met een zo neutrale, niet uitdagende stem als hij kon klaarspelen. De man keerde zich half af, bleef toen staan en nam Burke zijdelings op. "Wat is er mis, maat? Ben je dronken? Je doet nogal raar."

"Nee," zei Burke beleefd. "Ik heb in weken niets gedronken."

"Zit je onder de drugs?"

"Nee," zei Burke met een nerveuze grijns. "Ik heb alleen honger."

De man wendde zich langzaam af. "Van wijsneuzen moet ik niets hebben. Ik heb zo al problemen genoeg."

Burke hield zijn mond. Kribbig klapte de man het vlees op de grill. Hij bleef over zijn schouder naar Burke staren. Zijn nopal leek zich half omgedraaid te hebben zodat hij ook naar Burke kon kijken.

Burke keek om en zag dat uit alle boxen nopalogen naar hem staarden. Hij keek naar het plafond; drie of vier nopal zweefden voor zijn ogen langs, luchtig als suikerspinnen. Overal waren nopal; grote en kleine; roze en lichtgroene nopal in scholen als vissen; nopal achter nopal, op afstanden en in perspectieven die ver voorbij de muren van het lokaal reikten... De buitendeur zwaaide open en vier forse knapen waggelden naar binnen. Ze gingen naast Burke zitten. Hij hoorde dat ze rond hadden gereden in de hoop meisjes aan de haak te slaan, maar zonder succes. Hij bleef stil zitten, zich bewust van het rollende nopaloog dat walgelijk dicht bij zijn gezicht kwam. Hij deinsde weg; tegelijk draaide de jonge man naast hem zich om en staarde hem koud aan. "Ergens last van, gozer?"

"Helemaal niet," zei Burke beleefd.

"Sarcastisch ventje, huh?"

De eigenaar van de tent doemde op. "Wat is er mis?"

"Alleen maar deze knaap die sarcastisch doet," zei de jongen, zo hard dat Burkes antwoord onverstaanbaar werd.

Een paar decimeter van Burkes hoofd dobberden en loerden de ogen van de nopal. Alle andere nopal in het lokaal keken aandachtig toe. Burke voelde zich eenzaam. "Het spijt me," zei hij effen. "Ik wilde u niet beledigen."

"Zullen we buiten even afrekenen, knaap? Ik wil je graag even helpen."

"Nee, bedankt."

"Beetje laf, soms?"

"Ja."

De jongen trok een honend gezicht, keerde Burke de rug toe.

Burke at de hamburgers die de kok verachtelijk voor hem had neergegooid, betaalde, en vertrok. De vier jongelieden kwamen hem achterna. Burkes tegenstander zei: "Luister eens, knaap, ik wil je niet beledigen, maar je smoel staat me niet aan."

"Mij ook niet," zei Burke. "Maar ik moet ermee leven."

"Jij bent zo gevat, je moest bij de tv gaan, man. Een echte grappenmaker, dat ben je."

Burke zei niets maar probeerde weg te lopen. De boze jongen ging met een sprong voor hem staan. "Over dat smoel van jou — aangezien wij het geen van beiden kunnen waarderen — waarom laat je het mij niet even bijwerken?" Hij zwaaide zijn vuist op; Burke ontweek hem. Een ander lid van de groep gaf hem van achter een duw; hij struikelde en de eerste jonge man gaf hem een harde stomp. Hij viel op het grind. De vier begonnen hem te schoppen. "Afmaken die vuile schoft," sisten ze. "Pak hem!"

De eigenaar stormde naar buiten. "Schei daarmee uit! Horen jullie me niet? Hou op! Het kan me niet schelen wat jullie doen, maar doe het niet hier!" En tegen Burke riep hij: "Sta op en smeer 'm. En kom hier niet meer terug als je weet wat goed voor je is!"

Burke hinkte naar zijn auto, stapte in. Voor de cafetaria stonden de vijf hem na te kijken. Hij startte en reed langzaam naar zijn flat. Zijn lichaam deed pijn van alle builen en kneuzingen. Wat een thuiskomst, dacht hij vol bitter geamuseerd zelfbeklag.

Hij parkeerde zijn auto op straat, strompelde de trap op en hinkte moe naar binnen.

In het midden van de kamer stond hij om zich heen te kijken naar het prettig-haveloze meubilair, de boeken, aandenkens, spullen. Hoe geliefd en vertrouwd waren deze dingen; en wat waren ze nu ver weg. Alsof hij een kamer uit zijn jeugd was binnen gedwaald…

Op de gang klonken voetstappen. Buiten zijn deur hielden ze halt; er werd schuchter geklopt. Burke trok een gezicht. Dat moest mevrouw McReady zijn, de hospita, die altijd inkeurig was, maar soms wat praatziek. Vermoeid en gekneusd en ontmoedigd was hij niet in de stemming voor gehuichelde beleefdheid.

Weer werd er geklopt, nu iets nadrukkelijker. Hij kon het niet negeren; ze wist dat hij thuis was. Hij strompelde naar de deur.

Op de gang stond mevrouw McReady. Ze woonde in een van de flats op de begane grond. Ze was een broze, energieke vrouw van zestig met keurig geborsteld grijs haar, een delicaat gezicht en frisse huid waarop ze, naar ze beweerde, uitsluitend Castilezeep toepaste. Ze liep zeer rechtop, sprak duidelijk en precies, en Burke had haar altijd gezien als een charmant relikwie uit Edwardiaanse tijden. De nopal die op haar schouders reed leek belachelijk groot. Zijn pluim van pennen rees gewichtig en arrogant omhoog en was bijna even lang als mevrouw McReady zelf. Zijn thorax was een grote massa dofzwart dons en zijn zuigflap omhulde bijna haar hele hoofd. Burke werd er misselijk van, en verwonderd: hoe kon zo'n breekbaar vrouwtje zo'n monsterlijke nopal torsen?

Mevrouw McReady op haar beurt verbaasde zich om Burkes verfomfaaide verschijning. "Meneer Burke! Wat ter wereld is er gebeurd? Heeft u —" haar stem stierf bijna weg toen de laatste woorden er een voor een uitkwamen "— heeft u een ongeluk gehad…?"

Burke probeerde haar met een glimlach gerust te stellen. "Niets ernstigs. Alleen een meningsverschil met een bende straatjongens."

Ze staarde en vlak onder haar oren tuurden de grote oogballen van haar nopal naar Burke. Haar gezicht werd nogal spits. "Heeft u gedronken, meneer Burke?"

Burke protesteerde met een onbehaaglijke lach. "Nee, mevrouw McReady, ik ben niet dronken."

Ze maakte een afkeurend geluidje. "U had echt bericht moeten achterlaten, meneer Burke. Uw kantoor heeft een paar maal gebeld, en er zijn mannen naar u komen informeren — politiemannen, geloof ik —"

Burke legde uit dat factoren die hij niet in de hand had het onmogelijk hadden gemaakt de normale wegen te bewandelen, maar de oude vrouw schonk er geen aandacht aan. Ze was nu helemaal van streek door meneer Burkes onverschilligheid en gebrek aan consideratie; ze had nooit gedacht dat meneer Burke zo'n — zo'n — ja, zo'n lomperd was!

"Juffrouw Haven heeft ook opgebeld — bijna iedere dag. Ze maakt zich verschrikkelijke zorgen om uw afwezigheid. Ik heb beloofd het haar meteen te laten weten als u terugkwam."

Burke kreunde. Ondenkbaar dat Margaret hierbij betrokken zou raken! Hij legde zijn handen op zijn hoofd en kamde er zijn warrige haar mee terwijl mevrouw McReady hem achterdochtig en afkeurend opnam.

"Bent u ziek, meneer Burke?" Deze vraag stelde ze niet uit medeleven maar wegens haar geloofsbelijdenis van dynamische vriendelijkheid, waardoor ze de schrik van de buurt was voor iedereen die ze op dierenmishandeling betrapte.

"Nee mevrouw, ik ben helemaal in orde. Maar belt u Margaret alstublieft niet."

Ze weigerde zich vast te leggen. "Welterusten, meneer Burke." Met stijve benen marcheerde ze de trap af, van streek en vol weerzin door zijn gedrag. Ze had hem altijd zo vriendelijk en betrouwbaar gevonden! Ze liep regelrecht naar de telefoon en precies zoals ze had beloofd belde ze Margaret op.

Burke maakte een drankje klaar en dronk het zonder plezier op. Daarna liet hij zich weken onder een hete douche en schoor zich voorzichtig. Toen, te moe en miserabel om zich om zijn problemen te bekommeren kroop hij in bed en viel in slaap.

Kort na het aanbreken van de dag werd hij wakker en bleef naar de vroege geluiden liggen luisteren; het gonzen van een enkele auto, een verre wekker die de mond werd gesnoerd, het kwetteren van mussen; allemaal zo normaal dat zijn taak absurd en fantastisch leek. Maar de nopal bestonden. Hij zag ze in de koele ochtendlucht rondzweven als immense muskieten met reuzenogen Hoe fantastisch ze ook waren, absurde dingen waren het niet. Volgens Pttdu Apiptix hoefde hij niet op meer dan twee weken te rekenen voor de klap viel. Dan zou de nopal zijn weerstand overwinnen en dan was hij opnieuw *chitumih...* Hij rilde. Vlug ging hij op de rand van zijn bed zitten. Hij zou even koud en hard worden als de Xaxanen, hij zou tot het uiterste gaan om te voorkomen dat hij weer besmet werd; niemand zou hij sparen, zelfs niet — De bel ging.

Hij wankelde erheen, trok hem voorzichtig open, bang het gezicht te zien dat hij verwachtte.

Margaret Haven stond tegenover hem. Burke durfde niet te kijken naar de nopal die aan haar hoofd zat. "Paul," zei ze schor, "wat is er met jou gebeurd? Waar ben je geweest?"

Burke pakte haar hand en trok haar de flat in. Met een loodzwaar hart voelde hij haar vingers stijf worden. "Maak wat koffie," zei hij met een naargeestige stem. "Ik zal me aankleden."

Haar stem volgde hem naar de slaapkamer. "Je ziet eruit alsof je een roes van een maand hebt gehad."

"Nee," zei hij. "Ik heb, laten we zeggen, een avontuur beleefd."

Vijf minuten later kwam hij bij haar terug. Margaret was lang en had lange benen, en ze bewoog zich abrupt als een robbedoes. In een menigte zou ze niet opvallen. Maar nu hij naar haar keek vond Burke dat hij nooit iemand had gekend die aantrekkelijker was. Haar haren waren donker en ongezeglijk, haar mond was breed en had een Keltische krul aan de hoeken, haar neus was scheef door een auto-ongeluk uit haar jeugd. Alles bij elkaar leverden deze gelaatstrekken een verrassend levendig en expressief gezicht op waarop iedere emotie zich helder aftekende. Ze was vierentwintig en werkte op een onduidelijke afdeling van binnenlandse zaken. Burke wist dat ze zo argeloos en gespeend van kwade bedoelingen was als een jong katje.

Ze keek hem verwonderd aan, en hij besefte dat ze een of andere verklaring verwachtte voor zijn afwezigheid, maar wat hij ook probeerde, een geloofwaardig verhaal kwam er niet uit. Met al haar onschuld merkte Margaret het meteen als een ander niet oprecht was. En zo stond Burke in de woonkamer en dronk koffie en wilde haar niet recht aankijken.

Ten slotte, in een poging tot besluitvaardigheid, zei hij: "Ik ben bijna een maand weggeweest, maar ik kan je niet vertellen waar ik geweest ben."

" 'Kan' je dat niet of 'mag' je dat niet?"

"Van allebei een beetje. Dit is iets waar ik een mysterie van zal moeten maken."

"Regeringszaken?"

"Nee."

"Je bent niet in — in moeilijkheden geraakt?"

"Niet het soort waaraan jij denkt."

"Ik dacht niet aan een bepaald soort "

Burke wierp zich somber in een stoel. "Ik ben niet met een vrouw weggeweest en ik heb geen drugs gesmokkeld."

Ze haalde haar schouders op en ging aan de andere kant van de kamer zitten. Ze inspecteerde hem met een helder, onbevangen oog. "Je bent veranderd. Ik begrijp niet helemaal hoe — of waarom — maar je bent veranderd."

"Juist."

Zwijgend dronken ze koffie. Na een poos vroeg Margaret: "Wat ga je nu doen?"

"Ik ga niet meer naar mijn werk," zei Burke. "Ik neem ontslag, als ik nog niet ontslagen ben…Wat me eraan doet denken —" Hij hield op. Hij had net willen vertellen dat er honderd kilo goud in de bak van zijn auto lag, ruwweg honderdduizend dollar waard, en dat hij hoopte dat niemand het had gestolen.

"Ik wou dat ik wist wat er verkeerd was," zei Margaret. Haar stem was kalm, maar haar vingers trilden en Burke wist dat de tranen niet ver weg waren. Haar nopal keek vredig toe, zonder ander vertoon van emotie dan een langzame pulsering van zijn pennen. "De dingen zijn niet meer zoals ze waren," zei zij, "en ik weet niet waarom. Ik ben in de war."

Burke haalde diep adem. Hij greep de armleuningen van zijn stoel beet, stond op en liep met stoel en al naar haar toe. Ze keken elkaar aan. "Wil je weten waarom ik je niet kan vertellen waar ik geweest ben?"

"Ja."

"Omdat," zei hij, "je me niet zou geloven. Je zou denken dat ik gek was en me laten opsluiten — en ik wil geen tijd verspillen aan een gekkenhuis."

Margaret reageerde niet direct. Ze keek opzij, en Burke las op haar gezicht de schrikwekkende gedachte dat hij misschien inderdaad gek was. Dat gaf haar nieuwe moed: een gekke Paul Burke was iets anders dan de mysterieuze, gesloten, norse, hatelijke Paul Burke, en met nieuwe hoop keek ze hem weer aan.

"Voel je je wel goed?" vroeg ze schuchter.

Burke pakte haar hand. "Ik ben volmaakt gezond en helemaal bij mijn verstand. Ik heb een nieuwe baan. Hij is ontzaglijk belangrijk — en we kunnen elkaar niet meer ontmoeten."

Ze griste haar hand weg. Pure afkeer vonkte uit haar ogen, een weerspiegeling van de haat waarmee de oogballen van de nopal hem aanstaarden. "Uitstekend," zei ze met een dikke stem. "Ik ben blij dat je er zo over denkt want zo denk ik er ook over."

Ze vluchtte de flat uit.

Burke dronk zijn koffie nadenkend op en ging toen naar de telefoon. Het eerste gesprek leerde hem dat dr. Tarbert al vertrokken was naar zijn kantoor in Washington.

Een halfuur later en na een nieuwe kop koffie belde hij Tarberts kantoor.

De secretaresse vroeg zijn naam; tien seconden later klonk Tarberts effen stem door de telefoon. "Waar ben jij verdomme geweest?"

"Dat is een lang en bitter verhaal. Heb je het druk?"

"Niet geweldig. Waarom?"

Was Tarberts toon veranderd? Kon zijn nopal een tauptu op twintig kilometer afstand ruiken? Hij wist het niet; hij werd overgevoelig en kon niet meer op zijn eigen oordeel vertrouwen. "Ik moet met je praten. En ik garandeer dat het je zal interesseren."

"Goed," zei Tarbert. "Kom je hierheen?"

"Ik zou liever willen dat jij naar mij toe kwam, om verschillende goede redenen." Vooral omdat ik niet naar buiten durf, dacht Burke.

"Hmm," zei Tarbert onverschillig. "Dit klinkt mysterieus, om niet te zeggen sinister."

"Dat is het. En nog meer."

Het was even stil. Toen vroeg Tarbert behoedzaam: "Ik neem aan dat je ziek bent geweest? Of gewond?"

"Waarom neem je dat aan?"

"Je stem klinkt vreemd."

"Zelfs over de telefoon, hè? Nou, ik ben ook vreemd. Uniek, zelfs. Ik leg het wel uit als ik je zie."

"Ik kom meteen."

Burke ging met gemengde gevoelens zitten. Net als alle andere bewoners van Nopalgaard haatte Tarbert hem misschien zo vurig dat hij zou weigeren te helpen. Het was een delicate zaak, die met fluwelen handschoenen moest worden aangepakt. Hoeveel moest hij Tarbert vertellen? Hoeveel kon Tarbert in één hap verwerken? Burke broedde al uren op deze vraag, maar was nog steeds niet tot een besluit gekomen.

Hij zat rustig uit het raam te kijken. Mannen en vrouwen liepen over de stoepen ... Chitumih, zich niet bewust van van hun zelfvoldane parasieten. Hij had het idee dat als ze hem passeerden, alle nopal opkeken — maar misschien was dat zijn verbeelding. Hij wist nog steeds niet zeker of die bolle deurknoppen als ogen fungeerden. Hij speurde de hemel af; de ijle vormen waren overal. Spijtig zweefden ze boven de massa's, jaloers op hun meer fortuinlijke kameraden. Toen hij zijn mentale blik scherp stelde zag Burke ze in voortdurend grotere aantallen en veel ervan omringden hem en bekeken hem hongerig. Hij keek in zijn kamer: twee, drie, nee: vier! Hij stond op en ging naar de tafel waar hij zijn tas had neergelegd. Hij haalde er een lapje nopaldoek uit. Terwijl hij er een zak van maakte wachtte hij zijn kans af en nam toen opeens een duik. De nopal ontglipte hem. Hij probeerde het nog een keer, en weer dook de nopal weg. Ze waren hem te snel af, ze bewogen zich als ballen van kwikzilver. En al ving hij er een en kneep hem fijn, wat dan? Eén nopal minder op de miljarden waarmee de planeet vergeven was. Het was even zinloos als op mieren gaan staan.

De bel van de voordeur ging over; voorzichtig liep Burke erheen. Op de gang stond Ralph Tarbert in zijn elegante grijze pak, een wit overhemd, een zwart gestippelde das. Een terloopse toeschouwer zou zijn beroep nooit hebben geraden. Flaneur, toneelcriticus, avantgardistisch architect, succesvol vrouwenarts, ja — een van 's werelds topgeleerden, nee. De nopal op zijn hoofd was niet buitengewoon en lang niet zo fraai als die van mevrouw McReady. Blijkbaar werden de geestelijke kwaliteiten van iemand niet weerspiegeld in de stijl van zijn nopal. Maar de oogballen staarden even onheilspellend als alle andere.

"Hallo, Ralph," zei Burke vriendelijk maar waakzaam. "Kom binnen."

Tarbert stapte behoedzaam over de drempel. De nopal rukte met zijn pennen en zinderde van nijd.

"Koffie?" vroeg Burke.

"Nee dank je." Tarbert keek nieuwsgierig om zich heen. "Bij nader inzien: ja. Zwart, zoals je je wel herinnert."

Burke schonk een kop in voor Tarbert en nam er zelf nog een. "Ga zitten. Dit gaat tijd kosten." Tarbert nam een stoel; Burke verhuisde naar de bank.

"Ten eerste," zei Burke, "ben je tot de conclusie gekomen dat ik iets aangrijpends heb meegemaakt waardoor mijn persoonlijkheid volledig is veranderd."

"Ik heb inderdaad een verandering opgemerkt," gaf Tarbert toe.

"Ten kwade, stel ik me voor?"

Als je zo aandringt, ja," zei Tarbert beleefd. "Maar wat er precies veranderd is, ontgaat me."

"Maar je hebt nu besloten dat je een hekel aan mij hebt. Je vraagt je af waarom je eigenlijk ooit vriendschappelijk met me bent omgegaan."

Tarbert glimlachte peinzend. "Hoe weet je dat allemaal zo zeker?"

"Dat hoort bij de hele situatie. Het is er een heel belangrijk onderdeel van. Ik zeg het maar even zodat je er rekening mee kunt houden en het misschien negeren."

"Aha," zei Tarbert. "Ga verder."

"Uiteindelijk zal ik alles tot je volle tevredenheid uitleggen. Maar tot het zover is zul je al je professionele objectiviteit te hulp moeten roepen en deze eigenaardige nieuwe afkeer voor mij van je af moeten zetten. We weten dat die bestaat — maar ik verzeker je dat hij van kunstmatige oorsprong is, iets dat buiten ons beiden staat."

"Uitstekend," zei Tarbert. "Ik zal mijn emoties beteugelen. Ga door. Ik luister — aandachtig."

Burke aarzelde, koos zijn woorden zorgvuldig. "Heel breed geschetst komt mijn verhaal hier op neer: ik ben op een totaal nieuw gebied van kennis gestoten, en ik heb je hulp nodig om het te verkennen. Ik word gehinderd door deze aura van haat die ik meedraag. Gisteravond ben ik op straat aangevallen door volslagen vreemden en ik durf me niet in het openbaar te vertonen."

"Dit gebied van kennis waar je op zinspeelt," vroeg Tarbert behoedzaam, "dat is blijkbaar psychisch van aard?"

"Tot op zekere hoogte. Hoewel ik dat woord liever niet gebruik; er kleven te veel metafysische bijbetekenissen aan. Ik heb geen idee welke terminologie hierop van toepassing is. 'Psionisch' is beter." Toen hij zag hoe zorgvuldig Tarbert zijn gezicht in de plooi hield, zei hij: "Ik heb je niet laten komen om over abstracte ideeën te praten. Deze toestand is ongeveer even psychisch als elektriciteit. We kunnen het niet zien, maar wel de gevolgen ervan bestuderen. Deze afkeer die jij voelt is een van de gevolgen."

"Maar ik voel dat niet meer," zei Tarbert peinzend, "nu ik geprobeerd heb het bij zijn staart te pakken... Ik voel een lichamelijke gewaarwording, een soort hoofdpijn, een zweem van misselijkheid."

"Negeer het niet want het is er nog," zei Burke. "Je moet op je hoede blijven."

"Goed," zei Tarbert. "Dat zal ik doen."

"De bron van dit alles is een —" Burke zocht naar een woord "— een kracht waaraan ik tijdelijk ben ontsnapt, en die mij nu als een gevaar ziet. Deze kracht werkt in op jouw geest en hoopt je te overreden mij niet te helpen. Ik weet niet wat voor druk hij zal uitoefenen, want ik weet niet zeker hoe intelligent hij is. Hij snapt genoeg om te weten dat ik een gevaar ben."

Tarbert knikte. "Ja. Dat voel ik. Ik krijg een impuls, eigenaardig genoeg, om je te doden." Hij glimlachte. "Op het emotionele niveau, en niet het bewuste, prijs ik mij gelukkig. Boeiend... Nooit geweten dat zulke dingen mogelijk waren."

Burke lachte hol. "Wacht maar tot je het hele verhaal gehoord hebt. Dan zeg je wel iets anders dan 'boeiend'."

"De bron van deze druk, is die menselijk?"

"Nee."

Tarbert stond op en ging naast Burke op de meer comfortabele bank zitten. Zijn nopal wapperde en kronkelde en keek woedend. Tarbert keek opzij en trok zijn fijne grijze wenkbrauwen op. "Jij schoof van me weg. Voel jij dezelfde afkeer voor mij?"

"Nee, helemaal niet. Kijk op die tafel daar — zie je die opgevouwen lap?"

"Waar?"

"Hier."

Tarbert kneep zijn ogen halfdicht. "Ik lijk iets te zien. Ik ben er niet zeker van. Iets onduidelijks en vaags. Ik krijg er de rillingen van als van nagels over een schoolbord."

"Dat zou je gerust moeten stellen," zei Burke. "Als je dezelfde emotie kunt voelen voor een stuk textiel als voor mij, dan besef je natuurlijk dat die emotie op niets redelijks steunt."

"Dat snap ik," zei Tarbert. "Nu ik het gemerkt heb, kan ik het beheersen." Iets van zijn wereldse camouflage was verdwenen zodat de ernstige persoonlijkheid blootkwam die hij met opzet verbloemde. "Nu hoor ik een merkwaardig snauwend geluid in mijn geest: *grr, grr, grr.* Als een knarsende versnellingsbak, of iemand die zijn keel schraapt ... Raar. 'Gher', daar lijkt het meer op, een keelgeluid. Is dat soms telepathie? Wat is 'gher'?"

Burke schudde zijn hoofd. "Geen idee. Ik heb het ook eens gehoord."

Tarbert staarde in de ruimte, sloot zijn ogen. "Ik zie merkwaardige flitsende beelden — rare dingen, nogal afstotend. Ik kan ze niet duidelijk zien ..." Hij deed zijn ogen open, wreef over zijn voorhoofd. "Vreemd ... Zie jij deze verschijningen ook?"

"Nee," zei Burke. "Ik zie ze in het echt."

"O?" Hij staarde. "Ik sta versteld. Vertel me meer."

"Ik wil een tamelijk omvangrijk stuk apparatuur bouwen. Ik heb een eigen werkplaats nodig, zonder pottenkijkers. Een maand geleden had ik uit tien laboratoria kunnen kiezen — nu wil niemand meer iets voor me doen. In de eerste plaats ben ik weg bij het ARPB. In de tweede plaats haat nu iedereen op Aarde mij hartgrondig."

" 'Iedereen op Aarde'," zei Tarbert peinzend. "Houdt dat in dat iemand die niet op Aarde is jou niet haat?"

"Tot op zekere hoogte. Binnen een week of twee weet je evenveel als ik, en dan kun je kiezen — net als ik — of je ermee door wilt gaan of niet."

"Goed," zei de ander. "Ik kan wel een werkplaats voor je versieren; Electrodyne Engineering is het eerste waar ik aan denk. Ze zijn gesloten en de hele fabriek ligt stil. Je kent Clyde Jeffrey zeker wel?"

"Ja, ik ken hem goed."

"Ik zal met hem praten; ik weet zeker dat je de tent van hem net zolang mag gebruiken als je wilt."

"Mooi. Zou je hem vandaag kunnen opbellen?"

"Ik doe het nu meteen."

"Daar staat de telefoon."

Tarbert kreeg meteen officieel toestemming voor Burke om de gebouwen en de apparatuur van Electrodyne te gebruiken.

Burke schreef een cheque uit. "Waar is dat voor?" vroeg Tarbert.

"Dat is mijn banksaldo. Ik heb materialen nodig. Die moeten betaald worden."

"Met tweeëntwintighonderd pegels kom je niet ver."

"Geld is wel de minste van mijn zorgen," zei Burke. "Er ligt honderd kilo goud achterin mijn auto."

"Goeie hemel!" zei Tarbert. "Hoor nou eens. Wat wil je bij Electrodyne gaan bouwen? Een machine om nog meer goud te maken?"

"Nee. Iets dat een denopalisator heet." Terwijl hij dit zei hield Burke de nopal van Tarbert in de gaten. Begreep deze wat hij zei? Hij wist het niet. De rij pennen wuifde en zinderde, maar de betekenis daarvan liet zich niet raden.

"Wat is een 'denopalisator'?"

"Dat merk je binnenkort."

"Vooruit dan maar," zei Tarbert. "Als het moet, dan wacht ik wel."

VIII

Twee dagen later klopte mevrouw McReady op de deur van Burkes flat — fijngevoelig en als een dame, maar vastberaden. Burke stond somber op en deed open.

"Goedemorgen, meneer Burke," zei mevrouw McReady ijzig beleefd. Haar bespottelijk grote nopal blies zich op als een kalkoen. Ik vrees dat ik onprettig nieuws voor u heb. Het blijkt dat ik uw flat nodig zal hebben. Ik zou het op prijs stellen als u zo spoedig mogelijk naar een andere behuizing omziet."

Burke knikte triest. Het verzoek verraste hem niet; hij had al een bed en een oliekachel in een hoek van de werkplaats van Electrodyne neergezet. "Uitstekend, mevrouw. Over een dag of zo vertrek ik."

Haar geweten speelde haar zichtbaar parten. Als hij maar een scène had gemaakt, of zich onplezierig had gedragen, dan had ze het tegenover zichzelf kunnen billijken. Ze opende haar mond, maar zei alleen onzeker: "Dank u, meneer Burke." Langzaam liep Burke naar zijn woonkamer terug.

Deze episode paste in het patroon dat hij had leren verwachten. Het vormelijke gedrag van de hospita was niet minder vijandig dan de aanval van de vier straatschenders. Ralph Tarbert, door zijn beroep en zijn temperament een liefhebber van objectiviteit, gaf toe dat hij voortdurend overhoop lag met kwaadwillende impulsen. Margaret Haven had bezorgd en van streek opgebeld. Wat was er mis? Ze wist dat de walging die ze opeens voor Burke voelde onnatuurlijk was. Was hij ziek? Of kampte zij met paranoia? Burke vond het moeilijk om haar een antwoord te geven, en woordeloze seconden lang streed hij met zichzelf. Hij kon haar niets dan ellende brengen, daarvan was hij zeker. Volgens alle normen van het fatsoen moest hij een eind aan hun verhouding maken. Met haperende stem probeerde hij de daad bij het woord te voegen, maar Margaret weigerde te luisteren. Nee, verklaarde zij, iets van buiten droeg de schuld, samen zouden ze het overwinnen.

Terneergedrukt door zijn verantwoordelijkheden en pure eenzaamheid stribbelde Burke niet langer tegen. Hij zei haar dat als ze naar de werkplaats van Electrodyne Engineering wilde komen — dit gesprek vond plaats op de dag nadat mevrouw McReady hem had gevraagd zijn biezen te pakken — hij alles zou uitleggen.

Met een weifelende stem antwoordde Margaret dat ze direct kwam.

Een halfuur later klopte ze op de deur van het kantoor. Burke kwam uit de werkplaats en schoof de grendel weg. Langzaam stapte ze binnen, onzeker, alsof ze door een vijver met koud water waadde. Burke zag dat ze bang was. Zelfs haar nopal leek geagiteerd, en zijn pennen glinsterden met rood en groen licht. Ze stond middenin het vertrek terwijl de emoties elkaar opvolgden op haar wonderlijk expressieve gezicht.

Burke waagde een glimlach; te zien aan Margarets geschrokken gezicht kwam deze niet vrolijk over. "Kom mee," zei hij met een onechte, schelle stem. "Dan leid ik je rond."

In de werkplaats zag ze zijn bed en de tafel met de primus staan. "Wat betekent dit? Woon je hier?"

"Ja," zei Burke. "Mevrouw McReady kreeg het te kwaad met dezelfde afkeer die jij voor mij voelt."

Margaret keek hem suf aan, wendde zich af. Ze verstrakte. "Wat is dat voor ding?" vroeg ze schor.

"Dat is een denopalisator," antwoordde Burke.

Over haar schouder keek ze hem vreesachtig aan terwijl haar nopal glimmerde en flikkerde en kronkelde. "En wat doet-ie?"

"Hij denopaliseert."

"Ik word er bang van," zei Margaret. "Het ziet eruit als een pijnbank, of een martelmachine."

"Wees maar niet bang," zei Burke. "Het is geen apparaat voor kwade doeleinden, al lijkt dat wel zo."

"Maar wat is het dan?"

Dit was het moment om haar in vertrouwen te nemen, maar hij kon het niet. Waarom zou hij haar opschepen met zijn problemen, zelfs al zou ze hem geloven? Hoe zou ze hem trouwens kunnen geloven? De hele geschiedenis was gewoon te ongeloofwaardig. Hij was naar een andere planeet ontvoerd, en de bewoners hadden hem ervan overtuigd dat de bewoners van de Aarde allemaal gebukt gingen onder een bijzonder walgelijke hersenparasiet. Hij en hij alleen kon ze zien: zelfs nu loerde het ding dat op haar schouders reed hem vol haat aan! Hij, Burke, was belast met de taak om deze parasieten uit te roeien en als hem dat niet lukte, dan zouden de bewoners van die verre wereld de Aarde binnenvallen en verwoesten. Een typisch geval van megalomanie, en het zou Margarets plicht zijn om er een psychiater bij te halen.

"Ga je het me niet vertellen?" vroeg zij.

Burke stond dwaas naar de denopalisator te kijken. "Ik wou dat ik een geloofwaardige leugen kon bedenken, maar dat lukt niet. Als ik je de waarheid vertelde, zou je me niet geloven."

"Probeer het maar."

Hij schudde van nee. "Eén ding moet je geloven. De haat die je voor mij voelt is niet jouw schuld en ook niet de mijne. Het is een suggestie van iets buiten ons twee, iets dat wil dat je mij haat."

"Hoe kan dat, Paul?" riep ze vertwijfeld. "Je bent zo veranderd! Ik weet het zeker! Je bent zo anders dan vroeger."

"Ja," gaf Burke toe. "Ik ben veranderd. Niet noodzakelijk ten kwade al krijg jij wel die indruk." Naargeestig inspecteerde hij de pijnbank. "En tenzij ik aan de slag ga, verander ik weer in wat ik vroeger was."

Impulsief kneep Margaret in zijn arm. "O, gebeurde dat maar!" Maar ze rukte haar hand weg, deed een stap achteruit, staarde hem aan. "Ik begrijp mezelf niet, ik begrijp jou niet…" Ze draaide zich om en liep vlug het kantoor in.

Burke slaakte een matte zucht maar maakte geen aanstalten haar te volgen. Hij controleerde de blauwdrukken, die door Pttdu Apiptix voorzien waren van een kriebelige versie van de Aardse lettertekens, en ging weer aan het werk. De tijd begon te dringen. Boven hem zweefden zonder ophouden twee, soms drie of zelfs vier nopal die ongeduldig wachtten op het mysterieuze teken dat ze vertelde dat ze op zijn nek konden gaan zitten.

Een poos later verscheen Margaret weer in de deuropening. Daar bleef ze naar Burke staan kijken. Na een ogenblik liep ze naar de tafel waar de koffiepot stond. Met een opgetrokken neus keek ze erin. In een van de wc's maakte ze hem schoon, vulde hem met water en zette verse koffie.

Inmiddels was Ralph Tarbert verschenen en de drie dronken samen koffie. Het stelde Margaret enigszins gerust dat Tarbert er was en zij probeerde hem inlichtingen te ontfutselen. "Ralph, wat is een denopalisator? Paul wil het me niet vertellen."

Tarbert lachte ongemakkelijk. "Een denopalisator is een machine die men gebruikt om te denopaliseren — wat dat ook mag zijn."

"Dan weet jij het dus ook niet."

"Nee. Paul doet heel geheimzinnig."

"Niet lang meer," zei Burke. "Over twee dagen zal alles duidelijk worden. Dan begint de pret."

Tarbert inspecteerde de pijnbank, de plateaus vol elektrische onderdelen, de voedingskabels. "Als ik er naar raad, zou ik zeggen dat het een communicatietoestel is, maar voor zenden of voor ontvangen, dat weet ik niet."

"Het maakt me bang," zei Margaret. "Iedere keer dat ik ernaar kijk begint er iets in mij te kronkelen. Ik hoor geluiden en zie griezelige dingen. Als blikjes vol aaswormen."

"Ik onderga dezelfde dingen," zei Tarbert. "Vreemd dat een stuk machinerie zo'n effect op iemand kan hebben."

"Zo vreemd is het niet," zei Burke.

Margaret keek hem van opzij aan met krullende lippen. Haar afschuw leek haar zelfbeheersing bijna te overvleugelen. "Je klinkt beslist sinister."

Burke haalde zijn schouders op, op een volgens Margaret lompe en grove manier. "Dat is niet de bedoeling." Hij keek op naar de nopal die boven zijn hoofd zweefde, een soort gigantische kwal. Dit speciale exemplaar achtervolgde hem dag en nacht met starende ogen en wapperende pennen die zich onophoudelijk hongerig bewogen. "Ik moet weer aan het werk. Veel tijd heb ik niet."

Tarbert zette zijn lege kopje neer. Toen ze naar hem keek begreep Margaret dat ook hij Burke onuitstaanbaar begon te vinden. Wat was er met de oude Paul Burke gebeurd, de vriendelijke ontspannen man met zijn goede humeur? Margaret dacht aan een hersentumor: veranderde iemands persoonlijkheid daar soms niet plotseling door? Een golf van schaamte ging door haar heen: de ouwe Paul Burke was zoals hij altijd was geweest; hij verdiende medelijden en begrip.

Tarbert zei: "Morgen kom ik niet; dan ben ik de hele dag bezig."

Burke knikte. "Uitstekend. Maar dinsdag ben ik klaar, en dan heb ik je nodig. Kom je dan?"

Weer kon Margaret haar walging ternauwernood bedwingen. Burke leek zo dierlijk, zo waanzinnig! Ja, waanzinnig! Ze moest beslist stappen ondernemen om hem te laten onderzoeken, behandelen...

"Ja," zei Tarbert, "dan kom ik. En jij, Margaret?"

Ze wilde spreken, maar Burke schudde kortaf van nee. "We kunnen dit beter met zijn tweeën doen — althans de eerste keer."

"Waarom?" vroeg Tarbert nieuwsgierig. "Is er gevaar?"

"Nee," zei Burke. "Voor geen van ons beiden. Maar een derde aanwezige zou de zaak gecompliceerd maken."

"Goed," zei Margaret neutraal. In andere omstandigheden zouden haar gevoelens gekwetst zijn; nu voelde ze niets. Deze machine was waarschijnlijk niets dan een afwijking, een zinloze verzameling onderdelen... Maar zou dr. Tarbert Burke dan serieus nemen? Als het wetenschappelijke onzin was moest hij dat toch merken — en daar liet hij niets van blijken. Misschien was de machine toch geen waanzinnig toestel. Maar waar diende hij dan voor? En waarom wilde Burke niet dat zij erbij was als hij hem probeerde?

Ze slenterde weg en glipte het magazijn in. In een hoek zat een onopvallende oude deur met een veerslot. Margaret trok de grendel weg en zette hem vast; nu kon de deur van buiten geopend worden.

Ze liep de werkplaats weer in. Tarbert nam afscheid en zij vertrok tegelijk met hem.

Ze sliep slecht en werkte de volgende dag lusteloos. Maandagavond belde ze Tarbert op in de hoop dat hij haar gerust zou stellen. Maar hij was niet thuis, en ook deze nacht bleef ze onrustig. Iets — haar instinct? — zei haar dat het morgen een heel belangrijke dag zou worden. Uiteindelijk viel ze in slaap, maar toen ze wakker werd was haar geest bewolkt van onzekerheid. Met doffe blik zat ze aan de koffie tot het te laat was om naar haar werk te gaan, en toen belde ze op om te vertellen dat ze ziek was. 's Middags probeerde ze opnieuw dr. Tarbert te bereiken, maar geen van zijn medewerkers wist waar ze hem zou kunnen vinden.

Door een onbestemde onrust gedreven reed Margaret haar auto de garage uit en reed naar het zuidoosten tot ze de grijze gebouwen van Electrodyne een halve kilometer verderop zag liggen. Toen werd ze overvallen door een onredelijke angst en sloeg een zijweg in en gaf gas en begon aan een wilde rit. Pas kilometers later stopte ze en bracht haar gedachten op orde. Ze gedroeg zich excentriek en onredelijk. Waar kwamen al deze idiote opwellingen vandaan? En die rare geluiden in haar hoofd, en de merkwaardige hallucinaties?

Ze keerde en reed terug. Bij de kruising aarzelde ze, maar klemde dan haar tanden op elkaar en sloeg rechtsaf naar Electrodyne.

Op het parkeerterrein stonden Burkes oude zwarte Plymouth convertible en dr. Tarberts Ferrari. Margaret parkeerde en bleef een ogenblik of wat in haar auto zitten. Er was niets te horen. Behoedzaam stapte ze uit en nu moest ze opnieuw een innerlijke strijd leveren. Zou ze de hoofdingang nemen en stoutmoedig het kantoor inwandelen? Of moest ze achteromlopen en via het magazijn binnengaan?

Ze koos het laatste.

De deur ging open en ze liep het halfdonkere gebouw in.

Op de betonnen vloer leken haar voetstappen galmend luid al probeerde ze onhoorbaar te lopen.

Halverwege de werkplaats bleef ze weifelend staan, als een zwemmer middenin een meer die niet zeker weet of hij de oever wel zal halen.

Uit de werkplaats kwamen mompelende stemmen en toen een schorre kreet van woede — van Tarbert. Ze rende naar de deur, keek erdoor.

Ze had gelijk. Burke was stapelgek. Hij had dr. Tarbert op de staven van zijn duivelse machine vastgebonden — hij had zware contacten aan Tarberts hoofd vastgemaakt. Nu stond hij te praten, met een duivels wrede grijns op zijn gezicht. Margaret verstond maar een paar woorden en de rest ging verloren in het bonzen van het bloed in haar hoofd. "— nogal onaangename omgeving, op een planeet die Ixax heet —" "— de nopal, zoals je zult zien —" "— ontspan je nu; als je wakker wordt ben je tauptu —"

"Maak me los," brulde Tarbert. "Wat het ook is, ik wil niet!"

Met een lijkbleek gezicht haalde Burke een schakelaar om. Een rillend blauwviolet licht wierp flakkerende schaduwen door de werkplaats. Tarbert stootte een onaardse kreet van pijn uit; hij verstijfde, verzette zich wild tegen zijn banden.

Margaret keek met gefascineerd afgrijzen toe. Burke pakte een doorzichtige lap; hij gooide hem over Tarberts hoofd en schouders. Begeleid door het van tijd tot tijd knetterende licht en Tarberts ijselijke kreten begon Burke de transparante lap te kneden.

Margaret herstelde zich. *Gher, gher, gher!* Ze keek om zich heen naar een wapen, een ijzeren staaf, een moersleutel, wat dan ook... Er was niets te vinden. Ze wilde Burke al met blote handen te lijf maar bedacht zich en schoot achter hem langs het kantoor in waar een telefoon stond. Gelukkig was hij aangesloten. Ze belde de centrale. "Politie, politie," zei ze met schorre stem. "Geef me de politie!"

Ze kreeg een barse mannelijke stem aan de lijn; stamelend noemde ze het adres. "Er is hier een dolleman; hij vermoordt dr. Tarbert, hij martelt hem."

"We sturen er een patrouillewagen heen, juffrouw. Electrodyne Engineering, ja?"

"Ja. Schiet op, schiet op..." Haar stem begaf het. Ze voelde een aanwezigheid achter haar; een verlammende angst kneep in haar hart. Langzaam, met een stijve nek, terwijl haar wervels over elkaar leken te schuren, draaide ze haar hoofd.

Hij stond in de deur. Spijtig schudde hij zijn hoofd. Toen liep hij langzaam terug naar waar het lichaam van Tarbert lag te kronkelen op het ritme van de enge lichtflitsen. Burke nam de doorzichtige doek weer op en begon opnieuw bij Tarberts hoofd te kneden en te trekken.

Margarets benen bezweken. Ze strompelde tegen de deurpost aan. Dof vroeg ze zich af waarom Burke haar niets had gedaan. Hij was een maniak; hij had beslist gehoord dat ze de politie belde...Ver weg hoorde ze een sirene janken, een geluid dat harder werd en dichterbij kwam.

Burke stond op. Hij hijgde; zijn gezicht was bleek en ingevallen. Nog nooit had Margaret zo'n boosaardig gezicht gezien. Als ze een pistool had gehad, dan zou ze geschoten hebben; als haar knieën haar lichaam nog steunden had ze hem aangevallen...Burke hield de lap om iets heen gedrapeerd. Margaret zag niet om wat, maar de zak leek te trillen en beven. Ze voelde een steek in haar hersens, de zak ging schuil in een zwart waas...Ze zag dat Burke de zak vertrapte — een ontwijding, besefte zij, de afschuwelijkste daad van allemaal.

De politie viel binnen — Burke haalde een schakelaar op zijn machine om. Terwijl Margaret versuft toekeek gingen de politiemannen behoedzaam op Burke af die vermoeid en verslagen afwachtte.

Ze zagen Margaret. "Bent u in orde, dame?"

Ze knikte, maar spreken lukte niet. Ze zonk op de vloer en barstte in een wilde huilbui uit. Twee agenten droegen haar naar een stoel en probeerden haar te kalmeren. Even later arriveerde er een ambulance. De broeders droegen de bewusteloze dr. Tarbert naar buiten terwijl Burke in de politiewagen werd afgevoerd. Margaret reed mee in een andere wagen; een agent bestuurde haar auto en sloot de rij.

IX

Burke werd ter observatie naar het staatsziekenhuis voor gevaarlijke geesteszieken gestuurd en daar opgesloten in een kleine witte cel met een lichtblauw plafond. In de ramen zat gehard glas met daarachter een stalen traliewerk. Het bed zat in de vloer zodat hij er niet onder kon kruipen; er waren geen dingen waaraan hij zich kon ophangen, geen haakjes, geen lampen of stopcontacten; zelfs de scharnieren van de deur waren afgerond zodat een touw er geen vat op kon krijgen.

Een kleine groep psychiaters onderzocht hem uitvoerig. Hij merkte dat ze intelligent waren maar ook bluffend en winderig of vaag en aarzelend, alsof ze voortdurend rondtasten in een duistere mist, hetgeen te wijten zou kunnen zijn aan hun moeilijke patiënt of aan ongeldige uitgangspunten. Op hun beurt vonden de psychiaters Burke een beleefde man die goed uit zijn woorden kon komen, hoewel ze niet konden nalaten hem de houding van trieste spot kwalijk te nemen die hij aannam als zij de verschillende tests, diagrammen, tekeningen en spelletjes gebruikten waarmee ze zijn abnormaliteit precies wilden meten.

Uiteindelijk gaven ze het op. Burkes waanzin weigerde zich op een objectieve manier te openbaren. Niettemin waren de psychiaters het met elkaar eens over hun intuïtieve diagnose: 'extreme paranoia'. Ze beschreven hem als 'bedrieglijk redelijk, met listig versluierde obsessies'. Zijn abnormaliteit was wel zo listig versluierd (merkten zij op) dat alleen geoefende psychopathologen zoals zijzelf hem hadden kunnen vaststellen. Ze meldden dat Burke lusteloos en teruggetrokken was en weinig belang stelde in andere zaken dan de toestand en verblijfplaats van zijn slachtoffer, dr. Ralph Tarbert, die hij herhaaldelijk te spreken vroeg — welke verzoeken uiteraard werden afgewezen. Ze hadden meer tijd nodig om Burke te bestuderen voordat ze de rechtbank een definitieve aanbeveling konden doen.

De dagen gingen voorbij en Burkes paranoia leek zich te verdiepen. De psychiaters zagen symptomen van vervolgingswaan. Burke tuurde wild door zijn kamer alsof hij met de ogen zwevende vormen volgde. Hij weigerde te eten en werd mager; hij was zo bang voor het donker dat men hem een nachtlampje toestond. Bij twee gelegenheden zag men dat hij met zijn handen door de lucht maaide.

Burke leed niet alleen geestelijk maar ook lichamelijk. Voortdurend voelde hij getrek en geruk in zijn hersens, een gewaarwording die leek op zijn denopalisatie, maar gelukkig minder intens was. Voor deze kwellingen hadden de Xaxanen hem niet gewaarschuwd. Als zij zich daar eens per maand aan moesten onderwerpen, naast de schitterende folteringen van de denopalisatie, dan kon Burke meevoelen met hun vaste voornemen om de nopal uit de kosmos te verdrijven.

Het knagen aan zijn geest werd steeds heviger. Hij begon te vrezen dat hij echt halfgek werd. De psychiaters stelden plechtige vragen en inspecteerden hem met hun uilenogen terwijl de nopal die de cel in en uit reden op hun schouders hem met bijna even wezenloze wijsheid aankeken. Ten slotte ging de arts van de staf over tot kalmerende injecties maar Burke verzette zich daartegen omdat hij de slaap vreesde. De nopal hing vlak boven hem en staarde in zijn ogen; zijn pennen klapperden en schokten en spreidden zich uit, als een kip die in het zand baadt. De arts riep er broeders bij, Burke werd overmeesterd en de naald werd in zijn lichaam gedreven, en ondanks zijn razende wil om wakker te blijven verviel hij tot een roes.

Zestien uur later werd hij wakker. Lusteloos lag hij naar het plafond te staren. Zijn hoofdpijn was verdwenen, hij voelde zich doorweekt en muf alsof hij verkouden was. De herinnering kwam traag, in onwillige brokken. Hij keek op, speurde rond. Geen nopal te zien — tot zijn intense opluchting. Zuchtend ging hij weer liggen.

De deur ging open en een verpleger reed een karretje met eten naar binnen.

Burke keek: geen nopal. De ruimte boven het hoofd van de man was leeg; geen onheilspellende oogbollen tuurden over de witte schouders van zijn uniformjasje.

Burke kreeg een idee. Hij boog zich voorover, hief langzaam zijn hand op, voelde aan zijn nek. Niets, behalve zijn eigen huid en zijn haar.

De verpleger keek wat hij deed. Burke leek rustiger, bijna normaal. Toen de stafpsychiater zijn ronde deed kreeg hij dezelfde indruk. Hij voerde een kort gesprek met Burke en kon zich niet aan de overtuiging onttrekken dat Burke weer normaal was. Daarom loste hij de belofte in die hij een paar dagen eerder had gedaan en belde Margaret Haven op met de mededeling dat zij Burke tijdens de bezoekuren kon zien.

Diezelfde middag kreeg Burke bericht dat Margaret gekomen was. Hij liep achter de verpleger aan naar de vrolijk ingerichte wachtkamer die bedrieglijk veel op de hal van een landelijk hotel leek.

Margaret rende naar hem toe en greep allebei zijn handen. Ze keek hem onderzoekend in zijn ogen en haar eigen fletse en ingevallen gezicht lichtte op van blijdschap. "Paul! Je bent weer gewoon! Ik weet het. Ik voel het."

"Ja," zei Burke. "Ik ben mijn eigen zelf weer." Ze gingen zitten. "Waar is Ralph Tarbert?" vroeg hij.

Margaret keek weifelend. "Ik weet het niet. Zodra hij uit het ziekenhuis kwam is hij verdwenen." Ze kneep in zijn handen. "Ik mag niet over zulke dingen praten; de dokter wil niet dat je je opwindt."

"Aardig van hem. Hoelang denken ze me hier te houden?"

"Ik weet het niet. Tot ze over jou in het reine zijn."

"Hmmf. Ze kunnen me hier niet eeuwig houden, tenzij ze daar officieel toestemming voor krijgen..."

Margaret keek naar de grond. "Als ik het goed begrepen heb, heeft de politie de zaak afgeschreven. Tarbert heeft geweigerd een klacht in te dienen; hij beweert dat jullie aan een proefneming bezig waren. De politie denkt dat hij net zo..." Ze ging niet verder.

Burke lachte even. "Net zo gek is als ik, hè? Nou, Tarbert is niet gek. Toevallig vertelt hij de waarheid."

Margaret boog zich naar voren met een gezicht van twijfel en bezorgdheid. "Wat is er aan de gang, Paul? Je doet iets vreemds — en niet voor de regering, dat weet ik zeker! En wat het ook is, ik maak me zorgen."

Burke zuchtte. "Ik weet het niet... Alles is veranderd. Misschien was ik inderdaad wel gek; misschien heb ik een maand lang in de vreemdste waanwereld geleefd die je je maar kunt voorstellen. Ik weet het gewoon niet."

Margaret zei met een lage stem, zonder hem aan te kijken: "Ik heb me afgevraagd of het wel goed was om de politie te bellen. Ik dacht dat je Tarbert aan het vermoorden was. Maar nu —" ze maakte een nerveus gebaar "— nu weet ik het niet meer."

Burke zei niets.

"Ga je het me niet vertellen?"

Hij grijnsde flets, schudde zijn hoofd. "Dan zou je denken dat ik echt gek ben."

"Ben je niet boos op me?"

"Natuurlijk niet."

De bel ging ten teken dat het bezoekuur afgelopen was. Margaret stond op. Burke kuste haar. Hij zag dat haar ogen vochtig waren. Hij klopte haar op de schouder. "Op een goeie dag zal ik je het hele verhaal vertellen — misschien zodra ik hieruit ben."

"Beloof je dat, Paul?"

"Ja. Ik beloof het."

De volgende ochtend liep dr. Kornberg, de hoofdpsychiater van de instelling, tijdens zijn wekelijkse rondgang even bij Burke binnen. "Zo, meneer Burke," zei hij opgewekt, "en hoe staat het met u?"

"Best," zei Burke. "Ik vraag me eigenlijk af wanneer ik word losgelaten."

De psychiater zette het nietszeggende gezicht waarmee hij dit soort vragen beantwoordde. "Zodra we weten wat er eventueel met u aan de hand is. Eerlijk gezegd, meneer Burke, stelt u ons voor een raadsel."

"U bent niet overtuigd dat ik normaal ben?"

"Ha ha! We kunnen niet zomaar voor de vuist weg beslissingen nemen op grond van indrukken! Sommige van onze meest gestoorde mensen lijken ontwapenend normaal. Ik doel natuurlijk niet op u — hoewel u nog altijd enkele verbazende symptomen vertoont."

"Zoals?"

De man lachte. "Ik kan toch niet uit de school klappen, meneer Burke! 'Symptomen' is misschien te sterk uitgedrukt." Hij dacht na. "Nou ja, laten we er van man tot man over spreken. Waarom kijkt u minutenlang in de spiegel?"

Burke grijnsde pijnlijk. "Een narcissuscomplex, denk ik."

De psychiater schudde zijn hoofd. "Ik betwijfel het. Waarom graait u in de lucht boven uw hoofd? Wat denkt u daar te vinden?"

Burke wreef bedachtzaam over zijn kin. "Blijkbaar heeft u mij betrapt tijdens een yoga-oefening."

"Aha." De psychiater hees zich overeind. "Zo zo."

"Heel even nog, dokter," zei Burke. "U gelooft me niet, u denkt dat ik de grappenmaker uithang of u listig om de tuin probeer te leiden; dat ik in ieder geval paranoïde ben. Ik wil u een vraag stellen. Beschouwt u zichzelf als materialist?"

"Ik hang geen van de metafysische godsdiensten aan. Beantwoordt dat uw vraag?"

"Niet helemaal. Wat ik bedoel is dit: kunt u toegeven dat er gebeurtenissen en ervaringen kunnen voorvallen die — nou ja, niet alledaags zijn?"

"Ja," zei Kornberg op zijn hoede. "Tot op zekere hoogte."

"En iemand die een van deze buitengewone gebeurtenissen had meegemaakt, en dat had beschreven, zou heel goed krankzinnig gevonden kunnen worden?"

"Jazeker," zei Kornberg. "Maar als u mij meldde dat u onlangs een blauwe giraf op rolschaatsen had gezien die op een harmonica speelde, dan zou ik u niet geloven."

"Nee, want dat zou iets absurds zijn, een travestie van het normale." Burke aarzelde. "Ik zal niet verder gaan omdat ik hier zo gauw mogelijk uit wil. Maar deze dingen die u heeft waargenomen — het kijken in de spiegel en het betasten van de lucht — die ontspruiten allemaal aan omstandigheden die ik als iets — opmerkelijks beschouw."

Kornberg lachte. "U bent wel op uw hoede."

"Natuurlijk. Ik zit tenslotte te praten met een psychiater in het gekkenhuis, die toch al denkt dat ik gestoord ben."

Kornberg stond bruusk op. "Ik moet verder met mijn ronde."

Burke paste op dat hij niet meer in de spiegel keek en niet in de lucht boven zijn schouders voelde. Een week later werd hij uit het gesticht ontslagen. Alle aanklachten tegen hem waren ingetrokken; hij was een vrij man.

Kornberg schudde hem de hand toen hij vertrok. "Ik ben nieuwsgierig naar de 'opmerkelijke omstandigheden' die u noemde."

"Ik ook," zei Burke. "Ik ga ze nu onderzoeken. Misschien heeft u me binnenkort wel weer terug."

Kornberg schudde wrang vermanend zijn hoofd. Margaret nam Burke bij de arm en bracht hem naar haar auto. Daar knuffelde ze hem en zoende hem geestdriftig. "Je bent vrij! Helemaal vrij, bij je verstand, en —"

"En werkeloos," zei Burke. "Nu moet ik Tarbert spreken. Terstond."

Margarets gezicht, een glasheldere spiegel van haar gevoelens, kreeg een afkeurende uitdrukking. Al te luchtig zei ze: "O, laten we ons niet met Tarbert vermoeien. Hij heeft het druk met zijn eigen zaken."

"Ik moet hem spreken."

Onzeker stamelde zij: "Denk je niet — laten we ergens anders naartoe gaan."

Burke grijnsde sardonisch. Kennelijk had Margaret opdracht gekregen — of misschien was het haar eigen idee — dat het beter was om Burke uit de buurt van Tarbert te houden.

"Margaret," zei hij zacht, "je speelt met iets dat je niet begrijpt. Ik moet Tarbert spreken."

"Ik wil niet dat het weer overnieuw begint," jammerde zij. "Stel dat je — nu weer zo opgewonden wordt?"

"Ik word nog veel opgewondener als ik Tarbert niet zie. Alsjeblieft, Margaret. Vandaag zal ik alles uitleggen."

"Het gaat niet alleen om jou," zei zij zielig. Ook om Tarbert. Hij is helemaal veranderd! Hij was zo — nou ja, beschaafd, en nu is hij woest en bitter. Eigenlijk ben ik bang voor hem, Paul. Hij is boosaardig!"

"Beslist niet. Ik moet hem spreken."

"Je hebt beloofd dat je me zou vertellen hoe je in deze verschrikkelijke toestand verzeild bent."

"Dat klopt." Burke zuchtte diep. "Ik laat jou er graag zolang mogelijk buiten. Maar ik heb het beloofd en laten we naar Tarbert gaan. Waar is hij?"

"Bij Electrodyne. Daar is hij naartoe verhuisd toen jij vertrok. Hij is heel raar geworden."

"Verwondert me niets," zei Burke. "Als dit allemaal echt is — als ik geen echte maniak ben —"

"Weet je dat dan niet eens?"

"Nee," zei Burke. "Dat hoor ik wel van Tarbert. Ik hoop dat ik gek ben. Dan zou ik enorm opgelucht en gelukkig zijn."

Margaret keek geschrokken en verbijsterd maar ze zei niets meer.

Langzaam reden ze de weg langs Electrodyne op. Margarets onwil om verder te gaan was steeds duidelijker te merken. En Burke begon zelf redenen te bedenken waarom het een pover idee was om Tarbert op te zoeken. Zijn hersens bliksemden met bleek licht en ruisten sissend, en in zijn gehoor leek het bijna te bonzen. Bonzen en grauwen. *"Gher gher gher."* Het geluid dat hij al eerder had gehoord, op Ixax. Of was Ixax een illusie, en hijzelf gek? Wrevelig schudde hij zijn hoofd. De hele zaak was krankzinnig. Gedwongen door een wild waandenkbeeld had hij de arme Tarbert op zijn zelfgebouwde martelmachine gebonden en hem vast en zeker bijna vermoord. Tarbert zou weleens onplezierig kunnen doen... Hij wilde hem beslist niet zien. Hoe dichter ze bij Electrodyne kwamen, hoe meer zijn tegenzin groeide, en hoe luider het schrapende geluid in zijn geest werd: *"Gher gher gher."* De lichtglimmering in zijn geest werd sterker en zweefde als een visioen voor zijn ogen. Hij zag bloesemende donkere kleuren, een ding dat weerzinwekkend op een verdronken vrouw leek die diep in een groenzwarte oceaan dreef met wapperend lang haar... Hij zag glanzend zeewier bekorst met gekleurde sterren als een bloeiende stokroos. Hij zag een vat vol krieuwelende spaghettislierten getrokken uit rillend blauw glas... Hij zoog sissend zijn adem in, veegde zijn ogen af met de rug van zijn hand.

Margaret keek hem bij iedere onrustige beweging hoopvol aan — maar Burke klemde koppig zijn kaken op elkaar. Als hij Tarbert zag zou hij de waarheid kennen. Tarbert zou het weten.

Margaret reed de parkeerplaats op. Daar stond de auto van Tarbert. Met loden voeten liep Burke naar de deur van het kantoor. Het grommen in zijn hersens was enorm dreigend. In het gebouw school een kwaadaardige aanwezigheid; het was alsof Burke een prehistorische man was die voor een donkere grot stond die naar bloed en kadavers rook... Hij probeerde de deur van het kantoor: op slot. Hij klopte.

Ergens binnenin roerde zich iets. Vlucht nu het nog kan! Het kan nog! Het kan nog! Wacht niet! Te laat! Wacht niet! Het kan nog!

Tarbert verscheen in de deuropening — een monsterlijk opgeblazen Tarbert, een gemene boosaardige Tarbert. "Hallo Paul," zei hij honend. "Hebben ze je eindelijk losgelaten?"

"Ja," zei Burke met een zijns ondanks bevende stem. "Ralph, ben ik gek — of niet? Kun jij hem zien?"

Tarbert keek hem aan als een hongerige haai. Hij wilde Burke in de val laten lopen, hem verwikkelen in ongeluk en tragedie.

"Hij zit er."

Burkes adem schuurde door zijn dichtgesnoerde keel. Achter hem klonk Margarets angstige stem. "Wat is er? Zeg het me, Paul! Wat is er?"

"De nopal," zei Burke schor. "Hij zit op mijn hoofd, en hij zuigt mijn geest uit."

"Nee!" zei Margaret. Ze pakte zijn arm. "Kijk naar mij, Paul! Geloof Tarbert niet! Hij liegt! Er is daar niets! Ik zie je, en er is niets!"

"Ik ben niet gek," zei Burke. "Jij kunt het niet zien omdat jij er ook een hebt. Hij zorgt dat je hem niet ziet. Hij probeert ons te laten geloven dat Ralph een smeerlap is — precies zoals je eerst van mij dacht."

Margarets gezicht werd slap van schrik en ongeloof. "Ik wilde je er niet bij betrekken," zei Burke, "maar nu het toch zover is, kun je maar beter weten wat er aan de hand is."

"Wat is een 'nopal'?" fluisterde zij.

"Ja," vroeg Tarbert met holle stem, "wat is een nopal? Ik weet het ook niet."

Burke nam Margaret bij haar arm en bracht haar naar het kantoor. "Ga zitten." Ze gehoorzaamde; Tarbert leunde tegen een bureau. "Wat de nopal ook is," zei Burke, "hij is niet prettig. Een boze geest, een kwade inblazing, een geestparasiet — dat zijn maar namen; ze beschrijven hem niet. Maar ze kunnen ons beïnvloeden. Op dit moment, Margaret, bevelen ze ons Tarbert te haten. Ik heb nooit beseft hoeveel macht die beesten hebben totdat we deze weg opreden."

Margaret bracht haar handen naar haar hoofd. "Zit er ook een op mij?"

Tarbert knikte. "Ja. Mooi is-ie niet."

Margaret zakte handenwringend weg in haar stoel. Ze keek Burke onzeker aan met een bleke grijns. "Jullie willen me foppen, hè? Jullie proberen me bang te maken."

Hij klopte op haar hand. "Ik wou dat het waar was. Maar dat is het niet."

Nog steeds ongelovig zei Margaret: "Maar waarom hebben andere mensen ze dan niet gezien? Waarom zijn ze niet bekend in de wetenschap?"

"Ik zal jullie het hele verhaal vertellen."

"Ja," zei Tarbert droog. "Dat zal ik graag aanhoren. Ik weet helemaal niets behalve dat iedereen een monster op zijn kop heeft."

"Het spijt me, Ralph," grijnsde Burke. "Het was zeker wel een schok?"

De ander knikte verbeten. "Je slaat de spijker op zijn kop."

"Wel, zo is het gekomen..."

X

Het was avond geworden; de drie zaten in de werkplaats in een plas van licht om de denopalisator. Op de werkbank stond een elektrische koffiepot te borrelen.

"Een wrede situatie," zei Burke. "Niet alleen voor ons, maar voor iedereen. Ik moest hulp hebben, Ralph. Ik moest je er bijslepen."

Tarbert zat naar de denopalisator te staren. Het was stil in de kamer, afgezien van het grommende geluid in Burkes geest. Tarbert leek nog altijd het vleesgeworden kwaad, maar zich daarvoor afsluitend hield Burke koppig vol dat Tarbert zijn vriend en medestander was — al durfde hij hem dan niet in zijn boosaardige gezicht te zien.

"Je hebt nog steeds een keus," zei Burke ten slotte. "Tenslotte is dit jouw verantwoordelijkheid niet — en ook de mijne niet. Maar nu je weet wat er aan de gang is, kun je je nog terugtrekken als je wilt, en dat zou ik je niet kwalijk nemen."

Tarbert grijnsde triest. "Ik beklaag me niet. Vroeg of laat zou ik er toch in verzeild zijn geraakt. Liever nu dan later."

"Dat geldt voor mij ook," zei Burke opgelucht. "Hoelang heb ik in het gesticht gezeten?"

"Een week of twee."

"Dan landt de nopal over twee weken weer op je nek. Je gaat slapen, en als je wakker wordt denk je dat het allemaal een ellendige nacht-merrie was. Zo voelde ik me. Het zal je geen moeite kosten om het te vergeten, want daar helpt je nopal je wel mee."

Tarberts ogen richtten zich op een plek boven Burkes schouders. Hij rilde. "Terwijl dat ding naar me kijkt?" Hij schudde zijn hoofd. "Ik begrijp niet hoe je hem kunt verdragen, als je weet dat hij er is."

Burke trok een gezicht. "Hij doet zijn best om mijn afkeer te smo-ren. Ze knijpen alle gedachten af die ze niet aanstaan. Ze hebben een zekere macht over je. Ze kunnen je latente vijandigheid opzwepen; het is gevaarlijk om een Tauptu te zijn in een wereld van Chitumih."

Margaret bewoog zich onrustig. "Ik snap niet wat je hoopt te gaan doen."

"Het gaat niet om wat wij hopen te doen — maar om wat we moeten doen. De Xaxanen hebben een ultimatum gesteld: zuiver je planeet, of wij doen het voor jullie. Ze zijn ertoe in staat; ze zijn meedogenloos genoeg."

"Voor hun vastberadenheid kan ik begrip opbrengen," zei Tarbert nadenkend. "Ze hebben kennelijk een heleboel geleden."

"Maar ze willen ons met hetzelfde leed ophalzen!" protesteerde Burke. "Ik vind ze hardvochtig, wreed, overheersend —"

"Je hebt ze in de ergst mogelijke omstandigheden gezien," merkte Tarbert op. "Ze lijken je zo beleefd mogelijk te hebben behandeld. Ik geloof dat wij ons oordeel over de Xaxanen moeten opschorten tot we ze beter kennen."

"Ik ken ze nu al goed genoeg," gromde Burke. "Vergeet niet dat ik getuige was..." Hij zweeg abrupt. Vermoedelijk spoorde de nopal hem aan om de Xaxanen aan te vallen. Tarberts verdedigende houding was waarschijnlijk redelijk. Maar anderzijds...Tarbert verstoorde zijn overpeinzingen. "Er is nog een heleboel dat ik niet begrijp," zei hij. "Zij noemen de Aarde bijvoorbeeld Nopalgaard; zij willen dat we ons ontdoen van de nopal, ogenschijnlijk om een pest uit te roeien. Maar het heelal is bijzonder groot en er moeten talloze andere planeten zijn die met nopal kampen. Het bestaat niet dat ze denken de hele kosmos te kunnen opruimen. Je kunt muskieten niet uitroeien door één plas in een moeras te bespuiten."

"Wat ze mij verteld hebben," zei Burke, "is dat precies wat ze van plan zijn. Ze zijn bezig aan een anti-nopalkruistocht, en wij zijn de eerste bekeerlingen. Wat de Aarde aangaat zijn wij verantwoordelijk. En ik zie geen manier om ons van die enorme verantwoording te kwijten."

"Maar," zei Margaret, "als die dingen bestaan, en je vertelde het aan de mensen —"

"Wie zou ons geloven? We kunnen toch niet iedere toevallige voorbijganger gaan zitten denopaliseren. Dan was het in vier uur afgelopen. Als we naar een of ander afgelegen eiland gingen en een kolonie van Tauptu stichtten, en als we door een toeval in leven bleven, dan zouden we na verloop van tijd middenin een oorlog zitten."

"Dan —" begon Margaret, maar Burke viel haar in de rede. "Als we niets doen, zullen de Xaxanen ons vernietigen. Ze hebben op Ixax miljoenen Chitumih vernietigd; waarom zouden ze hier aarzelen?"

"We moeten rustig nadenken," zei Tarbert. "Ik heb een dozijn vragen die ik zou willen onderzoeken. Bestaat er geen andere manier om deze verdomde nopal te verjagen? Kan het soms zijn dat de nopal alleen maar een onderdeel van het menselijke organisme zijn, zoals de zogenaamde ziel, of een of andere verwrongen afspiegeling van de mentale processen? Of misschien van de onderbewuste geest?"

"Als ze deel van ons uitmaken," zei Burke, "waarom zien ze er dan zo afzichtelijk uit?"

Tarbert lachte. "Als ik je ingewanden voor je gezicht liet bengelen, dan zou je ze ook wel afstotend vinden."

"Ja," zei Burke. Hij dacht even na. "Wat je eerste vraag betreft: de Xaxanen kennen geen andere manier om Chitumih te zuiveren. Wat natuurlijk niet betekent dat er geen andere manier bestaat. Maar de nopal als onderdeel van het organisme — daar gedragen ze zich allerminst naar. Ze zweven hongerig rond, ze reizen naar andere planeten, ze handelen als onafhankelijke wezens. Als er een soort mens-nopal symbiose is, dan lijkt die helemaal in het voordeel van de nopal. Zover ik weet leveren ze hun gastheer niets op — maar ik weet ook niet of ze iets doen dat echt nadelig is."

"Waarom zijn de Xaxanen er dan zo verschrikkelijk op gebrand om ze uit te roeien, om de kosmos van nopal te zuiveren?"

"Omdat ze weerzinwekkend zijn, denk ik," zei Burke. "Dat lijkt me genoeg."

Margaret huiverde. "Er moet iets verkeerd met mij zijn... Als deze dingen bestaan, zoals jullie zeggen, dan zou ik een veel grotere walging moeten voelen. Maar dat doe ik niet. Ik ben alleen maar versuft."

"Op het juiste moment knijpt jouw nopal de juiste zenuw af," zei Burke.

"Dat zou betekenen," zei Tarbert, "dat de nopal een behoorlijke intelligentie heeft — en het werpt een nieuwe reeks vragen op: begrijpt de nopal wat er gezegd wordt, of voelt hij alleen rauwe emoties? Blijkbaar leeft hij van een enkele gastheer tot die sterft, in welk geval hij de gelegenheid heeft om de taal te leren. Maar misschien heeft hij niet zo'n omvangrijk geheugen. Of helemaal geen."

Margaret zei: "Als hij tot je dood op je nek zit, dan is het in zijn voordeel om je in leven te houden."

"Dat zou je wel zeggen."

"Dat verklaart misschien de voorgevoelens van gevaar, ingevingen, intuïtie en dergelijke dingen."

"Heel goed mogelijk," zei Tarbert. "Dat is een van de dingen die we zeker zouden willen onderzoeken."

Er werd met gezag op de buitendeur geklopt. Tarbert kwam overeind; Margaret draaide zich geschrokken om en haar hand vloog naar haar mond.

Tarbert liep langzaam naar de deur maar Burke hield hem tegen. "Laat mij maar gaan. Ik ben Chitumih, zoals iedereen."

Halverwege de buitendeur bleef hij staan. Hij keek om. Margaret en Tarbert stonden roerloos in het eilandje van geel licht te wachten en te kijken.

Langzaam draaide hij zich om, vechtend tegen een vreesachtige onwil die vertrouwd begon te worden.

Opnieuw werd er geklopt, afgemeten en onheilspellend. Burke dwong zijn trage benen naar de deur.

Hij keek door het glas. De fletse halvemaan hing achter een hoge cipres en in de schaduw stond een massieve donkere gestalte.

Langzaam maakte Burke de deur open. De donkere gestalte schreed naar hem toe; in het flitsende licht van passerende auto's zag Burke een ruwe grijze huid, een uitstekende neus, troebele ogen: Pttdu Apiptix de Xaxaan. Achter hem in het donker stonden nog vier torenende Xaxaanse gedaanten, die hij niet zozeer zag maar eerder voelde. Allen droegen lange keverschaaljassen en metalen helmen met pieken op de kam.

Apiptix staarde Burke met een stenen gezicht aan. Alle haat en vrees die Burke oorspronkelijk voor de Tauptu had gevoeld kolkten weer omhoog. Hij verzette zich ertegen: hij dacht aan zijn nopal die over zijn schouders naar de Xaxanen loerde, maar tevergeefs.

Apiptix kwam langzaam naar binnen — maar nu stopte er dertig meter verder een auto op de weg. Een rood zwaailicht ging aan en een zoeklicht draaide naar het gebouw.

Burke sprong naar voren. "Achter de bomen, vlug! Dat is de politie!"

De Xaxanen stapten de schaduw in waar ze als een rij barbaarse standbeelden afwachtten. Uit de politiewagen klonken radiostemmen en toen ging de deur open en stapten er twee mannen uit.

Met zijn hart in zijn keel kwam Burke naar voren. Iemand scheen hem met een zaklantaarn in zijn gezicht. "Wat is er aan de hand?" vroeg hij.

Het duurde even voordat er antwoord kwam terwijl de agenten hem achterdochtig bekeken. Toen zei een koele stem: "Er is niets aan de hand; we controleren alleen. Wie zitten er in de fabriek?"

"Twee vrienden."

"Heeft u toestemming om dit gebouw te gebruiken?"

"Zeker."

"Vindt u het goed als we even rondkijken?" Het kon ze niet schelen of Burke het goed vond of niet, ze kwamen verder. Hun lampen wezen her en der zonder zich ooit ver van Burke te verwijderen.

"Wat zoekt u?" vroeg Burke.

"Niets speciaals. Er is iets mis met deze plek, er gebeurt iets verdachts. Er zijn hier al eerder moeilijkheden geweest."

Star van ontzetting volgde Burke hun bewegingen. Tweemaal wilde hij een waarschuwing roepen; tweemaal stokte zijn stem. Wat kon hij ze vertellen? Ze hadden het benauwd door de aanwezigheid van de Xaxanen; het zwaaien van de lampen verried hun nervositeit. Burke zag de gedaanten onder de bomen — de lampen dwaalden erheen…Toen verschenen Margaret en Tarbert in de deur. "Wie zijn daar?" riep Tarbert.

"De politie," zei een van de agenten "Wie bent u?"

Tarbert zei wie hij was. Kort daarna gingen de politiemannen terug naar de weg. Een van de lichtbundels streek door de schaduw van de cipressen. Het licht aarzelde.

De agent snakte naar adem. "Kom eruit — wie je ook bent!"

In antwoord kwamen er twee roze vuurflitsen, twee twinkelende roze strepen. De agenten laaiden op, tuimelden achterover, vielen neer als lege zakken. Burke gaf een schreeuw. Hij strompelde naar voren. Pttdu Apiptix keek hem even aan en keerde zich toen naar de deur. "Laten we naar binnen gaan," zei zijn stemdoos.

"Maar deze mannen!" riep Burke. "Je hebt ze vermoord!"

"Kalm. De lijken zullen worden verwijderd; de automobiel eveneens."

Burke keek naar de politiewagen waar de metalen stem van de radiotelefonist uit klonk.

"Je schijnt niet te begrijpen wat je gedaan hebt! We kunnen allemaal gearresteerd worden, terechtgesteld..." Zijn stem stierf weg toen hij zich realiseerde dat hij raaskalde. Hem negerend liep Apiptix naar binnen met twee van zijn soortgenoten op zijn hielen. De overige twee gingen naar de lijken. Burke deinsde achteruit met een krieuwelende huid; Tarbert en Margaret weken terug voor de schrijdende grijze gedaanten.

De Xaxanen bleven staan aan de rand van het licht; Burke zei bitter tegen Tarbert en Margaret: "Als jullie nog twijfel mochten koesteren —"

Tarbert knikte kortaf. "Dat is voorbij."

Apiptix liep naar de machine en onderzocht hem zonder te spreken. Toen wendde hij zich naar Burke. "Deze man —" hij wees naar Tarbert "— is de enige Tauptu op Aarde. In de beschikbare tijd had u een heel bataljon moeten kunnen verzamelen."

"Ze hebben me opgesloten," zei Burke zuur. De haat die hij voor Pttdu Apiptix voelde — kon die wel uitsluitend aan de nopal geweten worden? "Bovendien ben ik er niet van overtuigd dat het denopaliseren van een groot aantal mensen de beste methode is."

"Wat stelt u dan voor?"

Op een sussende toon zei Tarbert: "Wij hebben het gevoel dat we meer over de nopal moeten weten. Misschien zijn er makkelijker manieren om van ze af te komen." Hij bekeek Apiptix belangstellend. "Heeft u zelf al andere methoden geprobeerd?"

Apiptix' modderkleurige ogen tastten Tarbert onbewogen af. "Wij zijn strijders, geen geleerden. De nopal van Nopalgaard komen naar Ixax; eens per maand branden wij ze weg van onze geest. Het is jullie ongedierte. U moet ogenblikkelijk stappen tegen ze nemen."

Tarbert knikte — een beetje te vlot, vond Burke wrokkig. "Wij zijn het erover eens dat u reden tot ongeduld heeft."

"We hebben tijd nodig!" barstte Burke uit. "Jullie kunnen ons toch wel een maand of twee geven?"

"Waar heeft u tijd voor nodig? De machine is klaar! Nu moet u hem gebruiken."

"Er valt eerst nog zo ontzettend veel te leren!" riep Burke. "Wat zijn de nopal? Niemand weet het. Ze lijken weerzinwekkend, maar wie weet? Misschien hebben ze wel een gunstige invloed!"

"Een amusant idee." Apiptix leek allesbehalve geamuseerd. "Ik verzeker u dat de nopal schadelijk zijn; zij hebben Ixax geschaad door een oorlog van honderd jaar te veroorzaken."

"Zijn de nopal intelligent?" ging Burke verder. "Kunnen zij communiceren met mensen? Dat zijn dingen die wij willen weten."

Apiptix keek hem schijnbaar verbijsterd aan. Waar haalt u al die ideeën vandaan?"

"Soms geloof ik dat de nopal me iets probeert te vertellen."

"Wat dan?"

"Dat weet ik niet precies. Als ik dicht bij een Tauptu kom, klinkt er een vreemd geluid in mijn hoofd: *gher, gher, gher.*"

Apiptix draaide langzaam zijn hoofd, alsof hij Burke niet durfde aan te kijken.

Tarbert zei: "We weten inderdaad bijzonder weinig. Denk eraan dat het in onze aard ligt om eerst te studeren, en dan pas te handelen."

"Wat is nopaldoek?" vroeg Burke. "Kan het nog van iets anders dan nopal worden gemaakt? En nog iets dat me bevreemdt — waar is het eerste stuk nopaldoek vandaan gekomen? Als één man bij toeval van zijn nopal bevrijd is, dan kan ik niet begrijpen hoe hij zelf de doek zou hebben kunnen maken."

"Deze dingen doen niet ter zake," zei de stemdoos van de Xaxaan.

"Misschien niet, misschien wel," zei Burke. "Ze wijzen erop dat er een gebied vol vraagtekens bestaat, zowel voor jullie als voor ons. Weet jij soms hoe dat eerste stuk nopaldoek is ontstaan, en wanneer?"

De Xaxaan staarde hem een ogenblik aan met zijn lege, bierkleurige ogen. Burke kon zijn emoties niet lezen. Ten slotte zei de Xaxaan: "Deze kennis, als die voorhanden is, kan u niet helpen bij de vernietiging van de nopal. Ga dus verder overeenkomstig uw instructies."

Ondanks zijn vlakke en mechanische klank, slaagde de stemdoos erin sinistere ondertonen over te brengen. Maar al zijn moed verzamelend zei Burke: "We kunnen niet in het wilde weg aan de slag gaan. Er is te veel dat wij niet weten. De machine vernietigt de nopal, maar dat kan nooit de beste methode zijn, en zelfs niet de goede benadering van het probleem. Kijk naar jullie eigen planeet: die ligt in puin, en jullie volk is bijna uitgeroeid! Willen jullie dat de Aarde dezelfde ramp overkomt? Geef ons tijd om te leren, om proeven te doen, om vat te krijgen op de zaak!"

Even bleef de Xaxaan zwijgen. Toen zei de stemdoos: "Jullie Aardbewoners zijn overrijp van subtiliteit. Voor ons is de vernietiging van de nopal de fundamentele en enige kwestie. Denk eraan, wij hebben uw hulp niet nodig; wij kunnen de nopal van Nopalgaard ieder moment vernietigen, vanavond of morgen. Wilt u weten hoe wij dat zullen doen?" Zonder op antwoord te wachten beende hij naar de tafel en pakte het stuk nopaldoek op. "U heeft dit materiaal gebruikt, u kent zijn bijzondere eigenschappen. U weet dat het geen massa en geen inertie bezit, dat het reageert op telekinese, dat het bijna onbeperkt rekbaar is, en dat het voor de nopal ondoordringbaar is."

"Dat hebben we begrepen."

"Zo nodig zijn wij gereed om de Aarde in een zak van nopaldoek te verpakken. Dat kunnen wij. De nopal zullen gevangen zitten en terwijl de Aarde beweegt zullen zij worden weggetrokken van de hersens van hun gastheren. Deze hersens zullen innerlijke bloedingen krijgen en er zullen Aardmensen sterven."

Niemand sprak. Apiptix vervolgde: "Dit is een drastische ingreep maar wij willen onszelf niet langer martelen. Ik heb uiteengezet wat gebeuren moet. Roei uw nopal uit, anders doen wij het." Met zijn twee soortgenoten liep hij de werkplaats uit.

Burke volgde hem brandend van verontwaardiging Terwijl hij zijn best deed om kalm te blijven zei hij tegen de hoge zwartgejaste ruggen: "Dacht je soms dat wij wonderen kunnen doen? Geef ons de tijd!"

Apiptix liep door. "U heeft een week." De drie waren buiten. Burke en Tarbert gingen ook het gebouw uit. De twee overige Xaxanen doemden op uit de schaduw van de cipressen. De lijken en de politiewagen waren nergens te zien. Burke probeerde te spreken, maar zijn keel was dichtgesnoerd en de woorden wilden niet komen. Terwijl hij en Tarbert toekeken stegen de Xaxanen plotseling op, steeds sneller tot ze wazig werden en in de ruimte verdwenen.

"Hoe doen ze dat?" vroeg Tarbert zich af.

"Geen idee." Misselijk en slap zeeg Burke ineen op de stoep. "Wonderbaarlijk!" vond Tarbert. "Een dynamisch volk — daarnaast lijken wij wel mosselen."

Burke keek hem achterdochtig aan. "Dynamisch en moordzuchtig," zei hij zuur. "Ze hebben heel wat rotzooi gebrouwen. Zo meteen krioelt het hier van de politie."

"Dat denk ik niet," zei Tarbert. "De lijken, de auto, alles is weg. Het is een ongelukkige zaak —"

"Vooral voor die agenten."

"Jij hebt last van je nopal," merkte Tarbert op, en Burke dwong zichzelf te geloven dat hij gelijk had. Hij stond op en ze gingen naar binnen.

Margaret wachtte in het kantoor. "Zijn ze weg?"

Burke knikte kort.

Ze huiverde. "Ik ben nog nooit van mijn leven zo bang geweest. Net alsof je aan het zwemmen bent en er komt een haai op je af."

"Je nopal verdraait de zaken," zei Burke hol. "Ik kan ook niet normaal denken." Hij keek naar de denopalisatiemachine. "Eigenlijk moet ik me weer behandelen." Opeens bonsde zijn hoofd van de pijn. "De nopal denkt er anders over." Hij ging zitten en deed zijn ogen dicht. Langzaam ebde de pijn weg.

"Ik geloof niet dat het zo'n goed idee is," zei Tarbert. "Hou jij je nopal nog maar een poosje. Een van ons moet rekruten voor het bataljon werven, zoals de Xaxaan zei."

"En dan?" vroeg Burke moeilijk. "Tommyguns? Molotovcocktails? Bommen? Tegen wie beginnen we?"

"Het is zo bruut en redeloos!" protesteerde Margaret fel.

Burke was het met haar eens. "Het is een brute situatie — en we kunnen er niet veel tegen doen. Ze willen ons geen vrijheid van handelen geven."

"Zij vechten al een eeuw tegen deze dingen," zei Tarbert. "Ze weten waarschijnlijk alles wat er over de nopal te weten valt."

Burke schoot verontwaardigd overeind. "Goeie hemel, nee! Ze geven toe dat ze niets weten! Ze jagen ons op, proberen ons uit ons evenwicht te houden. Waarom? Een paar dagen meer of minder — wat maakt het uit? Er is iets eigenaardigs aan de gang!"

"Nopal-gepraat. De Xaxanen zijn hardvochtig, maar ze lijken me eerlijk. Blijkbaar zijn ze toch niet zo meedogenloos als jouw nopal je wil laten geloven. Anders zouden ze de Aarde zonder aarzelen van nopal zuiveren zonder ons de kans te geven het zelf te doen."

Burke probeerde zijn gedachten te ordenen.

"Of dat," zei hij na een poos, "of ze hebben een andere reden om de Aarde te ontdoen van nopal maar wel bewoond te laten."

"Welke reden dan?" vroeg Margaret.

Tarbert schudde sceptisch zijn hoofd. "We worden weer overrijp, zoals de Xaxanen zouden zeggen."

"Ze willen absoluut niet dat we de tijd krijgen voor onderzoek," zei Burke. "Ik wil niet aan zo'n immens project beginnen zonder het eerst te bestuderen. Het zou niet meer dan redelijk zijn als ze ons een paar maanden gunden."

"We hebben een week," zei Tarbert.

"Een week!" snauwde Burke. Hij schopte tegen de machine. "Als ze maar toelieten dat we iets anders bedachten, iets makkelijks en pijnloos, dan zouden we allemaal beter af zijn." Hij schonk een kop koffie in, maar spuugde de eerste slok bijna weer uit. "Hij kookt."

"Ik zet wel nieuwe," zei Margaret haastig.

"We hebben een week," zei Tarbert die met zijn handen op zijn rug liep te ijsberen. "Een week om een nieuwe wetenschap uit te denken, te verkennen en op te bouwen."

"Er is niks aan," zei Burke. "We hoeven alleen maar een benadering vast te stellen, gereedschap en onderzoekstechnieken uit te vinden, en een nomenclatuur te bedenken. Daarna gaat het van een leien dakje. We concentreren ons alleen op één specifieke toepassing: de gezwinde denopalisatie van Nopalgaard. Als we onze ideeën gesorteerd en beproefd hebben, kunnen we de rest van de week vrij nemen."

"Nou, aan het werk dan maar," zei Tarbert droog. "Ons uitgangspunt is dat de nopal bestaan. Ik kijk naar jouw privé-exemplaar, en ik zie wel dat hij mij niet mag."

Burke bewoog zich gemelijk, zich maar al te bewust — verbeeldde hij zich — van het wezen op zijn nek.

"Herinner ons er maar niet aan," zei Margaret die terugkwam met de koffiepot. "Het is al erg genoeg dat we het weten."

"Sorry," zei Tarbert. "Dus we beginnen met de nopal, wezens die totaal buiten de bekende orde der dingen vallen. Het simpele feit van hun bestaan betekent al iets. Wat zijn ze? Geesten? Spoken? Demonen?"

"Wat maakt dat uit?" gromde Burke. "Ze etiketteren verklaart ze niet."

Tarbert negeerde hem. "Wat ze ook zijn, ze bestaan uit een voor ons onbekende materie: een nieuw soort, maar half zichtbaar, ontastbaar, zonder massa of inertie. Ze schijnen hun voedsel te onttrekken aan onze geest, aan het proces van het denken, en hun dode lichamen reageren telekinetisch, wat heel suggestief is."

"Het suggereert dat het denken een heel wat stoffelijker proces is dan we tot dusver dachten," zei Burke. "Of misschien moet ik zeggen dat er stoffelijke processen aan de gang lijken te zijn, die op een nog onbekende manier verband houden met het denken."

"Telepathie, helderziendheid en dergelijke — de zogenaamde psionische verschijnselen — wijzen daar natuurlijk ook op," peinsde Tarbert. "Mogelijk is de nopalstof het werkzame materiaal. Als iets — een gedachte of een levendige indruk — van de ene geest naar de andere gaat, dan zijn die twee geesten stoffelijk gekoppeld — op de een of andere manier. Als we de nopal willen leren kennen, doen we er goed aan ons met het denken bezig te houden."

Burke schudde vermoeid zijn hoofd. "We weten even weinig van het denken als van de nopal. Minder nog. Encefalogrammen leggen een bijproduct van het denken vast. Chirurgen melden dat zekere delen van de hersens verband houden met zekere soorten denken. We vermoeden dat telepathie ogenblikkelijk plaatsvindt, zo niet sneller —"

"Hoe kan iets sneller dan ogenblikkelijk gebeuren?"

"Door te arriveren voordat het vertrokken is. Dan heet het helderziendheid."

"O."

"In ieder geval lijkt het denken een andere materie dan de gewone, die aan andere wetten gehoorzaamt, via een ander medium werkt, en in een andere serie dimensies, kortom, het werkt via een andere ruimte — wat weer een ander heelal inhoudt."

Tarbert fronste. "Je wordt iets te enthousiast; je gebruikt het woord 'denken' een beetje te los. Wat betekent het tenslotte? Zover we weten is het een woord om een complex van elektrische en chemische processen in onze hersens te beschrijven, die ingewikkelder maar in de grond niet mysterieuzer zijn dan de werking van een computer. Met alle goeie wil van de wereld zie ik niet in hoe het 'denken' metafysische wonderen kan doen."

"Wat suggereer jij in dat geval?" vroeg Burke enigszins spottend.

"Om te beginnen, enkele recente overpeinzingen op het gebied van de kernfysica. Je weet natuurlijk hoe het neutrino ontdekt is: er ging meer energie in een reactie dan er uitkwam, wat de gedachte opwierp dat er een onbekend deeltje aan het werk was.

"Nou, er zijn nog meer, en nogal subtiele, afwijkingen gevonden: pariteiten en vreemdheids-indexen kloppen niet helemaal en er schijnt een nieuwe, onverwachte 'zwakke kracht' in het spel te zijn."

"Wat schieten we daarmee op?" vroeg Burke ongeduldig, maar toen dwong hij zich zijn geërgerde frons uit te wissen en te vervangen door een wat bleke glimlach. "Sorry."

Tarbert maakte een zorgeloos gebaar. "Ik zie je nopal wel...Wat we daarmee opschieten. We kennen twee sterke krachten: de bindings-energie van de kern en elektromagnetische krachten, en, als we het beta-verval even wegdenken, één zwakke kracht: zwaartekracht. De vierde kracht is veel zwakker dan zwaartekracht en nog minder makkelijk waarneembaar dan het neutrino. Dat lijkt in te houden — of zou kunnen inhouden — dat het heelal een schimmige tegenhanger heeft, volkomen congruent, gebaseerd op deze vierde kracht. Het is allemaal natuurlijk nog steeds één heelal en er is geen sprake van nieuwe dimensies of zoiets bizars. Alleen dat het stoffelijke heelal een ander aspect heeft bestaand uit een substantie, een veld, een structuur — noem het wat je wilt — die onzichtbaar is voor onze zintuigen en waarnemingsapparatuur."

"Daar heb ik eens iets over gelezen in een van de vakbladen," zei Burke. "Veel aandacht heb ik er toen niet aan besteed...Ik weet zeker dat je op het goede spoor bent. Dit heelal van zwakke kracht, de para-kosmos, moet het milieu van de nopal zijn, en ook het domein van de psionische verschijnselen."

Margaret voelde zich geroepen te zeggen: "Maar je zei net dat deze 'parakosmos' niet waarneembaar is! Als telepathie niet waarneembaar is, hoe weten we dan dat het bestaat?"

Tarbert lachte. "Een heleboel mensen zeggen dat het *niet* bestaat. Die hebben de nopal niet gezien." Met een wrang gezicht keek hij naar de plek boven het hoofd van de anderen. "Maar de parakosmos is niet helemaal onwaarneembaar. Zo ja, dan zouden de afwijkingen waaraan de vierde kracht ontdekt is nooit opgemerkt zijn."

"Als we dat allemaal aannemen," zei Burke, "dan lijkt het dat de vierde kracht, als hij voldoende geconcentreerd is, de materie kan beïnvloeden. Nauwkeuriger gezegd, de vierde kracht beïnvloedt materie, maar alleen als de kracht intensief geconcentreerd is merken we er iets van."

Margaret begreep het niet helemaal. "Is telepathie een projectie of een bundeling van deze vierde kracht?"

"Nee," zei Tarbert. "Dat geloof ik niet. Denk eraan dat onze hersens deze kracht niet kunnen opwekken. Ik geloof dat we niet al te ver van de gewone natuurkunde hoeven af te dwalen om psionische verschijnselen te verklaren — als we eenmaal het bestaan van een analoog heelal aannemen dat congruent is aan het onze."

"Ik snap het nog steeds niet," zei Margaret. "En hoort telepathie niet ogenblikkelijk te werken? Als de analoge wereld precies congruent is aan die van ons, waarom gebeuren de dingen dan niet met dezelfde snelheid?"

"Tja —" Tarbert moest er een paar minuten over denken. "Hier zijn nog wat meer hypothesen — of laat ik het zelfs een inductie noemen. Wat we van telepathie en de nopal weten, suggereert dat de analoge deeltjes een heel wat grotere vrijheid genieten dan de onze — ballonnen tegenover bakstenen. Ze zijn geconstrueerd van heel zwakke velden, en wat veel belangrijker is, ze worden niet door sterke velden tot starheid gedwongen. Met andere woorden, de analoge wereld is topologisch congruent aan de onze maar niet dimensionaal congruent. Trouwens, dimensies hebben niet echt betekenis."

"Zo ja, dan is 'snelheid' ook een betekenisloos woord, en 'tijd' ook," zei Burke. "Dat zegt ons misschien iets over de Xaxaanse ruimteschepen. Denk je dat het mogelijk is dat ze op de een of andere manier via dit analoge heelal reizen?" Hij stak zijn hand op toen Tarbert zijn mond opendeed. "Ik weet het — ze zitten al in de analoog. We moeten onszelf niet in de war brengen met vierdimensionale denkbeelden."

"Juist," zei Tarbert. "Terug naar de koppeling tussen de heelallen. Dat beeld van de ballonnen en bakstenen bevalt me wel. Elke ballon zit vast aan een baksteen. De stenen kunnen de ballons in beweging brengen, maar andersom gaat niet zo makkelijk. Laten we eens kijken hoe dat in zijn werk gaat in het geval van telepathie. Stroompjes in mijn geest wekken een corresponderende stroom op in de analoog van mijn geest in de parakosmos — mijn schaduwgeest, als het ware. Dat is een geval van de stenen die de ballons bewegen. Door een onbekend mechanisme, misschien doordat mijn analoge ik analoge trillingen produceert die door een andere analoge persoon worden geïnterpreteerd, rukken de ballons aan de bakstenen; de zenuwstroompjes gaan over op het ontvangende brein. Als de omstandigheden geschikt zijn."

"Deze 'omstandigheden'," zei Burke zuur, "kunnen heel goed de nopal zijn."

"Ja. De nopal zijn blijkbaar wezens van de parakosmos, gemaakt van ballonmateriaal, en om een of andere reden zijn ze in allebei de heelallen levensvatbaar."

De koffie was klaar en Margaret schonk in. "Ik vraag me af," zei ze, "of de nopal misschien in dit heelal helemaal niet bestaan?"

Tarberts wenkbrauwen gingen pijnlijk protesterend omhoog — Burke vond het een nogal overdreven vertoning. "Maar ik kan ze zien!"

"Misschien denk je dat alleen maar. Als de nopal zich nu eens alleen in de andere kosmos bevonden, en alleen parasiteerden op de analogen? Je ziet ze door helderziendheid — of liever, je analoog ziet ze — en wel zo duidelijk en levendig dat jij denkt dat de nopal stoffelijke dingen zijn."

"Maar mijn beste jongedame —"

Burke kwam tussenbeide. "Een heel verstandige opmerking. Ik heb de nopal ook gezien; ik weet hoe realistisch ze lijken. Maar ze weerkaatsen geen licht en zenden dat ook niet uit. Anders zouden ze op foto's verschijnen. Ik geloof niet dat ze een realiteit in de basiswereld zijn."

Tarbert haalde zijn schouders op. "Als ze kunnen verhinderen dat wij ze in natuurlijke staat zien, dan kunnen ze dat ook met foto's doen."

"In veel gevallen worden foto's mechanisch afgetast. Dan zouden zulke afwijkingen toch aan het licht moeten komen."

Tarbert keek naar de lucht bij Burkes schouder. "Als je gelijk hebt, waarom weten de Xaxanen daar dan niets van?"

"Ze geven toe dat ze niets van de nopal weten."

"Zoiets fundamenteels kunnen ze moeilijk over het hoofd zien," vond Tarbert. "Ze zijn beslist niet naïef."

"Ik weet het niet. Vannacht gedroeg Pttdu Apiptix zich onredelijk. Tenzij..."

"Tenzij wat?" vroeg Tarbert overbodig scherp, dacht Burke.

"Tenzij de Xaxanen een heimelijke bedoeling hebben. Dat wilde ik zeggen. Maar ik weet dat het belachelijk is. Ik heb hun planeet gezien; ik weet wat ze doorgemaakt hebben."

"Er is wel een heleboel dat we niet begrijpen," verzuchtte Tarbert.

"Ik zou heel wat vrijer ademhalen als er niet echt een nopal op mijn echte nek zat," bekende Margaret. "Als hij alleen maar mijn analoog lastig valt —"

Vlug boog Tarbert zich naar haar toe. "Je analoog is een onderdeel van jou, vergeet dat niet. Je lever zie je ook niet, maar hij is er wel en hij werkt. En met je analoog is het precies zo."

"Ben je het ermee eens dat Margaret misschien gelijk heeft?" vroeg Burke voorzichtig. "Dat de nopal inderdaad beperkt is tot de parakosmos?"

"Wel, het is een theorie als een andere," zei Tarbert. "Ik kan in ieder geval meteen al twee tegenwerpingen maken. Ten eerste de nopaldoek, die ik met mijn eigen privé-handen beweeg. Ten tweede de macht die de nopal over onze emoties en waarnemingen hebben."

Burke sprong op en begon heen en weer te lopen. "De nopal oefent zijn invloed misschien via de analoog uit, zodat als ik denk dat ik de doek hanteer, ik alleen maar in de lucht grijp, en de analoog in werkelijkheid het werk doet — dat ligt besloten in de vorige theorie."

"Waarom," vroeg Tarbert, "kan ik me in dat geval niet voorstellen dat ik de nopal met een denkbeeldige bijl te lijf ga?"

Burke voelde een steek van onrust. "Geen idee."

Tarbert keek taxerend naar de doek. "Geen massa, geen inertie, tenminste niet in het basisheelal. Als mijn telekinetische vermogens daarop berekend zijn, zou ik dit nopalspul moeten kunnen hanteren." De dunne doek rees slap op. Burke keek er walgend naar. Akelig spul. Het deed hem aan lijken denken, aan rottenis, aan de dood.

Tarbert keek hem scherp aan. "Werk je me tegen?"

Zijn arrogantie, toch al nooit zijn innemendste eigenschap, werd onuitstaanbaar, vond Burke. Hij wilde deze gedachte uitspreken maar toen hij zag dat Tarbert zich gemeen amuseerde klemde hij zijn kaken op elkaar. Hij zag dat Margaret Tarbert even walgend bekeek als hij. Met zijn tweeën samen zouden ze misschien...

Burke beheerste zich. De richting die zijn gedachten namen ontstelde hem. De nopal had hem in zijn macht, dat was maar al te duidelijk. Maar dan — waarom zou geen van zijn gedachten van hemzelf afkomstig kunnen zijn? Tarbert was verwrongen en haatdragend geworden; zijn zuivere, onbevangen oordeelsvermogen vertelde hem dat. Tarbert was een werktuig van buitenaardse wezens, niet hij! Tarbert en de Xaxanen — vijanden van de Aarde! Burke moest ze tegenwerken, anders zou iedereen gedood worden... Burke lette goed op toen Tarbert zich op de nopaldoek concentreerde. De ijle lap verschoof, veranderde moeizaam en ongaarne van vorm.

Tarbert lachte tamelijk zenuwachtig. "Het is zwoegen, hoor. In de parakosmos is het spul waarschijnlijk nogal stijf...Wil je het eens proberen?"

"Nee," zei Burke met een gromstem.

"Last van je nopal?"

Burke vroeg zich af waarom Tarbert hem zo beledigend uitjouwde.

Tarbert zei: "Je nopal is heel opgewonden. Zijn pluimen flapperen en flikkeren..."

"Waarom heb je de pik op de nopal?" hoorde Burke zichzelf zeggen. "Er gebeuren nog andere dingen."

Tarbert keek hem van opzij aan. "Dat is een eigenaardige opmerking."

Burke bleef staan, wreef over zijn gezicht. "Ja. Nu je het zegt."

"Legde de nopal je die woorden in de mond?"

"Nee..." Maar Burke was er niet helemaal zeker van. "Ik kreeg een intuïtief gevoel, zoiets. Waarschijnlijk was de nopal er wel verantwoordelijk voor. Hij liet me heel even een glimp zien van iets."

"Wat voor iets?"

"Ik weet het niet. Ik herinner het me niet eens."

"Hmmf," zei Tarbert. Hij richtte zijn aandacht weer op het stuk nopaldoek, liet het oprijzen, vallen, draaien en tollen. Opeens liet hij het vijf meter door de kamer schieten en lachte toen afschuwelijk "Ik heb net een nopal op zijn lazer gegeven." Hij keek Burke berekenend aan, verplaatste dan zijn blik naar boven Burkes hoofd.

Burke merkte dat hij was opgestaan en langzaam naar Tarbert toe wankelde. In zijn hersens klonk het schorre *gher gher gher...*

Tarbert ging achteruit. "Laat je niet door dat ding overheersen, Paul. Hij is bang, hij is wanhopig."

Burke stopte.

"Als je het niet weet te overwinnen, dan hebben we de strijd verloren — nog voor we goed en wel begonnen zijn." Hij keek van Burke naar Margaret. "Geen van jullie twee haat mij. Jullie nopal zijn bang voor mij."

Burke keek Margaret aan. Haar gezicht was strak. Haar ogen keken in de zijne.

Burke haalde diep adem. "Je hebt gelijk," zei hij hees. "Je *moet* gelijk hebben." Hij ging weer naar zijn stoel. "En ik moet me beheersen. Dat gespeel van jou met dat nopalspul doet me iets, je kunt het je niet voorstellen…"

"Vergeet niet dat ik ook een 'Chitumih' ben geweest," zei Tarbert, "en dat ik het ook moest aanzien."

"Erg tactvol ben je niet."

Tarbert grijnsde en wijdde zich weer aan de doek. "Dit is een interessant proces. Als ik mijn best doe kan ik het in elkaar frommelen… Als ik genoeg tijd had, denk ik, zou ik een groot deel van de nopalbevolking kunnen uitroeien…"

Burke keek er met een stenen gezicht naar. Na een ogenblik dwong hij zichzelf te ontspannen. Toen zijn spieren verslapten merkte hij dat hij moe was.

Nadenkend zei Tarbert: "Nu ga ik iets anders proberen. Ik maak twee proppen van nopaldoek, en ik vang er een nopal tussenin; ik knijp… Ik voel weerstand, maar dan klapt het ding in elkaar. Net alsof je een okkernoot kraakt."

Burke sidderde. Tarbert keek hem belangstellend aan. "Dat voel je toch niet?"

"Niet rechtstreeks."

Tarbert zei peinzend: "Het heeft niets met jouw nopal te maken."

"Nee," zei Burke naargeestig. "Het is alleen maar een steek geïnduceerde angst…" Hij had de energie en de belangstelling niet om er op door te gaan. "Hoe laat is het?"

"Bijna drie uur," zei Margaret. Ze keek verlangend naar de deur. Net als Burke voelde ze zich slap en afgemat. Wat zou het niet heerlijk zijn om in bed te liggen, onverschillig voor de nopal en al deze vreemde problemen…

Geabsorbeerd in het nopalpletten leek Tarbert zo fris als een hoentje. Een misselijke toestand, vond Burke. Tarbert was net een akelig klein kind dat vliegen ving... Tarbert keek hem fronsend aan en Burke ging rechtop zitten, opnieuw gespannen, maar nu anders. Hij was meer actief belang in het spel gaan stellen, en nu merkte hij dat hij Tarberts manipulaties met al zijn wilskracht weerstreefde. De vijandschap tussen de twee mannen werd openlijk. Het zweet brak Burke uit; zijn oogballen puilden uit hun kassen. Tarbert verstarde en zijn gezicht was zo bleek en hol als een schedel. Het nopalmateriaal trilde; slierten en afgebroken stukken wapperden aarzelend heen en weer, weg van de oorspronkelijke doek en weer terug.

Burke kreeg een idee dat aangroeide tot een overtuiging: dit was meer dan een onbelangrijke krachtmeting — veel meer! Geluk, vrede, het uitstellen van de dood — alles hing af van de uitkomst. Het nopalmateriaal stijf houden was niet genoeg; hij moest het hanteren, naar Tarbert uithalen, de vitale streng doorsnijden, de navelstreng... Het materiaal stroomde en kronkelde onder Burkes heftige behandeling en schoof langzaam naar Tarbert toe. Er gebeurde iets nieuws, iets onverwachts en angstaanjagends. Tarbert zwol op van geestelijke energie. De nopaldoek werd Burke uit handen gegrist en buiten zijn bereik gerukt.

Het spel was over en het wilsconflict ook. De twee mannen keken elkaar geschrokken en nadenkend aan. "Wat is er gebeurd?" vroeg Burke.

"Ik weet het niet." Tarbert wiste zijn voorhoofd af. "Er was iets in me gevaren... ik voelde me als een reus — onweerstaanbaar." Hij lachte zuur. "Een hele gewaarwording..."

Even was het stil. Toen zei Burke met een onvaste stem: "Ralph, ik kan mezelf niet vertrouwen; ik moet van mijn nopal af. Voor hij me iets — slechts laat doen."

Tarbert dacht er een volle minuut over na. "Misschien heb je gelijk," zei hij ten slotte. "Als we voortdurend met elkaar overhoopliggen, bereiken we niets." Hij stond op. "Goed, ik zal je denopaliseren. Als Margaret twee vleesgeworden duivels in plaats van één kan verdragen." Hij grinnikte zwak.

"Ik kan er wel tegen. Als het moet." En ze mompelde: "En dat zal wel... Ik hoop het tenminste. Of eigenlijk weet ik het wel zeker."

"Laten we opschieten." Burke stond op en dwong zich naar de machine te gaan. De woede en de tegenwerking van zijn nopal drukten hem neer, zogen de kracht uit zijn spieren.

Tarbert keek Margaret aan. "Jij kunt beter vertrekken."

Ze schudde van nee. "Laat mij maar blijven."

Hij haalde zijn schouders op en Burke was te moe om aan te dringen. Een stap naar de machine, nog een stap, nog een — het was alsof hij door diepe modder waadde. De nopal werd koortsachtig actief; Burkes ogen werden overspoeld met lichten en kleuren en het schurende geluid werd een hoorbaar gekras: *"Gher — gher — gher…"*

Hij bleef staan om te rusten. De kleuren die voor zijn ogen langs kropen kregen vreemde vormen. Als hij maar kon zien, als hij maar wilde kijken.

"Wat is er met jou?" vroeg Tarbert fronsend.

"De nopal probeert me iets te laten zien — of laat me iets zien… ik kijk niet op de goeie manier." Hij deed zijn ogen dicht in de hoop de zwarte vegen, de gouden slingers, de draden van blauwe en groene vezels zijn wil op te leggen.

Tarberts stem kwam klaaglijk uit het donker. "Kom, Paul — laten we opschieten." Hij klonk geërgerd.

"Wacht," zei Burke. "Ik begin het door te krijgen. Het gaat erom dat je via je mentale ogen kijkt — je geestesoog. De ogen van je analoog. Dan zie je…" Zijn stem loste op in een zwakke zucht toen de flikkerende vormen tot rust kwamen en zich even stabiliseerden. Hij keek uit over een woest panorama bestaand uit over elkaar liggende zwarte en gouden landschappen en precies zoals wanneer je door een stereoscopische kijker kijkt, was het tegelijk scherp en wazig, gewoon en fantastisch. Hij zag sterren en ruimte, zwarte bergen, groene en blauwe vlammen, kometen, natte zeebodems, bewegende moleculen, zenuwnetwerken. Als hij zijn analoge hand gebruikte kon hij ieder punt in deze multifasenstreek bereiken, die zich uitstrekte over een grotere en veel gecompliceerdere ruimte dan het hele bekende heelal. Hij zag de nopal, veel substantiëler dan de slierten en schuimlagen die hij vroeger had gezien. Maar hier in deze analoge kosmos waren ze onbelangrijk, ondergeschikt aan een kolossale gedaante die in een ondefinieerbare streek huisde, een zwarte massa waarin half ongezien een gouden kern zweefde als de maan achter de wolken. Uit deze donkere massa stroomden miljarden zweepharen, wit als nieuwe zijde, dansend en stromend naar iedere uithoek van deze gecompliceerde ruimte. Aan het eind van sommige draden voelde Burke bengelende gedaanten als marionetten aan touwtjes, als dik rot fruit, als opgehangen mensen aan een touw. De draden reikten dichtbij en ver. Een ervan kwam binnen bij Electrodyne Engineering en zat vastgeklampt aan Tarberts hoofd met een voelhoorn als een rubber zuignap. Langs de draad zaten rissen nopal die eraan leken te knagen. Burke begreep dat als ze maar heftig genoeg knaagden, de draad zich terugtrok zodat er een blote, onbeschermde schedel overbleef. Direct boven zijn eigen hoofd bengelde nog zo'n tentakel, die uitliep in een lege voelnap. Burke kon hem terugvolgen over afstanden die tegelijk even ver weg lagen als de einders van het heelal en zo dichtbij waren als de muur, hij kon in het brandpunt van de gher kijken. De glazige gele kern bestudeerde hem zo gretig, zo intensief en kwaadaardig intelligent dat het Burke zwaar te moede werd.

"Wat zit je te mompelen, Paul?" vroeg Margaret bezorgd. Haar zag hij ook; een scherpe en herkenbare Margaret, al zwom haar beeltenis alsof ze achter een hete luchtzuil stond. Nu zag hij talrijke mensen; als hij wilde kon hij met allemaal spreken. Ze waren even ver weg als China maar tegelijk zo dichtbij als de punt van zijn neus. "Ben je wel in orde?" vroeg Margaret woordeloos, geluidloos.

Burke deed zijn ogen open. "Ja," zei hij. "Ik ben in orde."

Het visioen had een of twee seconden geduurd. Burke keek naar Tarbert; ze zagen elkaar in de ogen. De gher regeerde Tarbert en hij regeerde de Xaxanen, hij had Burke ook geregeerd totdat de nopal de tentakel hadden doorgeknaagd. De nopal — nijvere, beperkte kleine parasieten! — in hun verlangen om in leven te blijven hadden ze hun grote vijand verraden!

"Laten we beginnen," zei Tarbert.

"Ik wil er eerst nog even over nadenken."

Tarbert nam hem blind op. Er liepen koude rillinkjes over Burkes zenuwen. De gher instrueerde zijn agent. "Heb je gehoord wat ik zei?" vroeg Burke.

"Ja," zei Tarbert met een stroperig zoete stem. "Ik heb het gehoord." In Burkes verbeelding glansden zijn ogen met een dofgouden gloed.

XI

Burke kwam uit zijn stoel en liep met langzame stappen naar Tarbert toe. Op een kleine meter afstand bleef hij staan. Hij keek in het gezicht van zijn vriend en probeerde objectief te zijn. Dat lukte niet: hij was vervuld van afgrijzen en haat. Hoeveel was afkomstig van de nopal? Compenseren! beval hij zichzelf. Overcompenseren!

"Ralph," zei hij met de vlakste stem die hij kon opbrengen, "we zijn nog lang niet klaar. Ik weet wat de gher is. Hij zit op jou precies zoals de nopal op mij meerijdt."

Tarbert schudde zijn hoofd en grijnsde als een verwilderde grijze vos. "Nu is je nopal aan het woord."

"En de gher praat via jou."

"Dat geloof ik niet." Ook Tarbert streefde naar objectiviteit. "Paul je weet wat de nopal zijn. Onderschat hun listigheid niet!"

Burke lachte triest. "Dit is net als een woordenstrijd tussen een christen en een moslim: elk van hen vindt de ander een misleide heiden. Geen van ons twee kan de ander overtuigen. Dus wat gaan we doen?"

"Ik geloof dat het belangrijk is dat jij je nopal kwijtraakt."

"Ten behoeve van de gher? Nee."

"Wat stel je dan voor?"

"Ik weet het niet. Het wordt steeds ingewikkelder. Voorlopig moeten we er rekening mee houden dat we niet normaal kunnen denken — en elkaar niet kunnen vertrouwen. We moeten de zaak bestuderen."

"Daar ben ik het helemaal mee eens." Tarbert leek zich te ontspannen. Bijna afwezig speelde hij met de drijvende lap van nopaldoek, kneedde hem met een enorm gezag, vormde hem tot een kussen.

Voorzichtig!

"Laten we eens kijken in hoeverre we het met elkaar eens zijn," stelde Tarbert voor. "Onze voornaamste zorg is volgens mij dat wij de Aarde van de nopal moeten bevrijden."

Burke schudde somber zijn hoofd. "Onze eerste plicht is —"

"Dit." Tarbert kwam in actie. De nopaldoek schoot door de lucht en kwam neer op Burkes hoofd. De pennen van zijn nopal weerstonden het materiaal een ogenblik, toen werden ze verpletterd. De druk op Burkes hoofd was tastbaar — hij kreeg een gevoel alsof hij gekeeld werd. Met zijn vingers probeerde hij het spul weg te trekken; met zijn geest probeerde hij het weg te duwen, maar Tarbert was in het voordeel. Opeens ging er een rilling door de nopal en hij stortte in als een verbrijzelde eierschaal. Burke voelde een enorme schok, alsof er met een hamer op zijn naakte brein werd geslagen. Zijn ogen werden overweldigd door stralende blauwe lichtflitsen en gloeiende gele uitbarstingen.

De druk verdween; de lichten verbleekten. Ondanks zijn woede om Tarberts verraad, en ondanks de pijn en de verblinding, begreep Burke onmiddellijk dat hij in een nieuwe toestand van welzijn verkeerde. Het was alsof hij plotsklaps van een ernstige verkoudheid was genezen; alsof hij stikte en er opeens verse lucht in zijn longen stroomde.

Hij had geen tijd om erover na te denken. De nopal was verpletterd. Uitstekend; hoe stond het met de gher? Hij stelde zijn mentale blik scherp. Aan alle kanten zweefden de nopal met ruisende pluimen als woedende feeksen. De arm van de gher hing boven zijn hoofd. Waarom aarzelde hij? Waarom bewoog hij zich zo onzeker? Hij zweefde naderbij, daalde aarzelend neer; Burke dook weg en reikte naar de flarden van de fijngedrukte nopal en trok die over zijn hoofd. De zuignap gleed omlaag, tastend en zoekend. Burke dook weer weg terwijl hij de beschermende kap gladstreek. Margaret en Tarbert keken verwonderd toe. De nopal in de buurt schokten en rilden van opwinding. Ver weg doemde de gher op — halverwege het heelal? — als een massieve berg in de nachtelijke hemel.

Burke werd woedend. Hij was vrij; waarom zou hij zich aan de gher onderwerpen? Hij pakte een stuk nopalmateriaal beet met de hand van zijn analoog en sloeg ermee naar de zuignap, naar de tentakel. De zuignap krulde op als de lippen van een grauwende hond en trok zich toen geërgerd terug.

Burke lachte wild. "Dat vind je niet leuk, hè? En ik ben nog pas begonnen!"

"Paul," riep Margaret. *"Paul!"*

"Wacht even," zei Burke. Hij mepte naar de zuignap en nog eens, en nog eens. Hij voelde tegenstand. Burke keek om zich heen. Naast hem stond Ralph aan de nopalbrokken te trekken en Burke tegen te werken. Burke rukte en trok, maar vergeefs...Was dit Tarbert wel? Hij leek erop, maar met een eigenaardig verschil...Hij knipperde met zijn ogen. Hij vergiste zich. Tarbert zat met half gesloten ogen op zijn stoel...Twee Tarberts? Nee! Een ervan was natuurlijk zijn analoog die handelde op bevel van Tarberts geest. Maar hoe maakte de analoog zich van hem los? Was hij zelf een apart wezen? Of was deze scheiding maar schijn, een gevolg van de straalbreking van de parakosmos? Burke tuurde in het vermoeide gezicht. "Ralph, hoor je mij?"

Tarbert ging rechtop zitten. "Ja, ik hoor je."

"Geloof je wat ik je over de gher heb verteld?"

Tarbert aarzelde even. Toen slaakte hij een diepe, droevige zucht. "Ja. Ik geloof je. Er was iets — ik weet niet wat — dat mij in zijn macht had."

"Ik kan me tegen de gher verzetten, als jij me niet tegenwerkt."

Tarbert lachte zwak. "En dan? Weer de nopal? Wat is erger?"

Tarbert deed zijn ogen dicht. "Ik kan niets beloven. Ik doe mijn best."

Burke keek weer in de parakosmos. Ver weg — of was het dichtbij? — flakkerde het oog van de gher ongerust. Burke nam een fragment nopalmateriaal en probeerde het vorm te geven, maar in de handen van zijn analoog was het doek taai. Met grote inspanning kneedde Burke het uiteindelijk tot een soort staaf. Hij confronteerde de verre peinzende massa, zich nietig voelend, een minuscule David voor een gigantische Goliath. Om aan te vallen moest hij de staaf hanteren over een immense tussenruimte...Hij bedacht zich. Was de afstand wel zo groot? Was de gher eigenlijk wel zo gigantisch? Het perspectief flonkerde en veranderde als de hoeken in een visuele puzzel — en opeens leek de gher maar vijfentwintig meter verder te hangen — of misschien maar een paar meter...Burke schoot geschrokken achteruit. Hij hief de staaf op en zwaaide hem als een honkbalknuppel. Hij raakte de zwarte massa en de staaf spatte uiteen alsof hij van zeepschuim was. De gher — honderd, duizend kilometer ver weg negeerde Burke, een grotere belediging dan vijandigheid.

Burke keek het monsterlijke ding woedend aan. Het inwendige oog zwom en bolde op, de myriaden haarvaten glinsterden met een zijden glans. Hij verplaatste zijn blik en trok de tentakel na die naar Tarberts hoofd liep. Hij greep hem beet en gaf er een harde ruk aan.

Het ding verzette zich, maar brak toen en de zuignap liet trillend los. Het wezen was niet onkwetsbaar! Vlug daalden er nopal naar Tarberts naakte hoofd; Burke zag ze opbloeien als lichtgevende bloemen. Eén enorm exemplaar was er het eerst bij — maar Burke was hem voor en vatte Tarberts hoofd in nopalmateriaal. De nopal deinsde teleurgesteld terug. Zijn oogbollen keken plechtig dreigend. De gher leek niet meer zo voldaan; zijn gouden bol rolde en tolde als razend.

Burke richtte zijn aandacht op Margaret. Haar nopal keek hem woedend aan. Tarbert stak zijn hand op om Burke te weerhouden van overhaaste actie. "Wacht liever — misschien hebben we iemand nodig die ons vertegenwoordigt. Zij is nog steeds Chitumih..."

Margaret zuchtte; haar nopal werd kalm. Burke keek weer naar de gher, nu ver weg, aan de andere kant van het heelal in een koele zwarte flux zwemmend.

Burke schonk koffie in en ging met een zucht van vermoeidheid zitten. Hij zag dat Tarbert gefascineerd in de lucht zat te kijken. "Zie je hem?"

"Ja. Dus dat is de gher."

Margaret rilde. "Wat is dat?"

Burke beschreef de gher en zijn bizarre omgeving. "De nopal zijn zijn vijanden. De nopal zijn half intelligent; de gher vertoont wat ik een boze wijsheid zou noemen. Wat ons aangaat is de een niet beter dan de ander. De nopal zijn actiever. Het schijnt dat ze na een maand lang knagen de tentakel van de gher kunnen breken en zo de zuignap losmaken. Ik heb geprobeerd de gher een pak slaag te geven maar dat ging niet. Hij is het taaiste ding uit zijn omgeving — zeker doordat hij zoveel energie beschikbaar heeft."

Terwijl ze haar koffie dronk keek Margaret hem kritisch aan. "Ik dacht dat je alleen door die machine van je nopal verlost kon worden... Maar nu —"

"Nu ik geen nopal meer heb, haat je me weer."

"Niet zo erg," zei zij. "Ik kan het beheersen. Maar hoe —"

"De Xaxanen waren zeer gedecideerd. Ze zeiden dat de nopal niet losgetrokken kon worden. Hem platslaan hebben ze nooit geprobeerd. Dat zou de gher nooit hebben toegestaan. Maar Tarbert was de gher te vlug af."

"Zuiver toeval," zei Tarbert bescheiden.

"Waarom weten de Xaxanen niets van de gher?" vroeg Margaret. "Waarom hebben hun nopal ze de gher niet laten zien, zoals met jou?"

Burke schudde zijn hoofd. "Ik weet het echt niet. Misschien zijn de Xaxanen niet ontvankelijk voor visuele prikkels. Zij zien niet zoals wij. Ze vormen driedimensionale modellen in hun hersens, die ze interpreteren met tastzenuwen. Denk eraan dat de nopal ijle wezentjes zijn — de materie van de parakosmos, ballons vergeleken bij de bakstenen waar wij van gemaakt zijn. In onze geest kunnen ze betrekkelijk zwakke zenuwstroompjes opwekken, genoeg voor een visuele prikkel, maar misschien kunnen ze de meer massieve mentale processen van de Xaxanen niet manipuleren. De gher maakte een fout toen hij de Xaxanen stuurde om de Aarde te organiseren. Hij hield geen rekening met onze vatbaarheid voor hallucinaties en visioenen. Dus boffen we — voorlopig. De eerste ronde is in ieder geval niet door de gher of de nopal gewonnen. Ze hebben ons alleen waakzaam gemaakt."

"De tweede ronde komt zo," zei Tarbert. "Drie mensen doden zal niet zo moeilijk zijn."

Onrustig stond Burke op. "Waren we maar met meer." Hij keek boos naar de denopalisatiemachine. "Dat brute ding kunnen we tenminste vergeten."

Margaret keek bezorgd naar de deur. "We moeten hier weg — ergens naartoe waar de Xaxanen ons niet kunnen vinden."

"Ik wil me best verstoppen," zei Burke. "Maar waar? De gher kunnen we niet afschudden."

Tarbert keek in de ruimte. "Wat een lelijk ding," zei hij na een poos.

"Wat kan hij ons doen?" vroeg Margaret bevend.

"Uit de parakosmos kan hij ons geen kwaad doen," zei Burke. "Hij is taai, maar toch niet taaier dan een gedachte."

"Er is wel een heleboel van," zei Tarbert. "Hoeveel zou het zijn? Een kubieke kilometer? Een kubiek lichtjaar?"

"Misschien maar een kubieke meter," zei Burke. "Of een kubieke centimeter. Afmetingen betekenen niets: het gaat erom hoeveel energie hij tegen ons in stelling kan brengen. Als hij bijvoorbeeld —"

Margaret draaide zich met een ruk om en stak haar hand op. "Stil."

De twee mannen keken haar verrast aan. Ze luisterden, maar ze hoorden niets.

"Wat heb je gehoord?" vroeg Burke.

"Niets. Ik heb het alleen steenkoud…ik geloof dat de Xaxanen terugkomen."

Geen van beiden twijfelde aan haar voorgevoel. "Laten we via de achterdeur weggaan," zei Burke. "Ze komen hier niet met goede bedoelingen."

"Ze zijn hier om ons te doden," zei Tarbert.

Ze liepen naar de schuifdeuren van het magazijn en gingen erdoor. Burke schoof de deuren op een kier.

Tarbert mompelde: "Ik zal buiten controleren. Misschien houden ze de achterkant in de gaten." Hij verdween in het donker. Burke en Margaret hoorden zijn schoenen steels over de betonnen vloer ploffen.

Burke keek door de kier. De deur naar het kantoor zwaaide langzaam open. Hij zag een flitsende beweging, en toen baadde de werkplaats in een geruisloos paars schijnsel.

Hij wankelde achteruit gevolgd door een flikkerend paars licht.

Margaret greep zijn arm om hem te ondersteunen. "Paul! ben je —"

Hij wreef over zijn voorhoofd. "Ik zie niets. Verder ben ik in orde." Hij probeerde met de ogen van zijn analoog te kijken. Die bleken niet verblind te zijn. Terwijl hij in het donker tuurde werd het tafereel duidelijk: het gebouw, de rij cipressen, de onheilspellende gedaanten van de vier Xaxanen. Twee stonden er in het kantoor; één bewaakte de voorkant; één cirkelde naar de ingang van het magazijn. Van elke gedaante leidde een witte tentakel naar de gher. Tarbert was bij de buitendeur. Als hij hem opende, zou hij tegenover de Xaxaan staan.

"Ralph!" siste Burke.

"Ik zie hem," kwam Tarberts stem. "Ik heb de deur vergrendeld."

Met bonzend hart hoorden ze dat de deurkruk werd omgedraaid.

"Misschien gaan ze wel weg," fluisterde Margaret.

"Lijkt me onwaarschijnlijk."

"Maar zij —"

"Ze vermoorden ons, als we ze de kans geven."

Margaret zweeg ademloos. Toen vroeg ze: "Hoe kunnen we ze tegenhouden?"

"We kunnen hun band met de gher verbreken. Of dat proberen. Misschien veranderen ze dan van gedachte."

De deur kraakte.

"Ze weten dat we hier zijn," zei Burke. Hij staarde in het niets terwijl hij zich dwong via zijn analoog te kijken.

Twee Xaxanen waren de werkplaats binnengekomen. Een van hen, Pttdu Apiptix, deed een langzame stap naar de schuifdeuren — en nog een, en nog een. In de parakosmos starend ging Burke zijn tentakel na. Hij stak zijn analoge hand uit en trok eraan. Ditmaal werd het een heftig gevecht. De gher verstijfde de vezel en liet hem trillen en Burke voelde een wazige pijn toen hij rukte en sjorde. Apiptix kakelde woedend, greep naar zijn hoofd. De vezel brak en de voelhoorn glipte weg. Prompt plofte er een nopal met voldaan wapperende pluimen op zijn hoofd neer en Apiptix kreunde van ontzetting.

De achterdeur stond te schudden. Toen Burke zich omdraaide zag hij dat Tarbert ook met een vezel vocht. Het ding brak en de tweede Xaxaan verloor zijn band met de gher. Burke keek weer door de kier in de werkplaats. Apiptix stond erbij als bevroren. De overige twee Xaxanen kwamen binnen en staarden naar hem. Burke stak zijn analoge handen naar ze uit en brak de ene tentakel. Tarbert nam de andere voor zijn rekening. Ook deze twee Xaxanen bleven bruusk staan alsof ze verdoofd waren. Meteen stortten de nopal zich op hun hoofden.

Burke keek er besluiteloos naar. Als de Xaxanen onder dwang van de gher handelden was alles misschien in orde geweest. Maar nu waren zij Chitumih en hij was een Tauptu — voldoende aanleiding voor een moord.

Margaret trok Burke aan zijn arm. "Laat mij naar ze toe gaan."

"Nee," fluisterde Burke. "Ze zijn niet te vertrouwen."

"Ze hebben weer nopal, niet?"

"Ik voel het verschil. Mij zullen ze niets doen." Zonder op Burkes reactie te wachten schoof ze de deur open en liep naar de Xaxanen toe.

Deze bleven roerloos staan. Margaret posteerde zich tegenover ze en vroeg: "Waarom kwamen jullie ons vermoorden?"

De borstplaten van Apiptix klikten en stotterden; de stemdoos sprak: "U gehoorzaamde onze bevelen niet."

"Dat is niet waar! U zei dat we een week de tijd hadden. En dat was maar een paar uur geleden."

Pttdu Apiptix leek onzeker, verlegen. Hij keerde zich om. "Wij gaan."

"Bent u nog steeds van plan ons kwaad te doen?" vroeg Margaret.

Hij antwoordde niet direct. "Ik ben Chitumih geworden. Wij zijn allemaal Chitumih. Wij moeten gelouterd worden."

Burke kwam nogal schaapachtig uit de dekking van het magazijn tevoorschijn. De nieuwe nopal van Apiptix sloeg woedend zijn pluimen uit. Apiptix hief met rukjes zijn hand op maar Burke was sneller. Hij greep het stuk nopaldoek en klapte het neer op de Xaxaan. De nopal werd platgeslagen en lag als een mat over de grijze kop.

Apiptix wankelde onder de scheut van pijn, tuurde dronken in Burkes richting.

"Nu ben je geen Chitumih meer," zei Burke. "Je bent geen werktuig van de gher meer."

"De 'gher'?" informeerde de stemdoos toonloos. "Ik weet niets van de 'gher'."

"Kijk in de andere wereld," zei Burke. "De wereld van de gedachte. Dan zie je de gher."

Pttdu Apiptix keek hem wezenloos aan. Burke herhaalde zijn bevel. Het wezen sloot zijn ogen door hagedisgrijze membranen over de doffe oogbollen te laten zakken. "Ik zie vreemde vormen. Ze zijn niet massief. Ik voel een druk..."

In de stilte die volgde kwam Tarbert binnen.

De borstplaten van de Xaxaan begonnen opeens te kletteren als hagel. De stemdoos gorgelde, stamelde, blijkbaar gehinderd door inkomende denkbeelden die niet in zijn index waren opgenomen. Toen zei hij: "Ik zie de gher. Ik zie de nopal. Zij wonen in een land dat mijn hersens niet kunnen vormen... Wat zijn deze dingen?"

Burke zeeg in een stoel. Hij schonk de koffiepot leeg. Margaret ging automatisch verse koffie zetten. Nadat hij diep adem had gehaald legde Burke het weinige uit dat hij van de parakosmos wist en vertelde over de theorieën van Tarbert en hem. "De gher is voor de Tauptu wat de nopal voor de Chitumih is. Honderdtwintig jaar geleden slaagde de gher erin de nopal van één Xaxaan los te plukken —"

"De eerste Tauptu."

"De eerste Tauptu op Ixax. De gher leverde de oorspronkelijke nopaldoek — waar zou die anders vandaan moeten zijn gekomen? De

Tauptu moesten de krijgers van de gher worden en een kruistocht voeren van planeet tot planeet. De gher stuurde jullie naar de Aarde om de nopal weg te jagen en de hersens van de Aarde bloot te leggen. Uiteindelijk zouden de nopal uitgeroeid zijn; dan zou de gher oppermachtig zijn in de parakosmos. Dat hoopte de gher."

"Dat hoopt de gher nog steeds," zei Tarbert. "Er is bijna niets dat het verhindert."

"Ik moet terug naar Ixax," zei Pttdu Apiptix. Zelfs de mechanische spraak van de stemdoos kon zijn troosteloze stemming niet maskeren.

Burke grinnikte bars. "Ze sluiten je op zodra je je gezicht laat zien."

De borstplaten van de Xaxaan rammelden nijdig. "Ik draag de helm met de zes pieken. Ik ben commandeur van de ruimte."

"Dat kan de gher niets schelen."

"Moeten we dan een nieuwe oorlog voeren? Moet er een nieuwe scheiding komen tussen Chitumih en Tauptu?"

Burke haalde zijn schouders op. "Vermoedelijk worden we door de nopal of de gher gedood voordat we met zo'n oorlog kunnen beginnen."

"Laten wij hen dan eerst doden."

Burke lachte even. "Wist ik maar hoe."

Tarbert wilde iets zeggen maar bedacht zich. Met zijn ogen half gesloten keek hij naar de andere wereld. "En, Ralph, wat zie je?" vroeg Burke.

"De gher. Hij lijkt van streek."

Burke leidde zijn eigen blik in de parakosmos. De gher hing in de analoog van de nachthemel tussen grote wazige sterrenmassa's. Hij huiverde en schokte; de centrale bol rolde heen en weer als een meloen in een donker meer. Burke keek er gefascineerd naar. Op de achtergrond leek hij een woest landschap te zien.

"Alles in de parakosmos heeft zijn tegenhanger in het fundamentele heelal," peinsde Tarbert. "Welk object of wezen in ons heelal is de tegenhanger van de gher?"

Burke staarde hem aan. "Als wij de tegenhanger van de gher konden opsporen —"

"Juist."

Zijn vermoeidheid was vergeten. "Als dat opgaat voor de gher, dan zou het net zo goed voor de nopal moeten gelden," zei Burke. "Juist," zei Tarbert weer.

Apiptix kwam naar hen toe. "Denopaliseer mijn mannen. Ik wil uw techniek bestuderen."

Zelfs zonder nopal of gher die zijn oordeel verdraaiden, dacht Burke dat er nooit vriendschap tussen Aardbewoner en Xaxaan kon bestaan. Op hun best toonden ze niet meer warmte of sympathie dan een hagedis. Zonder commentaar tilde hij het nopalkussen op en sloeg de drie nopal de een na de ander plat zodat de brokken een mat over de kale schedels vormden. En toen behandelde hij Margaret zonder waarschuwing op dezelfde manier. Naar adem happend viel ze in een stoel.

Apiptix negeerde haar. "Deze mannen zijn nu gevrijwaard van verdere bemoeienis?"

"Zover ik weet. De nopal en de gher schijnen niet door de mat heen te kunnen komen."

Pttdu Apiptix stond zwijgend in de parakosmos te staren. Na een poos ratelden zijn borstplaten van ergernis. "De gher komt niet duidelijk voor mijn gezichtsorgaan. Maar u ziet hem scherp?"

"Ja," zei Burke. "Als ik me concentreer."

"En u kunt zijn richting bepalen."

Burke wees. Apiptix keerde zich naar Tarbert: "Bent u het daarmee eens?"

Tarbert knikte. "Daar zie ik hem ook."

De hoornachtige borstplaten lieten weer een wrevelig gerammel horen. "Uw gezichtsvermogen verschilt van het mijne. Voor mij lijkt hij —" de stemdoos brabbelde toen hij een onvertaalbaar begrip te verwerken kreeg "— in alle richtingen tegelijk te zijn." Na een ogenblik ging hij verder. "De gher heeft mijn volk grote ontberingen aangedaan."

Dat was niet overdreven, dacht Burke. Hij ging naar het raam. De hemel in het oosten werd al licht.

Apiptix richtte zich tot Tarbert. "U heeft opmerkingen over de gher gemaakt die ik niet begreep. Wilt u die herhalen?"

"Met genoegen," zei Tarbert beleefd. Burke grijnsde. "De parakosmos is blijkbaar ondergeschikt aan het normale heelal. Dus zou de gher de analoog van een stoffelijk wezen moeten zijn. Dat geldt natuurlijk ook voor de nopal."

Apiptix zweeg terwijl hij deze verklaring verwerkte. Toen zei hij: "Ik zie de waarheid hiervan. Het is een grootse waarheid. Wij moeten dit beest opsporen en het vernietigen. Daarna moeten wij de nopal op gelijke wijze behandelen. Wij zullen hun oorspronkelijke omgeving zoeken en vernietigen, en zo de nopal vernietigen."

Burke draaide zich om. "Ik weet niet of dat wel zo'n zegen zou zijn. Het zou de mensen van de Aarde een hoop ellende kunnen bezorgen."

"Op welke wijze?"

"Ga maar na wat de gevolgen zouden zijn als iedereen op Aarde helderziend en telepathisch werd."

"Chaos," mompelde Tarbert. "Scheidingen met honderden tegelijk."

"Onbelangrijk," zei Apiptix. "Daarmee mogen wij geen rekening houden. Kom."

"Waarnaartoe?" vroeg Burke verrast.

"Naar ons ruimteschip." Hij maakte een gebaar. "Haast u. Het is al bijna licht."

"Wij willen niet naar jullie ruimteschip gaan," zei Tarbert alsof hij het tegen een vervelend kind had. "Waarom zouden we?"

"Omdat jullie hersens in de bovenwereld kunnen zien. U moet ons naar de gher brengen."

Burke protesteerde. Tarbert probeerde met hem te redeneren; Margaret zat er apathisch bij. Apiptix maakte een gebiedend gebaar. "Vlug nu. Anders wordt u gedood."

De vlakke stem gaf een afschuwelijke urgentie aan het dreigement. Haastig liepen de drie mensen het gebouw uit.

XII

Het Xaxaanse ruimteschip was een lange afgeplatte cilinder met een rij koepels over de bovenkant. Het inwendige was ruw en spartaans en rook naar Xaxaanse materialen en naar de bittere leergeur van de Xaxanen zelf. In de hoogte waren de koepels verbonden door loopbruggen. Voorin zaten de instrumenten; achterin waren de motoren verborgen onder kappen van een roze metaal. De drie mensen van de Aarde kregen geen hutten toegewezen en ook de bemanning scheen die niet te hebben. Als ze niet aan het werk waren zaten de Xaxanen flegmatiek op banken en voerden af en toe een ratelend gesprek.

Apiptix sprak maar één keer tegen de drie mensen: "In welke richting ligt de gher?"

Tarbert, Burke en Margaret zeiden alle drie dat de gher te vinden was in de richting van het sterrenbeeld Perseus.

"Hoe ver, of kunt u dat niet zien?"

Geen van drie durfde ernaar te raden.

"In dat geval gaan we verder totdat de richting verandert." En de Xaxaan schreed weg.

Tarbert zuchtte treurig. "Zullen we de Aarde ooit weerzien?"

"Ik wou dat ik het wist," zei Burke.

"Ik heb zelfs geen tandenborstel bij me. Niet eens schoon ondergoed," zei Margaret.

"Je zou iets kunnen lenen van een van de bemanningsleden," opperde Burke. "Apiptix leent Tarbert zijn elektrische scheerapparaat."

Margaret grijnsde zuur. "Je humor is misplaatst."

"Ik zou weleens willen weten hoe dit allemaal werkt," zei Tarbert met een blik in het rond. "Van zo'n soort voortstuwing heb ik nog nooit gehoord." Hij wenkte Apiptix die na een onpersoonlijke, onverschillige blik naar hem toe kwam. "Misschien wilt u ons uitleggen hoe de motoren werken," zei Tarbert.

"Van deze zaken weet ik niets," verklaarde de stemdoos. "Het schip is heel oud; het is voor de grote oorlog gebouwd."

"We willen het graag weten," zei Burke. "Je weet dat wij geen grotere snelheden dan die van het licht erkennen."

"Kijk maar rond zoveel u wilt," zei Apiptix, "want er is niets te zien. Wat het met u delen van onze technologie betreft, dat lijkt mij onwaarschijnlijk. U bent een wispelturig en tendentieus ras; het is niet in ons belang dat u de Melkweg onder de voet loopt."

En hij verdween.

"Stelletje barbaren," zei Tarbert nijdig.

"Erg charmant zijn ze beslist niet," beaamde Burke. "Aan de andere kant lijken ze ook geen last te hebben van de menselijke ondeugden."

"Een edel ras," zei Tarbert. "Zou je het goed vinden als je zuster er met een trouwde?"

Het gesprek stokte. Burke probeerde in de parakosmos te kijken. Hij wist een vaag beeld van het schip op te roepen, maar dat was misschien alleen een functie van het beeldvormende vermogen van zijn geest en niet van helderziendheid. En verder zag hij niets: alles was zwart.

Van pure vermoeidheid viel het drietal in slaap. Toen ze wakker werden kregen ze te eten, maar verder werden ze genegeerd. Ze zwierven zonder hinder door het schip en zagen mechanismen voor onbegrijpelijke doeleinden, gefabriceerd met methoden en procedures die curieus en vreemd leken.

De reis ging voort en alleen de beweging van hun horloges gaf het verstrijken van tijd aan. Tweemaal zorgden de Xaxanen ervoor dat het schip in de normale interstellaire ruimte uitkwam zodat de Aardmensen de richting van de gher konden aangeven, waarna de koers werd bijgesteld en het schip weer in beweging werd gezet. Tijdens deze haltes leek de gher zijn eerdere onheilspellende concentratie te hebben laten varen. De gele bol dreef bovenop als een eierdooier in een kop inkt. Maar de afstand viel nog steeds niet te raden; in de parakosmos had het begrip afstand geen precieze betekenis en Burke en Tarbert overwogen de mogelijkheid dat de gher misschien wel in een verre melkweg woonde. Maar bij de derde stop hing de gher niet meer recht vooruit maar achter ze, precies in de richting van een doffe rode ster. Nu was de gher immens en nog terwijl ze ernaar keken tolde de gele bol rond naar de voorkant. Ze konden zich niet onttrekken aan de indruk dat het een gezichtsorgaan was.

De Xaxanen keerden het schip en gingen een eind terug. Toen ze het daarna weer uit de quasi-ruimte lieten komen hing de rode ster begeleid door een enkele koude planeet direct beneden hen. Scherp kijkend zag Burke de gher samenvallen met de schijf van de planeet.

Hier was het hol van de gher. Het landschap van de planeet overheerste de achtergrond: een vreemd, donker land van zwak lichtende moerassen en zo te zien uitgedroogde en gebarsten moddervelden. De gher had een centrale plaats in het landschap en zijn vezels verspreidden zich naar alle richtingen terwijl de gele bol rolde en pulseerde.

Het schip ging in een baan rond de planeet. Via de telescoop bleek het oppervlak effen en kaal te zijn met hier en daar een olieachtig moeras. De atmosfeer was ijl en koud en stonk. Op de polen lagen stapels van een zwarte substantie als verkoold papier. Er was niets dat op de aanwezigheid van leven duidde, geen artefacten, ruïnes of verlichting; het enige opvallende kenmerk van de planeet was een enorme kloof op de hogere breedten, als een spleet in een oude croquetbal.

Burke, Tarbert, Pttdu Apiptix en nog drie Xaxanen hulden zich in luchtzakken en gingen aan boord van de lichter. Deze maakte zich van het moederschip los en zweefde naar de planeet. Tarbert en Burke bestudeerden het vlakke panorama en wezen na verloop van tijd eensgezind het hol van de gher aan: een klein meer of een plas middenin een brede kom waar het licht van de zon onder een kleine hoek inviel.

De lichter suisde gierend door de bovenste atmosfeer en landde op een lage glooiing op een kleine kilometer van de plas.

De groep stapte uit in het fletse rode licht. Ze stonden op een veld van steenslag. Een paar meter van het schip stond een zwarte struik van een halve meter hoog; het was een afbrokkelende, lichtgevende uitwas. De hemel was paars en ging naar de horizon toe over in een zwavelig bruin. De kom was een troosteloze bruine vlakte. In het midden werd de grond vochtig en zwart en veranderde eerst in een glinsterend slijm en daarna in een vloeistof. Uit de waterspiegel stak een zwarte leren zak als een bochel.

Tarbert wees. "Daar is de gher."

"Wat nietig, vind je niet," zei Burke, "vergeleken bij zijn analoog."

Apiptix knipperde met zijn ogen en staarde in de parakosmos. "Hij weet dat wij hier zijn."

"Ja," zei Burke. "Dat zeker. En hij is opgewonden."

Apiptix haalde zijn wapen tevoorschijn en schreed de glooiing af. De twee mannen volgden hem maar bleven toen verwonderd staan. In de parakosmos golfde en beefde de gher en begon toen een damp uit te wasemen, die zich ordende tot een lange schim: een halfmenselijk silhouet, torenhoog — hoe hoog? Een kilometer? Een miljoen kilometer? De gher scheen leeg te lopen terwijl de schim vaster werd en de substantie van de gher overnam. Hij werd hard en dicht. Burke en Tarbert gaven een schreeuw van opwinding. Apiptix draaide zich log om. "Wat is er aan de hand?"

Burke wees naar de lucht. "De gher bouwt iets. Een wapen."

"In de parakosmos? Hoe kan hij ons daarmee kwaad doen?"

"Ik weet het niet. Als hij maar genoeg zwakke energie concentreert — miljarden erg —"

"Dat doet-ie!" riep Tarbert. "Daar is het."

Vijftig meter verderop verscheen een forse zwarte gedaante met twee benen, een soort gorilla zonder hoofd en een meter of drie lang. Hij had lange armen die in scharen eindigden; zijn voeten waren voorzien van klauwen. Met sinistere bedoelingen huppelde hij naar hen toe.

Apiptix en de Xaxanen richtten hun wapens. Het gherschepsel werd getroffen door een paarse waterval van licht maar liet niet merken of het gewond was. Met een grote sprong kwam het op de eerste Xaxaan toe. Of het discipline, fanatieke moed of hysterie was, de Xaxaan wachtte hem op en viel hem met zijn blote handen aan. De strijd duurde maar kort: de Xaxaan werd verscheurd en zijn ingewanden spetterden over de gebakken grijze modder. Zijn wapen viel bij Tarbert neer. Deze graaide het van de grond en schreeuwde tegen Burke: "Naar de gher!" en hij rende onbeholpen naar de plas. Burkes knieën waren als gelei. Met enorme inspanning dwong hij zichzelf om mee te rennen.

Het monster stond op zijn zwarte benen te wiegen terwijl zijn romp oplichtte in de felle gloed van de Xaxaanse wapens. Toen draaide het zich om en daverde achter de twee mannen aan die als in een angstaanjagende spookdroom over de zuigende aarde renden.

Rokend en gescheurd haalde het monster Burke in en gaf hem een klap waardoor hij tuimelend door de lucht vloog, en daarna ging hij weer achter Tarbert aan die over de glinsterende blubber sjouwde. Het zwaardere monster ploeterde er moeizaam doorheen maar kwam wel vooruit. Burke krabbelde overeind, keek wild om zich heen. Tarbert was nu dicht bij de gher en richtte het onbekende wapen. Het zwarte wezen was bijna bij hem; Tarbert keek angstig over zijn schouder en terwijl hij nog aan het wapen morrelde probeerde hij opzij te springen. Hij gleed uit; hij viel. Het monster nam een sprong en trapte hem in de modder waarna het omlaag reikte met zijn scharen. Burke wankelde erheen en attaqueerde het wezen van achter. Het voelde zo hard als steen en even zwaar, maar Burke wist het uit zijn evenwicht te brengen en het monster plofte in de modder. Burke pakte het wapen en deed zijn uiterste best om de trekker te vinden. Het monster hees zich overeind en stortte zich op Burke met wijd geopende scharen.

Vlak langs Burkes hoofd spuwde een straal rood vuur naar de gher, die explodeerde. Het hoofdloze zwarte wezen leek poreus te worden en viel uiteen in flarden en slierten. De parakosmos spatte uiteen in een enorme stroom van geluidloze energie. Toen Burke weer kon kijken was de gher verdwenen. Hij liep naar Tarbert en hielp hem rechtop. Daarna hinkten ze terug naar de vaste grond. Achter hen lag de plas er vlak en rimpelloos bij.

"Een hoogst eigenaardig creatuur," vond Tarbert. Zijn stem kwam met horten en stoten. "Helemaal niet plezierig."

Ze keken naar de plas. Een koude luchtvlaag blies er trage rimpels in. De vijver leek verlaten en levenloos, ontdaan van de betekenis die de gher er aan had gegeven.

"Hij moet een miljoen jaar oud geweest zijn," zei Burke.

"Een miljoen? Misschien wel veel ouder." En Burke en Tarbert keken op naar de dofrode zon en dachten aan de lange geschiedenis die hij achter de rug had. De Xaxanen stonden niet ver weg in een groep naar de plas van de gher te kijken.

Burke zei: "Ik denk dat toen hij geen voedsel uit de stoffelijke wereld meer kon halen, hij zich op de parakosmos richtte en een parasiet werd."

"Een vreemd soort evolutie," zei Tarbert. "De nopal moeten zich langs soortgelijke lijnen hebben ontwikkeld, misschien onder soortgelijke omstandigheden."

"De nopal... het lijken zulke nietige wezentjes." En Burke richtte zijn blik weer in de parakosmos terwijl hij zich afvroeg of er nopal in de buurt waren. Zoals eerst zag hij de overlappende landschappen, de gecompliceerde verbindingen, de pulserende lichten. Sommige verre nopal — bereden ze Xaxanen? Of Aardmensen? Hij wist het niet, ze keken hem boos en wantrouwend aan. Elders waren er nog meer, met bolle ogen en vibrerende pluimen. Deze leken klein en nog onontwikkeld en ze schenen in een statige processie uit een plek in de buurt te stromen. Maar alle afstandsschattingen in dit domein waren bedrieglijk. Terwijl hij de nopal observeerde en zich verwonderde over hun aard en waar ze hun oorsprong hadden, hoorde hij Tarbert zeggen: "Krijg jij ook een indruk van een grot?"

Burke tuurde. "Ik zie rotswanden — onregelmatige. Een spleet? Zou het die kloof zijn die we bij de landing zagen?"

Apiptix riep hen. "Kom. We gaan terug naar het schip." Hij leek in een norse stemming. "De gher is vernietigd. Er zijn geen Tauptu meer. Alleen Chitumih. De Chitumih hebben gewonnen. Dat zullen wij veranderen."

Haastig zei Burke tegen Tarbert: "Het is nu of nooit. We moeten iets doen."

"Hoe bedoel je?"

Burke knikte naar de Xaxanen. "Ze staan klaar om de nopal uit te roeien. We moeten ze tegenhouden."

Tarbert weifelde. "Hebben we dan een keus?"

"Jazeker. De Xaxanen konden de gher zonder onze hulp niet vinden. En de nopal weten ze natuurlijk ook niet op te sporen. Het hangt van ons af."

"Als we dat kunnen maken... Nu de gher verdwenen is willen ze misschien naar rede luisteren."

"Dat is te proberen. Als het niet werkt, moeten we een andere methode gebruiken."

"Zoals?"

"Ik wou dat ik het wist."

Ze liepen achter de Xaxanen over de glooiing naar de lichter. "Ik krijg een idee," zei Burke opeens. Hij legde het uit.

Tarbert keek bedenkelijk. "En als de toneeleffecten mislukken?"

"Die mogen niet mislukken. Laat mij maar praten; jij goochelt achter de schermen."

Tarbert lachte treurig. "Ik weet niet of ik wel zo'n goeie goochelaar ben."

Pttdu Apiptix die naast de lichter stond wenkte hen bruusk. "Kom. De laatste grote taak wacht ons nog: wij moeten de nopal vernietigen."

"Zo simpel is het niet," zei Burke voorzichtig.

De Xaxaan hield zijn grijze armen wijd gespreid met gebalde vuisten en al zijn knokkels waren wit; een gebaar van uitbundigheid of triomf. Maar de stemdoos sprak vlak en zonder accenten. "Net als de gher, hebben de nopal een kern in het fundamentele heelal. U heeft de gher zonder moeite opgespoord, en met de nopal zult u hetzelfde doen."

Burke schudde zijn hoofd. "Daar zou niets goeds van komen. We moeten iets anders bedenken."

Apiptix liet abrupt zijn armen zakken. Hij staarde Burke aan. "Ik begrijp u niet. Wij moeten onze oorlog winnen."

"Er zijn twee werelden bij betrokken. We moeten het belang van beide voor ogen houden. Voor de Aarde zou een plotselinge vernietiging van de nopal op een ramp uitdraaien. Onze samenleving is gebaseerd op individualiteit, op de mogelijkheid om je gedachten en plannen, geheim te houden. Als iedereen opeens psionische vermogens kreeg, dan werd het een chaos. En natuurlijk voelen wij er niets voor om onze planeet in zo'n chaos te storten."

"Uw wensen zijn onbelangrijk! Wij zijn degenen die geleden hebben en u moet onze bevelen opvolgen."

"Niet als die bevelen onredelijk en onverantwoordelijk zijn."

De Xaxaan keek hem even zwijgend aan. "U bent vermetel. U weet dat ik u kan dwingen mij te gehoorzamen."

Burke haalde zijn schouders op. "Mogelijk."

"Wilt u deze parasieten tolereren?"

"Niet voorgoed. Te zijner tijd zullen wij ze vernietigen of ze dienstbaar aan de samenleving maken. Maar voordat het zover is zullen we de tijd hebben gehad om ons te wennen aan een psionische werkelijkheid. En nog iets: wij hebben onze eigen oorlog op Aarde, de 'koude oorlog', tegen een bijzonder verfoeilijk soort slavernij. Met psionische vermogens kunnen wij deze oorlog makkelijk winnen, met een minimum aan bloedvergieten, uiteindelijk tot het voordeel van iedereen. Wij winnen niets en verliezen alles als we de nopal vernietigen — op dit moment."

De effen klanken van de Xaxaanse stemdoos werden bijna ironisch. "Zoals u zei staan de belangen van twee werelden op het spel."

"Precies. En het vernietigen van de nopal zou voor jullie wereld even schadelijk zijn als voor de onze."

Apiptix' hoofd schoot verrast achteruit. "Absurd! Verwacht u dat wij na honderdtwintig jaar niet doorstoten naar ons doel?"

"Jullie lijden aan een obsessie," zei Burke. "Je vergeet de gher, die je die oorlog heeft opgedrongen."

Apiptix keek naar de trage plas. "De gher is dood. De nopal blijven over."

"En maar goed ook, aangezien zij fijngedrukt kunnen worden en als bescherming te gebruiken zijn — tegen zichzelf en alle andere parasieten van de parakosmos."

"De gher is dood. Wij zullen de nopal vernietigen. Dan hebben we geen bescherming meer nodig."

Burke lachte kort. "Wie praat er nu absurd?" Hij wees naar de hemel. "Er bestaan miljoenen werelden als deze. Denk je dat de gher en de nopal uniek zijn, de enige bewoners van de parakosmos?"

Apiptix trok zijn hoofd in als een geschrokken schildpad. "Zijn er nog andere?"

"Kijk zelf maar."

Apiptix verstijfde terwijl hij de parakosmos afspeurde. "Ik zie vormen die ik niet begrijp. Eén in het bijzonder — een boos wezen…" Hij keek naar Tarbert die roerloos naar de lucht stond te kijken, en weer naar Burke. "Ziet u dit wezen?"

Burke keek. "Ik zie iets dat op de gher lijkt… Een uitpuilend lichaam, twee grote ogen, een scherpe bek, lange tentakels…"

"Ja. Dat is wat ik zie." Apiptix zweeg. "U heeft gelijk. Wij hebben de nopal nodig om ons te beschermen. Voorlopig althans. Kom. We gaan terug."

Hij liep weg. "Jij projecteert een realistische octopus," zei Burke tegen Tarbert. "Zelfs ik werd er eng van."

"Ik had bijna een Chinese draak geprobeerd," zei Tarbert. "Maar de octopus leek me echter."

Burke keek met zijn geestesogen. "Eigenlijk hebben we hem niet bedrogen. Niet helemaal. Er moeten nog andere dingen als de nopal en de gher zijn. Ik lijk heel, heel ver weg iets te zien — als een wirwar van aaswormen…"

"Elke dag heeft genoeg aan zijn eigen kwaad," zei Tarbert opeens uitbundig. "Laten we naar huis gaan en de rooien de stuipen op het lijf jagen."

"Een nobele gedachte," zei Burke. "Bovendien heb ik nog honderd kilo goud achterin mijn auto."

"Wie wil er nou goud hebben? Het enige wat we nodig hebben is helderziendheid en de speeltafels van Las Vegas. Dat systeem, daar kan niemand tegenop."

De lichter verwijderde zich van de stokoude planeet over de enorme kloof die het oppervlak tot onbekende diepte doorsneed. Neerkijkend zag Burke bepluimde vormen opstijgen, zich door de ruimte naar een plek in de parakosmos begeven waar een misvormde maar vertrouwde globe een vlammende geelgroene gloed uitstraalde.

"Goeie ouwe Nopalgaard," zei Burke. "Hier komen we aan."

Het Smalle Land

Twee zenuwen bovenop Erns hersens versmolten; hij kwam bij bewustzijn en zag duisternis en voelde insnoering. Het was een onplezierige gewaarwording. Hij zette zijn ledematen schrap en oefende druk uit op zijn schaal. In alle richtingen behalve één ontmoette hij weerstand. Hij schopte, stootte en na verloop van tijd ontstond er een breuk. Het benauwde gevoel nam iets af. Ern wriggelde om zijn as, klauwde in het membraan, scheurde het opzij en werd plotseling overvallen door een onaangename vochtafscheiding: de sappen van een ander wezen dan hijzelf. Het wezen draaide zich moeizaam om en tastte naar hem. Ern deinsde weg en sloeg de zoekende ledematen terug, die angstwekkend sterk en zwaar leken.

Er volgde een afwachtende periode. Elk vond de ander weerzinwekkend. Ze waren van dezelfde soort, maar anders. Na een poos begonnen de twee kleine wezentjes te vechten met bijna onhoorbaar gepiep en gejammer.

Uiteindelijk wurgde Ern zijn tegenstander. Toen hij zich van zijn dode vijand los probeerde te maken, ontdekte hij dat hun weefsels aan elkaar kleefden en dat de twee nu één waren. Ern breidde zich uit, omhulde het verslagen individu en versmolt ermee.

Daarna rustte Ern uit terwijl hij zijn bewustzijn verkende. De insnoering begon opnieuw benauwend te worden. Ern schopte en stompte en veroorzaakte een nieuwe breuk en toen spleet de schaal wijd open.

Ern worstelde zich naar buiten in een zacht slijm en toen omhoog in fel licht, een bittere, dorre leegte. Van boven kwam een rauwe kreet. Een enorme gedaante stortte zich op hem. Ern ontweek hem en de twee klakkende zwarte priemen misten hem. Met zijn armen en benen spartelend glibberde hij het koele water in en dook onder.

Het water werd ook door anderen bewoond. Ern zag hun vage gedaanten overal om zich heen. Sommige ervan leken op hem: het waren bleke sprotjes met bolle ogen en smalle schedels met dunne vliezen als kammen. Anderen waren groter en hadden armen en benen met duidelijk zichtbare gewrichten, terwijl hun kammen stijver waren en hun huid was taai en zilvergrijs. Ern kwam in beweging, beproefde zijn armen en benen. Eerst behoedzaam, daarna behendig zwom hij weg. Toen kwam de honger en hij begon te eten, larven, klompjes aan de wortels van de waterplanten, een hapje hier, een brokje daar.

Zo begonnen Erns kinderjaren en allengs raakte hij beter thuis in de omstandigheden van de waterwereld. Tijdsduur was niet te meten. De basis voor tijdmeting ontbrak. Er was geen afwisseling van licht en donker, geen verandering behalve Erns eigen groei. De enige belangrijke gebeurtenissen in de ondiepte aan de rand van de zee waren de tragedies. Een waterbaby die zich al ravottend of roekeloos te ver van de kust waagde, kon door een stroming worden gegrepen en meegevoerd onder het stormgordijn. De gepantserde vogels namen af en toe een heel jonge baby mee die zich aan het oppervlak lag te zonnen. Het gruwelijkst van al was de babyrover die in een van de zeepoelen woonde. Dit was een woest dier met lange armen, een plat gezicht en vier benen richels bovenop zijn schedel. Eenmaal kreeg het dier Ern bijna te pakken. De babyrover had zich verscholen onder de wortels van het riet en plotseling stoof hij eruit; Ern voelde het water kolken en schoot weg, maar de armen van de rover kwamen zo dichtbij dat de klauwen over zijn been schraapten. De rover achtervolgde hem onder het uitstoten van idiote geluiden, maar schoot toen abrupt opzij, greep een van Erns speelgenootjes en liet zich naar de bodem zakken om van zijn prooi te smullen.

Toen Ern eenmaal groot genoeg was om de roofvogels de baas te kunnen, bracht hij veel tijd aan het oppervlak door waar hij de lucht proefde en genoot van het enorme uitzicht, hoewel hij niets begreep van wat hij zag. De hemel was een dofgrijze mist, boven de zee iets lichter, en hij veranderde nooit, behalve dat er af en toe een wolk of een regenbui doorheen werd gejaagd door de wind. Dichterbij lagen het moeras, poelen, lage eilandjes begroeid met bleek riet, zwarte struiken met uiterst tere bladeren, een paar spichtige dendrons. Erachter hing een troebele zwarte muur. Aan de zeekant ging de horizon schuil achter een muur van wolken en regen die door bliksemschichten verscheurd werd. De troebele muur en de muur van storm liepen evenwijdig en bakenden de grenzen van het gebied ertussen af.

De grotere waterkinderen plachten samen te scholen aan het oppervlak. Er waren twee soorten. Het typische individu was slank en soepel, had een smalle benen schedel, een enkele kam en uitpuilende ogen. Hij had een levendige aard en was geneigd tot onwaardig geruzie en plotselinge felle gevechten die bijna direct weer afgelopen waren. De geslachtsverschillen waren duidelijk te zien: sommigen waren mannelijk en een half zo groot aantal was vrouwelijk.

Een contrast met deze soort, en een kleine minderheid, vormden de waterkinderen met een dubbele kam. Ze waren zwaarder gebouwd, hadden een bredere schedel, minder bolle ogen en een bezadigder karakter. Hun geslachtsdifferentiatie viel minder op en ze bezagen de capriolen van de enkelgekamde kinderen met afkeuring.

Ern rekende zich tot deze laatste groep, hoewel de ontwikkeling van zijn kammen niet zo duidelijk was en hij zo mogelijk nog breder en stoerder gebouwd was dan de anderen. Seksueel ontwikkelde hij zich langzaam, maar hij was beslist mannelijk.

De oudste kinderen, zowel die met één kam als met twee, kenden enkele woorden, die overgeleverd waren uit onbekende tijd en bron. Mettertijd leerde Ern de taal en daarna bracht hij lange perioden door met discussies over de gebeurtenissen in de ondiepten. De muur van storm met zijn onafgebroken schitterende bliksemflitsen was eeuwig fascinerend, maar de kinderen hadden de meeste aandacht voor het moeras en het glooiende land daarachter. Tegelijk met de taal hadden ze kennisgenomen van de traditie dat daar, tussen de 'mensen', hun bestemming lag.

Af en toe zagen ze 'mensen' die de modder aan de kust afzochten naar platvis of zich met mysterieuze doeleinden tussen het riet bewogen. Zodra dat gebeurde doken de waterkinderen, onder dwang van een onweerstaanbare emotie, ogenblikkelijk onder water. Alleen de grootste waaghalzen met één kam lieten zich met slechts hun ogen boven water vlak onder het oppervlak drijven en keken naar de mensen en hun fascinerende activiteiten.

Iedere verschijning van de mensen prikkelde de waterkinderen tot langdurige discussies. De kinderen met een enkele kam hielden vol dat zij allemaal mensen zouden worden en op het droge land zouden gaan wonen, en volgens hen was dat een gezegende staat. De dubbelkammigen waren sceptischer. Zij beaamden dat de kinderen waarschijnlijk wel aan land zouden gaan — dat wilde de traditie — maar wat gebeurde er dan? Hierover zei de traditie niets, zodat de gesprekken beperkt bleven tot bespiegelingen.

Na lange tijd zag Ern eindelijk mensen van dichtbij. Terwijl hij de bodem afzocht naar schaaldieren, hoorde hij een krachtig, ritmisch geplas en toen hij opkeek zag hij drie grote, lange gestalten: luisterrijke wezens! Ze zwommen met machtige en sierlijke slagen en zelfs de babyrover zou zulke schepsels wel uit de weg gaan! Ern volgde hen op een veilige afstand terwijl hij zich afvroeg of hij hen durfde naderen om zich bekend te maken. Het zou plezierig zijn, dacht hij, om met deze mensen te praten, om iets te horen over het leven aan wal…De mensen hielden stil om een school spelende kinderen te inspecteren. Ze wezen her en der terwijl de kinderen hun spel staakten en verwonderd opkeken. Nu greep er een schokkend voorval plaats. Het grootste waterkind met twee kammen was Zim de Naamgever, voor Ern een oud en wijs schepsel. Het was het voorrecht van Zim om namen voor zijn soortgenoten te kiezen. Ook Ern had zijn naam van hem gekregen. Het toeval wilde dat Zim nu naderbij dwaalde zonder dat hij de mensen opmerkte. De mannen wezen, ze slaakten scherpe kreten en doken onder water. Star van schrik aarzelde Zim een ogenblik, toen schoot hij weg. De mannen zetten hem na, joegen hem naar links en naar rechts en waren kennelijk vastbesloten hem te vangen. Wild van angst zwom Zim ver uit de kust, boven de kloof en daar werd hij door de stroming gegrepen en weggevoerd naar het gordijn van storm.

Woedende uitroepen slakend plasten de mensen met schuimende arm- en beenslagen naar het land.

Nieuwsgierig en gefascineerd volgde Ern hen, door een grote poel en ten slotte naar een stevig modderstrand. De mensen waadden aan land en beenden tussen het riet door. Ern liet zich langzaam naar voren drijven, ten prooi aan een slopende innerlijke strijd. Hoe konden zulke magnifieke wezens Zim de Naamgever naar zijn noodlot jagen? Het land was dichtbij, de voetsporen van de mensen in de modder van het strand waren duidelijk te volgen. Waar gingen ze heen? Welke prachtige vergezichten lagen er voorbij het riet? Ern gleed langzaam naar het strand toe. Hij liet zijn voeten naar de bodem zakken en probeerde te lopen. Zijn benen voelden slap en onbruikbaar, en alleen door zich sterk te concentreren slaagde hij erin de ene voet voor de andere te plaatsen. Beroofd van de steun van het water leek zijn lichaam nu zwaar en lomp. Uit het riet klonk een schreeuw van verbazing. Erns plotseling gewillige benen droegen hem met wankele sprongen over het strand. Hij viel in het water en zwom koortsachtig snel terug naar de poel. De mensen kwamen achter hem aan, zo driftig dat het water troebel werd. Ern verstopte zich achter een bosje riet. De mannen haastten zich door de poel naar de ondiepte, waar ze een poos lang vruchteloos heen en weer zwommen.

Ern waagde zich niet uit zijn schuilplaats. De mannen kwamen weer terug. Ze passeerden Ern op een afstand die niet groter was dan hun eigen lengte, zo dichtbij dat hij hun glinsterende donkere ogen en de donkergele binnenkant van hun mondholte kon zien als ze ademhaalden. Met hun magere gestel, hun puntige schedels en hun enkele kammen leken ze niet op Ern of Zim, maar juist op de waterkinderen die maar één kam hadden. Zij waren zijn soort niet! Hij was geen mens! Verbouwereerd, gistend van opwinding en ontevredenheid ging Ern terug naar de ondiepten.

Maar niets was meer zoals vroeger. De onschuld van het makkelijke oude leventje was verdwenen en nu hing er een onheil in de lucht dat een zure smaak aan de oude vertrouwde routines gaf. Ern kon zijn aandacht maar moeilijk losmaken van de wal en nu bezag hij de waterkinderen met één kam, zijn vroegere speelkameraadjes, met een behoedzame blik: plotseling leken ze vreemd, anders dan hij, en zij op hun beurt hielden de kinderen met twee kammen achterdochtig in de gaten en ze stoven weg in verschrikte scholen als Ern of een van de anderen langskwam.

Ern werd nors en zuur. Het plezier van vroeger was verdwenen, en compensatie was er niet. Nog twee keer zwommen de mensen door de ondiepte, maar alle kinderen met dubbele kammen verstopten zich onder het riet. Toen leken de mensen hun belangstelling te verliezen en een poos ging het leven min of meer zijn oude gangetje. Maar er waren veranderingen op til. De kustlijn begon voor Ern een obsessie te worden. Wat lag er achter de rieteilanden, tussen de eilanden en de troebele muur? Waar woonden de mensen, in welke prachtige omgeving? Heel goed oppassend dat hij de babyrover niet tegenkwam, zwom Ern de grootste poel in. Aan weerskanten lagen eilanden die overwoekerd waren door riet, met af en toe een zwarte skeletboom of een bolle slingerstruik; tere planten die onder de lichtste aanraking bezweken.

De poel vertakte zich in stille inhammen die het naargeestige grijs van de hemel weerspiegelden en versmalde ten slotte tot een kanaal van zwarte blubber.

Ern durfde niet verder te gaan. Als iets of iemand hem gevolgd was, zat hij in de val. En op dit moment hing er boven hem een vreemd geel schepsel dat op duizend rinkelende schubben zweefde. Toen het Ern ontdekte, zette het dier het op een wild gejank. In de verte meende Ern ruwe stemmen te horen roepen: mensen. Hij draaide zich vlug om en zwom terug terwijl de rinkelende vogel boven hem in cirkels vloog. Ern dook onder en zwom zo hard hij kon door de poel. Na een poosje koerste hij naar de zijkant en stak voorzichtig zijn hoofd boven water. De gele vogel beschreef grillige kringen boven de plek waar hij onder-gedoken was en zijn weeklagende roep was overgegaan in een treurig getoeter.

Dankbaar keerde Ern terug naar de ondiepten. Hij begreep nu wel dat als hij ooit aan land wilde gaan, dan moest hij eerst leren lopen. Tot verbijstering van zijn soortgenootjes, ook van de dubbelgekam-den, begon hij er een gewoonte van te maken door de modder van een eilandje naar boven te klauteren en tussen het riet te oefenen. Zijn pogingen hadden redelijk succes en het duurde niet lang of Ern liep zonder moeite, hoewel hij zich voorlopig nog niet op het vasteland waagde. In plaats daarvan zwom hij langs de kust met de stormmuur aan zijn rechterkant en de oever links. Steeds verder ging hij, verder dan hij ooit was gegaan.

De stormmuur was onveranderlijk: een wal van regen en een zware damp met lansen van bliksem. De troebele muur was net zo: massief zwart op de horizon, en daarboven werd hij onmerkbaar lichter tot hij overging in de normale grijze schemer van de lucht. Het smalle land strekte zich oneindig ver uit. Ern zag nieuwe moerasgebieden, nieuwe rieteilanden, moddervlakten tegen de kust aan, een verzameling scherpe rotsen. Eindelijk boog de kustlijn weg en trok zich terug naar de troebele muur, waar hij veranderde in een trechtervormige baai waarin zich een vrieskoude rivier uitstortte. Ern zwom naar de oever, kroop op het kiezelstrand en stond daar op zijn nog altijd wankele benen te wiegen. Aan de verre overkant van de baai strekten weer nieuwe moerassen en eilanden zich uit tot aan zijn gezichtseinder en nog verder. Er was geen levend wezen te zien. Ern stond volmaakt alleen op de kiezels, een kleine grijze gestalte, onvast op zijn benen, die ernstig zoekend her en der tuurde. De rivier maakte een bocht en verdween in het duister. Het water van de monding was bitterkoud en stroomde snel; Ern besloot niet verder te gaan. Hij gleed de zee in en zwom terug.

Weer in de vertrouwde ondiepten hervatte hij zijn oude leven. Hij zocht op de bodem naar schaaldieren, sarde de babyrover, dreef goed oplettend of er geen mensen kwamen op het oppervlak, oefende zijn benen op het eiland. Tijdens een van zijn bezoeken aan het vasteland maakte hij iets heel ongewoons mee: een vrouw die eieren in de modder legde. Vanachter een rietgordijn zag Ern gefascineerd toe. De vrouw was niet zo groot als de mannen en had ook niet zo'n scherp gezicht, hoewel haar kam niet minder geprononceerd was. Ze droeg een sjaal van donkerrode geweven stof: het eerste kledingstuk dat Ern zag, en hij verwonderde zich om het beschaafde leven van de mensen.

De vrouw had enige tijd werk. Toen ze vertrok, inspecteerde Ern de eieren. Ze waren zorgvuldig tegen de gepantserde roofvogels beschermd met een laag modder en een keurig tentje van gevlochten riet. Het nest bevatte drie legsels, elk bestaand uit drie eieren op een rij, die van elkaar gescheiden waren door een laagje modder.

Hier lag dus de oorsprong van de waterbaby's, dacht Ern. Hij herinnerde zich zijn eigen geboorte; blijkbaar was hij uit net zo'n ei gekropen. Toen hij de modder en het tentje in de oorspronkelijke staat had teruggebracht, ging Ern weer te water.

De tijd verstreek. De mensen kwamen niet terug. Ern vroeg zich af waarom zij een bezigheid hadden opgegeven waarvoor ze eerst zo'n hevige belangstelling hadden getoond, maar de hele kwestie ging zijn begrip te boven.

Weer viel hij ten prooi aan rusteloosheid. In dit opzicht leek hij uniek: geen van zijn soortgenoten had ooit buiten de ondiepten gezworven. Ern ging weer op weg langs de kust, maar deze keer zwom hij met de stormmuur aan zijn linkerkant. Hij passeerde de poel waarin de babyrover woonde. Het wezen keek woedend op en maakte een dreigende beweging. Ern zwom haastig verder, hoewel hij nu een groter formaat had dan wat de rover het liefst aanviel.

De kust aan deze kant van de ondiepten was boeiender en gevari-eerder dan de andere. Hij kwam drie hoge eilanden tegen die bekroond waren met een afwisselende begroeiing: zwarte skeletbomen; stengels met bundels roze en witte bladeren die tussen zwarte vingers zaten geklemd; glanzende gelamelleerde pilaren, waarvan de bovenste schub-ben uitwaaierden in grijze bladeren — toen waren de eilanden voorbij en het vasteland rees recht uit zee op. Ern zwom dicht onder het land om stromingen te ontlopen en weldra kwam hij bij een tong van kie-zelstrand die in de zee stak. Hier klauterde hij aan wal en overzag de omgeving. De bodem glooide omhoog onder dekking van paraplu-bomen en rees toen steil op in een rotswand met zwarte en grijze vegetatie op de top. Het was het opvallendste uitzicht dat Ern kende.

Hij gleed weer de zee in en zwom verder. Het landschap werd vlakker en drassig. Hij passeerde een zwarte slijkbank begroeid met wriemelende geelgroene tentakels die hij zorgvuldig vermeed. Even later hoorde hij een sissend geluid en toen hij naar de zeekant keek, zag hij daar een enorme witte worm die door het water gleed. Ern hield zich dood en de worm gleed hem voorbij en verdween. Ern vervolgde zijn weg. Hij zwom net zolang door tot de kustlijn onderbroken werd door een riviermond die landinwaarts in de mist verdween. Tegen het strand op wadend, zag Ern ver om zich heen over een troosteloos land dat alleen wat bruin korstmos in leven wist te houden. De rivier leek nog groter en sneller dan de andere die hij had gezien en er dreef af en toe een ijsschots in. Een bittere wind blies naar de stormmuur. De golven hadden witte koppen. De overkant, die amper te zien was, toonde geen reliëf of contrast. Het eind van het smalle land was onzichtbaar: het leek eeuwig verder te lopen tussen de muren van storm en mist.

Ern keerde terug naar de ondiepten. Hij was niet helemaal tevreden met zijn nieuwe kennis. Hij had wonderen gezien waar zijn soortgenoten niets van wisten, maar wat hadden ze hem geleerd? Niets. Zijn vragen bleven onbeantwoord.

Er vonden veranderingen plaats die niet genegeerd konden worden. Erns hele klas woonde nu aan het oppervlak en ademde lucht. Aangestoken door een flets aftreksel van Erns nieuwsgierigheid staarden ze onbehaaglijk naar het land. Hun seksuele differentiatie liep nu in het oog: sommigen kregen de neiging om seksspelletjes te spelen, maar de kinderen met dubbele kammen, wier organen nog niet ontwikkeld waren, hielden zich minachtend afzijdig. De sociale en lichamelijke verschillen werden groter. Er begon een uitwisseling van getreiter en gehoon, met af en toe een kortstondige schermutseling. Ern schaarde zich aan de kant van de dubbelgekamde kinderen, hoewel hij als hij zijn eigen schedel betastte, alleen wat onduidelijke deuken en bobbels voelde, wat hem enigszins in verlegenheid bracht.

Ondanks het algemene gevoel dat er iets te gebeuren stond, werden de kinderen volkomen verrast door de komst van de mensen.

Tweehonderd in getal kwamen de mensen door de poelen aanzwemmen en omsingelden de ondiepte. Ern en nog een paar waterkinderen klauterden ogenblikkelijk tussen de rietstengels van het eiland en verstopten zich. De anderen krioelden opgewonden rondzwemmend door elkaar. De mannen schreeuwden en kletsten met hun handen op het water, en duikend en snel heen en weer zwemmend loodsten ze de kinderen de poel in, helemaal tot aan het strand van opgedroogde modder. Hier sorteerden ze de kinderen. De allerkleinsten en ondermaatsen stuurden ze terug naar de ondiepte, terwijl ze schelle kreten van opwinding slaakten als ze een kind met een dubbele kam ontdekten.

Toen was de selectie klaar. De gevangen kinderen werden in groepen verdeeld en weggestuurd over het pad, waarbij degenen met nog zachte benen gedragen werden.

Gefascineerd door de procedure keek Ern van veilige afstand toe. Toen de mannen en de kinderen verdwenen waren, kwam hij uit het water en liep het strand op. Daar keek hij zijn verdwenen vrienden na. Wat nu? Teruggaan naar de ondiepte? Het oude leven leek saai en flauw. Hij durfde zich niet aan de mensen te vertonen. Zij hadden maar één kam; ze gedroegen zich ruw en bruusk. Wat bleef er dan nog over? Hij keek heen en weer, tussen het water en het land, en uiteindelijk zei hij met een melancholiek gevoel zijn jeugd vaarwel; voortaan zou hij op het land leven.

Hij liep een paar stappen over het pad, bleef staan luisteren.

Alles was stil.

Hij liep behoedzaam door, gereed om bij het minste geluid in het kreupelhout te duiken. De bodem werd minder nat, het riet verdween en maakte plaats voor geurige zwarte bomen langs het pad. Erboven rezen dunne, soepele takken op met gedeeltelijk zwevende, met gas gevulde bladeren. Ern liep steeds voorzichtiger en hij bleef steeds vaker staan om te luisteren. Wat zou er gebeuren als hij de mensen tegenkwam? Zouden ze hem doden? Ern aarzelde en keek zelfs achterom… Maar zijn besluit had hij al genomen. Hij ging verder.

Niet ver weg klonk een geluid. Ern ging schielijk van het pad af en drukte zich plat tegen een aardhoop.

Er kwam niemand opdagen. Ern sloop verder door de bomen en weldra zag hij tussen de zwarte bladeren het dorp van de mensen: een wonder van vernuft en gecompliceerdheid! In de buurt stonden hoge bakken met voedsel en iets verderop een rij hokken onder afdakjes met stapels palen, rollen touw, potten verf en vet. Gele rinkelvogels die op de daken zaten maakten een onafgebroken grinnikend rumoer. De bakken en hokken stonden langs de kant van een open plek rondom een groot platform waarop zich een gewichtige ceremonie afspeelde. Op het platform stonden vier mannen, gehuld in banden van gevlochten bladeren en vier vrouwen die donkerrode sjaals en hoge hoeden versierd met de schubben van rinkelvogels droegen. Naast het platform op een zielig grijs kluitje gedromd, stonden de kinderen met één kam.

Een voor een werden de kinderen opgetild naar de vier mannen, die elk kind grondig inspecteerden. De meeste mannelijke kinderen werden weggestuurd en aan de menigte overgegeven. De kinderen die afgekeurd werden, ongeveer één op de tien, werden gedood met een slag van een stenen hamer en met het gezicht naar de muur van storm neergezet. De meisjes werden naar de andere kant van het platform gestuurd, waar de vier vrouwen hen opwachtten. Elk van de bevende meisjes werd op haar beurt geïnspecteerd. Ongeveer de helft werd van het platform gezonden en onder de hoede van een vrouw gesteld die hen naar een hok bracht; ongeveer één op de vijf kreeg een likje witte verf op de schedel en werd naar een kraal gestuurd in de buurt van waar de kinderen met twee kammen waren opgesloten. De rest kreeg een klap met de hamer. De lijkjes werden met het gezicht in de richting van de troebele muur van mist neergezet...

Boven zich hoorde Ern het herseloze gejank van een rinkelvogel. Hij schoot terug in de struiken. De vogel bleef met kletterende schubben boven hem hangen. Ern werd omsingeld door rennende mannen die hem opjoegen en ten slotte vingen. Hij werd naar het dorp gesleurd en te midden van verraste en opgewonden kreten triomfantelijk op het platform geduwd. De vier priesters, of wat voor functionarissen het ook waren, kwamen om Ern heen staan om hem te onderzoeken. Opnieuw werden er geschrokken kreten geslaakt. De priesters traden verbijsterd achteruit en toen, na een gemompelde discussie, wenkten ze de priestervrouwen. De hamer werd aangedragen — maar niet opgeheven. Een man uit de menigte sprong op het platform en ging in debat met de priesters. Opnieuw maakten ze tegen elkaar mompelend een nauwkeurige studie van Erns hoofd. Toen haalde er iemand een mes en een ander greep Erns hoofd vast. Het mes werd in de lengte over zijn schedel getrokken, eerst links van de centrale richel, toen rechts, wat twee bijna evenwijdige sneden opleverde. Het oranje bloed droop over zijn gezicht en hij was als verlamd van de pijn. Een van de vrouwen kwam met een handvol gore substantie aanzetten die ze in de wonden wreef. Toen gingen ze allemaal achteruit. Ze stonden druk te mompelen. Ern keek woedend terug, half gek van pijn en angst.

Vervolgens werd hij naar een hok gebracht en opgesloten achter tralies die met riemen werden vastgebonden.

Ern sloeg de rest van de ceremonie gade. De lijken werden in stukken gesneden, gekookt en opgegeten. De meisjes met de vlekjes witte verf werden naar de groep van dubbelgekamde kinderen gedreven met wie Ern zich vroeger had geïdentificeerd. Waarom was hij niet in hun groep opgenomen, vroeg hij zich af. Waarom was hij eerst met de hamer bedreigd en daarna gewond met het mes? Hij vond de situatie onbegrijpelijk.

De meisjes en de kinderen met twee kammen werden op mars gestuurd. De overige meisjes werden zonder verdere plichtplegingen lid van de gemeenschap. De mannelijke kinderen kregen een opleiding. Elk van de mannen nam een van de jongens onder zijn hoede en onderwierp hem aan een straffe tucht. Ze kregen les in goed gedrag, knopen leggen, wapens, taal, dansen en de verschillende kreten.

Ern moest het doen met een minimum aan aandacht. Hij kreeg met onregelmatige tussenpozen te eten. Hoelang zijn opsluiting duurde was niet vast te stellen, omdat de onveranderlijke hemel geen tijdmeting toestond, en bovendien was het denkbeeld van de tijd als een opeenvolging van afgebakende perioden vreemd aan Erns geest. Hij hield de apathie alleen op een afstand door aandachtig gade te slaan wat er in de aangrenzende hokken gebeurde, waar de jongens met één kam les kregen. Ern leerde de taal lang voordat de leerlingen zover waren; hij en zijn soortgenoten met twee kammen gebruikten de rudimenten van deze taal al in de vredige dagen van weleer.

De dubbele wond op zijn schedel genas langzamerhand. Er bleven twee evenwijdige ribbels van littekenweefsel over. De zwarte, pluizige haren van de volwassenheid begonnen nu door te komen, zodat zijn hele schedel bedekt raakte met dons.

Geen van zijn vroegere kameraden besteedde de geringste aandacht aan hem. Ze hadden zich de gewoonten van het dorp eigen gemaakt en aan het oude leventje in de ondiepte dachten ze niet meer. Als hij naar ze keek wanneer ze langs zijn gevangenis beenden, vond Ern dat ze steeds minder op hem begonnen te lijken. Ze waren soepel, tenger en lenig als lange hagedissen met scherpe gezichten. Hijzelf was zwaarder, had een stomp gezicht en een breder hoofd; zijn huid was taaier en dikker en had een donkerder kleur grijs. Hij was nu bijna even groot als de mensen, maar lang niet zo pezig en vlug terwijl zij, als het nodig was, bliksemsnel in actie konden komen.

Een keer of wat probeerde Ern in een razende bui de tralies van zijn hok te breken, maar zijn inspanningen leverden hem alleen een por met een stok op en daarna zag hij af van zulke zinloze pogingen. Hij werd nors en begon zich te vervelen. De hokken naast het zijne werden

nu alleen nog gebruikt om te paren. Deze activiteit bezag hij met onbewogen interesse.

Eindelijk werd zijn hok opengemaakt. Ern stormde naar buiten in
de hoop zijn cipiers te verrassen en de vrijheid te herwinnen, maar een
van de mannen greep hem beet en een andere wikkelde een touw om
zijn lichaam. Zonder omhaal werd hij uit het dorp geleid.

De mannen lieten uit niets blijken wat ze van plan waren. Op een
drafje lopend brachten ze Ern door de zwarte struiken in de richting
die bekend stond als 'zeelinks', dat wilde zeggen, met de zee aan hun
linkerhand. Het pad slingerde landinwaarts over kale heuveltjes en
door vochtige dalen die wemelden van welig tierende zwarte dendrons.

Voor hen uit doemde een bos van indrukwekkend hoge paraplu-
bomen op. De stammen waren even breed als een man en de golvende
bladeren konden stuk voor stuk een half dozijn hokken omvatten als
waarin Ern gevangen had gezeten.

Er was iemand met de bomen bezig geweest. Een aantal ervan was
omgehakt en de stammen waren van takken ontdaan en keurig opge-
stapeld, terwijl de bladeren in rechthoekige lappen waren gesneden en
over touwen waren gehangen. De schragen onder de stammen waren
angstvallig nauwgezet gemaakt en Ern vroeg zich af wie zulk precisie-
werk had geleverd. In ieder geval niet de mannen van het dorp; Ern
vond hun bouwsels gammel.

Door het bos liep een pad, even recht als een stuk touw, overal even
breed en afgezet met evenwijdige rijen witte stenen. Dit was een technische prestatie die het vermogen van de mensen verre overtrof, dacht Ern.

Nu begonnen de mannen zich heimelijk te gedragen en ze waren
niet op hun gemak. Ern probeerde achter te blijven, ervan overtuigd
dat wat ze van plan waren niet in zijn voordeel was, maar hij werd tegen
wil en dank meegesleept.

Het pad maakte abrupt een bocht en liep verder over een laagte
tussen groepen zwartbruine bomen en kwam uit op een veld van zacht
wit mos. Midden op het veld stond een groot en schitterend dorp.
De mannen bleven in de schaduwen staan en maakten minachtende
geluiden en pleegden aanstootgevende daden — die uitgelokt werden
door afgunst, dacht Ern, want het dorp op het veld overtrof dat van
zijn cipiers evenzeer als dit laatste het milieu van de ondiepten. Er

waren acht rijen precies in het gelid staande hutten die opgetrokken waren van gezaagde planken en versierd of symbolisch aangeduid met ingewikkelde blauwe, bruine en zwarte tekeningen. Aan het zeelinker en zeerechter eind van de centrale laan stonden grotere gebouwen met hoge puntdaken die net als alle andere gedekt waren met platen biotiet. Wanorde en afval vielen op door hun afwezigheid; in tegenstelling tot het dorp van de mensen met een enkele kam was dit een angstvallig schone en nette nederzetting. Achter het dorp rees de grote klif op die Ern tijdens zijn ontdekkingsreis langs de kust had gezien.

Aan de rand van het veld stond een rij van zes staken. De mannen bonden Ern vast aan de eerste hiervan.

"Dit is het dorp van de 'Twees'," verklaarde een van de mannen. "Mensen zoals jij. Begin er niet over dat we in je schedel gesneden hebben, anders zal het je slecht vergaan."

Ze gingen terug en verscholen zich onder een massa wormplanten. Ern verzette zich tegen zijn boeien, want hij was ervan overtuigd dat wat er ook gebeurde, hij er niet wel bij zou varen.

De dorpsbewoners hadden Ern opgemerkt. Tien personen gingen op weg over het veld. Vooraan kwamen vier schitterende 'Twees' met zorgvuldige, overdreven trotse stappen, gevolgd door zes jonge Een-meisjes die er verbazend wijs uitzagen in japonnen van paraplublad. De meisjes hadden discipline geleerd; ze liepen niet meer op hun gewone, soepele manier maar imiteerden zorgvuldig het gedrag van de Twees. Ern staarde gefascineerd naar de groep. De Twees leken van zijn eigen soort te zijn, stoerder en zwaarder gebouwd dan de 'Enen' met hun spitse hoofd.

De twee in de voorhoede bezaten blijkbaar evenveel gezag. Ze gedroegen zich immens waardig en hun kledij — zwart met bruin van stof en paarse sjaals met franje, laarzen van grijs membraan met metalen gespen en scheenplaten van metaalfiligraan — was heel stemmig en gecompliceerd. De man aan de stormwaartse kant droeg een kam van glinsterende metalen haken; het individu aan de donkere zijde pronkte met een dubbele rij hoge zwarte pluimen. De Twees die achter hen liepen leken minder prestige te bezitten. Ze hadden petten met ingewikkelde plooien en omslagen op en droegen hellebaarden die driemaal zo lang waren als zijzelf. Achteraan kwamen de Een-meisjes met pakjes.

Ern herkende ze als leden van zijn eigen klas, een deel van de groep die na het selectieritueel was weggeleid. Hun huid was donkerrood en geel geverfd en ze droegen dofgele petten, gele sjaals en gele sandalen en ze liepen met de stramme trippelpasjes die hun geleerd waren.

De voorste Twees bleven aan weerskanten van Ern staan en bestudeerden hem gewichtig en heel ernstig. De hellebaardiers keken hem dreigend aan. De meisjes poseerden zelfbewust. De Twees tuurden verbaasd naar de dubbele littekenrichels op zijn schedel. Weifelend werden ze het eens: "Hij lijkt gezond, zij het nogal grof van lijf en leden en zijn kammen zijn vreemd."

Een van de hellebaardiers zette zijn wapen tegen een staak en bevrijdde Ern van zijn banden. Hij aarzelde of hij zou vluchten. De Twee met de kam van metalen haken vroeg hem: "Kun je spreken?"

"Ja."

"Je moet zeggen: 'Ja, Leermeester van Stormschittering'. Zo luidt de aanspreekvorm."

Ern vond het een raadselachtige vermaning, maar niet buitenissiger dan de andere attributen van de Twees. Hij kwam tot de conclusie dat het voor hem het beste zou zijn als hij meewerkte. De Twees waren wel onbegrijpelijk en grillig, maar ze hadden blijkbaar geen kwaad tegen hem in de zin. De meisjes plaatsten de pakjes naast de staak. Die waren zeker bedoeld als betaling voor de Een-mannen.

"Kom dan mee," beval de man met de zwarte pluimen. "Let op hoe je je voeten neerzet, loop fatsoenlijk! Niet met je armen zwaaien; jij bent een Twee, een belangrijk individu; je moet je gepast gedragen, in overeenstemming met de Wijze."

"Ja, Leermeester van Stormschittering."

"Je moet mij aanspreken met 'Leermeester van Donkerkou'!"

In de war en bang marcheerde Ern mee over het veld van lichtgekleurd mos. Het pad, dat nu afgebakend was met rijen zwarte stenen en bestrooid met zwart grind en dat vochtig lag te glanzen, deelde het veld exact in twee. Het veld werd aan beide zijden begrensd door hoge zwartbruine waaierbomen. De leermeesters gingen voorop, toen kwam Ern, daarna de hellebaardiers en ten slotte de zes Een-meisjes.

Het pad sloot aan op de centrale laan van het dorp en kwam uit op een vierkant plein dat geplaveid was met vierkante platen hout. Aan de donkerkant van het plein stond een hoge zwarte toren die een serie zonderlinge zwarte voorwerpen droeg, terwijl aan de stormkant een identieke witte toren bliksemsymbolen toonde. Aan de overkant van het plein stond een lang gebouw met een verdieping, en hier werd Ern heengeleid en kreeg hij een kamertje toegewezen.

Een ander tweetal Twees, van hogere rang dan de hellebaardiers maar lager in status dan de leermeesters — de 'Pedagoog van Stormschittering' en de 'Pedagoog van Donkerkou' — ontfermde zich over Ern. Hij werd gebaad, gezalfd met olie en opnieuw werden de ribbels op zijn scalp het onderwerp van een verbaasde inspectie. Ern begon te vermoeden dat de Enen bedrog pleegden, dat zij om hem aan de Twees te verkopen de dubbele kam op zijn hoofd hadden nagebootst en dat hij eigenlijk niet meer dan een eigenaardig uitgegroeide Een was. Het was een feit dat zijn geslachtsorganen meer op die van de Een-mannen leken dan op de gemeenslachtige, of misschien geatrofieerde organen van de Twees. Dit vermoeden maakte hem nog onrustiger en het luchtte hem op toen de pedagogen hem een pet brachten die voor de helft uit zilveren schubben bestond en voor de andere helft uit glanzend zwarte vogelveren, die zijn schedel bedekte, en een sjaal die voor zijn borst hing en met een riem om zijn middel werd gebonden, zodat zijn geslacht verborgen werd.

Het gebruik van de pet was onderworpen aan bepaalde fatsoensregels, zoals alles in het Tweedorp.

"De Wijze vereist dat je tijdens kleine ceremoniën met het zwart naar Nacht moet staan en met het Zilver naar Chaos. Als een ritueel of een urgente zaak dit onmogelijk maakt, moet je de pet omdraaien."

Dit was nog het eenvoudigste en minst gecompliceerde voorschrift dat hij in acht diende te nemen.

De pedagogen hadden heel wat aanmerkingen op Erns gedrag.

"Jij bent tamelijk wat grover en primitiever dan de gemiddelde kadet," merkte de Pedagoog van Stormschittering op. "De verwonding aan je hoofd heeft een nadelige invloed op je gehad."

"Je zult zorgvuldig opgeleid worden," zei de Pedagoog van Donkerkou. "Beschouw jezelf vanaf dit moment als een geestelijke leegte."

Een dozijn andere jonge Twees, onder wie vier van Erns klas, kreeg onderricht. Dit gebeurde op individuele basis zodat Ern heel weinig van ze zag. Hij studeerde ijverig en nam de nieuwe kennis in zich op met een gemak waarmee men hem ongaarne complimenteerde. Toen hij bedreven leek in de primaire methoden, mocht hij kennis nemen van kosmologie en godsdienst. "Wij bewonen het Smalle Land," verklaarde de Pedagoog van Stormschittering. "Het strekt zich eeuwig uit! Hoe kunnen wij dit zo vol vertrouwen beweren? Omdat wij weten dat de tegengestelde beginselen van Storm en Donkerkou, aangezien zij goddelijk zijn, oneindig zijn. Daarom is het Smalle Land, het confrontatiegebied, eveneens oneindig."

Ern waagde het een vraag te stellen. "Wat is er achter de muur van storm?"

"Er bestaat geen 'achter', STORMCHAOS *is*, en hij verblindt het donker met zijn bliksemschichten. Dit is het mannelijk beginsel. DONKERKOU, het vrouwelijk beginsel, *is*. Zij aanvaardt de woede en het vuur en stelpt het. Wij Twees hebben deel aan beiden, wij zijn in evenwicht, en dus excellent."

Ern sneed een onderwerp aan dat hij raadselachtig vond. "Leggen de Tweevrouwen geen eieren?"

"Er zijn geen Tweevrouwen, net zomin als Tweemannen! Wij ontstaan door tweevoudig-goddelijke tussenkomst wanneer een tweetal eieren in het legsel van een Een-vrouw naast elkaar gelegd wordt. Wegens de afwisseling zijn deze twee altijd mannelijk en vrouwelijk en leveren aldus een dubbel individu op, dat neutraal en onbevangen is, wat gesymboliseerd wordt door de gepaarde schedelrichels. Een-mannen en Een-vrouwen zijn incompleet en worden tot aan hun dood gedreven door de drang om te paren, maar alleen samensmelting levert de ware Twee op."

Ern begreep wel dat de pedagogen in de war raakten als hij vragen stelde en daarom onthield hij zich daar verder maar van, want hij wilde niet de aandacht vestigen op zijn ongewone kenmerken. Tijdens het onderricht was hij aanzienlijk gegroeid. De kammen van de volwassenheid op zijn schedel hadden zich ontwikkeld en zijn geslachtsorganen waren zichtbaar gegroeid. Beide kon hij gelukkig verbergen onder zijn pet en achter zijn sjaal. Op een of andere manier was hij anders dan de andere Twees, en als de pedagogen dit merkten, zouden zij op zijn minst ontsteld en verbijsterd zijn.

Nog andere zaken zaten Ern dwars, en vooral de opwellingen die de

Een-slavinnetjes in hem wakker riepen. Er was hem geleerd dat zulke neigingen verachtelijk waren. Zo gedroeg een Twee zich niet! De pedagogen zouden ervan gruwen als ze iets van zijn neigingen merkten. Maar als hij geen Twee was — wat dan wel?

Ern probeerde zijn warmbloedigheid te onderdrukken door ijverig te studeren. Hij begon de technologie van de Twees te onderzoeken, die zoals alle andere aspecten van hun samenleving verklaard werd met dogmatische stellingen. Hij leerde de methoden van het verzamelen van moerasijzer, van het smelten, gieten, smeden, harden en temperen. Af en toe vroeg hij zich af hoe deze vaardigheden oorspronkelijk ontwikkeld waren, vooral omdat het empirisme als manier van denken in strijd was met de Tweevoudige Wijze.

Tijdens het opzeggen van een les stipte Ern zonder er verder bij na te denken het onderwerp aan. Beide pedagogen waren aanwezig. De Pedagoog van Stormschittering antwoordde enigszins scherp dat alle kennis ontleend was aan de twee Fundamentele Beginselen.

"In ieder geval," verklaarde de Pedagoog van Donkerkou, "is de kwestie niet ter zake. Wat is, *is*, en is dus optimaal."

"Ja," zei de Pedagoog van Stormschittering, "het simpele feit dat jij deze vraag hebt bedacht, verraadt een ongeorganiseerde geest, die eerder past bij een Misbaksel dan bij een Twee."

"Wat is een 'Misbaksel'?" vroeg Ern.

De Pedagoog van Donkerkou maakte een streng gebaar. "Opnieuw glijdt jouw mentaliteit af naar willekeurige associatie en ontevredenheid met het gezag!"

"Met alle eerbied, Pedagoog van Donkerkou, ik wil alleen de aard van het 'verkeerde' leren kennen, zodat ik het verschil met het 'goede' zal begrijpen."

"Het is voldoende dat je jezelf doordringt met het 'goede', zonder een enkele verwijzing naar het 'verkeerde'!"

En daar moest Ern het mee doen. Toen de pedagogen zijn kamertje verlieten keken ze even om. Ern ving een flard van hun gemompel op. "— verbazende ongezeglijkheid —" "— als we het bewijs van zijn schedelrichels niet hadden —"

Onthutst ijsbeerde Ern door zijn kamertje. Hij was anders dan de andere kadetten: dat was duidelijk.

In de eetzaal, waar de kadetten bediend werden door Een-meisjes, bestudeerde Ern heimelijk de andere jonge Twees. Ze waren maar weinig minder forsgebouwd dan hij, maar ze leken anders geproportioneerd, bijna cilindervormig met minder opvallende gelaatstrekken en minder geprononceerde lichaamsdelen. Als hij anders was, wat voor soort wezen was hij dan? Een Misbaksel? Wat zou dat zijn? Een mannelijke Twee? Dit leek hem het waarschijnlijkst, want het verklaarde zijn belangstelling voor de Een-meisjes. Hij ging zo zitten dat hij ze kon gadeslaan terwijl ze af en aan gleden met dienbladen. Ondanks hun Eenheid, waren ze onmiskenbaar aantrekkelijk...

Nadenkend ging Ern terug naar zijn kamertje. Na verloop van tijd kwam er een Een-meisje langs. Ern riep haar bij zich en maakte zijn wensen bekend. Ze keek hem verbaasd en onrustig aan, maar zonder grote tegenzin. "Jij hoort neutraal te zijn; wat zal iedereen er wel van zeggen?"

"Helemaal niets, als ze niets van de situatie merken."

"Dat is waar. Maar is het doenlijk? Ik ben een Een en jij bent een Twee—"

"Misschien is het doenlijk, misschien niet; hoe zullen wij de waarheid leren tenzij we het proberen, of het nu rechtzinnig is of niet?"

"Nou goed dan, zoals je wilt..."

Een toezichthouder keek in het kamertje en bleef verbluft staan. "Wat gebeurt hier?" Hij keek nog eens en viel toen star van ontzetting achterover terwijl hij schreeuwde: "Een Misbaksel, een Misbaksel! Hier onder ons, een Misbaksel! Te wapen, dood het Misbaksel!"

Ern duwde het meisje naar buiten. "Meng je onder de anderen en ontken alles. Ik krijg nu het gevoel dat ik moet vertrekken." Hij holde de centrale laan in en keek om zich heen. De hellebaardiers, die op de hoogte waren gesteld dat er iets afschuwelijks was gebeurd, kleedden zich in de gepaste ceremoniële stijl. Ern profiteerde van het oponthoud om het dorp uit te rennen. De Twees achtervolgden hem onder het uitschreeuwen van dreigementen en rituele scheldwoorden.

Het zeerechterpad naar het bos en het moeras was geblokkeerd en Ern vluchtte naar zeelinks, naar de grote klif. Zigzaggend tussen waaierbomen en wormkruidbosjes verstopte hij zich na een poos onder een berg zwammen en kon daar even uitrusten terwijl de hellebaardiers langs snelden.

Toen hij weer uit zijn schuilplaats kwam, bleef Ern onzeker staan. Waar moest hij naartoe? Misbaksel of niet, de Twees vertoonden wat hem een onredelijke vijandigheid leek. Waarom wilden ze hem aanvallen? Hij had geen schade aangericht, geen opzettelijk bedrog gepleegd. De fout lag bij de Enen. Om de Twees te bedriegen hadden zij in Erns hoofd gesneden, en dat kon hemzelf toch niet aangerekend worden. Beduusd en gedeprimeerd ging hij op weg naar de kust, waar hij in ieder geval voedsel zou kunnen vinden. Maar toen hij een veengebied overstak werd hij gezien door de hellebaardiers, die onmiddellijk "Misbaksel! Misbaksel! Misbaksel!" begonnen te schreeuwen.

En opnieuw was Ern gedwongen voor zijn leven te rennen door een bos van paalbomen, naar de grote klif die voor hem opdoemde.

De weg werd versperd door een massieve stenen muur. Het was een oeroude constructie, nu overdekt met zwarte en bruine korstmossen. Ern wankelde op een holletje langs de muur met de hellebaardiers dicht achter hem aan. Ze schreeuwden nog steeds "Misbaksel! Misbaksel!"

Ern zag een opening in de muur. Hij dook erdoor en schoot achter een vederstruik. De hellebaardiers bleven abrupt voor de opening staan. Ze schreeuwden niet meer en nu leken ze te twisten.

Ern wachtte mistroostig op het moment dat hij ontdekt en gedood zou worden, want de struik bood maar weinig beschutting. Eindelijk waagde een van de hellebaardiers zich aarzelend door de muur, maar met een geschrokken kreet sprong hij weer terug.

Ern hoorde dat ze zich verwijderden en toen werd het stil. Voorzichtig kroop hij tevoorschijn en keek uit de opening in de muur. De Twees waren vertrokken. Heel merkwaardig, vond hij. Ze moesten geweten hebben dat hij vlakbij was... Hij draaide zich om. Tien passen van hem vandaan stond de grootste man die hij ooit had gezien op een zwaard geleund. Hij inspecteerde Ern met een zwaarmoedige blik. Hij was bijna tweemaal zo groot als de grootste Twee. Hij droeg een dofbruin voorschoot van zacht leer en twee glanzende metalen banden om zijn polsen. Zijn huid was grijs en zwaar gerimpeld en taai als hoorn; bij de gewrichten van zijn armen en benen zaten benen uitsteeksels, richels en steunbogen die hem een machtige verschijning gaven. Zijn schedel was breed en zat vol deuken en ribbels; zijn ogen waren laaiende kristallen diep in beschaduwde kassen. Over zijn schedel liepen drie getande kammen. Naast het zwaard droeg hij over zijn schouder nog een eigenaardig metalen apparaat met een lange buis. Hij kwam een langzame stap naar voren. Ern deinsde achteruit, maar zonder te weten waarom nam hij toch niet de benen.

De man sprak met een schorre stem: "Waarom willen ze je vangen?"

Ern putte moed uit het feit dat de man hem niet zonder meer had gedood. "Ze noemden me een Misbaksel en joegen me weg."

"Misbaksel?" De Drie keek naar Erns schedel. "Jij bent een Twee."

"De Enen hebben twee sneden in mijn hoofd gemaakt en me toen aan de Twees verkocht." Ern betastte de littekens. Aan weerskanten en in het midden, al bijna even opvallend als de littekens, voelde hij de kammen van een volwassene, drie in getal. Ze waren snel gegroeid en zelfs als hij zich niet gecompromitteerd had, moesten de Twees hem herkend hebben als wat hij was bij de eerste gelegenheid dat hij zijn pet afnam. Nederig zei hij: "Blijkbaar ben ik een Misbaksel, net als u."

De Drie maakte een bruusk gebaar. "Kom mee."

Ze liepen over de open plek naar een pad dat schuin tegen de klif opliep. Later boog het af en ging een dal in. Naast een vijver stond een groot stenen kasteel geflankeerd door twee torens met steile, kegelvormige daken. Ondanks de ouderdom en de vervallen staat van het bouwwerk, vervulde het Ern met ontzag.

Via een houten poort kwamen ze op een binnenplein dat Ern weergaloos mooi vond. Aan de overkant gaven keien en een grote overhangende stenen plaat het effect van een grot. Er was een kleine waterval en er groeide zwart vedermos onder lichte bomen, en er stond een lange bank bekleed met gevlochten riet en veenmos. Het open deel was een moerastuin die de geuren van riet, natte vegetatie en harsig hout uitwasemde. Ern vond het heel bijzonder en betoverend. De Enen noch de Tweeën deden ooit iets zonder direct nut.

De Drie nam Ern mee naar een stenen kamer aan de andere kant van het binnenplein met één open muur op het verfrissende stromende water. De bodem was dicht belegd met veenmos. Beschut onder het plafond stond het leefgerei van de Drie: aarden potten en kommen, een tafel, een kast, gereedschappen.

De Drie wees naar een bank. "Ga zitten."

Ern gehoorzaamde aarzelend.

"Heb je honger?"

"Nee."

"Hoe zijn ze erachter gekomen dat je niet was waarvoor je je uitgaf?"

Ern vertelde wat er aan zijn ontmaskering voorafging. De Drie liet geen afkeuring blijken, wat Ern bemoedigend vond. "Ik had al lang het vermoeden dat ik iets anders was dan een Twee."

"Je bent duidelijk een Drie," zei zijn gastheer. "Anders dan de onzijdige Twees zijn Drieën hevig mannelijk, wat je verlangen naar de Een-vrouw verklaart. Helaas zijn er geen Drie-vrouwen." Hij zag Ern aan. "Ze hebben je niet verteld hoe je geboren bent?"

"Ik ben een samensmelting van Een-eieren."

"Dat klopt. De Een-vrouw legt afwisselend een mannelijk en een vrouwelijk ei, in rijen van drie. Het patroon is als volgt: mannelijk, vrouwelijk, en weer mannelijk. Zo is de aard van haar organisme. Aan de binnenkant van haar eierboor vormt zich een schede en als de eieren naar buiten komen, sluit zich een kringspier om de eieren in een vlies te hullen. Als ze zorgeloos is, scheidt ze de eieren niet van elkaar en legt ze zo dat er twee tegen elkaar aan komen. Het mannelijke wezen breekt in de vrouwelijke schaal, ze smelten samen en er ontstaat een Twee. Heel zelden worden drie van zulke eieren versmolten. De ene man versmelt met de vrouw en het resulterende sterke individu breekt in het derde ei en assimileert de tweede man. Zo ontstaat een mannelijke Drie."

Ern dacht terug aan zijn eerste herinnering. "Ik was alleen. Ik brak in de mannelijk-vrouwelijke schaal. We hebben een hele poos gevochten."

De Drie zat lange tijd te peinzen. Ern vroeg zich af of hij hem geërgerd had. Ten slotte zei de Drie: "Ik heet Mazar de Laatste. Nu jij hier bent, kan ik niet langer 'de Laatste' heten. Ik ben gewend aan de eenzaamheid; ik ben oud en streng geworden; misschien zal mijn gezelschap je niet bevallen. Als dat het geval is, kun je het bestaan elders voortzetten. Als je hier wilt blijven, zal ik je leren wat ik weet, wat misschien een zinloze bezigheid is, aangezien de Twees weldra met een groot leger zullen komen om ons te doden."

"Ik zal blijven," zei Ern. "Ik ken alleen de ceremonies van de Twees, die ik wel nooit zal kunnen gebruiken. Zijn er geen andere Drieën?"

"De Twees hebben ze allemaal gedood — allemaal behalve Mazar de Laatste."

"En Ern."

"En nu Ern."

"Hoe is de situatie zeelinks en zeerechts voorbij de rivieren, langs de andere kusten? Zijn er verder geen mensen?"

"Wie weet? De Muur van Storm staat tegenover de Muur van Donker; hoe ver loopt het Smalle Land door? Wie weet? Als het oneindig is, dan moeten alle mogelijkheden verwezenlijkt zijn en dan zijn er nog meer Enen, Twees en Drieën. Als het Smalle Land ophoudt bij de Chaos, dan zijn we misschien alleen."

"Ik heb naar zeelinks en zeerechts gereisd totdat ik door brede rivieren niet verder kon," zei Ern. "Het Smalle Land liep steeds verder, zonder een enkel teken dat er een eind aan kwam. Ik geloof inderdaad dat het tot in het oneindige doorloopt; ik kan me trouwens moeilijk iets anders voorstellen."

"Misschien, misschien," zei Mazar nors. "Kom." Hij leidde Ern rond door de hal, het kasteel, door werkplaatsen en magazijnen, kamers, propvol met aandenkens, trofeeën en naamloze parafernalia.

"Wie heeft deze wonderbaarlijke voorwerpen gebruikt? Waren er veel Drieën?"

"Eens waren er veel," zei Mazar met een schorre en naargeestige stem als de wind. "Het was zo lang geleden dat ik er geen woorden voor kan vinden. Ik ben de laatste."

"Waarom waren er toen zo veel en nu zo weinig?"

"Het is een melancholieke geschiedenis. Aan de kust woonde een Enenstam met andere gewoonten dan de Enen van het moeras. Het was een zachtaardig volk en ze werden geregeerd door een Drie die per ongeluk geboren was. Hij heette Mena de Bron, en hij zorgde dat de vrouwen hun eieren met opzet tegen elkaar aan legden, zodat er een groot aantal Drieën geboren werd. Het was een grootse tijd. Wij waren niet tevreden met het primitieve leven van de Enen en het starre leven van de Twees; wij schiepen een nieuw bestaan. Wij leerden het gebruik van ijzer en staal en wij bouwden dit kasteel en nog vele andere; de Enen en de Twees leerden van ons en trokken profijt van ons."

"Waarom begonnen ze een oorlog tegen jullie?"

"Door onze vrijheid werden zij bang voor ons. Wij begonnen het Smalle Land te verkennen. Wij reisden vele mijlen naar zeelinks en zeerechts. Een expeditie drong door Donkerkou naar een wildernis van ijs, zo donker dat de ontdekkingsreizigers met fakkels moesten lopen. Wij bouwden een vlot en lieten het onder de Muur van Storm drijven. Er waren drie Enen aan boord. Het vlot zat aan een lange kabel vast; toen we het terughaalden waren de Enen gespleten door de schittering en dood. Met deze daden haalden wij ons de razernij van de leermeesters van de Twees op de hals. Zij verklaarden dat wij heiligschenners waren en zij zetten de Enen van het moeras tegen ons op. Ze maakten de Enen van de kust af en toen begonnen ze een oorlog tegen de Drieën. Hinderlagen, giffen, valkuilen; zij kenden geen genade. Wij doodden de Twees maar er waren altijd weer meer Twees, en er kwamen geen nieuwe Drieën.

"Ik zou lange verhalen kunnen vertellen over de oorlog, hoe mijn kameraden de dood vonden. Van allemaal ben ik de laatste. Ik kom nooit buiten de muur en de Twees vallen mij niet graag aan, omdat zij bang zijn voor mijn vuurwapen. Maar dit is voorlopig genoeg. Je kunt gaan en staan waar je wilt, behalve achter de muur, waar de Twees gevaarlijk zijn. In de kommen zit voedsel; op het mos kun je slapen. Denk na over wat je ziet en als je vragen hebt, zal ik ze beantwoorden."

Mazar ging heen. Ern baadde zich in het vallende water in de grot, at en wandelde toen het grijze veld op om na te denken over wat hij vernomen had. Hier ontdekte Mazar hem, die nieuwsgierig was geworden. "Zo dan," zei hij, "en wat vind je er nu van?"

"Ik begrijp veel dingen die mij onduidelijk waren," zei Ern. "Bovendien spijt het me dat ik het Een-meisje achter heb gelaten dat een bereidwillige instelling vertoonde."

"Dat varieert per individu," zei Mazar. "Vroeger hadden wij veel van zulke meisjes in dienst, hoewel hun geestelijke vermogens niet groot zijn."

"Als er Drievrouwen waren, zouden zij dan geen eieren leggen waaruit Driekinderen kwamen?"

Mazar maakte een bruusk gebaar. "Er zijn geen Drievrouwen en die zijn er ook nooit geweest. Het proces van versmelting laat niet toe dat zij ontstaan."

"Maar als het proces nu veranderd werd?"

"Hoe kan dat? De ovulatie van Een-vrouwen laat zich niet door ons veranderen."

"Lang geleden," zei Ern, "heb ik gezien hoe een Een-vrouw haar nest voorbereidde. Ze legde steeds drie eieren naast elkaar. Als er genoeg eieren verzameld werden en dan anders gerangschikt en tegen elkaar gelegd, dan zou in sommige gevallen het vrouwelijke beginsel moeten domineren."

"Dat is een volkomen nieuw voorstel," zei Mazar. "Zover ik weet is het nooit geprobeerd. Het kan niet uitvoerbaar zijn...Zulke vrouwen zijn mogelijk niet vruchtbaar. Of misschien zijn dat pas echt misbaksels."

"Wij zijn een product van dit proces," zei Ern. "Omdat er twee mannelijke eieren per legsel zijn, zijn wij mannen. Als er twee vrouwelijk waren en één mannelijk, of drie vrouwelijk, zou het resultaat dan geen vrouw zijn? En of ze vruchtbaar zijn, dat merken we pas als we het proberen."

"Zo'n proces is ondenkbaar!" brulde Mazar. Hij richtte zich in zijn volle lengte op en zijn kammen rezen recht overeind. "Ik wil er niets meer over horen!"

Beduusd door de woede van de oude Drie, zei Ern niets terug. Langzaam draaide hij zich om en begon naar zeerechts te lopen, in de richting van de muur.

"Waar ga je naartoe?" riep Mazar hem na.

"Naar de moerassen."

"En wat wil je daar doen?"

"Ik ga eieren zoeken en proberen een Drievrouw te laten ontstaan."

Mazar keek woedend en Ern hield zich klaar om te vluchten. Toen zei Mazar: "Als jouw plan deugt, zijn al mijn kameraden voor niets gestorven. Dan wordt het bestaan een spotternij."

"Misschien levert het niets op," zei Ern. "In dat geval verandert er niets."

"Het is een riskante onderneming," mopperde Mazar. "De Twees zullen op hun hoede zijn."

"Ik loop naar de kust en zwem dan naar het moeras; ze zullen me helemaal niet zien. In ieder geval weet ik niets beters met mijn leven te doen."

"Ga dan," zei Mazar met zijn schorre stem. "Ik ben oud en heb geen energie meer voor zulke waaghalzerij. Misschien leeft ons ras werkelijk weer op. Ga dan, pas goed op en kom behouden terug. Jij en ik zijn de enige levende Drieën."

Mazar hield de wacht bij de muur. Af en toe waagde hij zich in het palenbos en luisterde dan aandachtig en tuurde in de richting van het Tweedorp. Ern was al heel lang weg, leek het. Eindelijk hoorde hij in de verte alarmkreten en de roep: "Misbaksel! Misbaksel!"

Roekeloos, met alle drie zijn kammen woedend overeind, stormde Mazar op het geluid af. Tussen de bomen verscheen Ern. Hij was bekaf en zat onder de modder. Hij droeg een rieten mand. Razende Twees met hellebaarden renden achter hem aan, terwijl van opzij een bende geverfde Een-mannen kwam. "Deze kant op!" bulderde Mazar. "Naar de muur!" Hij nam zijn vuurwapen van zijn schouder. De koortsige hellebaardiers negeerden hem. Ern strompelde langs hem heen en Mazar richtte het wapen, vuurde: vlammen omhulden vier van de hellebaardiers die daarna gillend en met hun armen slaand het bos in renden. De anderen bleven staan. Mazar en Ern trokken zich terug naar de muur en gingen door de opening. Nu doldriest van opwinding sprongen de Twees hen na. Mazar zwaaide met zijn zwaard; een van de Twees raakte zijn hoofd kwijt. De anderen deinsden in paniek terug met schelle kreten van afgrijzen om de slachting.

Ern zakte in elkaar met het mandje eieren op zijn borst. "Hoeveel heb je er?" vroeg Mazar.

"Ik heb twee nesten gevonden. Uit elk ervan heb ik drie legsels genomen."

"Je hebt de nesten en alle legsels apart gehouden? Eieren van verschillende nesten versmelten misschien niet."

"Alles is gescheiden."

Mazar droeg het lijk naar het gat in de muur en wierp het weg. Het hoofd smeet hij naar de woedende Een-mannen. Geen van hen durfde hem uit te dagen.

In het kasteel rangschikte Mazar de eieren op een stenen bank. Hij maakte een voldaan geluid. "In elk legsel zitten twee ronde eieren en één ovaal ei, mannelijk en vrouwelijk en naar de combinaties hoeven we niet te raden." Hij dacht een ogenblik na. "Twee mannen en een vrouw leveren de mannelijke Drie op; twee vrouwen en een man zouden een even sterke invloed in de andere richting moeten uitoe-fenen...Er blijft natuurlijk een overschot aan mannelijke eieren. Die leveren twee mannelijke Drieën op, misschien meer als drie mannelijke eieren samen kunnen smelten." Toen zei hij bedachtzaam: "Het is ver-leidelijk om te proberen vier eieren te versmelten."

"In dit geval zou ik op omzichtigheid willen aandringen," stelde Ern voor.

Mazar zette een verrast en misnoegd gezicht. "Hoe nu? Gaat jouw wijsheid zoveel dieper dan de mijne?"

Ern maakte een beleefd, bescheiden gebaar, een van de wellevend-heden die hij als student bij de Twees had geleerd. "Ik ben geboren in de ondiepten, tussen de waterbaby's. Onze grote vijand was de baby-rover die daar in een poel woonde. Toen ik naar eieren zocht, zag ik hem weer. Hij is groter dan u en ik samen; zijn ledematen zijn enorm; zijn hoofd is misvormd en overdekt met rode lellen. Op zijn hoofd staan vier kammen."

Mazar zweeg. Ten slotte zei hij: "Wij zijn Drieën. Het is het beste dat wij nieuwe Drieën produceren. Welaan, aan de slag."

De eieren lagen in de koele modder, drie passen van het water van de vijver.

"En nu maar wachten," zei Mazar. "Wachten en hopen."

"Ik zal ze helpen in leven te blijven," zei Ern. "Ik zal ze voedsel bren-gen en ze beschermen. En — als het meisjes worden..."

"Er komen twee vrouwen," zei Mazar stellig. "Daar ben ik zeker van. Ik ben wel oud — maar ach, we zullen zien."

Verantwoording

De vruchten der Phaleden
Oorspronkelijk verschenen als "Phalid's Fate", *Thrilling Wonder
Stories*, Vol. 29:2, december 1946, p. 74–91
Vertaling: Annemarie van Ewyck
Herziene vertaling: Zeno ter Brughe
De oorspronkelijke vertaling verscheen in *De tempel van Han*,
Meulenhoff, 1991

Chateau d'If
Oorspronkelijk verschenen als "New Bodies for Old", *Thrilling
Wonder Stories*, Vol. 36:3, augustus 1950, p. 46–83
Voorkeurstitel van de auteur: "Chateau d'If"
Vertaling: Jaime Martijn
Eerder verschenen in *Morreion*, Meulenhoff, 1978

Kruistocht naar Alambar
Oorspronkelijk verschenen als "Overlords of Maxus", *Thrilling
Wonder Stories*, Vol. 37:3, februari 1951, p. 9–56
Voorkeurstitel van de auteur: "Crusade to Maxus"
Vertaling: Jaime Martijn
Herziene vertaling: Zeno ter Brughe
De oorspronkelijke vertaling verscheen in *Alambar*, Meulenhoff, 1981

Wervingsbijeenkomst
Oorspronkelijk verschenen als "Shape-Up", *Cosmos*, Vol. 1:2,
november 1953, p. 109–122
Vertaling: Guus Prick
Eerste publicatie in deze bundel

De geaugmenteerde agent

Oorspronkelijk verschenen als "I-C-a-BeM", *Amazing Stories,*
  Vol. 35:10, oktober 1961, p. 7–47
Voorkeurstitel van de auteur: "The Augmented Agent"
Vertaling: Guus Prick
Eerste publicatie in deze bundel

De man van Zodiac

Oorspronkelijk verschenen als "The Man from Zodiac", *Amazing*
  Stories, Vol. 41:3, augustus 1967, p. 6–47, 156–160
Voorkeurstitel van de auteur: "Milton Hack from Zodiac"
Vertaling: Jaime Martijn
Eerder verschenen in *Slaven van de Klau,* Meulenhoff, 1980

De gave van de woorden

Oorspronkelijk verschenen als "The Gift of Gab", *Astounding*
  Science Fiction, Vol. 56:1, september 1955, p. 8–51
Vertaling: Warner Flamen
Eerder verschenen in *Telek,* Meulenhoff, 1972

Nopalgaard

Oorspronkelijk verschenen als *The Brains of Earth,* Ace Books,
  New York 1966
Voorkeurstitel van de auteur: "Nopalgarth"
Vertaling: Warner Flamen
Eerder verschenen als "De hersens van de Aarde" in *Sulwen's*
  Planeet, Meulenhoff, 1976

Het Smalle Land

Oorspronkelijk verschenen als "The Narrow Land", *Fantastic,*
  Vol. 16:6, juli 1967, p. 4–27
Vertaling: Jaime Martijn
Eerder verschenen in *Morreion,* Meulenhoff, 1978

Jack Vance werd in 1916 geboren in een welgesteld Californisch gezin dat tegen het einde van zijn kindertijd moeilijke tijden doormaakte. Als jonge man probeerde hij een aantal onbevredigende baantjes uit alvorens aan de Universiteit van Californië in Berkeley mijnbouw-kunde, natuurkunde, journalistiek en Engels te gaan studeren. Hij ging van school toen de oorlog uitbrak en werd matroos op de koopvaardij. Later werkte hij als rolbrugmachinist, landmeter, keramist en timmer-man, voordat hij zich door het produceren van een gestage stroom aan SF, mysterieromans en korte verhalen als voltijds schrijver vestigde.

Hij was meer dan zestig jaar actief als schrijver, en voor zijn werk ontving hij onder andere drie *Hugo Awards*, een *Nebula Award*, een *World Fantasy Award* œuvreprijs, en een *Edgar* van de *Mystery Writers of America*. De *Science Fiction & Fantasy Writers of America* kroonden hem tot Grootmeester, en hij werd opgenomen in de roemruchte *Science Fiction Hall of Fame*.

In zijn werk overschreed Jack Vance vaak de grenzen van het genre: van weemoedige fantastiek (de zeer invloedrijke *Stervende Aarde* verhalen) tot interstellaire space opera (de vijfdelige *Duivelsprinsen* reeks), van heldhaftige fantasy (de *Lyonesse* trilogie) tot de mysterieuze moorden die een sheriff in landelijk Californië moet oplossen (de *Joe Bain* boeken).

Toen hij reeds op leeftijd was, vormde zich een internationale groep van Vance-fans die zich tot doel stelde om het complete œuvre van Vance in de oorspronkelijke staat te herstellen, daarbij tientallen jaren van redactionele ingrepen en ongewenste wijzigingen ongedaan makend. Dit resulteerde in de toonaangevende Engelse *Vance Integral Edition* die als 44 hardcover delen in een beperkte oplage verscheen.

In 2013, kort nadat hij zijn eerste jazz-album had opgenomen, overleed Jack Vance op 96-jarige leeftijd in het huis dat hij eigenhandig had gebouwd in de beboste heuvels buiten Oakland. In het jaar van zijn honderdste geboortedag begint Spatterlight met het uitgeven van een nieuwe Nederlandse editie. In 62 paperbacks verschijnen zowel alle Vance verhalen die al eerder zijn uitgegeven, alsook alle titels die nog niet eerder in het Nederlands verkrijgbaar waren.

COLOFON

Dit boek is gezet uit 11,5 pt Adobe Arno Pro.

Deze uitgave kwam tot stand met de hulp van Wil Ceron,
Arjen Broeze en Evert Jan de Groot.

Omslagontwerp: Howard Kistler

Typografisch ontwerp: Joel Anderson

Zetwerk: Joel Anderson

Management: John Vance, Koen Vyverman